孟繁华 主编

中篇小说 卷三

新中国文学
经典丛书 精选本

作家出版社

出版说明

中国当代文学经过70多年的探索、创作，逐渐形成了具有中国特色和经验的文学世界。这个世界丰富、绚丽、迷人，不仅从一些方面表达了当代中国的思想、情感和精神面貌，而且已经成为世界文学重要的组成部分。为了展示中国文学的巨大成就，进一步树立文化自信和文学自信，我们特别策划了这套具有一定规模的"新中国文学经典丛书·精选本"。

丛书共计十二卷，包含小说（中短篇）、诗歌、散文、报告文学、戏剧五个文学门类，其中短篇小说两卷、中篇小说六卷、诗歌一卷、散文一卷、报告文学一卷、戏剧一卷。在时间上，所选均是1949年新中国成立之后所发表或出版的优秀文学作品。在版式编排上，统一按照当前规范要求，采用简体字横排方式，字词用法也遵照当前最新标准规范。

丛书邀请著名评论家孟繁华担任主编。入选丛书的作品经过了专家论证委员会的认真评审，专家评审从文学性、思想性、时代性等多方面进行综合考察，选取了各个时期、各个体裁最具代表性的作家作品。正是这些作家作品，构筑了中国当代文学最为坚实和亮丽的文学大厦，在一定意义上，它们就是一部特殊形态的中国当代文学史，代表了新中国文学70多年所取得的不凡成就。

文学是时代的一面镜子，通过这套大型丛书，读者一方面可以了解和领略中国当代文学的发展历程和高端成就，满足精神文化发展的需求；也可以更好地了解新中国成立70多年来我们党和人民所走过的光辉道路，了解我们的祖国所发生的翻天覆地的变化。鉴古知今，面向未来，更好地投身于实现中华民族伟大复兴中国梦的新征程中去。

　　需要特别说明的是，尽管在篇目的遴选上，我们经过了认真的论证和反复的研究，但关于作品优劣的认定和选择的标准见仁见智，正所谓一千个读者眼中有一千个哈姆雷特，每个人心中都有自己认为优秀的作品。因此，这套书仅仅代表的是面对新中国70多年文学成就的一种眼光、一个角度。同时，由于丛书体量有限，遗珠之憾在所难免，恳请读者朋友理解并谅解，同时更盼批评指正。

作家出版社

2023年1月

目录

美食家

陆文夫

吃喝小引

美食家这个名称很好听，读起来还真有点美味！如果用通俗的语言来加以解释的话，不妙了：一个十分好吃的人。

好吃还能成家！这是我万万没有想到的。想到的事情往往不来，没有想到的事情却常常就在身边。硬是有那么一个因好吃而成家的人，像怪影似的在我的身边晃荡了四十年。我藐视他，憎恨他，反对他，弄到后来我一无所长，他却因好吃成精而被封为美食家！

首先得声明，我绝不一般地反对吃喝，如果我自幼便反对吃喝的话，那么，我呱呱坠地之时，也就是一命呜呼之日了，反不得的。可是我们的民族传统是讲究勤劳朴实，生活节俭，好吃历来就遭到反对。母亲对孩子从小便进行"反好吃"的教育，虽然那教育总是以责骂的形式出现："好吃鬼，没有出息！"好吃成鬼，而且是没有出息的。孩子羞孩子的时候，总是用手指刮着自己的脸皮："不要脸，馋痨坯；馋痨坯，不要脸！"因此怕羞的姑娘从来不敢在马路上啃大饼油条，戏台上的小姐饮酒时总是用水袖遮起来的。我从小便接受了此种"反好吃"的教育，因此对饕餮之徒总有点瞧不起。特别是碰上那个自幼好吃、如今成"家"的朱自冶以后，我见到了好吃的人便像醋滴在鼻子里。

朱自冶是个资本家，地地道道的资本家，绝不是错划的。有人说资本家比地主强，他们有文化，懂技术，懂得经营管理。这话我也同意。可这朱自冶却是个例外，他是房屋资本家，我们这条巷子里的房屋差不多全是他的。他剥削别人没有任何技术，只消说三个字："收房钱！"甚至连这三个字也用不着说，因为那收房钱的事儿自有经纪人代理。房屋资本家大概总懂得营造术吧，这门技术对社会也是很有用的。朱自冶对此却是一窍不通，他连自家究竟有多少房屋，坐落在哪里，都是糊里糊涂的。他的父亲曾经是一个很精明的房地产商人，抗日战争之前在上海开房地产交易所，家住在上海，却在苏州买下了偌大的家私。抗日战争之初，一个炸弹落在他家的屋顶上，全家有一幸免，那就是朱自冶，他是到苏州的外婆家来吃喜酒的。朱自冶因好吃而幸存一命，所以不好吃便难以生存。

我认识朱自冶的时候，他已经快到三十岁。别以为好吃的人都是胖子，不对，朱自冶那时瘦得像根柳条枝儿似的。也许是他觉得自己太瘦，所以才时时刻刻感到没有吃够，真正胖得不能动弹的人，倒是不敢多吃的。好吃的人总是顾嘴不顾身，这话却有点道理。尽管朱自冶有足够的钱来顾嘴又顾身，可他对穿着一事毫无兴趣。整年穿着半新不旧的长袍大褂，都是从估衣店里买来的。买来以后便穿上身，脱下来的脏衣服却"忘记"在澡堂里。听说他也曾结过婚，但是他的身边没有孩子，也没有女人。只有一次，看见他和一个妖冶的女人合坐一辆三轮车在虎丘道上兜风，后来才知道，那女人是雇不到车，请求顺带的，朱自冶也毫不客气地叫那女人付掉一半车钱。

朱自冶在上海的家没有了，独自住在苏州的一座房子里。这房子是二十年代末期的建筑，西式的，有纱门、纱窗和地毯，还有全套的卫生设备。晒台上有两个大水箱，水是用电泵从井里抽上来的。这座两层楼的小洋房坐落在一个大天井的后面，前面是一排六间的平房，门堂、厨房、马达间、贮藏室以及用人的住所都在这里。

我的姨妈和朱自冶的姑妈是表姐妹，所以在抗战后期，在我的父亲谢世之后，我便搬进朱自冶的住宅，住在前面的平房里。不出房钱，尽两个义务：一是兼作朱自冶的守门人，二是要我的妈妈帮助朱自冶料理点家务。这两个义务都很轻松，朱自冶早出晚归，没家没务，从来也不要求我妈妈帮他干什么。倒是我的妈妈实在看不过去，要帮他拆洗被褥，扫扫灰尘，打开窗户。他不仅不欢迎，反而觉得不胜其烦，多此一举。

因为家在他的概念中仅仅是一张床铺，当他上铺的时候已经酒足饭饱，靠上枕头便打呼噜。

朱自冶起得很早，睡懒觉倒是与他无缘，因为他的肠胃到时便会蠕动，准确得和闹钟差不多。眼睛一睁，他的头脑里便跳出一个念头："快到朱鸿兴去吃头汤面！"这句话需要作一点讲解，否则的话只有苏州人，或者是只有苏州的中老年人才懂，其余的人很难理解其中的诱惑力。

那时候，苏州有一家出名的面店叫作朱鸿兴，如今还开设在怡园的对面。至于朱鸿兴都有哪许多花式面点，如何美味等等我都不交代了，食谱里都有，算不了稀奇，只想把其中的吃法交代几笔。吃还有什么吃法吗？有的。同样的一碗面，各自都有不同的吃法，美食家对此是颇有研究的。比如说你向朱鸿兴的店堂里一坐："喂（那时不叫同志）！来一碗××面。"跑堂的稍许一顿，跟着便大声叫喊："来哉，××面一碗。"那跑堂的为什么要稍许一顿呢，他是在等待你吩咐吃法：硬面，烂面；宽汤，紧汤，拌面；重青（多放蒜叶），免青（不要放蒜叶）；重油（多放点油），清淡点（少放油）；重面轻浇（面多些，浇头少点），重浇轻面（浇头多，面少点）；过桥——浇头不能盖在面碗上，要放在另外的一只盘子里，吃的时候用筷子搛过来，好像是通过一顶石拱桥才跑到你嘴里……如果是朱自冶向朱鸿兴的店堂里一坐，你就会听见那跑堂的喊出一连串的切口："来哉，清炒虾仁一碗，要宽汤、重青，重浇要过桥，硬点！"

一碗面的吃法已经叫人眼花缭乱了，朱自冶却认为这些还不是主要的，最重要的是要吃"头汤面"。千碗面，一锅汤。如果下到一千碗的话，那面汤就糊了，下出来的面就不那么清爽、滑溜，而且有一股面汤气。朱自冶如果吃下一碗有面汤气的面，他会整天精神不振，总觉得有点什么事儿不如意。所以他不能像奥勃洛摩夫那样躺着不起床，必须擦黑起身，匆匆盥洗，赶上朱鸿兴的头汤面。吃的艺术和其他的艺术相同，必须牢牢地把握住时空关系。

朱自冶揉着眼睛出大门的时候，那个拉包月的阿二已经把黄包车拖到了门口。朱自冶大模大样地向车上一坐，头这么一歪，脚这么一踩，叮当一阵铃响，到朱鸿兴去吃头汤面。吃罢以后再坐上阿二的黄包车，到阊门石路去蹲茶楼。

苏州的茶馆到处都有，那朱自冶为什么独独要到阊门石路去呢？有考究。那爿大茶楼上有几个和一般茶客隔开的房间，摆着红木桌、大藤椅，自成一个小天地。那里的水是天落水，茶叶是直接从洞庭东山买来的，煮水用瓦罐，燃料用松枝，茶要泡在宜兴出产的紫砂壶里。吃喝吃喝，吃与喝是一个不可分割的整体，凡是称得上美食家的人，无一不是陆羽和杜康的徒弟。

朱自冶登上茶楼之后，他的吃友们便陆续到齐。美食家们除掉早点之外，绝不能单独行动，行动时最少不能少于四个，最多不得超过八人，这是由吃的内涵决定的，因为苏州菜有它一套完整的结构。比如说开始的时候是冷盘，接下来是热炒，热炒之后是甜食，甜食的后面是大菜，大菜的后面是点心，最后以一盆大汤作总结。这台完整的戏剧一个人不能看，只看一幕又不能领略其中的含义。所以美食家们必须集体行动。先坐在茶楼上回味昨天的美食，评论得失，第一阶段是个漫谈会。会议一结束便要转入正题，为了慎重起见，还不得不抽出一段时间来讨论今日向何方？是到新聚丰、义昌福，还是到松鹤楼。如果这些地方都吃腻了，他们也结伴远行，每人雇上一辆黄包车，或者是四人合乘一辆马车，浩浩荡荡，马蹄声碎，到木渎的石家饭店去吃鲃肺汤，枫桥镇上吃大面，或者是到常熟去吃叫花子鸡……可惜我不能把苏州和它近郊的美食写得太详细，生怕会因此而为苏州招来更多的会议，小说的副作用往往难以料及。

与我有涉

如果朱自冶仅仅自我吃喝而与我无关的话，我也不会那么强烈地厌恶他。他当他的美食家，我当我的穷学生，本来是能够平安相处的。可是我在前面的一节中只说到朱自冶吃早点，吃中饭，他还有一顿晚饭没有吃哪！

朱自冶吃罢中饭以后，便进澡堂去了。他进澡堂并不完全为了洗澡，主要是找一个舒适的地方去消化那一顿丰盛的筵席。俗话说饿了打瞌，吃饱勿动。朱自冶饱餐一顿之后，双脚沉重，头脑昏迷，沉浸在一种满足、舒畅而又懒洋洋的神仙境界里。他摇摇晃晃地坐上阿二的黄包车，一阵风似的拉到澡堂里，好像是到医院里挂急诊似的。

朱自冶进澡堂只有举手之劳，即伸出手来撩开门帘。门帘一掀，那坐账台的便高声大喊："朱经理来哉！"天晓得，朱自冶哪一天当过经理的，对资本家应该喊一声老板才对。不过，老板这种尊称那时已经不时髦了。一是缺少点洋味，二是老板有大有小，开爿夫妻老婆店也能叫作老板的。经理就不同了，洋行经理，公司经理，买卖大，手面阔，给起小费来绝不是三块两块的，五十元的关金券用不着找零头！所以那跑堂的一听到朱经理来哉，立刻有两个人应声而出，一边一个，几乎是把个朱自冶抬到头等房间里。这头等房间也和现在的高级招待所有点相似，两张铺位，一个搪瓷澡盆，有洗脸池，有莲蓬头。只是整个的面积较小，也没有空调设备。不碍，冬天有蒸气，夏天有一只华生老牌的大吊扇，四块木板在头顶上旋个不歇。

朱自冶向房间里一坐，就像重病号到了病房里，一切都用不着自己动手。跑堂的来献茶，擦背的来放水，甚至连脱鞋也用不着自己费力。朱自冶也不愿费力，痴痴呆呆地集中力量来对付那只胃，他觉得吃是一种享受，可那消化也是一种妙不可言的美，必须潜心地体会，不能被外界的事物来分散注意力。集中精力最好的方法就是泡在温水里，这时候四大皆空，万念俱寂，只觉得那胃在轻轻地蠕动，周身有一种说不出的舒坦和甜美，这和品尝美食有异曲同工之妙，但是二者不能相互代替。他就这么四肢不动，两眼半闭地先在澡盆里泡上半个钟头。泡得迷迷糊糊、昏昏欲睡的时候，那擦背的背着一块大木板进来了。他把朱自冶从澡盆里拉出来，把木板向澡盆上一盖，叫朱自冶躺上"手术台"，开始了他那擦背的作业。读者诸君切不可把擦背二字作狭义的理解，好像擦背就是替人擦洗身上的污垢。不对，朱自冶天天一把澡，有什么可擦的？这擦背对他来说实在是一种古老的按摩术，是被动式的运动。饭后百步走被认为是长寿之道，但是奉行此道者需要自己迈开双腿。擦背则不同，只消四肢松弛地躺在"手术台"上，任人上摩下擦，伸拳屈腿，左转右侧，放倒扶起，同样收到运动的功效，却用不着自己花力气。真正的美食家必须精通消化术，如果来个食而不化，那非但不能连续工作，而且也十分危险！

朱自冶的此种运动时间也不太长，大体上不超过半个钟头。然后便在卧榻上躺下，开始那一整套的繁文缛节，什么捏脚、拿筋、敲膀、捶腿。这捶腿是最后的一个节目，很可能和催眠术有点关系，朱自冶在轻轻的拍打中，在那清脆而有节奏的响声中，心旷神怡，渐渐入睡。这一觉起码三个钟头，让那胃中的食物消化干净，为下一顿腾出地方。

当朱自冶快要醒来时，我也从学校里下学归来。书包一放，妈妈便来关照："今天还在元大昌，快去！"

妈妈的话只有我懂，那朱自冶还有一顿晚饭没有吃哪！

朱自冶吃晚饭也是别具一格，也和写小说一样，下一篇绝不能雷同于上一篇。所以他既不上面馆，也不上菜馆，而是上酒店。中午的一顿饭他们是以品味为主，用他们的术语来讲，叫"吃点味道"。所以在吃的时候最多只喝几杯花雕，白酒点滴不沾，他们认为喝了白酒之后嘴辣舌麻，味觉迟钝，就品不出那滋味之中千分之几的差别了！晚上可得开怀畅饮了，一醉之后可以呼呼大睡，免得饱尝那失眠的苦味，因此必须上酒店。

苏州的酒店卖酒不卖菜，最多备有几碟豆腐干、兰花豆、辣白菜之类。孔乙己能有这些便行了，君子在酒不在菜嘛。美食家则不然，因为他们比君子有钱，酒要考究，菜也是马虎不得的。既不能马虎，又不能雷同，于是他们便转向苏州食品中的另一个体系——小吃。提到苏州的小吃，我又不愿多写了，除掉如前所述的原因外，还因为它会勾起我一段痛苦的回忆，我被一个我所厌恶的人随意差遣！

苏州的小吃不是由哪一爿店经营的，它散布在大街小巷，桥堍路口。有的是店，有的是摊，有的是肩挑手提沿街叫卖的。如果要以各种风味小吃来下酒的话，那就没有一个跑堂的能对付得了，必须有个跑街的到四下里去收集。也许是我的腿长吧，朱自冶便来和我妈商议："你家高小庭蛮机灵，阿好相帮我做点事体，我也勿会亏待伊。"

妈妈当然答应啰，她住了人家的房子不给钱，又没有什么家务可料理，心里老是过意不去，巴不得能为朱自冶做点事，以免良心受责备。

可怜的妈妈不知道剥削二字，只承认一切现存的社会法规。她教育儿子不能好吃，却对朱自冶的好吃不加反对，她认为那是一种"吃福"，好吃与吃福是两回事体。可我却把它当作一回事，怎么也不愿意去替朱自冶当跑街的。堂堂的一个高中生怎么能去给一个好吃鬼当小厮呢！

妈妈又哭了，父亲谢世后家境贫困，是靠我的大哥当远洋水手挣点钱："去吧小庭，我们头顶人家的天，脚踏人家的地，住了人家的房子不出房租，又不交水电费，算起来相当于全家的伙食费。只要朱经理说个不字，你就念不成书，我们一家就会住在露天里。只怪你爸爸走得早啊，我求求你………"

我只好忍辱负重，每天提着个竹篮去等候在酒店的门口。等到华灯初上，霓虹灯亮满街头的时候，朱自冶和他的吃友们坐着黄包车来了。一长串油光锃亮的黄包车，当当地响着铜铃，哇哇地揿着喇叭，像游龙似的从人群中夺路而来，在酒店门口徐徐地停下。他们一个个洗得干干净净，浑身散发着香皂味，满面红光，春风得意。朱自冶的黄包车总是走在前面，车夫阿二也显得特别健壮而神气。阿二替朱自冶掀掉膝盖上的毡毯，朱自冶一跃落地，轻松矫捷。在酒店门口迎接他们的不是老板，也不是跑堂的，而是两排衣衫褴褛、满脸污垢、由叫花子组成的仪仗队。乞丐们双手向前平举，嘴中喊着老爷，枯树枝似的手臂在他的左右颤抖。朱自冶似乎早有准备，手一扬，一张小票面的钞票飞向叫花子的头头："去去。"

叫花子的头头把手一扬，叫花子们呼啦一声散开，我这个手提竹篮、倚门而立、饥肠辘辘的特殊叫花子便到了朱自冶的面前。这个叫花子所以特殊，是因为他知道一点地理历史、自由平等，还读过三民主义；他反对好吃，还懂得人的尊严。当叫花子呼啦一声散开而把我烘托出来的时候，我满腔怒火，汗颜满面，恨不得要把手中的竹篮向朱自冶砸过去！可是我得忍气吞声地从朱自冶的手中接过钞票，按照他的吩咐到陆稿荐去买酱肉，到马咏斋去买野味，到五芳斋去买五香小排骨，到采芝斋去买虾子鲞鱼，到某某老头家去买糟鹅，到玄妙观里去买油汆臭豆腐干，到那些鬼才知道的地方去把鬼才知道的风味小吃寻觅……

我提着竹篮穿街走巷，苏州的夜景在我的面前交替明灭。这一边是高楼美酒，二黄西皮，那霓虹灯把铺路的石子照得五彩斑斓；那一边是街灯昏暗，巷子里像死一般的沉寂，老妇人在垃圾箱旁边捡菜皮。这里是杯盘交错，名菜陆陈，猜拳行令；那里却有许多人像影子似的排在米店门口，背上有用粉笔编写着的号码，在等待明天早晨供应配给米。这里是某府喜事，包下了整个的松鹤楼，马车、三轮车、黄包车在观前街上排了一长溜，新娘子轻纱披肩，长裙曳地，出入者西装革履，珠光宝气；可那玄妙观的廊沿下却有一大堆人蜷缩在麻袋片里，内中有的人也许就看不到明天……"朱门酒肉臭，路有冻死骨"，这句众所周知的诗句常在我的头脑里徘徊。

朱自冶倒是不肯亏待我，常常把买东西剩的零钱塞在我的口袋里，说："拿去！"那种神情和给叫花子是差不多的。

我睁眼、僵立，感到莫大的侮蔑。

"拿去吧，是给你奶奶买肉吃的。"

侮蔑被辛酸融化了。我是有个老祖母，是她把我从小带大的，那时已经七十六岁，满嘴没牙，半身不遂，头脑也不是那么清楚。可是她的胃口很好，天天闹着要吃肉，特别是要吃陆稿荐的乳腐酱方，那肉入口就化，香甜不腻。她弄不清楚物价与货币的情况，在她的头脑中一切都是以铜板和银圆计算的。她只知我的哥哥每月要寄回来几千块钱（能买一百多斤米），为什么不肯花二十六个铜板给她称一斤肉回来呢？三百个铜板才合一块钱！她把这一切都归罪于我的妈妈，骂她忤逆不孝，克扣老人，而且牵牵连连地诉述着陈年八代的婆媳关系，一面骂一面流眼泪。妈妈怎么解释也没用，只好一面在配给米里捡石子，一面把眼泪洒在淘米箩里。我在这两条泪河之间，心都挤碎了！

当我用朱自冶的零钱买回几块肉来，端到奶奶的床前时，她一面吃，一面哭，一面用颤颤巍巍的手抚摸着我的头："好孙子，还是你孝顺，奶奶没有白带你……"

我一听这话，眼泪便簌簌地往下流，我想大哭，大喊，想问苍天！可是我拼命地哽住喉咙，俯伏在奶奶的床头，把头埋在棉被里。既然在侮蔑中把钱接过来了，为什么不能让奶奶得到一点安慰！

"上有天堂，下有苏杭"啊！这句老话不知道是谁发明的，而且大言不惭地把苏州放在杭州的前面。据说此种名次的排列也有考究，因为杭州是在南宋偏安以后才"暖风熏得游人醉，直把杭州作汴州"。而苏州在唐代就已经是"十万夫家供课税，五千子弟守封疆"了。到了明代更是"翠袖三千楼上下，黄金十万水东西"。近百年间上海崛起，在十里洋场上逐鹿的有识之士都在苏州拥有宅第，购置产业，取其进可以攻，退可以守。苏州不是政治经济的中心，没有那么多的官场倾轧和经营的风险；又不是兵家的必争之地，吴越以后的两千三百多年间，没有哪一次重大的战争是在苏州发生的。有的是气候宜人，物产丰富，风景优美。历代的地主官僚，富商大贾，放下屠刀的佛，怀才不遇的文人雅士，人老珠黄的一代名妓，等等，都欢喜到苏州来安度晚年。这么多有钱有文化的人集中在一起安居乐业，吃喝和玩乐是不可缺少的，这就使苏州的园林可以甲天下，那吃的文化也是登峰造极！风景不能当饭，天天看了也乏味，那吃却是一日三顿不可少的。苏州所以能居于天堂之首，恐怕主要是因为它的美食超过了杭州。这也许是苏州人的骄傲吧，可我那时简直觉得这是一种罪恶，是人间最最不平的表现！我不知道地狱里可有"天堂"，可我知道"天堂"里确有地狱，而且绝大多数的人都在地狱的边缘上徘徊。说老实话，当我开始信仰共产主义的时候，我没有读过《资本论》，也没有读过《共产党宣言》，多半是由朱自冶他们促成的。他们使我觉得一切说得天花乱坠的主义都没有用，只有共产才能解决问题！如果共掉了朱自冶的房产，看他还神气不神气！

我偷偷地唱着一支从北平传来的歌：

> 山那边呀好地方，
> 穷人富人都一样，
> 你要吃饭得做工呀，
> 没人为你作牛羊。
> ……

这支歌的曲调很简单，唱起来也用不着尖起嗓门儿费死力，可它却使我从"朱门酒肉臭，路有冻死骨"中找到了出路，出路就在山那边！

我决定到解放区去了，那已经是一九四八年的冬天。我不知道解放区的形势，总以为国民党还很强大，还有美国的原子弹什么的。无产阶级要夺取全国胜利，恐怕还要经过几年、几十年的浴血奋斗！我读过《铁流》与《毁灭》，知道革命的艰难困苦，知道那是血与火的洗礼。所以当时的心情很悲壮，准备去战死沙场。"风萧萧兮易水寒，壮士一去兮不复还"！当时的心情很有点像荆轲辞别高渐离。

　　我的高渐离便是苏州，是这个美丽而又受难的城市叫我去战斗！离别之前，我上了一趟虎丘山，站在虎伏阁上把这美丽的城市再看一遍：再见吧，你的儿子将用血来洗尽你身上的污垢！傍晚，我照样去替朱自冶买小吃，照样买了一块乳腐酱方送到奶奶的床前：吃吧，奶奶，孙子从屈辱中接过钱来为你买肉，这恐怕是最后的一回！我的判断没有错，当奶奶发觉最孝顺的孙子失踪之后，她哭喊了三天便与世永别。

　　年轻时的记忆多么深刻啊！"文化大革命"期间的挂牌、游街、屈辱、受罪如今已经淡忘了，仿佛那是一场不屑一顾的游戏。可是三十多年前离乡背井、暗中告别亲人、向着黑暗猛冲的情景，却点滴不漏地保存在记忆里。也许我是欢喜记着光荣而忘掉屈辱吧，可又为什么不把三四十年前的屈辱也忘记？每当我在电影或电视中看到受伤的战士从血泊中爬起来，举起枪，高喊着报仇的口号向敌人猛扑过去的时候，我的心便会向下一沉，两眼含着泪水。虽然这种镜头看得太多了，也觉得老一套，可是这种话我不许孩子们说，孩子们一说我就要骂："小赤佬，你懂什么东西！"

快乐的误会

　　没想到我进入解放区已经太晚了，淮海战场上的硝烟已经消散，枪炮声已经沉寂。解放区的军民沉浸在欢乐的高潮中，准备打过长江去！我们这些从蒋管区去的学生被半路截留，被编入干部队伍随军渡江去接管城市。我从苏州来，当然应该回到苏州去，因为我熟悉那里的大街小巷以及那种好听而又十分难懂的语言，带个路也方便。至于回到苏州去干什么，谁也没有考虑，如果那时有人提出什么前途、专业、工资、房子等等，我们这一伙"小资产"便会肯定他是国民党派来的！革命就是革命，干什么都可以，随便。我们的组织部部长却不肯随便，一定要根据各人的特长和志趣来分配，因此就出现了十分快乐的场面：

组织部部长把我们二十多个学生兵召集到一个祠堂里。祠堂的正中摆着方桌，桌上放着档案和纸笔，二十多人分坐在两边。

组织部部长是个大知识分子，早年毕业于交通大学的机械系。他对我们这些小知识分子十分熟悉："现在要给大家分配工作了，组织上尽量照顾各人的特长和志愿，希望你们在回答问题之前好好地考虑，分定之后就不许犯自由主义。"

当时的气氛本来很严肃，却被我的老同学、诨名叫丁大头的人弄得豁了边。丁大头的头其实也不大，可是他的知识很广博，天文、地理、历史、哲学他样样都懂一点。因为他的脑子里包容的东西太多，所以看起来他的头好像比平常的人大了点。他第一个被部长叫起来："你想干什么呢？"

"随便。"丁大头回答得很爽气。

部长翻了翻眼睛："随便是个什么东西？说得具体点。"

"具体点……那也随便。"

人们哄堂大笑了："他什么都懂，可以随便！"

部长也笑了，翻翻档案："什么都懂的人到什么地方去呢？……我问你，你对什么东西最感兴趣？"

"看书。"

"那你为什么不早说呀，到新华书店去。"

丁大头被一句定终身，后来在某地的新华书店当经理，而且是个很称职、很懂行的经理。

第二个被叫起来的是个女同学，苏州姑娘，长得很美，粗布的列宁装和八角帽使得她在秀丽中透出矫健的气息。

部长向她看了一眼便问："你会唱歌吗？"

"会。"

"来一段《白毛女》试试。"

"北风那个吹……"女同学拉开嗓子便唱。那时我们天天唱歌，谁也不会忸怩。

"好了，好了，到文工团去！"

这位女同学的命运也不坏，"文化大革命"前唱民歌，很有点名气。如今听不见她唱了，这小老太婆也可能是在哪里教徒弟。

轮到我的时候便糟了，我怎么也想不起最欢喜什么，除掉反对好吃之外，我好像对什么都欢喜。我没有任何特长，连唱起歌来都像破竹子敲水缸。

部长等得不耐烦了："难道你一样事情都不会干？"

"会会，部长，我会替人家买小吃，熟悉苏州的饮食店。"我绝不能承认万事不通呀，可这一通便出了问题！

"挺好，干商业工作去，苏州的食品是很有名的。"

"不不，部长，我对吃最讨厌！"

"你讨厌吃？很好，我关照炊事班饿你三天，然后再来谈问题！下一个……"

完了，命运在一阵哄笑声中决定了。可我当时并不懊丧，也不想犯自由主义，扬子江在怒号，南岸的人民在呼喊，要拯救劳苦大众于水深火热之中，要推翻那人吃人的旧社会，再也不能让朱自冶他们那种糜烂的、寄生虫式的生活延续下去！朱自冶呀，朱自冶，这下子可由不得你了。我们绝不会让你饿肚子，至少得让你支起个炉灶来烧东西。也不能老是让阿二拉着你，你自己有两只脚，应该是会走路的。

风萧萧兮江水寒，壮士一去兮又复还。我又回到苏州来了，几经转折之后又住在朱自冶的门前。朱自冶对我刮目相看了，他称我同志，我喊他经理；他老远便掏出三炮台香烟递过来，我连忙摸出双斧牌香烟把它挡回去。别跟我来这一套，你那高级烟浸透了人民的血汗，抽起来有股血腥味。朱自冶在解放之初有点儿心虚，生怕共产党会把他关进监牢，那牢饭可不是好吃的！

隔了不久，朱自冶便镇静自若了，因为我们取缔妓女，禁鸦片，反霸，镇反，一直到"三反五反"都没有擦到他的皮。他不抽鸦片不赌钱，对妓女更无兴趣，除掉好吃之外什么事儿也没有干过。镇反挨不上他，他不开工厂不开店，谈不上五毒俱全和偷税漏税。所以他经常竖起大拇指对我说："共产党好，如今没有强盗没有小偷，没有赌场没有烟铺，地痞、流氓、妓女都没有了，天下太平，百姓安定，好得很！"他说的可能是真话，可我把他上下打量，心里想，你为什么不说没有赌吃嫖逛呢？赌和嫖你沾不上，吃和逛你是少不了的。等着吧，现在是新民主主义！

朱自冶并没有消极地等待，还是十分积极地吃东西，照样坐着阿二的黄包车上面店，上茶楼，照样找到另一个人帮他跑街买吃的。

那时候我的工作很紧张，没有什么上下班的时间，也没有星期天，没早没晚地干，运动紧张的时候便睡在办公室里。可那朱自冶比我还积极，我起床的时候他已经坐着黄包车走了，我睡得迷迷糊糊的时候才听见他的黄包车到了门前。他每逢到家的时候都要踩一下铃铛。那铜铃的响声在深夜的小巷里像打锣似的。他有时候也不回家，仲夏之夜吃饱了老酒，干脆就睡在公园的凉亭里，那里风凉，还有一阵阵广玉兰的香气。他渐渐地胖起来了，居然还有个小肚子挺在前面。妈妈对他说："朱经理，你发福了，人到了四十岁左右都会发胖的。"可他却说："不对，我这是心宽体胖。现在用不着担心那些强盗和流氓了，别看我有几个钱，从前的日子也是很难过的。生日满月，四时八节，我得给人家送礼，一不小心得罪了人，重则被人家毒打一顿，轻则被人家向黄包车上掷粪便。就说那个上饭店吧，以前也是提心吊胆的。有一次我们几个人吃得正高兴，忽然有个人走到我们的房间里来，要我们让座位。我不知道他是什么人，拌了几句嘴，结果得罪了流氓头子，被他的徒子徒孙们打了一顿，还罚掉了四两黄金的手脚钱！现在好了，那些家伙都看不见了，有的进了司前街（苏州的监狱所在地），有的到反动党团特登记处登了记，一个个都缩在家里。饭店里也清净多了，人少东西多，又便宜，我吃饱了老酒照样可以在公园里打瞌睡，用不着防小偷！"朱自冶拍拍小肚子，"你看，怎么能不发胖呢！"

我听了朱自冶的话直翻眼，怎么也没有想到，革命对他来说也含有解放的意义！

当我深夜被朱自冶的铃声惊醒之后，心头便升起一股烦恼，这苏州怎么还是他们的天堂？劳苦大众获得解放的时候，那寄生虫也会趁汤下面，养得更肥！我没有办法触动朱自冶，可我现在有了公开宣传共产主义的权利，便决定首先去鼓动拉黄包车的阿二。

阿二住在巷子的头上，在那口公井的旁边。他和我差不多的年纪，却比我生得高大、漂亮、健壮。小时候我和他在巷子里踢皮球，皮球踢上房顶之后总是他去爬屋面。他的老家在苏北，父亲也是拉车的，父亲拉不动了才由儿子顶替。阿二每天给朱自冶拉三趟，其余的时间可以另找生意。他的那辆车是属于"包车"级的，有皮篷，有喇叭，有脚踏的铜铃，冬春还有一条毡毯盖住坐车者的膝头。漂亮的车子配上漂亮的车夫，特别容易招揽生意。尤其是那些赶场子的评弹女演员，她们脸施脂粉，细眉朱唇，身穿旗袍，怀抱琵琶，那是非坐阿二的车子不可。阿二拉着她们轻捷地穿过闹市，喇叭嘎咕嘎咕，铜铃叮叮当当，所有的行人都要向她们行注目礼。即使到了书场门口，阿二也不减低车速，而是突然夹紧车杠，上身向后一仰，嚓嚓掣动两步，平稳地停在书场门口的台阶前，就像上海牌的小轿车戛然而止似的。女演员抱着琵琶下车，腰肢摆扭，美目流眄，高跟鞋橐橐几声，便消失在书场的珠帘里。那神态有一种很高雅的气派，而且很美。试想，如果一个标致的女演员，坐上一辆破旧的硬皮黄包车，由一个佝偻蹒跚的老人拉着，吱吱嘎嘎地来到书场门口，那还像个什么样子呢！有什么美感呢？人们由于在生活中看不到、看不出美好与欢乐，才甘心情愿地花了钱去向艺术家求教的。

由于上述的种种原因，那阿二虽然是拉黄包车，家庭生活还是过得去。我去动员的时候，他们一家正在天井里吃晚饭。白米饭，两只菜，盆子里还有糟鹅和臭豆腐干，他的老父亲端着半斤黄酒在滋滋咂咂的。我寒暄了几句之后便转入正题："阿二，现在解放了，你觉得怎么样呢？"

阿二是个性情豪爽的人，毫不犹豫地说出了他的体会："好，现在工人阶级的地位高了，没有人敢随便地打骂，也没人敢坐车不给钱。"

我听了把嘴一撇："哎呀，你怎么也只是看到这么一点点，工人阶级是国家的主人，绝不是给人家当牛做马的！"

"我没有给人家当牛做马呀！"

"还没有，你是干什么的？"

"拉车。"

"好了，从古到今的车子，除掉火车与汽车之外，都是牛马拉的！"

"小板车呢？"

"那……那是拉货的，不是拉人的，人人都有两条腿，又没病又不残，为什么他可以架起二郎腿高坐在车子上，而你却像牛马似的奔跑在他的前面！这能叫平等吗？你能算主人吗？还讲不讲一点儿人道主义！"

阿二吸了一口气："嘻，这倒是真的。"

阿二的爸爸叹了口气："没有办法呀，他给钱。"

"钱……！"我把钱字的音调拉了个高低，表示一种轻蔑，"你可知道朱自冶他们的钱是从哪里来的？他们榨取了劳动人民的血汗，你拿了一点血汗钱之后又把他服侍得舒舒服服的！"

阿二的眉毛竖起来了："可不，那家伙坐车很挑剔，又要快，又怕颠。"

我趁热打铁了："问题还不在于朱自冶哪，我们年轻人的目光要放远点，你看人家苏联……"我滔滔不绝地讲起苏联来了，就和现在的某些人谈美国似的，"苏联的工人阶级，一个个都是国家的主人，不管什么事儿，没有他们举手都是通不过的。他们的工作都是开汽车，开机器，开拖拉机，没有一个是拉黄包车的。"我向阿二爸爸的酒杯乜了一眼，"拉车弄几个钱也作孽，仅仅糊个嘴。人家苏联的工人都是住洋房，坐汽车，家里有沙发，还有收音机！半斤黄酒有什么稀奇，人家都喝伏特加哩！"我的天啊，那时我根本不知道伏特加是什么，若干年后才喝了几口，原来像我们在粮食白酒里多加了点水！

阿二和他的爸爸更不知道伏特加为何物了，他们听到这个名词还是第一回。那老头儿还咂咂嘴，他以为伏特加是和茅台酒差不多的。

阿二也心动了："哦……呃，那才有奔头。爸爸，我们也不要拉车了，你也当了一世的牛马啦！"阿二当然不是为了伏特加，我知道，他是想开汽车。那时候，年轻的人力车工人最高的理想便是当司机。

阿二的爸爸把酒杯向起一竖："嘻……快吃饭吧，吃完了早点睡，明天一早要去拉朱自冶上面店。"白搭，我说了半天，他等于没听见。老头儿的思想保守，随他去！

我抓住阿二不放，约他到我家来玩，继续对他讲道理，而且现身说法，拿自己作比："你看我，高中毕业的时候，有个同学约我到西山去当小学教员，每月三担米，枇杷上市吃枇杷，杨梅上市吃杨梅，不要钱。还有个同学约我到香港去上大学，他的爸爸在香港当经理，答应每月给我八十块钱港币，毕业以后就留在他的公司里当职员。我为什么不去呢？人活着不都是为了吃饭，更不能为了吃饭就替资本家当马牛！"除了讲道理以外，我还借了一大堆《苏联画报》给他看，对他进行形象化的教育，说明我们青年人要为这么一种伟大的理想去奋斗。说实在，我所以能讲苏联如何如何，也都是从画报里看来的，画报总是美丽的！

阿二的觉悟果然提高了，也和他的父亲闹翻了，坚决不再拉车，另找职业。我在旁边使劲儿打气："好，你这一步走得对，最好是进厂，当产业工人去！"

隔了不久，阿二垂头丧气地来找我："我把苏州都跑穿了，别说工厂啦，连饭店都不收跑堂的！"

我连忙说："千万要坚持，不要泄气。"

"气倒没有泄，可是肚皮不争气，没饭吃了！"

我听了也着急："啊，这倒是个严重的问题，再克服一下，我去帮你想想办法。"

我给了阿二几个钱，立刻到民政局去找一位同志，他是和我一起渡江过来的。

那位同志一听就喷嘴："你这位老兄毛里毛糙的，做事也不考虑考虑，现在有些资本家消极怠工，抽逃资金，工厂不关门就算好的了，你还想到哪里去找职业？"

"好好，我检讨。可你总不能见死不救呀，想想办法吧。"

那位同志沉吟了一下："这样吧，我正在搞失业工人登记，准备以工代赈，先解决他们的吃饭问题。"

以工代赈的项目是疏浚苏州城里的小河浜，这个工作很辛苦，但也很有意义。旧社会给我们留下了很多污泥浊水，我们要把浊水变清流，使这个东方的威尼斯变得名副其实，使这个天堂变得更加美丽，是我们革命的一个方面。

阿二听说这也是革命工作，二话没说，不讲价钱，天天去挖污泥，抬石头，工作比拉车辛苦几倍，但是每天只有三斤米。

阿二的爸爸也没有办法，为了吃饭，只好在门口摆起一个卖葱姜的小摊头。因为他家就住在公井的旁边，人们往往在洗菜的时候才发现忘了在菜场上买葱姜，所以生意还是不错的，只是那一碟糟鹅和半斤黄酒从此绝迹。那老头儿每天见到我时总是虎着眼睛把头偏过去。我的心里也有歉意，总是在暗中安慰着老头儿："老伯伯，你别生气，总有一天会喝上伏特加的！"我把老头儿的虎眼当作一根鞭子，每天抽一下自己："下劲儿干，争取社会主义早日胜利！"每当我深夜拖着沉重的双腿走过这空寂无人的小巷时，都要看一看阿二家的窗口，默默地叨念："老伯伯，我高小庭总算对得起你，我没有怕苦，也没有怕累，我和你家阿二都在为明天而奋斗！"

为了阿二的事情，妈妈可生了我的气："你这个不识好歹的东西，朱经理哪一点亏待过我们？人家花钱坐车碍你个屁事呀，你硬要和人家作对，弄得阿二家衣食不周，弄得朱经理出入不便，早晚都要到街上去叫车，有时候淋得像个落汤鸡，你这个缺德的东西！"

我绝不和妈妈争辩，解放以后再也不能让她流眼泪，何况她的道德观点和我也没法统一，她还相信三从四德，还认为京戏里的那种老家奴十分了不起。只是我听了妈妈的责骂以后，再也不敢去鼓动那个为朱自冶跑街买小吃的人了，那人是个老头儿，他挖不动污泥，更抬不动石头。

朱自冶对我也有感觉了，再也不喊我高同志，再也不请我抽香烟，在门口碰到我时便把头一低，擦身而去。看不出他的眼神，不知道他对我是恨呢，还是忌？不管怎么样，他的手里总算有了一样东西，一个草提包，包里有双套鞋，包口上横放着一把洋伞。他黎明出门时估不透天气，所以都带着雨具，以免叫不到车时淋成落汤鸡。我看了暗中高兴："你迟早得自食其力，应该一样样地学会。"

鸣鼓而攻

也许是组织部部长在我的档案里写了点什么，所以我的工作转来转去都离不开吃的。全行业公私合营的时候派不出那么多的公方代表，我只好滥竽充数，被派到某个有名的菜馆里去当经理。

这个菜馆我很熟悉，但在解放前从来没有进去过，只是在门口看见有许多阔绰的人进进出出，看见有许多叫花子围在门前，看见那橱窗里陈列着许多好吃的东西，在霓虹灯的照耀下使人馋涎欲滴。我读过安徒生的童话《卖火柴的小女孩》，总觉得那卖火柴的女孩就是死在这个菜馆的橱窗前。我进店的时候正是冬天，天也常常飘雪，早晨踏着积雪跑到店门口时，我的心便突然紧缩，生怕真的有个卖火柴的女孩倒在那里，火柴梗儿撒满一地。

我在店里也坐不稳，特别看不惯那种趾高气扬和大吃大喝的行为。一桌饭菜起码有三分之一是浪费的，泔脚桶里倒满了鱼肉和白米饭。朱门酒肉臭倒变成是店门酒肉臭了，如果听之任之的话，那我还革什么命呢！

我首先发动全体职工讨论，看看我们这种名菜馆究竟是为谁服务的？到我们店里来大吃大喝的人，到底有多少是工人农民，有多少是地主官僚和资产阶级！用不着讨论，这不过是一种战斗的动员而已。每个职工都很清楚，农民根本不敢到我们的店里来，他们一看那富丽堂皇的门面就害怕，不知道一顿要花几石米！还不如到玄妙观里去坐小摊，味道也不错，最多三毛钱。工人一生之中能来几回？除非他有特殊的事体。可是谁都认识朱自冶，都知道他们的吃法和胃口。每一个服务员都背得出一大串老吃客的名单，在那长长的名单中没有一个是无产阶级。其中有几个高级职员的成分难以划定，据老跑堂的张师傅反映，他们有的是老板的亲戚，有的是老板手下的红人，而且都有股份。当然，每天来吃的人并不全是老顾客，你也不能叫所有的吃客都填登记表，写明前六项。可是，老的服务员对判断吃客的身份都很有经验，他们能从衣着、举止、神态，特别是从点菜的路数上看得出，来者绝大部分都不是工人农民，至少曾经有过一段并非工农的经历。

实行对私改造的那段时间，资本家的心情并不全是兴高采烈，也不都想敲锣打鼓，有些人从锣鼓声中好像看到了世界的末日，纷纷到我们的店里来买醉。他们点足了苏州名菜，踞案大嚼，频频举杯。待到酒酣耳热时便掩饰不住了："朋友们，吃吧，吃掉他们拖拉机上的一颗螺丝钉!"这话是一种隐喻,因为那时候我们把拖拉机当作社会主义的标志。一讲到社会主义的农业便是像苏联那样,大农场,拖拉机。"吃掉他们拖拉机上的一颗螺丝钉!"当然是对社会主义不满,气焰嚣张,语气也是十分刻毒的!

我把收集的材料,再加上我对朱自冶他们的了解,从历史到现状,洋洋洒洒地写了一份足有两万字的报告,提出了我对改造饭店的意见,立场鲜明,言辞恳切,材料生动确凿,简直是一篇可以当作文献看待的反吃喝宣言!

领导十分欣赏我的报告,立即批准在本店试行,取得经验后再推向全行业。

我放手大干了!

首先拆掉门前的霓虹灯,拆掉橱窗里的红绿灯。我对这种灯光的印象太深了,看到那使人昏眩的灯便想起旧社会。我觉得这种灯光会使人迷乱,使人堕落,是某种荒淫与奢侈的表现。灯红酒绿的时代早已一去不复返了,何必留下这丑恶的陈迹?拆!

店堂的款式也要改变,不能使工人农民望而却步。要敞开,要简单,为什么要把店堂隔成那么多的小房间呢,凭劳动挣来的钱可以光明正大地吃,只有喝血的人才躲躲闪闪。拆!拆掉了小房间也可以增加席位,让更多的劳动者有就餐的机会。

服务的方式也要改变。服务员不是店小二,是工人阶级,不能老是把一块抹布搭在肩膀上,见人点头哈腰,满脸堆笑,跟着人家转来转去,抽下抹布东揩西拂,活像演京戏。大家都是同志嘛,何必低人一等,又何必那么虚伪!碗筷杯盏尽可以放在固定的地方,谁要自己去取,宾至如归嘛,谁在家里吃饭时不拿碗筷呀,除非你当老爷!

以上的三项改革,全店的职工都没有意见,还觉得新鲜,觉得是有了那么一点革命的气息。可是当我接触到改革的实质,要对菜单进行革命时就不那么容易了。

我认为最最主要的是对菜单进行改造,否则就会流于形式主义。什么松鼠鳜鱼、雪花鸡球、蟹粉菜心……那么高贵,谁吃得起?大众菜,大众汤,一菜一汤五毛钱,足够一个人吃得饱饱的。如果有人还想吃得好点，我也不反对，人的生活总要有点变化，革命队伍里也常常打牙祭，那只是一脸盆红烧肉，简单了点。来个白菜炒肉丝、大蒜炒猪肝、红烧鱼块、青菜狮子头（大肉圆）……够了吧，哪一个劳动者的家里天天能吃到这些东西？

反对的意见纷纷而来，而且都是从老年职工那里来的。

跑堂的张师傅反对了。他说话有点嬉不溜溜地："啊哈，这下子名菜馆不是成了小饭铺啦！高经理，索性来个彻底的改革吧，每人发两块木板，让我们到火车站摆荒饭摊。"

我听了把眼睛一抬："同志，有意见可以提，态度要严肃点，这是革命工作，不是和吃客们打哈哈的！"我知道他和资产阶级的老爷太太们周旋了几十年，说话不上路，所以特地点了他一点。

"好好，没意见，这样做我们也可以省点力。"张师傅服了。

管账的也提意见了："高经理，我的意见也可能不正确，只是我有点担心……唔，这样做当然是对的了，可那赢利是不是会有问题？"他说起话来咝咝缩缩，因为他和原来的老板是亲戚，"三反五反"时曾经擦破点皮。

"你的担心我也考虑过，可是社会主义的企业是为人民服务，绝不能像资本家那样唯利是图！"

"对对，对对对。"管账的马上服帖。

死不服帖的是那几位有名的厨师，如果用现在的职称来评定的话，他们不是一级便是二级。他们可以著书立说，还可以到外国去表演。可我那时并没有把这种宝贵的技术放在眼里，他们也可能没有把我这样的外行放在眼里，特别是那个杨中宝，好像我剜了他的肉似的。

"这不是都卖点儿家常便饭了吗？"

"家常便饭有什么不好呀？"

"家常便饭家家会做，何必上饭店？"

"出门的人哪有背着锅子走路的？"

"出门的人都想尝尝天下的名菜，噢，苏州的名菜就是红烧狮子头？"

"那要看是什么人？"

"什么人都有，包括像你这样的干部在内！"

"我出差每天三毛钱伙食，两毛钱伙补，一顿吃掉五毛钱，还有早晚两顿没有着落哩！"

"不是所有的人都和你一样，他们自己贴。"

"贴，拿什么贴？不少人就是因为出差时嘴馋，才贪污了公款。"

"如果人家请客呢？"

"为什么要请客，拉拉扯扯的。'三反五反'的教训还不够吗？不少人被资本家拉下水，就是从请客吃饭开始的，说不定那些见不得人的勾当，就是在我们楼上的小房间里干出来的！"

"人家结婚呢？"

"结婚，更不能铺张浪费，买几斤糖，开个联欢会，我们机关里就是这样干的。"

杨中宝火了："高经理，你说的都是外行话，机关是机关，饭店是饭店。请把我调到机关里去当炊事员吧，保证没意见！"我看着杨中宝直翻眼，把到了嘴边的话咽回去。我不能对一个老工人发脾气，他的工龄和我的年龄差不多，是地地道道的无产阶级，而我的本人成分是学生，属于小资产阶级，再怎么革命也是革不掉的，只好暂时忍耐一点。何况他们所以反对也有道理，因为这一改他们就没有用武之地了。白菜炒肉丝不需要什么高超的手艺，连我都会……是呀，他们的技术不能发挥，也很可惜。调到机关里去当炊事员虽然是气话，调到交际处去当炊事员倒是很合适的……

会场沉寂。

我要设法打开僵局，目光便向青年人投射过去。那时候我已懂得，如果遇事打不开局面，最好是鼓动青年人起来带头。他们不保守，有闯劲，闯过了警戒线也无妨，然后再向回拉一点。矫枉必须过正，也许就是这个道理。

"青年同志们谈谈嘛，你们也是店里的主人，未来是属于你们的，谈谈。"

年轻的职工们只是笑，看看老师傅又看看我，两边都为难，一时拿不定主意。内中有个小伙子，名字叫作包坤年，跑堂的，虽然还没有满师，讲话却是很有水平的。

"同志们，我们的店必须改革，必须彻底地改革！再也不能为那些老爷们服务了，要面向工农兵。面向工农兵绝不是一句空话，要拿出菜单来作证明。烧什么菜，就是为什么人服务。蟹粉菜心不仅工农兵吃不起，而且还要跟着老爷们受罪！为什么，菜心都给他们吃了，菜帮子都到了工农兵的碗里！生炒鸡丁要用鸡脯，鸡头鸡脚都卖给拉黄包车的，这分明是对工农兵的瞧不起。农民进店来只点豆腐汤，有人竟然回生意：'嘿，吃豆腐汤到玄妙观去吧，那里的豆腐汤又好又便宜。'玄妙观只卖豆腐脑，分明是捉弄乡下人的。要是朱自冶他们来了就不得了，从堂口到厨房，都是忙得飞飞的。鱼要活的，虾要大的，一棵青菜剥剩了拇指那么一点点……"

包坤年这么一带头，人们就跟着发表意见，纷纷揭露我们的浪费，以及重视筵席而看不起小生意。这些情况我以前都不了解，听了十分生气，把手指在桌面上敲敲："你看，你们看，不改革怎么得了呢！"

跑堂的张师傅低头不语了，回掉农民的生意可能就是他干的。几个厨师也不讲话。苏州的名菜选料精细，浪费肯定是有的。围着朱自冶之类的人转也不假，名厨要靠吃家，要靠他们扬名，要靠他们品出那千分之几的差别。最好能碰上孔夫子，孔子曰："食不厌精，脍不厌细！"

改革方案就这么定下来了，包坤年是立了功的，他后来表现得也十分积极，我指向哪里他打向哪里。我也为他的进步创造了很多有利的条件。至于他在"文化大革命"中把我打得半死，那是后话，暂且不提……

我当时把全部精力都扑在改革上，每晚回家都在十一点之后。我改了店堂，换了门面，写了大红海报张贴街头，还向报馆里投了稿，标题是：名菜馆面向大众，大众菜经济实惠！

开张的那一天，景象是十分壮观的。老头老太结伴而来，还拉着小孙子、小妹妹。那些拉车的、挑担的、出差的，突然之间都集中到店门口。门前的黄包车、三轮车、马车停了一长溜。这种车水马龙的情景解放前我也曾见过，可那是拉着老爷太太们来的，老爷太太们美酒高楼，拉车的人却瑟缩在寒风里。如今瑟缩的人们都站起来了，昂首阔步地进入店堂，把楼上楼下两个像会场似的堂口都挤得满满的。一时间板凳桌子乒乓响，人声鼎沸如潮水，看起来有点混乱，可那气氛实在热烈！服务员上菜也很迅速，大众菜、大众汤，都用不着现做，汤装在木桶里，菜装在大锅里，一勺一大碗，川流不息地送出去。店门口的行人要靠右走，进出连成两条线，如果用门庭若市来形容，那是十分贴切的。

朱自冶和他的吃友们居然也来了，很好，我倒要看看你们今天想吃点什么东西！谁知道他们先在门口看看广告，再到店堂里瞧瞧热闹，俯下身去看看大众菜，鼻子吸了那么几吸，然后带着不屑一顾的神情走出去，还相互拍拍打打地发笑哩！我见了义愤填膺："反对吧，先生们，我改革的目标就是要叫你们反对！"

老头老太的反应可就不同了："啊哟，以前只听说这家菜馆有名，越有名越不敢来，今天可算见了世面！"

挑菜的农民也说了："这菜馆我以前来过几回，都是挑着青菜进后门，一直送到厨房里，从来不敢向店堂里伸头！"

多么深刻的写照呀，多么自豪的语言，人民的称赞使我忘记了疲劳，感动得心都发抖。不管将来的历史对我这一段的工作如何评价（放心，它无暇顾及），可我坚信，当时我绝无私心，我是满腔热忱地在从事一项细小而又伟大的事业！

当时，我们的领导也到了现场，看了也很满意，虽然秩序有点混乱，那也是前进中的缺点，要我们好好地总结提高，然后推向全行业。

化险为夷

这一下朱自冶可就走投无路了！尽管我们的经验很难推开，许多名菜馆都是敷衍了事，弄几道大众菜放在橱窗里装装门面。可是风气一开，那苏州名菜便走了味，菜名不改，价钱不变，制作却不如从前那么精细。朱自冶有一张什么样的嘴啊，他能辨别出味差的千分之几哩！一吃便摇头，便皱眉，便向人家提意见。朱自冶看错皇历了，这时候再也没有人把他当作朱经理，资本家三个字也不是那么好听的。有钱又怎么样，不许收小费，你爱吃便进来，嫌丑请出去，反正营业额的大小和工资没有关系。如果依了你朱自冶的话，还要落得个为资产阶级服务的臭名气！

朱自冶怎么受得了呀，他每吃一顿便是一阵懊丧，一阵痛苦，一阵阵地胃里难受。每天都觉得没有吃饱，没有喝够，看到酒菜却又反胃。他精神不振，毫无乐趣，整天在大街上转来转去，时常买些糕点装在草包里，又觉得糕点也不如从前，放在房间里都发了霉，被我的妈妈扫进垃圾堆。那个很有气派的小肚子又渐渐地瘪了下去。

有一天晚上，朱自冶居然推门而入，醉醺醺地站在我的面前："高小庭，我……反对你！"

资产阶级开始反扑了，这一点我早有准备："请吧，欢迎你反对。"

"你把苏州的名菜弄得一塌糊涂，你你，你对不起苏州！"

"这是你的看法，菜碗没有打翻，一塌糊涂是谈不上的。是的，我对不起苏州的地主和资产阶级，对苏州的人民我可以问心无愧！"

"你你……你对不起我！"

"是的，应当对不起你，因为你自己也是资产阶级！"

"小庭啊，人可要凭点儿良心，这些年来我可没有亏待过你！"

朱自冶语无伦次了，他竟然想揭下伤疤当膏药贴，这就惹得我火起："朱经理，我是对不起你，也对不起你的朋友。你的朋友中有三个是地主，有两个是在反动党团特的册子上登过记的，还有三个是拿定息的，包括你自己在内。别以为定息可以拿到老，这资产阶级总有一天要被消灭！"

朱自冶吓了一跳，以为我们的政策又要改变。对他来说吃当然很重要，消灭却是性命攸关的。他的酒意消掉了一半，不由自主地向后退，掏出一根前门牌香烟塞过来，被我用一根飞马牌香烟挡回去。他乘势把香烟一叼，吸了一口："该死，今天托人到常熟去买了一只叫花子鸡，味道还和从前一样，不免多喝了几杯，这就糊里糊涂地跑到你家来了。咦，我是从哪个门里进来的呢！"朱自冶想夺门而走了。

"慢点！"

朱自冶站住了。

"朱经理，如果我有什么地方对不起你的话，那就是我没有告诉你一句最要紧的话：你再也不能这样下去了，要逐步地学会自食其力！"

"是的，我一定铭记。"

从此以后，我很少碰到朱自冶，他当然也不会再来向我表示反对。

我对他倒是十分关心，常常向妈妈问起。妈妈说她也不清楚，经常不见朱自冶回家，房间里一股霉味。我想，朱自冶也许是去干什么了吧，吃是终身的必需，总不能是终生的职业。

隔了不久，包坤年来向我汇报，他经常向我汇报。

"不得了，杨中宝他们开地下饭店了，是专门为资本家服务的，每天晚上赚大钱！"

"可当真？"

"一点不假，是我亲眼看见的，地点就在你家东面的五十四号里，天天晚上有许多资本家在那里聚会，杨中宝烧菜，一个妖里妖气的女人收钱！"

包坤年说得有根有据，我怎能不问不理？立刻到居民委员会去调查，找杨中宝来谈话，一问一查又找到了朱自冶的踪迹。

朱自冶开始隐退了，他对饭店失望之后，便隐退到五十四号的一座石库门里。这门里共有四家，其中一家的户主叫孔碧霞。孔碧霞原本是个政客的姨太太，这政客能做官时便做官，不能做官时便教书，所以还有教授的头衔。苏州小巷里的人物是无奇不有的。据说，年轻时的孔碧霞美得像个仙女，曾拜名伶万月楼为师，还客串过《天女散花》哩！可惜的是仙女到了四十岁以后就不那么惹人喜爱了，解放前夕，那政客不告而别，逃往香港，把个孔碧霞和一个八九岁的女儿遗弃在苏州。

孔碧霞年轻的时候打扮惯了，也可能是由于登过台的关系，所以举手投足、顾盼摆扭等都讲究个形体美。讲究得过了分便变成矫揉造作、搔首弄姿，特别是在无姿可弄而要硬弄时便有点怪里怪气。苏州话骂人也不是那么好听的，人家暗地里叫她"干瘪老阿飞"。

朱自冶一贯的不近女色，为什么突然之间和孔碧霞混到一起去呢？很简单，那孔碧霞烧得一手好菜！

孔碧霞数十年的风流生涯，都是在素手做羹汤中度过的。她丈夫的朋友都是政界、实业界、文化界的高雅得志之士，像朱自冶这样的人是休想登堂入室的。什么美食家呀，在他们看起来，朱自冶只不过是个肉头财主，饕餮之徒，吃食赖皮。哪有一个真正考究吃的人天天上饭店？"大观园"里的宴席有哪一桌是从"老正兴"买来的？头汤面算得什么，那隔夜的面锅有没有洗干净呢！品茶在花间月下，饮酒要凭栏而临流。竟然到乱哄哄的酒店里去小吃，荷叶包酱肉、臭豆腐干是用稻草穿着的，成何体统呢！高雅权贵之士，只有不得已时才到饭店里去应酬，挑挑拣拣地吃几筷，总觉得味道太浓，不清爽，不雅致。锅、勺、笊篱不清洗，纯正的味儿中混进杂味，而且总有那种无药可救的、饭店里特有的油烟味！朱自冶念念不忘的美食，在他们看起来仅仅是一种通俗食物而已。他们开创了苏州菜中的另一个体系，这体系是高度的物质文明和文化素养的结晶，它把苏州名菜的丰富内容用一种极其淡雅的形式加以表现，在极尽雕琢之后使其返乎自然。吃之所以被称作艺术，恐怕就是指这一体系而言的。

孔碧霞的烹调艺术，就是得之于这一派的真传。她在当年的社交界是个极其有名的姨太太，会唱戏，会烧菜，还会画几笔兰花什么的。二十多年间她家的庭院里名流云集，两桌麻将让八个男人消遣，一桌酒席由她来做精彩的表演。她家有一个高级的厨娘，这高级的厨娘也只能当她的下手！

朱自冶被逼得走投无路之后，偶尔听到他的一位吃友谈起，说是五十四号里有个孔碧霞，此人当年如何如何，如何身怀绝技。

朱自冶一听便笑了："你老兄是说吃解馋的吧，好菜怎么能在家里做呢。你没有那么多的作料、高汤，没有那么大的炉火与油镬，办不成的。"

"不信？那也没有办法，我请不动那位尊神。她根本就不把我们这些人放在眼里。解放前我想尽办法也没有打得进去……对了，近几年来听说她的家境不好，手头拮据，也许看了孔方兄的面上，能为我们操办一席。你家和她靠近，去试试。"

朱自冶病急乱投医了，他为了吃总会干出一些冒冒失失的事体。他冒冒失失地去敲五十四号的大门，径直说明来意。

如果是在解放前的话，孔碧霞不把朱自冶赶出来才怪哪！可那孔碧霞不如朱自冶，她没有那么多的存款和定息，已经把房子租给了三家，还得靠变卖家具和首饰度日。同时她也多年不操此道，有点技痒难熬，很想重新得到别人的称赞，再现昔日的风流。她内心已经许诺，表面上还要搭搭架子："啊呀，朱先生倷（你）是听啊里（哪里）一位老先生活嚼舌头根，倷伲（我们）女人家会做啥格（什么）菜呢，从前辰光烧点小菜，是吷没（没有）事体弄弄白相（玩儿）格！"这女人的一口苏白像唱歌似的好听，可惜写出来却不是那么好懂的。

朱自冶当然懂啰，涎皮搭脸地恳求着："行行好吧，不管你办什么我们都吃，总归要比饭店里好点。"

"饭店！……"孔碧霞十分轻蔑地拉长了声音，"你们男人家真没出息，闻了饭店里的那股味道之后居然还吃得下东西！"

朱自冶目瞪口呆了，饭店里有什么味道？有的是美食的香味，闻了以后才胃口大开哩！"啊，是是，我们这些人都是凡夫俗子，吃了一世什么也不懂，赏个光吧，让我们开开眼界。"

"好吧，那就献丑了，你们几个人呢?"

朱自冶默算了一下，把食指一环："九个。"

"不行，最多只能七个，人多是没好食的。"

"那就八个，正好一桌。"

孔碧霞笑了："朱先生，你不懂规矩，那下手的一个位子是给烧菜的人留着的。"

"好好，对不起。"朱自冶嘴里叫好，心里犯疑，哪有厨师上桌的？为了吃也只好迁就了，随即从身边掏出一沓钞票，数了五十元放在桌子上，心里盘算，这十块钱就算小费。

孔碧霞面有难色了："哎呀，这几个钱吃点什么呢?"

朱自冶把心一横，八十块全部豁出去，买个面子。

孔碧霞迟疑了半晌，好像在那里算账，最后乜了朱自冶一眼："好吧，不够的地方我也凑个份子。唉，你这人也实在可怜！"

事情就这样定下了，孔碧霞足足地准备了五天。据说还有一只红焖鳗没有来得及做，因为买回来的鳗鱼必须先用特殊的方法养一个星期，而那朱自冶又馋得等不及。

至于这一顿到底吃了些什么，我没有参加，不能乱吹。

杨中宝是参加了的。那一天他正好休息，在大街上碰到了朱自冶。朱自冶是去通知他的吃友们准时上阵的，没想到有位老友因病不起，需要另找候补的。看见杨中宝便说："走走，跟我去见见世面。"接着便把如何找到孔碧霞等等说了一遍。连说带吹，借以发泄对我们饭店的怨气。

杨中宝从来不服人，艺高人总有那么点傲气。名厨师都是男人，哪来这么个女的！可是，他也听他师傅说过，在清末民初的时候，苏州有一种堂子菜，是从高等妓院里兴起来的。做这种菜的全是聪敏漂亮的女人，连丑丫头都不许帮边，那做工细得像绣花似的。他反正闲着没事，那朱自冶又不用他出钱，何不趁此去见识见识，如果真有可取的话也可学点技术；如果言过其实的话也可把朱自冶揶揄一顿，煞煞他的锐气！

杨中宝只向我讲了事情的来龙去脉，说明他没有开地下饭店，同时对这种捕风捉影的小报告十分恼火，说是有人和他过不去，他一气之下就不谈孔碧霞了，而是缠着我把他调到交际处去。这事儿很快就办成了，所以我一直不知道那天晚上孔碧霞如何大显身手，究竟吃些什么稀世的美味！读者诸君也不必可惜，在往后的年月里我们还会见到她表演。"文化大革命"可以毁掉许多文化，这吃的文化却是不绝如缕。我当时只能从朱自冶的行动上来进行推测，肯定那天晚上的一桌菜是"此曲只应天上有，人间能得几回闻"！

朱自冶一吃销魂，从此很少见到他的踪影。他再也不像没头苍蝇似的在街上乱转，再也听不到他清晨开门去赶朱鸿兴。他不食人间烟火了，一日三餐都吃在孔碧霞的家里。一个会吃，一个会烧；一个会买，一个有钱。两人由同吃而同居，由同居而宣布结婚，事情顺理成章，水到渠成。

朱自冶终于成家了，一个曾经有过无数房屋的人，到了四十五岁上才有了家庭！家庭是个奇妙的东西，它会使人变得有了关栏，言行举止也规矩了点。朱自冶稳重些了，注意言谈，也注意外表。衣着和过去大不相同。笔挺的中山装，小口袋里插着两支钢笔，颇有点学者风度，这恐怕是孔碧霞参照她前夫的形象加以塑造的。

那孔碧霞不仅会烧菜，治家也是能手。结婚以后她千方百计地调整住房，让朱自冶搬过去，把五十四号里的三户人家搬过来。三户人家的住房面积都有了扩大，她自己也不蚀本。因为那五十四号是个中式的庭院，有树木竹石，池塘小桥，空间很大，围墙很高，大门一关自成天地，任他们吃得天昏地黑也没人看见。那时候，像我这样的反吃战士比较多，还有反穿的。谁要是考究饭菜，讲究衣着，那就有被斥之为资产阶级的危险，或者说是和资产阶级的思想沾了边。所以有钱的人也不得不稍加隐蔽，关起门来吃，吃到肚子里谁也看不见！当然，完全看不见也不可能，人们每天早晨都看见朱自冶夫妇上菜场。两个人穿着整齐，一个拎篮，一个拎包，一个人的膀子套在另一个人的膀子里，惹得行人侧目而视，哧溜一声："干瘪老阿飞！"

我的妈妈从来不说孔碧霞的坏话，她认为这个女人是行了件好事，使得一个败子回头。她买菜回来常常对我说："又碰到朱经理啦，现在变好了，夫妻两个亲亲热热，像个过日子的。"

我听了只是哼哼，心里想：这叫变好？这是关起门来逃避改造！

人之于味

朱自冶逃避改造，我对他也无可奈何。他不到我们的店里来吃饭，我也不能冻结他在银行里的存款。说他有资产阶级的思想也白搭，他本来就是资产阶级。让他去吃吧，革命不是一次完成的，只要他规规矩矩，不再叫喊什么苏州菜不如从前，不再闯到我房间里来提意见。

朱自冶当然不会提意见啰，偶尔碰到我时，也是陌若路人，头也不点，挺着那重新凸起来的肚子扬长而去，像个得胜的公鸡，气得我两肺直扇！

更为气愤的是居然有人和朱自冶唱着一个调子，说我们的饭店是名存实亡，饭菜质量差，花色品种少，服务态度恶劣！而且说这种话的人百分之九十以上都不是资产阶级。有干部，有工人，还有老头儿老太什么的。我听了很不服，改革才进行了一年多，你们怎么会从赞扬变成反对？两片嘴唇翻得倒快哪！我只好耐心地加以解释："老太太，少说两句吧，一年前你能到这里来吃饭，还算见了世面！"

"世面已经见过了，现在要吃好东西！"老太太晃着几张大钞票，"喏，儿子寄来的，他再三关照我要增加营养，高兴的时候便到你们店里来改善改善。改善个屁，还不如我自己烧的！"

"那就自己烧吧，自己烧的东西合口味。"我想起孔碧霞来了，不觉说漏了嘴。

老太太火了："你……你这话像是开黑店的人说的，我能烧还要你们干什么，白养着你们拿薪水！"

包坤年挺身而出了："什么叫开黑店，你嘴里放干净点！社会主义的企业是黑店？你诬蔑……"

我连忙拦阻："好了，算了算了。老太太，你别生气，这菜如果没有动过的话，我们退钱。"

对干部模样的人我就不大客气了："同志，你是出差的吧？"

"对，咱从北京出差到苏州，听说苏州菜名扬四海，你们的店很有名气，特地来品尝品尝，可你们却拿出这玩意儿！"

"同志，有这样的玩意儿已经不错了，你的伙补一天才几毛钱？"

"咱自己就不能补？现在不是包干制的时代了，咱花得起！"

"艰苦朴素的作风还得保持。"

"对对，谢谢您的教导，早知如此应该背一袋窝头上苏州，你们这家饭店嘛，存在也是多余的！"袖子一甩，走了。

我叹了口气，觉得这人的资产阶级思想也是很严重的，才拿了几天薪金，就这么财大气粗地当老爷！至于我们这家饭店的存在……唉，确实有了点问题。这两年国民经济大发展，农村连年丰收，工人调资定级，干部拿了薪水……那人民币又特别禁花，肉才六毛多一斤，五香茶叶蛋五分钱一个，二两五的洋河大曲连瓶才两毛二分钱。许多人都阔绰起来了，看到大众菜便摇头，认为凡属"大众"都没有好东西，"劳动牌"也不是好香烟。我想为劳动大众服务，劳动大众却对我有意见。有人把意见放在桌面上，更多的是不愿费口舌，反正有名的菜馆多的是，他们的改革本来就不彻底，临时弄点大众菜装装门面的，时过境迁连门面也不装了，橱窗里琳琅满目，各种名菜赫然在焉！他们趁着市面繁荣时拼命地掏人家的口袋，掏得人家笑嘻嘻的，那营业额像在寒暑表上哈热气，红线呼呼地升上去！我们也曾有过黄金时代啊！想那改革之初，营业额也曾一度上升，我还以此教育过管账的，说他是杞人忧天。隔了不久便往下降，降、降……降掉了三分之一，再降下去确实会产生能否存在的危机！

好吃的人们啊！当你们贫困的时候，你们恨不得要砸掉高级饭店，有了几个钱之后又忙不迭地向高级饭店里挤，只愁挤不进，只恨不高级。如果广寒仙子真的开了"月宫饭店"，你们大概也会千方百计地搭云梯！

一九五七年的春天是个骚动不安的季节，到处都在鸣放，还有闹事的。店里的职工开始贴我的大字报了，废报纸上写黑字，飘飘荡荡地挂在走廊里。我看了以后倒也沉得住气，无非是大众菜和营业额等等的问题。只有一张大字报令人气愤，说我是拿饭店的名声，拿职工的血汗来换取个人的名利，说那杨中宝是被我打击、排挤出去的！署名是"一职工"，可从那语气和那么多的形容词来看，肯定是包坤年写的。你这小子也太不应该了，当初改革时你也曾热情支持，说杨中宝开地下饭店也是你汇报的，怎么能把一堆屎都甩到我的头上来呢！当然，我也没有必要对此加以解释，只要有千分之一的正确性，都是应该接受的。

正当我惶惑不安，心情烦躁的时候，却来了我的老同学丁大头。

丁大头到北京开会，路过苏州，特地下车来看看我。转眼八年啦，真叫人想念！我情不自禁地叫起来："老伙计，我要好好地请你吃一顿，走，上我们的饭店去！"我叫过以后也觉得奇怪，这话可不像我说的，怎么见了面就想请客呢！

丁大头摇摇头："罢啦，你们的饭店我已经领教过了，还把大字报浏览了一遍。老伙计，你这些年都干了些什么呢？"

"干了点什么？等等，你等等。等会儿我会全部告诉你。"我连忙把我的爱人叫出来，向丁大头介绍，"喏，这就是我的爱人。这就是我常常对你说起的丁大头。"

丁大头欠了欠身子："丁正，绰号大头……哎哎，这个雅号再也不能扩散了，我和你一样，大小也是个经理！"

我爱人掩着嘴笑，盯住大头看，好像要弄清楚那头是否比平常人大点。

我说："你别呆看了，快到小菜场去看看，买点儿什么东西。"丁大头对我们的饭店已经领教过了，带他到人家的饭店里去更是制造口舌。所以我想叫爱人随便弄点菜。晚上就在家里吃一点。

谁知道我的爱人没手抓了，结婚两年多她还没有弄过饭哩！她只会替丁大头倒茶、递烟，后来说："你们先谈会儿吧，妈妈到居民委员会开会去了，等她回来再替你们准备吃的。"

我一听便急了，居民委员会开会是个马拉松，又拉又松，等到他们开完会，那小菜场肯定已经关门扫地。便说："你就烧一顿吧，不能样样事情都依赖妈妈。"

我爱人来话了："怎么，你把说过的话都忘啦，你说年轻人如果把业余时间都花在小炉子上，肯定不会有出息。"她把双手一摊，"你看，我这个有出息的人还不知道油瓶在哪里！"

丁大头哈哈地笑起来了："对，我可以证明，这话肯定是他说的，一切后果由他负责！"

我连忙摆摆手："好了，你到居民委员会去一趟，就说家里来了人，让妈妈早点儿拔签。"

爱人出去之后，我便滔滔不绝地倒苦水，从头说到尾："……那些大字报你都浏览过了，进行人身攻击的不谈，那是一个年轻人跟着人家起哄。可是我的改革有什么错？旧社会的情景你也见过的，就是为了消灭那种不平才去革命，才去战斗。我不会忘记，临离开这个城市的时候我曾经对她发过誓言。当然，那只是一种壮志，个人的力量是很微薄的，可是在我力所能及的范围内绝不能让那些污泥浊水再从阴沟里冒出来，绝不能让那些人还生活在他们的天堂里！他们可以关起门来逃避，但是不能让我们的同志在吃的方面去向资产阶级学习。当年我们遥望江南，为的是向旧世界冲击。曾几何时，那些飘飘荡荡的大字报却对着我冲击了！冲吧，我问心无愧！"

丁大头沉默了，直抽烟，他的心情大概也是很不平静的。

"说话呀，你的知识比我广博，这些年又在新华书店工作，整天埋在书堆里，你可以随便抽出一本书来敲敲我的头，最好是那些布面烫金的，敲起来有力！"

丁大头笑了："那不行，敲破了头是很难收拾的，我只是想告诉你一个奇怪的生理现象，那资产阶级的味觉和无产阶级的味觉竟然毫无区别！资本家说清炒虾仁比白菜炒肉丝好吃，无产阶级尝了一口之后也跟着点头。他们有了钱以后，也想吃清炒虾仁了，可你却硬要把白菜炒肉丝塞在人家的嘴里，没有请你吃榔头总算是客气的！"

我跳起来了："你你……你也不能天天吃清炒虾仁呀！"

"谁天天到饭店里吃炒虾仁的，他有那么多的工资吗？"

"可也不少呀，同志，你不能低估这种潮流！"

"是你把大众低估了。大众是个无穷大，一百个人中如果有一个来吃炒虾仁，就会挤破你那饭店的大门！你老是叨念着要解放劳苦大众，可又觉得这解放出来的大众不如你的心意。人家偶尔向你要一盘炒虾仁，不白吃，还乐意让你赚点，可你却像沙子丢在眼睛里。"

"不不，我对大众没意见。"

"我知道，你是对那个朱什么冶有意见，他闭门不出了，你到哪里去揪他呢！"

"也不是全躲在家里。"

"当然，肯定会有许多人跟着劳苦大众去吃虾仁，告诉你吧，即使将来地主和资本家都不存在了，你那吃客之中还会有流氓与小偷，还有杀人在逃的，信不信由你。"

我信了。我早就发觉这一点了，住旅馆需要工作证和介绍信，吃饭只要有钱便可以。我只好叹气了："唉，你的话也不无道理，可我总觉得勤俭朴素是我们民族的美德，何必在吃的方面那么顶真呢？"

"说得对，这对你个人来说是一种美德，希望你能保持下去。可你是个饭店的经理，不能把个人的好恶带到工作里。苏州的吃太有名了，是千百年来劳动人民创造出来的文化，如果把这种文化毁在你手里，你是要对历史负责的！"

我一听便凉了。我在学校里读过历史，知道那玩意可不是好惹的，万一被它钉住了，死都逃不脱！可我也怀疑，这吃的艺术怎么会是劳动人民创造的呢，说得好听罢了，这发明权分明是属于朱自冶和孔碧霞之流。

也怪我的妈妈太热情，这天的晚饭竟然是五菜一汤，汤是用活鲫鱼烧的，味道鲜美。

丁大头眉开眼笑了："你看，这资产阶级的风气已经渗透到你的家庭中来了，注意！"

南瓜之类

丁大头走后，我仔细地检查了我的行为。一个老朋友来了，为什么立即想到要去买菜呢？很简单，这是一种乐趣，也含有尊重与慰劳的意味。过去为什么不是这样的呢？记得渡江后和他在无锡分手时，我也曾为他送行，花了五分钱在摊头上吃了一碗小馄饨，他十分满意，我也情意绵绵。今天为什么不能那样做，一顿花掉五块多钱！也很简单，那时的五分钱是我全部流动资金的十分之一，而我今天的工资是七十五，加上我爱人的工资，再扣去家庭的开支，那五块钱也就等于五分钱。物质和精神的砝码一样大，情谊的天平是平平的。如果我今天还请丁大头吃小馄饨，即使他不介意，我又有什么必要让他忆苦思甜！如果让妈妈和爱人知道的话，肯定要给我一顿臭骂："这些年你一直惦记个丁大头，来了以后只肯花五分钱，你还像不像个人呢！"

我当然像个人，而且自以为像个很好的人，不随波逐流，不见异思迁……可我有没有感到时间在流去，生活在变迁？我只知道忘记了过去就等于背叛，却不知道忘记了变化也和背叛是差不多的，同样是违反了人民的心意。不去管什么朱自冶了，让他在小庭院里快活几天！

正当我想转弯的时候，"反右"斗争开始了。这个运动没有碰到我，我差点儿还成了英雄哩。谁都承认我立场坚定，方向对头，早就以实际行动打击了资产阶级的"今不如昔"。只是由于我的心中有鬼，说话吞吞吐吐，行动也不积极，白白错过了一个提拔的好机会，是个扶不起的刘阿斗。

我想转弯也来不及了，因为跟着便是"大跃进"，"大跃进"之后便是困难年。"大跃进"的时候人人都顾不上吃饭，困难年人人都想吃饭了，却又没有什么东西可吃的。酱油都要计划供应了，谁还会对大众菜有意见？连菜汤都是一抢而空，尽管那菜汤是少放油，多放盐。凡是能吃的东西人们都能下肚，还管它什么滋味不滋味！

这就苦了朱自冶啦！他吃了四十多年的饭，从来就不是为了填饱肚皮，而是为了"吃点味道"。这味道可是由食物的精华聚集而成的。吃菜要吃心，吃鱼要吃尾，吃蛋不吃黄，吃肉不吃肥，还少不了蘑菇与火腿。当这一切都消失了的时候，任凭那孔碧霞有天大的本领也难以为炊。

人也真是个奇怪的动物，有得吃的时候味觉特别灵敏，咸、淡、香、甜、嫩、老，点点都能区别。没得吃的时候那饿觉便上升到第一位，饿急了能有三大碗米饭（不需要上白米）向肚子里一填，那愉快和满足的感觉也是难以形容的。朱自冶尽管吃了一世的味道，却也难逃此种规律。他被饥饿从小庭院中逼出来了，又拎着个草包成天在街上兜。这一次不是寻找美味了，只要看见哪里围着人，便拼命地向里钻，企图能买到一点红薯、萝卜或花生米之类，不管什么价钱。无奈，他经常总是提着个空包回来，神情沮丧，疲惫不堪地走过我家的门前。我第一次见到他财大并不气粗，他也许是第一次感到金钱并不是万能的。照理说那朱自冶也饿不了，城市不比农村，他有定量供应。"大跃进"之前他家的定量吃不了，经常向外调剂，现在虽说捐献掉两斤，那也不至于饿肚皮。奇怪，一旦缺少了副食品和油之后，那粮食就好像是棉花做的，一天八两一顿下肚，还不知道是塞在哪个角落里！何况那思想也有问题，一顿不饱十顿饥，眼睛一睁便想吃东西。朱自冶以前是眼睛一睁便想吃头汤面，现在却老是睁着眼睛看饭桌上的饭碗，总觉得他碗里的饭要比孔碧霞女儿少了点。孔碧霞也没好气："是你的肚子里有鬼！"

"我有鬼还是你有鬼？一个是空的，一个是实的！"

孔碧霞一把夺过女儿的饭碗："给你，都给你，反正女儿也不是你养的！"

孩子哇的一声哭起来了，夫妻俩吵得不可开交。吵到后来实行分食制，一只煤炉两只锅，各烧各的。在吃上凑合起来的人，终于因吃而分成两边。再也看不见他们两个套着膀子走了，再也听不见孔碧霞嗲声嗲气地叫喊："老朱暧，你来哪！"

资产阶级的家庭关系本来就是建筑在金钱上的，当金钱处于半失效的状态时，那关系也就会处于半破裂。我倒有点为朱自冶庆幸了，这下子他可以不再迷信金钱，也可以知道一粥一饭的来之不易，不要那么无休止地去寻求美味。

我这样想并不是幸灾乐祸，因为我和朱自冶同处一个灾祸之中，他饿我也饿，同样饿得难受。按说，我是一个饭店的经理，在吃的方面还是有点儿办法的，在这种特定的时刻，权力的作用会明显地超过金钱。可我一贯自认为是个很好的人，饿死事小，失节事大，不去搞那些鬼把戏。老实说，也没有饿到真的爬不起来的地步。况且我的家庭很巩固，妈妈和我的爱人拼命地保证重点。妈妈总是让我先吃："快吃吧，吃了上班去，我反正没事，等一歇。"我知道这"等一歇"是什么意思，总是偷偷地把饭拨掉点。我的爱人重点保证女儿，孩子读小学，正在长身体，放学回家等不及放书包，便喊肚子饿，不管给她多少，她都会呼呼啦啦地吃下去，哪像现在的孩子，吃饭都要大人逼！

我爱人的身体本来就不好，不久便发现腿也肿了，脸也膀了。这是当时的一种流行病，浮肿病，谁都会医，药方也很简单，一只蹄髈，一只鸡，加四两冰糖煎服便可以，到哪里去找呢？

我有点心事重重了，走路也闷着头。走过阿二家门前时，他在门内向我招手。

阿二早已不挖河道了。当年以工代赈时，每天只拿三斤米，他积极工作，毫无怨言，不愧为工人阶级。领导上十分器重他，安排他到搬运站去工作，现在是基层工会的主席。他对我很信任，总以为我说的话都是对的。可不，那黄包车已经进了博物馆，三轮车也不多见，他虽然没有当上司机，却也是司机的领导哩。

我进了阿二家的门，见阿二的爸爸也坐在天井里。这老头儿有好几年对我不予理睬，后来儿子当了干部，定了工资，讨了媳妇，阿三、阿四也都就了业。老头儿也不卖葱姜了，在那摆摊头的地方摆张小桌子，天天晚上弄点老酒抿抿，看见我总是笑嘻嘻地打招呼："来来，弄一杯！"如今的日子又不大好过了，小桌子又搬到天井里。我喊他一声老伯伯，他想笑却没有张开嘴。

阿二把我拉到一边："怎么样，我看见阿嫂的脸色有点不对！"

"是啊，有点浮肿。"

"这样吧，我们有两辆汽车到浙江去拉毛竹，毛竹没有拉到，却在那个山沟里弄来两车南瓜。你准备一辆小板车，天不亮便到码头上去，我弄一车给你。"

"不不，我又不是你们单位里的人，怎么好分你们的东西，再说……"

"别说啦，我绝不会做那种'狗皮捣灶'的事情，那南瓜有我的一份，你先拉去吃。我们经常有车子在外面跑，总比你活络点。"

"那……"

"那什么呀，去拉吧！"老头儿在旁边插话了，"南瓜有什么稀奇，大农场，拖拉机，我还等着喝你的伏特加哩！"老头儿咧开嘴笑了，他是在挖苦我的。

我也笑了："老伯伯，你别挖苦我，我还没有翻你的老底呢。那时候阿二去挖河泥，你看见我连头也不点。后来怎么样啦，天天喊我弄一杯。别着急，目前是暂时的困难，好日子会回来的！"

老头儿真心地笑了，连连点头："对对，我相信，相信。"

千千万万个像阿二爸爸这样的人，之所以在困难中没有对新中国失去信心，就是因为他们经历过旧社会，经历过五十年代那些康乐的年头。他们知道退是绝路，而进总是有希望的。他们之所以能在当时和以后的艰难困苦中忍耐着，等待着，就是相信那样的日子会回头，尽管等待的时间太长了一点。我很后悔，如果当年能为他们多炒几盘虾仁，加深他们对于美好的记忆，那，信心可能会更足点！

我回家把这件事情告诉了妈妈，妈妈谢天谢地，连忙四处奔走，去借小板车。

小板车借回来了，可那朱自冶却像幽灵似的跟着小板车到了我的家里！他的样子很拘谨，也很可怜。叫他坐也不坐，痴痴呆呆地站在门角落里。我暗自稀奇，现在来找我干什么，难道还对大众菜有意见！

妈妈对朱自冶一直很尊敬，硬拉朱自冶坐下，还替他倒了杯水："朱先生，有什么话你就说吧，是不是又和孔碧霞吵架啦！"

"哪有力气吵啊，你们看，瘦的！"朱自冶叹了口气，拍拍他那曾经两度凸出来的肚子，他那肚子是生活的晴雨表。

是呀，朱自冶那个颇有气派的肚子又瘪下去了，红油油的大脸盘也缩起来了，胖子瘦了特别惹眼，人变得像个没有装满的口袋，松松拉拉的全是皮。我说："忍耐一下吧朱先生，这对你也是一种磨炼！"

"啊……也对，也对。"朱自冶迟疑着，想站起来，又坐下去。

妈妈是个饱经沧桑的人，她从朱自冶的神态上就已经看出，这是一种有求于人而又难以启口的表现。她在解放前被逼得无路可走时，也曾向朱自冶借过钱。也曾经对我说过，向人借钱的日子最不好过，失魂落魄地跑进门，开不了口又跑出去，低声下气地不知道要兜几个圈子。她大概是不想让自己受过的罪再让别人受，便替朱自冶壮胆："朱先生，有什么话就说吧，说出来也好让我们帮助。人生一世，谁还没有个为难之处！"

"南瓜。"朱自冶没头没脑地开了口，"听说你家去拉南瓜，能不能分点给我，我……我给钱。"

妈妈虽然知道朱自冶绝不是来借钱的，却没料到他是来讨南瓜，这事儿她不好做主，因为南瓜和我爱人的浮肿病有点关系，万一有个三长两短，那就说不过去。不答应朱自冶吧，她也觉得说不过去，因为她知道许多公子落难、义仆救主的故事，只好抬起头来看看我："小庭，你看呢？"

用不着看了，朱自冶那可怜巴巴的样子就在眼前。从他趾高气扬地高踞在阿二的黄包车上，大摇大摆地出入茶馆酒肆，直到今天抖抖索索地向人家讨几只南瓜，天意的惩罚也是够受的啦！

我点了点头："好，分点给你。"

朱自冶双手一合："谢谢，谢谢，我给钱！"说着便把手伸进口袋，他并没有忘记钱的魔力。

我突然产生了反感："不要钱，你要答应我一个条件！"

"什么条件？"朱自冶又慌了。

"跟我一起去拉板车。不劳动者不得食，总不能再叫人把南瓜送到你家里！"

"当然当然，我一定劳动！可……可我不会拉板车，弄不好会把车子拉到河里。"

我一想，这倒也是个实际问题："你总会推吧，我在前面拉，你在后面推。"

"会，我一定用力推。"

"那好，明天早晨四点钟，你在巷头上纸烟店的门口等我，过时不候！"我给他把时间定死了，劳动者总要守点儿劳动纪律。

第二天早晨三点五十五分，我把小板车拉出了大门，在空寂的小巷里哐啷哐啷地向前滚。

果然不错，朱自冶站在那里哩。我本来的意思是叫他站在纸烟店的屋檐下，那里可以避一避深秋黎明时的寒露。可他却紧紧地裹着一件旧雨衣，像个电线杆似的站在路灯的下面，为的是能让我一眼便能看见。我看了很高兴，劳动是能改造人的，起码叫他懂得了准时准点。

"早啊，朱先生，叫你久等了吧。"

"可不是，我已经抽掉了五根香烟！"朱自冶说着便脱雨衣，弯下身来帮我推。

我连忙说："穿上，空车是用不着推的。"我存心要教会朱自冶一点儿劳动的本领，便把车杠向上一提："你看，只要前高后低，重心在后，它自己会向前滚的，费不了多少力。等会儿装了南瓜，也只要你在上坡下桥时帮我一把。到了平地，你只要一手搭住车帮，弯腰向前，把体重压到车帮上，跟着跑跑便可以。"

朱自冶嘘了口气，原来这推车也不费力！他把雨衣向手弯里一搭，甩打甩打地走在我的身边。朱自冶东张西望，兴致勃勃，好像是第一次看到这黎明前的苏州，第一次看到清洁工人在路灯下扫地，第一次听到那粪车在巷子里辚辚地滚过去。

"高经理，现在几点啦，我怎么觉得还是在半夜里。"

"四点零三分。怎么，你没有表吗？"我有点奇怪了，朱自冶的时间怎么是用抽几支香烟来计算的？

"不瞒你说，读大学的那一年家里给了我一只浪琴金表，我戴了三天就不想要了，总觉得手腕上多了个东西，很不舒服。"

我差点儿笑出来，那只浪琴表大概早已下肚，放在肚子里是最舒服不过的。

"那你不要准时上课吗，迟到了也是很不舒服的。"

"迟到？嘿嘿，我根本就不到。野鸡大学，文凭也可以买的。唉，书到用时方恨少呀，现在想看点儿书了，还有许多字不识呢！"

我对朱自冶刮目相看了，不会拉板车也罢，能看点儿书总是好的，开卷有益。

"都看点儿什么书呢?"

"喏，当然是关于吃的，食谱。这些时没有什么吃的了，晚上睡不着，想起自己一生吃过的好东西，好像那些大盘小碗，花花绿绿的菜肴就在眼前。不瞒你说，我在这方面的记忆力特别好，我能记得几十年前吃过的名菜，在什么地方吃的，是哪个厨师烧的，进口是什么味道，余味又是怎么样的……你别笑，吃东西是要讲究余味的，青橄榄有什么吃头? 不甜不咸，不酥不脆，就是因为吃了之后嘴里有一股清香，取其余味。人真是万物之灵呀，居然能做出那么多好吃的东西! 从天上吃到地下，从河里吃到海里。人要不是会钻天打洞地去吃的话，就不会存到今天! 恐龙只会吃草，那么巨大的东西如今又在哪里? ……你别叹气。是的，我也觉得很可惜，当年吃过了就算了，没有写日记，现在回想起来就不那么全面，所以想看食谱，复习复习，还可以熬馋呢! ……哎哎，你慢点走啊，听我说，那些食谱看了叫人生气，记载得很不详细，我认为最好吃的里面都没有，特别叫人生气的是看不起我们苏州的菜，都是些奇里古怪的东西，什么皇帝吃过的。皇帝有什么了不起，每天一百只菜，摆摆场面，还不知道有几只是可以吃的! 乾隆皇帝为什么要三下江南呀，就是到苏州来吃的……"

我实在熬不住了："快走吧，拉南瓜去!"我把南瓜二字说得特别响，目的是让他的头脑清醒点。

"对对，我们绝不能忽视南瓜，用南瓜照样可以做出上等的美味。你们的店里过去有一只名菜，名叫西瓜盅，又名西瓜鸡。那是选用四斤左右的西瓜一只，切盖，雕去内瓤，留肉半寸许，皮外饰以花纹，备用。再以嫩鸡一只，在汽锅中蒸透，放进西瓜中，合盖，再入蒸笼回蒸片刻，即可取食。食时以鲜荷叶一张衬在瓜底，碧绿清凉，增加兴味。"朱自冶背完了食谱，又摇摇头，"其实那西瓜盅也是假的，鸡里并没有多少瓜味。瓜甜鸡咸，二者不配，取其清凉之色而已。我们可以创造出一只南瓜盅，把上等的八宝饭放在南瓜里回蒸，那南瓜清香糯甜，和八宝饭浑然一体，何况那南瓜比西瓜更有田园风味! ……"

够了，这一大篇吃经念下来，已经快到码头了。我不想打断他的话，也不再希望他有什么转变，这人是本性难移！让你去画饼充饥吧，我可要改变主意。我本来想把南瓜分给他一半，现在重新决定：分给他三分之一。

殊途同归

万万没有想到，一个好吃的人和一个反好吃的人居然站到一起来了！"文化大革命"中我成了走资派，朱自冶成了吸血鬼，两个人挂着牌子，一起站在居民委员会的门口请罪。

朱自冶成为吸血鬼犹可说也，我成了走资派……也有道理。因为在困难年过去之后，我觉得时机已到，可以对过去的改革加以检讨，再也不能硬把白菜炒肉丝塞到人家的嘴里了。何况当时的形势和人们的要求也逼着我转变。领导上提出要开高级馆子，卖高价菜，借以回笼货币。我们本来就是名菜馆，更是义不容辞的。人们在困难年中饿坏了，连我这个素以不馋而自居的人，也想吃点好东西。妈妈也到自由市场上去游转，五块钱一斤豆油，十块钱一只鸡，看了摇头惊呼，还是笑嘻嘻地拎一只回来，加水煎熬，放在我爱人的面前："吃吧，孩子，这两年苦坏了你！"老人说这话的时候眼泪都掉下来了，其实我爱人的浮肿病早已消退。只有小女儿兴高采烈，到处宣扬："我们家今天吃了一只鸡！"好像发生了什么惊天动地的事情！

高价菜又把朱自冶吸引到我们的店里来了，而且是和孔碧霞一起来的。两个人虽然没有套着膀子，却是合拎着一只大草包，一人抓住一个拎襻，相视而笑，十分亲热。那包里装满了高级糖，高级饼，两人刚刚剃过高价头，容光焕发，喜气洋溢，一股子高级香水味。金钱又发生作用了，那垂老的爱情当然是可以弥合的。

二十元一盆的冰糖蹄髈，朱自冶一下子便买了两只，分装在两个饭盒子里。我和朱自冶自从拉了那趟南瓜之后，见了面都要点头，说两句天气，以纪念那一段共同的经历。困难终于过去了，店里有了东西卖，我也觉得增添了几分光彩。看见朱自冶来买蹄髈便和他搭话："好呀，老顾客又回来啦!"

朱自冶也高兴,笑着,拉拉我的手,可那话却是不好听的:"没有办法呀,蹄髈和冰糖自由市场上没有,只好到你们店里来买老虎肉!"

"噢……那你为什么不趁热吃,带回去给孩子?"

"不不,你们的蹄髈没烧透,不入味。我们带回家去再烧一下,再用半斤鸡毛菜垫底,鲜红碧绿,装在雪白的瓷盘里,那才具备了色香味。你们的菜呀,还差得远呢!"

我听了有点懊丧了,当年不该把南瓜分给他三分之一。可我也接受了教训,决不把这股气扩散到别人的头上去。一九六三、一九六四年的供应情况又和"大跃进"之前差不多了,我要致力于炒虾仁,使人对这美好的日子留下更深刻的记忆,人总不能老是后悔。可这恢复工作比我当初的改革要困难百倍,从精细到粗放,从严格到马虎,从紧张到懒散,从谦逊到无理,都是比较容易的,要它逆转可得费点劲儿哩!

包坤年早就不当"店小二"了,这是在我的启发下改变的。他的行政职务虽然还是服务员(对此他很有意见),服务的时候却像个会议的主持人,高坐在那会场似的店堂里。吃客拥进店堂的时候他便高声大喊:"喂喂,不要乱坐,先把前面的桌子坐满!听见没有,你为什么一个人溜到窗子口?"

"同志,请你来一下。"

"要点菜吗?看黑板,都写着咧。"

"同志,我想要两只苏州名菜。"

"名菜?每一只菜都有名字,写得清清楚楚的。"

几乎每天都有吃客吵到我的面前:"我们是来吃饭的,不是来受气的!"我忙着给人家赔不是,同时抓紧时间开会,做思想工作,订服务公约,批评别人,检查自己。还得感谢我们苏州的滑稽艺术家张幻尔(愿他安息)。他那时编演了一个滑稽戏,名叫《满意不满意》。这戏还真帮了我不少忙,我还请他到店里来作了一次报告,他的报告比我的报告有效,所以便招待了他一顿,没有收钱,是在宣传费用中报销的。

以上种种,到了"文化大革命"中自然就成了罪孽,说我是全面复辟了资本主义,伤天害理地强迫革命群众去服侍城市里的老爷!张幻尔的那一顿饭也不是好吃的，他陪着我狠狠地被斗了一整天！

包坤年成了头头了，对准我造反。他那时有一种错觉，认为打倒了局长便可以当局长，打倒了经理便可以当经理。局长已经被人家抢先打倒了，他也只好屈就点，马马虎虎地先当个经理。包坤年确实也具备了各种对我造反的条件：历史清白，一贯拥护革命路线，最最难得的是在一九六三年便抵制过我的复辟行为，遭到过我的残酷打击！这话也并非完全捏造，一九六三年我是批评过他，他那"名菜都有名字"的妙语，还被报纸上的一篇文章引用过，虽然没有点名，总会有点压力。所以他在控诉我的罪行时总是义愤填膺，热泪盈眶："那时候黑云压城城欲摧，我势单力薄，孤军奋斗，只好暂时屈服在他的淫威下面，我盼啊，盼啊……"包坤年经常在店堂里看小说，词儿是不少的，也不空洞，他对我的情况十分熟悉，重磅炸弹都捏在他手里。那时候他老是跟着我转，我也把他当作左右手，可算是无话不谈的。诸如我小时候曾经帮朱自冶买过小吃，住了他家的房子不给钱，等等。有些话是为了说明旧社会的不平，有些话纯属闲聊，并无目的。包坤年把这些事儿都串起来了，批道：

"这个死不悔改的走资派，从小便被资本家收买，眼看蒋家王朝的末日已到，便带着不可告人的目的混入我解放区，混入革命队伍。解放初期伪装积极向上爬，攫取了权力，一有机会便全面复辟资本主义，为他的主子效力！"这些话虽然不合事实，却也很有逻辑性。我是在蒋家王朝末日已到时到解放区去的，解放初期我是很努力，当了经理当然有了权力，一有机会确实改变过经营管理！任何事情只要先把它的性质肯定下来，怎么说都有理，而且是不需要什么学问的。"白马非马"，如果我首先肯定了你是只马，那就不管你是白的还是黑的，你怎么玄也休想滑得过去！要不然的话，世界上的黑白为什么会那样容易被颠倒呢？

也有人是出于一种好奇心理："是呀，哪有房屋资本家不收房钱的？不是一天两天啊，一住几十年，这里面到底是什么关系？"这些人并无恶意，只是想知道人与人之间的秘密关系。

包坤年可要抓住这些关系做文章了，立刻通过居民委员会去外调。

这个朱自冶呀，没说头。他除掉好吃之外还有个致命的弱点——怕打。当包坤年把袖管一捋，桌子一拍，他就语无伦次，浑身发抖。

"说，你有没有收买过高小庭？"

"收……收买过的。"

"怎么收买的？"

"经常给他钱。"

"在什么地方给的？"

"在酒店里。"

"总共给了多少？"

"大……大约有几十万。"

"啊！这么多的钱你是怎样从银行里取出来的？"

"用，用不着取，是零钱，对对，是伪币。"

幸亏包坤年要比我的老祖母明白得多，如果他也只知道铜板和银圆的话，很可能要闹笑话，几十万元的伪币只是一包香烟钱。

"伪币？……伪币也是钱！快说，解放以后你们是怎么勾结的？"

"没有。解放以后他对我不大客气。"

"胡说，把他带走！"

"啊啊，我该死，我忘了，困难年他还给了我一车南瓜哩！"该死的朱自冶呀，他忘了说三分之一，为了这个数字，还害得我多挨了几拳头！

这下子不得了啦，证据确凿，罪行累累！更不得了的还在后面呢，三转两绕把个孔碧霞也牵出来了。她的前夫解放前夕逃往香港，困难年还从香港给她寄过罐头，秘密指令就藏在罐头里！她是潜伏特务，我和特务内外勾结，窃取国家机密……包坤年看的都是反特小说，看多了自己也会编。你看：天亮前的三点五十五分，朱自冶穿着一件美制的雨衣（那件破雨衣确实是美国货），歪戴着一顶鸭舌帽（没有戴），站在电灯柱下徘徊，连续不断地抽了五支香烟。准四点，高小庭拉着板车从巷子里出来，左右这么一看，轻轻地说了一声："走……"故事的开头很有吸引力，因而十分畅销，到处请他去作批判发言。他没完没了地讲着。我弯成四十五度角站在那里，还要不时地回答问题："你有没有罪？"

"有罪，我有罪！"我确实承认自己有罪。当年包坤年听说杨中宝到孔碧霞家吃饭，便编造出杨中宝开地下饭店，而且还有个妖里妖气的女人收钱。我不但没有批评他，却从自己的需要出发，对他重用，加以鼓励。如果编造谎言能得到好处的话，那他为什么不编呢？好处越大，他就会编得越离奇！

"回答，你是不是罪该万死！"

我拒不回答。我不想死，我要活。我有错误要纠正，还有那愿意为之牺牲的共产主义事业……

拳头又落到我的身上来了，打得并不重，却像刀尖刺在心头，我总觉得包坤年握着的刀柄，有一半儿是我做成的！

居民委员会也不能没有表示，可那批斗的事儿都给包坤年包了，他们捞不到，只好勒令我和朱自冶、孔碧霞早晨到居委会的门口请罪。我和朱自冶终于站到了一起！

挂着牌子站在居委会的门口请罪，那滋味比"押上台来"更难受。押上台去向下一看，黑压压的一大片，也不知道有几人是我认识的。站在居委会的门口就不同了，巷子里早晨进出的都是熟人。那拎着菜篮的老太是看着我长大的，那阿嫂结婚的时候曾经请我坐过席，那孩子嘛……前几天见了我还喊叔叔哩！我低着头不敢看人，人们也不忍看我。好端端的一个人，又不偷又不抢，怎么突然之间像个吊死鬼似的，胸前挂着个牌子，一动不动地竖在那里！有人绕道走了，绕不掉的人便匆匆地奔过去，装着没看见。偏偏我又能从他们的脚步和鞋袜上看得出是谁。看得最准确的当然是我的妈妈了，她小时候缠过足，后来才放开，那双半大的脚围着儿子转过多少回啊，如今是那么沉重而零乱，歪斜而迟疑。

只有阿二满不在乎，他走到我身边便高声咳嗽，轻轻地说："别着急，先熬着点。"

孔碧霞可熬不住呀，她是个爱打扮而又讲风度的人，如今剃了个阴阳头，挂着个女特务的牌子站在那里。特务而加女字，更容易引起人们的注目和非议，因为谁都不会想到女特务会做菜，总是想到女特务会搞一些乱七八糟的男女关系。再加上那个该死的朱自冶，居然交代他曾经看到孔碧霞从外国罐头上剥下商标纸，一直压在玻璃台板里，破四旧的时候才烧毁，使得包坤年的故事里又多了一个情节。这密码就在商标纸的背后！孔碧霞又羞，又恨，又急，站了不到半个小时便砰然一声倒地，满脸鲜血，人事不省。亏得居委会主任并不存心要和谁作对，便叫人把她捧回去。

我对朱自冶更加反感了，请罪的时候都离他远点，表示我和他并非同类。你朱自冶好吃倒也罢了，在那样的情况下，好吃根本就算不了一回事体。可你为什么那么怕打，为了一时的苟安，竟然不顾夫妻情义，提供那种不负责任的细节。由此我也得出结论，好吃成性的人都是懦弱的，他会采取一切手段，不顾任何是非，拼命地去保护、满足那只小得十分可怜而又十分难看的胃！

第二天一早，阿二带着二十多个搬运工人来了，一个个身强力壮，头上戴着柳条帽。队伍由一部大榻车开路，榻车上装着杠棒、绳索和铁钎。车子到了我们的面前时便往下一停，有人大喝一声："是谁叫你们站在这里的？"

朱自冶又吓了，慌忙回答："是居委会主任。"

阿二把手一挥："去几个人，把主任找来。"

五六个人同时拥进大门，把主任拉到了大门口。

"是你叫他们站在这里的？"

"是的，请问你们是哪一派的？"居委会主任感到有些来者不善。

"我们是杠棒派，告诉你，这里不许站人，妨碍交通！"说着便有人到榻车上，抽杠棒，拿铁钎。

居委会主任连忙摆手："革命的同志们，这件事情可以商议，可以商议。"

阿二说："这样吧，如果你觉得不好交代的话，那就叫他们到拐弯的弄堂里去扫地。"

居委会主任是个很有社会经验的人，他立刻明白了阿二的用意，也没有必要冒挨打的风险，便对我们挥挥手："回去，各人回家去拿扫帚。"

阿二高兴地瞟了我一眼："不许偷懒，扫得干净点！"

我听了暗自发笑，那拐弯的弄堂是条死弄堂，总共不到三十几米，划不了几扫帚。

可是我却无法和朱自冶分开，我扛着扫帚进弄堂，他也紧紧地钉在我后面，我扫他也扫，我歇他也歇，还要找机会向我表示谢意："还是你的朋友好，够交情！"

我忍不住叫出来了："我的朋友是不讲吃喝的！"

士别三日

其实并不是别了三日，三三得九，整整九年我没有见过朱自冶。他大概还住在五十四号里，我与全家下放到农村去了九年。

九年的时间不算太短了，所见所闻再加上亲身的经历，足够我进一步思考吃饭的问题。在思考中度过了五十大寿。

过生日的那一天，妈妈杀了一只老母鸡，开后门弄来一斤洋河大曲，闷闷地喝了几杯。三杯下肚之后突然惶恐起来，怎么搞的，什么事儿还没有干哪，却已经到了五十岁！解放初期我和五十多岁的老先生一起开会，上下台阶都要看着他们，防止有个闪失什么的。在我的印象中，年过半百已经是老人了。在农民的生活中，五十岁的人如果有儿有女而且儿女都很孝顺的话，他是不挑重担的。"一事无成两鬓斑，常使英雄泪满衫"，我虽然不是英雄，却也流下了几滴眼泪。我在泪眼与醉意中胡思乱想：如果能让我重新工作的话，我第一要……第二要……简直像在做梦似的。梦也是一种预感吧，它有时候也能实现，只是实现起来不如梦中那么容易。

灾难过去之后，我又回到了苏州。这一次可不是背着背包回来了，一家大小，瓶瓶罐罐，台凳桌椅，农具家具装满了一卡车。我对苏州城有点不习惯了，觉得它既陌生又熟悉。大街小巷都没有变，可是哪来的这么多人哩！苏州人没有事儿并不是游园林，而是荡马路。如今，你连过马路都得当心点！在大街上碰到多年不见的熟人时，只能站在人行道的边上讲话，讲话要提高嗓门，还不停地有人从你的肩膀上擦来擦去。大批下放并没能减少城市的人口，却把个原来比较安静的城市涨得满满的。涨得我连个安身之处也没有了，只好借住在亲戚的家里。也好，这下子可以和那朱自冶离得远点，他在城东，我在城西。

组织部的同志找我去谈话，那位同志也和我差不多的年纪。当年要饿我三天的老部长早已不在了，愿他安息，在"文化大革命"中，他在另外一个城市里"自动跳楼"。什么都懂的丁大头也不在了，他就死在"什么都懂"的上面，而我这个什么都似懂非懂的人却活到了今天……

"组织上考虑，你还是回到原来的工作岗位，有什么意见？"

我什么意见也没有，只是感到一阵心酸，忍不住自己的眼泪。如果坐在我面前的还是老部长的话，我会和他抱头痛哭的！

老部长啊，你再也用不着饿我三天了，我已经深深地懂得了吃饭的意义；放心吧，丁大头，我再也不会硬把白菜炒肉丝塞到人家的嘴里。我要拼命地干，我要把时间放大三倍，一份为了老部长，一份为了你……

"不要激动，过去的都过去了，困难还在前面。"

我点点头。这是用不着说的，每次灾难都是首先影响到吃饭，灾难过去之后第一个浪头便是向食品市场冲击，然后才想到打扮，想到电风扇和电视机。

我的估计没有错，但是还有两点没有估计在内。"十年动乱"以后乱是停止了，可那动却是大面积的！人们到处走动，纷纷接上关系，访战友，看亲戚，老同学，老上级，有的被关押了十年，有的从"反右"以后便失去了联系。人们相互打听，谁谁有没有死，谁谁又在哪里。"好呀，看看去！"几乎是每一个家庭都会发生一次惊呼："啊呀，你怎么来啦……"我虽然反对好吃，可在这种情况之下并不反对请客。我也是人，也是有感情的，如果丁大头还能来看我的话，我得好好地请他吃三天！

还有一点没有估计在内，那就是旅游的兴起。旅游这个词儿以前我们不大用，一般的都叫作"游山玩水"，含有贬义。现在有新意了，是领略祖国的山河之美。不管是什么意思，我都不反对，人是动物，应该到处走走。特别是欢迎外国朋友们来走走，请他们看看我们民族的文化，顺便赚点儿外汇。别以为苏州的园林都是假山假水，人工造的，试问：世界上有哪一种文化不是人为的？真山真水虽然伟大，但那算不了文化，是上帝给的。何况苏州的园林假得比真的还典型、集中、完美，全世界独一无二，不是吹的！

在这个古老的天堂里吃和玩本来是并驾齐驱的，你既不反对请客，不反对旅游，还欢迎外国朋友，那就不能落后，落后了是要挨打的。

可不是，开始的那阵子人们意见纷纷，什么吃饭难呀，品种少呀，态度坏呀。有人提意见，有人发牢骚，有人指着我的鼻子骂山门。那包坤年还和一帮年轻的吃客打了起来，真的挨了几拳头！没有办法，包坤年也需要有个恢复的过程。"文化大革命"期间他不是服务员，而是司令员，到时候哨子一吹，满堂的吃客起立，首先跟着他读语录……然后宣布吃饭纪律：一号窗口拿菜，二号窗口拿饭，三号窗口拿汤；吃完了自己洗碗，大水槽就造在店堂里，他把我当初的改革发展得登峰造极！

别人对我发牢骚，我也对别人发牢骚，我的牢骚只能私下里发："现在的事啊，难哪……"不能在店堂里发，如果伙着大家一起发的话，那不是要把店堂吵炸啦！我得注意点，年岁也不小了，不能那么毛毛糙糙。特别是对包坤年，得讲个团结，他整天都在等着我打击报复呢！不错，他在"文化大革命"中打过人，但也只是打过我，没有打过别人。朱自冶招得快，没有挨过打，孔碧霞也不是他打的。他自己也是上当受骗，又没有能当上经理，牢骚要比我多几倍！

包坤年挨了人家几拳之后，便到办公室里来找我，面部的表情是很尴尬的："高经理，我……过去，对不起你……"

我连忙摇手："算了算了，过去的事情别提，那也不能完全怪你。如果你是来检讨的话，那就到此为止；如果你有什么事儿的话，那就直说，不必顾虑。"

包坤年翻翻眼睛，半信半疑："我想……我这个人不适宜当服务员，说话的嗓门儿都是两样的，容易惹人家生气。过去的那些年胡思乱想，都是不切实际。今后再也不能靠吵吵喊喊了，要凭本事吃饭，技术第一。所以我想好好地学点儿技术。"

"你想离开饭店？"

"不，那也是不现实的。我想去当厨师，学烧菜。不管怎么样，我学起来总比别人方便。"

"噢……"我的脑子悠转着，考虑两个问题：一是包坤年的服务态度恐怕一时难改，很难保证他在相当长的时间内不和吃客打起来。二是厨房里确实也需要人，培养年轻的厨师已经成了大问题。我二话没说，马上同意。

包坤年十分满意，到处宣扬："放心，这个走资派是不会打击报复的，我那么打他，他都没有记仇，你贴了张大字报，发过几次言有什么关系！"

别小看了包坤年的宣扬，还真起了点稳定人心的作用。人心思治，谁也不想再翻来覆去。牢骚虽多，可那牢骚也是想把事情做好，不是想把事情弄坏，只不过性急了一点。性急也是一种动力，总比漫不经心好些。

我和同志们仔细地研究了吃客的意见，发现除掉有关服务态度之外，要求也很不统一。有的要吃饱，有的要吃好；有的要吃得快（赶着玩儿），有的不能催（老朋友相聚）；有的首先问名菜，有的首先问价钱；有人发火是等出来的，有人发牢骚是因为价钱太贵。不能把白菜炒肉丝硬塞在人家的嘴里，可那白菜炒肉丝也是不可少的，只是要炒得好些。

我的思想也解放了，不搞"一刀切"，还引进了一点洋玩意儿。不叫大众菜，叫"快餐"，一菜、一汤、一碗饭，吃了快去游园林，否则时间来不及。其实那快餐也和大众菜差不多，只是听起来还有点效率。否则的话，人家一看"大众"便上楼，谁都欢喜个高级。我们把楼下改成快餐部，一律是火车座，皮靠椅，坐在那里吃饭也好像是在旅行似的。青年人特别满意，带劲儿，又新鲜，又花不了他们几个钱。我年轻的时候只知道拖拉机，他们现在比我们当年懂得多，还知道外国有种餐厅是会转的。怎么个转法我也不知道，反正在火车座儿里吃饭也有动的意味。当然，快餐的味道也不错，如果要添菜也可以，熏鱼、排骨、油爆虾、白斩鸡都是现成的。有个青年朋友吃得高兴起来还对着我打响指："喂，最好来瓶威士忌！"这一点我没有同意，我担心那威士忌和伏特加也是差不多的。

楼上设立炒菜部，把会场似的店堂再改过来，分隔成大小不同的房间，一律是八仙桌，仿红木的靠背椅，人多可加圆台面，墙角里还放几盆铁树什么的。老年人欢喜怀旧，进门一看便点头："唔，还是和过去一样的！"其实和过去也不一样了，如果真和过去一样的话，他们也会有意见："怎么搞的，二十多年了，还是这样破破烂烂的！"

当我忙得满身尘土、焦头烂额的时候，背后也有人说闲话："都是这个老家伙，当年拆也是他，现在隔也是他，早干什么的！"我听了心往下沉，什么，我也成了老家伙啦！老……老得还可以嘛，那"家伙"二字是什么含义？也罢，干活儿不能动手抓，总得使几样家伙的，何况我从拆到造也不是简单的重复，内中有改进，有发展，这就叫不破不立。遗憾的是从破到立竟然花去了十多年，我的心里也是不好受的。

改进店堂和引进一点洋玩意都好办，要恢复传统的名菜，全面地提高烹饪技术就难了，难在缺少人才。杨中宝和他的同辈人都纷纷退休了，有的是到了年龄，有的是想尽办法提早退休，好让子女顶替。名菜虽然都有名字，有些菜名，青年人连听也没有听到过，他们的心里也很急，纷纷要求学习，而且对杨中宝十分想念。许多人虽然没有见过杨中宝，但都听师傅说起过，说杨中宝的手艺如何如何，肯定也会说我当年对杨中宝是怎样怎样的。历史不仅是写在书中，还有口碑世代流传！

我决定去求见杨中宝，希望他不计前嫌，来为我们讲课，按教授待遇，每课给八块钱。

我去的那天天下大雨，大雨也要去！

杨中宝见我冒雨而来，十分感动："啊……你还没有忘记我！"他确实老了，行动蹒跚，耳朵也有点不便。当我说明来意并作了检讨之后，他紧紧地握住我的手，拍拍我的手背："你呀，还说这些干什么呢，那些事我早就忘光了。我只记得那里是我的娘家，我在那里学徒，在那里长大。我发过几次狠了，临死之前一定要回娘家去看看兄弟姐妹。你请也要去，不请也要去，听说你们现在忙得不错哩！"

我听了很感动，这是一个老工人的胸怀，也是一个老工人的心意，他对我们的事业是有感情的，那感情比我深厚。

杨中宝来了，是由他的孙子陪同来的。他先把我们的店里里外外看了一遍，不停地点头叫好，说是和过去简直不能比。特别是那宽大的厨房、冰箱、排气风扇、炊事用具、雪白的灶头，他当年在交际处也没有这种条件。我把所有菜单都请他过目，他看得十分仔细。

杨中宝开讲的时候，全店上下都来了，把个小会场挤得满满的。我请他解放思想，放开来讲，多讲缺点。可是杨中宝讲得很有分寸，入情入理。

"我看了，你们工作得蛮好。要说苏州的名菜，你们差不多全有了，烧得也好。缺点是原料不足和卖得太多引起的。这事很难办，现在吃得起的人太多，十块八块全不在乎。据讲有些名菜你们连听也没有听见过，这也难怪，一种菜往往会有很多名字。比如说苏州的'天下第一菜'，听起来很吓人，其实就是锅巴汤……"

下面轰的一声笑起来了。

"就是锅巴汤，你们的菜单上天天有。有些名菜你们应该知道，但是不能入菜单，大量供应有困难。比如说鲃肺汤，那是用鲃鱼的肺做的。鲃鱼很小，肺也只有蚕豆瓣那么大，到哪里去找大量的鲃鱼呢？其实那鲃肺也没有什么吃头，主要是靠高汤、辅料，还得多放点味精在里面。鲃肺汤所以出名，那是因为国民党的元老于右任到木渎的石家饭店吃了一顿，吃后写了一首诗，诗中写道：'老桂开花天下香，看花走遍太湖旁。归舟木渎犹堪记，多谢石家鲃肺汤。'从此石家饭店出了名，鲃肺汤也有了名气。有些名菜一半儿是靠怪，一半儿是靠吹。"

我向椅背上一靠，深深地透了口气。

"你们的缺点也不少，为什么把活鱼隔夜杀好放在冰箱里？为什么把青菜堆在太阳里？饭店里的东西除掉酒以外，其余的都得讲究新鲜。过去有一只菜叫活炒鸡丁，从杀鸡到上菜只有三分多钟，那盆子里的鸡丁好像还在动哩！"

包坤年举手发言了："杨师傅，请你说说，这么快都有什么秘密？"

"也没有什么秘密，主要手脚快，事先做好一切准备，趁鸡血还未沥干时便向开水里一蘸，把鸡胸上的毛一抹，剜下两块鸡脯便下锅，其他什么也不管。这……这主要是供表演用的，也可以为厨师增加点名气。"

杨中宝为我们讲了两个多钟头，又到厨房里去实地操作表演。老人的兴致极高，不肯休息，回家后便犯老病，睡了十多天。

我本来想打报告，把杨中宝请回来当技术指导，补足他的原工资，外加讲课津贴。现在再也不敢惊动他了，让老人安度晚年。青年人的学习热情很高，不肯罢休，说是刚刚听出点味道来，怎么能停下呢！这话很对，我过去没有重视人才，更没有想到培养的问题。现在悔之未晚，得加倍努力！想来想去，想出了一个主意：出招贤榜！谁熟悉哪个烧菜的名手，都可以推荐，不管是在职的还是退休的，讲一课都是八块钱，年老体弱的人，可以叫出租汽车去接。

这一下可坏了，一张招贤榜又把个朱自冶引到了我的身边！

吃客传经

不知道是谁首先想起了朱自冶，一经宣扬以后，人人都同意请朱自冶来讲课。这使我十分吃惊，原来好吃也会有这么大的名气！

是的，请朱自冶来讲课的理由是很充分的。他从一九三八年开始便到苏州来吃馆子，这还没有把他在上海的"吃龄"计算在内，不间断地吃到了"大跃进"之前。三年困难之中虽然一度中断，但他从未停止在理论上的探讨，据外间流传，就是在那极其困难的条件下，他写成了一本食谱。"文化大革命"期间他什么都肯交代，唯有这份手稿却用塑料纸包好埋在假山的下面。此种行为的本身就可以跻身于科学家、理论家、文学家的行列，且不说他到底写了点什么东西。包坤年说得好："只要他讲讲一生都吃了哪些名菜，就可以使我们大开眼界！"我同意了。我再也不能把个人的好恶带到工作里。何况我不见朱自冶已经近十年，十年寒窗还能中状元，你怎么能把个朱自冶看死呢？可是我没有亲自登门求教，是包坤年叫了一部出租汽车去的。朱自冶六十八岁，符合我所说的坐车条件。包坤年说他想借此机会去向朱自冶和孔碧霞检讨，过去的事情是一时昏了头。我想也对，这个检讨由他去作比较适宜，谁欠的账谁还，我也不能包揽。

朱自冶讲课的那一天，也是我主持会议。他的吃经我已经听过一些了，特别是关于南瓜盅，我的印象是很深的，我要听听这些年他到底有了哪些发展。

朱自冶并不是很会讲话的人，尤其是到了台上，他总是结结巴巴，抖抖索索的。讲起吃来可大不相同了！滔滔不绝，而且方法新颖。他一登台便向听众提出一个问题："同志们，谁能回答，做菜哪一点最难？"

会场活跃，人们开始猜谜了：

"选料。"

"刀功。"

"火候。"

朱自冶——摇头："不对，都不对，是一个最最简单而又最最复杂的问题——放盐。"

人们兴致勃勃了，谁也没有料到这位吃家竟然讲起了连一个小女孩都会做的事体。老太太烧菜的时候，常常在井边上，一面淘米一面喊她的孙女儿："阿毛，替我向锅子里放点盐。"世界上最复杂和最简单的事情都有最大的学问在里面，何况我们的几个老厨师都在频频点头，觉得是说在点子上面。

朱自冶进一步发挥了："东酸西辣，南甜北咸，人家只知道苏州菜都是甜的，实在是个天大的误会。苏州菜除掉甜菜之外，最讲究的便是放盐。盐能吊百味，如果在鲃肺汤中忘记了放盐，那就是淡而无味，即什么味道也没有。盐一放，来了，鲃肺鲜、火腿香、莼菜滑、笋片脆。盐把百味吊出之后，它本身就隐而不见，从来就没有人在咸淡适中的菜里吃出盐味，除非你是把盐放多了，这时候只有一种味：咸。完了，什么刀功、选料、火候，一切都是白费！"

我听了大为惊讶，这朱自冶确实有点道理！

朱自冶的道理还在向前发展："这放盐也不是一成不变的，要因人、因时而变。一桌酒席摆开，开头的几道菜都要偏咸，淡了就要失败。为啥，因为人们刚刚开始吃，嘴巴淡，体内需要盐。以后的一只只菜上来，就要逐步地淡下去，如果这桌酒席有四十个菜的话，那最后的一只汤简直就不能放盐，大家一喝，照样喊鲜。因为那么多的酒和菜都已吃了下去，身体内的盐分已经达到了饱和点，这时候最需的是水，水里还放了味精，当然鲜！"

朱自冶不仅是从科学上和理论上加以阐述，还旁插了许多有趣的情节。说那最后的一只汤简直不能放盐，是一个有名的厨师在失手中发现的。那一顿饭从晚上六点吃到十二点，厨师做汤的时候打瞌睡，忘了放盐，等他发觉以后拿了盐奔进店堂时，人们已经把汤喝光，一致称赞：在所有的菜中汤是第一！

整整的两个小时，朱自冶没有停歇，使人感到他的学识渊博，像冰山刚刚露了点头。他在掌声中走下台来，挺胸凸肚，红光满面，满头的白发泛着银光，更增加了某种庄重的气息。包坤年从人群中挤上去，紧紧地拉住了朱自冶的手："朱老，你讲得太好了，我都做了记录，只是记录得不全面，我想带只录音机到府上去拜访，请你再讲一遍。"

"这个嘛……可以，不过最好请你在下午三点以后，我吃了饭得睡一会儿。"

"当然当然，你以后的报告我一定当场录下来，不再麻烦你。我想根据录音再加整理。"

"不必了吧，我是随便讲讲的。"

"哪里，你的讲话太珍贵了，不留下来太可惜！"

"好吧，整理好给我看看。"

"一定，一定要请你过目的。"

朱自冶到底在野鸡大学里混过，老来颇有点教授风度。包坤年一贯重视收集材料，包括收集批斗你的材料，热情都是很高的。我也向朱自冶发出邀请，请他下个星期继续讲下去。

朱自冶连续为我们讲了三课，包坤年借来一只四喇叭录音机，把朱自冶的讲话全部录下。可惜的是讲到第二课大家便有点着急，讲了半天的盐，这盐怎么还没有放下去呢？厨师们不像我那么外行，放盐的重要性他们是知道的，他们更想知道朱自冶在放盐上有哪些绝技。朱自冶不像杨中宝，他只肯在台上讲，不肯到厨房里去表演。讲到第三课的时候便开始说故事了，说是哪一年和哪几个人去游石湖，吃了一顿船菜如何精美，哪一年重阳节吃螃蟹，光是那剔螃蟹的工具便有六十四件，全是银子做的。而且讲来讲去只有一个观点，现在的菜和过去不能比，他以前说皇帝不懂吃，现在又说清朝是如何的。我当然不能说他是宣扬今不如昔，却也产生了一点怀疑，饭菜不比文物，文物是越古的越值钱。如果在山洞里发现了一幅原始社会的壁画，那，了不起！可那山洞里的烤野牛是否也算是最好吃的？厨师们打哈欠了，有的干脆回家去睡觉，说是不听他吹牛。讲到第四课味道就不正了，把什么大姑娘唱小曲、卖白兰花、叫堂会等等都夹在菜里面。

我决定叫暂停，可那包坤年有意见，说是这样珍贵的材料如果不及时抢救，那是要对历史负责的！

我听到对历史负责就发怵，心里就没有个底。很难说啊，万一那朱自冶还有许多货真价实的东西没有讲出来，或者说他已经讲出来的东西我们并不理解，那倒真是要负责的！好在这一类的难题现在已经难不倒我了，我也学会了一套，即遇事拿不准时，千万不能说死，这里打一个坝，那里要留一个口，让他走着我瞧着，到时候再说话，总归是我对。

"这样吧，朱自冶的报告必须暂停，因为人们已经听不下去。抢救材料的事情当然不能停，反正你已经开始了，那就由你负责到底，我可以提供一定的条件。"

包坤年雀跃了："买个四喇叭！"

"四喇叭不能买，那是属于集团购买力，要上面批。录音磁带你可以买，宣传费用中可以报销，也不要全买TDK，买点儿国产的。"

包坤年十分满意："高经理，谢谢你的信任，我一定把这个任务好好地完成。"

讲课就这样结束了，朱自冶前后讲了三课，三八二十四，外加出租汽车费。可是事情并没有结束，另外的一个口子还开着哩，那录音磁带不停地向外流。

包坤年每隔一个星期便要报销两盒磁带，而且全是TDK，我在批发票的时候便问他："你的任务什么时候才能结束呢？"

包坤年神气活现："啊呀经理，现在的事情闹大了，到处都来请朱自冶作报告，而且都是找我联系，不会有结束的时候。我们也不想结束，决定成立一个烹饪学学会，对外联络可以有个正式的名义。朱自冶当会长，我当副会长，你也是发起人之一。考虑到你的工作忙，所以请你当理事长，挂挂名的。"

"啊！"我的脑袋嗡了一下，立刻产生了一种条件反射，那包坤年又像在"文化大革命"期间一样了，要成立什么战斗队！

"不不，我不能参加，我对烹饪学是一窍不通。"

"不需要你通，表示赞助而已。"

"不不，我赞助不起，我们没有那么多的宣传费，当年请张幻尔吃顿饭，也不过花了一盘磁带的钱。"

包坤年笑了："经理呀，你也真是……赞助不等于要钱，钱我们有办法，可以印讲义。你看地摊上卖的《缝纫大全》，一本一块多，成本才几毛钱！穿的有人要，吃的还愁没有生意！何况我们可以趁作报告的时候往下发，用不着私人掏腰包，人家也有宣传费。"

我看着包坤年直翻眼，佩服。他实在比我还会做生意，我只想到掏私人的腰包，没想到要挖公家的宣传费。可以预料，那比掏私人的腰包更容易。我无权反对他们这样做，只好提一点忠告式的意见："讲义也不能瞎编呀，不能把那些大姑娘唱小曲等等的东西也编进去。"

"不不，讲义是我执笔的，它和小说不同，全谈学术，牵不到男女关系。"

我笑笑，在发票上签了个名："拿去吧，下次请买国产的。"包坤年拎起发票抖了抖："放心吧，下次用不着你批了，我们还要买四喇叭，买计算机！"

说实在的，我没有把包坤年的话全当真的，他们想得起劲罢了，成立个学会谈何容易！就凭包坤年这点儿烧菜的本领，再加上朱自冶讲放盐，又有多少学术可以研究呢，弄不成的。包坤年欢喜赶时髦，赶那么一阵子就要回头。

我想得太简单了，过分低估了包坤年的活动能力。不错，包坤年在烧菜方面的本领还没有学到家，可是他在估量形势、运用关系方面却很老练。饭店是个公共场所，什么人都有。有名的饭店当然会有有名的人物前来光顾，只要主动热情，多加照顾，帮着订菜订座，那关系便可以搭上去。老的搭不上便搭小的，通过小的也可以牵动老的，包坤年便由此而登堂入室，看准时机，帮助人家操办家庭宴会。儿女婚事，老友相聚，用得着酒席的地方很多，花几个钱也不在乎，唯一困难的是缺少技术与劳力。包坤年精力充沛，技术虽然不算好，但他能请动技术很好的老师傅。老师傅会烧，朱自冶会吹，包坤年能跑腿，酒席价廉物美，包你满意。趁人家吃得高兴时，他们便宣传烹饪学学会的宗旨，请求赞助。如果他们是成立营养学学会的话，赞助的人可能不多，营养学虽然可以防病健身，延年益寿，但是很难懂，而且也不如烹饪学实惠，烹饪学是看得见摸得着的，硬是有一桌丰美的筵席放在你的面前！"学会"二字也很有吸引力，反动学术权威早已打倒了，现在人人都知道，任何学术总比不学无术好，赞助学会不会犯错误，即使错了，学术问题也是可以讨论的，讨论得越多越有名气！

朱自冶的名气越来越大了：一个老专家，在十年浩劫中写了一本书，某某经理看了佩服得五体投地，用小汽车接他去作报告，出两百块工资请他当顾问，他不去……

包坤年在外面活动的风声，朱自冶那越来越大的名声，呼呼地吹到我的耳朵里。"让他走着我瞧着，到时候再发表意见。"现在时候已经到了，我也无话可说了。我不能说朱自冶讲课是吹牛，大家别去听，听一次讲放盐还是可以的。我也不能揭朱自冶的老底，说他一贯好吃，死不改悔……一个人要做出点学问来，必须终生不渝，坚持到底！对于包坤年我也不好说什么，我不能说他是开地下饭店，他再也不找我在发票上签字。唉，一切实用主义的工作方法都是自搬石头自砸脚，有的随搬随砸，有的从搬到砸要隔几十年！

口福不浅

过了不久，我的老朋友阿二到店里来找我。我们两个人虽然不再住在一条巷子里，可是两家人家却经常来往。当我搬进新大楼的时候，他们一家都来道喜，连阿二的爸爸也由孙子们搀扶着爬上楼。他对我的妈妈说："恭喜你呀老嫂子，你活了一生一世，从今以后再也不必担心房东会把你赶出去！"我的妈妈老迈了，回不出话来，只是擦眼泪。阿二更是经常到我家来，说说老话，坐一坐。有时候觉得老话也重复得太多了，便抽烟喝茶，无言相对，好像也是一种享受。他直接到店里来找我，这还是第一次。

阿二见了我便把手一举："无事不登三宝殿，有件事情求你。"

"什么事？"

"我家大男要结婚了，就在这个星期天。我想到你们店里订两桌酒席，可你们要排到三个星期之后！经理呀，能不能帮帮忙呢？"

我为难了："哎呀，你何必来凑这种热闹，人家在饭店里摆酒席是图排场，收人情，省事情。你也准备收人情吗，我应当送几十块呢？"

"去，我也不准备大请客。你家、我家、亲家，还有几个小朋友，总共不到二十人。"

"那好，两桌酒席你家摆不下吗，不能摆在天井里吗？你到店堂里去看看，闹哄哄的，想说几句高兴的话谁也听不见；到时候服务员要下班，拿着扫帚站在旁边，你能吃得安逸？"

"啧啧，哪有卖瓜的说瓜苦的。"

"瓜倒不苦，不是吹的，现在的几道菜都不推扳，表扬信收到了一大堆，可我总觉不如家宴随便。还有一个问题不好解决，我们有店规，凡属本店的工作人员，一律不得在本店与熟人同席，以免吃客们产生误会。你叫我怎么办，站在边上看！"

"嗬，那不能。这一次我要好好地请你喝两杯，当年如果不是你动员我参加失业登记，今天的情况也许就是两样的。"

"行，自家办。我可以帮助你请个好厨师，呱呱叫的手艺。"

阿二笑了："那倒不必，我们家人手多，个个能动手。鸟枪换炮啦，伙计，人人都有一两样拿手菜哩！"

"更好，一人烧一只，我烧最后的一只汤。"

阿二拱拱手："免了，你的汤我已经领教过了。星期天晚上早点来，等你。"

我的心里喜滋滋的，真的等着这桌酒席。我给他家惹过麻烦，害得阿二的爸爸摆葱姜摊头。也就是在那个天井里，阿二叫我去拉过南瓜，如今在那里摆上两桌酒啊，不吃也美！

正当我美的时候，包坤年蹦跳着进来了，看样子他也很美。我美他也美，这个世界才会变得更美！

包坤年高高地叫了一声："经理，给！"把一张印着金字的大红请柬塞到了我手里。我把请帖翻过来一看："为庆祝烹饪学学会成立，特订于二十八日（星期日）中午假座××巷五十四号举行便宴招待各界人士，务请大驾光临。"好，又是一顿酒席来了！我对这桌酒席的反应很快，不假思索地便说了出来："抱歉，我星期天有个约会，要到人家吃喜酒去。"说着便把请帖向桌上一丢。

包坤年搔搔头皮："你那是什么时候？"

"晚上六点。"我又不假思索地说了出来。

"好极了，不冲突，我们是中午十二点。"

我再把请帖拿起来看看，果然不错，中午二字明明白白地印在那里。我只好摆观点了："不行，我没有参加你们的学会，也算不了是哪一界的人士，去是不合适的。"

"经理呀，正是因为你不肯当理事长，才使得我们的工作进行得十分顺利，空出一个理事长的位子来，解决了大问题！要不然的话，我们早就吵散啦，学会到今天也不能成立！"

"噢！"原来如此，参加是一种赞助，不参加还是更大的赞助！事物的因果关系实在微妙之极！

"去吧经理，某某某都去了，你不去是不像话的。又不是开大会，也不要你发言，纯粹是吃，一顿美餐，不去很可惜。"

"我不大欢喜吃。"

"那就少吃点，见识见识，对你来说也是一种业务学习。老实告诉你吧，这一桌酒席是百年难遇。朱自冶指挥，孔碧霞动手，我们几个人已经忙了四天。所有的理事都想参加，挤不进来大有意见。没有办法，孔碧霞有规矩，最多不得超过八人，再三商量才同意改用圆台面，连你十个。"

包坤年的话使我动摇了。当年杨中宝到孔碧霞家去吃饭，只听说吃得好上天，却一直不知道究竟吃了些什么东西。如今有了机会，不去见识一下是会终身遗憾的。何况我参加不参加都是赞助，如果再空出一个位子来，还不知道会引出什么后果哩！

"好吧，我去。"

"一言为定，不来接你了，五十四号你是熟悉的。"

"太熟悉了，我闭上眼睛也能摸到。"

五十四号我是很熟悉，读中学的时候我每天都要从那里经过，常常看见有许多油光锃亮的黄包车停在门口，偶尔还有一辆福特牌的小轿车驶过来，把巷子里的行人挤得纷纷贴上墙头。那两扇黑漆的大门终日紧闭着，门上有一条缝，一个眼。缝里投信件，眼里装有玻璃，据说这是一种窥视镜，里面能看清外面，外面看不见里面，叫花子是敲不开门的。

那时候沿门求乞的人很多，差不多的人家都装有这种东西。我从来不知道那里里是什么样子，只是看见那高高的围墙上长满了爬墙虎，每到秋天便飘送出桂花的香气。如今的桂子又飘香了，我从一个孩子变成了"各界人士"，又到了五十四号的门前。

那两扇黑漆斑驳的大门敞开着，有一位年轻而漂亮的妇女站在门里面。她的穿着很入时，高跟皮鞋，直筒裤，银灰色的衬衫镶着两排洁白的蝴蝶边，衬衫也是束腰的。她笑嘻嘻地迎了上来，我以为是收入场券的，连忙把请柬掏出来给她看。她掩嘴，深深一鞠躬，左手向前一伸："请进。"跟着便高声地叫喊："妈妈，高经理来啦！"

噢……对了，她就是孔碧霞的女儿，是那个政客兼教授留下来的。姑娘也应该有这么大了，连我的女儿都有孩子了。我再回过头来看看她，活像孔碧霞，孔碧霞年轻的时候，也该是一代风流！

孔碧霞从那条铺着石子的花径上走过来了。我抬头一看，简直不认识了，她好像已经把原来的脸形留给了女儿，自己变成了一个半老的贵妇。现在不会有人喊她干瘪老阿飞了，她也发了胖，胖得丰满圆润，比站在居委会门前请罪时年轻得多。她的头发向上反梳着，在后脑上高高隆起。这种高，正好抵消了因发胖而造成的横向发展，所以不会造成人们视觉上的错误，好像发了胖的女人都比以前矮了一点。她的衣着并不花哨，时间已经使她懂得了打扮的真谛。年轻而漂亮的人不管穿什么衣裳都好看，淡妆浓抹都相宜。年老的人如果要打扮的话，主要是用衣着来表示某种风度和气质而已。所以孔碧霞的衣着很素净，一件普通的蓝色西装外套，做工考究，质地高贵，和她的年龄、体型都很相配。

孔碧霞对我很热情，像她这样精细的人，很难忘记细小的事情。

"高经理呀，就怕你不来哪。唔，也老了，当阿爹了吧？"

"没有，刚当上外公。"

"好，都是一样的。快请进，就等你开席。"

我跟着孔碧霞往前走，一个幽雅而紧凑的庭院展现在面前。树木花草竹石都排列在一个半亩方塘的三边，一座石板曲桥穿过方塘，通向三间面水轩。在当年，这里可能是那位政客兼教授的书房，明亮宽敞，临水是一排落地的长窗。所有的长窗都大开着，可以看得清楚，大圆桌放在东首，各界人士暂时都坐在西头。

包坤年从曲桥上走过来了，把我向各界人士一一引见，其中有两位是朱自冶的老吃友，我当年替他们买过小吃的。有一位是我的老领导，我年轻时便听过他的报告。其余的三位我都不熟悉，一个沉默寡言，两个谈笑风生，谈吐间流露出一股市侩气。

朱自冶穿着一套旧西装，规规矩矩地系着一条旧领带，领带塞在西装马甲里。这套衣裳不知道是从哪个箱子的角落里翻出来的，散发着浓重的樟脑味，可是朱自冶穿着并不显得滑稽，反而使我肃然而有敬意。好熟悉，这种装束是在哪里见过的？对了，我在读高中的时候，老师们的衣着基本上分为两大派。一派是长袍蓝衫，一派是西装革履。国文教员总是穿长袍，物理教师都是穿西装的。烹饪学属于科技，穿长袍蓝衫显得太陈旧，穿制服又没有特点，穿崭新的西装又显得没有根基，西装而是旧的，妙极！好像是一个潦倒多年的老科学家刚被重视，刚被发现！这一身打扮肯定是出于孔碧霞的大手笔，朱自冶穿衣裳一贯是很拆烂污的。

朱自冶多年不穿西装了，行动很不自然，碰碰撞撞地越过几张椅子，把一本烹饪学讲义塞到了我的手里。我拿着讲义在我的老领导的面前坐下，也觉得十分拘谨。解放初期当我还在工作队的时候，曾经和这位领导同志有过一段时间的接触，在我的印象中他是个不苟言笑、要求严格、对知识分子有点不以为意的人。我们那一伙"小资产"在他的面前都装得十分规矩而谨慎。今天在此种场合中相遇，还使人感到有点手足无措，最主要的是找不出话来说，只好把手中的讲义慢慢地翻阅。

"小高。"

"……"

老领导叫了我一声小高以后，也发现我的年纪已经不小了，立刻改了口："老高呀，你要好好地看看这本书，多向人家学习学习。"

"是，我一定好好地拜读。"

"现在不能靠外行领导内行了，要好好地钻进去。"

"是的，我在这方面过去犯过错误。"

"知道错误就好，现在还来得及。"

我点点头，继续把讲义翻下去，发现这本由朱自冶口述、包坤年整理的大作，并不是什么新鲜的东西，是从几种常见的食谱中抄录而来的，而且错漏很多，不知道是抄错的还是印错的。我抬起头来看看朱自冶，想向他提出一点问题，可那朱自冶却避开我的目光，双手向前划着，好像赶鸭子似的请大家入席。

人们鱼贯而出，互相谦让，彬彬有礼，共推我的老领导走在前面。

人们来到东首，突然眼花缭乱，都被那摆好的席面惊呆了。洁白的抽纱台布上，放着一整套玲珑瓷的餐具，那玲珑瓷玲珑剔透，蓝边淡青中暗藏着半透明的花纹，好像是镂空的，又像会漏水，放射着晶莹的光辉。桌子上没有花，十二只冷盆就是十二朵鲜花，红黄蓝白，五彩缤纷。凤尾虾、南腿片、毛豆青椒、白斩鸡，这些菜的本身都是有颜色的。熏青鱼、五香牛肉、虾子鲞鱼等等颜色不太鲜艳，便用各色蔬果镶在周围，有鲜红的山楂，有碧绿的青梅。那虾子鲞鱼照理是不上酒席的，可是这种名贵的苏州特产已经多年不见，摆出来是很稀罕的。那孔碧霞也独具匠心，在虾子鲞鱼的周围配上了雪白的嫩藕片，一方面为了好看，一方面也因为虾子鲞鱼太咸，吃了藕片可以冲淡些。

十二朵鲜花围着一朵大月季，这月季是用钩针编结而成的，可能是孔碧霞女儿的手艺，等会儿各种热菜便放在花里面。一张大圆桌就像一朵巨大的花，像荷花，像睡莲，也像一盘向日葵。

人们从惊呆中醒过来了，发出惊讶的叹息：

"啊……"

"啧啧。"

还没有入席，我就受到批评了："老高，你看看，这才是学问哪！看你们那个饭店，乱糟糟的。"

我没有吭气，四面打量，见窗外树影婆娑，水光耀廊，一阵阵桂花的香气，庭院中有麻雀吱吱唧唧，想当年那位政客兼教授身坐书房……

朱自冶又把两手向前划着，邀请大家入席。同时把领带拉拉松，作即席讲说："诸位，今天请大家听我指挥，喝什么酒，吃什么菜，都是有学问的。请大家不要狼吞虎咽，特别是开始时不能多吃，每样尝一点，好戏还在后面，万望大家多留点儿肚皮……"

人们哈哈地笑起来了，心情是很愉快的。

"……吃，人人都会，可也有人食而不知其味，知味和知人都是很困难的，要靠多年的经验。等会儿我可以一一介绍，敬请批评指教。开席，拿酒杯。"

包坤年立即打开酒橱，拿出一套高脚玻璃杯，两瓶通化的葡萄酒。这一套朱自冶不说我也懂，开始的时候不能喝白酒，以免舌辣口麻品不出味。可我就想喝白酒，我学会喝酒是在困难、苦闷的时刻，没有六十四度不够味。

包坤年替大家斟满了酒，玻璃杯立刻变成了红宝石，殷红的颜色透出诱人的光辉。葡萄美酒夜光杯，那制作夜光杯的白玉之精也可能就是玻璃。

包坤年是副会长，斟完了酒总要讲几句的，为了要突出朱自冶，多讲了也不适宜，便举起筷子来带头："同志们请吧，请随意……"

朱自冶也不想为别人留点面子，煞有其事地制止："不不，丰盛的酒席不作兴一开始便扫冷盆，冷盆是小吃，是在两道菜的间隔中随意吃点，免得停筷停杯。"说着便把头向窗外一伸，高喊："上菜啦！"

随着这一声叫喊，大家的眼睛都看往池塘的南面，自古君子远庖厨也，厨房和书房隔着一池碧水。

电影开幕了：孔碧霞的女儿，那个十分标致的姑娘手捧托盘，隐约出现在竹木之间，几隐几现便到了石板曲桥的桥头。她步态轻盈，婀娜多姿。桥上的人，水中的影，手中的盘，盘中的菜，一阵轻风似的向吃客们飘来，像现代仙女从月宫饭店中翩跹而来！该死的朱自冶竟然导演出这么个美妙的镜头，即使那托盘中是装的一盆窝窝头，你也会以为那窝窝头是来自仿膳，慈禧太后吃过的！

托盘里当然不是窝窝头，盖钵揭开以后，使人十分惊奇，竟然是十只通红的番茄装在雪白的瓷盘里。我也愣住了，按照苏州菜的程式，开头应该是热炒。什么炒鸡丁、炒鱼片、炒虾仁，等等，第一只菜通常都是炒虾仁，从来没见过用西红柿开头！这西红柿是算菜还是算水果呢？

朱自冶故作镇静，把一只只的西红柿分进各人的碟子里，然后像变戏法似的叫一声："开！"立即揭去西红柿的上盖；清炒虾仁都装在番茄里！

人们兴趣盎然，纷纷揭盖。

朱自冶介绍了："一般的炒虾仁大家常吃，没啥稀奇。几十年来这炒虾仁除了在选料上与火候上下功夫以外，就再也没有其他的发展。近年来也有用番茄酱炒虾仁的，但那味道太浓，有西菜味。如今把虾仁装在番茄里面，不仅是好看，而且有奇味，请大家自品。注意，番茄是只碗，不要连碗都吃下去。"

我只得佩服了，若干年来我也曾盼望着多给人们炒几盘虾仁，却没有想到把虾仁装在番茄里。秋天的番茄很值钱，丢掉多可惜，我真想连碗都吃下去。

唔，经朱自冶这么一说，倒是觉得这虾仁有点特别，于鲜美之中略带番茄的清香和酸味。丁大头说得不错，人的味觉都是差不多的，不像朱自冶所说有人会食而不知其味。差别在于有人吃得出却说不出，只能笼而统之地说："啊，有一种说不出的好吃！"朱自冶的伟大就在于他能说得出，虽然歪七歪八地有点近于吹牛，可吹牛也是说得出来的表现。在尽情的享受和娱乐之中，不吹牛还很难使那近乎呆滞的神经奋起！

"仙女"在石板曲桥上来回地走着，各种热炒纷纷摆上台面。我记不清楚到底有多少，只知道三只炒菜之后必有一道甜食，甜食已经进了三道：剔心莲子羹、桂花小圆子、藕粉鸡头米。

朱自冶还在那里介绍，这种介绍已经引不起我的兴趣，他开头的一笔写得太精彩了，往后的情节却是一般的，什么芙蓉鸡片、雪花鸡球、菊花鱼等，我们店里的菜单上都有的。

人们的赞叹和颂扬也没有停歇：

"朱老，你的这些学问都是从哪里得来的？"

"很难说，这门学问一不能靠师承，二不能靠书本，全凭多年的积累。"

"朱老，你过了一世的快活日子，我们是望尘莫及。"

"哪里，彼此彼此，'文化大革命'和困难年也是不好过的。"

"算啦，那些事情都过去了，吃吃！"

"是呀，将来到了共产主义，我们大家天天都能吃上这样的菜！"

我听了肚里直泛泡，人人天天吃这样的菜，谁干活呢，机器人？也许可以，可是现在万万不能天天吃，那第五十八代的机器人还没有研制出来哩！

"老高。"

"……"

"你为什么不说话呀，像朱老这样的人才你以前一点儿也不知道吗？"

"知道，我很早便知道。"

"那你为什么不请他去指导指导，把你们的饭店搞搞好。"

"请……请过，我们请他讲过课。"

"那是临时的，没有个正式的名义。"

人们突然静下来，目光都集中在我的身上。我凝神了。在今天的这顿美餐里，似乎要谈什么交易！

"名义……这名义就很难说了。"

"也是一种专家嘛！"

"叫什么专家好呢？"我等待着人们的回答。科学家、文学家、表演艺术家，你哪一家都靠不上去！

"吃的……"说不下去了，"吃的专家"是骂人的。

"会……"会吃专家也不通，谁不会吃？

包坤年把筷子一举："外国人有个名字，叫'美食家'！"

"好！"

"好！"

"对！"

"美食家，美食家！"

"来来，为我们的美食家干一杯！"

朱自冶踌躇满志了，忍不住把那旧西装敞开，举杯离座，绕台一周，特别用力地和我碰了碰杯，差点儿把那薄薄的玻璃杯都碰碎。是呀，他那吃的生涯如今才达到了顶点，辛辛苦苦地吃了一世，竟然无人重视，尚且有人反对，他的真正的价值还是外国人发现的！

我只恨自己的孤陋寡闻，一下子就败在包坤年的手里。我只知道引进"快餐"，却没有防备那"美食家"也是可以引进的。好吃鬼、馋痨坯等等都已经过时了，美食家！多好听的名词，它和我们的快餐一样，也可以大做一笔生意。如果成立世界美食家协会的话，朱自冶可当副主席。主席可能是法国人，副主席肯定是中国的！

人们在欢乐声中拨动了第十只炒菜，这时候孔碧霞走了进来，询问大家对炒菜的意见。人们纷纷道谢，邀请孔碧霞同饮一杯。我站起身来为孔碧霞斟满酒，举起杯："谢谢朱师母，你的菜确实精美，谢谢你，也谢谢孩子，她为我们奔走了半天。"我对孔碧霞也没有多少好感，但是我得承认，她的确是做菜的能手，一级厨师的手艺，应该由她来当烹饪学学会的主席或者是副主席。世界上的事情往往是会做的不如会吹的，会烧的也不如会吃的！

孔碧霞很高兴："哪里，能得到经理的称赞很不容易。"她举起杯来划了个大圈子，"怠慢大家了，几只炒菜连我也不满意，现在没有冬笋，只好用罐头。"

"啊，没说的。"

"来来，为美食家的夫人干一杯！"

一杯干了以后，包坤年开始收酒杯了，别以为宴会已经结束，早着呢，现在是转场，更换道具的。

朱自冶又拿出一套宜兴的紫砂杯，杯形如桃，把手如枝叶，颇有民族风味。酒也换了，小坛装的绍兴加饭、陈年花雕。下半场的情绪可能更加高涨，所以那酒的度数也得略有升高。黄酒性情温和，也不会叫人口麻舌辣。我向那酒橱乜了一眼，看见还有两瓶五粮液放在那里，可能是在喝汤之前用的。我暗自思忖，这桌饭不知是谁出钱，是朱自冶的银行存款呢，还是人家的宣传费？

孔碧霞告辞以后，下半场的大幕拉开，热菜、大菜、点心滚滚而来：松鼠鳜鱼，蜜汁火腿，"天下第一菜"，翡翠包子，水晶烧卖……一只"三套鸭"把剧情推到了顶点！

所谓三套鸭便是把一只鸽子塞在鸡肚里，再把鸡塞到鸭肚里，烧好之后看上去是一只整鸭，一只硕大的整鸭趴在船盆里。船盆的四周放着一圈鹌鹑蛋，好像那蛋就是鸽子生出来的。

人们叹为观止了：

"老高。"

"……"

"你看看，这算不算登峰造极？"

"算。"

"就凭这一手，让朱老到你们的店里去当个技术指导还不行，每月给个百儿八十的。"

我明白了，这恐怕是今天的中心议题，连忙采取推挡术："不敢当，我们的庙小，容不下大菩萨。"

"你们的庙也不小呀，就看方丈的眼力啰……"

幸亏那只三套鸭帮了忙，当它被拆开以后人们便顾不上说话了，因为嘴巴的两种功能是不便于同时使用的。

我看了看表，这顿饭已经吃了将近三个钟头，后面还要喝五粮液（我很想喝），还会有一只精彩的大汤作总结，还会有生梨或者是菠萝蜜。可我不敢终席了，因为终席之后便是茶话，那圈套便会绕到我的脖子上面。

"实在对不起，我下面还有一个约会，不能奉陪到底。谢谢朱先生，谢谢诸位，谢谢……"我不停地说谢谢，不停地向后退，退了五步便转身，径直奔石板桥而去。过得桥来回头看，见那长窗里的人都呆在那里。

我觉得今天的举止很不礼貌，也不光彩，好像是逃出来的。如果不向女主人打个招呼，那孔碧霞会伤心，她是很要面子的。

孔碧霞和她的女儿还在忙着，听说我要走，有点儿扫兴："啊呀，大概是我做的菜不好吧，不合你的口味！"

"哪里，你的菜做得确实不错，什么时候请你到我们的店里去讲讲，交流交流。"

孔碧霞笑了："有什么好交流的，这些菜你们都会做，问题是你们没有这么多的时间，细模细样地做，还得准备个十几天……哎，你不能再坐会儿吗，还有一只大汤咧。"

"知道……"我突然想起件事情来了，"朱师母，今天的甜菜里面怎么没有南瓜盅？困难年朱先生和我一起去拉南瓜的时候，说是要创造出一只南瓜盅，有田园风味！"

孔碧霞咯咯地笑了："你听他瞎吹，他这人是宜兴的夜壶，独出一张嘴！"

巧克力

出了五十四号向西走，到阿二家去。天啊，那里还有一桌酒席等着我哩！我什么也不想吃了，三套鸭不好消化，那一番谈话也值得回味。可我想和阿二和他的爸爸干几杯，当然是白酒，六十四度，喝下一口之后像一条热线似的直通到肚里，哈的一声长叹，人间无数的欢乐与辛酸都包含在内。

秋天对每个城市来说，都是金色的。苏州也不例外，天高气爽，不冷不热，庭院中不时地送出桂花的香气。小巷子的上空难得这么湛蓝，难得白云成堆。星期天来往的人也不多，绝大部分的人都在忙家务，家务之中吃为先，临巷的窗子里冒出水蒸气，还听到菜下油锅时滋啦一声炸溜。

从五十四号到阿二家，必须经过我原来住过的地方，这地方的样子一点儿也没有变。石库门，白粉墙，一排六间平房向里缩进一段，朱自冶住过的小洋楼就在里面。我仿佛看见阿二的黄包车就停在门前，朱自冶穿着长袍从门里出来，高踞在黄包车上，脚下铃铛一响，赶到朱鸿兴去吃头汤面。四十年来他是一个吃的化身，像妖魔似的缠着我，决定了我一生的道路，还在无意之中决定了我的职业。我厌恶他，反对他，想离他远点。可是反也反不掉，挥也挥不走，到头来还要当我的指导，每月给个百二（儿）八十的。百二（儿）八十是多少？加起来除以二，正好是一百元人民币！如果杨中宝能来当指导，我情愿在一百之外再加二十，奖金还不计算在内。可这朱自冶算什么，食客提一级最多是个清客而已，他可以指导人们去消遣，去奢靡，却和我们的工作没有多大的关系。美食家，让你去钻门子吧，只要我还站在庙门口，你就休想进得去！

一直走到阿二家，我心中的怨气才稍稍平息。这里是个欢乐的世界，没有应酬，没有虚伪，也谈不上奢靡。天井里坐满了人，在那里嗑瓜子，吃喜糖。我的一家都来了，包括我那个刚满周岁的小外孙在内。这孩子长得又白又胖，会吃会笑，还会做眯眼，捏捏小拳头和人表示再会。现在都是独生子女，一个娃娃可以有六个大人在他的身上花费物力和精力。满天井的人都以娃娃为中心，给他吃，逗他笑，从这个人的手里传到那个人的手里。

有人把硬糖塞到我那小外孙的嘴里，他立刻吐了出来。

"怎么，他不吃糖吗?"

"他呀，要吃好的!"

"试试，给他巧克力。"

有人拿了一条巧克力来，剥去半段金纸，塞到孩子的手里。果然，这孩子拿了就往嘴里送，吃得咂咂地流口水。

人们哄笑起来了："啊呀，这孩子真聪明，懂得吃好的!"

我的头脑突然发炸，得了吧，长大了又是一个美食家! 我一生一世管不了个朱自冶，还管不了你这个小东西! 伸手抢过巧克力，把一粒硬糖硬塞到孩子的小嘴里。

孩子哇的一声哭起来了……

满座愕然，以为我这个老家伙的神经出了问题。

《收获》1983年1期

没有纽扣的红衬衫

铁　凝

1

我和我妹妹喜欢在逛商店的时候聊天。

说实话，平易市的商店不够我们逛的，尽管它有一千七百年历史，地理位置又优于其他城市——离首都比离省城还近。尽管它有明、清两代皇帝的行宫、书院，有军阀时期中西合璧的官邸花园，有近百年历史的著名学府，算得上是座文化古城，商店却有限。数得过来的几座商店分布在数得过来的几条街道上，老店大都是一两孔拱形门面，一两级青石台阶，门窗的颜色是黄配蓝。新店虽然门窗宽广，台阶高筑，而门窗的颜色还是黄配蓝。加上老店、新店都挂起清一色的葱绿绸窗帘，叫人觉得又热闹，又单调。

几个大而空的商店和我的年龄差不多，都是近三分之一世纪以来的产物。三十年前，这座灰蒙蒙的古城被四周农村紧紧包围着，后来城墙被突破了，才形成了城乡错综的局面。不知怎么的，城墙的突破使我总觉得和我们这一代人的大膨胀有关。现在，穿宽脚裤的青年骑车上班要穿过农村，而驴车又经常在繁华的大街上轧轧前进。冬天，单看自行车后货架上那鼓鼓囊囊的面口袋，就知道要过春节了。这时大小饭馆门前一律是郊区农民的长队，他们买上成百成百的馒头，把能装百八十斤麦子的口袋塞得满满的，然后将它们绑上自行车后货架。这些蒸腾着热气的口袋就开始满街奔跑，在数九寒天的空气里，到处弥漫着发酵面粉的香甜。而城里人这时正驮着鲜肉、大枣、活鸡、韭黄，从很近的集市上往回返。

如果再花点笔墨来描写我们所在的城市，就该算矗立在人行便道上的"小高炉"了。不过那里面冶炼的已不是理想主义的钢铁，而是实事求是的大众食品——白薯。这些被烤得又烫又软的食品，本应不折不扣地叫作"热狗"，谁知"热狗"一词偏偏早已被外国食品占有，致使我们这种又烫又软的古老食品只能凭着它那出炉后嗞嗞浸出的糖汁，吸引那些夹着提包出差的外地人了。从冬到春，连续两季，马路边高炉林立。那些戴着白套袖、操着长长火钳的主人，不顾炉里高温扑面，把脸贴近炉口，用火钳将烤软的白薯掐腰夹起，在炉口码成一道半圆形的围墙。他们的脸被炉火烤得通红，眼睛淌着泪花。

现在，由于季节关系，街上不见了小高炉，位置被更富于现代特征的食品代替着。那是什么？我妹妹会告诉你。

"我买膨香酥！"我妹妹望着路边一个戴迈克镜的青年农民说。他推着一辆崭新的"飞鸽加重"，车上是两筐粉黄相间的膨香酥。

这种以玉米面、糖精为原料，经过加热膨胀的新型小食品，由于生产工艺简单，近郊农民早已把它作为生财之道了。目前膨香酥已由蚕豆般大小、塑料袋包装发展到拐棍一般长短。并且，根据儿童喜欢恶作剧的心理，生产者真模仿拐棍的样子，在一端弯个大钩，来进一步满足孩子们的好奇心。我以为十岁以下的孩子举着这样一根越吃越短的拐棍，也许有一番情趣，可我妹妹已经十六岁了。我假装没听见她的话，继续往前走。

她没有跟上来。当她再次和我并肩行走时，手里真的多了一根"拐棍"。但她没有吃，却举着它朝着停放在商店门前的汽车、自行车，朝着路灯电杆，朝着果皮箱，朝着邮筒指指点点。嘭嘭嘭嘭！她一边敲打着它们，一边用只有我才能理解的词儿奚落大街上的行人。她管卖冰棍的老太太叫"木刻"，管交通警却叫"卖冰棍的"。迎面走来的一个白脸青年被叫作"贤惠大嫂"，一个戴太阳镜的女孩子她叫她"欢欢"（熊猫）。她管和我们擦身而过的一位香喷喷、暖烘烘的胖女人叫"珍珠鸡"，因为人家穿了一条灰底儿白点子的长裙。她的嘴一分钟也不停，好像有满肚子话要说，好像有话不说出来就堵塞了延续她生命的通路，她立刻就会……怎么说呢?

嘭!拐棍断在一个果皮箱上,她顺手把它扔了进去,原来又发现了"新大陆"。她拉着我在一家服装店的橱窗前停了下来。是站立在橱窗里那两位男女模特儿吸引了我们,它们的样子实在叫人不得不多看两眼。在气温高达三十六度的季节,它们还未换下厚呢大衣,二人蓬头垢面,脸色焦黄,目光呆滞,躲在半开半闭的葱绿窗帘里,无可奈何地向街上行人摊着两手。

"怪可怜的。"我妹妹说。

"连衣服也不给换。"我说。

"店里的美工一定在闹情绪。"

"那女的好像有黄疸型肝炎。"

"不——防冷涂的蜡。"我妹妹把"冷"字念得拐了个小弯儿,就像京剧道白那样。

说完,她便大笑起来,一笑又是那么无所顾忌,把嘴张得那么大。这使我又一次想到她的年龄,十六岁,还不懂得什么叫掩饰。我分明看见,两个挎着菜篮的老太太直冲她撇嘴。几个穿T恤的小伙子也停下来莫名其妙地朝她张望。

"走吧,安然,去家具店。"我说。安然是我妹妹的名字。

她对家具一向不感兴趣。在这种年龄,家具对她又有什么意义呢?在学校,一只四脚凳,二分之一课桌;在家里,一张完全属于自己的桌子,难道还不够吗?桌子抽屉上要是再带一把小锁,那简直就是奢侈了。我对家具有兴趣,我快步走入店门,她也就毫无怨言地跟了进来,这是平易市唯一一家家具店,里面陈列着一些做工粗糙、木质低劣的板箱、衣柜等。一股鳔胶和劣等油漆的混合气味直扑鼻子。我的眼睛从这些东西上掠过,不由自主地盯住了一个角落,那里摆着一张崭新的烤漆席梦思单人床。我一点儿也不否认它吸引了我。在我的年龄,对舒适的床发生兴趣有什么奇怪呢?我径直走到它跟前,看出它不是本地产品。平易市能购进这样一张床,真算是革新之举。我俯下身子看看商标,产地上海,标价二百二十元。

"我真想买这张床。"我说。

"姐姐，你……结婚吗?"安然小心、警惕地观察着我。

"不是——你没看见，这是张单人床。"

"为你自己?"

"啊。"

"不明白。"

"结了婚就不需要买单人床啦?比方说，两个人吵了嘴，你就可以到单人床上去睡。"我对安然解释着。我什么也不想瞒她，尽管我比她大八岁。

"结婚就意味着吵嘴吗?"

"不能那么说，可世界上没有不吵嘴的夫妻。"

"比如咱们家那两位，二老。"安然立刻接上了话茬儿，当然是指我们的父母。

我们已经来到街上，我不愿在街上谈论父母，因此没有接下去。她却没完没了:"在他们身上我看不见……就是人们常说的那个爱情。"

"没有爱情怎么会有你我?"我小声说。

"不懂，实在不懂。"安然低头看着脚面，"你说妈怎么会爱上爸?妈那么漂亮，爸那么不漂亮。"

"我不这样看，什么叫漂亮?"

"佐罗就漂亮。"安然把头猛然转向我，就像等待我的反驳，"特别……特别是他的下巴。我顶喜欢佐罗的下巴。"

安然说。我抬头盯住她的脸，她脸红了。我第一次看见她脸红，我第一次意识到，我妹妹是个女孩儿。

2

其实，她是个地道的女孩儿。尽管她爱和人辩论，爱穿夹克衫，爱放鞭炮，爱大声地笑，有时候还爱趁人不备吹一两声口哨。看起来这全是男孩子的秉性，可是，有谁规定过女孩子不许对这些发生兴趣呢?

从家具店出来，我不由自主地重新打量起身边的安然:身高一米六六，体重五十九公斤，穿三十八号半的鞋。头发很好，乌黑、厚密，整齐的刘海儿齐着眉毛盖住了鼓圆的脑门；面孔不漂亮，但招人喜欢——至少招我喜欢。安然的皮肤不算白，却异常细腻、匀净。她常骄傲地告诉我，班里的祝文娟脸上长"青春美丽痘"啦，米晓玲有雀斑啦。而她，从来和这些斑斑点点无缘。在安然胖乎乎的、光洁的圆脸上，紧靠右边的耳朵，只有两颗并排的黑痦子，就像排在铅字里的冒号——"："，仿佛安然爱说话都是它的缘故。它印在那里，又像专门引逗别人说话似的。每当你瞧见这个"："，就忍不住要对着她的耳朵说上点儿什么。

可是，她顶讨厌别人对着她的耳朵小声说话。她喜欢在一定距离内，毫无顾忌地对着你说，也希望你像她一样对着她说。她还喜欢什么？喜欢快节奏的音乐，喜欢足球赛，她知道马拉多纳在西班牙一蹶不振的原因，还知道鲁梅尼格为什么不参加意大利的"尤文图斯"俱乐部。喜欢黄梅戏（怪事儿），喜欢冷饮，能一口气吃七支雪糕。喜欢游泳，喜欢读短篇小说，喜欢集邮，喜欢练习针灸，喜欢织毛袜子（仅仅织成过半只），喜欢体育课上的"跳山羊"，喜欢山口百惠。她打开录音机，随着山口百惠朴实、动情的歌声，抄下中文的谐音：

希拉呀瓦哩卢达塞，撒里希多奎哇，希啦呀瓦哩卢达塞，喏恩嗒噢……

这首《温柔的歌唱》叫她给学得惟妙惟肖。

也许因为她具有异常惊人的模仿力，她学外文像是得天独厚。她没有当什么"大家"的奢望，只想做个好翻译；幻想着当她走在那些学者、名流或大政治家身边时，怎样才能把他们的语言准确无误地翻译给对方。她常指着电视里那些风度翩翩的翻译说："那就是我。"但她对其他功课也挺认真，各科成绩都算突出，我曾经怀疑她的学习态度，因为她总是一边听录音机，一边写作业。她说那是她的习惯，尤其思考物理题时，听着录音机，思维细胞相当活跃、灵敏。但我老是觉得她有点儿煞有介事。

"喂，你必须立刻关掉录音机。"我站在房间一头，像船长命令船员一样向她发布命令。

"那好，你必须立刻给我洗一个苹果。"她服从了我的命令，但又和我讲起条件。

我不能不满足她，因为我喜欢她超过喜欢我的父母，就像她喜欢我那样。我递给她一个苹果，自己也吃一个，然后就坐在桌前开始做自己的事，耳边只剩下清脆的咀嚼声。苹果吃到一半，我抬头看看她，她也刚好吃完一半。

"怎么你今天吃得这么慢？"我嘲笑她。

"哈，对不起，这是第二个了。"她冲我做了个怪相儿。

顺便提一句，我妹妹吃东西也有着惊人的速度。这速度是她小时候跟父母在"五七"干校，在集体宿舍草铺上养成的。

那时她才三岁，每当宿舍里的妈妈们下地干活时，草铺上的一群孩子就立刻实现了世界大同。他们有福共享，有难同当，各取所需。大孩子瞧见小不点儿手中的吃食，会蜂拥而上把它们抢走。我妹妹在这个大同世界里慢慢总结出经验：东西要想不被别人抢去，就得快吃。柿饼、黑枣常常把嘴填塞得难以嚼动。这使得她老是闹病，不是肠炎就是胃疼。妈妈发现这点，只好把她送到北京外婆家，那时，我早已寄居在外婆家了。记得那是一个下雪天，她穿着一身辨不出颜色的棉衣，穿着一双紧挤脚的单鞋，焦黄的头发上沾着干校草铺上的草籽儿，脸蛋儿叫野地里的风给吹得粗糙、通红。她就那样跟在妈妈身后走进外婆的四合院，扑进了我的怀里。从此，我和安然一直在一起。当时她把头紧紧贴在我瘦弱、单薄的怀里，把我当成她唯一的保护人。尽管那时我也是孩子，我也需要人的保护，可是想到我能去保护一个人，这又是一件多么骄傲的事啊。我敢说，我和一切欺侮安然的大人和孩子较量过；我敢说，那时在我小小的心灵中孕育着的爱是伟大的。我听说吃核桃能使人长头发，就把所有的零用钱攒起来，都给安然买了核桃。我盼望她的头发变得滋润、光亮。现在我常想，她终于有了一头乌黑、闪亮的头发，那是因为小时候吃了我给她买的核桃。安然会不会这样想？我猜也会。可我们谁也没有谈论过这件事。有时越是那些微不足道、看起来荒唐的事，越能使两个人的心紧紧连在一起。

我就常这样想，是那段经历使安然变成现在这样的安然，使我变成了这样的我；培养了安然吃东西的速度，也培养了我们俩这种特殊感情。

也许还培养了我们总以外来人的眼光，居高临下来看待我们所在的城市平易市。

"姐，你怎么不说话了，你想那张床？"安然问我。

"哪儿啊，我在想今天是个星期天。"

"是个沉闷的星期天。"

"是个快乐的星期天。"

"是个害怕的星期天。"安然说完竟停下来不走了。

"怎么呢？"

"明天进入复习，一星期后就要期末考试了。"安然眼睛看着别处，有些心不在焉的样子。太阳把她的脸烤得通红，鼻尖上沁出一层细密的汗珠。

"当学生总要考试。你可不像个害怕考试的人，好了，你看都到家了，我希望你唱着歌上楼。"我推了推安然的肩膀。

"唱哪个？"安然脸上出现了片刻的阴转晴。

"就是那个'希拉呀瓦哩卢达塞'。"

我听着《温柔的歌唱》，心直往下沉。我完全明白安然害怕的不是考试，而是考试后的三好学生评选。我故意安慰她勇敢地迎接考试，其实我怎么能忘记，安然从初一到高一，从来就没当选过三好学生。

她害怕评选，刚才在街上那一阵阵欢乐，是忧郁的欢乐吗？

3

我家所在地，是一座陈旧的灰色两层楼房。这种五十年代初建造起来的木结构筒子楼，房间宽敞，但家家鸡犬相闻，似乎缺少必要的遮掩。走廊虽宽，人们又在那里划界为防，垒起各种形状的炉灶、煤池和一些面目不清的家什，将走廊占去大半。冬天，当各家生炉取暖时，烟筒就从门上探进走廊，刹那间便会狼烟四起，伸手不见五指。烟把走廊熏得乌黑，我妹妹就给这座楼起了个外号叫"古堡幽灵"。古堡也罢，幽灵也罢，反正大白天进来也要走"夜路"。

我和安然一前一后迂回着穿过"夜路"，刚拐上楼梯，就听到一阵忽高忽低的争吵声。"是二老。"安然扭头告诉我。

"等他们吵完再进去。"我没好气地说。

"咱们不进去，他们就总也吵不完。"安然说着，紧跑几步，推开了家门。

果然是他和她在吵。耐心听听，原来是为熨衣服的事，他说她把他的裤子熨成了百褶裙，她说他对她的要求太苛刻。我径直走过去关窗子，关窗子是为了不叫邻居听见；安然径直回到我们的房间打开录音机，开录音机是为了混淆邻居的听觉。这在我们已经是老习惯了。每当他们大吵起来，我们就充当遮丑的角色。遮丑，这大概是人类的本能吧。

"平常我要求过你什么？看看我这一身打扮，就这样到大学里讲美术欣赏课，欣赏欣赏我吧！"爸爸一面嚷，一面抖着身上那油彩斑驳的肥裤腿。

"我熨得不好，怎么你不熨呢？"我妈妈用熨斗敲着桌子。

"要是我自己会熨裤子，干吗还跟你结婚？"

"当初你为什么不找个裁缝？"

"那又有什么不好？"

"现在也不晚，我什么都不怕。我又不是家庭妇女，生来专为你熨衣服的！"我妈妈坐到藤沙发上，用蒲扇拍着膝盖。

"你当然不怕，连孩子们笑话都不怕。安静、安然都过来，谁替我说句公道话？"爸爸冲我们嚷道。

"我求求你们，别吵啦！天这么热。"我心中异常烦躁，根本不打算评出个谁是谁非。

"你少和稀泥。天热怎么啦？天热就不存在真理啦？你有没有自己的是非观？"爸爸抖完裤子，又抖抖贴在身上的背心，冲我说。

"我有看法！"安然走到二老面前，"妈妈不对！"

"怎么不对？你有什么资格说这种话？"妈妈从沙发上猛地站了起来。

"熨不好裤子，为什么不让人说？"

"你熨得好吗？"

"我？根本不会熨。"

"那就少教训我！"

"你的逻辑是错误的。我不会熨不等于没资格批评你。"

"我用不着你给我讲逻辑。看你那样子，从哪儿学来的这一嘴油腔滑调，啊？我辛辛苦苦把你养大，就为了听你在我跟前耍贫嘴教训我吗？"妈妈嘴唇直哆嗦。

"安然，别说了！"我怕事情闹大，推着她的肩膀就往里屋走，尽管我也觉得妈妈是不占理的。

"为什么不说？"安然甩开了我，"不说就等于不存在吗？爸爸五个扣子掉了三个，叫你缝一下，你反过来问他为什么不自己缝；爸爸的袜子找不到，请你帮忙找一下，你又反问他，为什么不自己去找？这就是妈妈！要是有工作的妈妈都这样，那我宁愿要个家庭妇女妈妈！"

"这可都是你说的。没有心肝的东西，你可别后悔。我这就走！"妈妈做了一个要冲出屋去的姿态。当然，我把她拦住了。安然讲理比我勇敢，可每次围、追、堵、截都是我的任务。

"你有心肝，你真正管过我吗！"安然并没有被妈妈悲恸欲绝的姿态所吓倒。也许，任何一种吓人的姿态，重复多了也就不吓人了。

"怎么没管过？抱你躲武斗，抱你去干校，抱你满世界奔跑，抱你……"妈妈又返了回来。

"人不能光吃老本！"安然有点故意气人了。

"安然！"我拼命冲她使眼色。

"安然，没你的事！"爸爸也不希望事情一环套一环地恶性发展下去。

"你们干吗不让我把话说完？"安然说，"还记得求你帮我找英文老师的事吗？"

"别说了安然，我求你！"我上前捂住她的嘴。

她拿掉我的手，一甩胳膊回到沙发上，半天不动。四周突然寂静下来。谁家收音机里传来歌声：

　　海风你轻轻地吹，海浪你轻轻地摇……

找英文老师，是啊，那次也伤了我的心。

我妈妈现在就是一所中专学校的英文教师。但不客气地说，由于种种原因，她的英文程度已经达不到教授安然的水平了。安然呢，口语虽好，但语法需要加强。她得知平易市十九中有一位英文教师辅导高考很有经验，曾经培养过不少学生考入大学，这位教师又正好是妈妈当年的大学同学，便和妈妈谈起这件事，要妈妈领她去登门拜访，想利用星期天请老师辅导。妈妈考虑了一下，先说他们好多年不来往了，不便开口；后来，安然再三恳求，她才答应去试试。但不知什么原因，她一直没有去。每次安然提醒，她总是推托。

后来安然自己去了，当然有点儿赌气。她打听到地址，一个人找上了门。当时她只把这件事告诉我一个人。我还帮她挑选了第一次见老师要穿的衣服，帮她拟定了一个"谈判须知"，特别嘱咐她要给老师朗诵一段课文，这样准会成功，因为她的口语得到过专家的肯定。她就那么兴高采烈地走了，从妈妈面前吹着口哨走了。

可她哭着回来了，手里攥着一团揉皱的湿手绢回来了。"他不要我，他不收我！"她扑在床上号啕起来。

"为什么你不给他朗诵？"

"他不听。"

"你应该一定要他听，他一听就会喜欢你的。"我一边说着也流下泪来，我觉得我受了比她更大的委屈。

"他不听，就是不听，就不听！"安然嘟囔着，仿佛在说她自己不想听别人的话。

"你没提妈妈的名字？"

"当然没提。我要凭我自己，凭……"

"我们都太自信了。"我叹着气。

"这有什么不好？"

"可是……"

"可是他留着连鬓胡子，戴一副眼镜，镜片冲我一闪一闪，连眼睛都叫人看不清。呜呜……"安然抽抽搭搭地诉说着。

那天，她哭了很久。在从前和以后，她都很少这么哭过。从此，她学习英文更加刻苦了，除出色完成学校规定和自己设计的作业外，还搬着《牛津英汉双解辞典》翻译了好几首诗，其中有史蒂文森的《风》《城市的灯火》……接着又毛遂自荐，把译稿拿给平易大学里的英文老师看。到底有人称赞了她，并欣然同意对她进行辅导。

我始终没有弄明白，妈妈为什么不去找那位老师。也许同行找同行，有伤自尊心；也许还搅和着什么陈年旧事；也许什么都不为。但这件事给我和安然都留下了很深刻的印象。在安然和妈妈的关系中也留下了永远抹不掉的暗影。每当爸爸和妈妈之间的争吵发生转化，转成妈妈对安然时，就像刚才那样，安然总是搬出这件事使自己立于不败之地。这时我就暗自同情起妈妈来。人不能得寸进尺。再说，对于妈妈和爸爸的关系，安然又了解什么呢？

当然，我也不是解释他们关系的权威。小时候对于他们的关系印象很淡漠，从幼儿园、从寄宿小学回家，虽然也遇到过他们脸色不好看，晚上睁开眼时，好像谁还到椅子搭的铺上睡过，有时也吵，但比现在要温和，可算温和派。那时爸爸就干他的本行，专业绘画；妈妈在一个农业研究所当翻译。

那时我只觉得妈妈是世界上最好看的人，就像她挂在床头的那张放大照片一样。那是一位站在蓝天白云下的姑娘，她微笑而自信地直视远方；一绺鬈发斜搭在前额上，一件带垫肩的西服随便往肩上一披，风正把衬衫一角掀起。阳光在她脸上印下几个很有分寸的阴影，构成了一个完美、潇洒和富于幻想的形象。有一次我意外地发现照片后面还有她自己写的一首诗：

> 蓝天，白云，
> 我为什么这样热爱你们？
> 因为你们就是祖国，
> 就是拥抱着我的母亲。

诗的逻辑虽稍显混乱，但谁能否认它是出自一个有热情、爱幻想的年轻人之手呢？

如果不是"文化大革命"，也许那张照片会永远挂在她的床头。但后来照片不见了，妈妈也像变了一个人，阳光投在她脸上的阴影似乎不那么有分寸了。仿佛是照片的消失，给妈妈引来了厄运。

她把自己的青春贡献给了那个研究所，还在那里度过了那个火红的年龄。谁知"运动"过后，她不仅没有回到她那个研究岗位，在和爸爸的关系上，矛盾也达到了逐步升级的地步。"运动"像给一架本来就转动着的发动机加大了油门。为什么？我们谁也说不清。可妈妈在"运动"中的几件小事却总在我脑子里出现。

"运动"初期，妈妈比爸爸日子好过些。爸爸早已进了"牛棚"，妈妈却积极投入了"运动"。一个"左派会"，一本"十六条"都能使她心花怒放。有一次我看到她兴致勃勃地替小将抬着糨糊桶在街上贴大标语，一个字，四整张纸，比我的个子还高许多，写的好像是要打倒谁、火烧谁、气死谁。寒风凛冽，糨糊粘在身上冻成了一片片的硬嘎巴儿，可她仍然昂首挺胸，走在小将前面。每到一处，挥起笤帚呼呼就刷。还有一次她忽然戴回一个红卫兵袖章。这下连我也觉得比她提着糨糊桶乱跑要气派得多。我高兴得差点儿跳起来：我们家到底也进入了红五类的行列。爸爸这下也可以受到这块红袖章保护了，说不定很快就会回来和我们见面。晚上，当妈妈摘下它时，我就别在胳膊上，在屋里对着镜子举胳膊喊口号。有时还别在刚会走路的安然胳膊上，教她举胳膊。但是后来我才发现，原来这个袖章不是真正的红卫兵袖章，在"红卫兵"三个字下面，还有两个一分硬币大小的字："外围"。我脸红了好几天，再也不去戴妈妈的袖章了。不久，她也突然摘下了那个有点儿鱼目混珠味道的袖章，愁眉苦脸地抱着安然去了干校。在干校大概还吃过点儿苦头，除了出身偏高，还因为"运动"前和哪个民主党派有过点儿瓜葛。但绝未构成什么冤、假、错案。之后，更不在落实政策之列。从此，她人很消沉，坏脾气一触即发，使她那本来就不甚清楚的思维逻辑，更加混乱起来，就像安然说的那样。逻辑混乱的结果，使"温和派"们不温和了。

有时我总想，妈妈倒不如真是个"叛徒""特务"或"反动权威"什么的，构成个冤、假、错案，落实政策后不仅能回到她的研究单位，在一定场合，人们还会刮目相看。可惜，一身糨糊，一个"红外围"袖章，给予人的不过是一种莫辨是非的印象。既不曾飞黄腾达，也不会时来运转。

4

我们家里的一场争吵又平息下来了。我打开窗子，安然关掉了录音机。大家胡乱吃点儿东西，安然就坐在了她的书桌前，手里玩着抽屉上的一把小锁，咔嗒，咔嗒。

天完全黑了下来，潮湿、闷热的风一阵阵吹进屋里，更使人烦躁难耐。我拿起本书又放下，放下又拿起来，最后还是一个人走了出去。在街上，我快步逃过路旁那些乘凉的邻居们，拐上一条僻静的林荫道，才正式思念起一个人来，那是我的男朋友，他在一个不远不近的城市工作。

啊，要是安然知道我现在的思想，一定会感到悲哀的，她自信我永远只想着她。她曾经郑重其事地"警告"过我："姐，你可不能结婚！"

"为什么？"

"你结了婚，我怎么办？"她说得多么认真。

当时我多想按照她的要求答应一声啊，可我又不敢。果然，这样的事还是没按安然的理解，悄悄闯进了我的生活圈子。我一直拿不定主意是否要告诉她，我害怕我和她的友谊发生变化。我就这么忍着，还用忍耐的形式来安慰自己。是啊，我第一次体会到，世界上不单存在着需要忍受的痛苦，还存在着需要忍受的幸福。我不是已经忍了一段不算短的时间吗？现在我又要一个人在这条林荫道上享受埋藏在我心中的幸福了。

铺在林荫道上的树影就像一架走不到头的梯子，我一步步地攀登着。如果不是有人喊我，我一定会走到尽头。但是有人喊我了。我停住脚步，发现面前站着的是韦婉。她是安然的班主任，我的小学同学。小学分手后我们再没有见过面。那时她在我们中间算大个儿，现在却比我还矮，最高也就一米五八。看看脚上，还有一寸多高的鞋跟。她头发有意无意地向高处蓬松着，穿一条碎花尼龙绸连衣裙，领口开得很低。看来她很知道打扮自己了。我想到小时候她可不是这样，腰带经常耷拉在外面，引起男生的哄笑。可那稍显低哑的声音，那眼光——有些早熟的眼光，却又使我想起我在寄宿小学的那些时光。

那时我和她关系一般，可在宿舍里我们的床紧挨着。韦婉当时在我们中间个子最高，懂得很多神秘莫测的事情。一年级时，有一天晚上熄灯后，她忽然问大家："哎，我说你们长大了都想生小孩吗？"大家先是嘻嘻笑了一阵，然后有人小声说："想啊。"说完又是一阵嘻嘻地笑。韦婉在黑暗里又以神秘的口气说："生孩子，可不是谁想生就生。"后来她详细告诉我们，那要看肚子上有没有一条竖线，凡是有线的才可以生。不知谁啪地打开了电灯，十几个人都从被窝里爬起来，开始察看自己的肚子。韦婉则像个女预言家似的光着脚在地上一一审视着，并指出谁行谁不行。我当时就是第一个被肯定有那条竖线的。当时我是多么骄傲啊，但身上反而一阵痉挛，起了好多鸡皮疙瘩。有个头发黄黄的同学因为没有那条线而流了泪，那时，我们全体都真心实意地替她惋惜。

后来"文化大革命"开始了。

后来"文化大革命"结束了。

后来我在农村插队的时候，只听说她被推荐上了大学。现在，她从外地调回平易市，做了中学教师，正巧还是安然的班主任。按说我们住在一个城市，又是小学同学，又有安然这层关系，是应该有接触的。可不知为什么，从没有往来。小时候我虽然为她对我的肯定暗自高兴过，还增加了对她的敬佩，但也就是从那时起，我对她还产生了几分恐惧心理，我觉得我们并不是一种人。现在碰上了，看来还得站一会儿。

"没想到在这儿碰见。你在等人吧？"我和她站了个对面，问她。

"啊。"她显得热情地答应了一声，"早就听说你抽回来了，你看咱们整天谁也见不着谁的面。你也等人？"

"不，我一个人出来走走。"我说。

接着就是有问有答地把小学时的同学都扼要地谈论了一遍，然后把话题转到安然身上。现在要是不谈谈她的学生安然，我们一定会愣在这里的。

"安然在班里表现怎么样？"我问。

"怎么说呢，其实我是准备专门去家里和你谈谈的。"韦婉语气郑重，像是在模仿着我们哪位老师的神情，"她很聪明，也很用功。就是……"

当然我等的就是这个"就是"。

"用形容成人的话来说，就是群众关系不怎么好。"

"她爱讽刺人。"我试探着。

"怎么说呢？"这似乎是她新添的口头语，"安静，你作为安然的姐姐，作为我的老同学，应该协助安然把路子走正。"

"你是说安然她……"我的心一阵紧跳。小时候我从来都是把老师的话作为金科玉律的，韦婉又让我回到了那个年代。

"也许我用词严重了一些，但消防知识里有句话叫'防患于未燃'。"

"到底怎么啦？"我有些沉不住气了。

"班里有个叫米晓玲的同学，最近和安然闹翻了。经过调查，我觉得责任在安然，她不应该用唱歌的方法伤害同学。并且，那支歌也……我不便在这里重复。总之吧，这事不应该发生在她身上。"

原来是这样。我长出了一口气。

"还有什么事没有？"我问。

"怎么说呢？安然除了唱歌讽刺同学，最近还有……怎么说呢，比如，"韦婉说到这里顿了一下，我又在等待那个"比如"了，"比如她总和一个叫刘冬虎的男生在一起。还有，过去她挺朴素，现在也打扮起来了。上星期她好像穿了一件大红衬衫，对了，没有扣子，背后带一条拉链。"

"那是……新买的。"我差点说出那是我给她买的。

"对，问题就在这儿。"韦婉正要说下去，但她要等的人来了，一个呆板的方脸青年。

韦婉忘了给我介绍，我们谁也不便和谁打招呼。一刹那，韦婉像忘记了我的存在，丢下我就走。碎花连衣裙和一件"特丽灵"衬衫保持着一定距离，在树下一闪一闪。

难道她真认为那件没有纽扣的红衬衫刺眼吗？它真能和"问题"这样的字眼连在一起吗？

我顺林荫路往回走着，路灯夹杂在高大的杨树干里，把树干上那些眼睛模样的疤痕照得很清楚。我在"众目睽睽"下，继续走自己的路。

5

人要是真能按照自己的意志走自己的路，那是一件多么艰难的事啊！它显得荒诞可笑，却又其乐无穷。

拿我爸爸来说，他就是一直在走自己的路，尽管老是像个醉鬼（他不喝酒）一样跌跌撞撞。他是风景、静物画家，五十年代毕业于美术学院油画系，现在在省画院搞专业创作。专业创作是个既魅人又叫人紧张的词儿，它意味着创作时间的充裕和由此招来的精神上的压力。有些年，他的画连省美展都通不过。人家说他的画无法为工农兵服务，人家说从他的画面上看不到社会主义跳动的脉搏，人家还给他定了一些不成文的流派。总之一句话，他的画起不到齿轮和螺丝钉的作用。他在画院是个不被人注意的角色。我想，一定还会有人暗中埋怨：画院怎么供着这样一个废……物（我愿把"物"改成"人"）？

他的画面上不常有人，没有甩开膀子开山的队伍；没有站在棉田里用手背擦汗的大嫂；没有人伸出胳膊做指向前方的姿势；许多画甚至连标志新农村的拖拉机、高压线都没有。有的是北方深秋棕红色的大山，明丽、爽朗的蓝天，缠绵、散漫的河滩、流水，缠绕在山腰间的毛茸茸的小路，和那随风战栗的羽毛扇似的小白杨；有的是早春充满生机的果园，那鼓鼓的花苞缀满枝头，正默默地等待时机，只等大自然一声令下，好像就会同时爆炸出颜色和芬芳；有盛夏时节的原野，五彩缤纷的花束：怒放的玫瑰、羞涩的矢车菊、铃铛般的草芙蓉和信手从路边采来的不被人注意的那些金色的星星点点。

不管怎样被议论、冷落，爸爸的画倒是我和安然生活中不可缺少的一部分。我们从这些画面上感受到的是大自然的生机，感受到的是生活的节奏和旋律，它们就在你耳边、眼前洋溢。就是这些节奏和旋律对我们产生了强烈的诱惑，这诱惑也许来自画面上的形象，也许就是他那奔放、朴拙的笔触，热情、斑斓的色彩。总之，祖国、大自然、生活……这些名词在我们脑子里是再具体不过了。

可我有时也希望爸爸的画应时一些，也许那会一下改变他的处境。

"爸爸，您不妨画一些说明性较强的东西。"

爸爸不说话。

"您在画院是专业画家，总得……"

"总得什么?"爸爸扬起眉毛，但没看我。

"我是说……"我是想说总得被人承认啊，可我说不下去了。大凡人在讲违心的话时，心情在充满矛盾时，总是吞吞吐吐吧。时代把我们这一代造就得比父辈要世故，我从来就不否认这点。

"你喜欢吃糖吧?"爸爸没头没脑地问。

"当然。"我说。小时候不是还拔过一颗虫子牙嘛。

"你满心欢喜地吃完一块糖，转脸就声明，这糖是苦的，对不对?"爸爸再次扬起眉毛时，看了我一眼。瞧他那神情，倒真和安然挖苦人时差不多。

"我还不是为您，我当然爱您的画，可是……"

"坐下，安静，我明白你。但我想告诉你，假如一个人整天'可是、可是'地过日子，日子就没法过。更不用说去追求点儿什么了。高更①当年在塔希提岛上拿自己的画换顿饭吃都没人要。你一定会说，高更先生，饭总归要吃的呀。当然，我不是高更，这太不自量。可我也不是他的追随者。"

安然不知什么时候凑了过来。她举起一支油画笔，站在我们面前，神气活现地说："我，作为一个画家，一辈子要用自己的眼睛，自己的。契诃夫说过：'有大狗，有小狗。但小狗无须因大狗的存在而惶惑。所有的狗都叫，但都按照上帝给予它的声音去叫。'对吗?"她显然是在替爸爸说话。

爸爸不吭声。我总觉得他有点宠着安然。安然的话真让我有点无地自容，"还不放下笔!"我无话可说，开始斥责她。

"哼，要是上帝把所有的狗都创造成一种声音，多好!"她放下笔，"我们班有个女生怕人看她，每次去车棚推车都拉着我。我说，就怪你和别人长得不一样。"安然说完又拿起画笔，找张纸东抹西抹地画了辆自行车。

安然，别又煞有介事，我什么不懂! 人活着，应该不断追求，不断

---

① 高更 (1848—1903)，法国后期印象派画家，由于厌倦都市生活，向往异国情调，1891年去南太平洋的塔希提岛居留作画。

思索，不应该去学着迎合。我不禁想起我所心爱的一本书中的一段话："为什么你认为美——世界上最宝贵的财富——会同沙滩上的石头一样，一个漫不经心的过路人随随便便地就能捡起来？美是一种美妙奇异的东西，艺术家只有通过灵魂的痛苦折磨，才能从宇宙的混沌中创造出来。美在被创造出来以后，它也不是为了叫每个人都能认出来的。要想认识它，一个人必须重复艺术家经历过的一番冒险。他唱给你的是一个美的旋律，要是想在自己心里重听一遍就必须有知识，有敏锐的感觉和想象力。"

这些，安然你懂吗？现在你拿起爸爸的笔，重复爸爸的话，只不过是刚刚跟在爸爸后边捡起了路旁的一块石头。你显然没有重复艺术家的冒险，可我已经在经历着了。

后来我和爸爸又以"到底是作者造就读者，还是读者造就作者"为题，没完没了地讨论了好久。结果是不了了之，爸爸还是那句老话："我要用自己的眼睛去发现，假如我还看得见的话。"

或许是我们经常变换花样的谈话影响了安然，或许是爸爸那一幅幅叫人激动、叫人想跳、想唱的画面滋养了安然的灵魂，或许还有别的什么，我注意到安然最近爱照镜子，过去她可不这样。有一天，我发现她躺在床上，面朝墙，正抽抽搭搭地哭。

"喂，你笑什么？"我故意冲她说反话。这招儿很灵，她真的破涕为笑了。

"我早就知道你们都拿我当男孩子看，其实我是个女的，女的！"她笑了一下，就又变得严肃了。

我也严肃地说："过去，我对你是有点儿——有点儿男女不分。现在，我觉得你是个完完全全的女孩儿，是个挺不错的女孩儿！"我把她从床上拉了起来，"不信你照照镜子，你瞧你的眉毛多好，皮肤多细。"

"可是我的眼睛小，嘴巴大。"安然一伸手，把一面小镜子举到脸前，冲着镜子挤眉弄眼。

我想这时她内心一定早已平静了，她的脾气属"雷阵雨""茅草火"之类。不过，她后来讲的两句话叫我久久难忘。她说："现在我怕别人说我像男孩儿，人们可千万别永远拿我当男孩子看。"她的语气十分郑重，她的眼睛里流过一丝很少见的淡淡的忧愁。

我想起那个是非颠倒的年代，那个以被人称"铁姑娘""假小子"为荣的年代，那些不男不女的装束，那些不女不男的发型。虽然我没有朝着"铁姑娘""假小子"的目标打扮，可也很少注意自己是男是女。插队时，有一次生产队长让我去集上卖豆腐丝，我脖子上系条白毛巾，推起小车就走，没有半点儿犹豫，因为那是领导对你的信任。领导信任就能换来美的享受，何止是美的享受，那是你的前途，简直就是你的一切。哪怕你的领导是个人人皆知的流氓、恶棍。想起那个年代，心里一阵阵发冷。

是啊，随着年龄的增长，安然对美有了新的认识，有了新的渴望。生活在向她微笑，青春正朝她奔涌过来，她的身体在发育，她的年轻的胸脯正悄悄地膨胀。我的安然，难道她的代名词能是"永远的夹克衫"吗？

我去南方出差，给她买回了一件红衬衫，一件没有纽扣、带一条纤巧的银色拉链的红衬衫。

"我真漂亮！"她穿上衬衫，毫不掩饰地举着胳膊向爸爸、妈妈和我宣布。

我一向敬佩她的坦率，也许正是这些毫无顾忌的坦率，使我仍然觉得她像个小男孩儿。

可谁能想到，安然的班主任韦婉竟一本正经地提醒我要"防患于未燃"呢。燃烧的"燃"！也许，韦婉真的从这件火红的衬衫里看到了火，想到了消防队。但当我再次想到这件衬衫时，为什么也像真的看到了火这个怪物？看来火又要把安然今年的"三好生"希望给烧掉了吧。不知是想到了这点，还是因为走进了漆黑的楼道，我的心突然一沉。

我摸着黑，熟练地绕过重重障碍走上楼梯，关于是不是要和安然谈话的事，竟一点儿也没有想。

我究竟是用自己的眼睛呢，还是违心地去用别人的眼睛？

6

电扇在安然背后摇头晃脑，安然还是一脸大汗。一盏自制伞式台灯照着她合着的英文课本，大约是默写单词吧，一沓白纸，不留天地写得满满的。她拿笔的姿势叫人看了很累，笔杆握得很低，拇指和食指几乎要触到笔尖，手腕过分用力，仿佛不是写字，而是刻字、刺字。正面笔触凹下去，背面凸出来。或许这是她不断出汗的一个原因吧。

我为她拧了一把凉毛巾。

她擦过脸，一绺头发贴在脸颊上，下巴上还有一道淡蓝色的圆珠笔印。她脸上时常出现颜色深浅不一的圆珠笔印。

"他们呢?"我问。

"妈在楼下乘凉，爸在对面房间备课。"

"裤子呢?"

"等你回来熨呢。"

我立即把扔在桌上的熨斗插头插好。我不愿意爸爸穿着"百褶裙"，像宋代《八十七神仙卷》①里的人物一样，去给大学生讲美术欣赏。

夜很深了，安然把笔往桌上一摔，两只手背过去抱住后脑勺，用力往椅子上一仰，椅子的两条前腿翘起来，变成了摇椅。这说明她又累又困了。她摇了一会儿，连手脚也顾不得去洗就要睡觉。

"'防患于未燃'!""'防患于未燃'!"这句话又开始在我耳边重复。

"米晓玲怎么不常来了?"我终于憋不住了。

"她不理我了。"安然脱掉裙子，坐在床沿上，两只黝黑、滚圆的膝盖紧紧靠在一起。

"你冲人家唱歌了，对吧?"

"对呀。"安然平静地说，"你怎么知道?"

"这你别管。"

"别管就别管。我实在受不了了。她老是告诉我，这个男生看她，那个男生看她。好像她是太阳，男生都是向日葵似的。你说，一个女生总说这些干吗? 后来我就唱了。"安然把嘴唇一抿，眼皮一垂，又把胳膊背过去扶住床，显然是做好了一切准备。

"唱的什么?"

"《假正经》。"

"你怎么能对同学唱这种歌?"我一听这歌名就火了，放下熨斗，转

_____

①　画中人物以衣纹繁密、潇洒著称。

过身子又说了一遍，"你怎么能对同学唱这种歌？"

"怎么不能啊。她老是缠着我，扒着肩膀跟我说些乱七八糟的事。我一唱歌，她就躲开我了。还真灵！"

"那歌儿怎么唱？"我问。

"你想听？"

我不说话。

> 你不要以为你真美丽，
>
> 你不要以为我一见你就爱上你。
>
> 不要太多情，
>
> 不要假正经，
>
> 我看你一眼是因为你
>
> 太滑稽呀太滑稽。
>
> ……

安然看着天花板，真的小声唱了起来。

说实话，我有点儿想笑，可还是忍住笑，继续保持住刚才的神情说："你，你太不尊重人了。"

"是她自己不尊重自己。她老是抄我的笔记，动不动就一拍胸脯：'咱姐们儿，没说的！'然后拿起我的练习本就走。你听听，还是个中学生吗？什么'姐们儿、姐们儿'的，腻味！又是同学，你让我怎么办？"安然说完把双腿往床上一放，躺了下来。

谈话不能继续了，刚才像要冲锋陷阵的我，很快就败下阵来，只好转过身去熨衣服。熨完衣服，我回到自己床上，关掉灯，黑暗中浮现出米晓玲的脸。

一张又圆又白的脸。她父亲好像一直没正式工作，今天在这儿刷油漆，明天换个地方给人拉车送煤。母亲在一家糖果店当售货员。米晓玲是老大，她下面有三个小弟弟，家庭生活不算富裕。但是，她很爱打扮，她的所有衣服上几乎都绣着金丝银线，据安然讲，她铅笔盒里还珍藏着一枚三毛钱一只的戒指，经常把手伸到桌斗里试戴。每逢星期四她戴手表上学——那天是她妈的休息日。她能分清许多合成纤维衣料的名称，什么涤纶、快巴、弹力呢、美国大纹哔叽……走在街上常指着人家毛衣上的花样说，"大阿尔巴尼亚""小阿尔巴尼亚""菠萝花""太阳花"。她的书包里总是装着几本关于电影方面的通俗读物，她对那些男女明星都熟悉得要命，每次来我家，都给安然带来一些莫名其妙的消息，据她说还都是千真万确的。有一次她来找安然借历史笔记，一进门就说："你知道吗安然，刘晓庆把她丈夫给杀啦！"还有一次她告诉安然，陈冲有十辆"丰田"。安然靠在藤椅上哈哈大笑，米晓玲还在竭力证明："真的，赤橙黄绿青蓝紫都有，还有白的，黑的，还有……反正一共十个色儿，信不信由你。"她说得很认真，仿佛是陈冲昨天刚告诉她的。后来她突然转移话题，好像刚才的一切都是些无关紧要的事，然后拿起安然的笔记本走了。

这个孩子给我留下了不好的印象，我奇怪安然为什么会跟她来往。我问过安然，她说："米晓玲办事说到做到，讲信用，讲真理，还爱打抱不平，面对最难斗的男生，脸不变色心不跳。就这点来讲嘛还是'姐们儿'比'老帽儿'[①]们强。"

"老师喜欢她吗？"

"老师？看都不看她。"

我没仔细追究"老帽儿"都包括谁，也没追究韦婉为什么不喜欢米晓玲，还是规劝安然少和米晓玲来往。

"她又不是流氓。"安然说，"再说，她为什么非影响我不可，我就不能影响影响她吗？"

"影响她的办法就是给她笔记抄？"

"开始没这样。我给她讲题特耐心，后来她老走神儿，一会儿说商场新来了尼龙绸棉袄，又买不起；一会儿又说上不了学了，接她妈妈的班。我有什么办法？干脆让她抄得了，还省我好多时间呢。"

"还口口声声影响人家呢，早不耐烦了。"我冷静地说。

"我？"安然为我的结论吃惊了。显然，她感觉到我这个简短结论的冷酷，却又千真万确。"谁知道呢。"她嘟囔了一句。

---

① 当地中学生对装模作样者的称谓。

米晓玲好久没来我家了，原来这样。

"你呀，安然！现在你又失掉了一个群众，评选时你又少了一票！"我在黑暗中不由自主地低语着。回答我的，是安然那一阵阵均匀的呼吸声。

十六岁的女孩子的呼吸，是人人羡慕的，香甜、酣畅，节奏均匀。

7

又是一个闷热的早晨。

安然照例比我早起。床上团着一堆毛巾被，人早跑到楼下跳绳去了——期末复习也没改变她这个多年养成的习惯。

她深信跳绳能使个子长得更高，目前她可以一连跳一百多个"双摇"。

往常，我从来没有兴趣下楼欣赏她的"绳技"。除了骑自行车兜风，我对任何运动都不感兴趣。我早晨不愿起床，愿意躺在床上想心事。这时候我的思维细胞分外活跃，我的思绪像一头精力充沛的小鹿，灵妙、敏捷地奔突、跳跃，不受拘束、无遮无拦地四处冲撞。我能从苔丝德梦娜想到烧茄子；能从百褶裙想到萨特的存在主义；能从毕加索的《格尔尼卡》想到插队时有一次半夜里错割了别的生产队的麦子；能从轰动一时的英阿争端想到我的头发该烫了；能从咖喱牛肉想到我的房东大娘当年怎样用小板车拉着我，走几十里土路去县医院看病；能从大熊猫想到中学时期一年一度的忆苦饭……我还常在这短暂的时间里拟订全天工作计划：上午去报社发广告，下午约某青年诗人来编辑部谈稿。这是我的职业——文学杂志诗歌编辑的日常工作。晚上写八封信，读六页《拉奥孔》和《邓肯自传》的最后两章；再用二十分钟时间学会第五套探戈。当然，还想我的朋友，回想他的一句动心的话，那句话执拗地在我心中重复，就像有时候一首歌、几行诗会突然平白无故地在我心中重复起来没完一样。每到这时，我的心便仿佛给分成了两半，一半说："别唱了，别唱了。"另一半却一遍又一遍地唱下去：

在路旁啊在路旁啊有个树林，

孤孤单单人们叫它撒力登……

　　这时候，意志真不知藏到哪里去了。直到闹钟告诉我，还有十五分钟就到上班时间，我才猛地从床上跳下来，跑着蹦着梳洗完毕，再往书包里塞六块饼干，然后推上自行车，冲出"夜路"，来到街上。当然，一走上大街，我就变成了十分安静的安静。

　　不知怎么的，今天我忽然想早起一会儿到院子里去看看安然了。也许还可以继续昨晚的谈话。昨晚，我们等于没谈。

　　谁家已经扭开了收音机："刚才最后一响，是北京时间六点整。"

　　现在院子还没有苏醒，只有邻居家笼子里那些鸡朝我咯儿咯儿地打着招呼，还以为我是它们的主人，过来喂食的。安然肩上搭着跳绳，站在远处，背对着我正和一个比她稍矮的男生说话。她正教他念英文单词，我听出他把"咳嗽"念成"母牛"。安然顿时大笑起来。笼子里的鸡有点儿莫名其妙地伸出脑袋，警惕地看着她。

　　这不是那个刘冬虎吗，韦婉提到过的那个刘冬虎，他家就住在马路对面，可他从来没到我家来过，平时见到我也总不好意思地贴近墙根儿。我倒是和他聊过几句，还是在火车上。

　　那是去年冬天，我去北京组稿，安然送我上车。每次我出门，只要她能赶对时间，总要坚持送我。"我要给你占座位。"她威风凛凛地走在我身边，像个保护人似的说。她还会首先冲上车去，架起胳膊，目光专注，勇往直前。即使人很少，也要把我安置在她亲自选定的座位上，再满足地和我并排坐上三五分钟才离去。那时，我明知安然的举动并不具有什么特别价值，但还是觉得所有座位，唯独我这里最舒服、最安全、最凉快、最暖和、最安静、最方便、最好。

　　那次，由于春节将至，旅客空前多。我又是中途上车，找个座位简直是不可能的事。而安然好像也没有过去那种热情了，还有点心神不定。不时抻抻衣角，捋一捋头发。我有些奇怪地望着她。她发现后才又赶紧挤到前边去了。其实，我并没有埋怨她的意思。她又不是孙悟空，怎么能有本事对付这么多人呢。我喊她不要再徒劳了，但声音一下就被人声的浪潮给淹没了，安然也被淹没在人潮里。为了从前边截她，我从另一个车门上了车，却还是看不见安然。这时，一个刚坐下的男孩子站了起来。

"刘冬虎！"我认出了他，"先帮我看一下东西。"我把挎包放在他身边，赶快挤过人群又去找安然。我在两段车厢相接处碰见了她。

"安然！别找啦。你们同学刘冬虎让给我一块地方！"我冲她嚷。

"本来我能找到座位，那个乘务员把我……把我给揪下去了。"安然眼睛看着车窗外，嘴唇直哆嗦。

"为什么？"我觉得血涌到了脸上，仿佛被揪下去的是我。

"她说我扰乱秩序。呸！你看，就是她！"安然指指朝我们走来的一位梳两根辫子的胖胖的女乘务员，"我非跟她吵一架不可。"

"别……"我想把安然推下车。

可是，她们已经吵了起来。

"大胖子！你就会欺负我是学生。别人挤，你怎么不敢揪？"安然大声嚷道。

"你怎么骂人？"胖乘务员脸憋得通红。

"就骂你，大胖子！欺负小孩儿，没脸！"

"你还是学生呢，懂不懂礼貌？"

"你还是乘务员呢，靠揪小孩儿立功，那也不给你加奖金！"

"我要维持秩序！"

"就是你堵塞交通！"

"你……你年纪轻轻太不学好！"

"你管不着！反正我姐姐有座位了，你揪了白揪！我姐姐的座位还靠窗户呢。气死你！"

安然这句话逗笑了许多旅客，人们很有兴趣地望着她。显然，谁也没有把她看成一个不学好的女孩子。开车铃响了，我趁势把安然轻轻推下车去。就在这时，我看见两大滴眼泪从她眼睛里滚落下来。接着，更多的泪水又蒙住了她的双眼。车身颠动了一下，徐徐开动了。安然站在月台上，扬着冻得通红的脸，嘴里吐出一团团白色的哈气，一边流泪，一边挥舞着一只胳膊，朝着火车指指画画。她的嘴唇飞快地动着，她在发泄。因为没给我占上座位吗？被人揪了下来吗？还是因为——事到如今我才突然明白，那是因为有人当着一个男同学，一个叫刘冬虎的男同学伤了她的自尊心。当着一个男生被揪，还有比这更有伤自尊的吗？

开车后，我和刘冬虎都没有提刚才的事，我只是随便问了问他的功课。后来他把座位让给了我，自己站得远远的。当时也许只好这样。

今天呢，是他主动找上门的，还是她约他来的？他每天早晨都来，还是偶然相遇？为什么要追究这些？现在我忽然觉得，我怎么变得这样鬼鬼祟祟？我应该向安然学习。

我走到他们跟前："你好呀刘冬虎。"

"您好。再见！"刘冬虎一看见我，卷起书本赶紧走了。

安然对我的突然出现，显然没有思想准备。她像是有点儿遗憾。

"你怎么不把他叫住？"我问。

"叫他干吗。发音……简直，没治！"

"同学向你请教。你应该耐心。"我说。

"噢，谁让我耐心我都耐心！你没听见吧，愣把'咳嗽'念成'母牛'，还cow呢！"

"我觉得刘冬虎很有礼貌。那回在车上……"

"一个男生光有礼貌也没劲。你没看见他长的那样，根本就不像个有礼貌的人：嘴唇那么厚，腿又短，脖子又黑……"安然一边说着，又跳起了她的"双摇"。

我只是微笑着看着她，眼睛已经告诉她："得了安然，干吗跟姐姐撒谎啊。"

安然看懂了我的眼神。她埋下眼睛，跳绳不知什么时候都缠到胳膊上去了。后来她终于抬起头来对我说："其实，帮他复习英语是我约他来的。我觉得和男生在一块儿讨论功课比和女生在一块儿还好，废话少。我觉得没什么。"

"可不没什么。"

太阳升起来了，带着令人头晕目眩的光环。阳光照耀着安然的脸，照耀着她脸上纤细的茸毛，就像一层金色的丝绒。

我接过她的跳绳，也跳了几下"双摇"。

一个二，

两个二，

三个二。

……

8

由于早起，时间显得很充实。我等安然梳洗完毕，吃过早饭，各走各的路。

往常，我骑车到编辑部只需十五分钟，今天却在路上费了半小时。我骑得很慢，吸吮着夏日的晨风，或者说享受着晨风的吸吮。

我们的城市没有受人称道的法国梧桐，有的是朴素、平凡、七月放花的中国槐。女中学生在树下从容、自信地走着，那样子就像只有她们才配占有槐树下的荫凉。一些顶着阳光赶路的男生，仿佛是从便道上被挤下来似的，一只肩膀高高地挑着沉甸甸的书包，显出男子汉的宽容和大度。可女学生对他们还是做出不屑一顾的样子。但我相信，她们勾肩搭背地小声议论着的，并非与男孩子无关。我就记得我上中学的时候，教男生跳起"大寨'亚克西'"来，是那么不辞劳苦，甚至觉得那些机械、僵硬的动作也有几分可爱之处，而对女生却缺乏应有的热情。那时有个跳"亚克西"的瘦瘦的男生跳完舞总来找我，每次都揣着一个不大不小的理由。他长得很纤巧——原谅我对男性使用这样的形容词，后来我好像也总盼望他来（在这里用"盼望"来形容，分量重了些）。为此，爸爸还严厉斥责过我。他竟然也运用着他很不擅长的政治术语说："你，你的思想……复杂啦！"这样的词虽然我听过不少，但经他一用，还真有些恐惧。那个年龄，那个时代，谁不怕人家说你"复杂"。"复杂"联系着什么？当然不是革命，不是雷打不动的"天天读"，不是带头多吃一碗忆苦饭。"复杂"联系着的是落后和路线，想到这些，我真不理那个纤巧的男生了，可心里却盼他出现（现在用"盼"较合适）。幸亏后来他没毕业就当兵走了。临走那天晚上，还来向我告别。那天家里只有我自己，这才觉得事情更加复杂了。我惊慌失措地用三言两语就把他轰走了。谁知，他临走又从裤兜里掏出一只装有磁石的泡沫塑料铅笔盒，说要送给我做个纪念。还记得那天全楼停电，我借着蜡烛发出的昏黄、战栗着的光盯住那个纪念品，心中升起了一种模模糊糊的、可怕的满足。当然，最后我还是又想起了那个有点儿背叛味道的词儿："复杂"。我毫不犹豫地把铅笔盒还给了他。他是怎么接过去的，又是怎么摸黑下楼的，我一概不知道。我只是又感到一种莫名其妙的、可怕的满足。

几年后我们长大成人，曾在街上碰过面。原来他参军后入党、提干，还被保送到一所什么学院学习过。不知怎么的，他人更显得纤巧了，那满身经过修饰的气质，给我留下了很不好的印象。面对这样一位同学，我突然感到委屈。爸爸为什么连这么个识别人的机会都不给我？如果多接触一下，对人我会有能力鉴别的。用一个"复杂"去堵塞我的思想，反而增加了我对一切的神秘感。那时我也十六岁。

我想着，车子加快了速度。

编辑部到了。这是一座北方城市常见的旧四合院，据说当年是一位绸缎资本家的偏房的住宅。我的办公室在西耳房。尽管目前生存空间的危机几乎威胁着三分之二的中国人，但在我们这种中等城市，这种危机还不甚明显。十平方米的办公室，只有两个人。这比起大城市那些令人生畏的编辑部，十来个人挤在一起，摩肩接踵，午休时连那些上了年岁、头发斑白、受人尊敬的老编辑都要爬上办公桌，枕着报纸、杂志去睡觉，不是又显得优越多了吗？

组长老马早已坐在办公桌前了。我跟他打了个招呼，他头也不抬，继续低头看稿。老马是这间西耳房的另一位主人。他高度近视，因此我把靠窗那张桌子让给了他，我自己则占领着靠北墙的那只旧写字台。老马多次建议我把桌子也移到窗前，可我还是坚守着这块阵地。我不喜欢和人面对面地办公，尽管那里光线明亮，老马也叫人尊敬。

老马在省里算老诗人了，"文革"前出过三本集子。当然，这并不是我尊重他的全部原因。还有什么呢？是因为他发现了我？那时他到我插队的村子去体验生活，我把我写的一首叫《浇地歌》的诗拿给他看，他笑着把诗装进手提包里拿走了。其实，当时我并没有想叫它们变成铅字的奢望，不过是想得到老马的指教而已。谁知后来它们不仅真变成了铅字，出现在《繁星》上，我还因此被调回来，在《繁星》当了编辑。

老马发现我那是千真万确的，只是现在我使用"发现"二字有点儿不自量。因为这个词通常只在绝对相反的两种人身上使用，一种是"天才"，一种是"坏蛋"。我当然不是坏蛋，那么天才呢？更不是。变换一种说法，为了突出老马吧，说他是伯乐？后果是我又成了千里马。我算什么千里马啊，不过是一个骑一辆"大凤凰"整天四处奔跑的普通编辑。再说当编辑后，我连《浇地歌》那样的诗也很少写了。老马之所以叫我敬重，是因为他还能和我们对话，他从不以审判者的姿态出现在哪位年轻诗人跟前。有一次他读了外省一位年轻女诗人的一首长诗，竟激动地擂着桌子大叫道："完蛋了，我们完蛋了！世界是你们的，太阳是你们的……"诗人的激动并不叫人诧异。我当时平静地望着他想到，凭着老马这样真挚、坦率的激动，就足以证明他和年轻人的心是相通的；他愿意理解我们，就说明他的心还年轻。

"怎么了安静，坐着发愣？"老马问我，眼睛仍然盯着稿纸。

我冲他笑笑，说着无关紧要的话，就开始翻阅摆在桌上的诗稿。我一首接一首地读着，映入眼帘的，首先是作品的各种字体：圆的，方的，长的，斜的，疏的，密的，还有那种龙飞凤舞型的。遇到这样奇形怪状的字体，你血管里的血液简直就控制不住地往头上涌。你一边读诗，一边就觉得作者仿佛在向你呼喊：瞧我这一手字怎么样？还挺帅吧！就凭这一手字，你也得考虑考虑吧？

按说，一个合格的编辑是不应该对作者抱有成见和偏见的，但说也奇怪，操这种字体的作者，写的大都是那么一类诗句，什么"姑娘的笑靥里升起绚丽多彩的醉人的朝霞"啦，他将"把一颗炽热的红心双手托着抛入水中"啦，等等，外加无数省略号和惊叹号。我常常忍不住扭过头去，给老马高声念上一两句。老马仅是微微笑着，并不像我那么义愤填膺。这使我忽然意识到，我是多么缺少修养，多么不够格啊！

今天，当我又看到"姑娘的笑靥"们时，赶紧翻过去放在一边，想等冷静下来再慢慢拜读。下一首，下一首叫作《我们是新时期的急先锋》，字体还工整，内容是写青年应如何站在"四化"建设的前列，甩开膀子大干特干的。但那满篇慷慨激昂、时代感不怎么清楚的诗句，又使我想到了那些帽檐朝天的"红卫兵小将"，想到了在漫山遍野的红旗下搬石头、造平原的场面。我往下读着，喉咙像要冒烟。"加强修养加强修养"，我暗暗勉励自己，到底读完了最后一行。谁知当我冷静下来寻找作者的名字时，竟在诗的末尾发现了"韦婉"二字。再翻过去，是她给我的一封短信，信写得很矜持，很有分寸。大意是说，她近半年来对诗发生了兴趣，作为语文教师，这也是必要的锻炼。现寄上一首，希望听到编辑部的意见，不能用也不必为难。

读完信，把手边的稿子清理开，我重新读韦婉的诗。不知为什么，嗓子不那么干燥了。不知为什么，稿纸上的诗意也开始萌发。不是吗，要表现出我们这个伟大时代的伟大人民，需要的不正是这样的诗吗？再读下去，又发现作者显然是在追求新意了：

> 我高攀着民族灵魂的火箭，
> 我执着光丽的赤诚，
> 用自己的痴情，
> 遥望那布满宇宙的红旗。
> 啊，甩开膀子，
> 去创造明天的壮丽画卷！
> ……

好诗，就是一首好诗。我对我的心说：你瞧，调子多明快，立意也高，一点儿也不隐晦，比起那些"朦胧派"，不是要壮丽得多吗！应该送审，可以发表。我简直像对着我的心叫卖了！现在我才体会到，为什么有人在说谎话时，反而把声音提得那么高。

当我的心勉强迎合了我的叫卖后，又一个忧虑出现了：怎么往老马那里送呢？难道他也会认为这是一首好诗？难道他相信这是我选出来、送上去的？两个月前，老马的一个在供电局工作的外甥送来一首七律，不是叫我铁面无私地给退回了吗？不，慎重啊，慎重，慎重中出修养。现在既不是送审的时候，也不能退稿。现在，现在我应该做的，是先给韦婉写信。

我铺开印着"《繁星》编辑部"的信纸，笔开始在纸上滑动。开头稍作寒暄，之后便称赞起那首诗了，还说做些小的改动就可送审。天哪，鬼才知道这算一封什么信。

下班时，我几乎是躲闪着老马走出了办公室。街上，炽热的太阳烤得人昏昏欲睡，柏油路面变得像柔软的海绵。这时你才体会到，清晨对于奔波在大街上的人是多么珍贵。清晨使我在今天有这么好的心绪，使我的"修养"在慢慢加强，使我发现了那首"光丽""赤诚"的甩膀子诗。这就是生活。生活逼着你在不想笑的时候也要笑，不想哭的时候也要哭，不认为好的时候也说好。生活隔开了你和你喜欢的人们的交往，却牵着你去亲近那些你不想亲近的人。不，这不是生活的全部，这是此时此刻置身于生活旋涡里的我。

安然的学校再过十天就要评选三好学生了。清晨，一个把跳绳缠在胳膊上的女孩子的形象，会永远印在我的脑子里。

<h2 style="text-align:center">9</h2>

语文考试结束了，全家陪着安然松了一口气。为了不影响安然的情绪，爸爸妈妈这些天还算温和。有一回双方的面色刚有点儿激动，我立刻横眉立目地说："你们别忘了现在是什么时刻！"两人的情绪果然稳定了下来。

考试打破了我家以往的气氛，全家仿佛都紧张地、全神贯注地进入了一种角色，走路踮起脚尖，说话打起手势，房间里安静得像没有人。直到每天中午安然放学回家后，我们三人才不由自主地迎去，欢腾一阵。

"今天怎么样？题难不难？"

"有偏题、怪题吗？"

"检查得仔细吗？看没看错题？"

……

接着又是问这个、那个考得怎么样，直把我们知道的同学名字都重复一遍，才算了事。

安然拿起筷子，敲敲刚摆上饭桌的饭碗说："女士们，先生们，请不要大声喧哗，按次序提问。"然后把书包往椅子上一摔，就在饭桌前坐了下来。那神色已经告诉我们她的考试结果了。于是我赶紧给她盛饭，爸爸把好菜换到她面前，妈妈也动了感情，早把菜夹到安然碗里了。

安然端起碗开始大口吃饭，我们却像忘记摆在眼前的饭碗了。当她再也忍不住时，才举着筷子，回答我们刚才的提问："……我看看表，离交卷还有十五分钟，就开始从头到尾检查卷子。哎呀，不好！漏了一道大题！做完这道大题，起码得用二十分钟。怎么办？我毫不犹豫，边想边答，写得飞快，终于答完了。就在这时，坏啦！"她忽然停住不说了。

"怎么了？"妈妈先表现出恐慌，嘴一下张成"O"形。

"看把你吓的！"安然接着说，"怎么也没怎么，铃响了，我交了卷和同学一对题，哈，就错了一个字。"

"作文呢？"妈妈又问。

"唉，你这问题太……不合时宜。作文是活的，我怎么对得出来？那句话怎么说：'世界上没有两滴相同的水。'"安然说。

"妈妈问的是作文题目。"我赶紧替妈妈解释着，其实未必。

"是啊，当然是问作文题目。"妈妈历来喜欢顺水推舟。

"题目是《记你熟悉的一位同学》。"

"你写的谁？"这次是我问了。

"我们的班长。"安然说。

"什么？"我一放筷子，嘴大概也成了"O"形。

班长是谁？班长不就是韦婉喜欢的祝文娟吗？

"怎么了？"安然有些不耐烦地盯了我一眼。她把"了"的调子挑得很高。

怎么了？不怎么。一个普通的中学生，一个普通的班长，一个普通的祝文娟，有什么不可以写的？此时我却觉得她俨然是一个了不起的、不能碰的大人物。贵族？女皇？总理？文部大臣？也许比这些都显要。

"快吃饭，快吃饭，别刨根问底了。吃过饭再让人家讲作文也不晚。"爸爸说。他这种故作镇静还能瞒谁，其实，遇事最沉不住气的是他。

"你怎么不喝汤？"我问安然，实际是想冲淡一下即将紧张起来的气氛。

吃过饭，在我再三追问下，安然讲述了作文的大概。果然不出我所料，她在作文中对祝文娟那些致命的缺点很表示了一番不满。她差不多是按原文背了一遍：

在我很小的时候，爸爸就告诉我，对人要诚实。后来我慢慢懂得，诚实是人的美德。可是，有人总在受表扬，却并不具备这个美德。

一些同学谈起我们的班长时，总说她尊重老师、团结同学，从不和人吵架、红脸，仿佛已经具备了做人的美德。我不这样认为。原来班长把同学们那些小小的缺点都捅到老师那里去了，甚至连谁上课讲话、谁在走廊吹口哨、谁叫了女生的外号她都不放过。但是，遇到关键问题却缺乏起码的勇气和正义感。一次，全班在校外操场打排球，王红卫勾来外校男生打了刘冬虎。事后刘冬虎把经过告诉老师，老师去问班长，班长当时明明在场，却一口咬定她根本没看见。这是为什么？就是因为王红卫站在她跟前，就因为怕报复。一个班干部连这点起码的诚实和正义感都不具备，我对这样的干部很不以为然。

我以为，青年很重要的两种品质是正义感和诚实。我愿意和诚实的同学交朋友，哪怕他们有别的这样那样的缺点……

安然的作文大体背完了。我看看妈妈，妈妈正盯着爸爸。我看看爸爸，爸爸不动声色地"嗯"了一声。

有什么可"嗯"的？"嗯"不就是肯定吗？

"就凭这作文，韦婉还会给你好分数？"我愤愤地说。

"那是她的事。"

"那还用问。可分数出来后你总不能去找老师吵架。"我说。

"那要看她公平不公平。"安然说。

"你说过，作文是活的，还不全在老师掌握。"我提醒了一句。

"今天你怎么啦？"安然皱起眉头瞧着我，"外语和化学还没考呢，你可别把我情绪全给破坏了。"

"好吧，不说了还不行。"

是啊，安然说得对，我这是怎么啦？正义感、诚实，难道我不也整天在教导安然吗？后来我想起下班时韦婉给我来过的电话。我们有问有答，那友好气氛可以说是空前的。但双方都没提安然，就像安然从来没有在这个地球上存在过一样。我们心照不宣：只有不提她，这友好气氛才能持久一些。最后韦婉还邀请我到她家去玩。我竟然答应了。如今，安然这篇作文肯定会破坏我们那种日益增长起来的"友好"气氛。

幸好，安然有一天举回一张成绩单，我的心才算稍稍平静。成绩单是这样的：

数学	语文	外语	物理	化学	政治	历史	体育	总分	平均
97	99	100	95	87	99	97	86	760	95

10

安然的语文是九十九分，在我预料之中，又在我预料之外。这使我忽然想到了那首"甩膀子"诗的"社会效果"。那诗经我大改特改，除了作者名字还是"韦婉"二字外，其他拼拼凑凑，主编通过，已经发排了。想起韦婉的名字就要变成铅字，我心中升起一股又苦又甜的滋味儿。下一步呢，下一步是在评选之前嘱咐安然老实做人，别得意忘形。

现在，她穿着红衬衫歪在沙发上，正一面啃桃子，一面翻着一本外国画册。

"哎，我希望你这阵儿老实点。"我说。

"我又怎么啦？"安然用两个指头捏着桃核问。

我斟酌片刻，终于更明确地提示了她一下："你最好先别穿这件衣服。"我的眼睛看着别处，故意显出若无其事的样子。

"哈！"她发出了一个怪声，怪声里所包含的意思远非几句短话能说清。

"别冲我这样，我是真话。"我说。

"这衣服怎么啦？不是你买的吗？不是你夸了半天漂亮吗？真的，我还舍不得穿呢。可就冲你一说，我非连着穿三天不可，考完了，庆贺一下。"

"学校有反映。"

"说是奇装异服吗？不就是红泡泡纱吗？不就是前边没扣子、后边一条拉链吗？噢，非得穿花的确良、狗舌头领才算不奇异？哈！"她又来了那么一声。她把如今多见的那种又长又尖的领子叫"狗舌头"。

"你们哪天评选？"

"哪天评选我就哪天穿！"

"别穿，太红！"我声音很低，但很果断。

"不要太多情，不要假正经……"

她竟然哼哼着唱起来。

"别觉得你考得不错就这么放肆，就目空一切。想想你对同学都是什么态度吧：讽刺人家米晓玲，还有你那作文。虽然韦婉放过了你，可下一步呢，你知道？在这种事上占上风多没意思！"我终于给自己找了个不高不矮的台阶。何止是台阶呢，显然还占了主动。我做出旁若无人的样子，开始看书。

我感到她正斜着眼角在看我。我没抬头。

"姐，"安然终于换了口气，"我知道我不是什么都好。就说对米晓玲吧……唉。"她短叹一声，"米晓玲要走了，你知道吗？"

安然现在已经端端正正坐在书桌前的硬木椅子上，眼睛有点儿出神。

"搬家？"她到底还是勾起了我的话，其实我对米晓玲的事并不关心。

"不，是上班，接她妈妈的班。"

"她妈妈还很年轻吧？"

"年轻有什么办法。米晓玲知道考不上大学，连高中都不想上了。也许这叫顶班吧，把她妈妈给顶下来了，这还不是常事？"

"也好。"我说。

"这两天我总想过去的事，越想越觉得对不起米晓玲。我想，请她到家里来玩。"

"那好啊。"

"我还想请她来吃饭。"

"那倒没必要。"

"你怎么这样说？你不是刚批评我，说我对她不好吗？"

"那也不一定用吃饭的方式表示对她的友好啊。"真的，就这么个米晓玲，难道让我们全家陪她吃饭，听她给我们讲哪位男演员又杀了他的妻子吗？"你可以送她一样礼物。"我说。

"不，就请她吃饭。你的同学、同事能来，为什么我的同学不能来？"

"那是我们。"

"我们也是我们。"

"你们还小。"

"我们不小，十五岁以上就是青年。"

"那好吧。不过你还是放假以后再穿这件衣服。"我说。

"你怎么还想这件事？如果你用衣服和吃饭作交换条件，那我宁可不叫米晓玲来吃饭也得穿这件衣服。"安然说得很果断，像在朗读宣言。

"你……"

"求求你，姐。"她走过来，碰了碰我的手臂。

我躲开了她。尽管我们很亲近，却很少使用这种亲昵的表示。我怕她搂我、碰我，那时我的心一下就会彻底软下来。果然，现在一闻到她身上那股淡淡的汗香味，瞧着她由于穿着红衣服更加显得容光焕发的脸，我已预感到一切都将由她了。

安然呀安然，我对你又有什么办法，谁叫你是安然呢！

穿衣、吃饭我都让了步。

第二天一早我就开始张罗。爸爸自然不管这些，然而和妈妈怎么也达不成协议。她坚决不同意在家里招待安然的什么同学，说要搞你们搞，她一天不回家。她要在学校判卷子。

采买的事自然落到我头上。为了叫安然高兴，我尽力按着招待同学的规格买了些东西。下班回来，谁知爸爸早忙上了，这在他来说是非常少见的。现在他正蹲在煤气罐旁边，笨手笨脚地择着青蒜、扁豆，两只手显然缺乏必要的目的性，和他站在画架前真是判若两人。

"爸爸，您可别把该留的扔了，该扔的留着。"我说。

"哪有的事！"他很严肃，像在完成着一件了不起的事业。"谁离开谁也能活。"他自己叨叨着，这当然是冲妈妈来的。

"那，我给您系个围裙吧。"

爸爸站起来，让我替他围了条花围裙。

中午，我和爸爸终于把饭菜准备停当，这时，安然和米晓玲一前一后进了门。

"米晓玲，你好呀。"爸爸摘下围裙，特意地招呼米晓玲。

"您好。我……"米晓玲显得十分紧张，特别是当她看到爸爸也上了阵，就更是一副受宠若惊的样子。

今天她穿得很朴素，身上没有那些金丝银线。但脸上却搽了薄薄一层粉，尽管她的脸本来就很白，雀斑被模糊起来，倒失去了自然。

吃饭时安然话多极了，显然是为了叫米晓玲松弛下来，因为她不是把汤匙碰到桌上，就是把菜翻到桌上。有一回一个丸子没夹住，又落到盘子里，油汁溅了我一脸，我却装作不在意。爸爸也不时开个小玩笑来调节气氛，有时米晓玲真能笑得上气不接下气。果然，她话也多了。

"你马上就上班吗?"我问。

"是啊。还是我妈妈那家商店。其实你们常去，挨着家具店那家。"米晓玲说。

"那个店不小，货挺全的，有时好像还有天津咖啡糖。"我说。

"那当然了，全市第三大。新修的门脸，都换成钢窗了。听我们经理说，还要装霓虹灯呢。"米晓玲自豪地讲述着，俨然一副老营业员的派头。

"到时候我一定常去看你。"安然诚心诚意地说。

"咱姐们儿……"她看了看我，"咱们老同学，没说的。我们那儿处理罐头、处理水果特多，杏酱才五毛钱一瓶。我保证给你留着。"

"太棒了，买它十瓶!"安然大笑起来。

"来什么新鲜货，我就给你打电话。那天我妈领我去熟悉环境，我一看，不错，还有电话。就在鲜货、糖果那边。唉，我要能分到糖果组就好了，可以随时给你打电话。"

"你多美，想什么时候打就什么时候打。"安然说。

"那可不，整天守着呢。我们电话是4723。咱们学校呢?"

"我不知道。我没在学校打过电话，怕传达室大爷说我。"

"他不说，连着叫他两个'大爷'，高兴着呢。"

安然你听，这就是你身上缺少的。

"哟，那是一张画吧？可真大。"米晓玲忽然发现了我爸爸那张未完成的创作。

顺便说一下，爸爸的画室就是厨房的一半。

"是啊，你知道它叫什么名字吗？"安然问。

"那是树，那是树叶，还没画上人吧。画上人我就能猜得出来。"米晓玲看着眼前那张正在被铺满颜色的画布说。

"这幅画永远也不会有人。不过它已经有名字了，它叫……"安然稍微考虑了一下。

"叫什么，叫落叶呀？"米晓玲饶有兴致地问。

"叫——《吻》。"安然清清楚楚地说。

"叫什么？"米晓玲没听明白。

"《吻》。就是一个'口'字加一个'勿'字。"

"你可真行啊安然！你都能说出这个字来！"米晓玲满脸通红。

"这有什么，哪个字生来不是为了让人念。"安然说着走到画布前，"你看，深秋时节，挺拔、俊秀的白杨树叶子黄了。它们就生长在这块肥沃的平原上，大地养育了它们，大地就是它的母亲。夏日，它们把阴凉献给大地；秋天，当大地不再需要这种安慰时，它们才开始用金子般的颜色来打扮自己。其实，把世界上所有的黄金都集中起来，也不够打扮一树叶子。现在，它们就是穿着这种盛装飘向大地，去亲吻母亲的胸膛。你看，母亲也敞开胸膛，在欢迎它们的归来。这就是它们献给母亲最好的礼物—— 一个庄重、深重的吻。"

"怎么不说了？"原来安然的描述也吸引了爸爸，他早已聚精会神地站在画布跟前了。

显然，连爸爸也没想到，安然对美术作品的分析竟是这样内行。我都有点嫉妒了，我是写诗、编诗的呀。

"不说了，一阵胡说八道。米晓玲，你喜欢它吗？"安然转过身问米晓玲。

我把目光也转向米晓玲，看她的反应，没想到她哭了，泪水把脸蛋上薄薄的香粉冲开两道小沟。我和安然互相看看。

"怎么了米晓玲？"安然问她。

"我……看你多好，懂那么多。说得我都……你以为我就那么想上班吗？刚才我是胡说，好像我多高兴，其实我是怕叫人瞧不起。你不知道现在我多后悔，为什么当初我不好好学习。现在你们全家陪着我，送我上班。你知道，我多怕同学们到商店找我去呀，你们都背着书包，我却站在柜台里，站着约这、约那。"米晓玲突然趴在桌上，毫无顾忌地哭了起来。

现在我倒有点认识米晓玲了，我后悔没有多买回些好吃的来。

"别哭了米晓玲，我去看你时保证不背书包。"安然拿块毛巾给她擦着脸。

……

爸爸不知什么时候已经拿起了画笔。他望着他的画布沉思着，眼光久久不动。安然的分析乃至米晓玲的哭似乎给了他新的启示。

艺术是什么？是认识的不断形象化，和这种形象一次又一次的飞跃。

11

爸爸在画布前一直站到黄昏。当室内的光线再也不允许他画下去时，他才把笔擦干，浸入松节油里，然后垂下两只大手在藤椅上坐下来。不知是由于黄昏光线的照射，还是由于握笔时间过久，他两只大手松弛地搭在膝盖上，显得很疲劳。

我和安然都崇拜爸爸这双大手。手指又长又直，指尖饱满，仿佛凝聚着无穷的智慧。它们常使我想起罗丹那件著名雕塑《上帝创造亚当和夏娃》。罗丹创造的就是一双这种类型的手，富于弹性的手指充满激情地塑造着人类的祖先。记得爸爸曾经告诉过我们，罗丹的雕塑也是以一个艺术家的手为模特儿的。

其实爸爸的手并不一定只能成为艺术家所独具的，本来很可能成为另一种手。抗日战争时他是一所后方医院的小鬼。缠绷带，自制土蒸馏水，配制各种软膏……也许那时这双手虽然还没有发育定型，却已经显示出它们的智慧了。如果当时不是接触了一位曾在东京学过美术的日本伤员，我相信今天他会是一名出色的外科医生。是那位伤员的出现，使

没有纽扣的红衬衫

他那在当时只装着敷料的脑子里，又多了和战争不相干的幻想。解放后党号召青年向科学文化进军时，他没有报考医学院，却报考了美术学院。

有时我会突然觉得，爸爸当外科医生更合适。外科医生除了具备内科医生应该具备的一切外，还需要一双灵巧的手。再说，还会省去多少烦恼啊。就说眼前这幅高两米、宽两米的风景创作吧，在我们眼里它无疑是一幅杰作。可是画展需要它吗？而爸爸还偏要给它起个带有刺激性的名字。换了我，至少要回避一下这个最容易产生麻烦的字眼，尽管经安然一分析，它是那样切题。是啊，"吻"，这个叫人听来心跳的字眼，难道只能是男女恋情的专利？它的内涵，远比那些要深厚、庄严得多。现在这里包含的难道不是画家对中华民族的赤子之心吗！既是赤子之心，又怎么能躲躲闪闪地去表露这种痴情呢？李贺就曾用"有酒惟浇赵州土"这样的诗句来表达他对家乡土地的那种深厚的感情。也许李贺的时代还没有这个字，不然他可能就不用"酒""浇"这两个字去抒发他的热情了。可中国古代建筑上作为装饰用的"兽吻"又起源于何时呢？"兽吻"，这分明是中国古代建筑家、艺术家把自己的感情凝聚于飞檐、屋顶的象征。

可我还是觉得换个名字好些。我的心常常分裂成两半，两半心常常发生激烈的辩论，有时这一半得胜，有时那一半得胜。此时此刻，当我再次端详爸爸那双累得不打算再抬起来的大手时，才意识到应该放弃这种争论，现在是让他吃点儿东西的时候了。

我点着液化气，坐上锅，一阵铿锵声过后，饭菜准备好了：腊肠炒饭，西红柿鸡蛋汤，一碟盐渍黄瓜，当然还有一碟炒花生米。花生米是他必不可少的一道菜，一碟花生米几乎就代替了他所有的嗜好。

我的手虽然不具备爸爸大手的魅力，但做起饭来还是力争色香味俱全的。我刚把菜摆好，妈妈一掀竹帘走了进来。

不知怎么的，我对手的思索还没结束，我一眼就盯住了妈妈的手。她的手又短又宽，小拇指还弯曲着，显出乏力和没有主意。我心里忽然升起一股无名火，暗想：今天你可真有主意，在外面一躲一天。

"黄瓜撒盐了吗？"妈妈放下手提包，奔到饭桌前，煞有介事的样子。

"你就会干些锦上添花的事！"我模仿安然的口气愤愤地说。

妈妈看我，没说话。

"你跑到学校一躲一天，家里都快忙死了。"我接着说。

"我有声明，我是有工作的人。党的教育事业和请同学吃饭，哪个重要？"妈妈一面说着，一面从手提包里掏出一沓卷子重重地按在桌上。

"谁没工作，爸爸没工作？照样跟着忙。为了什么，你心里明白就行了。再说，你知道我手下多少稿子等着看吗？"我嚷着。

"我早说过没这个必要，那是你们自找。"

"你还是妈妈呢！"

"你浑！妈妈怎么啦？妈妈就一定得是家庭妇女？我还没当够哇，一当就是十年，满脑子油盐酱醋，还得跟着喊，举着红旗喊，举着语录喊，举着刷子喊，举着……举着……喊！"

"你扯到哪儿啦，谁让你跟着喊啦？"

"谁？你！"妈妈狠狠盯住我。

"我？"

"就是你！"

"妈妈说得对，为了使你我不变修。"原来安然出现了。

妈妈一时没答话，好像还没有意识到安然的出现。可当她猛然转过弯来，矛头立刻就指向了安然。

"又是你。别觉着考得不错就……就不知天高地厚。我还有话要跟你谈呢！"妈妈说完掀起帘子穿过走廊，直奔对面卧室。

我像暂时获得解放，安然却又紧追过去。爸爸只是低头吃饭，好像眼前什么也没发生。最后，我当然还是尾随过去。

果然，安然和妈妈又开始了激烈的对话。

"你说呀！"妈妈盯着安然，脸上似乎掠过一丝难以觉察的得意。

"不是你要说吗！我听着还不行。"安然坐在床沿上悠荡着双腿。

"我说，可以。考完体育那天下午，你到哪儿去了？"妈妈终于摊牌了。我倒松了一口气，我是了解一切的。

"我反对你这样审问我。"安然还是悠荡着双腿。

"反对？反对也得问。别当我什么都不知道。"

"妈，你既然什么都知道，干吗还拿人一把？"我实在看不下去妈妈那种故弄玄虚的样子。

"我就知道你得站到她那一边。当姐姐的，当姐姐的……考完体育，不抓紧复习，去划船，还跟男孩子！"

妈妈终于披露了"爆炸性"的要闻，重点自然不在于划船，而在于男孩子。

"那又怎么样！我们考完了，累了，不能玩玩吗？"

"为什么偏跟男孩子玩？就你一个女生。"

"就一个女生，更得找男生保护。船翻了怎么办？遇到坏人怎么办？"安然分明要狡辩了。

"安然！"我拉拉她的胳膊。

安然做了个若无其事的表情，看来不想说了。可妈妈的话还没完："那也应该跟我打个招呼，何必那么偷偷摸摸的！"

也许妈妈的话是脱口而出的，也许是在语言逻辑上又发生了问题，这下却把安然彻底激怒了："好啊，原来你这样想我。告诉你，妈妈，我从来不会偷偷摸摸，我恨死偷偷摸摸了。我……"她嘴唇哆嗦着，眼里蒙上一层泪花。但她竭力咬住嘴唇，像是要咬住就要夺眶而出的泪水。泪水还是滑了出来。"妈妈，我看不起你！"

安然说完，头也不回地跑了出去。

"妈妈，你不对。"我说。

"怎么不对？"妈妈反问我，但声音不高。我想她没有预料到事情会这样演变下去。

"你不懂得尊重人！"爸爸不知什么时候奔了过来。

"专找男生玩，你考虑过影响没有？"妈妈问爸爸，但声音更低了。

"什么叫专找？我看你真像上个世纪过来的人。"爸爸说。

"有个男生我认识，叫刘冬虎。"我说。

"那你了解现在的孩子吗？复杂着呢！"妈妈又转向我。

争论到此结束。现在我到底又从自己的长辈嘴里听到了用这两个字来形容自己的孩子。我不愿再讲话，扔下爸爸妈妈，又跑到对面房间。

那边又传来爸爸的声音。

"我不能不说几句。今天的事是从请同学吃饭说起的，咱们就说吃饭。引起你不满的根源，也在这里。你走了，满以为地球停止转动，谁知地球不但没停，还转出了一桌饭菜。这就难免引起一个人在自尊心上的那个……那个受不了。可为了维护自己那点儿自尊心，也不能毫无分寸地去伤害孩子。我尤其不愿听你在孩子身上使用什么'复杂'二字。记得有一年安静她……"

嘭！对面屋子关上了门。

我坐在爸爸的画布前面，没有更多地想过去的一切，想在那个漆黑的夜晚，一个纤巧的男孩子给我送过铅笔盒。那像是十分遥远的事，就像我听来的历史故事。我只想到那双创造亚当、夏娃的手。它们不仅充满激情地创造了人类，在那一个个关节里、指尖上，还包藏着矛盾和哀伤。它们仿佛预感到了人类将来的一切，创造了他们，而他们又将去趾高气扬地互相厮杀。因为什么？就因为他们是那双手创造出来的人类，又都有一双只有人类才具备的手。

我还想起了什么？我还想起了安然。

12

我在附近一家冷饮店里找到了安然。她正靠着柜台吃雪糕，估计是第六根了。

店里人很多，坐着的，站着的，挤在一起摩肩擦背，举着那些方块形、圆棒形的水和一些填料的凝结物咬着、说笑着。悦耳的、极富抑扬顿挫的高音和粗鲁的、夹杂脏字的低音在烟雾里缭绕，在四壁跌撞。这里分明是个温暖的大熔炉，只有迎门那台企鹅牌柜式冷冻机的呼呼声，还能使人想到这里和"冷"联系着。

安然站在冷柜旁边，脸朝里吃着，柜台里那位白衣白发老师傅，不时好奇地打量着她，但眼光里显然没有恶意。

我上中学时，从来没有一个人进过什么冷饮店。平易市那时也还没有学会做雪糕，更没有门口画着企鹅和冰块的店铺。有的只是写着"南饮""北饮"的冰棍车。三分一根小豆的，五分一根牛奶的。"南饮""北饮"是它们所属公司的缩写。就是因为多这"南""北"二字，两个推车妇女还会为地盘问题发生争执，用"老×""小×"或更不堪入耳的字眼叫骂一阵。最后其中一人从腹前的白围裙兜里掏出语录说:"都是一根藤上的苦瓜,这是何苦。打开,咱俩学一段。""没那工夫!""你再说一遍!""没那工夫!""好,等的就是你这句话。"这时那个大喊没工夫的,才自知说话有失,看看众人,赶快推车溜走。

是啊,当时一个戴着红卫兵袖章、在学校正闹"批林批孔"的学生,难道能举着这种东西边走边吃吗?我虽然没想到有损英雄形象,起码也有损于我们这一代"红卫兵小将"的形象吧。再说,不知为什么,那时候我一见到举着冰棍边走边吃的同学,总是和孔老二接受人家的腊肉那件事联在一起,当然这种联想还见于其他方面。比如哪个女同学穿了一双尚在初级阶段的单丝袜,哪个同学拉练时多吃了半根咸萝卜,哪个同学吃忆苦饭时脸上稍有难色……我都会很自然地和孔老二接受腊肉联系起来。一直到后来插队当农民后,见点上有人到社员家偷偷摸摸买花生往家里捎,我还想到过那几条用麻绳系着的干东西。当然,后来就那么不知不觉地忘了。在挖菜窖、刨白薯、熬粥、烙饼、赶驴车、翻山药蔓儿、闹意见、劝解、思索……的疲劳中忘记了。

宣传的力量。我常想。对,我那时就是团支部宣传委员。

安然不管这些。孔子接没接受过别人的腊肉,在她看来就和刘备卖没卖过草鞋一样无关紧要。她甚至胆大包天地对我说:"哼,柳下跖怎么成了法家?有没有这个人都值得怀疑。"

是啊,谁让你比我晚生八年呢?谁让你是安然呢!

因为你是安然,现在你才不仅一根接一根地靠着柜台吃雪糕,还居然和卖雪糕的老大爷攀谈起来。

"老师傅,你们的雪糕应当改进。"她说。

"哦?吃着不对口吗?"老师傅把两只又白又瘦的手扶在柜台上,笑眯眯地看着安然,真像要虚心请教一番似的。

"牛奶、鸡蛋少,香精太多,比北京的差多了,可价钱一样。"

"小同学,你说得对。冷库里的鸡蛋不新鲜,多放点儿香精,遮遮腥味儿。得改进,得改进。"我想,老师傅一定会惊讶安然的味觉。

"香精放多了还发苦哪。总之嘛,你们应该去北京取经。"安然简直要得寸进尺了。

我走了过去，挤在安然旁边说："师傅，您别听我妹妹瞎说。你们这儿的雪糕做得不错。"我说完拉起安然就走。

背后传来老师傅的声音："这孩子，有意思，有意思。"他声音很柔和，我猜他一定还在微笑着。

我们一来到街上，立刻就接上了家里的事。

"爸爸对划船的事怎么看？"安然吃完最后一口雪糕，把那根又扁又黏的木片顺手投进路边的果皮箱。

"你觉得呢？"我说。

"我猜不透。大人的心，没把握，猜不透。"

"你这是不信任爸爸，也不信任你自己。你干吗这么没精打采？"我看着她那垂头丧气的样子。

"我是想不通，妈妈为什么拿我当特务似的。"

"可是爸爸和我都信任你。妈妈嘛，她算是邪火。有时我们也应该体谅她。过分单纯，五十岁了还像个孩子。过去跟人家变换着花样喊了半天，耽误了业务不算，原单位还总排挤她，不让她回去。"

"那也不能整天信口开河啊！"

"咳，我们是没处在她的地位。走，放心回家吧，不是爸爸派我来揪你的。"

"真的？"

"当然！"

她忽然攥住了我的手，带动我前进了。可我，我又想起了那首诗，韦婉二字将用几号铅字排，有没有题图、尾花……伸着长颈的路灯向马路投下橘黄的光，一群金牛子围绕光柱横冲直撞，有的竟然使出那样大的力量，把高高的椭圆形灯泡碰得乒乒作响。我总觉得我们的美编，一定会为那首诗画一幅带路灯的题图。

"其实，谁也不理解我。"安然说。

"也包括我吗？"

"当然不。我有好多话要跟你说。你知道吗，原来我满以为刘冬虎没有缺点呢。后来，就是那天下午去划船，我发现根本不是那么回事。他总想占便宜。买门票，少买一张，还把租船票的时间往后改。坐在船上吧，还爱出个风头，大声念英文，发音又不准。整整一下午，我的心里很不是滋味儿。现在我心里忽然特别平静了。姐，现在我向你承认，从划船那天起，不，从吃了八根雪糕以后，我才真正把刘冬虎当作一般同学了。我感到骄傲，因为我靠自己的眼睛、自己的分析能力，可以独立去认识同学、认识朋友了。今后我还会和刘冬虎在一起学习，不过，他只是我的一般同学。真的，你信不信？"

"我信。"我说。心里却七上八下，眼圈也有些湿润。我装作看路灯，围绕灯泡飞翔的除了金牛子，还有蠓虫。

"你信，韦老师就不信。你们俩还是同学呢，又教了我那么长时间。是真不理解我，还是假不理解，真不懂。你跟她说刚才那番话吧，她准说你狡辩。你一看她脸上那种表情，就什么也不想说了。"

"你有不尊重老师的地方吗？"不知怎么的，我不愿让她再谈刘冬虎的事了。我心里委屈，就像那天晚上接不接铅笔盒一样委屈。

"也有吧。"安然想了想说，"有一次韦老师讲《吕氏春秋·察今》时，把'镆铘'念成'镆邪'。我发现念错了，祝文娟也在下边小声说：'错了，错了。'就坐在我前一排，桌角上还有一本《新华字典》呢。这下我有了把握，就举手站起来，指出了韦老师的错误。"

"她怎么样？"

"她愣了一会儿说：'你说得也不一定对。先按我的讲，下课后查查字典再说。'我告诉她课堂上就有字典。韦老师脸红了，突然硬声硬气地说：'那好吧，谁有字典请拿出来。'我往祝文娟桌上扫了一眼，发现她的字典不见了。'哎，祝文娟，你不是有字典吗？'我冲着她的后背说。'没有，我没有字典。'祝文娟扭过头来告诉我，还冲我使了个眼色。我根本没想到她会这样，我站在那儿真不知道怎么办了。全班同学的眼光都聚集在我身上，好像我是个故意捣乱的人。那是什么滋味儿，你尝过吗？"

"后来呢？"

"后来我还站着不动，又对祝文娟说：'不，你有，我看见你带来了。''你看错了。那是《英汉小辞典》。'祝文娟这次是对着韦老师说。'坐下！'韦老师看看手表，对我命令道。我差点儿哭出来，拼命想着：不能哭，不能哭。我狠狠抓住铅笔盒，总算没哭出来。我不记得那天韦老师还讲了些什么，只听见她讲了有的同学专爱表现自己，等等。"

"原来是这样。"我自言自语着。

"回家后我立即查了字典，韦老师就是错了。可是，她再也没提起这件事。如果说不尊重老师，这算一件吧。"

"这不叫不尊重，这叫……这叫，是她欺负人！"我语无伦次地嚷道，已经失去了最后一点儿冷静。我竟然嚷出了一串根本不该对着安然说的话："祝文娟心眼太多了，这样的班长应该撤！她简直不像个中学生，简直……诡计多端。太不可思议了，像她这样的人竟然年年是'三好'！"

"是啊，韦老师最喜欢她了。不过，她学习不错也得承认，特别是古文，反正她学得比我好。还有历史，入迷。讲《三国》她一套一套的。"

"学习好，这有什么可标榜的。关键是她们的灵魂……可怕就可怕在这儿。算了，咱们往回走吧。"我说。我觉得我的声音有点儿变调儿。

我们又走上了那条林荫路。一对对恋人从身边走过，我的心不时紧缩一下。我忽然攥住了安然的手，尽管她的手叫雪糕给弄得很黏。我觉得有她走在身边还踏实些。她对我赤诚、坦白，现在我多想把我的一切都告诉她啊，我实在憋不住："安然！"我站住了。

"干吗？"她冲我歪了歪头。

"我……你对这次评选把握大吗？"我忽然又把话题转到"三好"评选上去了。

"没把握。算了，不当了！"

"凭什么不当？就得争一下。哪天开始评选？"

"明天。"

明天，一个迫在眉睫的可怕的日子。我们进入了"古堡"。

临睡时，我把她脱下来的红衬衫洗干净挂好，然后走到她床边说："明天别忘了穿。"

"唔。"安然翻了个身，把脸埋在枕头里。

半夜，我忽然觉得有人摇我的胳膊，睁眼一看，原来是安然。她两手扶住我的床沿，脑门顶住我的枕头说："姐，我睡不着。给我半片利眠宁吧，就吃半片。"

"不许你吃那种药，对脑子不好。"我侧过身子拧开了台灯。

安然还弯曲在我枕头旁边，就像一只小狗、小猫。脸上，平时嘲弄人的神情完全没有了，挂上了一层忧愁。

我找不出一句安慰她的话。

"快去睡吧，啊。"我抚摸着她的头发。

"我选不上倒没什么，可是有人就更得意了。比如……我也不说谁了。她们会说，那是因为我总和男生在一起，影响不好造成的。"

"别想那么多了，别人爱怎么说就怎么说。瞧你耳朵边上那个冒号，不就是为了听人说话吗？"我撩起了她耳边的头发，两颗黑点在灯下十分清晰。

她笑了，捋了捋头发，轻轻回到自己床上。

不久，安然就睡着了，我却一直醒着，直到天蒙蒙亮。

13

上午一进编辑部，我就看见桌上压着一张电影票。一定是老马留给我的，他今天去听报告。

这种淡粉色的特大号电影票，是电影公司发下来的。每次接到它，编辑部都少不了一阵欢腾。因为谁都知道那意味着什么，那不是一般电影。不是参考片，就是外国过路片，或者干脆说是一般人看不到的片子。能拿到它的，在我们这座不大的平易市也算是个"特权阶层"了。

我捏着它到隔壁问了片名，果然是两部我没看过的进口片，时间是下午两点。

我把这张已经属于我的"特别通行证"暂时压在台历下边，就开始看稿。于是各种类型、各种风格、各种行距的字迹又开始在我眼前流动起来。有希望的挑出来，没希望的附上一张印好的退稿信，放在一边待退。这叫筛稿。

筛啊筛，我的眼睛不知为什么总是从稿纸上溜下来，盯住台历下面那张粉纸头。或者说它像一个有生命的东西，不时在窥测我，忍不住要告诉我点儿什么。哦，想起来了。我推开稿子，向电话机走去。

通常，人们都说大脑支配行动。但此刻，我的手指已经在拨动号码盘子，大脑还没明白过来我要干什么。这完全是受了那张粉纸片的驱使罢了。

"喂，你找谁?"对方已经有人讲话了。

"请找韦老师，韦婉老师接电话。"

一阵杂乱声音过后，韦婉的声音就贴上了我的耳朵。我告诉她下午有两个内部电影，问她去不去。她说当然想去，又问我为什么不去。我告诉她这两个片子我都看过了，是去年在北京科影礼堂看的。她微微喘着气，声音通过电流更显低哑，像是高兴，又像有些紧张。她说下班时拐到编辑部来拿票，然后就挂断了电话。

话筒还在我手里握着，仿佛是为了再次提醒我：刚才我确确实实给韦婉打了电话。我这才急忙丢开了它，就像扔掉了一件烫手的东西。其实那话筒的颜色很冷——银灰色的。弹簧似的电话线也缩成一团。回到办公桌前，我喝下半杯冷开水，才使心绪稳定下来，接着筛稿。

筛完诗稿，原来下面还有一沓要校对的清样。这又是老马给我留下的。一看到清样，我立刻想到了韦婉那首"甩膀子"诗，还有已经变成铅字的"韦婉"二字，因为它们就在其中。现在我很害怕看到它们，索性将清样卷进书包，准备回家关在屋子里校对，这样也许心情会坦然一些。

现在我应该干点什么？应该等韦婉，假如刚才我真打了电话的话。我多么希望刚才的行动是一种幻觉啊。

翻报纸，翻杂志，翻参考：人口普查，台湾社会透视波苏贸易的后果，八一年诺贝尔文学奖获得者卡内蒂，非洲第三大语言斯瓦希里语，英国的"格拉摩根"号驱逐舰在福克兰群岛被击中，中国的大熊猫在外国一个什么公园产崽，托尔斯泰的遗产之争……差一刻十二点，她来了。

我请她坐下，替她倒杯凉开水，尽量显出既随便又庄重的样子。别小看这个小四合院，在拥有六十万人口的平易市，这是多少人向往的地方！如果再加上它和全国各地的诗人、作者的关系，它简直要算宇宙里一颗小小的恒星。现在我和韦婉就坐在这颗小小的恒星上，谈了谈天气越来越热，谈了谈西瓜却又落了价。还谈什么？我们都在思考着。今天她也显得拘谨起来，那种女预言家的眼神似乎有些犹豫不定。她可能也预料到，再谈，不是"甩膀子"诗，就是学校评"三好"的事了。可我们好像都不打算接触这两件事，是因为它们太重大了吗？重大得都不值得一提了。她，嘴在茶杯边上抿了一下，推托要赶回家做饭，就从椅子上站了起来。我也急忙从台历下取出电影票，再次强调了它来之不易，嘱咐她千万别浪费掉，才交到她手中。

韦婉把电影票折起来藏进钱夹，没再做什么寒暄就向我告了别。我送她到门口，无意间打量了一下她的装束。今天她可比那天黄昏要朴素得多。天蓝色尼龙绸衬衣里面，连胸罩都没戴，只穿了一件如今已不多见的大背心，一见这个"朴素"的大背心，真想跟她吵一架，最好像两个女中学生那样，尖着嗓子，不顾声音高低地吵一架。

韦婉没有侵占我的下班时间。我回家之后，爸爸不在，妈妈正忙着炒菜。安然一个人坐在饭桌前，捧着一本军事幻想小说《第三次世界大战，苏军在日本登陆》，见我进来，头也没抬。联想到韦婉刚才在编辑部那种忐忑不安的样子，我已预料到评选的结果了。

还有脸来拿票，小市民！我愤愤地想着。

但我们谁也不提这件事，就像世界上从未存在过什么评选之类的活动。

我把比平常显得鼓的书包，不放心地这儿放放，那儿放放，最后还是放在自己要坐的椅子上，然后坐在它前面。

"书包里有什么？"安然把眼睛从书上挪开。

"没什么，清样。"我说。

"得了，别骗我了，肯定是吃的。肯定是给我这个三好学生带来了奖赏。"

听了安然的"反话"，一股无名火涌上心头："那是清样。"我竭力镇静着自己。

"给我看看。"安然放下书，走过来要拿书包。

"别动！"我到底涨红了脸，声音异常粗暴。

"干吗这么激动？"安然回到自己的座位，脸也通红，莫名其妙地看着我。

"不信，你就看吧。"我主动掏出一沓清样，放在饭桌上。

我想，难道你真能从这一叠厚厚的、没头没脑的纸上发现什么吗？谁知天不长眼，第一页就是那首诗。安然一眼就盯住了四号方黑体的

"韦婉"。她茫然地看看我，拿起最上面这一页，用她那曾经参加过全市朗诵比赛的喉咙和"感情"，把那首诗从头到尾一字不落地朗诵了一遍。

天哪，此时我才第一次懂得什么叫恨天无路，恨地无门。哪怕上帝把我造成个苍蝇、蚊子，让人整天驱赶着我，也比做个驱赶它们的人好。可安然还不饶我。她朗诵完，恭恭敬敬地把清样放回原来的位置，往椅背上一靠说："这可真是怪事。莫非这是伟大的编辑发现了一个伟大的天才诗人？只可惜李贺、杜牧、郭沫若都已不在人世，不然，也可以得到个学习机会呀！"

安然离我很近，我却觉得她的声音离我很远，就像远在天边。现在她没有用那古怪的眼光盯着我，她的目光有些涣散，很难说清它们表现着什么。如果不是亲眼看见，我怎么也不能设想一个十六岁的孩子会有这样复杂的、难以捉摸的目光。

"你不懂这是怎么回事吗？"我听见我在一个很遥远的地方说，"这是为你。"声音更遥远了。

"噢，我懂了。"安然说，"也懂了，也该是替你脸红的时候了。"

她站起来，大步出去，回到我们的房间。

我想了想，也跟了过去。我后边是妈妈，她不知又发生什么事。

"看你那个样子。"妈妈摇晃着炒菜铲子，"没当上三好，冲人家撒什么气！"

"我就知道你得过来。"安然说，"可是，妈妈同志，对不起，你又错了，错得更远啦。不是我撒气，是因为有人不尊重自己。"

"越说越糊涂。"妈妈说。

"妈，你就出去吧！"我把妈妈推出了屋。

房间里一片寂静。我低下头，眼睛盯着自己的手。两手碰在一起，一个大拇指抠着另一个大拇指。随着那细小的声音，全身一阵有节奏的悸动。

"安然，你能再听我说几句话吗？社会就像个……"

像什么？安然如果这样追问我，我一定回答不好。

但她没问我，或者说她饶过了我。她正趴在床上用两只枕头堵住耳朵，变得无声无息。看到她那宽阔的后背。我的后背好像突然萎缩了，脑子也一下子空空如也。我只是拼命想找出一个形容词形容自己。

14

"三好生"评选之后，家里的生活节奏随之发生了变化。全家那种紧张心情不见了，代之而来的是少见的"轻松"。大家围着饭桌一坐下，爸爸的话就格外多起来：古典主义，巴比松画派，后方医院是怎样配制硼酸软膏的，摩西为什么要出埃及，红汞是什么，为什么有的毛笔叫"七紫三羊"，在解放区一针盘尼西林要两斗小麦，他第一次坐火车坐的是闷罐车，并没感到不舒服，还满以为那就是客车呢……

我们都了解爸爸，他创造出来的这种气氛，说是轻松，倒不如说是在酝酿苦酒。但我们还是附和着，有时还装出些兴趣。只是谁也没有发现，我和安然已经四十八小时不讲话了。这在我俩是史无前例的。我几次试探着找个理由和她开始对话，她总是一言不发。不说话可做多种解释，有人说无声就是默许，有人说沉思便是最大的蔑视，还有人说以沉默表示抗议。我实在不愿把安然的沉默想成是后面两条，可又不能相信那是前者。

现在我唯一的渴望就是了解安然。四十八小时，她在想些什么呢？四十八小时，同步卫星已经伴随地球两圈了；四十八小时，我仿佛经历了两次人生。渴望变成了对自己的折磨。从窗子到门，从门到窗子，每逢安然不在家时，我就这么走着，像一个掉队在草地里的红军战士一样一脚一陷地走着。有时坐在我的书桌前遥望安然的书桌，就像遥望一个我永远也走不到的神秘孤岛。那桌上的伞形台灯也许是印第安人村寨里的棕榈树吧。树下是什么？练习本？课本？三洋盒式录音机？集邮册？还是村寨里的房屋和沙丘？

有一天，就是这个孤岛上忽然多了一样东西，像一艘红色的舰船停在了"沙丘"附近。就是这只红色的"舰船"才使我一下回到现实中来。那是安然丢在桌上的日记本。忍不住，我还是奔了过去。

安然啊，我愿意了解你，也希望你能像过去一样愿意了解我，包括我现在的行动。我的目标当然是关于评选的事，你写了些什么？又有多少是关于我的？我心跳着，眼前出现了安然那种长而斜的"凹板"字体：

　　我真傻，昨天晚上为了评选的事睡不着觉，还向安静要毒药（利眠宁）吃。我为我自己脸红，有时我的样子一定像个小丑。

　　今天评选结束了。全班四十八人，我得二十一票，和去年同期相比增长了百分之十一。祝文娟票最多，也是空前的——四十票，比我多十九票，当然入选。我祝贺她，也替她庆幸，庆幸那么多人注意到了她的优点。可缺点呢？对于她那些不易被人发现的缺点，我保证在任何时候也不替她张扬。让别人自己去认识。我愿意别人相信我认识问题的能力，我也应该相信别人认识问题的能力。比如那天关于带没带字典的事，课下有许多人问我，我闭口不谈，因为要说的我已经在课堂上说过了。

　　那天在课堂上的事就算是我的缺点大暴露吧。

　　我的缺点被那么多人了解，可以说是件好事。让别人用自己的认识能力去认识我，这又有什么不好？但我所忍受不了的，是有人在课堂上替我当众"总结"，这也像是一种"拔苗助长"的行为。同学们的认识果然一下就"提高"了不少。纠正"错"字、写作文的事在评选会就成了我的主要罪状：

　　①爱表现自己，不自量，当众纠正老师的错字；

　　②爱贬低同学，丑化班干部，并写到试卷的作文里去。这也是自我表现的表现。

　　我不明白，既然自我表现是我的主要缺点，韦老师为什么偏偏还在课堂上念我的作文，还说是优秀作文。其实，这不过也是当众宣扬我的缺点罢了。除了能挑起祝文娟对我的仇恨，挑起祝文娟的拥护者们对我的仇恨，还有什么作用呢？

　　好了，大功告成！！！

我继续看下去：

没有纽扣的红衬衫

现在我很高兴，因为我没为评选的事去乞求过谁，也不懂得拉帮结伙，当好货物去拍卖自己（可怜）。我高兴，还为我的票数增加了百分之十一而高兴，因为又有百分之十一的同学真正了解了我。

三好学生为什么非等别人评选？自己给自己定个标准不行吗？按照我给自己定的标准，我已够了条件。在评选会上，我没有勇气为自己举手；在这里，我为自己举手，我同意自己当选为本学年三好学生。

我合上了安然的日记。

为自己高兴，没有乞求谁……不，安然，了解你的，比百分之十一还要多，还有我。过去我对你不是了解，而是溺爱，是手足之情的偏爱。

坐下来，闭起眼睛等安然。等她回来先把看日记的事告诉她。然后，我怎么能预料然后呢？这然后是属于安然的。

爸爸推门，递给我一封信。这是他来的，那个我常常思念的人。

关于他，爸爸妈妈是知道的。不，应该说是知道一些。知道他爱我，我也喜欢他，这些最通俗易懂、现在最为流行的几个字。知道尽管他是学化学的，和我这个"半瓶子"诗人、"半瓶子"编辑还有话可谈，或者叫作有共同语言。真的，不知为什么，每当我看到小说中一写到那些搞理工的人，全是一副呆呆傻傻、架一副"瓶子底"眼镜的样子，就火冒三丈。这等于丑化人。生活可不是这样，机智和幽默感往往就在这些人身上。我还认识一位骨科大夫，他总是把年轻人的骨头比作春天的树枝，还以"春天的树枝"为题给我们写过一首诗。当然诗写得并不高明，但这和只把人看作一副骨头架子，外面包些皮肉，再填进些心、肝、肺什么的人相比，不是要好多了吗？这是什么？这是感情，是人对于人的感情，再不是人（大夫）对于一堆肉包骨头（病人）的冷漠了。春天的树枝可以任人剪接、栽培，又用它们体内流动着的津液去抚育花蕾和果实。这就是诗了。当然，来信人的幽默也许还不仅这些。

爸爸对我能认识这样一个人，除了感到有点儿奇怪，还没有明确表示过什么。

"怎么认识的?"他问我,"组稿组到化学家头上了,想约点儿科幻小说吧?"

我告诉他,是去年在省青联会上认识的(我可不是代表,是去采访),可以说是一见钟情。爸爸说:"唔,也并不坏。"我心想,爸爸,你先别来这幽默感。我们农村里有句土话叫"出水才看两腿泥"。等待你的绝不是"并不坏",等待我的也绝不是"科幻小说"。

妈妈自然有妈妈式的角度。她听说后首先问我他在哪儿工作?形象怎么样?个子多高,你到他哪儿?鼻子以上还是以下?去年调级有他吗?是啊,货卖两张皮,也算是妈妈对我的关怀。

我背着安然拿出照片请他们过目,一面按次序回答妈妈的提问:在省城工作,个子一米七八,我在他鼻子以下。工资嘛,我说,还没好意思问,不到那火候。但他们谁也没预料到,我隐瞒了最关键的一部分(可你们也没问我呀),他有过妻子,四年前死于难产。她给他留下了一个小女孩,孩子当然是四岁。

也许世上没有刚结婚就愿意被别人喊妈妈的人,可刚结婚就被人喊妈妈的人并不是没有。谁能讲清这里面的理由?那理由听起来也许玄妙得令人难以置信,也许乏味得不值一提。但如果有人问到我,我的回答将是再简单不过了:这为什么不能呢?有"蜂成群、蝶成对"的比喻,有些人的结合是"蝶",另一些人的结合就一定要双方一凑,成为一群"蝶"吗?

我打开了信。天下真有这样的巧事,信中正好是关于他女儿的事。他急切地告诉我,他的女儿得了中毒性痢疾,生命垂危。他一个人承受不住这种灾难,问我愿不愿替他分担,比如说亲自到他那里去一趟。"当然",他在信的末尾还是使用了这么两个字,"如果感到不方便,或家里不同意,也不必勉强,以上仅是我的希望而已。"

我拿着信慌慌张张地奔到爸爸妈妈面前,向他们说明我必须立刻去省城。

"他那里出了什么事?"爸爸问。

"我怎么看你神色不对?"妈妈有些诧异地问。女人最能观察女人的神色。

"有点儿急事,他的小孩病了。"我一边收拾东西,一边故意轻描淡写地说。就像告诉他们今天我不回家吃饭一样。

"你先别收拾。什么孩子?"妈妈又表现出比爸爸敏感。

"他的孩子。他和他妻子的孩子。"我真有些平静了。

嫁出去的女,泼出去的水。现在我真自觉地把我比作一盆水,从家里泼出去了。这是一种姿态,当然我也清楚地意识到等待我的是什么。

"他妻子?那不就是个女的吗?"爸爸到底反应过来了。

"死了。"

一阵沉默。我又开始东抓件衣服,西抓条毛巾。

"孩子多大?"这又是妈妈。

"四岁。"我对答如流。

叮当!身后是什么响?原来是爸爸碰倒了他的油画箱。各种颜色的锡管、各种型号的画笔撒了一地:黑马头、白马头、雄鹰、松鼠①乱成一团,仿佛代替爸爸向我提抗议。我扔下手里的东西,走过去替爸爸捡。

"你别动!"爸爸叫道,"我有手!"

果然,我等待的时刻到来了。爸爸的手扶在桌子上,开始神经质地到处摸索。我很清楚,这是一种征兆。就像雷雨之前,天空四处游走着闪电。

我原以为大雷雨要开始于妈妈呢,因为她惯于风吹草动,看来一点小小的风吹草动,将被这滚滚而来的阴云压下去。

不知为什么,暴风雨没有骤然而至,爸爸只是语无伦次地低声自言自语:"然而,安静……安静,然而……"

"爸,这件事是应该早告诉你们的。可现在……等我回来再说不行吗?"我提起旅行袋站在爸爸面前,又可怜,又威武。

"我需要的是你立即把东西放下,放下!"爸爸终于暴跳了起来,那声音像要摧毁这座"古堡",不,摧毁宇宙。

我放下提包,一切都从眼前消失了:家具、墙壁、爸爸、妈妈……只剩下了那张大画。我看见金黄的叶子正纷纷飘落。它们飘落在那块散发着泥土馨香的土地上,安静地吻着母亲的胸膛。

---

① 这都是颜料和画笔商标。

啊，《吻》，在这里又变成了另一种专利的代名词。

15

喜事很少接着喜事，灾难却总连着灾难。祸不单行，地球上真像是有个幽灵在四处游荡，专拣"祸窝"落脚。

我没有走。

家里却没有因为我暂时不走而平静下来。没到中午，爸和妈就为什么事大吵起来，双方态度的激烈程度是空前的。我深知酝酿成这场恶战的根本原因是什么。尽管这样，我再也没有过去关窗子或开录音机。我就这么沉默着，坐着。我的沉默不是默许，也不是抗议，我的沉默包藏着一种强烈的报复心理。

果然，在没有我和安然作为调解人的情况下，妈妈终于一摔门走了。留下一句话："告诉你，一切由你负责！"

我不了解妈妈这句话的含义，也许这是指他们关系中的后果，也许是指其他，比如指我。就算是指我吧，"负责"意味着什么？意味着让我这只蝴蝶再去抖动着翅膀寻找另一只蝴蝶吗？

人哪，我们的正义感为什么那样廉价；我们做人的准则，为什么又是那样容易被击溃？爸爸对于安然和男同学去划船的事，可以表现出那样超脱、大度，而我在他面前却变成了洪水猛兽。当然，划船就是划船，就是坐在船上用几支桨激荡着水面的游戏。不富哲理，更不蕴藏着伟大的奥妙。可你又用什么准则构思了你那张那样富于人情味的画呢？还为它起了个那么别致、那么富于刺激性的名字。但是现在，当一件实实在在的爱情事件波及你们（实际是我）时，你，为什么又那样惊慌失措，不能容忍呢？一个男人带着一个幼小的女儿，需要重新开始生活，就成了大逆不道吗？叶公好龙——我终于看到这个典故在我们家变得形象化了。

我也想把这样两个字形象化：创造。冲出这个"古堡"，迎着暴风雨去创造一切。可几次拽门，又缩手缩脚。仅仅是害怕那双哆嗦着的大手吗？不是。那是因为一个人的目光总在我眼前闪现，我才又停止不前的，那是我意识中的安然。

她回来了。穿着红衬衫，哼着"希拉呀瓦哩卢达塞"。一见我，故意把嗓门提得更高，然后目不斜视地从我身边蹭过，向她的"塔希提岛"走去。

我就要告诉她看日记的事了。

又有人敲门。我镇静一下自己，过去开门，站在我面前的是一个没见过面的女孩子，一个彬彬有礼的瘦高个儿，脑后梳起两把很普通的短刷子，裙子也不怎么合身，脸蛋上还有几颗红疙瘩。祝文娟，我一下就意识到了。安然到底也迎了出来。我赶紧闪到一边。

"有事吗？"安然站在离祝文娟两米开外的地方问。

"没事，我想找你谈谈心。"祝文娟并不理会安然对她的态度，人显得落落大方，说完还看看我。

"快进来吧！"我说。

祝文娟走进房间，自己找到椅子坐了下来。那神情使我想起那些憨厚的、不会察言观色的中年妇女来。

"你觉得有可谈的吗？"

听这口气还能是谁！

祝文娟不说话，两只眼睛求援似的看着我。

"再说，该谈的作文上都谈了，韦老师在课堂上也念了。你不是也听了吗？"安然站着，两眼盯着桌子。

我实在有点儿过意不去了，拿过一盘洗好的桃子放在祝文娟眼前："来，吃桃子吧。"

"谢谢您。"祝文娟冲我点点头。

"安然，其实你有许多地方做得也不够好，比如……"祝文娟转向安然，也不避我。

"比如什么？"安然打断人家的话，又追问人家。

"比如，有时候过分爱面子。"

"得，得，你们哪年不是这样。平时眼观六路，耳听八方，当上'三好'后又到处征求意见，腻透了！"

我冲安然使个眼色，安然没看我，也没任何反应。我都沉不住气了，可祝文娟却没因安然的态度而有所不安或紧张。我暗自想着：在老师眼里——不，应该说在韦婉眼里，这当然是个再合适不过的班干部。如果不是发生意外，祝文娟再坐上这么一会儿，安然的态度一定会软下来，说不定真可能再给她提点儿什么。安然，别看你张牙舞爪，和祝文娟比起来，你只不过是个"傻闷儿"。但偏偏就在这时，一件百年不遇的事发生了。

我们家着火了。

写到这里，我很紧张。我的紧张不是因为那毫不留情的魔怪降临我家，我是因为害怕读者而紧张。聪明的读者一定会说，你这是不好收尾了才杜撰出个火警来。我也看过不少写英雄人物的小说、电影，结尾时总是来个救火、抢险之类的场面：主人公奋不顾身，推开众人，或抢出国家物资，或救出长者幼儿，然后是身负重伤，然后又睁开眼睛说一声"不要管我"。安然每次坐在电视机前遇到这种场面时，总是把这类语言说在"英雄"张口之前，说完还得补充一句："没劲！"所以，我是多么不愿写出个"火"字来呀。但偏偏这个时节，偏偏安然的班长祝文娟来访时，火，在我们家着起来了。好在我们眼前没有什么英雄，都是些普通人。

火在哪儿？火在对面的厨房兼画室里。火是从哪儿着起来的？是从煤气罐。煤气罐是由爸爸不小心点着的。

救火这个平凡而惊险的场面，我原以为只能在小说和电影里才能出现呢，没想到它会如此真实而具体地出现在我的生活里。

当我、安然、祝文娟冲出门时，爸爸正耷拉着两手站在走廊里，那神色就像个闯了祸的儿童一样惶恐。浓烟翻滚，弥漫了整个"古堡幽灵"式的走廊。穿过浓烟，我看看厨房，煤气罐正把压缩在肚子里的热能化作火焰向外喷射。火舌直冲房顶，反转下来又扑向四周，屋里的一切都在经受考验，爸爸那幅即将完成的作品也在经受考验。

正是上班时间，邻居家大都无人。但几个妇女、儿童还是蜂拥赶来，并且根据"水火不相容"这个普遍真理，端来了盛满水的锅、碗、瓢、盆。他们奋不顾身，一盆盆、一碗碗，站得远远地向那个罪恶的东西泼去。然而火是那样嚣张、傲慢，水是那样软弱、无力。况且这点水对于燃烧着的石油又有什么作用呢？

也许是想到了这座木结构的筒子楼马上就要从平易市、从地球上消失，我们真将变成"古堡"里的"幽灵"；也许是同楼的妇孺感动了我，我不知从哪儿来了那么一股劲儿，冲进厨房，机械地动作起来。但又实在搞不清眼前出现了什么，我又该做些什么。半天，我只清楚地看到了两件事：一是当火舌一次一次舔向爸爸的画布时，画布真的变成了落叶。它们一片片飞上屋顶，又翻滚下来。现在它们不是吻着大地，而是和火舌嬉闹着互相亲吻、拥抱，那么热烈，那么浪漫，就像一群没有任何道德标准的小鬼儿向人类进行不怀好意的挑衅，简直是猥琐的精灵对人类的亵渎。我还看到了什么？我还看到刚才还下意识地做着一些救火动作的爸爸，此时彻底垮了下来。他被人架到对面房间去了。

有人善于把复杂的事物简单化，也有人善于把简单的事物复杂化。现在不知为什么，周围的人一下都变成了后者：火是从煤气罐喷出的，罐被阀门控制着。要是关上阀门呢？火源不就掐断自灭了吗？最后，人群里还是出现了一个善于把复杂问题简单化的人。不知谁高喊了一声："关阀门！"在慌乱中我听出来了，那是一个生疏的女孩子的声音：

"我想找你谈谈。"

"你有时太爱面子。"

"关阀门！"

我又在暗自钦佩她头脑的冷静了。我也才想到罐子顶端那朵"梅花"——我每天都摸几遍的那个铁东西。现在那儿就是火的起点。可我的手又怎么能按上去呢？我忽然想到了安然，想到只有她能帮助我，只有她有办法帮助我。但我又怕她出现。我怕那件红衬衫，怕那红衬衫像那些金色的叶片一样飞入火海。再说我面前已是一颗地地道道的炸弹了，爆炸也许就在一秒钟之内。

跑上去，退下来，退下来，又跑上去。我没有勇气向那朵"梅花"伸手。

就在这时，不知谁狠狠抓住我的肩膀，又狠狠把我向门外甩去。我意识到这是谁使出了平生之力的。我被摔倒在门口。

熊熊火势骤然而止，像《一千零一夜》故事中的那些鬼怪被收进了魔瓶。那腾空的烈焰、火舌一下子不见了，只有烟雾和被火舌舔光，变成片片灰烬的画布、杂物还在飘舞。我朦朦胧胧地看到，在浓烈的烟雾中，有一条银色拉链，像时钟的秒针一样慢慢改变着角度：九十度、四十五度、三十度、二十度……

救火车呢？顺便提一句，我们平易市有消防队，可惜他们只做了些"锦上添花"的表演——把一场火灾变成了一场水灾。

啊，想起了韦婉那句话："'防患于未燃'。"

16

灾难可以毁灭生活，也可以把一些破碎的心联结在一起。我们家到底发生了什么事？我常常扶着那扇烧焦的门出神。大火毁掉了那里能用眼睛看到的一切，剩下的是声音。有科学证明，人在离开人间时，最后听到的也是声音。我们谁都没有离开人间，声音倒成了重新唤起我们互相爱怜之情的媒介。

二十几年的声音现在都一股脑装在这个烟熏火燎、四壁如墨的黑屋子里。过去的、现在的、激烈的、温和的、沉闷的、欢乐的、男人的、女人的……像无伴奏合唱在延续。在这合唱里，一个声音总是最突出，仿佛统领着这个庞大的合唱队。那就是安然的声音。

"灯、灯！"那是她八个月的声音。

"卖东东喽！"那是她一岁半的声音。

"咱俩学'毛选'吧。"那是她两岁的声音。

"木、米、大、力、土、个、禾、几、去……撕布、割谷子……"她七岁了。

……

安然现在在哪儿呢？按照一般发展规律，她应该躺在医院里。对，现在她就躺在那个能使人起死回生的地方。幸喜她伤不重，并不需要医生的起死回生术。只是右手和胳膊被烧伤，右边脸颊被烧伤，一头又黑又密的头发烧去一部分。现在她头部和胳膊都缠着绷带，身穿住院病人的蓝条睡衣，躺在床上不声不响地看着天花板。

妈妈整日泪眼汪汪，不管拉住哪位穿白大褂的，都是以乞求的眼光询问人家点儿什么，问题提得既具体又可笑。她还整天为着火时她不在家而表示遗憾。说："要是我在家，哪用得着他去点煤气。我知道罐子漏气，减压阀螺口松。要不是两个人整天赌气，早就告诉他了。再说，火着得那么大，怎么谁都没看见屋里就有一桶水？"好像只要发现那桶水，就能免去这场横祸一样。

爸爸倒没有为他半生劳动的毁灭而疯狂，也没有怨天尤人的牢骚。他整天像个闯下祸的孩子那样观察着人们的脸色做事，还总是替妈妈干点儿什么。

我呢，连可怜他们的心情都顾不得表达了，差不多总是守在安然身边，从早晨到深夜。她总是大睁着眼睛望着天花板出神。绷带包得严严的脸，似乎一下失去了过去的稚气，显得既平静又严峻，像是经历了人生旅途的大半。

我思念过去那个安然，举着膨香酥，嘭嘭嘭嘭！

我思念过去那个安然："哈，这是第二个了。"

我忘记我们俩是从什么时候开始对话的，但中断了几十个小时的对话到底还是开始了。只是上帝把我们安排到这么个不吉利的地点。不，也许这是个中立地带，就像两个敌对国对话时寻找的那种中立地带：日内瓦、维也纳……

"姐。"她轻轻叫我。

"啊。"我轻轻答应着。

"我怕死。不，不能这样说，这样说对自己不尊重。是不愿死。"

"……"

"开始我真给吓破了胆，和祝文娟一起躲在别人后面，像个什么样子。"

"可最后还是你呀！"我轻轻抚摸着她胳膊上的绷带。

"那是因为我突然看到了你。"

难道我成了救火的英雄？居然是安然向我学习了吗？不知是惭愧还是难过，我觉得眼泪就要涌出眼眶，赶紧转过脸去。

"不，你先别受感动！"安然发现我的样子，"在那一刹那，我并没有把你看成救火的英雄，请原谅。也不是替你去死……你猜是为什么呢？"

我没敢扭过脸来，生怕她的什么话引起我更大的悲痛。

"当时我只想到，在你脸上不能落下一点儿疤痕，一小点儿也不能。因为你比我好看，真的。这几天我躺在床上就想了这么一件事。"

泪水到底涌出了我的眼眶，几天来这是我第一次流泪。我原以为我的眼泪已经随着大火被烤干了呢，谁知在我心房深处，还蕴藏着那么一部分，这最不易流出来的一部分。如果不是在这个"中立国"，我一定会放声痛哭的，就像个不懂事的孩子那样号啕大哭。我相信我心中那涌泉似的眼泪会永远也流不完。但是此刻，在这种场合，我只能把脸埋在手掌里。

"其实，也许不光是为了这些。"安然接着说，"好看要是光为了给自己看，那又有什么意思。为了给一些不相干的人看也没什么意义。比如有人把自己打扮得花枝招展，在街上追求'回头率'，无聊。"

我好像预感到了什么，抬起泪水模糊的眼望望她，想从她脸上看出她到底发现了什么。

"安静。"她有时这样叫我，声音很深沉，"你回答我一个问题。"

"行，行。"

"你说我长大了吗？"

"当然。十五岁以上就是青年。"我想起安然的话。

"那你有事为什么瞒着我？不够朋友。"

"瞒……"我支吾着。

"一米七八，C.（读C点儿）①。"

她微笑了。我猜，假如脸上没缠绷带，她一定又是在大街上奚落人时的那副表情，说不定还要给我起个外号呢。但是现在，连轻轻的微笑都使她难以忍受。她做了个痛苦的表情，闭上了眼睛，但话没停止。

"我愿意让你结婚，带着现在这副容貌去结婚。天下没有比这件事更使我自豪的了。噢，他一米七八，仪表堂堂，难道让你变个丑八怪，叫他去迁就你？……现在伟大的人物一定说我渺小；大公无私的人一定说我自私；仅仅为了她那好看的姐姐……"

她脸上又显出了痛苦，扭过脸去。是因为伤痛，还是想起了过去我

---

① 中学生对英文"化学"一词的戏称。

向她宣布过的无声的"誓言"？她再没有转过脸来。我相信，在她这个年龄，是重视那些天真而美好的誓言的。

不知为什么，我现在倒有点儿恨我自己了。不是恨我没把这件事原原本本告诉安然，而是恨我根本就不该遇到那个一米七八的"C."。没有他的出现，怎么会有安然的痛苦呢？

安然啊，因为现在你就在我面前，我更加思念你。

几天之后，我还是去了省城，当然是在安然的再三催促之下。

当我再次和父母交涉这件事时，妈妈红着眼圈打开食品柜，拿出一盒酥糖塞进我的提包。爸爸却坐在沙发上不动。也许是看到我去省城已成定局吧，他才两眼盯着地板说："先去一趟也行，可我的话还没有完。"

17

这几天，同学中第一个赶来看安然的就是祝文娟。她站在安然的病床边，没有表示出过分的关切和难过，也没有过多的安慰话。她只是告诉我，那天她也慌了，在别人后边站了半天才想起关阀门这个道理来。要是早想出来，就不至于这样。还有，喊了关阀门才想起去打电话叫救火车。

原来这样。关阀门，叫救火车，这两个关键步骤都是这个祝文娟想起来的。她还说，安然写作文的事，她永远也不会怪她。她自己是有许多缺点，比如那天光喊"关阀门"，就是不敢冲上去。

"我胆小。"祝文娟说，"每逢老师一瞪眼，我更胆小。"

祝文娟的话似乎使我改变了一些对她的看法。是啊，人的胆量有大有小。比如有人怕耗子，有人怕蛤蟆，有人怕热，有人怕冷、怕感冒、怕穿堂风……你能说他不应该怕，或者说是品质问题吗？当然，胆小和胆小鬼不是一码事。有人宁可因循守旧工作一辈子，也不愿迈错一步，这就有点儿胆小鬼的味道；带没带字典那件事，也有点儿胆小鬼的味道。但是面对熊熊烈火，能镇定自若地想到我们那一群人都没想到的事，这能说是由于胆小吗？那时胆小的倒像是我们，而胆略在这时分明是属于祝文娟的。对祝文娟，这有限的接触，我还没有能力去判断、了解这个孩子。我只是想到，社会不能没有她（们）。有了她（们），社会才显得完整。难道社会只需要像我爸爸那样的人：站在画布前海阔天空一阵，而当自己的劳动成果遭受厄运时，竟惊慌失措得像个儿童。那样清一色的社会怎么可以设想。

安然对祝文娟的到来没有任何表示，对于她的关于胆小的"赤诚坦白"也未置可否。祝文娟说话，她只是听着。但祝文娟走时，她脸上还是显出了她现在力所能及的热情。

第二个来看安然的是米晓玲。她拎个大网兜，装了一堆没贴商标的各式罐头。她扶着安然的床头小柜说："真没想到。那天我看见救火车过去了，没想到是往你家开。这回你救的要是别人家的火，明年的'三好'还不稳拿！"她把罐头一个个掏出来，撂在床头柜上。"处理的，我给你开一个吧。"米晓玲说着就要找刀子开罐头，我拦住了她。

"好好养着。评选的事我全知道了，还是那一套。别看咱巴结不上，不稀罕！我表姐那人，不怎么样。"

"你表姐?"我问。

安然也转过头。

"韦老师，韦婉。"

"啊?"安然更莫名其妙。

"没几个人知道。她不让我说，嫌我功课不好，给她丢脸。其实她那点儿水平，不说啦，咱姐们儿心里明白得了。"米晓玲没再纠正关于"姐们儿"的称呼，说完看着我笑笑，吐了吐舌头。

"知道吗? 升教导主任啦。"

"谁?"我问。

"我表姐呀。"米晓玲说，"先当个副的，就不愁正的。又红又专，人人皆知。别看'镇邪、镇邪'地讲语文，会当领导。对，还会写诗呢。有个顾客丢到我柜台上一本杂志，我随手一翻，嗬，'韦婉'。什么'我扒着火箭'如何如何，对，是时代的火箭。这样的干部哪儿找。又年轻，又合乎要求。"

米晓玲一面说着，一面还是从什么地方翻出一把万能小刀，就着窗台撬开一罐水果罐头，又用上面的小叉子叉出一块，实心实意地递给了安然。

对于米晓玲带来的消息，我和安然只是小小地表示了一下惊讶。是啊，凭着她从小就已具备了的对人类的那种识别能力，凭着她现在管理学生的原则性，凭着她在学校连自己衣着都不顾的"忘我"精神，还有她的诗才（一般老师所不具备的），这又有什么奇怪呢？今天米晓玲的到来，无非是给我们揭开一个谜底罢了。

米晓玲看看手表，合上小刀，提起网兜告别了。出门后，她手扒门边扭过头来对安然说："好好养着，过两天我还来！"

后来又来过不少老师同学，其中也有刘冬虎。他提个大西瓜，在门口站了半天，最后还是我把他领进来的。他抱个西瓜左放不是，右放不是，我给他安排了个地方。安然很大方地问了些学校的事，刘冬虎局促不安地一一回答着。人家离开后，安然说："都是装的。"

"也不能那样说。"我赶紧关上了门。

至于安然的班主任、新上任的副教导主任、我的小学同学韦婉嘛，我们也见了面。但不是在医院里。

这几天我一直怕她出现，我无法想象我们三人单独在一起的情景，我想也许那是人生中最难忍受的时刻。好在我们是在街上碰到的，这给我们各自都带来不少方便。在街上，彼此都可以做到心不在焉。

在平易市的大街上，在离安然学校不远的地方，她迎着我走了过来。我打算就那么走过去了事，可她却冲我打招呼了。我只好停住。她灵巧地穿过自行车的洪流，飞速跃上我这边的人行便道，站得离我很近地说，她曾经去看过安然，谁知记错了医院，病房走廊里的一位护士还拦住她，把她呲儿了一顿。现在总算知道了确切的地方，一半天她就去。还说，过去对安然的要求也太严了点儿，现在总觉着对不起她。

"不过嘛，怎么说呢？"韦婉用眼角瞟着便道上的行人说，"对她好像是应该严格要求，谁让她是你的妹妹呢。不然你也不会饶我。就说那件衣服吧，我们还是重视不够，没想到她在评选的关键时刻还穿它。头一天我要是嘱咐她一句呢？这话只能咱俩说。在教育战线上工作可不比你坐编辑部，你一时想不到，就可能给工作造成不必要的……影响，都眼巴巴地看着你呢。同学的工作、家长的工作，还得对上边负责。当初咱们住校的时候，哪会想这些。欻羊拐、跳皮筋……"我注意到她在说话时总把肩上那只人造革书包往身后背来背去。我清楚地看到那里边有一本《繁星》，就是刊有"甩膀子"诗的那期。听一个熟人说，她好像在市群众艺术馆还给一群青年以"诗和现代"为题做过报告，报告中不断举出自己的创作经验来论证。

关于安然，我们没再多谈。分手时我只告诉她，那首诗原稿上有个错字，就是第二十七行中那个"弁"字，应为"奔"字。即"奔四化"，而不是"弁四化"。"弁"在字典里被解释为古代一种帽子。不知她注意到了没有。

听到这件事，她脸上大有惊讶之状。红着脸，也忘记了临别的寒暄，就慌慌张张穿过马路，跃上了那边的人行道。

我庆幸我们没有在医院碰面，还是让她和安然单独谈谈方便。遗憾的是韦婉再也不会看到安然那件"防患于未燃"的红衬衫了，它已成为碎片。

我像是又看到了火，但这是另一种火。看到它，我没再想到"防患于未燃"。只是觉得，人类的生存不能没有它，它点燃人类的热情，给人类以希望。

18

我和安然好久没有在大街上聊天了，仿佛过了一个世纪。其实仔细算算，才不过半个多月。现在我一个人在街上前进，但不是步行，是在公共汽车上，是躺在医院的安然把我逼上车的。我将大模大样地去趟省城。

汽车在自行车的洪流里扭捏着前进，一排排橱窗缓慢地、磕绊着从车窗外挪过。还是黄加蓝、蓝加黄；葱绿窗帘斜垂着半开半闭，"患黄疸型肝炎"的男女模特儿还在向行人摊着手；旁边还是淡黄色、淡粉色的"拐棍"。米晓玲的糖果店装上了霓虹灯。笔杆粗细的玻璃管在一块大牌子上复杂地交错着，到了晚上，那里面一定会有一番出乎平易市人预料的表演。家具店也重整了门面，一辆载重卡车停在门口，有人正从车上卸货，货物用草袋包得严严实实。那是什么？是钢丝床，还是外地新式家具？看来他们也懂得千篇一律的鳔胶、永明漆是和时代不相称的。别瞧不起那些四棱四角的草包，那里面包括了生活的步伐。明天那两个穿厚呢大衣的模特儿也一定会装扮得应时一些的。

车停了，上来几个举雪糕的人。他们风尘仆仆，像来自外地，边谈、边吃，对雪糕大加诽谤："嘛玩意儿，和凉粉儿差不多！"一面说着，汤汤水水顺手往下滴落，几只扁平的三接头皮鞋交错着躲闪。

我不时扭头看看他们。虽然我也知道我们的雪糕需要改进，但还是希望他们从我的眼睛里领略到点儿什么，让他们知道站在他们面前的是个平易市公民。可我没有安然那种勇气跟他们对答几句："想吃凉粉儿啦？别忘了随身装几瓣蒜！"

话是想好了，但这话显然不是我应该说的。要是安然在我身边，我该多么自豪！我愿赶快从省城赶回来，把刚才的一切告诉她，看她将用什么语言对付这些大城市来的"观光者"。不，也许安然再也不会在街上、在大庭广众之下高谈阔论了。我觉得她真的变成了大人，就像今天我离开她时，她对我说话时那样。

"我希望你再给我买件红衬衫。"

我笑着点点头。

"准备明年评选时穿！"她怕我没听懂。

"你不是……"我差点说出看日记的事。

"我太天真。"她说，"我写过一篇日记，写着我自己给自己定了个'三好'条件，还要自己评选自己，自己给自己举手。自己定条件嘛，当然应该，可自己评选自己就太可笑了。我是害怕评选，跟那次向你要药吃一样。那可真成了胆小鬼。高二、高三，我还有两次参加评选的机会。再说，我也有需要克服的缺点。就说对祝文娟的缺点吧，不采取那样的办法也能帮助她。人要想看清自己，就得多看看别人。这次评选加上失火，我看到了一些没看过的东西。我是用自己的眼睛看到的。你知道吗？"

我没问安然从这些事件里看到了什么，我没有勇气去问，因为那里面也有我。

是啊，难道这样的安然还会站在大街上毫无顾忌地奚落人吗？

汽车在大街上缓慢前进，低垂的槐枝不断划过车头，淡黄的星星点点的花朵顺着车窗飘撒着；撒在人行道上，撒在那些举着证书回家的女学生头上，装点着她们的青春。今天是放假的日子。

汽车驶进车站广场，没想到爸爸、妈妈早在等我了。进站上车后，没等开车，我还是打发他们走了，我愿意多留些时间想事。"二老"有些遗憾地互相看看，离开了站台。下地道时，我分明看见是谁还搀扶了谁一把。

就在这时，一副眼镜反着阳光从地道口飘了上来，戴着它的人原来是老马。老马手提一网兜桃子，开始沿窗寻找。昨天我找他请假时，怕他送我，故意没说车次，但他还是赶来了。我喊了他。

老马把桃子隔窗递到我手中说："刚才我看到你父母来送你，才彻底放心了。"

"也许还不会那么彻底。"我说。

老马背过手想了想，笑着低声说：

> 谁要是快乐就能笑，
> 谁要是做就能成功，
> 谁要是寻找就能得到。

他告诉我："这是一首老诗，送给你。"在开车铃声中，老马和我握了握手。

火车开出站后，吼叫着加快了速度。小时候坐火车，总觉着火车是倒着开。这种感觉许多年没有了。不知为什么，现在我忽然又感到火车不是开向省城，而是向平易市开。我就要扑向安然身边，她已取下绷带，耳边只落了个不大不小的疤痕。但那个"冒号"还很清晰——像是要对我说些什么，又像是要我告诉她。

我诚惶诚恐地看着站在面前的安然。

《十月》1983年2期

绿化树

张贤亮

"在清水里泡三次，在血水里浴三次，在碱水里煮三次。"阿·托尔斯泰在《苦难的历程》第二部《一九一八年》的题记中，曾用这样的话，形象地说明旧知识分子思想改造的艰巨性。当然，他指的是从沙俄时代过来的资产阶级知识分子。

然而，这话对于曾经生吞活剥地接受过封建文化和资产阶级文化的我和我的同辈人来说，应该承认也是有启迪的。于是，我萌生出一个念头：我要写一部书。这"一部书"将描写一个出身于资产阶级家庭，甚至曾经有过朦胧的资产阶级人道主义和民主主义思想的青年，经过"苦难的历程"，最终变成了一个马克思主义的信仰者。

这"一部书"，总标题为《唯物论者的启示录》。确切地说，它不是"一部"，而是在这总标题下的九部"系列中篇"。现在呈献给读者的这部《绿化树》，就是其中的一部。

一

大车艰难地翻过嘎嘎作响的拱形木桥，就到了我们前来就业的农场了。

木桥下是一条冬日干涸了的渠道。渠坝两旁挺立着枯黄的冰草，纹丝不动，有几只被大车惊起的蜥蜴在草丛中簌簌地乱爬。木桥简陋不堪，桥面铺的黄土，已经被来往的车辆碾成了细细的粉末。黄土下，作为衬底的芦苇把子，龇出的两端参差不齐，几乎耷拉到结着一层泥皮的渠底，以致看起来桥面要比实际的宽度宽得多。然而，车把式仍不下车，尽管三匹马呼哧呼哧地东倒西歪，翻着乞怜的白眼，粗大的鼻孔里喷出一团团混浊的白气，他还是端端正正地坐在车辕上，用磕膝弯紧夹着车底盘，熟练地、稳稳当当地把车赶过像陷阱似的桥面。

牲口并不比我强壮。我已经瘦得够瞧的了，一米七八的个子，只有四十四公斤重，可以说是皮包骨头。劳改队的医生在我走下磅秤时咂咂嘴，这样夸奖我："不错！你还是活过来了。"他认为我能够活下来简直是个奇迹，他有权分享我的骄傲。可是这几匹牲口却没人关心它们。瘦骨嶙峋的大脑袋安在木棍一般的脖子上，眼睛上面都有深窝。它们使劲时，从咧着的嘴里都可以看到被磨损得残缺不全的黄色牙齿。有一匹枣红马的嘴唇还被笼头勒出了裂口，一缕鲜红的血从伤口涔涔流下，滴在车路的沿途，在一片黄色的尘土上分外显眼。

但车把式还是端坐在车辕上，用一种冷漠而略带悒郁的目光望着看不见尽头的远方。有时，他机械地晃动一下手中的鞭子。他每晃动一下，那几匹瘦马就要紧张地抖动抖动耳朵。尤其是那匹嘴唇破裂了的枣红马更为神经质，尽管车把式并不想抽打它。

我理解车把式的冷漠与无动于衷：你饿吗？饿着哩！饿死了没有？嗯，那还没有。没有，好，那你就得干活儿！饥饿，远远比他手中的鞭子厉害，早已把怜悯与同情从人们心中驱赶得一干二净。

可是，我终于忍不住了，一边瞧着几匹比我还瘦的牲口，一边用饥荒年代的人能表现出来的最大的和善语气问他："海师傅，场部还远吗？"

他分明听见了，却不搭理我，甚至脸上连一点轻蔑的表情也没有，而这又表示了最大的轻蔑。他穿着半新的黑布棉裤褂，衣裳的衽纽很密，大约有十几个，从上到下齐整的一排，很像十八世纪欧洲贵族服装上的胸饰。虽然拉着他的不过是三匹可怜的瘦马，但他还是有一种雄豪的、威武的神气。

我当然自惭形秽了。轻蔑，我也忍受惯了，已经感觉不到人对我的轻蔑了。我仍然兴致勃勃。今天，是我出劳改队走上新的生活的第一天，按管教干部的说法是，我已经成了"自食其力的劳动者"了。没有什么能使我扫兴的！

确切地说，这只是到了我们前来就业的农场的地界，离有人烟的居民点还远得很。至少现在极目望去还看不见一幢房子。这个农场和劳改农场仅有一渠之隔，但马车从早晨九点钟出发，才走到这里。看看南边的太阳，时间大概已经过中午了吧。这里的田地和渠那边一样，这里的田埂和渠那边相同，然而那条渠却是自由与不自由的界线。

车路两边是稻田。稻茬子留得很高。茬口毛茸茸的，一看就知道是钝口的镰刀收割的。难道农场的工人也和我们一样懒，连镰刀也不磨利点？不过我遗憾的不是这个，遗憾的是路两边没有玉米田。如果是玉米田，说不定田里还能找出几个丢失下来的小玉米。

遗憾！这里没有玉米田。

太阳暖融融的。西山脚下又像往日好天气时一样，升腾起一片雾霭，把锯齿形的山峦涂抹上异常柔和的乳白色。天上没有云，蓝色的穹隆覆盖着一望无际的田野。而天的蓝色又极有层次，从头顶开始，逐渐淡下来，淡下来，到天边与地平线接壤的部分，就成了一片淡淡的青烟。在天底下，裸露的田野黄得耀眼。这时，我身上酥酥地痒起来了。虱子感觉到了热气，开始从衣缝里欢快地爬出来。虱子在不咬人的时候，倒不失为一种可爱的动物，它使我不感到那么孤独与贫穷——还有种活生生的东西在抚摸我！我身上还养着点什么！

大车在丁字路口拐了弯，走上另一条南北向的布满车辙的土路。我这才发现其他几个人并不像我一样呆呆地跟着大车，都不见了。回头望去，他们在水稻田后面的一档田里低着头寻找什么，那模样仿佛在苦苦地默记一篇难懂的古文。糟糕！我的近视眼总使我的行动非常迟缓。他们一定发现了可以吃的东西。

我分开枯败的芦苇，越过一条渠，一条沟，尽我最大的力气急走过去时，"营业部主任"正拿着一个黄萝卜，一面用随身带的小刀刮着泥，一面斜睨着我，自满自得地哼哼唧唧："祖宗有灵啊——"

"祖宗有灵"是劳改农场里遇到好运道时的惯用语。譬如，打的一份饭里有一块没有溶化的面疙瘩，领的稗子面馍馍比别人的稍大，分配到一个比较轻松而又能捞点野食的工作，或是碰着医生的情绪好，开了一张全休或半休的假条……人们都会摇头晃脑地哼唧："祖宗有灵啊——"这个"啊"字必须拖得很长，带有无尽的韵味，类似俄国人的"乌拉"。

我瞟了一眼：他手中的黄萝卜不小！这家伙总交好运道。"营业部主任"也是"右派"，但听他诉说自己的案情，我却觉得他不应属于"右派"之列，似乎应归于"腐化分子"或"蜕化变质分子"一类才恰当。他自己也感到冤枉，私下里说是百货公司为了完成"反右"任务，把他拿来凑数的。当在"生活检讨会"上，他知道了我的高祖、曾祖、祖父、外祖父都是近代和现代的稗官野史上挂了名的人，父亲又是开过工厂的资本家，会后曾悄悄地带着羡慕的口气对我说："像你，才是真正的'资产阶级右派'哩！浪过世面，吃过香的喝过辣的！像我，从小要饭，后来当了兵，他妈的也成了'资产阶级右派'！熊！哪怕让我过一天资产阶级的日子，再叫我当'右派'也不冤哩……"

可是，他并没有从此对我态度好一点，相反，还时时刻刻带着一种刻骨的忌恨嘲讽我，以示他毕竟有个什么地方比我优越。他年龄比我大得多，比我更为衰弱，一脸稀疏肮脏的黄胡须，鼻孔常常挂着两条清鼻涕。他不敢跟我斗力，却总是把他的外援和好运道在我面前炫耀，以逗引出我的食欲和馋涎。他知道这才是最有效的折磨。我对他也有一种直觉的反感，老想摆脱他却摆脱不了。因为都是"右派"，分组总分在一起。这次释放出来，他也由于家在城市，被开除了公职，又和我一同分到这个农场就业。

这是一块黄萝卜田。和青萝卜田不一样，黄萝卜田里是没有畦垄的，播种时就和撒草籽似的撒得满田都是。撒得密的地方黄萝卜长得细小，挖掘的时候难免有遗漏下的。但这块田已不知被人翻找了多少遍，再加上地冻得梆梆硬，我蹲在地上用手指头抠了许多有苗苗的地方也没找到一个。

"营业部主任"刮完了泥，站在离我不远的地方，和嚼冰糖一样把萝卜嚼得嘎巴嘎巴响，有意把萝卜的清脆、多汁、香甜用响亮的声音渲染得淋漓尽致。

"这萝卜好！还不糠……"他趁咽下一口时，这样赞扬。

这种萝卜只有在田被冻得裂了口的裂缝中才能抠得出来。我是有经验的。我又顺着裂缝细细地寻找了一遍，还是没有找到。那必须是裂缝中恰恰有个黄萝卜，也就是说恰恰有个遗漏下的萝卜长在裂缝中，可想而知，这样的概率非常非常之小。"营业部主任"的好运道就表现在这里！

然而我今天却毫不气恼。我站直腰，宽怀大度地带着勉强的微笑从他面前走过去，斜斜地抄条近路去追赶那辆装着我们行李的大车。

二

是的，我今天情绪很好。早晨，吃劳改农场最后一顿饭时，因为我们这些已经被释放的就业人员可以不随大队打饭了，在伙房的窗口，我碰见了在医院里结识的病友——西北一所著名大学哲学系讲师。他也被释放了，正在等农场给他联系去向。

"章永璘，你要走了吗？"

尽管他还穿着劳改农场的服装，胸前照例有一大片汤汁的污点，却用最温文尔雅的姿势祝贺我，还和我像绅士般地握了握手。这种礼节，对我来说已经是另外一个世界的事了。可奇怪的是，这种最普通的礼节又一下子把我拉回了那个我原来很熟悉的世界。于是，我也尽可能地用十足的学者风度在吵吵嚷嚷的伙房窗口与他交谈起来。

"那本书怎么办？"我问，"怎么还你呢？给你寄到……"

"不用！"他一手托着一盆稀汤，一手慷慨地摆了摆，那姿态俨如在鸡尾酒会上，"送给你吧！也许……"他用超然的眼光看了看四周，"你还能从那里面知道，我们今天怎么会成了这个样子。"

"我们？你指的是我们？还是……"我也谨慎地看了看打饭的人群。有一个犯人嫌炊事员的勺子歪了一下，正声嘶力竭地向窗口里吵着定要重舀。"还是我们……国家？"

"记住，"他的食指在我胸前（那里也有一大片汤汁的斑点）戳了一下，以教授式的庄重口吻对我说，"我们的命运是和国家的命运紧紧地连在一起的！"

对他的话和他的神态，我都很欣赏。在人身最不自由的地方，思想的翅膀却能自由地飞翔。为了延长这种精神享受，我虽然不时地偷觑着窗口（不能去得太晚，窗口一关，炊事员就不耐烦待候你了。即使请动了他，他也要在勺子上克扣你一下，以示惩罚），但同时也以同样庄重的口吻说："不过，第一章很难懂。那种辩证法……用抽象的理论来阐述具体的价值形成过程……"

"读黑格尔呀！"他表情惊讶地提示我，仿佛我有个书库，要读什么书就有什么书似的，接着又皱起眉头，"要读黑格尔。一定要读黑格尔。他的学说和黑格尔有继承关系。读了黑格尔，那第一章《商品》就容易读懂了。至于第二章、第三章以及第二篇《货币到资本的转化》就不在话下了……"

"是的，是的。"我用在学院的走廊上常见的那种优雅姿态连连点头，"仅仅那篇《初版序》就吸引了我，可惜过去，我光读文学……"

我们这番高雅的谈话结束得恰到好处。他和我告别，小心翼翼地端着那盆稀汤走后，我扑到窗口伸进罐头筒，炊事员正要往下摞板子。

"你他妈的干啥去了？！"

"我帮着装行李来着。"我马上换了一副嘴脸，谦卑地、讨好地笑着，"我这是最后一顿饭啦！"

"哦——"炊事员用眼角瞟了我一下，接过我的罐头筒，舀了一瓢以后又添了大半瓢。

"谢谢！谢谢！"我忙不迭地点头。

"等等。"另一个年纪较大的炊事员擦着湿漉漉的手走到窗口，探头看看我，"你狗日的就是从死人堆里爬出来的那个吧？"

"是的，是的。"他亲昵的语气使我受宠若惊，给了我一种不敢想象的希望。

"你真他妈的不易！"果然，他从窗口旁边的笼屉里拿起一对昨天剩下的稗子面馍馍，拍在我像鸡爪般的手上，"拿去吧！"

还没等我再次道谢，他们俩就啪地摞下了黑叽叽的窗板。他们不稀罕别人感恩戴德，这样的话他们听得太多了，听腻了。

这才是真正的"祖宗有灵"！罐头筒里有一瓢又大半瓢带菜叶的稀饭，手里还有两个稗子面馍馍。两个！不是一个！这两个馍馍是平时一天的定量：早上一个，晚上一个。稀饭是什么样的稀饭啊！非常稠，简直可以说是黏饭！打稠稀饭，也是我们平时钻天觅缝地找都找不到的机会。由于加菜叶的稀饭里放了盐，这种饭会越搅和越潲。炊事员掌握了这个规律，他可以随他的兴致和需要，要么在开饭之前拼命地搅一阵，把稠的翻上来，于是排在前面的人就沾光了——"祖宗有灵"！要么稳稳地一瓢一瓢撇，那么稠的全沉了底，排在后面的人就鸿运高照！后一种情况，多半出现在炊事员因为忙而自己在开饭前没有吃上饭的时候——他们要把桶底的稠饭留给自己吃。一般情况下，炊事员们是希望我们争先恐后地跑来打饭的——早开完饭他们早休息。可是，谁也不知道炊事员在哪顿饭处于哪种情况。况且我们的人数又非常多，伙房里有十几个将近一人高的大木桶，更预测不到炊事员准备把哪一桶的稠饭留给自己吃……总而言之，打稠饭的机会比世界经济情况的变化还难以捉摸，完全要靠偶然性，靠运道。

今天我的运道就很好！

而这恰恰在我开始新的生活的第一天！

这是个好兆头！

所以我非常高兴！

三

其实，我平时也比一般犯人吃得多，只要是打稀饭，而不是稗子面馍馍，我总要比别人多100cc左右。诀窍就在于我这个罐头筒。

自一九五九年春天伙房不做干饭，只熬稀粥以后，劳改农场即刻兴起了用大盆打饭的风气，瓷碗很快就淘汰了。因为炊事员舀汤的速度相当快，如果用小口饭具，瓢底哩哩啦啦的汤汁就会滴回到桶里，这无疑是个损失。用敞口饭具，瓢底的汤汁当然会掉到盆里，归于自己了。脸盆太大，磕磕碰碰的不好往窗口里送，并且稀饭会沾得满脸盆都是，反而得不偿失。那必须是比脸盆小，而又比饭碗大的儿童洗脸用具。在困难年代，这种用具是很难买到的。然而"营业部主任"有办法。我怀疑他连百货公司的儿童用品也偷到家里囤积了起来，或是他的余党还没有抓尽。反正，他让每月都来探望他一次的那个与他同样讨厌的老婆，替组里每人都代买了一个。当然，他不会白白地效劳的。他经常在我面前吹嘘，他人虽然送到里面了，而在外面却依然如何如何"有办法"。就像蜘蛛结好了网，等待小虫扑到上面去一样等待我向他求告。到时，他就会摆出各式各样的面孔，说出各式各样的话来取笑我。可是我偏偏不买他的账。我身无分文，又没有外面寄来的食品付给他这个捐客作佣金。我母亲在北京寄人篱下，靠给街道上编织塑料网袋，每月挣十来块钱生活，我没有面皮再向她老人家要求寄什么东西。但我有我的办法。我有一个从外面带来的五磅装的美国"克林"奶粉罐头筒。这是我从资产阶级家庭继承下来的一笔财产。我用铁丝牢牢地在上面绕了一圈，拧成一个手柄，把它改装成带把的搪瓷缸，却比一般搪瓷缸大得多。它的口径虽然只有饭碗那么大，饭瓢外面哩哩啦啦的汤汁虽然牺牲了，但由于它的深度，由于用同等材料做成的容器以筒状容器的容量为最大这个物理和几何原理，总使炊事员看起来给我舀的饭要比给别人的少，所以每次舀饭时都要给我添一点。而这"一点"，就比洒在外面的多得多。

每次从打饭的窗口回号子，"营业部主任"都要捧着他那个印着小猫洗脸的崭新的儿童面盆，神气活现地在我面前晃一晃。这使我很容易看清楚他的稀饭打到哪里，正在小猫的腰部。有一次，趁全组的人都出工，只有我一个人留在号子里休病假时，我把我的罐头筒盛上水，水面刚好达到我平时打的稀饭的位置，然后再倒到他的面盆里。试验证明：我每顿饭都比他多100cc！水面淹没了小猫拿着毛巾的爪子。

这100cc是利用人的视觉误差得到的。

我的文化知识就用在这上头！

但盆子毕竟有盆子的优越性——它可以让人把饭舔得一干二净。"营业部主任"舔起盆子来，有种很特殊的姿势。他不是把脸埋在盆子里一下一下地舔，而是捧着盆子盖在脸上，伸出舌头，两手非常灵巧地转动着盆子。如果发挥想象的话，那既像玻璃工人在吹制圆形的玻璃器皿，又像维吾尔族歌舞中的敲击手鼓。不久，他这种姿势也随着他代买的盆子在组里推广开了。

罐头筒是没法舔的，这真是个遗憾！我只能在每次吃完饭后用水把它涮得干干净净，再把涮罐头筒的水喝掉。马口铁的罐头筒还不像搪瓷的面盆，不擦干很快就会生锈的。所以我每顿饭后都要用毛巾仔细地把它擦干，放在干燥通风的窗台上。这当然引起"营业部主任"的不快。在每周一次的"生活检讨会"上，他就此指责我"资产阶级的恶习不改""没有一点劳动人民的生活作风"。

我虽然也暗自惭愧，觉得他的批评不无道理，但想到多出来的100cc，又私下里感到宽慰。

我们两人的关系一直是这样：他总认为他不论在精神上和物质上都压倒了我，我也总认为不论在精神上和物质上都压倒了他。

现在，我就认为我在精神上和物质上都压倒了他。早饭我比他多吃了大半瓢，而且我的一瓢零大半瓢全是稠稠的黏饭，直到此刻我还感到它们在胃里尚没有完全消化掉，还在忠诚地给我提供卡路里。而他的一瓢不过是稀汤而已。尽管他把黄萝卜嚼得嘎巴嘎巴响，但他的怀里有馍馍吗？没有！肯定他没有！我的怀里却有两个货真价实的秕子面馍馍。我想什么时候拿出来吃就拿出来吃。我现在不吃只是我不想吃它罢了。福气不能享得过头，乐极必然生悲。这是我劳改了四年体会到的人生哲理。

"走喽！大车走远喽！"我向大车赶去，又回头朝萝卜田里的几个人大声吆喝。

我还有比他优越的地方。我意识到了我今天可以离开那条土路，今天可以跨过那条沟、那条渠，今天可以到这田里来找黄萝卜（找没找到是另外的问题），今天可以想什么时候回到大车跟前去就什么时候回去，今天我是受我自己的意志支配的，不是被队长班长派遣的，也不必事事都要向队长班长喊报告。

"营业部主任"虽然也这样行动了，并且行动得比我还要早、还要快，但不自觉地运用这种自由和自觉地意识到自己获得了这种自由，这二者在精神上就处在不同的层次。

我觉得我比他高尚，比他有更多的精神上的享受，虽然没有找到黄萝卜，我还是心满意足地、带着一种精神胜利的自豪感追上了大车。

"走喽！大少爷在发号施令喽！"我听见"营业部主任"在后面向其

他人这样喊。

不一会儿，他们也跟了上来。

四

大车照旧不紧不慢地走着。那匹枣红马的嘴唇不流血了，伤口凝着一道乌黑的血斑。任何伤口都会愈合的。它明天仍旧会像往常一样被拉来套车。

它就这样拉车，流血，拉车，流血……直到它死。

车把式还是端坐在车辕上，脸上带着一股沉思的神情。他一点儿也不搭理我们，好像他身边压根儿就没有我们这几个人似的。他的沉默，倒使我有些不安。他是这个农场派到劳改农场来接我们的，直到现在我们还摸不清他是干部还是工人。他套车、赶车、捆绑行李的动作干净利索；他的话很少，操着河州口音，说出的话语句也很短，至多两三个词，老像是有满腹心思。他没有对我们几个人下过命令，但也没有表示过一点儿好感。他的表情是冷漠的、严厉的，在扬鞭的时候咬着牙，显得很残忍。他四十岁左右，但也许实际年龄没有那么大，西北人的脸面看起来都显老。他身躯高大，骨骼粗壮；在褐色的宽阔的脸膛上，眼睛、鼻子、嘴唇的线条都很硬，宛如钢笔勾勒出来的一张肖像，英俊，却并不柔和。

我一面悄悄地打量他，一面在心里分析自己不安的原因。最后我发觉，原来我是被人管惯了，呵斥惯了。虽然我意识到我今天获得了自由，成了一个"自食其力的劳动者"，但在潜意识下，没有管教和呵斥，对我来说倒不习惯了。我必须跟在一个管我的、领我的人后面。

我微微地感到屈辱，于是怀着一丝反抗情绪离开了他几步，靠到路边上去走。

牲口颠踬着，大车摇晃着，马蹄和车轮踏碾着寂寥的土路。我们几个就业人员跟在后面，默默无语。这时，田野上刮起了微风。山脚下，一股龙卷风高扬起黄色的沙尘，挺立在那里，一动不动，像一根顶天立地的玉柱。不知什么时候，空中飞来了两只山鹰。它们并不扇动翅膀，仅靠着气流的浮力，在我们头顶嘹嘹地盘旋。

兀地，像是应和饥饿的山鹰嘹嘹的啼鸣一般，这个如石雕似的车把式，喉咙里突然发出一声悠长而高亢的歌声：

哎——

接下来，他用极其忧伤的音调唱道：

打马的鞭儿闪断了哟噢！
阿哥的肉呀，
走马的脚步儿乱了；
二阿哥出门三天了呀，
一天赶一天远呀——了！

他声音的高亢是一种被压抑的高亢，沉闷的高亢，像被一股强大的力量猛烈挤压出来的爆发似的高亢。在"哟噢""呀""了"这样的尾音上，又急转直下，带着呻吟似的沉痛，逐渐地消失在这无边无涯的荒凉的田野上。整个旋律富有变化，极有活力，在尾音上还颤动不已，以致在尾音逐渐消失以后，使我觉得那最后一丝歌声尚飘浮在这苍茫大地的什么地方，蜿蜒在带着毛茸茸茬口的稻根之间，曲调是优美的。我听过不少著名歌唱家灌制的唱片，卡鲁索和夏里亚宾的已不可求了，但吉里和保尔·罗伯逊则是一九五七年以前我常听的。我可以说，没有一首歌曲使我如此感动。不仅仅是因为这种民歌的曲调糅合了中亚细亚的和东方古老音乐的某些特色，更在于它的粗犷，它的朴拙，它的苍凉，它的遒劲。这种内在的精神是不可学习到的，是训练不出来的。它全然是和这片辽阔而令人怆然的土地融合在一起的。它是这片土地，这片黄土高原的黄色土地唱出来的歌。

我十分震惊！

只听见他又用那独特的嗓音唱道：

哎——

扑灯的蛾儿上天了哟噢！

阿哥的肉呀，

蛤蟆蟆入了个地了；

前半夜想你没睡着呀，

后半夜想你个亮呀——了！

　　他把"了"唱成"留"音，把"没"唱成"唔"音，只有这种纯粹在高原土地上土生土长的地方语音，才能无遗地表现这片高原土地的情趣。曲调、旋律、方音，和这片土地浑然无间，融为一体。听纳坡里民歌，脑海中会出现蓝色的海洋；听夏威夷民歌，眼前会出现迎风的棕榈，但那只是歌声引起的联想和激发的憧憬。此刻，身临此境，我感觉到的是：这田、这地、这风、这被风吹来的云、这天空、这空中的山鹰……即刻被这歌声抚摩得欢快起来，生动起来，展现出那么一种特殊的迷人的魅力……在我眼前，这片土地蓦然变得异常妩媚了，使我的心不由得整个融进了这绝妙的情景里。

　　重要的不是他的歌声，而是他的歌声唤起了这苍茫而美丽的土地的精灵，唤醒了在我胸中沉睡了多年的诗情。

　　啊，今天，我已成了自由人，我要用我干裂的、没有血色的嘴唇一千遍地吻这片土地！

　　我屏声静息，听他继续往下唱：

哎——

大马儿走了个口外了哟噢！

阿哥的肉呀，

马驹儿打了个场了；

家中的闲事不管了呀，

一心儿想着个你呀——了！

　　忧伤是歌曲的灵魂。他那歌声中的忧伤，浓烈的忧伤、沉重的忧伤、热情的忧伤，紧紧攫住了我的心。这里，歌词不是主要的，我只是凭着曲调，凭着旋律才模糊地揣摩到歌词的意义。他那对某个人，或并不是对具体人而是对某种想象的思念，引起我被饥饿折磨殆尽的情思抬了头，也试着要思念些什么……这时，我才感到一阵辛酸：人的辛酸，而不是饿兽的辛酸……嘹嘹的山鹰不知疲倦地跟随着我们，冬天的太阳有点偏西了。

可是，他的音调陡地一变，变得明朗而热情起来，尽管这种明朗和热情还覆盖有忧伤的阴影：

哎——
黑猫儿卧到锅台上了哟噢！
阿哥的肉呀，
尾巴儿搭到个碗上了；
阿哥的怀里妹躺上呀，
你把翘嘴嘴贴到脸上呀——了！

听到这里，我才明白这是首情歌。开始，我只是被他的歌声和旋律所震动，久废不用的想象力像一只停在枯树上的受伤的鸟儿被炸雷猛然惊起，蒙头蒙脑地奋力扇动着翅膀，飞到尽其可能飞到的地方。在震动过后，回首一望，才看到被闪电照亮的枯树下，绿草儿正在发芽。民歌的歌词，把我心灵里被劳改队的尘埃埋住的那最底一层拂拭了开来。因为歌词毫不掩饰，毫无文采地表现了赤裸裸的情欲。我回味地唱"阿哥的肉呀"那句热烈得颤抖的歌声，发现世界上没有哪一个民族的情歌如此大胆、豪放、雄奇、剽悍不羁。什么"我的太阳""我的夜莺""我的小鸽子""我的玫瑰花"……通通都显得极为软弱，极为苍白，毫无男子气概。于是，我二十五岁的青春血液，虽然因为营养不足而变得非常稀薄，这时也在我的血管中激荡迸溅。它往上冲到我的头部，使我脑海里浮现出一片不成形的幻影，又使我浑身不可抑制地燠热起来……我的眼眶中不知什么时候溢出了泪水。

啊！这是我自由了的第一天。

五

然而，这对我如此重要的一天，非常值得纪念的一天——一九六一年十二月一日，在别人看来，竟和一年三百六十五天中的任何一天没有区别，毫无二致。

这使我有点失望。

当车把式海喜喜——进村的时候，我听见别人叫他"喜喜"——在日头偏西时终于把大车赶进一处居民点后，我们几个就业人员并没有看见有任何欢迎我们的表示。这里连狗也没有一条，也没有鸡鸭，只有几个衣衫褴褛的老汉懒洋洋地坐在水泥桥头，借着夕阳的余晖取暖。他们对我们眼皮也不抬。

这个村子和劳改农场房舍的格局没有两样，一律是一排排兵营式的黄色的土坯房。但比劳改农场还要破旧，许多处墙根已经被硝碱浸蚀得塌掉了泥皮——劳改农场里有的是劳动力，可以随时修修补补的。只不过这儿在每扇矮小的木板门口，都有一两堆被雨雪淋得发黑的柴火，或是拉着晾衣裳的绳子，显示出那么一点农村的居家气氛。

大车经过一排排房舍前面凹凸不平的空地，除了柴火还是柴火，没有一个人。我们好像到了一处被废弃了的荒村。

"妈的！都死绝了！……往哪达儿拉呀……"

海喜喜从优秀的民歌手又一下子恢复了车把式的本来面目，用不能形诸笔墨的语言嘟嘟哝哝地谩骂了一通。显然，他并不知道把我们几个新来的农工安顿在哪里，对这趟差使似乎也极不高兴。他已经跳下车辕，勒着马嚼子，一边催马前行，一边东张西望。从桥头那几个老汉对他的称呼，我们知道了他绝不是干部，不是书记、队长、出纳、会计之类的人物，从而大大地削弱了我们对他的敬意。我们也不搭理他：你爱往哪儿拉就往哪儿拉吧！这是你的责任。

走到最后一排土坯房，再没有地方可去了。在一间好似仓库的门前，他"吁、吁"地把牲口喝止住，一脚蹬起车底盘下的支架，三下五除二地把三匹马卸了套，管自牵走了马，一句话也没有给我们留下。

我们几个人都有点沮丧。对我们新来的工人——我们都是"自食其力的劳动者"了——如此简慢不说，肚子也早饿瘪了。我想把怀里的稗子面馍馍掏出来吃，但还是忍住了。吃东西是最大的享受，必须在毫无干扰的、非常宁静的氛围中咀嚼，才能品出每一个食物分子的味道。这时我们还没有安下身，说不定马上还要转移，现在吃，是最大的浪费！"喂，伙计们！咱们大概就住在这儿。""营业部主任"在一扇破窗户前面探头探脑。他总交好运道，就在于他心里从来不承认自己是"右派分子"，不老老实实，总要钻天觅缝地找点小自由。譬如现在，在我们几个人都不知所措的时候，他早已把周围的环境观察好了。

　　"这不是场部，"他说，"这不过是这个农场的一个队。你们看，这他妈的就是咱们的宿舍。还不如劳改队！劳改队还有火炕。"

　　我们从没有玻璃的窗口朝里望去：泥地上均匀地铺着刚拉来的干草，除此之外，别无他物；暗黄的土墙泥面也剥落了，露出一片片草秸。是的，这宿舍可真不怎么样！

　　"我一看这就是个穷地方！"从兰州来的报社编辑说，"和我过去到过的定西农村一个样！"

　　"好地方轮得着你我？"过去的辎重团中尉，上过朝鲜战场的英雄骂骂咧咧的。他虽然也被劳改了三年，还是认为自己应该受到特殊的礼遇。"这他妈的不过是从十八层地狱到了十七层！"

　　"算了吧，大家少说两句。"上海来的银行会计抱着听天由命的态度说，"既来之，则安之。反正在这里谁也待不长，能忍则忍吧……"

　　转而，几个人稍稍地有了兴致，谈论起各自的家属给他们联系工作的情况。是的，他们不会在这里待长的。他们的家在上海、西安、兰州……这样的大城市，他们的老婆都在活动着把他们办到那里郊区的农场去，"营业部主任"也不例外，他不久也能回到这个省城的郊区。他们有老婆孩子，他们要回去团圆，这是国家政策允许的。"和定西农村一样穷"也好，"十七层地狱"也好，对他们来说不过是个过渡，他们很快就能上天堂。只有我，是注定要在这里待到全然不可预测的未来，也许直待到老、到死的。我母亲是北京街道上一个穷老婆子，毫无办法；我那官僚兼资本家的大家庭，被日本人的炮火摧毁后即一蹶不振，树倒猢狲散，经过八年离乱，正如《红楼梦》里写的，"好一似食尽鸟投林，落了片白茫茫大地真干净"了。

我没有资格和他们一起畅谈美好的前景，独自蹲在一旁想心事。今天，是我获得自由的第一天，种种好兆头（除了没有捡着黄萝卜之外）鼓舞了我。我既然从死人堆里爬出来，就一定能够活下去。死而复生的人，会把今后的日子全看作是残生。或许我还能活二十年、三十年、四十年，甚至五十年、六十年，但那全是残生了——多么长的残生啊！而只要认为自己早已死去，现在肉体尚未腐烂，尚能活动，尚能看见太阳，听到歌声，不过是自己的侥幸，是自己白捡来的便宜，就什么困苦贫穷都不在话下了。家庭是"落了片白茫茫大地真干净"，而我本人也成了"赤条条来去无牵挂"。所以尽管我有点失望，倒并不特别地不满。我已学会了忍耐和不发牢骚。

大约过了半小时，我们看到村子外面的田野上有许多人扛着铁锹往回走，前排房子也响起了人声。收工了。一个瘸腿的中年汉子拐过房角向我们走来。

"来啦？"他并不看谁，低着头从手中的一串钥匙中挑出一把，开开门，顺口问了一句，算是跟我们打了招呼。随即转身又走了。

"喂，队长呢？"中尉在他背后叫，"咱们总得办手续、报到哇！"他一出劳改农场就续接上在部队的习惯。习惯，真是难以改变的东西。

"队长歇歇就来。"瘸子头也不回地说。

没有什么可等的。既然要活下去，就要会生活。我第一个爬上大车，把放在最上面的烂棉花网套取了下来——这就是我的全部财产。我用胳膊一夹，排闼而入，先把干草尽量往墙根踢拢，使墙根的干草堆得厚厚的，又用眼角瞟瞟旁边：也不能让旁边的干草太薄。狼孩也有狼孩的道德；我活，也要让别人活。

然后，我把烂网套往墙根一撂：这个地方是我的了！

"喂，喂！你们干啥？你们干啥？队长还没有来分铺哩！……""营业部主任"气急败坏地嚷嚷。如果他占据了墙根，他是不会这样叫的。他虽然不断瞅空子搞小自由，但一旦小自由的利益被别人获取，他就宁愿舍弃自由而去找领导：我没有得到，也不能让你得到！今天早晨，他因为怕自己的行李放在大车的最上层会在路上颠下来，第一个搬出行李，放在大车的车底盘上。现在，等他搬进自己的铺盖，三面墙根都让别人占了。对不起，你睡在门边上喝西北风吧！

不理他！你活，也要让我活。他被子褥子齐全，还有一件老羊皮袄，按平均主义的原则，他也应该睡在门口。我打开我的烂网套，把哲学讲师送我的《资本论》第一卷塞在网套下当枕头，旁若无人地、直挺挺地在我的"床"上躺下了。

墙根，这是多么美好的地方！"在家靠娘，出门靠墙"，这句谚语真是没有一点杂质的智慧。在集体宿舍里，你占据了墙根，你就获得了一半的自由，少了一半的干扰。对我这样连纸箱子也没有的人，墙根就更为重要了。要是有点小家当，针头线脑、破鞋烂袜之类，或是"祖宗有灵"，搞到了一点吃食，只有储藏在墙根的干草下面。如果财产更多一点，还有一面墙供你利用。你可以把东西捆扎起来挂在墙上。更妙的是，你要看点书，写封家信，抑或心灵中那秘密的一角要展开活动，你就干脆面朝着墙，那么，现实世界的一切都会远远地离开你，你能够去苦思冥想。睡了四年号子，我才懂得悟道的高僧为什么都要经过一番"面壁"。是的，墙壁会用永恒的沉默告诉你很多道理。

六

我们刚把自己的铺位铺好，干草的烟尘还在土房里飞扬的时候，那个瘸子又来了，他说队长叫他领我们吃饭去。

好极了！吃饭！

村子里有了活气。冬天的夕阳在西南方向放射着金色的光辉，黄色的土墙上和七拼八凑的玻璃窗上，都映得光灿灿的。小土房上小小的烟囱，一个个冒出袅娜的轻烟，村子里弥漫着一股苦艾和蒿草的香气。这种与劳改农场迥然不同的、如风俗小说里描写的村居情景，使我莫名地兴奋起来：贫穷也罢，困苦也罢，我毕竟又回到了正常的环境中！

伙房很小，看起来没有几个人在伙房搭伙。这使我有点担心：搭伙的人越少，每个人被炊事员剥削的量就越大。不过所幸的是，我们现在是工人了，我们可以进入伙房里面去打饭了。在瘸子——现在我知道他是队上的保管员兼管理员——向炊事员嘀嘀咕咕地交代给我们按多少定量打饭的时候，我的近视眼迅速地在伙房里巡睃了一遍：扔在案板上的笼屉布，沾着许多馍馍渣！其实，像"营业部主任"这类人真蠢。他们不断地用最哀切的言辞向家中勒索，搞得家里人惶恐不宁，扎紧裤腰带来支援他们。我呢，既然不忍心盘剥老母亲，就要发挥自己的智能。而我凭智能在目前的生活圈子里搞到的吃食，并不比从外面给他们寄来的邮包少。

每人四两：一个稗子面馍馍，再加一碗已经冷却的咸菜汤。我磨蹭着最后一个打饭。我笑着对炊事员说："我不要稗子面馍馍，你让我刮那笼屉布吧。"

"行，"炊事员诧异地看了我一眼，递给我一把饭铲，"你要刮你就刮吧。"

我仔仔细细地把笼屉布刮得比水洗的还干净，足足刮了一罐头筒馍馍渣。按分量说，至少有一斤！

"祖宗有灵！"

虽然有股蒸锅水味，还是很好吃！

只有自由的人才能进伙房刮馍馍渣。自由真好！

吃完了饭，队长给我们提来了一盏马灯。

"大家都来啦？来了就好，来了就好！……"

他在身上摸索着火柴。我马上走过去，帮他提着马灯，点上火，然后接过马灯挂在我的头顶上——这盏马灯有一半归我用了！没有外援的劳改生活锻炼出了我的机灵，依靠外援活下来的"营业部主任"之流只能靠他们的后盾。

"队长，咱们就这么随便睡哇？"躺在门口的"营业部主任"想改变现状。

"随便睡，随便睡，睡哪儿都行……"队长一屁股坐下来，在他的草铺上盘起腿，没有领会他的意图。

"队长，有没有好一点的房子？"上过朝鲜战场的中尉不满地说，"这房子连炕也没有。"

"凑合住吧，家嘛，在人收拾。"队长有点不悦了。他是个干瘦的中年汉子，自我介绍说姓谢。在马灯昏黄的灯光下只看见他一脸胡楂，神色疲惫，穿一件补满补丁的棉干部服。他说："想睡炕，就得脱炕面子。这大冬天的，脱下的炕面子也不结实。等开春再说吧。"

这就是说，我们要到春天才能睡上炕。而到春天，没有炕睡也行了。

几个人向谢队长打听怎么往这儿写信，场部在哪里，人保科什么时候办公，迁移户口的事应该找谁。谢队长很快就知道这几个人是不准备在这里干长的。他把目光向我转来。我坐在马灯底座下面的阴影里。他眯缝着眼睛问：

"喂，小尕子，你叫啥名字？"

"章永璘。"我欠了欠身子，干草在我屁股下窸窣作响。

他把手中的一张纸就着灯光吃力地看了看。

"你家在北京？才二十五岁？"

"在北京。是的，刚满二十五岁。"

"你们几个就你年轻。咋？你也要回吗？"

"我不回。"

"好，不回就在这达儿好好干。"谢队长高兴了，脸朝着我和蔼地说，"这达儿也不坏，总比你们原来待的地方强。供应嘛，一个月二十五斤粮，还有两包烟。工资嘛，一级十八块，二级二十一块……你们先拿十八块，干了半年，根据你们的劳力再说话……"

"是，是……"我表示很满足地点着头。其他人靠在铺盖上冷冷地听着。呆滞的灯光把他们的脸照得像一张张没有表情的面具。

实际上，这里并没有什么值得高兴的。比劳改农场强的只是有工资。而十八块钱在这困难时期买不到十斤黄萝卜，况且这里还不发衣裳。粮食定量和劳改农场一样，七扣八扣，真正吃到嘴的至多二十斤（一月二十五斤定量在正常条件下也差不多够了，但在没有一点副食、油脂、菜蔬，并且每天都要干体力活儿的情况下，你吃一个月试试！而我长年累月都是如此。一九六○年定量还要低，每月只有十五斤）。我满足的不过是：他在说话时有意避开了"劳改队"三个字而已。

谢队长又从几个口袋里东掏西摸地拿出一堆香烟，发给每个人两包，向每人收了一角六分钱："双鱼牌"，八分钱一包。太好了！这是真正的香烟，不是葵花叶子、白菜叶子、茄子叶子……这类代用品。香烟，对我来说几乎和粮食同等重要。但我看到不吸烟的"营业部主任"也有一份，又不禁妒火中烧。他会在你烟瘾大发时，用两毛钱一根的高价"让"给你。平均主义的原则毕竟有弊病！

"每天九点开饭，十点出工。下午四点收工。大冬天的，也没啥营生干。你们明天就出工吧，等到休息天再休息……"谢队长站起来，拍拍屁股要走。他不说星期天，却说"休息天"，但不知哪天算"休息天"。

"队长，没有炕，砌个炉子行不行？这屋子，晚上要冻死人。"中尉偎在被窝里，又提出特殊要求。这个集体需要有这样一个人！

"炉子是要砌的。那有几块土坯就行。可公家只有烟煤，没有干炭。"谢队长袖着手，他也觉得冷，"还有窗子，也要糊一下，明天早上你们去办公室领点旧报纸，再到伙房打点糨子。"

"烧烟煤的炉子我会砌。"我自告奋勇地说。我有两个稗子面馍馍的储存，还是愿意干重活儿的。

"哦？那跟烧干炭的炉子可不一样哩。"谢队长用感到意外的眼光看了看我，"这样吧，明天你就留在家里，把炉子砌了，窗子糊了……哦，对了，你们还得有个组长。我看，就让章永璘当吧。"

很好！我自由了的第一天就当上了组长。

七

晚上，我万分小心地钻进棉花网套里，就像把一件珍贵器皿放进衬着缎垫的锦匣中一样。因为我既要当心脚指头伸进破洞里去，或是勾断了线，把破洞越撕越大，又不能把被筒敞得太开，不然脊背就直接贴在稻草上挨扎了。随后，从盖在网套上的棉衣里掏出早上得到的两个稗子面馍馍，在被筒里嗅一嗅，玩味玩味，用洗脸的毛巾包好，埋在墙根下的稻草里面。

夜，寂静得使人以为世界已经离开了自己。而在劳改农场里，半夜都有值班人员的脚步声。

于是，我的另一面开始活动了。那被痛苦的、我不理解的现实所粉碎了的精神碎片，这时都聚集拢来，用如碎玻璃似的锋利的碴子碾磨着我。深夜，是我最清醒的时刻。

白天，我被求生的本能所驱使，我谄媚，我讨好，我妒忌，我耍各式各样的小聪明……但在黑夜，白天的种种卑贱和邪恶念头却使自己吃惊，就像朵连格莱看到被灵猫施了魔法的画像，看到了我灵魂被蒙上的灰尘。回忆在我的眼前默默地展开它的画卷，我审视这一天的生活，带着对自己深深的厌恶。我战栗，我诅咒自己。

可怕的不是堕落，而是堕落的时候非常清醒。

我不认为人的堕落全在于客观环境，如果是那样的话，精神力量就完全无能为力了，这个世界就纯粹是物质与力的世界，人也就降低到了禽兽的水平。宗教史上的圣徒可以为了神而献身，唯物主义的诗人把崇高的理想当作自己的神。我没有死，那就说明我还活着。而活的目的是什么？难道仅仅是为了活？如果没有比活更高的东西，活着还有什么意义？

可是，现在我是一切为了活，为了活着而活着。

我想起了普希金的诗句：

> 当阿波罗还没有向诗人
> 要求庄严的牺牲的时候，
> 诗人尽在琐事上盘算，
> 想着世俗的无谓的烦忧；
> 他的神圣的竖琴暗哑了，
> 他的灵魂浸沉于寒冷的梦；
> 在游戏世界的顽童中间，
> 也许他比谁过得都空洞。

我何止于"空洞"，简直是腐烂！但怎么办？"牺牲"，必须要有一个明确的目的。过去朦胧的理想，在它还没有成型时就被批判得破灭了。尽管我也怀疑为什么把能促使人精神高尚起来的东西、把不平凡的抒情力量都否定掉，但我也不得不承认，现实的否定比一切批判都有力！那么，新的理想、新的生活目的究竟应该是什么呢？

据说，我这种家庭出身的人，一生的目的都在于改造自己，但是说"牺牲就是为了改造自己"，显然是不合理的。因为那等于说我不死便不能改造好，改造自己也就失去了意义。今天，我已成了自由人，如果说接受惩罚是为了赎罪，那么，惩罚结束了就可以说是赎清了"右派"的罪行；如果说释放标志着改造告一段落，那么，对我的改造也就进行得差不多了吧。今后怎么样生活呢？这是不能不考虑的。但是，这个农场并不能使我感到乐观，并不能把我的文化知识发挥出来，以检验我改造的程度。我虽然自由了，但我觉得我并没有落在某一处实地上，相反，更像是悬浮在四边没有着落的空中……

我脸朝着墙壁。墙角散发着潮湿的霉味和老鼠洞的气味，还有一股淡淡的、温暖的干草味。旁边，老会计在坚忍不拔地磨牙，那不把牙齿咬碎不罢休的咯咯声，仿佛象征着我们艰辛的未来。棉絮冷似铁，我浑身没有一点热气。"我怎么会落到这种地步"的感叹又油然而生。我经常发出这样的感叹。这成了揣摩不透的谜。有时，我觉得劳改之前不过是场大梦；有时，我又觉得现在是场噩梦，第二天醒来我照旧会到课堂上去给学员们讲唐诗宋词，或是在我的书桌前读心爱的莎士比亚。但是肚皮给了我最唯物主义的教育。你不正视现实吗？那就让你挨挨饿吧？

我目前的境遇是铁的现实！

那么，这是宿命吗？但普遍性的饥饿正使千千万万人共享着同样的命运。我耳边又响起了哲学讲师的声音："个人的命运和国家的命运是连在一起的。"

我悄悄摸了摸枕在我头底下的《资本论》。"也许你还能从那里知道，我们今天怎么会成了这种样子。"现在，只有这本书作为我和理念世界的联系了，只有这本书能使我重新进入我原来很熟悉的精神生活中去，使我从馍馍渣、黄萝卜、咸菜汤和稠稀饭中升华出来，使我和饥饿的野兽区别开……

棉花网套被我微弱的体温慢慢焐暖了。我感到暖烘烘的、软绵绵的，感到了我的存在。存在是什么？笛卡尔说，我思，故我在。活着多么好，能够思想多么好！好得我都不想睡觉……但我还是睡着了。

八

第二天早上一起床，第一件事就令我极为懊丧，乐极果然生悲——两个稗子面馍馍都被老鼠吃光了！

是老鼠吃的，不是人偷走的，洗脸毛巾也被咬破了。我悄悄地团起烂得像渔网似的毛巾，塞进裤子口袋里。我还不能声张，"营业部主任"知道了，又会幸灾乐祸地嘲笑我。

九点钟才开饭，我靠在叠起来的棉花网套上，几乎要晕过去。如果这两个稗子面馍馍不丢，即使我不吃它也不觉着什么。而这巨大的损失加深了我的恐惧心理，竟使我觉得非常非常地饿。饥饿会变成一种有重量、有体积的实体，在胃里横冲直撞；还会发出声音，向全身的每一根神经呼喊：要吃！要吃！要吃！……我没有力气动弹，更没有心思思想，只一个劲儿地转念头：必须把损失加倍地捞回来！

这时，昨夜里那些聚集拢来的精神碎片又四面进散了，我又成了生活的全部目的都是为了活着的狼孩！

从伙房打回饭，都坐在各自的草铺上默默地吃着。罐头筒的优势失去了。这儿的炊事员似乎没有视觉误差，他绝对相信自己手中的勺子，没有给我多加一点。但是没关系，我已经把门路想好了。

吃完饭，按照谢队长的安排，由一个面目阴沉的农工领着其他几个人随大队出工。那个瘸子保管员腋下夹着一卷旧报纸又来了。他放下报纸，告诉我土坯在什么地方，砖在什么地方，小车在什么地方，又领我到库房里去拿了把铁锹，一个小水桶，一把瓦刀，几根做炉箅的铁条。临走时说，糨子到伙房去打，他已经跟炊事员说好了。另外还需要什么，可以到办公室去找他。

砌炉子，至少是两个人的事：一个大工，一个小工，但我宁可不要小工。土坯和砖都近得很，就堆在我们的房头上。土嘛，院子里随便挖一点就行，这儿是碱土，不冻的。至于水，还是少用为好，不然光烤干炉子就要用很长时间。瘸子一走，我拿起一张报纸首先跑到伙房去。

"师傅，我打糨子来了。"我笑嘻嘻地和他打招呼，仿佛我经常吃得很饱似的。

"你自己去舀吧。"他坐在门口晒太阳，他是真正地吃饱了，"你可别舀得太多。"

"你看，"我把报纸一扬，"包一包就行。"

案板上放着半脸盆灰白色的秤子面，看来是事先给我准备的。我摊开报纸，把所有的秤子面都倒光，撮得实实的，捧了回来。

什么"打糨子"，吃得饱饱的人永远不会注意到，秤子面是没有黏性的。即使借着潮湿糊上报纸，水分一干就会掉下来。我先不糊窗子，现在最急需的是火。我在劳改农场跟中国第一流的供暖工程师干了一个月活儿，专给干部砌炉子——他也是"右派"，他当大工，我当小工。他曾教给我一个最简便的砌烟灶的方法。他还说，只要给他一把铁锹，其余什么也不用，他在坡地上就能挖出一个火又旺、柴又省的炉灶。学问不过在进风口、深度和烟道上。我一会儿上房，一会儿挖土，干得满头冒汗，不到两小时，我就把一个最原始而又最合乎科学的取暖炉砌好了。

我一分钟也不歇息，拉上小车去伙房门口装了半车烟煤——一车我拉不动。沿途又顺手在不知谁家的柴火堆上抽了几根干柴。

我用颤抖的手划着了火柴，点燃了炉膛里的柴火。火苗和烟都朝着烟道蹿过去。一会儿，烟没有了，淡红色的火苗在烟道里呼呼地叫。又一会儿，火焰旺得像火山口喷出的岩浆，在炉膛里形成一个扇面，争先恐后地往狭窄的烟道口跑。这时候，我加上一铁锹煤，炉子里像施了魔法一般，腾起一股黑烟，但即刻被烟道吸了进去。火焰仍顽强地从煤的缝隙中往外冒。不到五分钟，火焰的颜色逐渐加深，由淡红变为深红，然后变成带青色的火红，这就是真正的煤火的颜色了。

下一步，就是不能让人家看见我在房子里干什么。我找到办公室，瘸子恰好在里面像泥人儿似的呆坐着。我无暇念及有人干得满头是汗而有人却什么都不干这种现象是多么可笑，问他要了一把小钉子、几片破纸盒上的纸板、一把剪刀——只要不领吃的东西，他都会慷慨地给我——旋即急匆匆地跑回来。

我把硬纸板剪成一条条长条，压住铺在窗户上的报纸，用钉子在窗棂上钉得牢牢的。

像个宿舍样了。按谢队长的说法，这就是"家"！

我干活儿的步骤是符合运筹学原理的。这时，炉子已经烧得通红了：烟煤燃尽了烟，火力非常强。我先把洗得干干净净的铁锹头支在炉口上，把稗子面倒一些在罐头筒里，再加上适量的清水，用匙子搅成糊状的流汁，哧啦一声倒一撮在滚烫的铁锹上。黄土高原用的是平板铁锹，宛如一只平底锅，稗子面糊均匀地向四周摊开，边缘冒着一瞬即逝的气泡，不到一分钟就煎成了一张煎饼。

我一上午辛辛苦苦的忙碌就是为了这个美好的时刻！

我煎一张，吃一张，煎一张，吃一张……头几张我根本尝不出味道，越吃到后来越香。

趁稗子面糊在铁锹上煎着的空隙，我还把我草铺下的老鼠洞堵了起来。这里有老鼠，没有料到！劳改农场是没有老鼠的——那里没有什么东西给它吃，它自己反而有被吃掉的危险。

土房里暖和了起来。我肚子里暖和了起来。我身上也暖和了起来。我坐在炉子旁边昏昏欲睡了。但现在不是睡觉的时候。我从棉花网套里掏出"双鱼牌"香烟，抽出一根，转圈捏了一遍——还好，没有烟梗子——捡起铁条上掉下的煤渣把它点燃。我不让一丝烟从我的口腔和鼻孔漏出去，屏住气息，全部吞进肚子里。霎时间，一种特别舒服的陶醉感立即传遍了我的全身。

可是，不知怎么，我心中却蹿出了一阵扎心扎肺的酸楚……

不能多想！我知道我肚子一胀，心里就会有一种比饥饿还要深刻的痛苦。饿了也苦，胀了也苦，但肉体的痛苦总比心灵的痛苦好受。我小心地掐灭香烟，把烟蒂仍装进烟盒里。我要找点事情来干。收拾好工具后，我把剩下的稗子面包上几层报纸，在墙上挂起来。把炉子加足了煤，拿起我补了又补的无指手套，拍拍身上的土，走出了我们的"家"。

九

这几天天气非常好。高原上的黄土到处泛着柠檬色的辉光。村子四周没有什么树，几株脱了叶的白杨，如银雕一般傲然耸入暖洋洋的天空，把它们瘦伶伶的影子甩在脚下。太阳偏西了。昨天这个时候，正是车把式海喜喜引吭高歌的时候。现在，我肚子胀了，回味那忧伤而开阔的歌声，竟使我联想到巴勃罗·聂鲁达的《伐木者，醒来吧》中的几个段落。

我经常有些奇异的联想，既毫不着边际，但又有某种模糊的、近乎神秘的内在联系。当然，只有在肚子胀了的情况下，脑海中才会产生种种联想。这时，我就觉得，海喜喜土生土长的民歌旋律，似乎给我注入了聂鲁达所歌颂的那种北美拓荒者的剽悍精神。那歌声、那山鹰、那广阔无垠的苍凉的田野、那静静的连绵不绝的群山、那山的绵延就是有形的旋律……整个地在我的心中翻腾。一时，我觉得我非常美而强壮了。

于是，我心情愉快地向马号方向走去。我想看看马。我很喜欢马。它们总使我联想到英雄的事业：去开拓疆土！去开拓疆土！……

可是，马号前面却有一群农工在那里翻肥。我的组员——"营业部主任"、中尉、老会计和报社编辑几个人也在其中。我想退回去已经来不及了。

"家收拾好啦？"谢队长手拿铁锹，站在高高的肥堆上，一眼就看见了我。在白天看来，他比昨天矮小得多。

"收拾好了。"

"你来干啥？"

"我……"我总不能说我来看看马。马有什么可看的？种种异想都从我脑子里飞逃了出去，只剩下一个意识：我是一个农工！我只好说："我来干活儿。"

"好。"谢队长高兴地咧开满布胡楂的嘴，"你刨粪吧，刨下来她们砸。"

他给我指定一个地点。原来这里还有妇女。

我从来没有跟妇女一起劳动过。四年劳改农场的生活，我几乎没有看见过妇女。我低着头，局促不安地走到她们中间，不知道干什么好。

"你拿镐头刨吧，你刨一块咱们砸一块。"一个妇女对我说，"也别累着，看你瘦鸡猴的，刨不动大块就刨小块的。"

她的音色柔软，把本来发音很硬的方音也变得很圆润，尤其是语气中的关切之情使我特别感动。我很长时间没听过"别累着"这样的话了；我耳边响着的一直是"快！快！""别磨洋工"这类的训斥。但我没敢看她，我莫名其妙地脸红起来。我兴奋地想，我要好好替她刨，刨下来后还要替她砸碎。

我用眼睛在肥堆旁扫了一遍：这里没有镐。我忘乎所以地向谢队长喊道："队长，没有工具呀！"

"你干啥来的？！"出乎我意料地招来一顿训斥，"你吃席来还得带双筷子哩！"

旁边的几个妇女没有恶意地嘻嘻笑了。我脸涨得血红。我又羞愧，又痛恨这个谢队长：这是个喜怒无常的小人！

正在我手足无所措的当儿，那个妇女突然递给我一把钥匙："给！你到我家去拿。就在门背后，有个好使的镐头。"

我窘迫地接过来，嘴里嘟嘟哝哝地也不知说了些什么。

"喏，就在西边第一排房子的第一个门。"她告诉我，"好找得很，一拐弯，头一间就是嘛。"

"就是门口挂着'美国饭店'的呀！"另一个妇女哧哧地笑道。

"你这婊子，你门口才挂招牌哩！"给我钥匙的妇女并不气恼，对她笑骂着。

我转身走了，她们还在嘻嘻哈哈地对骂。

这是把自制的黄铜钥匙，磨得很光滑，还留有人体的微温，大概是她装在贴身的衣兜里的。我翻来覆去地看了看，感激地抚摩着它，仿佛它是她的手。

门口并没有挂什么"美国饭店"的招牌，和别人家一样，堆着一堆发黑的柴火，拉着一根晾衣裳的绳子。我开开门。这是间比我们"家"还小的土坯房，一铺火炕就占了半间。泥地扫得很干净。我从来不知道泥地经过加工，会变得像水泥地面一样平整。屋里没有什么木制家具，台子、凳子都是土坯砌的。靠墙的台子还用炕面子搭了两层，砌成橱柜的式样，上层拉着一块旧花布作帘子。所有的土坯"家具"都有棱有角，清扫得很光洁。土台上对称地陈列着锃亮的空酒瓶和空罐头盒作为摆设。炕上铺着一条破旧的毡子，一床有补丁的棉被和几件衣裳——还有娃娃的小衣裳——整整齐齐地叠放在上面。炕围子花花绿绿的，我匆匆浏览了一下，是整整一本《大众电影》，还有《脖子上的安娜》的彩色剧照。

炕下面有个锅台，锅圈上坐着一个盖着木盖的铁锅！

我头一次只身进入一个陌生人的房间，我感到了被人信任的温情，但又有这样一种本能的冲动：想揭开锅盖，掀起帘子，看看有什么吃的——凡是储藏食物的地方对我都有难以抵挡的诱惑力。

罪孽！

我赶快把门背后的十字镐扛了出来，回到马号那里去。

"门锁上了吗?"我低着头还给她钥匙，她问我。

"锁上了。"

我开始抢镐。有一个妇女在旁边哼哼唧唧地唱起来：

> 尕妹妹的个大门上就浪三趟吧，
>
> 不见我的尕妹子好呀模样呀！

"我把你这个……"她转过身去，用最粗俗的话骂了那妇女一句。由于这话非常形象生动，几个妇女都乐不可支地哈哈大笑了。

我不明白那妇女的歌怎么触犯了她，惊愕地抬起头，瞥了她一眼。她正和那妇女对骂，后背朝着我。我只看见系在一起的两条乌黑的辫子，搭在花布棉袄上。棉袄的背部和两肘用颜色稍深的花布补着几块补丁。

马粪尿掺上土，就是所谓的厩肥。冬天里冻得实实的。我们要把厩肥刨下来，砸碎冻块，翻捣一遍，再由马车运到田里卸下，一堆一堆地纵横成行，铲一层浮土盖上，等到开春撒开。我因吃了很多稗子面煎饼，又想帮她多干点，所以很卖力，一会儿就刨了很大一堆。

"你慢着。看你，你这个傻——瓜——瓜！"

她不说"傻瓜"，而说"傻瓜瓜"，声音悠长而婉转，我因感到亲切微微地笑了。我又瞥了她一眼，她低着头在砸粪，我没有看清她的脸。

"把稗子米先泡泡，再馇稀饭，越馇越稠……"

"要切上点黄萝卜放上就好了……"

"黄萝卜切成丁丁子，希个美！……"

"黄萝卜不抵糖萝卜，放上糖萝卜甜不丝丝的……"

"糖萝卜苦哩，得先熬……"

几个妇女笑骂完了，在肥堆旁边严肃地讨论着烹调技术，她又转过脸洒脱地朝她们说：

"干球蛋！我是宁吃仙桃一口，不吃烂梨半筐。要吃，就焖干饭！"

"嘻嘻！谁能比你呢，你开着'美国饭店'……"

"别要你的巧嘴嘴了，"她直起腰，"你们没球本事！稗子米照样焖干饭。你们信不信？"

"信、信、信！你做顿给咱们尝尝……"

"尝尝？只怕你尝了摸不着家，跑到别人家炕头睡哩！……"她又嘻嘻地笑起来。她很喜欢笑。

接着，再次互相笑骂开了。

这时，海喜喜威武地赶着大车回来了，"啊、啊……"地用鞭杆拨着瘦瘦的马头，挺着胸脯坐在车辕上。

"你这驴日的咋这时候就收工了？唵？"谢队长停住了手中的锹，冷冷地质问海喜喜。谢队长和农工一样干着活儿，我注意到他比农工干得还多。

海喜喜显然和我刚才一样，没有料到谢队长在这里，赶紧跳下大车，"吁——"他把车停下来。

"牲口累了哩，队长。"

"是牲口累了还是你驴日的不想干了？唵？"谢队长眯着眼，又用嘲弄的口气问。在我眼里，瘦小干枯的谢队长一下子高大起来，高大魁梧的海喜喜却干瘪了。我很同情海喜喜。现在他一副畏畏葸葸的神色，和昨日迥然不同。

"你驴日的是要我跟你算账不是？"我听出来谢队长的话里有话。果然，海喜喜比我半小时前突然见到队长时还要狼狈，进也不是，退也不是。瘦马在他背后用软塌塌的嘴唇捡食地上的草渣。

忽然，谢队长咆哮起来："你去把牲口卸了，拿把镐头来！今夜黑你驴日的不把两方粪给我砸下，我把你妈的……"

谢队长的詈骂有惊人的艺术技巧。他怒冲冲地骂着，听的人却发出笑声，连海喜喜也抿着嘴偷笑，我当然更有点幸灾乐祸。原来谢队长对谁都这样粗俗地呵斥，刚才对我还算客气的哩。

海喜喜趁他痛骂的当儿，"驾、驾"地把大车赶进马号。一会儿，拿着一把十字镐出来了。

"哪儿刨呢，队长？"他的口气绝不是讨好，而是一副放在哪儿都能干的无畏架势。

"这达儿来。"谢队长指了指自己面前，疲乏地说，"这达儿有块大疙瘩，我吭哧了半天没吭哧下来。"

"啐！啐！"海喜喜响亮地朝两手啐了两口唾沫，"你闪开，看我的！"他哼的一声使劲地砸下镐头。

一转眼，两人又成了共同对付艰巨劳动的亲密伙伴，一个刨，一个砸，很是协调。

"熊，没起色的货！"我听见在我旁边的她低声骂道。不知是骂谁。

我还是埋头干我的活儿。我刨下的冻块，她砸不完，我就用镐头帮她捣碎，她用铁锹翻到另一边去就行了。在我们俩把面前的冻块都处理完，我转过身又去刨的时候，她闲下了。这时，她的下颌挂着铁锹把，轻轻地唱了起来：

> 我唱个花儿你不用笑，
> 我解了心上的急躁。
> 我心里急躁我胡喝呀，
> 哎！
> 你当是我高兴地唱呢！

在理论上，我知道她唱的和海喜喜昨天唱的曲调都属于所谓"河湟花儿"。这是广泛流行于甘肃、青海，宁夏黄河、湟水沿岸的一种高腔民歌。不过过去我并没有听过。她今天唱的和海喜喜昨天唱的又有所不同。旋律起伏较小，尾部结束音向上做纯四度和大六度滑进。在西北方言中，

"急躁"是"烦恼"的意思;"喝"在此处当"唱"字讲。这里没有开阔的田野,四面都是肥堆,而她全然没有经过训练的、带有几分野性的嗓音,却把我领到碧空下的山坡上去了,从而使我的心也开阔了起来。然而我又有点悲哀。她的歌词中没有什么向往与追求,但声调里却有一种希望在颤抖,漫不经心地表现了凄恻动人的情愫。对的,就是漫不经心。我的悲哀还在于,给我如此美好享受的人,他们却没有意识到自己创造了这种美。比如说吧,海喜喜现在给我的印象就极没有光彩;而她呢,正低着头若有所思,心不在焉,没有一点自豪感。

我们一下午翻了不少肥,旁边堆了一大堆。谢队长围着粪场转了一圈,检查了所有人的成绩,对这几个妇女和我特别满意,喊了一声:

"收工吧!"

大家七零八落地往家走去。出于礼貌,我对她说:"谢谢你了。让我替你把镐头扛回去吧。"

她在擦锹,掉过头很诧异地看着我,似乎不习惯这种客气的言辞。随即,她慌乱地把镐头从我肩膀上夺下来,用倔强无礼的口气说:

"你拿来吧你!看你个瘦鸡猴,脸都发灰了。"

十

回到土房子,我的几个组员对"家"都很满意。"营业部主任"首先把自己的脸盆坐在炉口上,他说这房子热得可以擦澡。

吃饭的时候,大家都围着火炉。有了火,彼此的关系似乎亲密了一点,话也多了。报社编辑没有忘记他的本行业务,这一天,他打听到很多情况。据他说,这个农场占的面积很大,从北至南,沿着山边分散着十几个队。我们这个队是一队。队与队之间至少有十里,到场部还有二十里。最偏远的队在山脚下,离这里竟有一天的路程。场部有个商店,但现在除了盐没有别的货物,农工们都叫它"盐务所"。想买什么东西,要上三十里路以外的镇南堡去,那里有老乡的集市,好像是这一带最繁华的地方。要进城,可以坐火车,朝东去三十里有一个慢车停一分钟的乘降所,每天凌晨四点钟过一班车。这个队没有书记,副队长害了浮肿病，躺在炕上，谢队长是政治生产一把抓。他还说，农工们反映："只要不倒着抹谢队长的毛，这还是个好人。"最可怕的是山脚下的那个队。那里管得最严，进去出不来，农工们把它叫作"鬼门关"，是专治农场里调皮捣蛋的农工的。

报社编辑又说，这个队的农工绝大多数是本地人和甘肃、陕西跑来的农民。因为这个队的基础是公社的一个村子，谢队长本人原来就是公社的大队书记。别的新建队各种各样的人都有：浙江支边青年、复员转业军人、劳改劳教就业人员、工厂里精简下放的工人等。

"啧、啧！"老会计惊叹道，"这个农场比劳改队还复杂。"

"赶快离开这穷窝窝子。""营业部主任"边洗脚边发牢骚，"劳改队还有期，待在这儿简直是无期。这儿他妈比劳改队还劳改队！"

我没有精神听他们闲聊。我全身仿佛被掏空了一般，光剩下一种感觉——累的感觉，累得都不想呼吸，但是却睡不着。有时，为了多吃一口，要付出远比这一口食物所发的热量还要多的热量。想想真不上算，但人还是要盲目地这样做，于是就越来越虚弱。今天，我干了不少活儿，结果累得如那妇女说的，"脸都发灰了"。

身体虚弱的折磨，在于你完全能意识、能感觉到虚弱的每一个非常细微的征象，而不在虚弱本身。因为它不是疾病，它不疼痛；它并不在身体的某一个部位刺激你，或者使你干脆昏迷；它无处不在，无所不到。实际上，要真昏迷过去倒也不错。当我意识到我才二十五岁，又没有器官上的疾病，却如此虚弱的时候，我真有些万念俱灰。有的人万念俱灰会去皈依佛教，有的人万念俱灰会玩世不恭，有的人万念俱灰会归隐山林……这都是有主观能动性的万念俱灰，他本人还有选择的自由。已经失去主观能动性的、失去了选择的余地的万念俱灰才是最彻底的。这种万念俱灰不是外界影响和刺激的结果，是肉体质量的一种精神表现。油干灯灭，但火焰总是逐渐微弱下去的。它最后那一点萤火虫似的微光，还能照着你看着自己怎样死去。也就是说，它要把你一直折磨到底。死，并不可怕，尤其在我这样的时候；可怕的是我能非常清醒地看见自己一步一步地走向死亡的全过程，看着生命怎样如抽丝一般从我的躯壳里抽尽……

啊，拉撒路！拉撒路！①……

十一

第二天早晨醒来，才有了饥饿和周身疼痛的感觉。根据经验，我知道现在开始好转了。能够感到饥饿和疼痛，就是还有活力的表现。

我无论如何要想个借口留在"家"里。

吃完早饭，我向组员们指出，土坯炉子上的泥缝，经过一天一夜的烘烤，已经干裂了。如果不糊上，裂缝里就会冒出煤气。"这可不是闹着玩的，别刚出劳改队，又进了阎王殿。"我叫他们跟谢队长说一声，我留在"家"里把炉子再泥一遍。

我现在是"组长"了，更主要的是，这个炉子成了大家关心的一个宝贝。中尉说："行，你别去了，我去跟毛胡子队长打个招呼。"

我料到队长绝不会凭他们一句话就对我撒手不管。我先慢慢吞吞提来一桶水，挖了几锹土，刚把泥和好，不出所料，谢队长夹着一把锹来了。

"日怪！"他内行地把烟灶里里外外看了一遍，颇为欣赏，在炉子旁边蹲下来烤着两只手，"你还会打这样的炉子，又省料，又简便，火又旺。"

"世上无难事，只怕有心人。"我笑着把我是跟谁学的告诉了他。

"日怪！你们'右派'，尽是些能人！"他朝干草上啐了一口，"咱们这达儿的人，老八辈子咋样打炉子，这会儿还咋样打炉子。费泥费坯，厚得跟城墙一样，热气都透不出来。"

谢队长烤暖和了，眼泪鼻涕流了出来。他在脸上抓了一把，抹在自己的袄袖上。粗糙的大手上一道道很深的裂口。常年的户外劳动在他手上和脸上都印上了不可磨灭的痕迹。我突然觉得他很衰老，清癯的、布满皱褶的脸上有一种老人式的宽容神情，显得很和蔼可亲。

"谢队长，你家炉子要是不好烧，我来替你改装一下吧。"我讨好地说。

"不用。"他语气很平和，拉开了家常话，"我家烧的是柴灶。谁烧得起煤哩！你们是单身职工，按规定应该给你们烧炉子的。别的，你

---

① 拉撒路，基督教《圣经》中一个患癫病的乞丐，死后因基督之力复活，成为病人的守护神。

没见？队上家家户户都是柴灶，做了饭，又烧了炕。到夜黑，再添一把柴，一夜黑也暖和了。我的灶是喜喜子给我打的。那驴日的，也有点能！"

"海喜喜不是干部？"我勾着炉缝，问他，"昨天他接我们去，我们还当他是干部哩。"

"球干部！"谢队长淡淡地一笑，"他是今年开春从甘肃过来的。听说他小时候在寺上当过满拉①，可不好好学，一蹦子蹿了好些地方。劳动嘛，还是攒劲的。身大力不亏嘛。我就看待他这一点。出个远门，他也扛得住饿。嘿嘿！"谢队长笑出了声，我却不明白这有什么可笑的。

停了一会儿，他又说："今夜黑发工资，明天休息。你们想走个哪达儿，也行。"

"去镇南堡也行吗？"我毕竟年轻，还是想去享受一下能四处走动的自由。

"咋不行？走哪达儿都行。"

我想他不是随口这样说的，可能是有意识地要让我知道我现在不同于过去的身份。但我又不大相信他这个外表如此粗俗的人竟会体贴别人。我瞥了他一眼。他表情不变，一门心思地烤着火。可是不论怎样，他这句话使我深受感动。

他又问了我原来在哪里工作，家里还有谁，随后，好像想起了什么事，扛起铁锹走了。

"行，你闹吧。"他说，"也别太热，小心煤烟打着，最好把报纸上掏个窟窿。"

他并没有叫我泥好了再去干活儿。

他一走，我三两下就勾好了炉缝，洗干净铁锹，支在炉口上，取下挂在墙上的报纸包，拿起罐头筒，倒进稗子面，像昨天那样煎起稗子面煎饼来……

稗子面都吃光了，我抖抖报纸，把它钉在我草铺旁边的墙上。这样，我就有了一圈干净的墙围。我不敢再跑出去看什么马了，点燃昨天剩下

---

① 满拉，指在清真寺内学习伊斯兰教知识的学员，结业后，可当阿訇。

的半截香烟，舒舒服服地在围着报纸的草铺上躺了下来。

在我头旁边，卡斯特罗雄心勃勃地在鼓动世界革命，肯尼迪在发表他的"新边疆"政策，西方国家正用"福利国家"的口号来蛊惑群众，某地还选举开"牛奶皇后"……这些，都离我非常非常遥远。那么，我现在生活于其间的这个新的生存环境是怎样的呢？我觉得，在这个如此贫穷、如此粗野、如此落后，仿佛被世界所遗忘、被文明所抛弃、为任何报纸书刊都不屑于挂齿的荒村中，却有一种非常模糊的、不能用语言来表达的东西使我感到新鲜，感到亲切，感到温暖。我小时候，教育我的高老太爷式的祖父和吴荪甫式的伯父、父亲，在我偶尔跑到用人的下房里玩耍时，就会叱责我："你总爱跟那些粗人在一起！"后来接触的那些知识分子，脑子里的劳动人民全是塑造出来的艺术形象——穿着白衬衫和蓝工装裤，戴着八角帽，满面红光，肌肉饱满，气宇轩昂，永远走在一条笔直宽阔的金光大道上。给我做报告的领导号召我向之学习的"劳动人民"，在我脑子里好像总是一个空泛的概念——神圣尽管神圣，我却始终不知道是什么样子。在劳改农场里是没有什么"劳动人民"的，那里不是知识分子就是狼孩。在这里，我总算置身于"劳动人民"之中了吧。首先让我感到惊奇的是，这里有一种劳改农场完全没有的乐观的、毫无顾忌的气氛。在如此贫穷、落后的荒村，竟能乐观和毫无顾忌，是多么可贵，多么不可思议啊！虽然这乐观与毫无顾忌是用粗俗的形式表现出来的，但这样更透出了朴拙与天真。回忆昨天劳动时的所见所闻，我发自内心地微笑了。

十二

镇南堡和我想象的全然不同，我懊悔一上午急急忙忙地赶了三十里路，走得我脚底板生疼。

所谓集镇，不过是过去的牧主在草场上修建的一个土寨子，坐落在山脚下的一片卵石和沙砾中间，周围稀稀落落地长着些芨芨草。用黄土夯筑的土墙里，住着十来户人家，还没有我们一队的人多。土墙的大门早被拆去了，来往的人就从一个像豁牙般难看的洞口钻进钻出。但这里有一间土房子的邮政代办所，一间土房子的信用社，一间土房子的商店，两间土房子的派出所，所以似乎也成了个政治经济的中心。今天逢集，人比平时多一些，倒也熙熙攘攘的，使我想起好莱坞所拍的中东影片，如《碧血黄沙》中的阿拉伯小集市的场景。

我先到邮政代办所给我妈妈发信，告诉她老人家，我的处分解除了，现在已经成了名副其实的工人，成了"自食其力的劳动者"。我吃得很好，长得很胖，晒得很黑，人人都说我是个标准的身强力壮的小伙子，就像苏联一幅招贴画《你为祖国贡献了什么？》上的炼钢工人。

我没有钱，但我有很多好话寄给我妈妈。

我的组员，包括"营业部主任"也托我寄信。他们的信都很厚，大概又在向家里念苦经，要家里人赶快给他们办准迁证吧，我想。

邮政代办所门口贴着一星期前的省报。省城的电影院在放映苏联影片《红帆》。我知道这是根据格林的原著改编的。啊，红帆，红帆，你也能像给阿索莉那样给我带来幸福吗？……

我走到街上。这条"街"，我不到十分钟就走了两个来回。商店里只有几匹蒙着灰尘的棉布，几条棉绒毯子，当然还有盐。熏黑的土墙上，贴着"好消息：新到伊拉克蜜枣二元一斤"的"露布"，红纸已经变成了橘黄色。问那偎着火炉的老汉，果然是半年以前的事了。

集上有二三十个老农民摆着摊子，多半是一筐筐像老头子一样干瘪多须的土豆和黄萝卜，还有卖掺了很多高粱皮的辣面子的。有一个老乡牵来一只瘦狗似的老羊，很快被附近砂石厂的工人用一百五十元的高价买走了。我估摸了一下，它顶多能宰十来斤肉。我一直把那几个抱着羊的工人——奇怪，他们不让羊自己走——目送出洞口，咽了一口口水，才转过脸来。肉，我是不敢问津的。

我的目标是黄萝卜，土豆都属于高档食品。我向一个黄萝卜比较光鲜的摊子走去。

"老乡，多少钱一斤？"

"一块，搭六毛。"老乡边说边做手势，好像怕我听不懂，又像怕我吃惊。

我并不吃惊，沉着地指了指旁边的土豆："土豆呢？"

"两块。"

"哪有这么做买卖的？土豆太贵了。"我咂咂嘴。

"贵？我的好哥哥哩，叫你下地受几天苦，只怕你卖得比我还贵哩！"

"你别耍你的巧嘴嘴了！"我用上了向那女人学来的一句土话，"我受的苦你人老八辈子都没受过，你信不信？"我瞪着眼睛问他。

"嘿嘿……"他干笑着，似乎不信。

"告诉你吧，"我冷笑一声，"我是刚从劳改队出来的。"

"啊、啊！那是，那是……"老乡流露出畏惧的神色。

"怎么样，土豆贱点？"我突然故意把逻辑弄乱，话锋一转，"人家都是三斤土豆换五斤黄萝卜哩。"

"哪有这个价钱？"他的畏惧还没有到贱卖给我土豆的程度。但正因为这样，他即刻钻进了一个微妙的圈套。"你拿三斤土豆来，我换你五斤黄萝卜哩。"

"当真？"我表面上冷静，而心里惴惴不安地叮问了一句。

"当真！"老乡表现出一种很气愤的果断，"三斤土豆换五斤黄萝卜还不换?!"

"行！"我放下背篓，"你给我称三斤土豆。"

我先把钱付给他——我们昨天每人领了十八元，干了一天就领全月工资，真好！

老乡取出自制的秤。我们俩又在挑拣上争了半天。称好后他倒到我的背篓里。我说："给，我这三斤土豆换你五斤黄萝卜。"

老乡连思索都没有思索，称了五斤黄萝卜给我。我把土豆倒回他的筐里，背起黄萝卜就走。

我得意扬扬，我的狡黠又得逞了！

在劳改农场，我就经常和来给我们做买卖的老乡打交道。我熟知他们有一种直线式的思维方法。有时候，他们会出奇地固执，拼命地钻牛角，只记一点，不计其余。这也可能使他们在争取自己的利益或创造性的劳动上，表现出一种不屈不挠的顽强精神，但更大的可能倒是被人愚弄，被人戏耍，让他们顾此失彼，大上其当。而我就是用自己的小聪明戏耍他们的人之一。

"我"啊，你究竟是怎样的一个人呢？

十三

太阳暖融融的。卵石和沙砾在我脚下咯咯作响。方圆十几里阒无人迹，只有我一个人在荒滩上昂首阔步。"只、有、我、一、个！"这就是自由。在大号子里睡了四年，出工排队，收工排队，打饭排队，干了四年密集性的劳动之后，只有独自一人在一个广袤的空间行动，是多么幸福啊！

洪水从山上下来，冲出一条条深沟，又像是向山坡蜿蜒而上的卵石路。大大小小的卵石在阳光下散发着钢青色的辉光。略微向平原倾斜的荒滩，景物的色调是坚毅的、严峻的，一切都岿然不动，只有一种土色的小蜥蜴，见我过来，或是摇着小尾巴拼命地跑，沿途丢下一连串慌慌张张的小脚印；或是挑战似的仰着头，用小眼睛瞪我。那样子真可笑！在这个季节没有沙葱，也没有肉苁蓉，不然我可以爱拔多少就拔多少，大嚼一顿。我不是独自一人了吗？我不是自由了吗？现在，连空气都是属于我的！可是，这时候荒滩上只有枯干了的芨芨草和酸枣。酸枣是一种多刺的灌木，实际上就是荆棘的学名。荆棘！这个词使我怦然心动。我耸耸肩，把背篓往上搊搊，大踏步地穿过荆棘。

> 美丽的蔷薇脱落了花朵，
> 和多刺的荆棘也差不多。
> 我把荆棘当作铺满鲜花的原野，
> 人间便没有什么能把我折磨。
> 阴间即使派来牛头马面，
> 我还有五斤大黄萝卜！

"嗬儿蓬！嗬儿蓬！嗬儿蓬、蓬、蓬！……"我在心里敲着大鼓，背着背篓在荒原上迈着大步。

前面，是一条两米宽的排水沟。早上过来，冰还冻得很结实，但过了中午，冰层下出现了许多可疑的小水泡——这是冰层融化了的表象。

但是，这条排水沟长得东西两面都不见尽头，中间又没有桥。我走过来，走过去，选了一个比较窄的地方，拿起一块土坷垃往冰上砸去，咚的一声，土坷垃碎了，冰并没有破裂。我觉得可以冒险试一试。

两米宽的距离，如果我身强力壮，像给我妈妈写的信里说的那样；如果我背上没有五斤黄萝卜，我还是能一跃而过的。但这时的情况恰恰相反。我前一只脚刚跳到离岸三十公分的冰层上，咔嚓一声，冰层破裂了！我连人带背篓仰天摔倒在沟里。薄冰被我砸了一个窟窿，像印模一般，正和我倒下去的身形相同。

我顾不得我自己，湿漉漉地站在没过膝盖的冰水里，看看背篓，里面只剩下两三个黄萝卜了！

反正棉袄已经湿透，我连袖子也没挽，气急败坏地在沟里乱摸。直摸到全身冻得麻木，而小腿针刺似的疼痛起来，才摸到不足一半。我只好恋恋不舍地爬到沟上，把劫后的剩余捡进背篓里。

在岸上，我如同一条落水狗似的抖擞了抖擞，背起背篓走了。一直走出很远，我还流连地回头看着，仿佛沟底的黄萝卜会像青蛙一样自己跳上岸来似的。

十四

半夜，可能是受寒以后发起烧来，我被干渴烧灼醒了。窗外，呼呼地刮起了西北风，用钉子钉着的报纸有节奏地扑扑作响，就和拉风箱一样。我感到一阵阵的晕眩。我身体虚弱以后，才发现很多小说里描写的晕眩是虚假的。那种扑通一声摔在地板上，或软软地倒在沙发上的描写，多半是主人公的装腔作势。我静静地睡在被窝里也会感到晕眩，并且，晕眩不但不会使我昏迷，反而会把我从熟睡中摇醒。这时，头颅仿佛比正常情况下大了许多，头颅里的血显得很稀少，很稀薄，就像只有一点点水在一个大坛子里晃荡一样。

当然不会有一个人给我倒一口水来喝。我必须忍耐。而我也习惯了忍耐。有时，我会被自己能如此忍耐而感动，也就是说，我自己被自己感动了。在这半夜时分，我就被自己感动了。耐力不像膂力，不能用计量器测试出来，并且它还包括了精神的和物质的两方面。有人能忍受精神的痛苦，却耐不住物质的贫困；有人能忍受物质的贫困，却耐不住精神的痛苦。我发现，我在精神和物质两方面的耐力都有相当大的潜力，只有死亡才是一个界限。

大自然赋予我这样大的耐力，难道就是要我在一种精神堕落的状态下苟且偷生？难道我就不能准备将来干些什么对社会有益的事情？

这时，我开始内疚起来，心里受到自谴自责的折磨。黄萝卜的得而复失，在我看来是冥冥中的惩罚和报应。老乡是辛苦的，这个地区从来就把农民叫"受苦人"，下地干活儿不叫下地干活儿，叫"受苦去"。一块六一斤黄萝卜，比较起来是不贵的，劳改农场附近的老乡开口至少是一块八至两块。我的一块浪琴表只换到三十斤黄萝卜和一碗发霉的高粱面。可是，我却狡黠地愚弄了那位老实的、满面皱纹的老乡，还自以为得计，结果……

头颅里的血不停地旋转回晃，一个早已沉淀了的回忆像乳白色的杯底物从我脑海深处泛起。在一间讲究的天蓝色壁纸贴面的大房间里，在凤尾草图案的绿窗帘下，在大理石镶边的法兰西式的壁炉旁边，我的一个伯父坐在棕色的皮面沙发里，我坐在放在地毯上的一只蜀锦软垫上。他晃动着自己调的加冰块的鸡尾酒，向我说摩根家族发迹的故事。据他说，老摩根从欧洲老家漂流到北美洲时，穷得只有一条裤子，后来夫妇两人开了一爿小杂货铺。他卖鸡蛋的时候从来不自己动手，而叫老婆拿给顾客看。因为老婆手小，这样就衬得鸡蛋大一点。正是由于他这样会盘算，他的后代才建立了一个摩根金融帝国。

"听到没有？做生意就要这样精，门槛不精不行！"这位证券交易所的经理端着高脚酒杯教我，"谁倒闭了谁是憨大（念"杜"音），能赚钱才是英雄！"

……回忆的潮水又随血液的旋转退了下去。于是，我怀疑我所费的种种心机都是和出身于资产阶级家庭有关的。老摩根会利用人的视觉误差把鸡蛋变大，我会利用人的视觉误差把打的饭变少；摩根们会盘算，我的算盘也很精：用钉子代替种子面，三斤土豆换五斤黄萝卜，和交易所的"买空卖空"一样，一倒手就赚了两块钱……固然，争取生存是人的本能，但争取的方式却由每个人的气质、教养而定。先天的遗传是自然的，而后天的获得性也能够遗传下去。当我意识到我虽然没有资产，血液中却已经溶入资产阶级的种种习性时，我大吃一惊。一九五七年对我的批判，我抵制过，怀疑过，虽然以后全盘承认了，可是到了"低标准"时期又完全推翻。而现在，我又认为对我的批判是对的，甚至"营业部主任"那心怀恶意的批判也是对的。从小要饭的人，对从小就会享受的资产阶级"少爷"肯定有一种直感的敌对情绪。我虽然不自觉，但确实是个"资产阶级右派分子"，其所以不自觉，正是因为这是先天就决定了的。

我口渴，我口渴得像嘴里含着一团火，但毫无办法，我把这种折磨看作对我的惩罚。我默念着但丁的《神曲》：

> 从我，是进入悲惨之城的道路；
> 从我，是进入永恒的痛苦的道路；
> 从我，是走进永劫的人群的道路。

我所属的阶级覆灭了，我不下地狱谁下地狱？

十五

第二天早晨，铅灰色的天空飘下了雪花。这个偏僻的、贫穷的、落后的荒村，大自然倒没有遗忘她，公平地给她也盖上了一层洁白的初雪。小土房上小小的烟囱，冒出的烟也是纤细的，更像童话中的一幅插图。

忍耐的好处之一，是我的感冒会不治自愈。我早已发现，疾病加重在很大成分上是个人的神经作用。如果像对情人一样念念不忘自己的病痛，病就会越来越重。干脆不理它——也没办法理它，它待在你身上也无趣，很快就会抛掉你。

那个瘸子一瘸一跛地四处吹哨，通知说不出工。他的喊声很怪。好像叫卖什么东西："休——息！""休"字拖得很长，"息"却戛然而止，连一丝余音都没有。但在我们听来，这无疑是个可喜的消息。

棉袄棉裤在炉子上烤干了。"营业部主任"不住地埋怨我把房里熏得臭烘烘的。我不理他。要是他掉进水里，他还有新棉裤，还有老羊皮袄。在我眼里，他倒成了资产阶级——阶级关系又整个儿颠倒了。糟糕的是，湿漉漉的棉衣烤干后，硬得和盔甲一样，不保暖不说，穿在我既无衬衣、又无衬裤的身上，磨得皮肤又疼又痒。早饭后，我干脆把衣裳全部脱光，用棉花网套把自己包了起来，仅从网套的破洞里伸出两只手，捧着本书，靠在泥土剥落的墙上。

我抱着一种虔诚的忏悔来读《资本论》。

上午，我还能饶有兴味地读着。我重温了《初版序》，接下来读《第二版跋》直到《编者第四版序》。论证的逻辑理清了，也印证了我昨夜的想法：我所出身的这个阶级注定迟早要毁灭的。而我呢，不过是最后一个乌兑格人。我这样认识，心里就好受一点，并且还有一种被献在新时代的祭坛上的羔羊的悲壮感：我个人并没有错，但我身负着几代人的罪孽，就像酒精中毒者和梅毒病患者的后代，他要为他前辈人的罪过备受磨难。命运就在这里。我受苦受难的命运是不可摆脱的。

但是到了中午，我就读不下去了。对于我来说，休息最大的痛苦是没有吃的。平时干活儿的时候，饥饿还比较好忍受。什么活儿都不干，饥饿的感觉会比实际的状态更厉害。我完全相信卓别林的《淘金记》中，困在雪山上的那个饥饿的淘金者，会把人看成是火鸡的幻觉。那不是天才的想象，一定是卓别林从体验过饥饿的人嘴里得知的。当我看到"商品是以铁、麻布、小麦等等，在使用价值或商品体的形态上，出现于世间"这样的句子，我的思想就远远地离开了这句话的意义，只反复地品味着"小麦"这个词。我的眼前会出现面包、馒头、烙饼直至奶油蛋糕，使我不住地咽唾沫。那个句子的后面，又出现了以下的列式：

$$
\left.
\begin{array}{l}
1\text{件上衣} = \\
10\text{磅茶叶} = \\
10\text{磅咖啡} = \\
1\text{卡德小麦} = \\
\cdots\cdots
\end{array}
\right\} 20\text{码麻布}
$$

"上衣""茶叶""咖啡""小麦",这简直是一顿丰盛的筵席!试想:穿着洁白的上衣(不是围着破网套),面前摆着祁门红茶或巴西咖啡(不是空罐头筒),切着奶油蛋糕(不是黄萝卜),那真是神仙般的生活!我也有着华丽的想象力。这种想象力会把我所经过、看过、读过的全部盛大宴会场面都综合在一起,成了希腊神话中忒勒玛科斯的大宴会:"安静地吃吧,我不会让任何人来妨碍你!"这时,不但各种各样食物多彩多姿的形象诱惑我离开《商品的拜物教性质及其秘密》,而且这冬日的沉寂而寒冷的空气中,不知从哪里会飘来时而浓烈时而清淡的肴馔的香气——我脑子里想到什么,就会有什么味道。这香味即刻转化成舌尖上的味觉,从而使我的胃剧烈地痉挛起来。

"营业部主任"又耍花样了。他在他的小木箱中摸索了半天,摸索出一块黑面饼子。他不让中尉吃,不让报社编辑吃,还有两个同来的就业人员他也不让,独独要请睡在我旁边的老会计与他分享。其实他明明知道老会计严格地奉守着"我不沾你一分,你也别沾我一毫"的处世原则,不会吃他的"请"的。老会计在这点上也确实迂腐得可笑。比如,他对我与他铺位之间的分界线,比两个关系紧张的毗邻国家的国界还敏感——其实我与他相处得还好。如果他的被角偶尔搭在我的草铺上,他会像被子掉到火上了似的慌忙拽过去;如果我的破网套有一团棉花沾上了他的褥子,他也会郑重其事地捧着送回来,好像那团破棉花是我丢失了的钱夹子。这种战战兢兢不敢越雷池一步的人,我想象不出怎么也成了"右派"。

"吃吧,吃吧,没关系的。""营业部主任"小心翼翼地掰了半块,从门边扔到他的褥子上。

"咦,咦!弗,弗……"老会计操着上海口音叫起来,惊慌地又扔了回去,仿佛那半块黑面饼子是个烧得火烫的煤球。

"吃吧,你看你这个人……啧,啧!""营业部主任"又慷慨地扔过来。那半块饼子已干得坚硬无比,扔来扔去都不会掉渣的。

"哎,哎!真的……侬自家吃吧。"老会计更惶惶不安地扔还给"营业部主任"。

"啧!我让你吃你就吃吧。这会儿,谁不饿?!""营业部主任"再次使劲往这边一扔。

　　但是，这次"营业部主任"没扔准确，更可能是他有意识的，半块黑面饼子掉到了我的草铺上，正在我的脚旁边。

　　老会计用一种非常恐惧的眼光斜睨了那半块饼子一眼，在他的铺位上坐卧不宁地扭动着。捡起来再扔回去？这饼子是在我的草铺上，也许他还有点怜悯我，想顺水推舟把饼子让给我吃。不捡起来往回扔？"营业部主任"明明给的是他。即使他给我吃了，人情账却是挂在他名下的，"营业部主任"可不是容易对付的债权人……

　　土房里的空气仿佛凝固了。其他几个人虽然表面上在各干各的事，有的在补袜子，有的在写家信，有的在被窝里想心事，但注意力无疑都盯在这半块黑面饼子上。报社编辑和中尉在自制的象棋盘上也暂时休战。这半块黑面饼子的命运牵动着所有人的心。

　　饼子约莫有一两重，由于放得太久，表面上竟有一层暗淡的光泽，很像一块硬巧克力。它旁若无人地、藐视一切地坐镇在我的草铺上，使我非常困窘，我那"把荆棘当作铺满鲜花的原野"的精神也受到了挫折。剩下的黄萝卜在昨天回来后就煮着吃光了，没有一点东西可以抵挡从心底里，而不是从胃里猛然高涨起来的食欲，没有一点东西可以把我汹涌澎湃的唾液堵塞住。由于委屈，由于受到这种残酷的作弄，由于痛恨自己纯自然的生理要求，由于蔑视自己精神的低劣，由于那种"我怎么会落到这种地步"的哀叹……我眼眶里饱含着泪水。

　　土房里如死一般寂静，皑皑的雪光透过糊着报纸的窗户映照进来，每个人的脸都像死人似的苍白。老会计最终决定了对策：不在我的领地里，就不关我的事！闭起了眼睛，袖着两手坐在褥子上，活像个入定的老僧。"营业部主任"表面很镇静，和扔饼子之前一样，在他铺位上盘着腿，但眼睛却灼灼地盯着那块诱饵，紧张地等待着即将被夹住的猎物。

　　这时，窗外由远及近地响起沙沙的踏雪声，同时传来了轻松的放肆的歌声：

　　　　姐儿早上去看郎，
　　　　三尺白绫包冰糖。

送给小郎郎不用，

转过身儿好恓惶哟——呀啊！

初三早上去看郎，

小郎病在牙床上。

双手揭开红绫帐，

小郎脸上赛金黄哟——呀啊！

是个女的。我一听就是两天前给我钥匙的那个妇女。

沙沙声和歌声越走越近，径直向我们"家"门口走来。土房里所有的人都有点惊奇，目光被这突如其来的、仿佛是从另外一个世界飘来的声音吸引到门口去，连"营业部主任"的神经也暂时松弛下来，不自觉地表现出侧耳倾听的模样。

一会儿，脚步到了门口，随即，门像受到爆炸的冲击波撞击似的，砰一声被推开了。门大敞着，却不见人进来。

这几秒钟，屋里的人都呆呆地盯着门口，像一群傻子在盼望一个奇迹。门外的人似乎终于克服了自己的犹豫，一蹦子跳到门槛上，两手扶着门框，探头探脑地向屋里寻找着。

"嘻嘻！你们这达儿谁是唱诗歌的'右派'？找他干活儿去。"

是她！

而她问的只能是我！

"喏、喏、喏，""营业部主任"转过头来用手指着我，快活地叫道，"章永璘，喂，叫你干活儿去哩！"

可是，从她的语气、她的神态、她的特别的嘻嘻的笑声里，我即刻敏感到她并不是叫我去干活儿。我很高兴她把我从这种困境中解救出来。

"是找我吗？"我还有点拿不准，因为她不是说"写诗"，而是说"唱诗歌"。"干什么活儿？"我又问。

"嘻嘻！我一猜就是你。"她仍然手扶着门框，身子前后地摇晃，"都说你会打炉子，叫你给打个炉子去哩。"

她为什么要猜？怎么会一猜就是我？我感到了一种微妙的关切。我也愿意跟她一起干活儿。既然没有吃的，干点活儿比闲待着还好受点。

我说："那么你先去，我穿好衣裳就来。"

她注意地打量了我一下，大概觉得我那副模样很滑稽，又嘻嘻地一笑："那你快点，我在家等你。我家你总认得。"

她一欠身，把门砰的一声拉上。我匆匆地穿上棉衣棉裤，在蹬棉裤腿时，我装作无意地把那半块黑面饼子踢到我和中尉之间的过道上。

十六

外面已是一片银白色的世界。初雪把广阔无垠的大地一律拉平，花园也好，荒村也罢，全都失去了各自的特色，到处美丽得耀眼炫目，使人不能想象这个世界上竟会有几分钟之前发生的那种荒诞的丑剧，不能想象人会有那种龌龊得对自己也没有什么好处的心地。

啊，大自然，你每隔一段时间就要用你的默默无言来教诲我们净化自己！

她的一串脚步印在洁白的雪地上，给人一种轻盈而又温暖的感觉。她回去也踏着来时的足迹：均匀、整齐、毫不零乱，拐弯处弧线优美，精致得像一串珍珠项链。我仔细地踩着她的脚印走，像沿途把那宝贵的东西拾起来，一粒一粒地，一粒一粒地……装在我的心里。

我敲敲门。她不说"请进""进来"，而是在屋里大声喊："推嘛，门开着的嘛！"

她斜坐在炕上逗弄孩子。这是个两岁多的孩子，穿着一身和她棉袄的花布一样花色的小棉袄，看来是个女孩，却又推了个平头，眉毛也很浓，长着一副男孩子的样子。见我进来，孩子和她都嘻嘻地笑出了声，但看见我也笑时，孩子却吓得往她怀里直躲。我有点无趣。我想，我的模样一定挺吓人，连笑脸也是可怕的吧。

"在哪儿打炉子？"我问，"有瓦刀没有？还要土坯和砖……"

"你忙啥?！"她长得很匀称的细长的手摩挲着孩子，朝我笑着说，"看你这棺材瓢子，干活儿倒挺积极！你先坐会儿。"

"棺材瓢子！"可怕而又可笑。我把我这副"棺材瓢子"坐在那不能移动的土坯砌的凳子上。房里没有火，却和我们"家"一样暖和。这种暖和是温和的、全面的暖，不像火炉那样只烤一面，还带着逼人的炙灼。这是农家火炕的作用。我看着那贫穷而整洁的炕，突然产生了一种对家的向往。家，不是谢队长说的"家"，而是真正的家。经过四年严酷的强制性集体劳动和濒于死亡的饥饿，种种不切实际的雄心壮志和布尔乔亚式的罗曼蒂克的幻想，全抛到了东洋大海。我心里记得《叶甫根尼·奥涅金》中的几句诗，这几句诗倒能说明我现在的理想。

> 有个主妇，
> 还有一罐牛肉白菜汤，
> 一大罐牛肉白菜汤——
> 这就是我现在的理想。

　　她继续安抚着孩子，没有理我。我呆呆地坐在土坯凳子上，不觉低下了头。我心里猝然涌起了一阵失望的悲哀。不知是对原先希望的失望，还是对"主妇"和"牛肉白菜汤"的失望，抑或是对所有希望都失去了希望……总之，我进到这小小的、简陋的，然而又弥漫着一种不可言状的温馨的土房里，好像更清楚地看到了我目前状况的可悲……

　　不知她注意到我的表情没有，她哄好孩子，把孩子放在炕上，轻捷地跳下炕，掀开锅台上的锅盖，拿出一个白面馍馍，爽气地伸到我面前：

　　"给！"

　　我大吃一惊！用惶惑的眼睛看看馍馍，又看看她。她坦然地站在我面前，眼神里有掩饰不住的温柔与怜悯，但绝对没有一丝嘲笑和鄙薄。

　　我不敢接。因为这样的东西在这样的时候太贵重了，贵重得令人不敢相信这是能无代价地馈赠。疑惧和望外的喜悦搅在一起，使我晕眩起来。

　　孩子在炕上叫唤她了："妈妈，妈妈……"小手抓挠着往炕边爬来。她一把把馍馍塞在我的怀里，转身又坐到炕沿上抱起孩子，头顶着孩子的头，边摇晃边唱：

> 打箩箩，磨面面，

舅舅来了做饭饭。

擀白面，舍不得；

下黑面，丢人哩！

给舅舅宰个大公鸡，

公鸡叫鸣哩！

宰个大母鸡，

母鸡下蛋哩！

给舅舅擀上两张齐花面，

舅舅喝面汤，

我吃一大碗！

　　她是唱，而不是像一般妇女念儿歌时那样朗诵，不但有节拍，并且有旋律。旋律在多变中带着单纯的稚气。她爽朗的声音，快活的曲调，诙谐的歌词，搂着孩子像玩跷跷板似的摇上摇下的天真的神态，和孩子叽叽嘎嘎的笑声融在一起，在这小土房里荡漾。只有丝毫未脱孩子气的人才能这样与孩子、与这首别致的儿歌浑然无间。任何人都不能怀疑她的纯真。她给我这个珍贵的东西在她来说是非常自然的，是没有目的的，全然出于她的好心。

　　不过，我还是啜嚅地说："我不饿，给孩子吃吧。"我把馍馍向孩子伸过去。

　　"她刚吃了。"她说，"你吃吧，吃吧。"

　　可是孩子伸出手来嚷嚷："我吃，我吃。"

　　"尔舍，听话！"她把孩子往炕里挪去，不让孩子的手够着我手中的馍馍。旋即跳下炕，又揭开锅盖，拿出一个蒸熟的土豆。

　　"给！尔舍，你看这是啥？你吃这个。"

　　孩子笑了，接过去，用小手笨拙地剥着皮。

　　因为她纯真的慷慨，我更不忍心吃掉她给的这样珍贵的东西了。我的饥饿感，被对这个馍馍的珍惜抑制住了。我甚至觉得有点"暴殄天物"，我的肚皮，是随便什么都可以填满的，何必要吃这么贵重的食品呢？我很想把这个馍馍换两个还在笼屉上放着的土豆——我的近视眼对食物却异常敏锐，她一掀一盖锅之间，我就看见笼屉上放满了土豆。可是，我又不好意思说出口。

她见我还把馍馍拿在手里，指着我对孩子说："说：'叔叔，你吃，你吃吧。'说！"

孩子把塞在嘴里的土豆取出来，用沾满土豆泥的小手指着我："吃，你吃，你吃嘛！"

"我不吃，"我酸楚地对孩子说，"留给你爸爸吃，好不好？"

"嘻嘻！"她又笑了，"她爸爸在爪哇国哩！你吃了吧。你看，你们念过书的人尽来这个虚套套！"

我不知道她说的这个"爪哇国"是什么意思。我只知道古典小说中常把非常遥远的或根本没有的地方叫"爪哇国"，而这个地区农民的许多日常用语还保留着古汉语的特色。那么，是她丈夫在很远很远的地方呢，还是孩子现在没有爸爸？

"那么……还是，你自己留着吃吧。"我眼睛看着锅，想把馍馍仍放进去。如果她再客气的话，我就可以说我吃两个土豆就行了。

"你看你这个没起色的货！"不料，她勃然嗔怒了，"扶不起个搁不起！那你把馍馍给我放下，你哪儿来的还滚到哪儿去吧！"她掉转身搂着孩子，眼睛也不看我了。

我尴尬地两手捧着馍馍不知所措，和端着一盆盛得满满的热汤不知放在什么地方好似的。

"你，你不是说要打炉子吗？"

"打个球！"她又忍不住嘻嘻笑了，"我的炉子是喜喜子给我打的，也好烧着哩。是这么回事：昨天休息，我把喜喜子拾来的麦子推了点白面，蒸了五个馍馍。喜喜子一个，我一个，娃娃两个，还有一个，我就想着给你。可我昨天找你找不见……没酵子，只好蒸死面的。你凑合着吃吧。白面我还有哩，酵子我也发下了，下次就能吃发面的了。"

还有下次！我也不好问她为什么"想着"给我。这是不礼貌的。除了怜悯，还能为什么呢？我不像"营业部主任"、中尉和老会计几个人，一出劳改农场就把那层皮扒了，换上家里寄来的干部服。我一身棉衣棉裤还是劳改农场发的。这种没有领子、三个贴兜的衣服，和脸上的金印同样是受惩罚的记号。布，近似于医用的纱布，刚穿几天就磨了几个窟窿，现在又硬得跟甲壳一样，我缩在这样一套棉衣棉裤里，如同一只蛹没有成熟就死在茧里似的。

沉默了一会儿，她见我低着头，看着手中的馍馍，有要吃的意思，就又掀开那土台子的布帘，端出一碟咸萝卜，拿出一双筷子，用手抹了抹，放在我的旁边。

"以后，你肚子饿了你就来。那天我看你，脸都发灰了，跟伊不利斯①一个样……"不知她想起了什么，突然又嘻嘻笑了。可是她马上忍住笑，抿着嘴，坐在炕上瞅着我。

经过这一番推让，我当然要吃了。"恭敬不如从命。"但我很不好意思在她面前吃东西。我那致命的虚荣心还没有完全丢掉。同时，我知道我现在的吃相很不好，我怕一个女人看见我狼吞虎咽的模样。

她不理解我这种心理，也不懂得不要坐在旁边看客人吃东西的社交礼貌，奇怪地问："吃吧，还等啥？"又催促我，"快吃，一会儿说不定来人哩。"

是的，这倒有点可怕。今天农工们都休息，很可能有人来她这儿串门子。看见我在她这里吃东西，这多不好！我又不能把这珍贵的食物拿到我们"家"去享用，那里还有好几双眼睛！

我慢慢地把馍馍拿起来。

这确实是个死面馍馍，面雪白雪白，她一定罗过两道。因为是死面馍馍，所以很结实，有半斤多重，硬度和弹性如同垒球一样。我一点点地啃着、嚼着，啃着、嚼着……尽量表现得很斯文。我已经有四年没有吃过白面做的面食了——而我统共才活了二十五年。它宛如外面飘落的雪花，一进我的嘴就融化了。它没有经过发酵，还饱含着小麦花的芬芳，饱含着夏日的阳光，饱含着高原的令人心醉的泥土气，饱含着收割时的汗水，饱含着一切食物的原始的香味……

忽然，我在上面发现了一个非常清晰的指纹印！它就印在白面馍馍的表皮上，非常非常清晰，从它的大小，我甚至能辨认出来它是个中指

---

① 伊不利斯，阿拉伯语，魔鬼。

的指印。从纹路来看，它是一个"罗"，而不是"箕"，一圈一圈的，里面小，向外渐渐地扩大，如同春日湖塘上小鱼喋起的波纹。波纹又渐渐荡漾开去，荡漾开去……

噗！我一颗清亮的泪水滴在手中的馍馍上了。

她大概看见了那颗泪水。她不笑了，也不看我了，反身躺倒在炕上，搂着孩子，长叹一声："唉——遭罪哩！"

她的"唉"不是直线的，而是咏叹调式的。表现力丰富，同情和爱惜多于怜悯。她的叹息，打开了我泪水的闸门，在"营业部主任"作践我时没有流下的眼泪，这时无声地向外汹涌。我的喉头哽塞住了，手中的半个馍馍，怎么也咽不下去。

土房里一时异常静谧。屋外，雪花偶尔地在纸窗上飘洒那么几片；炕上，孩子轻轻地吧唧着小嘴。而在我心底，却升起了威尔第《安魂曲》的宏大旋律，尤其是《拯救我吧》那部分更回旋不已。

啊，拯救我吧！拯救我吧！……

一会儿，她在炕上，幽幽地对孩子说："尔舍，你说：'叔叔你放宽心，有我吃的就有你吃的。'你说，你跟叔叔说：'叔叔你放宽心，有我吃的就有你吃的。'……"

从声音上判断，孩子的脸向我转过来。

"叔叔，你放心。叔叔，你放心……"

孩子越说越来劲儿，可能她觉得这句她尚未理解的话很好玩，站起来朝炕沿边跨了跨，小手指着我："叔叔，你放心。叔叔，你放心……"

"还有哇！"她翻起身扶着孩子，"有我吃的就有你吃的。说呀！"

孩子愣了愣，口齿不清地学着："有你吃的，就有我吃的。"

她哈哈大笑了，一把搂起孩子，反身把孩子按在炕上，用手指胳肢孩子。

"没起色的货！有我吃的就有你吃的，不是'有你吃的就有我吃的'……没起色的货！没起色的货！……"

她和孩子在炕上打滚，嘻嘻哈哈地闹成一团。屋里的气氛即刻欢快起来，我的心情也开朗了。我很快把馍馍吃完，连咸萝卜也没就。

"还有土豆哩。"她等我吃完了，坐起来，拢了拢头发，把棉袄往下抻了抻，指指炕下的锅台，"土豆还有一锅哩。你自己拿。"

这时，我才有心情看清楚她。

首先让我惊奇的是她面庞上那南国女儿的特色：眼睛秀丽，眸子亮而灵活，睫毛很长，可以想象它覆盖下来时，能够摩擦到她的两颧。鼻梁纤巧，但很挺直，肉色的鼻翼长得非常精致。嘴唇略为宽大，却极有表现力。很多小说中描写女人都把眼睛作为重点，从她脸上，我才知道嘴唇是不亚于眼睛的表现内在感情的部位。线条优美的嘴唇和她瘦削的两腮及十分秀气的鼻子，一起组成了一个迷人的、多变的三角区。她的皮肤比一般妇女黑，但很光滑，只是在鼻子两侧有些不显眼的雀斑。下眼睑也有一圈淡淡的青色。这淡淡的青色，使她美丽的黑色的眸子表现出一种令人难以忘怀的深情。她脸上各个部分配合得是那样和谐，因而总能给人以愉快与抚慰。从她和我谈的不多的话里，从她的行动举止来看，我感到她的性格是泼辣的、刚强的、爽朗的、热情的。这和她南国女儿式的面庞也极吻合。后来我才了解，这种南国女儿的特色，也是从中亚细亚迁徙过来的民族所具有的。

她的岁数在二十岁到二十五岁之间，不会比我大。

她的名字叫马缨花！

十七

我吃了她一个白面馍馍和好些土豆，我不好意思再去了，尽管我走时她一再叮咛我明天再来。

第二天吃完早饭，我还是抱着郭大力、王亚南译的一九五四年版的《资本论》躺在草铺上，不过没有像昨天那样脱掉衣裳，好像在等待着什么。

我不好意思去，但又非常想去。

雪虽然停了，但地上已经铺满一尺深的积雪。房舍中间的甬道上，尘土和积雪混在一起，被践踏成坚实的硬块。天空中仍然堆集着一层层乌云，连空气仿佛都是灰色的，不定什么时候，还会飘落下雪花。谢队长在吃完饭后，到我们"家"里来，告诉我们今天还不出工。又说，这场雪下得好，下得好。说今年大家都没力气，干不动活儿，该淌的冬水没有淌，这场雪，等于补上了这次冬水，明年地里的墒情一定好，夏庄稼有了指望了。但不识趣的中尉顶撞他说，庄稼长得再好，粮食定量还是那么一点点，庄稼好，跟我们有什么屁相干?! 一句话，气得谢队长拔起腿走掉了。我看他本来还想多待一会儿的，因为他发现我在看书，很想跟我聊聊似的。

中尉复员以后，在政府机关当小科长。劳改出来，他的"右派"帽子摘掉了，老战友正在北京的郊区给他安排工作，在这里不会待长的。他又年壮气盛，所以敢说出这种冒天下之大不韪的话来。

但我还是感到惊奇。我惊奇的是中尉顶撞了谢队长以后，谢队长尽管气得耷拉下眼皮，却没有布置我们批斗中尉。要是在劳改农场，你等着挨绳子吧!

我蓦地有了一种解放感。这时，我正读到注释51："野蛮人和半野蛮人，以不同的方式，使用他们的舌头。据巴利上校说，巴芬湾西岸的居民，用舌舔物二次，表示他们的交易完成，东部爱斯基摩人，也以舌舔交换物品。"我想，自由人和非自由人，恐怕也要在怎样使用舌头上表现出来吧。怕什么? 没有什么可怕的!

中午，在昨天那个时分，她又来了。我一听见脚步声就知道是她。雪积厚了，她的脚步声不是沙沙的，而是咯吱咯吱的，但仍然非常轻盈。

她一下子揉开门，直接冲着我喊道：

"喂，咋哪? 你把营生干了一半，就撂下不管啦?"

"营业部主任"哧哧地偷笑：人家都休息，偏偏要我去干活儿，他很称心。

我装作不乐意地放下书本，慢吞吞地爬起来，跟在她的后面。

一拐弯，她便嘻嘻哈哈地笑起来，还天真无邪地用肩膀撞了我一下。她的神态，使我想起我儿时和表妹一起逃学，跑到只有我们俩知道的花园那个角落时的情景，又非常自然地仿佛和她有了某种默契。我也笑了。这种笑，不是我多吃了一口的笑，我愉快地感觉到了已经离开我非常非常遥远的盎然的生意又回来了。

可是，今天，她真的把炕拆了。

海喜喜抱着两肘蹲在门口，紧绷着薄薄的嘴唇，目光阴沉，一脸不高兴的表情。屋外，和好了一摊泥；房里，炕面子完整地掀起来了，土坯也准备好了。看样子就等着我来干。

"你光指挥就行了。"她说，"让喜喜子干，他有的是驴劲。来，你们先吃点土豆，暖和暖和，完了我蒸白面馍。"

"他——指挥我哩！"海喜喜连看都不看我一眼，朝地上啐了口唾沫，也不接她给的土豆。

"东西都准备好了，我们先干吧。"我说，"早完工早点火，不然炕烧不干。"

海喜喜还是蹲在那里不动。他的懒怠和对我的藐视，刺激起我的活力和竞争心。我跨进炕墙里面。

"我一个人来！这点活儿，咻！……"我好像力大无穷似的。

"你干不干?!"她向海喜喜瞪了一眼，只厉声问了一句话。

海喜喜像被踢了一脚的狗，倏地站起来，撸起棉袄袖子："球！还是我一个人来干吧！"

"你呀，你是榆木脑袋，人家是化学脑袋。"她把土豆塞在我手上，嘲笑海喜喜，"你今天还是看人家的吧，你就给他当小工。"

她经常说出些我想象不出的，为作家、诗人所叹服的生动的词汇。这儿的农民把他们从未见过的新兴塑料制品一律冠以"化学"两个字，比如"化学梳子""化学扣子""化学杯子"等等。这个"化学脑袋"和那个"棺材瓢子"一样，使我不由得叫绝。

原来，昨天我在她家吃土豆的时候，我对她说，她的炉子虽然好烧，但炕打得不科学。老乡们打炕，烟囱和灶门呈对角线，大部分热气从烟囱跑掉了，仅炕头上热一点。最科学最经济的方法是火道满炕转，呈"回"字形。我在地上给她画了一个图，我说："这种炕，只烧一把火，我叫它满炕热！其实改一改不费事，只要在炕里动一点小手术就行。"今天，她果真照着我这个"化学脑袋"想的做了。

我边吃土豆边干活儿。我很小的时候就欣赏电影上的男演员一边吃东西一边干活儿的做派，欣赏水兵们听到"甲板上集合！"嘴里嚼着面包就冲出舱房、爬上桅杆的神气。我觉得它表现了男子汉的忙碌、干劲、帅气和对个人饥寒饱暖全然不顾的事业心。但过去我没干过活儿，后来干上活儿却没有东西给我吃，而且干的又是什么活儿啊！今天，我干得很痛快。炕修改好了，肚子也被土豆填满了。

海喜喜不吃土豆，也许他不屑于吃，也许他吃饱了。他给我递坯端泥，面孔阴沉沉的，嘴里不断地嘟嘟哝哝，说这种土坯挨着土坯的实心炕要是好烧，他就跳河去。我装作没听见。

放好最后一块炕面子，我跳下炕，向他一摆手："行了，你上泥吧！"

海喜喜蹲下来左看右看，像是想挑出哪儿有点毛病。她已经把馍馍的面剂子切好了，放到笼屉里，呵斥他说："还看啥？！小心绕花眼睛！齐不齐，一把泥。瓦工的活儿你还不知道？你先从锅台这边泥。我这就烧火。"

在这大雪天，她不知从哪里抱来一捆捆干柴，动作麻利地在灶膛里点着了火。开始，有些烟从炕面子的缝隙中蹿出来，随着海喜喜泥的面积越来越大，烟逐渐地减少，终于消失了。海喜喜泥完后跳下炕，看着灶膛里熊熊的烈火一个劲儿地往烟道口蹿去，而满炕都冉冉地蒸发出水汽，褐色的湿泥渐渐地变白，也不作声了。

"你死去！你跳河去！……"她笑着揶揄海喜喜。灶火映着她生动的脸，我很久没有看见过这种红闪闪的美丽的鲜艳的颜色了。

我坐在那不能移动的土坯凳子上悠闲地吸烟，第一次感觉到劳动会受到人的尊敬。这种感觉，扫除了昨天接受她施舍的时候多少还有一点的屈辱感，维持了我的心理平衡。我想，我现在是"自食其力的劳动者"，是农业工人了，而我才二十五岁，如果在农业劳动上我不能成为一个壮劳力，成为一个内行，今后便无法安身立命。今天，就凭我这一点从供暖工程师那里学来的小技能，马上改变了我和海喜喜两人的地位，几天以前我还看作高不可攀的车把式，也不得不给我当小工。这就充分说明了，在这里，在这个穷乡僻壤，在这个也许我会终生待下去的地方，只有体力劳动的成果才是衡量人的尺度。而从刚才干的活儿来看，只要我能吃饱，我完全可能成为海喜喜那样魁梧、剽悍、粗豪，放到哪儿都能干的多面手！我有充分的信心能成为一个"自食其力的劳动者"！

四年的禁锢，四年的饥饿，处分解除后依然戴在头上的"右派"帽子，已经把我任何别的志向都摧毁了。

她蒸好两屉馍馍，又熬了一大锅白菜土豆。把寄放在别人家的尔舍叫回来，我们开始吃饭了。

这是一顿真正的饭！我多少年没有吃过了啊！多少年？……

"给，吃完再盛。"她首先给我盛了一大碗土豆熬白菜，又塞给我一个大白面馍馍，"馍馍你今天先吃两个，还给你留着哩。你来，我馏一馏给你吃。"

海喜喜铁青着脸蹲在锅台旁边，毫不掩饰妒意地盯着她端菜拿馍的两只手。

我不理睬海喜喜。今天我吃这顿饭是名正言顺的。这是这儿老乡家的规矩：替谁家打炕盖房，就要在谁家吃饭。我心安理得地拿起馍馍。

今天的馍馍是发面的，比昨天的更白。我转来转去看了看，再没有昨天那样的指纹印了。

可是，即使有昨天那样的指纹印，我会有什么样的感觉呢？如果不是昨天，而是今天的馍馍上有那样的指纹印，我又会有什么样的感觉呢？

人哪，你是多么容易受情势的摆布，多么容易忘记过去呀！

在她家吃完饭，回到"家"，又从伙房打了一份稗子面馍馍，也吃了下去。我才知道什么是"饱"！"饱"，不是"胀"！

我躺在马灯下的草铺上，乜斜着睡眼，沉醉在饱的舒适感里，晕头晕脑地计算我今天吃了多少东西，但算了半天也没算出来。因为饱，我可以想食物以外的事情了。我想到她和海喜喜。他们并非夫妻是明显的了，而交情似乎又不寻常。可是我的直觉告诉我，海喜喜又没有占有她。如果海喜喜对她已经实现了法律外的占有，他是不会像一条狗似的顺从她，领教她那有时几乎是刻薄的嘲笑。这两个人真微妙得耐人寻味，尤其是她，那么善良又那么泼辣……

再说海喜喜，这个体力劳动者也有值得我羡慕的地方。俗话说："外行看热闹，内行看门道。"即使他干端坯递泥这样的简单劳动，我也马上知道他非常有眼色：泥炕面的时候，他的步骤和我一样合乎劳动运筹学的原理，没有一个多余的动作。干完泥活儿以后，自己的身、手却很干净，几乎纤尘不染。在农村，是很讲究这点的。比如说，有的姑娘媳妇和面，和一斤面会有二两沾在手上、盆上、案板上。而受人称赞的姑娘媳妇就讲究"三光"：和完了面，手光，盆光，案板光。劳动也是这样。干净、利落、迅速，是体力劳动的最高标准，正如文学中智慧的最高表现是简洁一样。这不是光靠经验能达到的。没有干过农业劳动的人，以为那只要有力气就行，熟能生巧嘛。其实不然，我见过劳动了一辈子的老农，干起活儿来仍是拖拖沓沓——当地人叫"猫拉稀屎"，和写了一辈子文章的人还是行文啰唆相同。

简单的体力劳动，也可以表现出一个人的智慧、个性、气质与风格……

我慢慢地睡着了。在梦里，我真的变成了招贴画《你为祖国贡献了什么?》上的标准体力劳动者，但奇怪的是，我的面孔却非常像海喜喜!

十八

开始出工了，但雪并没有化。

我非常喜欢雪。我一生第一次看见雪是在重庆。那天，保姆给我穿好衣裳，我一下床，撩开窗帘，眼前就扑来耀眼的银白色的光。山坡下，昨天还很丑陋的平房，疏疏落落的小竹林，都美丽得和刚刚的梦一样。整个洁净的世界，在我幼小的心灵中唤起了一股冥想的柔情。就在那一刹那，心灵和大自然无间的交汇，纯净的心灵对于纯净的大自然的感应，使我莫名地掉下泪来，使我对大自然产生了难以言传的庄重的虔敬。可以说，是雪让我过早地成熟了，以后成了一个诗人，再以后……

黄土高原的雪绮丽无比。它比南方的雪要显得高贵、雍容、壮阔、恢宏大度。南方的雪使人感到冬天确实来临了，北方的雪却令人想到美丽的春天。雪，才是黄土高原上真正的迎春花。

今天我跟大车装肥，就是说把我们前几天砸碎的厩肥运到田里去。田野空阔，雪好似扫尽了地面上一切多余的东西。丘垄、渠坝、沟沿、高耸的树枝……所有带棱角的地方，都变得异常光洁而圆润，并且长着如天鹅绒般的茸毛，仿佛晴空下的雪原不是寒冷的，而是温暖的，总使我不由得想把自己的脸颊贴在上面。

我跟的不是海喜喜的车，赶车的是一个五十多岁的老汉。这个老汉沉默得出奇，也慢得出奇。海喜喜的大车一天拉了五趟，他只拉了两趟，而他赶的牲口却要比海喜喜赶的壮。

"傻熊！鞭打快牛。咱们慢慢来吧！"他斜睨着海喜喜耀武扬威地从他车旁超过去，用手掌焐着冻得通红的鼻子这样说。这天，他仅说了这样一句话，像是自言自语，又像是给我作解释。"鞭打快牛"的意思是：能干活儿、肯出力的人常得不到好报，总是受到埋怨和批评。他这倒也是一条人生哲理。

也好，他这样慢吞吞地赶车，却给了我遐想的时间。坐在他的大车上，如同在梦中轻轻地摇晃。雪，会使我联想到安徒生、普希金、莱蒙托夫……

　　　　啊，你，是你造就了普希金！
　　　　当你飘落下来，
　　　　我不能想象你来自那铅灰色的云，
　　　　一定有双纤纤的玉手将你摘下，
　　　　在那里，满园梨花春荫。
　　　　啊！给我一片，给我一片，
　　　　让你滋润我的心。
　　　　啊，你，是你拯救了章永璘！
　　　　当你伸过手来，
　　　　我不能想象你生长在荒野的寒村，
　　　　你迷人的眸子含有奇异的光焰，
　　　　在心底，南国五彩缤纷。
　　　　啊！我要记住，我要记住，
　　　　你宝石般的指纹。

绿化树　　　　　　　　　　　　　　　　　　　　　197

大车车轮顶在一个小土坎上，没有过去。老汉干脆让车停在那儿，既不前进也不后退，在车辕上歪着脑袋，用手捂着鼻子呆坐着。我很熟悉这种神情。在劳改农场，管这副模样叫"死狗派儿"。"派儿"，不是"派"，以把它和政治上学术上的"派"区分开来。抱着这种态度的人，一切威胁、利诱、说服、动员、批评教育都把他无可奈何，只好随他去。

我随他去了。我在想，为什么我对她用了"迷人"这样的词？对她，我应该用"圣洁""崇高""神圣""仁慈"诸如此类的词才是。肚子吃饱了之后，我发觉有一种非常隐秘的东西在撩动我的心弦，我的心，像雷雨过后沾着水露的光闪闪的蛛网，在檐下微微地颤动。

我无缘无故地脸红了。

她和队上的妇女老弱仍在马号前面翻肥。翻出来的肥污染了白皑皑的雪地，分外扎眼，却让领导看得很清楚：今天她们干得不错！下午，谢队长见我们大车回来了，高兴地喊了一声："收工！"

农工们像往常一样，零零散散地回各自的家里去。她擦着铁锹，有意在肥堆旁边等我。

"歇一歇到我家来一趟。"

"怎么？有什么事吗？"我跳下老汉的大车，有点不好意思地问。

"'怎——么'，"她笑着学我的话，有滋有味地咂摸着，"'怎么'，你'怎——么'打的炕不好烧哩！"

吃完从伙房打来的稗子面馍馍，我才到她家去。现在，我们组里的几个人都各有各的事，他们管不着我，也不注意我。我这样一副尊容，在这样一种时候，谁也不会把玫瑰的颜色和我联想在一起。但走在路上，我还是止不住有些心跳。

> 当我迈着轻捷的步子走到她窗前，
> 透过绿纱窗帘，我看到她窈窕的身影，
> 和覆盖着柔情的披肩。
> ……

莫名其妙地，我脑海中会跳出不知是哪一部诗剧里的台词。

当然，她家没有绿纱窗帘。她的窗户和所有农工家的窗户没有两样，也是用零七碎八的玻璃拼镶上的——我估计在这个队搞基建的时候，农场肯定是用低价购买了一批处理玻璃。同时她也没有什么"披肩"，尽管她也许有不少于玛甘泪或达姬娅娜的柔情。她端坐在炕头上，就着挂在墙上的一盏用药瓶子做的煤油灯补小衣裳。尔舍已经睡着了，盖着一床褪了色的小被子。

"炕怎么不好烧？"我推门进来，问她。但我似乎也明白不是炕不好烧。

"'怎——么——'，"她又笑着学我，声音夸张地拖得很长，"怎——么——，你怎——么——现时才来？"说完，她被自己学的口音逗得哈哈笑了。油灯照着她紧密细小的牙齿，她下齿中的一颗，稍微被挤出了一点。然而这并不损坏她的美，就和蒙娜丽莎的斜视一样，倒构成了她美的一个特点。她的笑声，把尔舍惊动了一下。她当即忍住笑，跳下炕，从锅里端出一碗土豆熬白菜，还有两个馏好的白面馍馍。

我也笑了，腼腆地搔搔后脑勺，轻声地说："现在粮食这样困难，我怎么好老吃你的？你还是留给尔舍吃吧。"

"怎——么——"她又忍不住扑哧地一笑。我在她面前不自觉地老说出"怎么"来。的确，对于她，我好似总不能理解。

"你不要废话！"她说，"你把心款款地放在肚子里面。人家不是说我开着'美国饭店'吗？"

她对我的施舍表现得很自然，对我的怜悯并不使我难堪，而是带着一种孩童式的调皮和女人特有的任性。我也不好问她粮食是从哪儿来的。在这样的时候问这种话无异于盘诘人家。还能从哪儿来呢？大家心照不宣罢了。家家都是如此，唯有我们几个单身农工没有这样的条件。单身农工都在集体伙房吃饭，没有灶具，没有瓜菜调剂，没有……有的却是相互盯着的眼睛。

我吃着饭，和她聊天。她说她家是从青海过来的，只有个哥哥，现在在县里一家农具厂当铸工，娶了个本地女子。她跟那女子合不来，就到这农场来当农工，已经有两三年了。但她显然不愿提这些事，却饶有兴味地，用热烈的语气回忆她的童年。她说她老家的女子都会绣花，连袜底上都要绣上花朵，等发了工资，她也要给我买双袜子绣上花送给我。我连连说不必了，袜底上绣上花，给谁看呢？她用审视的眼光上下看了看我，不言语了。我怀疑她是在猜测我身上究竟最需要什么。后来，她又说起她母亲。她母亲年轻的时候是老家有名的民歌手——当然她用的不是"民歌手"这个词，曾赶过河州的什么"太子山花儿会"，人称"赛牡丹"。说着说着，她幽幽地唱起来了：

> 园子里长的是绿韭菜，
>
> 不要割，
>
> 你叫它绿绿地长着。
>
> 哥是阳沟（嘛）妹是水，
>
> 不要断，
>
> 你叫它清清地淌着。

"咋样？"唱完，她问我，她眼睛里熠熠地散射出愉快的光芒。

我已经吃完了，默默地坐在土坯凳子上听着。她轻悠悠的歌声，土房里温馨的宁静，尔舍沉睡的小鼾，油灯昏黄而柔和的光影，饭饱后的舒适，使我像进入梦中那样，有种酡酊的感觉。现实世界在我眼前都恍惚了，模糊了，幻化成七彩的彩虹。心仿佛一团被松开的海绵，一下子又恢复了原样，并贪婪地吮吸着清新的朝露。她唱的仍是"河湟花儿"。上行乐句常大幅度地急骤上升，反复做四度跳跃，形成256125……的旋律线；下行乐句由高八度的5又急骤下降，形成52165……的旋律线。即使她唱的声音很轻，也带着高亢悠远的格调，表现出她所属的那个民族爽朗豪壮的性格和对爱情的雄奇热火的追求。从来没有一支歌曲，甚至是大型交响乐能如此直接地渗透进我的心，像注入填充剂一样，使我的个性坚挺起来。

"你不是唱诗歌的吗？你也唱个我听听。"她带着好奇的微笑要求我，像孩子似的：我唱一个，你也要唱一个！

我跟她说，我不是"唱诗歌"的，而是"写诗"的。可是，我怎么也不能让她明白什么是文学概论对"诗"的释义。在解释的过程中，我开始怀疑自己其实也不明白什么是"诗"。人民的创造一旦进入学院的殿堂，就会失去它纯真的朴拙，要想返璞归真，语言是无能为力的。我开始理解，诗人和作家为什么光到群众中去还是不够的，他必须要和群众共命运，同感情。最后，我只好说，"诗"就是歌词儿。我写出的东西，她可以唱，但我并不会唱，只会念。

"那么你念个我听听。"她说，并摆出一副准备认真倾听的神情。

我轻轻地咳了一声，却不知念什么好。念什么？我蓦然发觉我过去发表的作品只能说是打油诗，都不适于带着感情来朗诵。有的可以说是感情充沛的诗，虽然是写给群众看的，但如果念出来，她肯定会莫名其妙。并且，我也不会朗诵。诗人不会朗诵，至多只能算半个诗人，甚至连半个也算不上。我惭愧地认识到我过去的不可一世的浅薄。半晌，我选了李白一首最通俗易懂的诗：

床前明月光，
疑是地上霜。
举头望明月，
低头思故乡。

她坐在炕上，似乎也为之所动，但旋即嘻嘻地笑了起来，接着又笑得前仰后合，倒在炕上。

"哎哟！笑死喽！笑死喽！……啥'地上霜''地上霜'！"她又翻身坐起，脸朝着我，嘴大张大合地，在灯下学我说"霜"字时的口型，"霜——霜——……"

原来，她的语音受阿尔泰语系突厥语族的影响，说汉语"霜"字靠舌尖吸气，口只略微一张就行，我说"霜"时要送气，口要张开，连下颚也动弹了。

"这个不好，"她说，"念个别的。"

我念李白的诗，心情是悒郁的，声调有几分伤感。李白尚能"思故乡"，而我连故乡也没有。人事档案上的那个籍贯，不过是祖籍，我从来没有回去过；妈妈在北京，也是客居在别人家里。我体会到，痛苦的不是"思故乡"，而是无故乡可思。此时此刻，我那种无家可归的飘零感和失去了根系的植物似的蔫萎状，却应该用崔颢的"日暮乡关何处是"、韩愈的"云横秦岭家何在"来表达才合适。而她嬉皮笑脸的怪模样，即刻把我的满怀愁绪一扫而空，使我破涕为笑。我看出来她是故意这样做的。这就是体贴入微的"柔情"，是什么"披肩"也"覆盖"不住的。我感激地看着她，心头突然跳出来李煜的一句词："斜倚牙床娇无那，烂嚼红绒，笑向檀郎唾。"但我赶紧勒住了我的心猿意马。

因为在雪夜，我想起了卢纶的一首诗：

> 月黑雁飞高，
> 单于夜遁逃。
> 欲将轻骑逐，
> 大雪满弓刀。

在我向她一字字、一句句解释的时候，海喜喜砰地推门进来了。油灯光一闪，我眼角扫见他好像把个鼓鼓囊囊的麻袋顺手撂在门背后。由于他总对我怀有隐隐的敌意，我不理他，只顾说下去。她仿佛没瞧见他进来似的，连招呼也不打。海喜喜摆出他惯常的姿势，抱着两肘蹲在地上。我说完了，海喜喜狠狠地朝泥地上啐了一口，说："熊！还追哩！人要跑，他屁也闻不着！啥'轻骑'，他开上飞机也不行！"

"你懂啥?!"她别过头，眼睛瞪着海喜喜，"你就懂得吃饱了不饿！"

她嘲笑海喜喜的话，却使我颇有感触："吃饱了不饿"这个真理，我花了二十五年时间才知道。弄懂这个真理，要比弄懂亚里士多德的《诗学》困难得多，还要付出接近死亡的代价。

"嘿嘿！"海喜喜狞笑着，露出像狼一样坚实的、满是黏黏唾液的牙齿，"懂得'吃饱了不饿'也不简单，只怕有人连这个理也弄球不懂哩！"

我有点惊奇地瞥了他一眼。海喜喜的话里似乎含有深意，并且，这个人和我"英雄所见略同"，我对他倒有了"惺惺惺惜"的好感。可是，海喜喜又把她惹恼了，她转身抓起扫炕的扫帚疙瘩，呼啦呼啦地在炕上乱扫一通。

"去去去！都走都走！我要睡了！"

十九

此后，她还是每天收工时叫我上她家去。如果不去，她会跑到我们"家"来叫。我怕她天天来"家"找我，引起"营业部主任"的怀疑，所以我每天都如约前往。去了，照例是在忸怩中先吃一顿，而且吃得很饱。她有杂七杂八的粮食：面粉、大米、黄米、玉米、高粱、黄豆、豌豆……凡是黄土高原出产的粮食都有，家里就像一个田鼠仓一样。她经常用大米、黄米、黄豆掺在一起焖干饭。这种杂合饭特别香，就是顿顿吃饱饭的人也会觉得它比纯粹的大米饭好吃。这时候，报纸上和广播里，都在大力提倡"粗粮细做"。在劳改农场，我就听过一个炊事员用一斤米做成七斤干饭的"先进事迹"，大喇叭上还说他为此出席了"先代会"，听得我直咽口涎。她从来不做这种实际上在物理学中叫"过饱和溶液"的"干饭"，而是真正的干饭，一粒一粒的，圆润透亮。当然，她焖的稗子米干饭我也吃过。焖稗子米干饭，才显示出来她比那出席"先代会"的炊事员还高超的技术。

稗子，自古以来不当作粮食，"五谷"中就没有列入稗子。一九五八年，正在水稻分蘖的时候，掀起了"全民大炼钢铁"的运动，农民、农工全上山开矿砌炉去了。山上炉火熊熊，水稻田里仿佛也被火烧了一般，一滴水也没有。到了秋天，水稻颗粒不收，稗子却如原始森林似的茂盛。比人高一头的株秆密密层层，连蚂蚱都飞不进去，穗头还特别大。这个地区的农业领导人灵机一动：干脆吃稗子！并且允许稗子可以当公粮。应该公允地说，他这一招倒是个救急的办法。于是，稗子堂而皇之地步入了供应粮的行列，还后来居上，坐了第一把交椅。最普通的吃法是把稗子连壳一起磨，这就是我们天天顿顿吃的稗子面。它没有黏性，蒸熟的馍馍不过是靠万有引力聚集在一起的颗粒。讲究一点的，和处理稻谷一样去掉皮，加工成小米般大小的稗子米。稗子米的确如那些砸粪肥的妇女说的，只能馇稀饭，然而，她却史无前例地把这种不见经传的粮食焖成了一粒粒的干饭！

我的忸怩，不是装出来的，我是真正为她心疼，为自己白吃白喝感到羞愧。可是，我又非常想去。她家里，总有一种朦胧的幸福、愉快、舒适、自由在吸引我。我几次跟她说，我不吃粮食，给我熬一碗土豆白菜就可以了。她却说："咋不咋！你把心放在肚子里，我有粮食，要不人家咋说我开'美国饭店'呢？你没见，尔舍不是长得很壮实吗？"

是的，尔舍的确长得很壮实，很有精神，天真可爱。她不像营养不良或老吃不饱的孩子，见了别人吃东西就眼馋。我吃的时候，要是她没有睡，也一个人在炕上乖乖地玩，用海喜喜给她捏的小土灶、小土碗"过家家"。两岁多的孩子不会装模作样，更不会客气，她对别人吃东西不感兴趣，就是她吃饱了的明证。

我只好"把心款款地放在肚子里"了。

日子长了，从农工那里，我也知道了说马缨花开着"美国饭店"是什么意思。这个概念很不准确，不能照它的字面去解释。那必须先熟悉了这里的农工们对世界的理解程度，才能够透过字面洞悉到它微妙的内容。"美国饭店"，并不是指她那儿卖饭，谁都可以去吃，而是指哪个男人都可以去串门子，闲聊解闷，准确一点说应该叫"茶馆"。其所以和"饭"字联系起来，是暗示着马缨花通过给人提供这种方便而捞取到定量外的粮食。妙就妙在"饭店"之前冠以"美国"两个字。在农工们看来，美国是个荒唐的、乌七八糟的、充斥着男女暧昧之情的地方，却又是个富裕的、不愁吃不愁穿的国家。把这个国家加在马缨花头上，是完全没有恶意的，至多不过是种嘲笑而已。

谢队长对她的态度就很典型。有一次，我们大车回到马号前面装肥，正碰上马缨花和谢队长在对骂。

"你说我开着'美国饭店'，那你也来呀！"马缨花站在肥堆上，挂着铁锹憨笑着。

"球！"谢队长一边翻肥一边骂，"你当我稀罕你那达……"

"嘻嘻！"马缨花指着他，"只怕你馋得口水流了出来，把毛胡子都打湿了哩！"

这时，谢队长恰好骂得唾沫四溅，胡子上也沾着口涎。周围的男女农工看着谢队长，哈哈大笑了起来。

马缨花占了上风，谢队长大扫了面子。但我知道，谢队长没到她家去过，并且，只要马缨花和一帮妇女一起干活儿，谢队长总要派个强壮的男劳力去帮助她们。对她，谢队长从来没有正儿八经地批评过，更谈不上"报复"了。

一个没有丈夫，又带着一个不知父亲是谁的孩子的单身妇女，现在家里还有男人进进出出，在农村是最容易招人非议的了。但农工们似乎认为只有马缨花可以这样做。我渐渐地理解了，她能取得农工们的好感，绝不是凭她的姿色或采取了什么方法。只有对人人都抱有善意和同情心的人，才能自然地取得人人对她的善意和同情。真诚和善良，有时能把违反习俗的事也变得极有魅力，变得具有光彩。

从农工们的话里，我还知道，近几个月来，好像海喜喜已经"独占了花魁"，别的人很少去了。"美国饭店"成了一个历史的概念，一个巴比伦。可是我坚信自己的直觉，海喜喜并没有占有她，更谈不上什么"独"。他还有个情敌——如果可以这样说的话，就是那个瘸子保管员。有一次，我去她家，瘸子保管员跷着二郎腿坐在我常坐的那个土坯凳子上，她背对着他在炕前擀面。见我进来，瘸子保管员好像有点无趣地走了，临走时，操起土台上的一个空面袋揣进怀里，看样子他是带着一点什么东西来的。还有一次，在我吃完饭和她聊天的时候，外面响起了一轻一重的脚步声，马缨花急忙跳下炕，抓起顶门杠把门顶上。瘸子在外面叫门，她却喊叫道："睡啦，都睡下啦！"搞得我十分尴尬，屏声静气，心跳不止。一会儿，保管员一轻一重的脚步声远了，她才朝我调皮地一笑，叫我接着讲故事，并不提那瘸子跑来干什么。

我和她接触的时间长了，越来越感到她并不是农工们印象中的那种跟谁都有暧昧关系的女人，她天真、坦荡、调皮、开朗……然而，我又感到她身上还有什么地方我并没有认识。

二十

对海喜喜，她倒从来没有顶过门。海喜喜总是像主人似的大模大样推门进来，见我也在这里，而且把唯一的座位占了，就阴沉着脸往地上一蹲。

我们几乎天天在马缨花家见面。他要卸套、饮马、铡草、喂马，间或还要拾掇套具，所以来得比我晚得多。等他进门，我已经吃完了。但不知怎么，我见了他总觉得自己比他矮一大截，还有一种偷了东西装在口袋里，没出门就被别人撞见了似的心虚。虽然我们两人都不动声色，但仿佛他明白，我也明白：我刚刚做了件不光彩的事。这种感觉给我很大的压力。他一推门，我就会抑制不住地脸红起来，说话的兴味也跑得无影无踪。那马缨花还没来得及收拾的碗筷，也好像成了我的罪证，让我惶惶不安。

马缨花不像别的女农工，爱背地说人长短。她喜欢和现实生活完全无关的幻想，喜欢听神话和童话。在饭后到夜晚这段时间，她真有点超凡脱俗的味道，和她跟那帮妇女嘻嘻哈哈笑骂时判若两人。她缠着我给她讲故事。而我充当这种"说书人"，似乎也成了付给她饭食的报偿。马缨花会和我的故事一起幻想。幻想是人的本能，每个人都会幻想，都有自己的幻想。难能可贵的不是会幻想，有幻想，而是善于接受和理解别人的幻想。马缨花对《丑小鸭》、对《灰姑娘》、对《海的女儿》、对《青凤》、对《聂小倩》等等都非常神往。她认不了几个字，心灵却能够和外国的与古代的幻想相呼应。我没有讲故事的才能，不注意描述细节，情节也是挂三漏四，只能讲个梗概。但马缨花凭她的想象却能补充出来，她向我提出疑问并谈出她的想法，往往和安徒生与蒲松龄相合，什么海的颜色变化和喧嚣啦——她从未见过大海，海里的歌声会迷住航行的水手啦，小老鼠怎样变成骏马啦……好像她原来看过他们的书一样。这常常使我惊奇。

但海喜喜则不然，他总要和我唱反调，挑我故事的毛病。他像狼似的蹲在地上，像狐狸一样支起耳朵，在我讲得有点颠三倒四或是语句结巴的时候——因为有他在场，我的记忆常常会突然中断，他就仿佛听到小动物在林间响动似的，兴奋地舔舔嘴唇。讲完了，他就用物理的现实来击碎心灵的种种幻想，像一头大象跑进凡尔赛宫横冲直撞。

"熊！野鸭子给你孵天鹅蛋哩！"他鄙夷地说。他说话从来不看我，而是仰面看着马缨花。好像我的故事不过是广播喇叭里的声音，我的话他听见了，而人实际上并不在这房里。"野鸭子可灵性了。天鹅蛋比野鸭蛋大好几圈咧！鸭窝窝里要有个天鹅蛋，你看它趴不趴?！它早他妈飞跑了！……"

"球！用金子打马车哩！"听完了《灰姑娘》，他发表这样的评论，"谁要用金子打马车，那就倒了八辈子灶了！这事儿唬不住我，用金子打的马车，啥牲口能拉动?！嗯？啥牲口能拉动?！那么一点点金子，"他用两根手指头比画着，"就有百十斤重咧！"

对《海的女儿》，他的评论更加荒唐了。他愤愤地说："人能长鱼尾巴哩！人长了鱼尾巴，那玩意儿长在哪达？那能分得出公母来？那咋生娃娃？熊！尽他妈胡卷舌头！"

他骂我"胡卷舌头"，我隐忍住了。因为在他眼里根本没有我，我也只好眼睛里没有他，不跟他辩论，何况他的体重比我大将近一倍。马缨花在我说完以后，常沉浸在自己的想象里，像吃着橄榄一样有滋有味地咂着嘴："啧！啧！"并不理会他说了些什么。但他的蛮横，他的嫉妒，他对我的蔑视，却使我身体复原后而逐渐变稠的年轻血液，在我脉管里加速流动起来。我面孔涨得通红，眼眶里转动着愤懑的泪水。我原来对他尚有的一点敬意和好感早已化为乌有。然而，与此同时，他身上又有一些东西在吸引我，在向我挑战。这些东西和我现在的生活环境是那么一致，那么和谐，因而它显得更有光彩。这就是他的粗野、剽悍和对劳动的无畏。在他的光环中，我却是那么怯懦，那么孱弱，那么萎靡，像个干瘪的臭虫。我的泪水不仅来自愤怒，也来自自怜的委屈感。我用拇指和食指卡量卡量了手腕，我决定要向他应战！

一个人长期生活在这样的大自然和这种乡俗中，当然会不自觉地受到影响，何况我是自觉地在追求这种东西。我认为，粗野、雄豪、剽悍和对劳动的无畏，是适应这种环境的首要条件。要做个真正的"自食其力的劳动者"，就要做海喜喜这样的人。什么"文化知识"，见鬼去吧！没有平庸的职业，只有平庸的人。像我跟的那辆大车的车把式，即使他有高深的文化修养，当了作家，我想也会是个毫无作为、没有独创性的"死狗派儿"作家。而海喜喜当了作家的话，倒能叱咤文坛一阵子。

我暗暗把海喜喜当成了我竞争的对手。

而这时，我的身体真的好起来了。

马缨花曾说过："要吃，就吃粮食。啥'瓜菜代'，土豆白菜只能撑肚子，不养人。肚子越撑越大，人倒成了囊膪……"

这话和"吃饱了不饿"一样具有真理的性质。我每在她那里吃一顿用真正的粮食做的饱饭，就会发现自己的身体在形式上和实质上都比前一天有长进。这不是心理作用。虽然我们"家"没有镜子，她家有镜子而我又不好意思照，但我用手摸就能知道我面颊丰满起来，两臂、胸前、腹部和大腿开始有了弹性。这表明骨头上已有了肌肉组织。最近，我分明地觉着我身体里洋溢着充沛的精力，有一种我二十多年来从未体验过的清新感。这种感觉，比我到了一个我从来没有到过的、长满奇花异草的大花园更令我惊喜。因为这个大花园不在外部，而在我身体里面。很多小说都写过夜晚能听到植物拔节、种子破土的声音，我却有夜晚睡在破网套里，能听到自己体内细胞分裂的啪啪声的独特体验。现代医学绞尽脑汁地研究怎样使人健康的方法，我遗憾专家们没有找到我的这条经验：把人先饿上三年，然后再让他吃饱。不用任何药物补品，他会像孙悟空一样说变就变，转眼之间成为一个巨人。因为他吃下去的每一个食物分子，都会即刻被贪婪的消化器官吞噬，继而被迫不及待地转变成人体细胞。夸张点说，我吃下一斤粮食就能长一斤肉。我的胃，已经辨别不出什么是食物的渣滓，一律照收不误。

二十一

黄土高原气候特别干燥，半个多月以后，田野上的雪大部分都蒸发了。是蒸发，而不是融化。那背阴的沟坎，那潮湿的坑洼里还留有残雪，乡间的土路上却又扬起了尘土。山脚下，那高高的旋风柱又一根根地巍然挺立起来。在东边,坦荡的、一望无际的黄土,金灿灿地呈现出了一片沉寂的春意。风偶尔在田野上扫过,透明的蜃气像野马似的奔腾,我才体会到庄子《逍遥游》中的"野马也,尘埃也"的传神。

海喜喜赶着他的大车,更加威风抖擞地哐里哐啷地跑开了。

那几匹瘦马日见羸弱。可是海喜喜的技术就在这里,他能让马跑到死,除非牲口自己倒毙在路上,绝不会疲疲沓沓地拉车的。

谁使唤的牲口像谁。

没有人跟海喜喜的车能坚持到两天以上。"那驴日的使牛劲,拿咱们穷折腾!"跟过他车的人,没有不骂他的。运肥期间,他的车至少换了十个跟车的人。轮到我们组派人,中尉跟了他一天车,回来用他家乡话骂道:"那是个王八犊子!在这时候,还想挣他妈的功劳哩!别人拉两车、三车,那王八犊子拉了五车!把我累乏乎了。谁爱去谁去!我明儿要走镇南堡。"

第二天,我主动地去跟海喜喜的车。

马号里面,是个很大的四方形院子。一辆辆大车停在土墙下,那三面,是三座破旧的牲口棚,用被牲口磨蹭得摇摇欲坠的柱子支撑着。我和几个跟车的农工一起先到院子里,裹着破棉袄,蹲在朝阳的墙根下等车把式们套车。车把式把各自的牲口一匹匹从棚里牵出来。顿时,院场里"吁、吁""啊、啊""驾、驾"……响成一片。有的车把式带着宿睡未醒的沉闷,有的车把式无精打采、满面愁容。他们的牲口也是一副恋槽模样,牵出来后,懒洋洋地哪儿也不想去,像桩子似的定在院场中间。直到车把式把劲儿使完,把唾沫骂干,才带着满身鞭痕不情愿地退到车辕里面。

只有海喜喜,挺胸昂首,在好些车把式和好些牲口中间,旁若无人地用鞭梢指挥着他的牲口。那副神气,倒像一位马戏团的驯兽师,毫不费力地就把调教得乖乖的牲口领到各自的位置上,一鞭子也没抽,很快地套好了车。套完了,他并不出车,跳到土墙上一蹲,用傲慢的眼光俯视着他的同行们。那种姿势,我是熟悉的。

车把式一辆辆地把车赶出马号,跟车的农工也都爬上了自己跟的大车。整个院场上就剩下我们两个人,还有他的三匹牲口。

这时，海喜喜站起来了，在高高的院墙上手打遮阳地向场外望了一圈。马号外面，传来翻肥的妇女麻雀般的叽叽喳喳的笑骂声。他轻捷地向下一跳，直向一堆干草垛大步走去。

一会儿，他从干草垛后面出来，手里拎着一面袋东西，看来足足有四五十斤。到大车跟前，他一弯腰，把那袋东西塞进车底盘下面的底兜里，然后掸掸袄袖上的碎草，操起鞭杆"驾、驾!"把车赶出大门。

车从我旁边经过，他也不跟我打招呼。而我一纵身，手不扶栏，从车后跳上了大车。我要让他看看，我不会像鸭子似的连跌带滚地爬进他车厢里去的。

他从干草垛后面提出来的东西，我知道不外是黄豆、豌豆、高粱之类的马料。我可以和他有某种默契，不去检举他。这种事情我在劳改农场见得多了。我的浪琴表就是一个车把式换去的。我眼睁睁地看着那个车把式从车底盘下面一个用麻袋做的底兜里，倒出一大堆黄萝卜。没有秤，他还要在斤两上跟我争来争去。而那些黄萝卜能从哪儿长出来呢?绝不会长在木头做的车底盘上，只能来自他刚刚拉的那块属于农场的黄萝卜田。一倒手，他等于从我手上白捡了一块金壳的瑞士名牌表。但你还不能去告发他，要违反交换双方达成的默契，那你就挨饿吧!

今天天气很好，不到十点，早霜已经化尽。干草上，木栏上，显现出湿润的褐色的霜痕。天蓝得透明，道路干燥而坚硬。被翻开砸碎、变得松软的肥堆，像刚刚从笼屉里拿出来的一样，冉冉地升腾着水汽。今天，我的情绪也很好，更有一种神秘的兴奋。神秘之感来自我对某种必将出现的不平常的事情的期待……

按照惯例，车把式赶车，也管装车卸车，跟车的人不过是车把式的帮手。如果两人相处得好，谁多干一点谁少干一点都无所谓，配合起来共同完成任务就行了。车把式也不是生下来就会赶车的，原先全要跟一段时间车。手脚勤快些，脑子灵活些，帮着车把式套个车、卸个车，中途接过鞭杆赶上一截，慢慢就学会了。车把式没有什么驾驶执照，不需要哪个机关来考核，队长、组长的眼睛就是标准，他们看谁能单独赶车谁就能单独赶车。赶车并不难学，比学开汽车容易得多。技术高低的区别，在于怎样调教牲口——这却比和机器打交道困难得多——以及在大车搁住的时候与危险的情况下怎样应付。这时，头脑的灵活和手脚的麻利比积累的经验更为重要。而一旦赶上了车，在没有机械化的农场，车把式就算是一个高阶层的劳动者了。

海喜喜就是一个技术高的车把式，是这个队的高阶层劳动者。

……他把车赶到肥堆跟前，圈好芨芨草编的笆子，跳下车，走到墙根底下一蹲，装着修理自己的鞭梢，却不动手装肥。他摆出这种阵势，就是要我一个人装车卸车。

我取下四齿铁叉，像他一样："啐、啐！"响亮地朝手掌啐了两口唾沫，唰、唰、唰地抢起叉杆。车装满后，我把叉朝车上的肥堆一插，跳上车，坐在车辕上，掏出那宝贵的"双鱼牌"，晃着腿，抽起烟来。

"坐后面！"他甩着鞭子走到车旁边，恶狠狠地说，"辕重了！"

我知道前面装的并不重，他是有意要把我赶到后梢去坐。大车上，车轴以前属于"软席"车厢，坐在车轴后面那部分的，一不小心就会颠下来，比"硬席"还硬。但我装完了这一车，我对我的体力有了更充分的信心。我身上沁出了一层薄薄的汗水，全身的毛孔都张开了，我潜在的力量无阻挡地释放了出来，而且感到潜力之下还有潜力。这种发现叫我感到无比地欣慰，无比地喜悦——我是一个真正的年轻人！

我向他表示宽容和鄙视地一笑，跳下车，坐到后梢上去：

> 啊，我要记住，我要记住，
> 你宝石般的指纹！

到田里，他仍不卸车，手操着鞭杆，我卸一堆，他往前赶一截。一大车肥卸成四堆。他赶的速度比别人快，第一趟回来，我们就甩开车队，独来独往了。

现在，在肥堆前装肥的只有我们这一辆大车了。到第三趟，所有在肥堆旁边翻肥的男女农工，包括谢队长，都看出了我们两人的蹊跷。海喜喜把车停到位置上，大明大白地，毫不掩饰敌意地在车旁一蹲。他不吸烟，手不停地缠着他的鞭梢，好像不是准备打马，而是准备在我不出力时抽我一顿。农工们咻咻地笑着，轻声地指点着，评论着。我无异在做表演。而这时，我越干越有劲，倒不完全是为了向他应战，而是我欢快地感觉到了我青春的活力。我已经解开了我棉袄的扣子，在十二月的暖融融的阳光下，敞开了我像手风琴键似的胸膛。在一叉一叉中间短暂的间歇里，我偶尔也摸摸这两排琴键。它是湿漉漉的，热滚滚的，然而又是有弹性的。它竟会使我联想到苏联红军歌舞团访华演出时演奏过的《马刀舞》。这两排琴键正奏着一曲带有哥萨克风格的凯歌。

马厩肥多半是草末，并不重，一叉下去能挑起一大团，用四齿铁叉挑百十下就是一车。所有的劳动全是因为饥饿才变得沉重的。现在，我越装越熟练，越不慌不忙。我开始用劳动生理学的方法，来寻找拿叉装肥时腰、臂、腿在每一个动作中的最佳角度和着力点。我把从叉齿叉进肥堆到撂进笆子这一过程分解成几段，很快，我就确定了每一段里腰、臂、腿相配合的最佳角度和最佳着力点。一经确定下来，动作就程式化了，不但不费力气，并且姿势优美。

装完第四趟，我明白无误地知道我顶住了，我胜利了！我几乎还和装第二趟时那么有力。旁边看的女农工有的在嘲笑海喜喜，说他是"哈熊"——这个词是无法翻译的；谢队长态度莫测，不时地"熊！熊！"不知是骂海喜喜，还是在骂我。海喜喜不好意思再蹲在车旁边了，他不是上厕所，就是站得远远的。而此刻，我内心却遵循着一种普遍的心理规律，越过了我既定的目标，向新的目标发展了去。这个目标其实和原来的目标方向是一致的：我顶住了，我胜利地应付了这场挑战，即刻就想到要由我来向他挑战。现在想的不是不被他压倒，而是要压倒他！

我们拉了第五趟回来，别的车只拉了三趟，那个"死狗派儿"车把式只拉了两趟，谢队长抬头看看太阳，喊了一声："收工了！"但我却喊道："不行！我还没过瘾哩，我们再拉一趟！"

第六趟回来，冬天的太阳快落山了。山顶没有云，没有晚霞，裸露的山峦披着一片沉郁的黛青色。一群群昏鸦麻雀，从已经没有一颗谷粒，只剩下几垛干草的场院那边，从马号那边呼呼地飞过乡间的土路，落到像荆棘一样干枯的小树林中雀噪不停。空气有点湿润了，轮下的尘土向上翻腾一阵，很快就倦倦地沉落下去。阵阵凄凉的寒意迎面扑来。我裹紧破棉袄，坐在车栏上。前面，是海喜喜有点伛偻的背脊。那脊背上一览无余地呈现出他闷闷不乐，甚至是苦恼的心情。兀地，不知怎么，我也和他一样，感到闷闷不乐，感到苦恼，感到无趣，感到抑郁……胜利的喜悦消失得无影无踪，我像掉进一个冰凉的深井里。

田野上阒无人迹，淡紫色的暮霭向我们合围过来。一条孤寂的忧郁的土路上，只有我们两个人……

二十二

吃完伙房打来的秫子面馍馍，报社编辑把他的洗脸水分了一半给我。我在烧得通红的炉子旁边脱了棉袄，洗着脸，擦着身子。原来很松弛的皮肤下，已明显地鼓起了一缕缕肌肉。肌肉像腹中的胎儿，现在还很小，很嫩弱，但它会成为巨人的。我突然想起政治经济学著作最早的译本，常常把"体力劳动者"译成"筋肉劳动者"。这么说来，有了"筋肉"就有了本钱，有了立身处世的力量了。生理上的发现，使我产生了一种感伤的激动，激发我更迅速地、更彻底地向我认识到的"筋肉劳动者"的方向跑去。

过去的是不会再来了，我要和诗神永远地告别了。这里是不需要文化的，知识不会给我现在的生活带来什么益处，只能徒然地不时使我感到忧伤。我怀着既是与最亲爱的人分离，又是去和最亲爱的人相会时的那种悲怆与欢欣，到马缨花家去。

我不能准确地描述我现在的心情，我整个人好像蹒跚在一个非常荒诞而又非常合理的梦中。

今天我在"家"擦洗了一番，海喜喜已经来了。奇怪，他没有坐在那唯一可坐的土坯凳子上，还是蹲在老地方，搂着尔舍，神情有点恍惚地逗她玩。

挂在墙上的油灯一明一灭，屋子里弥漫着做饭的水蒸气和柴烟。在锅台旁的马缨花隐在烟雾水汽之间，更像一个模糊的梦境。生活的节奏疯狂得像路易斯·阿姆斯特朗的《令人头晕的舞会》。看着那个土坯凳子，那张垂着花布帘子的土台子，那《脖子上的安娜》……仅仅二十多天前，我还是一个惴惴不安的不速之客，还想偷偷地掀开那锅盖和布帘子哩，而现在，我却大模大样地、像个主人似的坐在这里。我似乎理解了海喜喜的恍惚，我甚至比他还恍惚。那空着的、好像有意留给我坐的土坯凳子，突然改变了我的心理。我对海喜喜又有了点尊敬和同情。

马缨花很快给我端来冒尖的一碗大米、黄米、黄豆焖的杂合饭，还有一碟咸菜。这是我最喜欢吃的。她仍像往常一样，用手掌抹了抹筷子。这个动作也是我熟悉的，我没敢看她，也没敢看海喜喜和尔舍。原来我以为我战胜了这场挑战后，在海喜喜面前能理直气壮，挺起腰杆，但这时我似乎比过去更为羞愧，并且还意识不到羞愧的缘由。心情和情绪，是在意识之下潜行着的，它们丝毫不受意识的支配却支配着我。

我一粒粒地挑着饭。我很饿，却吃不下去，我嚼着饭粒，无意识地盯着《脖子上的安娜》。我感到，任何文学艺术作品都很难表达生活本身所包含的戏剧性情节和复杂多变的感情。生活里有一种气氛，一种看不见、嗅不着、触不到，只是徘徊在心中的阴影，就很难用文字描写、线条绘画、舞台表演出来。比如现在，我听见身背后海喜喜低声地跟尔舍闹着玩，那嬉笑的声音也是沉闷的，仿佛受了什么影响的压抑。这种不情愿的、敷衍的笑声特别令人难受。马缨花在洗锅抹碗，叮叮当当的音响既谨小慎微，又分外刺耳，好像是烦闷不安中的骚动。一会儿，大概是应尔舍的要求，海喜喜用百无聊赖的、无可奈何的音调小声唱起来：

> 羊肚子（的个）手巾（哟）水上漂，
> 唱上（那个）小曲子解心焦。
> 一根子干草顶不上（个）门，
> 我拿个好心思维不下个人。
> 大红的果子（呀）香（哟）水的梨，
> 我不晓得哪达儿难为过你。

唱到最后两节，他的声调好像又变得年轻了，恢复了元气。尔舍直拍小手："好听！好听！"还叫他唱。在我意识之下潜行的心情，又兀地滋生出对他的妒忌。他不但有种俯拾即得的灵感，有非常善于用歌咏来表达自己情绪的智慧，而且，也因为尔舍从来没有这样和我亲热过。在我一本正经地说别人编的故事的时候，尔舍听着听着就睡着了。我是不是已经失去了和儿童交流情感的童心呢？

我又听见海喜喜在尔舍耳朵旁边嘀嘀咕咕，像是教唆她些什么。果然，尔舍大声喊着：

"妈，你唱、你唱……"

我没有朝后看。她这时大概已经洗完了锅碗，靠在炕沿上。我听见她扑哧一笑——不论什么时候，什么情况下，她都能够笑出来，这使我的心头掠过一丝无名的恼恨。她爽快地说："好，我唱。"

接着，她用她特有的轻快、柔润，而又带几分野性的嗓音唱道：

> 羊肚子（的个）手巾水上漂，
> 你不会唱曲子奴给你教。
> 三十三颗荞麦（呀）九十九道棱，
> 二妹妹再好是人家的人。
> 芝麻的胡麻出个好油，
> 嫁不下个好汉子我要维朋友。

他俩唱的调子是"信天游"，或说是"爬山调"。一唱一和的唱词有不尽的弦外之音。我非常模糊、朦胧的想象里，好像有两只山鹰一上一下地在薄薄的、如丝绵一般的云层中盘旋。我吃着，想着，听着……蓦地，很清醒地意识到他俩是非常合适的一对！我还意识到，在这座荒村中的这间简陋的小土房里，在这昏黄的、被雾气和柴烟弄得闪烁不定的油灯光下，我完全是个多余的人！是不知从哪儿飞来的一只苍蝇。吃完了，蹬蹬腿，抹抹嘴，又飞走了。哪儿也不属于我，我哪儿也不属于，在整个世界上我都是个多余的人，和亚哈逊鲁一样，被开除出人民行列的人，就成了永世漂流的犹太人……现在，我像被人随意钉上的一个楔子，打入了他们的生活。我自以为找到了自己的位置，却使他们本来的生活分裂了，破碎了。

肚子吃饱以后，应该舒服了，高兴了，而此时相反，心情却更加沉重。我似乎看透了自己一生的命运：还是饿着肚子好。如果不饿肚子，就会给人家带来祸害。

吃完饭，我推开饭碗，眼睛没有看他们，只说组里的人还等我回去商量事情哩，抬起腿就走了。外面，半轮冷月裹在像我的棉絮一样破烂的云朵里。西边的山峦呈现着威严而阴森的黑色，像披着法衣的法官。没有一丝风，空气凛冽而干燥。村子里有的人家虽然还亮着暗淡的灯光，但十分沉寂，只有我脚下碎柴碎草的沙沙声。我感到悲怆，却又有点不甘心。我停下来解手。还没解完手，海喜喜也从她家出来了。他轻轻地咳了一声，模糊的背影很快地无声地在黑黝黝的马号那边消失了。

我好像甘心了，但又觉得更加悲怆。

二十三

第二天，我坐在他的大车上，心里感到十分内疚，好像不是坐在车底盘上，而是坐在他的身上似的。但是，我又羞愧地意识到这种内疚的伪善。我已经不能说是不自觉地卷进了一个说不明白的关系中，而是怀着迟来的青春期的颤动和竞争心，有意地要揳进去的。

但是，海喜喜对我的态度更恶劣了。他的内心没有我这样复杂。他就像高悬在我们头顶上的天空一样，只要有一丝云彩就会向地面投下一片阴影。而他今天的脸色，就预示着有一场暴风雨。

头一趟车装好——当然还是我一个人装的，我仍像昨天那样，坐在车后梢上。车摇摇晃晃地出了村子，走上土路。

啪！

我脸上响亮地挨了一鞭梢！我捂着火辣辣的脸颊，掉头看看海喜喜。他背对着我，坐在车辕上，一如往常地赶着牲口，仿佛没有觉察鞭梢抽着了人。这种事也常有：西北地区赶大车的鞭子，皮绳要比鞭杆长一倍半，如垂钓用的鱼竿。赶车的人甩起鞭子来，一不小心，鞭梢也会扫在坐车人的身上。劳改农场里的一个车把式，就因为抽了搭车的管教干部一鞭子，被延长劳改一年。事后他编到大队来，哭哭啼啼地说他是无意的，他的老婆养了一只兔子，还等着他回去过春节哩……

也许他无意，也许他故意，不管怎么样，我抽出插在肥堆上的四齿铁叉，支在面前护住自己。

　　海喜喜打鞭子的技术很娴熟，抽身背后的东西也极准确。一会儿，他的鞭梢又呼地甩了过来。我举起铁叉一挡，抽得铁叉铮铮作响。这一鞭更有力，如果我不挡，就正抽在我脸上。

　　一路上，他这样连连抽了几鞭，都被我挡了回去，我被这种可笑的局面激怒了。他略微伛偻的后背不再表现为烦闷的、苦恼的模样，在我的眼睛里，是一种令人厌恶的、可憎的、隐藏着杀机的沉默！我觉得我做的一切都是对的！我无愧于谁，尤其是对这个海喜喜。命运给我们做了这样的安排，红兵在黑卒前面有什么可内疚的？！

　　我装着第三车，其他大车第一趟刚回来。所有的大车，除那"死狗派儿"赶的之外，又集合在马号前面的肥堆旁边。吆喝声、鞭声、马蹄声、翻肥的妇女的大呼小叫……响成一片，煞是热闹。这时，海喜喜铁青着脸，眼睛里闪动着挑衅的目光，从他蹲的墙角向我走来。

　　"快装！你这驴日的！"他晃着鞭子，头上粗硬的短发像灌木丛似的龇参着，太阳穴上凸暴出明显的青筋，"你别腰来腿不来，跌倒不起来的！快，快！"

　　所有的声音全停止了，像一块石子投到蛙声鼓噪的池塘里。我感觉到人们的目光一下子都聚集到了我俩的身上。在最初的一瞬间，我还很恐惧，也许……说不定，会闹出什么事来，会挨一顿毒打……但我意识到那些目光里有马缨花的似乎是在考验我的目光，自尊心就压倒了恐惧。我把铁叉朝他面前一扔，做出要靠边休息的样子，其实是想远远地离开他。

　　"嫌慢？"我愤愤地说，"你驴日的也该干两下了。你来装吧……"

　　"啥？你驴日的还犟？……"他几大步跨到我跟前，"你干！你这卡费勒①不干谁干？！"

　　肥堆旁边的人哄笑起来。我不知道他说的"卡费勒"是什么意思，以为是句非常肮脏的骂人话。同时，他气势汹汹的架势又使我害怕起来，我想用一句话来压倒他，叫他再不敢吱声，于是我不管事实是不是如此，

_____

①　阿拉伯语，指异教徒。

绿化树

大声地喊道："我知道你为什么像条疯狗，不过是因为昨天你偷东西让我碰见了！"

出乎我意料，他不但没被压倒，反而愤怒得直发颤，手指着我，嘴唇抽搐着，像在默念一段什么神秘的文字。这样有两三秒钟，他才仿佛缓过气来，破口大骂："熊！卡费勒、杜斯曼①！卡费勒、杜斯曼！你驴日的没少吃！我今天要放了你的血！……"

他的嗓音顿时变得异常尖厉，好像音带劈了一般。他一边骂着，一边撂掉鞭子，猛扑过来，两手一把揪住我棉袄的两襟，毫不费力地一抡，竟使我脚离开地面做三百六十度的大旋转。也不知旋转了几圈，又突地一揉，把我像只死鸡似的摔在肥堆上。

我没料到他会用手抡我。在他痛骂的时候，我以为他还是要用鞭子来抽。而在大庭广众之下，不会没人来干涉的，至少谢队长要站出来，这样倒使我可以揭发他在路上耍的把戏。现在，我变得非常狼狈，浑身是黄土马粪，像在地上打了一个滚的毛驴。有几秒钟，我趴在肥堆上喘息。悬空的旋转已使我丧失了理智，我只看见海喜喜眼睛里狞恶的暴躁的闪光，只听见肥堆旁男男女女的一片哗笑，但是，我的怒火突然使我变得异常兴奋，这种兴奋是一种面临从未经历过的事情的兴奋，就像一个人终于见到了从未见过的而又渴望已久的大海，要张开两臂纵身跳进去畅游一番。"来吧！"我反复地在心里这样念叨，"来吧！……"

我索性就地一滚，滚到我刚刚扔下的铁叉旁边，拾起铁叉，站起来。跳进大海！跳进大海！我借站立起的蹿力，顺势一掷，铁叉嗖的一声像标枪一样向他飞去。

"啊！"男女农工发出一片赞赏的惊叫。海喜喜略一躲闪，铁叉扎在马号的土墙上，戳了四个白点，哐当一声掉在地上。

我从男女农工的惊叫声里听到了赞赏的意味，更从海喜喜躲闪时的眼睛里看到一丝张皇。没有扎着他，反而鼓起了我的勇气。跳进大海！跳进大海！我三两步跳到土墙下，又拾起铁叉去扎他。

海喜喜显然没有想到我会发疯了似的反抗。在我跑过去的当儿，他

---

① 杜斯曼，波斯语，意为仇人。宁夏农村骂人的口语，现在在一些地区仍然使用。

惊愕地站在土墙前面，好像等着我去扎他一样。我一叉朝他大腿扎去，他一把抓住叉杆，仍然迟疑着，不知怎么办。而我却蹽起左脚，踢在他的腹股沟上。

"哎哟！"他疼痛地弯下腰，低了低头，仿佛要寻找我踢的地方。随即，他倏地抬起头，眼睛里又闪出狞恶的暴躁的光，两腮颤动着，一手拽着我的叉杆，张开另一手的五指，宛如一只鹰要起飞时似的。面对这样魁梧的巨人，我又和他刚刚一样，开始张皇了。我呆呆地等着他的巴掌。

但这时，肥堆旁边的男女农工已经围了上来。

"行啦，行啦！喜喜子，你抢了他一下，他踢了你一脚，两顶啦！"

"哈熊！人家是念书的人，识得字，你人老八辈子也认不下哩！你欺负人家干啥?!"

"操！狗急跳墙，人急叫娘。你这哈熊连车也不装，还……没见他要跟你拼命啦！"

"玩两下子就行啦！你们是吃饱了咋的?!"

"……"

最有权威的还是谢队长。他一手背在身后，一手指着海喜喜，仿佛他背后的手握着一件什么有力的武器，又有点像冬烘先生训顽童似的："我看你驴日的今天敢咋样！我看你驴日的今天敢咋样！……"

海喜喜怒气冲冲地看看谢队长，又用冒火的眼睛看看我，使劲把叉杆往怀里一拉，我趁还没被他拉倒时赶快松开手。他咬着牙，把叉呼的一下抢到半天空上。铁叉滴溜溜地旋转着，划了一个跨度很大的抛物线，掉在远远的干沟里。

大家的情绪都松弛下来。不知是谁拾来了我的棉帽子。棉帽的护耳撕破了，像一只死乌鸦一样耷拉着无力的翅膀。一个年轻的农工从我脑后嘻嘻哈哈地把这只死乌鸦扣在我的头上，还似乎是鼓励地拍了拍我的脑袋。我这才有心思看看周围。不知道马缨花在整个过程中持什么态度，这时她正背向着人群，朝那条干沟走去。我的组员们还站在肥堆旁边，用中立的姿态饶有兴味地观望。

当然，我再不能和海喜喜同一辆车了。谢队长调整了一下，叫"营业部主任"跟海喜喜，我还回到"死狗派儿"车把式的车上去。"营业部主任"说死也不干。海喜喜"啐！啐！"地朝手掌上吐了两口唾沫，操起他自己的铁叉："熊！我谁也不要，我一个人干！"

他像狂人一样飞舞着铁叉，把车装满，扬起鞭杆，一个人赶着车跑了。

马缨花把我的铁叉找来了。她像授予凯旋的旗帜似的把叉交到我手上。

"给！"她又低声地说，"看你，扣子都没了，待会儿我给你钉上。"

我低下头，才发现我敞着胸露着怀，扣子都被海喜喜拽掉了。

二十四

晚上，我照例到马缨花家去。生活中任何一个举动如果经常反复，都会成为一种习惯，人不由自主地要受这种习惯支配，何况我去马缨花家，不但有肚子的需要，还有心灵的渴望。在那里，和她在一起，即使中间有个海喜喜——人啊！应该说海喜喜和她中间有个我，但这时我却不这样想了——我也能得到作为一个人的心必须要有的东西。这东西是什么？一点温存，一点怜悯，一点同情，一点敬意，一点……那么模糊的爱情。

我小时候，家附近有个寺院。它坐落在半山坡上，红墙隐没在一片翠竹当中。每天清晨，从它那里响起一阵沉重、缓慢，而又悠远的钟声。它沉重、缓慢，而又悠远，于是我的思绪能跟得上它的余音，随着它一直消失在那多雾的嘉陵江中。接着，下一响钟声又带去我另一部分思绪……直到把整个的我带离开这个尘世，进到一个虚无缥缈、无我、无你、无他的境界中去。到马缨花家，不知怎么总使我想到那种钟声。也许是因为我正在那么尴尬、那么困窘、受人捉弄的时候，是她来把我带出铺满干草的单身宿舍，领到她那充溢着温馨的小屋里去的缘故。并且，她又是一个异性，一个如此美丽可爱的女人，因而我离开那铺着干草的尘世，到她灯光明灭的小屋里，更有一种异样的充实，不是无我、无你、无他，而是整个世界对我来说，都具有一种新的特定的意义。

这种意义只有我能体味得到。这就是人的正常生活的恢复：不是出世，而是又回到人的世界中来。本来，对过去的记忆已经淹没在沉重的阴影当中，就像月亮被急驰的乌云所吞噬。但是在马缨花那里，总有这样那样的东西，包括她幼稚而又洋溢着智慧的幻想，使我把中断了的记忆联系起来，知道自己是个人，是个正常的人。我以为，即使今天我和海喜喜打架，也是在这种生活环境中的正常人的表现，甚至可以说是我已经成为正常人的重要标志。农工们赞赏的笑声和谢队长开始放任、终而叱责海喜喜的态度，再好不过地说明了他们全体都认为结果应该如此。我通过了这个环境对我的考核。他们，这种环境中成长起来的正常人，接纳了我成为他们行列中的一员。

马缨花在拍尔舍睡觉——在农村，孩子们都睡得早，见我进来，一骨碌爬起，跳下炕。她先顶上门，然后转过身，两手在袄襟上抹了抹。

"来，我看看，这驴日的把你抽成啥样子了?"

我这时才感觉到脸上火辣辣地疼。后来一打架，我把挨了一鞭子的事情也忘掉了。

她把我的脸扳向灯光，美丽的眼睛一闪一闪地在我脸上审视着，一边看，一边啧啧个不停。我低下头，任她的手抚摸我的脸。当她颤抖的手指轻柔得像一阵微风掠过我鞭伤的时候，我觉得全世界的抚慰都在这里面了，同时心头响起了勃拉姆斯为法柏夫人作的那支《摇篮曲》。

啊！命运没有亏待我。

她的动作和表情，已经无疑地表露出了她对我怜悯和施舍下更深的那个层次。发现了这点，我倒心安理得了。被人爱，似乎就获得了某种权利。我大大方方地在土坯凳子上坐下来，等她给我盛饭。

今天，她特别容光焕发。她流连的目光比往常更为炽热，那迅捷眨动的长睫毛有一种爱娇的意味。她线条秀丽的嘴唇不说话时也微张着，仿佛表示着某种惊奇与渴望。

我一面吃饭，一面把今天事情的经过告诉她。我知道她顶了门，二十多天来，她还是第一次要把海喜喜关在门外。但我仍然警觉着房门口。可是直到我离开她家，门口也没有响起海喜喜的脚步声。

她毫不在乎门外的动静，说起今天的事，对我表现出雌兽护崽的偏袒、毫无道理的溺爱，用粗野的话把海喜喜骂个狗血淋头。这反倒使我不安，觉得不公道。

"你们原来不是挺好的吗?"我问，"我还当作你们是好朋友哩。"

"啥'朋友'!"她蓦地满面绯红，怒气冲冲地说，"那驴日的是个没起色的货! 有一天他……"

说到这里，她突然停住了，像急刹车似的，身体还往前倾了一下。随后，她又往炕上蹭了蹭，坐端正，把手里补的衣服朝怀里一拉，继续补下去，不说话了。

我很快就意识到我说错了。我所说的"朋友"，是一般意义上的"朋友"，和她理解的"朋友"完全是两回事。她脑子里的"朋友"，是"嫁不下个好汉子也要维朋友"的那种"朋友"，也就是我们通常说的情人。

这证实了我的直觉。

人有着很微妙的心理，总觉着爱情和字画不同，在字画上盖的铃印越多，字画越值钱，而在爱情上仿佛就容不得别人先占过有。殊不知，只有成熟了的爱情才最可贵。

马缨花的爱情就是成熟了的爱情。

沉默了一会儿，她又抬起头，脸上的红晕已经退了下去，两只瞳仁一闪一闪地发光，轻轻地娇笑一声，没头没脑地说道:"你，倒挺像咱们的人!"

我向她表示理解地一笑。"咱们的人"包括许多含义:劳动人民——这点对我非常重要，体力劳动者、农工，甚至还指从中亚细亚迁徙过来的撒马尔罕人的后裔。她这句话，也使我明白了，为什么她独独会在今天这样明白无误地表现出她内心的感情。对她来说，仅仅是个"念书人"，仅仅会说几个故事，至多只能引起她的怜悯和同情;那还必须能劳动，会劳动，并且能以暴抗暴，用暴力手段来维护自己的尊严，才能赢得她的爱情。啊! 我撒马尔罕人的后裔。

她又跟我说，今天她没找齐制服上的黑胶木扣子——在这时候，扣子也是紧俏商品，等明天把扣子找齐了，再给我钉。她从枕头下抽出一根用废布头搓成辫子的布带给我，让我扎在腰上。

"你呀，"她笑着说，"我知道，连绳子也没有一根。"

是的，我的确连绳子也没有一根。

"你知道我的事情可不少。"既然我知道她爱我,我也不用为自己的贫穷感到羞愧。我接着用轻松的口气问她:"可是你的事我还不知道哩。哎,我问你,尔舍的爸爸究竟是谁?"

她埋下头,微笑地沉吟着,一会儿在一串轻声的娇笑中说:"我不能沾男人,一沾男人就怀……"

她的回答使我惊愕不已。她根本没有正面回答我。我原以为这会引出她的一个故事,一个或许是哀婉,或许是悲愤的遗恨,然而,她却轻轻地一抹,把有关这一段的回忆都抹进了时光的垃圾桶里去,毫不吝惜地把它掩埋了。听那口气,她好像觉得这种事对任何人都没有伤害,对她自己也没有什么伤害……

真要命!她既使我恢复成为正常人,把我过去的回忆和我现在的感受连接了起来,也从而使我对她产生了惶惑、迷惘和新奇感。她身上有许多我不理解的东西,还有和我过去的道德观相悖的东西。然而这些东西在她身上表现出来时,又如此真实,如此善良,也显得十分美,竟动摇了我的道德观念,觉得她总是对的,是无可指责的。

她和海喜喜,把荒原人的那种粗犷不羁不知不觉地注入了我的心里。而正在我恢复成为正常人的时刻,这种影响就更为强烈。

二十五

我第一次体会到健康给人的幸福感。我觉得我力大无穷,正如惠特曼歌颂的:

> 啊,膂力强壮的斗士是多么欢乐呀!
> 他神采奕奕地兀立在竞技场上,
> 精力充沛,渴望着和他的对手相见。

而在竞技场上,我至少和这里的高阶层劳动者、令人畏惧的巨人斗了个平手——"两顶啦"!于是,我感到一种旺盛的活力,一种男性的激情也在我体内暗暗地涌动,我甚至能听得见它像海潮般的音响……

第二天，海喜喜仍然一个人既赶车又装车。我还是跟"死狗派儿"车把式。在我们错车的时候，他一眼也不看我，但脸上有股掩饰不住的懊丧。仇恨已经过去，他只是沉浸在自己灰色的情绪里。一个孔武有力、生气勃勃的人，一下子变得像被霜打倒了的芦苇。当然这并不是因为被我一脚踢的，而是内心里受到了更大的打击。

　　我很小的时候，就有一种容易被别人的痛苦所感染的脆弱性。是脆弱，不全然是同情。同情会使人积极起来，而脆弱只能产生畏惧。看了一本描写瘫子的小说，自己下身会麻木好几天；看了一篇写瞎子的故事，我会害怕失去眼睛。对会降临到自己头上的灾祸的恐惧，多于对瘫子和瞎子的怜悯。这种脆弱性，更可能产生一种邪恶的趋利避害的念头，从根本上消除自我牺牲的精神。所以，现在对海喜喜，我已经没有了同情，而是害怕落到他那样失恋的地步。

　　这种邪恶的劣根性，加上对所谓"体力劳动者"的不正确的观念，催着我向一个深渊坠落下去。

　　收工时，我从"死狗派儿"的车上跳下来。她在马号前面，手里攥着一把什么东西，向我一扬，又努努嘴。我知道她手里一定是几粒扣子。吃完从伙房打来的稗子面馍馍，我就上她家去了。

　　现在，我们组里八个人，几乎有一半不出工。今天这几个去场部，明天那几个去场部，要么就是去镇南堡看有没有挂号信——取挂号信和寄挂号信，都要来回跑六十里路，可见我们的文化生活了。反正自我们来这个队，就没有看过一张当月的报纸，没有听过一声广播，真像"营业部主任"说的，这里还不如劳改农场哩——他们这样忙忙碌碌，无非是在跑户口，谁都想早点离开这里。这样，对我每天晚上跑出去，他们丝毫不注意。这间铺着干草的"家"，不过是几个人临时栖身的旅店，谁也不去管过路的旅客干什么去。

　　今天，我特别兴奋，有几分迷迷糊糊，但又似乎非常明确地感到，今天晚上将要发生什么事情。我怀着一种来自想象的醉意，既甜蜜，又有几分忧伤。这种醉意使我的意识像暮霭一样在田野上飘散了。

　　我进了门。一定是我脸上焕发着特别的光彩，一定是我目光中有奇异的神色，因而，她也用一种异乎寻常的、闪烁着灼热的光的眼神凝视着我。她的睫毛很长，眼睑下又有一圈淡青色，因而她的眼睛就显得特别深邃，瞳仁的闪光就像暗夜中的星星。她还和昨天一样，斜躺在炕上拍尔舍睡觉。她诡谲地一笑，朝土台上努了努嘴。随后，她机械地拍着尔舍，同时用一种痴呆的、固定不变的姿势看着我，仿佛在想什么心事。

土台上放着一盆用碗扣着的杂合饭。我盛了一碗慢慢地吃着，借着吃饭来拼命抑制自己，迫使自己冷静下来。这时，只听见她在炕上，边拍着尔舍，边轻声唱道：

金山（么）银山（的）山对（哟）山，
层层（哟）叠叠的宝山。
望（么）别人成双（是）我孤单，
阿哥（么哟）活下的可怜。
白崖（么）头上的鸽子（哟）窝，
你看是（呀）公鸽嘛母鸽。
我一晚上想你（是）睡不（呀）着，
天上的星星（哈）数着。

我过去全部教养教给我关于爱情的观念，和我现在沉浸于其中的爱情是那么不同，甚至截然相反。那种爱情是温柔缱绻的，含蓄隽永的，美妙的情趣带有几分伤感的忧郁，就像一朵带露珠的嫩弱的康乃馨。而她歌声里表达的爱情，却是直率的、明朗的、粗犷的，盛满了浓得化不开的激情。其中的情意有如旷野的风，叫人难以抵挡。

尔舍在她的歌声中睡着了。她轻手轻脚地爬下炕。抻了抻棉袄，两手在脑后拢了拢头发，向我嫣然一笑。我觉得她脸上第一次出现了娇羞的表情，两颊红扑扑的。她的皮肤较黑，红得就更加浓烈。在她两手顺向脑后的时候，腰肢略向后倾，整个神态在我眼里是被爱情摧残的慵倦。

"咋？是你脱了呢，还是咋钉？"她笑着问我。

她手拿着穿好的针线，站在我身边，那南国女儿脸颊上的大红大紫使我心慌意乱。我支吾着说："哦，哦……还是穿在身上钉吧，我里面没有衣服，没法脱……"

"你哟！"她哧哧地笑着，把我从土坯凳子上拉起来，"真是遭罪哩。以后得给你缝件汗褂儿……那你就把带子解开吧，还等啥？"

她用命令式的语气跟我说话，语调里饱含着妻子般的深切的关心。我非常自然地、毫无惭愧之感地解开腰带，站在她面前。我感到我能把自己交给她是我的幸福，心中充溢着对她的信赖和对她的温情。

她不用低头，刚好在我颌下一针针地钉着扣子。她的黑发十分浓密，几根没有编进辫子里去的发丝自然地卷曲着，在黄色的灯光下散射着蓝幽幽的光彩。她的耳朵很纤巧，耳轮分明，外圈和里圈配合得很匀称，像是刻刀雕出的艺术品。我从她微微凸出的额头看到她的眉毛，一根一根地几乎是等距离地排列着，沿着非常优美的弧形弯成一条迷人的曲线。她敞着棉袄领口，我能看到她脖子和肩胛交接的地方。她的脖子颀长，圆滚滚的，没有一条皱褶，像大理石般光洁；脖根和肩胛之间的弯度，让我联想到天鹅……此时，那种强烈的、长期被压抑的情欲再也抑制不住了，以致使我失去了理性，就和海喜喜把我悬空抢起来的时候一样，于是，我突然地张开两臂把她搂进怀里。

我听见她轻轻地呻吟了一声，同时抬起头，用一种迷乱的眼光寻找着我的眼睛。但是我没敢让她看，低下头，把脸深深地埋在她脖子和肩胛的弯曲处。而她也没有挣扎，顺从地依偎着我，呼吸急促而且错乱。但这样不到一分钟，她似乎觉得我这些爱抚已经够了，陡然果断地挣脱了我的手臂，一只手还像掸灰尘一般在胸前一拂，红着脸，乜斜着惺忪迷离的眼睛看着我，用深情的语气结结巴巴地说："行了，行了……你别干这个……干这个伤身子骨，你还是好好地念你的书吧！"

二十六

啊！……

我踉踉跄跄地跑回"家"。我头晕得厉害，天旋地转。我摸到墙边，没有脱棉袄，也不顾会把棉花网套扯坏，拉开网套往头上一蒙，倒头便睡。

不久，小土房里其他人也睡下了。老会计在我头顶上灭了灯，稀稀溜溜地钻进被窝。万籁俱寂。我想我大概已经死了！

死，多么诱惑人啊！生与死的界限是非常容易逾越的。跨进一步，那便是死。所有的事，羞耻、惭愧、悔恨、痛苦……都一死了之。

我此刻才回忆起来，在此之前，我什么都设想过，甚至想到她会拒绝，打我一耳光，但绝没有想到她会说出那样一句话把我带有邪气的意念扑灭。

"你还是好好地念你的书吧！"这比一记耳光更使我震撼。灵魂里的震撼。这种震撼叫我浑身发抖。

死了吧！死了吧！……

我真的像死了一般，刚才那如爆炸似的激情的拥抱，仿佛已耗去了我全部的生命。但是，我的灵魂还在太阳穴与太阳穴之间的那一片狭窄的空间里横冲直撞，似乎是满怀着憎恨地要撕裂自己的躯壳。我不敢回顾过去二十多天里我的行为举止，然而像是有意惩罚我似的，有一张银幕在我眼帘内部显示出我的种种劣迹，我眼睛闭得越紧，银幕上的影子却越清晰。海喜喜愤怒地指着我的鼻子尖："你驴日的没少吃！"像闪电之前的雷声叫我战栗。我是靠谁的施舍恢复健康的啊！在那段时间，我就像《梨俱吠陀》里说的，"木匠等待车子坏，医生盼人腿跌断，婆罗门希望施主来"，心怀恶意地扮演着乞讨者的角色。我出主意给她修炕，我跑去给她说故事，我……目的只是在那一碗杂合饭。我清楚地认识到了，我表面上看来像个苦修苦炼的托钵僧，骨子里却是贵公子落魄时所表现出来的依赖性。歌德曾把"不知感激"称为德行："不愿意表示感激的脾气是难得的，只有一般出众的人物才会有。他们出身于最贫寒的阶级，到处不得不接受人家的帮助；而那些恩德差不多老是被施恩者的鄙俗毒害了。"但在我却是相反，是我的鄙俗把施恩者毒害了。在我逐渐强壮起来的身体里钻出来一个妖魔，和从海滩的瓶子中钻出来的那个魔鬼一样，要把从瓶子里放出他的施恩者吃掉。这原因在哪里呢？这原因就在于我不是"出身于最贫寒的阶级"：公子落难，下层妇女搭救了他，他只要一脱险，马上就想着占有这个妇女，并把这种举动当成一种报答，这不是一种千篇一律的古老的故事吗？

这时，昨天夜里在我脑子里幻想出来的种种欲念，成了佛教密宗里的毗那夜迦，兽头人身的怪物，而马缨花就在这个邪恶的、面目狰狞的怪物手中挣扎！

是的，她最后的那句话，在她给我的食物中注入了仁爱，注入了精神力量。这样，就更叫我无地自容了。

我想忏悔，我想祈祷，但我才发觉，对一个唯物主义者来说，对一个无神论者来说，对现在的我来说，最大的悲哀莫过于忏悔和祈祷都找不到对象。我不信神，所有的神我都不信！我经历过一次"死"以后，全部宗教都在我眼前失去了它们的神圣性质！那么，我能向谁来忏悔，来祈祷呢？人民吗？人民早已把我开除出他们的行列——"你活该吧！你现在的行为正证明了我们把你开除出去是对的！那不是某个领导的意志，而是我们全体人民的意志！你已经永远被钉在耻辱柱上了！"

"嘘嘘嘘……嘘嘘嘘……"墙角响起了一阵阵可疑的声音，好像是从一个极其阴暗的世界传来的。但我知道，那不是上帝，也不是魔鬼，那是死的召唤。我很早就对死有一种莫名的迷恋，和酷爱生一样酷爱死。因为那是一个我活着永远不能知道，并且也是一个任何人都不知道的东西。永恒的谜就是永恒的诱惑。很多人都忽视了，死其实是生活的一个重要内容，热爱生活的人最不怕死。尤其，对一个无神论者来说，对现在的我来说，死是最轻松的解脱。一切都会随生命的停止而告终。那么，我就制造了一个永恒的秘密。明天早晨，太阳照样地升起，风照样地刮，云儿照样地飘，农工们照样地出工，而我却变成了一堆没有生气的骨头和肉，就像一只死羊，一条死狗。我的悔恨，我的羞愧，我良心的责备，在这世界上留不下一点痕迹。我死了，我带走了一个秘密，我销毁了我制造的秘密，难道这个秘密还不是永恒的吗？

我在死亡的边缘时极力要活、要活、要活下去，我肚子吃饱了却想死。过去，在没有灵感的时候，在创作苦闷的时候，毒药、绳子、利器、高度和深度都曾对我有过吸引力。现在，我在黑暗中摸索着她给我的那根用布头编的带子。布带柔软而有弹性，它的长度、宽度、耐拉强度都会使我的脖子感到非常舒适。世界上的事是多么奇妙，多么不可思议啊！昨天晚上她给我带子的情景历历在目，她是为了我暖和，为了我活得好，可恰恰我要在这根带子上结束我罪孽深重的一生；她说我连根绳子也没有，是出于对我的同情和爱怜，可恰恰似乎是有意地要送我一个结束生命的工具；我想象我拥抱着她时是多么美好，可恰恰是我拥抱了她以后却悔恨欲死……于是，一种对自己命运的奇怪的念头在脑子里产生出来：我这个没落的阶级家庭出身的最后一代，永远不能享受美好的东西，一切美好的东西在我身上都会起到相反的作用……那么，只有死，才能是最后的解脱了。

于是，我死了！

我全身只剩下头颅，在一片黑茫茫、莽苍苍的大森林里游荡。因为失去了身躯，失去了四肢，头颅只能在空间飞翔。我飘呀、飘呀……飞呀、飞呀……四周是像墙一般密密层层的巨树，高不见顶，遮天蔽日，但茂密的枝叶从不会刷在我的脸上。我的头游在哪里，它们就会像水草似的荡开。我不知道我要往哪里飞，我只觉得有一股力量在托浮着我，推动着我，或是吸引着我，一会儿向这儿飞去，一会儿向那儿飞去……黑暗是透明的，发出蓝幽幽的光。巨树不是立体的，全像舞台上的道具，是一片片的平面竖在四面八方。大森林没有尽头，没有边缘。在这大森林里，所有的树木都是静止的，只是因为我头颅的位移才使它们不断地移动，时而向我逼近，时而远离我……它们并不特别阴森可怖，阴森可怖是从我自己的脑子里喷射出来的，于是蓝色的黑暗和巨大的树木之间都弥漫着阴森可怖的浓雾。这里绝对没有音响，但我头颅上毕竟有耳朵。这时，有一种雷鸣般洪亮的声音在大森林里庄严地响起来："你为什么要死——死——死——死——"

"死"的余音不绝如缕，在巨树之间缭绕，发出咝咝的金属声。

我冷笑了。我谁也不怕，既然连死也不怕，还怕什么?!

"这正是我要问你的！"我的头颅大张开嘴，翻起眼睛向四面八方搜寻。但那声音不是发自哪一方，而是在整个森林中回荡。我大声地问那声音："我为什么要活——活——活——活——"

"活"的余音也不绝如缕，在巨树之间缭绕，发出哗哗的金属音。

沉默了！那个声音沉默了，像被狂风噎住了嗓子。哈哈！我的问题"你"能回答吗?

我继续在大森林里横冲直撞。我享受到了死的乐趣。

可是，那一株株阴森的巨树越来越稠密了，枝丫纵横，像张在我上上下下的一面没有缝隙的巨网。并且，它们从周遭逐渐逐渐地收拢来，我头颅的天地越来越小了。最后，我头颅只能不动地悬浮在空中，两眼不住地骨碌骨碌乱转。我大张着嘴，喘着粗气。我没有胳膊，我不能抵挡；我没有腿脚，我不能蹬踢。我等待着：难道死了还会遇到什么鬼花样！

那个声音又像山间的回声似的响了起来，带着鬼魂特殊的嗓音，瓮声瓮气地："到天堂去吧！到天堂去吧——去吧——去吧——"

"天堂在哪里？"我头颅上淌着冷汗，但我脑子里并没有一丝恐惧，"天堂在哪里？"我用责问的语气大声地喊，"哪里有什么天堂？我不信什么鬼上帝！"难道我死了还要受欺骗！

"超越自己吧——超越自己吧——超越自己吧……对你来说，超越自己就是你的天堂——天堂——天堂——超越自己吧——超越自己吧——超越自己吧——"

这一句话，突然使我流泪了。混浊的泪水滴滴答答地滚落到我头颅下的浓雾中。是的，"超越自己吧！"这声音不是什么鬼魂的声音，好像是我失落了的那颗心发出的声音。

"超越自己吧！超越自己吧！超越自己就是天堂——天堂——天堂——"

"啊！我怎么样才能超越自己呢？"我绝望地哭叫，"在这穷乡僻野，这个地方和我一样，好像也被世界抛弃了！我怎么样才能超越自己呢？"

"要和人类的智慧联系起来——要和人类的智慧联系起来——联系起来——联系起来——那个女人是怎么说的——怎么说的——怎么说的——"

那个声音越来越小，好像离我越来越远，最终完全消失了。我的头颅大汗淋漓，像一颗成熟的果子似的力不可支地坠入到浓雾下面，仿佛刚才是那个声音使我的头颅悬浮在空中一样。我觉得我的头颅掉在一片潮湿的泥地上，柔软的、毛茸茸的苔藓贴着我的面颊，还有清露像泪水似的在我脸上流淌。那冰凉的湿润的空气顿时令我十分舒畅。

而这时，巨大的森林重归宁静，浓雾也逐渐消散，树冠的缝隙开始

透下一道阳光，像一把金光灿灿的利剑，从天空直插到地上。与此同时，大森林里不知从什么方向，轻轻地响起了 03 33 | 1— | 1— | 02 22 | 7— | 7——……的钢琴声。啊！那是命运的敲门声！好像是惊惶不安，又好像异常坚定。一会儿，圆号吹出了命运的变化，一股强大的、明朗的、如阳光下的海涛般的乐声朝我汹涌而来，我耳边还响起了贝多芬的话："我要扼住命运的咽喉，它不能使我完全屈服……啊！能把生命活上几千次该有多美啊！"

……我完全清醒了。我发觉我泪流满面，泪水浸湿了我头下的棉网套。在棉网套下，我摸到了一本精装的坚硬的书——《资本论》。

二十七

第二天，果然太阳照样地升起，风照样地刮，云儿照样地飘……黄色的耀眼的阳光透过窗户上的旧报纸，给小土房里的墙壁和干草上更增添了许多排列成行的斑点。有那么一会儿，我想着我昨天好像做了一件非常丢人的事，犯了非常大的错误，因而有一种不愉快的、烦恼的情绪。但很快就被另一个念头代替了：如果房子里的人一早起来发现我死了，他们除了惊奇和忙乱一阵外，还有什么呢？也许他们上午会不出工，张罗着埋我。可是埋完了，他们照样还是要去出工的。我的死，除了使遥远的母亲悲痛，大概再不会给其他人一丝震动。死，对我是一件大事，而对别人不过是小事一桩，至多编出几个鬼故事来打发漫漫的冬夜。这样的死，有什么价值呢？

"营业部主任"先打了饭回来，一个人用两肘霸占着炉子，还不住地朝手上呵气："真冷，真冷！这狗日的天真冷！"老会计两手小心翼翼地捧着饭盒，踏着悄无声息的步子，走到自己铺位上盘腿坐下。先脱下手套，再摘去帽子，像做祷告一般全神贯注地端详饭盒里的秫子米汤，然后才不声不响地吃起来。他绝对不到炉子旁边去沾火的光，连自己吃饭的声响也怕打扰人家，或者说是连一点吃饭的声响也不愿给人家。看着他作茧自缚和与世无争的模样，我都不忍心在死后给他

绿化树

添麻烦。

中尉前两天去镇南堡恰好碰上邮政代办所休息，这时正骂骂咧咧地做着再一次远行的准备。"那些王八犊子，他们坐着办公还要休息！"他忘记了他过去坐着办公也是要休假的。报社编辑和其他几个人的神态、动作都一如往常，和一幅木刻印在一本日历上一样，天天都没有一丝变化。我非常奇怪：他们竟然对我昨夜的内心风暴没有一点觉察。可见，不管是我的死也好，我的内心风暴也好，我成为死人也好，我成为新人也好，对一些只关心着自己的人的影响其实是非常微弱的。这里的人们的神经似乎被一种停滞不动的生活磨钝了。在一堆麻木的神经中间，我要悄悄地开始另一种生活是非常容易的。这种想法蓦地使我振奋起来。我把棉花网套一掀，一骨碌爬起，用湿毛巾擦了擦脸就去打饭……

莽荡苍凉的田野，以它毫无粉饰的雄浑气概，又使我感动得热泪盈眶：把你严峻雄伟的气魄给我一点吧！哪怕我有那一块泥土疙瘩的淳朴性，我就能够站起来，并超越自己！"死狗派儿"车把式慢慢地赶着车，随牲口的意逍逍遥遥地向田里走去。到处沐浴着冬日的阳光。白脯子喜鹊喳喳地欢叫，跟在大车后面啄着马粪。谷场上的草垛黄得炫目，垛顶上，散射着一种金属般的流动的光。向东极目望去，三十里路外的火车徐徐地吐着青烟，在天际布下一条带状的雾霭，久久不散。在翻滚着的雾霭的边缘，青色逐渐转为紫色，在蓝天下变得异常绚丽。没有风，空气中飘浮着干枯的冰草、芨芨草和马莲草的气味，又羼杂着飞扬起来的干燥的尘土味。太阳的热力沉沉地罩在我身上，使我昏昏欲睡。活着的幸福感不在人完全清醒的时刻，恰恰在似睡非睡之间。

内心的风暴平静下去，从心底开始升起一片颂歌：和谐、明朗、纯朴、愉快，好像置身在鸟语花香的田野里，呼吸着清新的空气。死固然诱惑人，但生的诱惑力更强。能感觉本身就是幸福，痛苦也是一种感觉，悔恨也是一种感觉，痛苦和悔恨都是生的经历，所以痛苦和悔恨也都是生的幸福。叽喳、叽喳，麻雀从我头顶上飞过去，一边扇动着小小的翅膀，一边还东张西望，向那更高处飞去。啊！这样一个小生命也在想超越自己。

超越自己吧！超越自己吧！……

这天吃完晚饭，我没有去马缨花家，在自己的草铺上坐下来，靠在卷起的棉花网套上，拿出我二十多天没有翻，一直当作枕头用的《资本论》。

中尉研究完了家里寄来的挂号信，信上一定有叫他高兴的消息，他很客气地把马灯送回来，还替我拧大了一点。我没有敢当即翻开，默默地、有点惶恐地摸着淡黄色的硬纸面。现在，这本书就是我能"超越自己"的唯一凭借了。如果说"超越自己就是天堂"，那么我面前只有这样一条通向"天堂"的道路。它是不是真正能教给我一点什么？是不是真正能使我"超越自己"？我的艺术的细胞是不是能吸收这些用抽象的概念构成的营养？……过去我虽然没有读过《资本论》，但在例行的政治学习中学过"干部必读"的苏联人列昂节夫的《政治经济学》。那时候，我认为那书里都是些枯燥的、和现实无关的教条和概念，读起来特别乏味。

现在，当我重又翻开《资本论》时，至少，我的肚子不会干扰我的脑子了。我怀着困惑的、虔敬的心情，翻到"第三章　货币或商品流通"，也就是二十多天前中断了的"注51"的地方。组里几个人用一种沉闷的、勉强的声调在聊天。"营业部主任"给老会计提供了一个"偏方"，说治睡觉磨牙最好的方法是把牙全部打掉。即使这个残酷的笑话也没有引起人们一点笑声。但不久，房里所有的声音我都听不见了，因为我开始发现，马克思在阐述深奥的经济学问题时，使用的是一种非常形象、非常生动、非常漂亮的文体。我还没有完全弄懂他说的意义，但他那明快流畅的文学性的美就紧紧地攫住了我，每一页都有令我叫绝的句子。他的思维逻辑是严密的，而阐述时采用的却是写诗的大跳手法和意指手法。比如，他说："一个商品如要实际发生交换价值的作用，它就必须先放弃它的自然形体，由想象的金，转化为现实的金——虽然这种变质作用之于商品，比由必然到自由的推移之于黑格尔哲学，比甲壳的脱弃之于蟹，比旧亚当的脱离之于教父喜埃洛尼玛斯，还要难。"下面，他又极有风趣地这样说："假令铁的所有者，竟向某一个俗气的商品所有者，把铁的价格当作货币形态来说明，这个俗气的商品所有者，就会像圣彼得答复那个向他背诵使徒信条的但丁一样，答复他说：'这个铸币的重量成色，已经十二分合格，但告诉我，你钱袋中有没有它？'"

只有横溢的才华加革命领袖的雄伟气魄，文风才会如此流宕、潇洒，不受任何抽象概念的内涵的拘束。一个人具有艺术上的通感，在我看来就是天才了。我发现马克思竟具有一种思想上的"通知"——我一时想不出确切的词来表达这个意思。也就是说，他具有一种能够把人类各个不同的知识领域相互沟通起来，并融会为一体的奇妙的本领。我越往下读，越深切地感到马克思的书是浓缩了的人类智慧：政治的、经济的、历史的、艺术的、文学的，甚至还包括诗！有许多地方，凭我脑子里的溶剂还不能把这种浓缩的知识结晶溶解。但它并不使我困惑。它是一个迷人的谜，解开它就能得到一笔财富。

他还引证了大量的材料，书页下的注解与正文的印证妙趣横生。我前面看过的"舌头"不必说了，他还把莎士比亚和梭福可士的戏剧与诗来作商品向货币转化的旁证，于是，这一抽象的命题即刻以一种戏剧性的具体过程跃然纸上。我睡的这间充满着干草味、老鼠味和煤烟味的小土房，顿时变成了一座历史剧的舞台，商品所有者与货币所有者都以鲜明的面目生动地表演起来。读到这里，我已经完全忘记了我现在在什么地方。

在论述每一个问题时，他也一条条地举出资产阶级经济学家对这一问题的看法，有的地方指出继承和发展的关系，表现了他绝不掠人之美的大师风度。在另一些地方，却用极其幽默和尖刻的语言毫不留情地、一针见血地把那些资产阶级的伪科学驳得体无完肤，又显示出一个思想斗士的面貌。这样，他书里的每一页都闪烁着历史的精华。在每一页的字里行间，都可以看到人类历史和思想史的演进过程。啊，当我看到马克思居然还引用了咸丰年间任户部侍郎的王茂荫向皇帝上的条陈时，一阵亲切之感油然而生。马克思的目光注意到了我们！他写这部巨著的时候，他创立马克思主义的时候，就有意识地把我们这个东方的古老国度包容进去了！

"家"里的人都睡着了。灯光很昏暗，我并不妨碍谁。老会计仍在拼命地磨牙，中尉打着响亮的呼噜，报社编辑在说梦话……而我被巨大的逻辑力量和广博深刻的智慧弄得醉醺醺的。能艺术地、形象地，从具体生活出发来表达理性思维的结果，是思想家艺术家难能可贵的本领，而马克思在这方面达到了顶峰。我这时开始认真读马克思的书，倒多半是把它当作艺术的珍品，它里面的每一句话都值得我玩味。语言文字是能够创造奇迹的。它们创造的奇迹是在人的心灵里。它们能把读者固有的思想击碎、分裂，然后再重新排列组合。

艺术会使人陶醉，思想也会使人陶醉。如果艺术和思想都是上品，那么这就是双料的醇酒。尽管我一时还不能完全品尝出这酒的妙处，但醇酒自然会发挥作用。那瘸子保管员养的公鸡叫头遍时——其他人家的公鸡早被吃掉了，我把第二篇全部读完了。那最后一页的文字，那样清楚地说明了资产阶级人文主义理性王国的全部动听的观念是怎么一回事！马克思这样说：

> 劳动力的买卖，是在流通领域或商品交换领域的限界内进行的。这个领域，实际是天赋人权之真正的乐园。在那里行使支配的，是自由、平等、所有权和边沁。自由！因为一种商品（如劳动力）的买者和卖者，只是由他们的自由意志决定。他们是以自由人、权利平等者的资格，订结契约的。契约是最后结果，他们的意志就在此取得共同的法律表现。平等！因为他们彼此都以商品所有者的资格发生关系，以等价物交换等价物。所有权！因为他们都只处分自己的东西。边沁！因为双方都只顾自己的利益。使他们联合并发生关系的唯一的力，是他们的利己心，他们的特殊利益，他们的私利。正因为每一个人都只顾自己，不顾别人，所以每一个人都由事物之预定的调和，或在什么都照顾到的神的指导下，只做那种相互有益，共同有用，或全体有利的工作。

马克思已经剖析得如此明明白白，我真恨相见太晚，同时奇怪后人还要不厌其烦地、连篇累牍地写出那么多文章来揭露资产阶级理性王国的虚伪性。这些文章加起来可以塞满一个庞大的书库，却抵不上马克思这段不足三百字的文字。并且，一九五七年对我进行的批判，竟也没有一个人使用这段文字来把我从所谓人道主义文学的睡梦中唤醒。我有点愤慨了，我愤慨的不是他们对我的批判，而是对我没有做像样的批判，把批判变成了一场大喊大叫的可笑的闹剧，从而使我莫名其妙，也只好变得可笑地玩世不恭起来。

那最后一段话，更使我在这荒村的小土房里一个人忍俊不禁。马克思是那么妙不可言地用几笔就勾画出资本家与工资劳动者的关系：

> 离开简单流通或商品交换的领域……剧中人的形象似乎就有些改变了。原来的货币所有者，现今变成了资本家，他昂首走在前面；劳动力的所有者，就变成他们的劳动者，跟在他后头。一个是笑眯眯，雄赳赳，专心于事业；别一个却是畏缩不前，好像是把自己的皮运到市场去，没有什么期待，只期待着剥似的。

在睡下以后，这一幅生动的画面还在我脑海中萦绕，不过它变成了这副样子：走在前面的，是我的伯父、父亲，和他们崇拜的"专心于事业"的摩根们，跟在他们后面的，是一大群他们所雇佣的工人。但这幅画一瞬间又变成了另一副样子：现在，工人走在前面了，"笑眯眯，雄赳赳，专心于事业"，而原来走在前面的却跟在后面，"畏缩不前，好像是把自己的皮运到市场去，没有什么期待，只期待着剥似的"。而我呢，一个穿着烂棉袄、蓬头垢面的乞丐似的人物，既无法和走在前面的工人一样"笑眯眯，雄赳赳，专心于事业"，也没有什么再可"剥"的了，所以只得踟蹰在二者之间，进退不得……

二十八

经历了强烈的激动之后，我睡得特别香甜。第二天早晨醒来，我神清气爽，好像服了一剂什么兴奋剂一样。并且，在这样一群人中间，我突然有了一种带有优越感的宽容精神。

大家打完饭回来，"营业部主任"因为炊事员给他的稗子面馍馍缺了一个角，情绪很不好，组里的人都在各自的铺位上埋头吃饭的时候，他趴在炉子旁边，一边翻来覆去地观察他的馍馍，一边骂炊事员。又说，以后要早点熄灯睡觉，不然影响别人休息。他嘟哝着："那损失的精神头儿，半个稗子面馍馍都补不过来……"人们抬头看看我，我知道这是不点名地批评我了。这里的人就是这样，哪怕你深更半夜跑出去放火他都不管，可你别妨碍他的利益。

他的批评并没惹恼我。今天我虽然也在这间土屋里，也坐在一堆干草上，也和大家一样吃着土黄色的稗子面馍馍，然而我仿佛觉得，有一种深奥的、超脱这种尘世的思想，使我的心从我借以寄托的躯体中游离了出来。好像外界对我施加的侮辱、嘲笑、蔑视，只不过是针对我的躯体的，与"我"无关。

去马号等车把式套车的时候，听大车组组长向谢队长报告说，海喜喜请了几天假，"逛城里去了"。谢队长沉着脸，薄薄的嘴唇在浓密的胡楂里撇了撇，对大车组组长的报告不置可否。海喜喜的大车停在那里，他的几匹牲口有滋有味地在槽头嚼着干草。有个车把式想让自己的牲口歇歇，去牵海喜喜的牲口来套车。谢队长瞪着眼睛喊道："你驴日的干啥？干啥？照拴上！也该让它缓缓了。"汉语语音里的"他""它"不分，我想，可能是谢队长也认为海喜喜该"缓缓"了吧。海喜喜走了，"逛城里去了"，他为什么会突然想去"逛"呢？原来，他不是每天晚上都到马缨花家去"逛"的吗？我蓦地有点怅惘。不论是什么形式的爱情，是什么样人的爱情，得到爱情和失去爱情，全是人的命运，都不能漠然置之。海喜喜这个有独特性格的人，归根到底不由得引起我的关心和同情。我隐隐地感觉到，即使他和我现在处于这样一个对立的状态，我还是不能摆脱他对我的吸引力。

可是，在马缨花看来，世界上的事却要简单得多。

下午，我们大车回来，她还是等在马号的肥堆前面，做手势叫我去。我的近视眼只看见她带着笑脸，但看不清那究竟是嘲笑、讪笑、顽皮的笑还是善意的笑。

我阅世不深，年纪又轻，总是根据自己所读的书本来推测别人，想象爱情。我以为，经过那天我失礼的举动以后，我们再在一起，一定会非常尴尬。吃完晚饭，我又看了一会儿书，但已开始心不在焉。去，还是不去？我一直犹豫到天黑沉沉了以后，才到她家去。

今夜没有月亮，走出房门就投入深不见底的黑暗，寒气藏在暗夜之中，砭人肌骨。然而天上却星光璀璨。这是冬夜的特色：天上亮，脚下黑，仿佛寒气把光也阻隔了似的。

我缩着脖子，心里有一丝不快，好像要去挨打的样子。

她仍像往常一样，在炕头上坐着补衣服——她有补不完的衣服。后来我才知道，她是帮着娃娃多的妇女补她们男人的衣服——见我进来，轻盈地跳下炕，掸掸衣裳，笑着问：

"你'怎——么'昨夜黑不来？"

奇怪！她一句戏谑的话，就把我内心的一切矛盾、犹豫、惶惑吹得烟消云散。看着她轻松的，尤其是在学我说"么"字时如荷叶边噘起的嘴唇，我不禁啼笑皆非。我可以向她道歉，我可以向她忏悔，我可以向她袒露心曲，但一看到她毫不在乎的模样，我又觉得一切都是不必要的。我开始轻松下来。

"你不是要我好好念书吗？"我说，"我就在屋里念书哪！"

"傻——瓜——瓜！你要念书，不会在这达儿念？"她亲昵地在我脸上拧了一下，"我昨夜黑趴在你们门缝里看你来着。"她哧哧地笑着，两手合上，往下一蹲，"就跟一个菩萨一样！"

我脸红起来。她亲昵的动作，热情的语气，似乎又将引起我内心汹涌的浪潮。但她整个的神态，又毫无挑逗意味，而是孩子般的无忌的天真。于是转念一想，我为自己的心思而羞愧得更加脸红了。我过去接受的教育，读的书，总是指导我把人分成各种类型，即使是纯客观的心理学，对人也有所谓黏液质、胆汁质、多血质等等之分；至于文艺作品，那更不用说了，那里面有形形色色的人：稳重的、轻狂的、放荡的、严肃的……现在我才明白，人，除了马克思指出的按经济地位来划分成为阶级的人之外，世界上没有绝对的关于人的类型的概念。比如她吧，她就是她，一个活生生的人！一会儿稳重，一会儿轻狂，一会儿开怀大笑，一会儿又严肃认真——而上次的严肃认真，差点使我羞愧地自尽。理解人和理解事物好像不同，不能用理性去分析，只能用感情去感觉。我从这里，开始理解马克思在《初版序》中说的，"我绝非要用玫瑰的颜色来描写资本家和地主的姿态。这里被考察的一切人，都不过是经济范畴的人格化，是一定的阶级关系和利益的负担者"。在同一个经济范畴，同一个阶级之中的每一个具体的人，都是活生生的人，都可以用"玫瑰的颜色来描写"；而作为一个经济范畴，作为"一定阶级关系和利益的负担者"，那就是一个事物了，那就要用理性去分析。这里，就是文学和经济学的不同点。

这个念头只是霎时间产生出来的。这种联想好像很可笑，但我自己认为我仿佛从生活中获得了某种"通知"。于是，我不仅轻松，而且有点兴奋了。

我吃着杂合饭。她从炕里边拉出一条崭新的棉绒毯，跟我说，今天，她托去镇南堡的人买来这条毯子，七块多钱，准备给我做条绒裤，剩下的，还可以给尔舍做一套绒裤褂。她拍拍毯子，扬扬得意地说："咱们也跟城里人一样了，要穿绒衣裳！"她絮絮叨叨地跟我讲，他们那个地方的人，只穿毛褐衣。这是用极为原始的方法，在骨制的捻锤上把生羊毛一点点地捻成毛线，再织成的毛衣。她给我看了她的一件这种毛褐衣，灰白色的，没有线条，像一个毛口袋。没有经过熟制的生羊毛，会穿透衬衫扎到皮肤上去的。我想象一根根粗糙的生羊毛扎着她细嫩的皮肤，又不禁脸红了。同时，还有一种近乎悲哀的同情从心底涌出来，她把绒衣都当作城里人穿的奢侈品，毛线衣就更不必说了。恐怕她活了二十多年也没有见过一件真正的毛线衣，而她又是这样一个美丽的、善良的女人！我儿时的生活，她是不能够想象的。也许正因为这点，她才在开始时对我产生了同情和怜悯吧，她不可能和我一样，看到一个历史的因果关系。

她抖开棉绒毯。我看到，这就是镇南堡那个小商店的货架上堆着的那种带红条的灰色绒毯。她用拇指和中指拃量着，嘴唇翕动着，在无声地计算。灯光照着她如鸟翼一般扇动着的睫毛，和她明亮的、凝神于内心计算的眼睛。由于这对眼睛，她整个面庞散射着一种迷人的、令人心旷神怡的光辉。而她又是一个连毛衣也没穿过、把绒衣也当作奢侈品的女人！在我拘于过去的习惯和见识的狭隘心里，怎么也无法把我观念中的美和她这个现实中的美调和起来，就像无法把一株桃金娘移植到这干旱寒冷的沙漠边缘里来一样。

吃完饭，我想起了海喜喜，我说："我听说，海喜喜请假了，到城里逛去了。"

"谁稀待他！"她还在计算着，头也不抬，"他爱上哪达儿逛就上哪达儿逛去！"

一切都是这样的简单！我暗暗地想，这两天我的自我折磨好像都是多余的。她对人和生活显然有另一种虽然粗糙却是非常现实的态度。旷野的风要往这儿刮、那儿刮，你能命令风四面八方全刮一点吗？

知识分子对人和生活的那种虽然纤细，却是柔弱的与不切实际的态度，是无法适应狂飙般的历史进程的。在以后的一生中，我都常常抱着感激的心情，来回忆她在潜移默化间灌输给我的如旷野的风的气质。

二十九

此后，我每晚吃完伙房打来的饭，就夹着《资本论》到她那里去读——"营业部主任"总该满意了吧。她把油灯从墙上取下来，放在土台子的罐头筒上。"高灯远照。"她说。房里果然显得明亮了许多。尔舍是个很乖的女孩子，除了有时缠着她，要她唱个歌，一点也不吵闹。她从没有问过我看的是本什么书，为什么要念书，也没有跟我说那天晚上从我手臂中挣脱出来时，劝我"好好地念你的书吧"的道理。她似乎只觉得念书是好事，是男人应该做的事，是一种高尚的行为，但脑子里却没有什么目的性。这方面，和那哲学讲师给我的教导就不完全相同了。

"我爷爷也是念书人。"她说，"我记性里，我小时候老见他念书，跟你一样，这么捧着，也是这么老厚老厚的一本。"过了一会儿，她又说，"喜喜子这个没起色的货，放着书不念，倒喜欢满世里乱跑。我就不稀待他！……"

这里，我仿佛窥见到她不"稀待"海喜喜而"稀待"我的秘密。从她比画她爷爷念的书本的版式，我猜测是一部宗教经典。可是在她的思想里，却没有一点宗教的观念。一个乐观的、开朗的、活泼的、热情的人被生活磨炼了以后，就不会对生活本身再有什么神秘的看法了。

在灯光下，我抱着头读书。她和尔舍唧唧哝哝地在炕上说话。灯光把我头颅的影子投射到她们身上。尔舍好像也受到一种庄重的气氛的感染，嬉笑的声音也是悄悄的。我有时停下来，谛听着她们的笑声，完全能体味到她们给我的亲切的温暖。这间奇妙的小屋，几乎盛不下我们之间的绵绵的温情。它常常使我联想到航行在静静的海面上的一条精致的小船，联想到一个童话。

尔舍睡觉以后，她就跪在炕上剪裁我那条"跟城里人一样"的绒裤。剪子沙沙地在绒毯上剪着。那沙沙声也是奇妙的、轻柔的，像一阵阵温暖的细雨飘洒在绿色的灌木丛里。她缝纫的时候，也不跟我说话。我偶尔侧过头去，她会抬起美丽的眼睛给我一个会意的、娇媚的微笑。那容光焕发的脸，表明了她在这种气氛里得到了一种精神上的享受，她享受着一个女人的权利。后来，我才渐渐感觉到，她把有一个男人在她旁边正正经经地念书，当作由童年时的印象形成的一个憧憬，一个美丽的梦，也是中国妇女的一个古老的传统的幻想。

一天工夫，绒裤就缝好了。这条灰色的棉绒毯，两头有三条红道。现在，那一头的三条红道正横在我两条大腿上。穿着这种"跟城里人一样"的绒裤，活像马戏团里的小丑。尔舍见了我这副模样，拍着小手笑起来："布娃娃！布娃娃！……"

"不许这么叫！叫'爸爸'！"她在尔舍头上轻轻地拍了一下，又蹲下去，给我抻展裤腿，捋平针脚。我看不见她的脸。她这一句使我怦然心动的话，在她匆匆忙忙的动作中，像一阵轻风，嗖地就飘忽过去了，我捉摸不定她的含意。

"好，好！正合适！"随后她站起来，捂着嘴笑着说，"我还给你缝了顶帽子哩！"

她告诉我，这是她照着跟我睡在一起的老汉——老会计的帽子，用剩下的棉绒毯缝的。我一看，原来是一顶上海人冬天戴的那种"罗宋帽"。帽顶上，还剪下一块红道团成球，栽了一个大红缨子。

"也难为你想得出来。"我笑着戴在头上，"我小时候就戴这种帽子上学的。"

晚上，我就穿着这条"布娃娃"式的绒裤——她把我的棉裤拆洗了，戴着她手缝的"罗宋帽"，开始读"第三篇　绝对剩余价值的生产"。我从头到脚都是暖和的，肚子也很饱。我依稀记起恩格斯这样说过，人们首先必须吃、喝、住、穿，然后才能从事政治、科学、艺术、宗教，等等，马克思就是从这一简单的事实发现了历史的发展规律的。这话的确在宏观和微观上都具有不可颠扑的真理性。现在，我真正地感觉到有一种渴求探索奥秘的精神力量，在我脑海里跃跃欲试了。当我读到马克思这段话时，我更无比地兴奋起来，因为我此刻的精神状态，使我的思想如闪电一般快地从这段似乎与我的现实无关的话中，理解了我应该怎样来看待目前的生活以及怎么确立今后的生活目标。

马克思是这样说的：

> 人以一种自然力的资格，与自然物质相对立。他因为要在一种对于他自己的生活有用的形态上占有自然物质，才推动各种属于人身体的自然力，推动臂膀和腿，头和手。但当他由这种运动，加作用于他以外的自然，并且变化它时，他也就变化了他自己的自然。他会展开各种睡眠在他本性内的潜能，使它们的力的作用，受他自己统制。

那么，所谓人的改造，首先倒是这个人要改造自然，改造他的外在存在。人的改造不过是在人对自然与社会环境的改造过程中，自然与社会环境对于人的反作用。人只有在改造自然与社会环境的同时，自身才能受到改造；人不发出对外界的行动，不先改造自然和社会环境，自身便不能受到改造。过去的四年多里，因为我在不断地改造着自然，所以我也在被改造着。但那是不自觉的，甚至可以说是荒唐的改造，强制着我用原始的、粗蛮的方法来改造自然，因而我也几乎被改造成原始的、粗蛮的人。只有自觉地、用合乎规律的方法来改造自然和社会环境，自身的改造才能达到具有自觉的目的性。要自觉，要能够使用合乎规律的方法，只有通过学习，"和人类的智慧联系起来"。一个人改造得完美的程度，就取决于他对自然与社会环境改造的深度与广度。从这里，我联想到浮士德"智慧的最后结论"：

要每天每日去开拓生活和自由，
然后才能够作自由与生活的享受。

这样，我大可不必为自己的命运悲叹了，不必感叹"我怎么会落到这步田地"了。因为生活中的痛苦和欢乐，竟然到处可以随时转换。我记得但丁说过："一件事物愈是完整，它所感到的欢乐和痛苦也愈多。"如果具有自觉性，人越是在艰苦的环境，释放出来的能力越大。我的经验已经证明，人的潜力是惊人的，只有死才是它的极限。遗憾的是，在我没有自觉性的时候，释放出来的只是一种求生的本能。而一旦具有了自觉性，我相信，当人为了应付各种各样艰苦的条件，"展开各种睡眠在他本性内的潜能"时，他就会发展了自己，"超越自己"！欢乐也从此而来，自己的人生也就"完整"了！

我的神思飞快地运转着。我还不能明确地说出我在这一刹那间的想法，但思想上像电击一般感受到了一道灵光。我相信"顿悟"说有一定的科学道理。它指的是思维过程中由量变到质变的飞跃。我因为感受到了这道灵光而战栗起来。我的眼眶里又充溢着泪水。我几乎要像浮士德临终认识到"智慧的最后结论"时一样喊道："你真美呀，请停留一下！"

这时，她悄悄地走过来，伏在我背后，一只手放在我头上，目光越过我的肩膀，仿佛要探究一下是什么神奇的文字使我如此激动。可是，我不愿意她从书本上意识到我与她之间有一种她很难拉齐的差距。不知怎么，我觉得那会破坏她，也会破坏我此时这种令人微醉的快感。我蓦地感觉到我这时正处在一个一生中难得的如幻觉般奇妙的境界：经济学概念和人生，理性与感性，智慧的结晶和激情的冲动，严酷的现实和超时空的梦境，赤贫的生活和华丽的想象，一连串抽象的范畴和一个活生生的美丽的女友……统统搅和在一起，因而一切都变得模模糊糊，朦胧不清，闪烁不定，飘忽无形。但一切又都是实实在在的，如同一块流水下的卵石，一轮游云中的圆月，一座晨雾里的小桥。

我把她的手从我头上慢慢拿下来。她的手刚在碱水里浸过，手掌通红，茧子发白，与其说劳动使她的手变得粗糙，不如说是厚实、有力、温暖而有光泽。掌中的纹路清晰简单，和她的人一样展示了一种乐观主义者的明朗。我一一地谛视她的指纹，果然，她的中指是一个"罗"！我心头一颤，理性的激情即刻化成了一股爱的柔情，脑海里蓦然响起了拜伦这样的诗句：

> 我要凭那松开的卷发，
> 每阵爱琴海的风都追逐它，
> 我要凭那长睫毛的眼睛，
> 睫毛直吻着你桃红的面颊，
> 我要凭那野鹿似的眼睛誓语，
> 你是我的生命，
> 我爱你。

这种柔情是超脱了骚动不宁的情欲的。像喧闹奔腾的溪流汇入了大河，我超越了自己一步，胸中就有更大的容积来盛青春的情欲。这时的爱情是平静的，然而更为深刻，宛如河湾中的回流。我怀着轻柔如水、飘忽如梦的欢悦之情，把她的手贴在我的嘴唇上。我一一地轻吻着她的拇指、食指、中指、无名指和小指尖。然后，握着她的手捂住我的脸。当我把她的手放开时，一颗泪珠也滚落下来。我心中充溢着一种静默的感动：为她感动，为爱情感动，为"超越"了的"自己"感动。我情不自禁地说："亲爱的，我爱你!

她一直立在我的身后，丰腴的、富有弹性的腹部靠在我的背脊上。她的手始终温情脉脉地、顺从地让我把握着，另一只手不停地抚摩着我的肩膀。在我吻她指尖的时候，她两手的手指都突然变得怯生生的、迟迟疑疑的、小心翼翼的。那种颤抖，既表现了惊愕不已，又不胜娇羞。我感觉到她同样也以一种静默的、然而又觉得十分陌生的心情，在享受爱情的幸福。我说了那句话后，她忽然抽出了她的手，整个上身扑在我的肩膀上，脸贴着我的脸，不胜惊喜地问："你刚才叫我啥？"

"叫你……叫你'亲爱的'呀。"

"不，不好听！"她搂着我的头，嘻嘻地痴笑着。

"那叫你什么呢？"我诧异地问。

"你要叫我'肉肉'！"她用手指戳着我的太阳穴教导我。

我想起了海喜喜唱的民歌，不禁微笑了。

"那你叫我什么呢？"我用戏谑的口吻又问道。

"我叫你'狗狗'！"

"狗狗"这个表示疼爱的称谓，虽然也令我叹服，使我叫绝，但立刻也使我感到与我一贯所向往的那种"优雅的柔情"迥然相异。我既然已经成为正常人，既然已经续接上了过去的回忆，她这种爱情的方式和爱情的语言，就隐隐地令我觉得别扭，觉得可笑。我虽然不愿意她发现我与她之间，有着她不可能拉齐的差距，但我却开始清醒地意识到了这种差距。

三十

表面看来，《资本论》里所阐述的一切，都和我目前所处的现实毫不相关。马克思开宗明义就说，资本主义生产方式，表现为"一个惊人庞大的商品堆积"，而在这个沙漠的边缘，却是惊人的商品匮乏，连一条绒裤都买不到。在书本上，货币的形式已发展到了世界货币，"还原为贵金属原来的条块形态"，而在此时此地，土豆和黄萝卜，黄萝卜和浪琴表还做着以物易物的交换，货币作为价值记号是极不可靠的……但是，恰恰因为如此，我便无法把它当作教条来看待。我越往下读，越感到马克思的书在训练着我一种思想方法，一种世界观的方法。我可以把"商品""货币""资本"等概念都当作 x、y、z 等代数字母，随着马克思对各个概念的分析和运用，我脑子里自然而然地会形成一种思维的方程式，一种思想的格局。这种思维的方程式或思想的格局，可以套用在对任何外在事物的分析上。把握这种世界观的方法并不困难。这里需要的是信仰，就是坚定不移地相信这种世界观的方法是符合事物发展的规律的。

同时，《资本论》里所有的概念对我来说并不陌生。我出生在一个资产阶级家庭，在交易所经纪人和工厂资本家的抚养下长大，现在倒有助于我理解马克思的理论。有许多概念，我甚至还有感性知识，比如使用价值与交换价值的区别，金银相对价值的变动，货币流通以及商品的形态变化，货币之作为流通手段、储藏、支付手段、世界货币的各种机能等等，这都是我在儿时，常听我那些崇拜摩根的父辈说过的。我记得，我第一次知道有《资本论》这部书，还是在我十岁的时候，在那间绿色的客厅里，偶尔听四川大学的一位老教授向我父亲介绍的。他说，要办好工厂，会当资本家，非读《资本论》不行。可见，只要是客观真理，对任何人都有用。正如肯尼迪会研究"毛泽东的游击战术"一样——这是不久前我从一个去镇南堡买盐的农工那里知道的。那包盐的包装纸是《参考消息》，而在报头上赫然地印着"注意保存"的字样。

这样，马克思的书在我眼里就没有一点枯燥的晦涩的地方，我读着书，种种抽象的概念都会还原为具体的形象，每一页书都是鲜明而生动的世界的一个片段。每天晚上我都在马缨花家里如饥似渴地汲取着这种精神的享受。然而，随着我"超越自己"，我也就超越了我现在生存的这个几乎是蛮荒的沙漠边缘。有时，在我眼睛看累了的时候——在昏暗的油灯下看书，眼睛是容易疲乏的，我常常抬起头来看着她。我渐渐地觉得她变得陌生起来。她虽然美丽、善良、纯真，但终究还是一个未脱粗俗的女人。她坐在炕上，也带着惊异的、调皮的、笑意的眼光看着我。那笑意在眼角和嘴角的细纹中荡漾，似乎马上会泛滥成一场大笑。这说明我的目光和表情这时一定是很可笑的。但是，我知道她根本不会看出此刻我对她的心理状态。这种心理状态连我自己都有点害怕。既然她还是一个未脱粗俗的女人，既然我又恢复了过去的记忆，而成为一个"知识分子"，可是我现在又还受着她的恩惠，那么，我和她，目前是一种什么关系呢？

每一个人都只能从回忆中搜罗出来种种经验和知识，与眼前的事物相比较，相对照，从比较和对照中认识眼前的事物。她，当然不能说是芳汀、玛格丽特、艾丝梅哈尔达这类我所熟悉的沦落风尘的女子的艺术形象，但是，那"美国饭店"一词总使我耿耿于怀，总使我联想到杜牧、柳永一类仕途失意而寄迹青楼的"风流韵事"。在她把热腾腾的杂合饭端到土台子上，放在我的书旁边的时候，在她对着尔舍轻轻地唱那虽然粗犷却十分动听的"花儿"的时候，我会很自然地联想到称道"维扬自古多佳丽"的无聊文人所写的诗，什么"红袖添香夜读书""小红低唱我吹箫"之类的意境。

我开始"超越自己"了，然而对她的感情也开始变化了。这时，如歌德在《浮士德》里说的："两个灵魂，唉！寓于我的胸中。"一方面，我在看马克思的书，她要把我的思想观点转化到劳动者那方面去；一方面，过去的经历和知识总使我感到劳动者和我有差距，我在精神境界上要比他（她）们优越，属于一个较高的层次。

三十一

我们没有日历牌——这个队家家都没有日历牌。据说原来队部办公室有一份，但在我们没有来时就被偷跑了。后来想买也买不到，因为日历牌是六月份丢的——六月里，哪家商店还有日历卖呢？谢队长跟我们说："那驴日的会偷，把一百八十天光阴都偷跑了。再没比他更厉害的贼娃子了！"大家估计，那个贼娃子也不是为了看日子，而是偷去卷烟抽了。谢队长办事，会计记账，就靠三两天到队上来一趟的场部通讯员"捎日子"。有时，谁要上场部办事，去镇南堡买东西，或是走别的队串亲戚，谢队长碰见了就会朝他喊："喂，把日子捎来呀！""捎日子"，成了每个外出农工的义务：看看今天阳历是几月几号，阴历是几月几号，是什么"节气"，离重大节日还有多少天。星期几是不用看的，我们从来没有在星期天休息过，发工资的第二天准休息。因为没有星期的概念，所以去镇南堡办事的人经常白跑——人家可是按星期休息的。

去年没有日历牌，过了元旦仍然没有日历牌。大概不照日历过日子已经习惯了，瘸子保管员年前去城里采购工具和办公用品，独独忘了买这样东西。谢队长骂他："你驴日的怕见老哩，总想过去年的皇历是不是？你他妈买本皇历来，也能挑个你娶媳妇的好日子哪！"骂得他脸一红一白的。他老婆死了好几年，至今没有续上弦，人却快四十岁了。

这样也好，日子不知不觉地就过去了。直到有人"捎日子"来，我们才惊喜地发现："哟！又要过春节了。"

其实，春节和元旦一样，在这困难的年代里，农场并没有什么特殊供应。但人们体内那只生物钟，总使人到这时候就不由自主地兴奋起来，农工们脸上都洋溢着节日的喜气。并且，农村人看重春节，每个队私下里都有所表示。能给农工们多少东西，那要看这个队有什么可以拿出来的和这个队领导的为人了。这几天干活儿的时候，男女农工们议论的话题就是羊圈要宰几只羊，一家能分多少肉，下水轮着谁家了。因为羊下水没办法按斤论两地分，只好当作额外供应，三家给一副羊下水——包括肠、肚、心、肝、肺和头、蹄，让他们拿回家去自己分。但一次一次宰羊的间隔时间太长，谁也记不准确这次轮到谁家了，额外供应又无账可查。于是，一场比联合国大会的辩论还要激烈、还要复杂、还要冗长的辩论就在马号、羊圈、田头上展开了。不过，气氛还是活泼愉快的。

羊肉也好，羊下水也好，是没有我们单身职工的份的。如有，也要由伙房的炊事员做熟了给我们分，顶多有指头大的三两块肉。所以我们对此漠不关心。况且，组里大部分人的户口、工作、粮食关系都有了着落：中尉已经和我们告别了，这时候大概正在自己家里准备过节哩；"营业部主任"家在省城，那边郊区农场的准迁证前些日子就开出来了，只等着这个农场批准，他早宣称要回家去过春节的。

还有三天就是春节。下午，阴霾的天空下起了小雪。冰凉的雪花飘进我们的脖领里，落在我们的铁锹把上。一会儿，锹把湿漉漉的，握着它的棉手套也浸透了。谢队长习惯地抬头看看天，无可奈何地骂了声"驴日的"，喊叫道："收工吧！"今天我们在田里铲土盖肥，工地离村子比较远，谢队长一声令下，都拔起腿往家里跑。

雪越下越大。我不紧不慢地走着。土路上转眼就均匀地铺上了一层干燥的雪花。鸟雀们费力地扇动着淋湿的翅膀，急急忙忙投进落光了叶的小树林里，然后用喙慢条斯理地梳理着羽毛，一边梳理，一边也和谢队长似的，抬起小脑袋无可奈何地看看阴沉沉的天。

西北的雪落地也不化，即使落在手背上，也能看到它从云端上带来的那种只有天工才会绣出的花纹。它在手背上化成水，也顽强地保持着花纹的图形。

乌云冻结住了，天却更亮了。天地之间漾着黄昏的回光。地平线大大地开阔了。在遥远的天幕下，火车的青烟在纷纷扬扬的雪片中黑得耀眼夺目。它在天边逶迤着，像是一支神奇的画笔在地平线上加了一条平行线，会把人的情思引到虚渺的远方。

我回到村子，马号前面已经没有人了，马缨花当然也早跑回家去了。整个村子沉寂在深邃的严冬当中。我们的土房里非常暖和，没有出工的报社编辑把炉子捅得通红，火苗乱窜。还有一件高兴的事：在伙房吃饭的单身职工受到破格优待，年前每人就发了半斤真正的小麦面。炊事员剁了一些黄萝卜，调了葱和盐，给我们包了一顿饺子！

大家快分别了，即将天南海北，各奔前程，今生恐怕是再难得见面了。所以这几天组里的人都很和气，老会计特别照顾我，把我的一份饺子打了回来，放在炉子旁边热着。

大家吃着饺子，欢欢喜喜地谈论着回到家第一件事干什么。"营业部主任"最大的愿望是"美美地吃一顿羊肉揪面片"；老会计计算回到上海，大约要在正月十五了，那是吃元宵——上海人叫"汤团"——的时候；报社编辑的家在兰州，亲戚已经给他在一家街道工厂联系好了工作，现在正兴高采烈地给我们介绍兰州小吃的风味……

"每逢佳节倍思亲。"我既回不了家——其实也无家可归，去看一趟妈妈也不可能。从省城到北京，慢车的硬席票也要二十多块钱。可是我这里，那条做绒裤的棉绒毯的钱，还没有还给马缨花哩。现在，她手头上又在给我做鞋子。虽然我知道我即使有钱还她，她也不会要，但正因为如此，我就面临着一种抉择：我们这样的关系，往什么方向发展呢？

和马缨花结婚，在农村成立个小家庭，这个念头曾经是那样强烈地诱惑过我，一度在我眼里，还仿佛是我的一个不可攀及的目标。可是现在，在我清醒地意识到的差距面前，我已经退缩了。

当然，我还是天天到她家去，几乎把那里当作自己的家。尔舍已经和我很熟了。我也不再说那些只有成人才能听得懂的童话故事，读《资本论》读累了，也逗着她玩一会儿。她白天在寒风黄沙、冰天雪地里玩耍，营养比一般孩子好，所以看起来像个男孩子，而又没有男孩子那种莽撞的调皮劲儿，还保持着女孩子文文静静的天性。她喜欢我拉下"罗宋帽"，光露出一对眼睛来吓唬她。这样，她就咯咯地笑个不停。

但是，马缨花仍一如既往，从来没有明确地表示过要和我，或是和其他人结婚的意愿。后来，尔舍又一次笑着叫我"布娃娃"，她还像上次一样骂尔舍，叫她喊我"爸爸"。我注意看了一下，她脸上并没有什么意味深长的表情，仍是带着她那特有的、开朗的、佯怒的微笑。她是有意识地用微妙的方式来调情？还是遵循着一种什么粗鄙的乡俗？抑或是她本性就是爱自由的鸟儿？我搞不清楚。有时，她对我的感情使我很困惑。

在深夜，我从睡梦中醒来的时候，她和我的关系，常是我考虑的内容。当我意识到我已经成了正常人，已经开始"超越自己"，我就不能再继续作为一个被怜悯者、被施恩者的角色来生活。我可以住在这间简陋不堪的土屋里，我可以睡在这一堆干草上，我可以耐着性子听老会计磨牙……我觉得这些我都可以忍受。因为我一旦"和人类的智慧联系起来"，从马克思的书中得到了"顿悟"，我生命中就仿佛孕育出了一个新的生命。这个生命顽强地要去追求一个愿望。愿望还不太明确，因为任何人，包括马克思，也没有把共产主义社会描绘得很具体周详。这个愿望还只是要去追求光辉的那种愿望，要追求充实的生活以至去受更大的苦难的愿望。

可是，我在她的施恩下生活，我却不能忍受了，我开始觉得这是我的耻辱，我甚至隐隐地觉得她的施舍玷污了我为了一个光辉的愿望而受的苦行。于是，事情就到了这一步：不是断绝我和她这样的交往，就是结合成为夫妻。

但是，我能娶她作为妻子吗？我爱她不爱她？在万籁俱寂的深夜，我冷静地分析着自己的情感，在那轻柔似水、飘忽如梦的柔情下，原来不过是一种感恩，一种感激之情。我对她的爱情，其实只是我过去读过的爱情小说，或艺术作品中关于爱情的描写的反光。我感到她完全不习惯我那表达爱情的方式，从而我也认为她不可能理解我的爱情，不可能理解我。我和她在文化素养上的差距是不可能弥补的……总而言之，尽管我心里也暗自感到不安，但我仍然觉得：她和我是不相配的！

不过，吃完了饺子，我还是到马缨花家去了。

天昏暗下来了。雪花比下午时分更加稠密。在灰乎乎的天空、灰乎乎的田野、灰乎乎的村庄上，到处飞着洁白、闪亮的雪花。雪花不像雨点，它不是直落向下的，而是像小虫虫一样，上下左右地乱飞，弄得我更加心烦意乱。

她家门大开着。她站在门口围头巾，好像要出门。尔舍也穿得厚厚的，手里拿着一块饼子，呆呆地站在旁边等她。她见了我，笑着往门边让了让，示意我进去。我进了门，一眼就看见那土台子上放着一大盘生饺子，绝不是我们三个人能吃得完的！我认识那盘子，它经常放在我们伙房的案板上。

我心里本来就思虑重重，现在更增添了一丝不知是冲着谁的愤懑。我阴沉着脸问："这饺子是哪儿来的？"

"哪达儿来的？人家给的呀。"她匆匆地系着头巾，漫不经心地回答。

"谁？是谁给的？"我在土坯凳子上坐下来，一手把那盘饺子推得远远的。

"谁？谁爱给我谁就给。"她的眼睛在头巾下斜睨着我，鼻翼翕动着，满不在乎地笑道。

"好吧。"我冷冷地一笑，"我可不吃！"话一出口，我就觉得我的火气很可笑。我怎么能干预她的生活方式呢？我究竟是她的什么人？什么也不是！同时，我心里也在暗暗地说："完了！我们只能到此为止了！"

"好好好！不吃不吃，咱们拿它喂狗去！"她用哄孩子的语气嘻嘻地笑道。在她的脑子里，好像从来就没有什么严重的、大不了的事情。有许多次，我的思虑、顾忌、犹豫，都在她这种嘻嘻哈哈的神态面前冰释了。我拿她毫无办法。

"嘿，好事来了！"她又向我眨眨眼睛，嬉笑着说，"队上要宰羊，宰十只哩！白天宰怕人去接羊血，那羊圈就该挤破啦，场部知道了也要找谢胡子的不是。谢胡子叫连夜宰，接下的羊血给伙房——便宜了你们！瘸子叫我帮忙去哩。你看这还不是好事？你等着，回来我给你煮羊头羊杂碎吃……饭在锅里哩，你先吃点饭。十只老乏羊，又要宰，又要剥，又要剁开，一家一家地分成份儿，我怕是要干到天亮才回来，尔舍我带到羊圈去睡，那达儿也有热炕。”

我呆呆地坐着。那盘饺子肯定是瘸子保管员从我们嘴上刮下来送给她的了！“美国饭店哟！美国饭店哟！……”我心里愤愤地反复这样念叨。尽管我知道马缨花在剥羊、做饭上都是一把快手，队上有这类事，总是派她去，但我仍然怀疑她和保管员有某种“交易”，不然为什么会把这种“好事”给她？“真是个不可救药的风尘女子啊！”我心里又念叨了一句。

“那你干活儿去吧，”我站起来，不悦地说，“我回组里去了。”

“你这是干啥？”她睁着美丽的大眼睛，不解地问，“你先吃点饭，念会儿书。等不及我了，就回去睡。走的时候把门锁上……我的傻狗狗哟！”

她噘起了嘴唇，用疼爱而又带几分揶揄的神情在我脸上拧了一下，旋即一把把我搡到炕上，抱起尔舍跨出房门，像一阵风似的跑了。

三十二

我坐在炕上发愣。炕墙上，富翁阿尔狄诺夫向漂亮的安娜飞着愚蠢的媚眼，可是那模样却仿佛在嘲笑我。房里十分冷清，甚至可以说是一种凄凉。马缨花母女俩都不在，我才感到她们已成了我生活中不可缺少的一部分，没有她们在这里，这房子顿时就失去了温暖。我究竟该怎么办呢？……唉，她又是这样一种女人……我茫无头绪地思忖了一会儿，无精打采地站起来，点燃灯，掀开锅盖，笼屉上果然放着一盆杂合饭，还冒着热气。我快快地吃完饭，翻开书本。这时，羊圈方向传来了咩咩的羊叫声，大概他们开始宰羊了。

当我读到第900页，马克思摘引贺拉斯的一句诗“辛酸的命运，使罗马人漂浪着”的时候，门陡然像被一股狂风刮开了似的，砰的一声大敞开了。油灯光倏地一闪，进来了一条大汉。

来的人竟是海喜喜！

我大吃一惊，本能地猛地站起来，摆出一副迎战的姿态，不出声地盯着他。

"我知道马缨花去羊圈了。我以为你在家哩,我去家找过你。"海喜喜和谢队长一样,脑子里没有"宿舍"的概念,谁睡在哪儿,哪儿就是谁的"家"。"小章,我找你有点事。这事儿只能跟你说。"

他异常温和的语气使我镇定下来。他的神情没有一丝敌意。他好久没有到马缨花家来了,像我头一次到这间土房里来时一样,四处看了看。在昏暗的灯光下,我也能发现他眼睛里有股怅惘的神色。

"那就坐下来说吧。"我像主人似的,指了指炕。

"到我家去吧。我屋门没锁,屋里还有东西。"他没向我解释前嫌,也没跟我说什么"你别怕"之类的话,好像我们一直是朋友一样,可正是这种不记宿怨的男子汉作风得到了我的信任。

"好吧。"我夹上书本,"咱们走。"

海喜喜和我打完架,去省城逛了好几天,元旦过后才回来。回到队上,和从前一样埋头赶车,神情蔫蔫的,一句话也不说。在路上碰见我或是马缨花,眼睛也不抬,仿佛从来不认识似的。而我对他却一直怀着一种歉意,这大概是在情场上的得胜者的普遍心理吧。在马缨花面前,我也不好意思提起海喜喜。马缨花有时倒说起他,但语气是平淡的,不带感情。今天,他不找马缨花,却单单要找我说话,会说什么话呢?从他低着头,迈着沉重的步子来看,一定是件很严重的事情。我既紧张又好奇地跟在他后面。

雪一直下着。凛冽的冷空气搅动着白色的雪,在漆黑的暗夜,使人眼花缭乱。我们高一脚低一脚地走到马号,肩膀上和帽子上已落满一层白雪了。

"进来吧。"他推开马号旁边的一个小门。我们一前一后地跨进去。房子很矮,也很小,大约只有六七平方米。房中间还支着一根柱子,柱子上挂着一盏明亮的马灯。

我们两人拍打着帽子和衣裳。他自己先脱掉沾满泥雪的鞋,蹬上炕,盘腿坐下。"上炕,上炕。"他一边招呼我,一边伸手拎过一只在炕炉上吱吱作响的大黑铁壶,冲了两杯茶。茶杯显然是他早准备好的。

"尝尝,这他妈是真正的茶叶,我还放了红糖哩。"

我也跟他一样上了炕，和他面对面地坐下。炕上有一张破旧的、擦得很光洁的红漆炕桌，地下虽然没有一件家具，只堆放着笼头、缰绳、鞭杆、皮条，但收拾得也十分干净。

他不说话，皱着眉头，噘着嘴，在杯子边缘吡吡地吸茶，仿佛全神贯注地要品尝出茶的味道。我也端起杯子喝了一口，当真很甜。一时，土房里非常安静，只听见隔墙咚咚地响着牲口的刨蹄声。他吡吡地吸了半杯茶，才放下杯子。看上去他心情激动，而又竭力自持。他用巴掌抹了抹嘴唇，眼睛瞅着一个角落，说："小章，我要走了哩。"

"走？到哪儿去？"他把我当作很知心的朋友，使我不由得要担心他的命运，"为什么要走呢？"

"妈的！这穷窝窝子没待头！"他沮丧地摆摆手，"我有技术，有气力，到哪达儿挣不了这三十块钱?！跟你说实话，我一来这达儿就没想待久，只是后来认识了……认识了马缨花……"

他停住了。提起马缨花，我也不便说什么。我红着脸看着他。隔墙的马儿又咚咚地刨起蹄子来。他两手撑在膝盖上，肘子像鹰的瘦削的翅膀似的奓着，目光凝然不动。一个粗豪的、暴躁的人一下子变得如此严肃和深沉，我看了很感动。我心里蓦地起了一个念头：干脆把马缨花让给他吧，他们倒是挺合适的一对！但我又很快地意识到，在这伪善的谦让下面，实际上隐藏着一种卑劣的心地，一种对马缨花的感情的背叛，于是我只好默不作声了。

沉默了一会儿，他的痛苦似乎平静了下去。他掉过脸看着我说："我有一麻袋黄豆，有一百多斤，留给你跟马缨花吃去。还有这张炕桌，也是我的，你明天早上来拿。麻袋我照旧塞在那垛干草后面，就是你上次看见的地方。白天别拿，到夜黑去背，小心别让人看见，懂不懂？"

"这，这……"我不知道是接受好，还是不接受好。我理解他的好意，理解他的豪侠气概，理解他的男子汉的宽怀大度，但这却使我非常羞愧。我再也不愿做受人恩惠的人了。

"你放心，这不是偷来的。"他误会了我犹豫的原因，说，"我知道你们念书人不吃偷来的东西。你不知道，我跟你实说了吧：我一来这达儿，就在两边荒地上种了一大片豆子。熊！这达儿荒地多得很。到秋上，我足足收了三四百斤哩。这事儿谢胡子知道，可他没跟场部说。这熊，还是个好人！所以我服他。"

他们总是把我看得很高尚——"不吃偷来的东西"——只有我自己知道我并不像他们想象的那样。我想起我怎么骗老乡的黄萝卜，怎么去搞伙房的秾子面，怎么去蹭马缨花的白食……我情愿去骗，去蹭，而海喜喜却是凭自己的力气去开荒，这里面存在着多么大的差别啊？我和他，究竟谁高尚呢？我皱着眉头这样想。

"那么，你带走不好吗？"我诚心诚意地为他着想。

"我不带！我走到哪达儿都短不了吃的。不像你们，一个女子，一个念书人……"他又指了指炕角，"你看，我还有这么一大堆铺盖哩。"

我才发现，我们俩现在是坐在光光的炕席上，炕里面的一角，摞着一卷打好的行李，跟一个白木箱子捆在一起，两头扎的是西北人常用的背绳结，弯下腰一背就能走的。

"怎么？"我诧异地问，"你现在就要走吗？"

"现时不走啥时辰走？"他鼻孔里嗤笑一声，"你当是我能晴天白日里走啊？！我告诉你，我不比你们，你们有户口、粮食关系。你们要走，办好手续就行。我他妈是个盲流，又有点本事，这个穷窝窝子抓还抓不来哩。他们就想着我留下给他们使力气。我大摇大摆走，他们非派人拦我不行，弄不好还要捆我一绳子。去年……现时说是前年的话了，好些个跑的人都挨过他们的绳子……"

"那么，你到哪儿去呢？"

"到哪达儿去？中国大得很！我跑了不少地界。我告诉你，"他啪啪地拍了两下胸脯，自豪地说，"我喜喜子有技术，有力气，哪个地界都欢迎我。我这先到山根下我姑妈家去，过了年，翻过山就到内蒙古了。那个地界也有农场，工资还高哩！这话，你跟谁也别说。"

我点点头："你放心，我不会跟人说的。不过，你老这样下去也不是个长久之计呀。我听谢队长说过，你过去就跑过很多地方……"

他突然又垂下头，目光阴沉而呆滞地盯着炕桌，表现出不愿再听我说下去的模样。我知道，他这样粗犷而自信的人，一旦做出了自己的决定，是没有什么人能劝止他的。

大铁壶吱吱地叫着，牲口在隔壁悲愁地叹着鼻息。我们不说话，小屋里顿时充塞着沉闷的空气。他又端起杯子咝咝地吸茶，一直吮到茶底。然后，他啪地放下杯子。仿佛他刚才喝的不是茶水，而是酒，醉醺醺似的晃了晃脑袋，眨巴眨巴眼睛，用大巴掌抹了抹脸。接着，一种压抑的、怆凉的歌声从他胸腔中徐徐地响了起来：

> 甘肃嘛凉州的好吃（呀）喝，
> 为什么嘴脸儿坏了？
> 嘴脸儿坏了我知（呀）道：
> 尕妹妹把我害了！

唱完，他使劲地一拍大腿，沉重地叹息一声："唉！女子爱的是年轻人！"

我懂得歌里所唱的"嘴脸儿"是"面子""名誉"的意思，更深一层说，还有男子汉的自尊心。他的表情和歌声，带有一种在命运面前无能为力的悲剧色彩，使我的心紧缩成一团。他本来是可以在这里定居的，成家立业，娶妻生子，然而他现在又要去漂泊了。而他这次去漂泊，却和我有极大关系，我成了他命运中的一个破坏因素。我也沉痛地低着头，好像有一条鞭子在我头上晃悠。

沉默了好大一会儿，他又深深地叹了口气，摆了摆手，像赶蚊子一样想把所有的苦恼都赶走。随后，很快就从那种醉意中清醒过来，振作起精神，拎起大铁壶给两个杯子都续上水，挪了挪屁股，靠近我说：

"喂，小章，你跟我说实话，你念的是啥书？我看那像一本经哩。我告诉你，我趴在她家后窗户上看了好几次，都看见你在念书。实话跟你说，我小时候也念过经。"

马缨花没有问过我的问题，他倒注意到了。我很高兴有这样一个机会使我们都轻松下来。我拍拍《资本论》对他说，这不是"经"，是马克思写的书。他又问我，念这本书有啥用呢？我说，念了这本书可以知道社会发展的自然法则。我们虽然不能越过社会发展的自然法则，但知道了，就能够把我们必然要经受的痛苦缩短并且缓和，像知道了春天以后就是夏天，夏天以后就是秋天，秋天以后就是冬天一样，我们就能按这种自然的法则来决定自己该干什么。我说："社会的发展和天气一样，都是可以事先知道的，都有它们的必然性。"

"必——然——性。"他侧着头，用方言念叨着，眯缝的眼睛里跳动着思索的光芒，"必——然——性。我懂。咱们也有这个说法，咱们叫'特克底勒尔'，就是真主的定夺。世上万事万物该是啥样子，都是'特克底勒尔'……"

"哦，那是不一样的……"我准备向他解释。

"一样，一样！"他执拗地摆摆手，用不容置辩的口气武断地说，"有'特克底勒尔'，那是真主的定夺，就是你说的'必——然——性'。可还有'依赫梯亚尔'，这是，这是……我闹不清你们叫啥，反正就是'依赫梯亚尔'。比方说吧，我本来是满拉，学成了能当阿訇的，可我不好好学，满世界跑，这就是我的'依赫梯亚尔'。要是我干了坏事，不做好人，受了刑罚，那跟真主的定夺没关系，跟'特克底勒尔'没关系，那是我自己的'依赫梯亚尔'。要不的话，那真主对我的惩罚就没道理了。我不能把罪过都推到真主身上，说是真主让我去干的。'特克底勒尔'是真主的决定，'依赫梯亚尔'是自己的决定……"

他这番表述得并不很清楚的话，不知怎么，在一瞬间却使我的思想受到一种冲击。这使我大为惊奇。"芝麻开门"，本来是句毫无意义的咒语，却也能打开一扇沉重的石门。唯心主义哲学和唯物主义哲学对同一事物分别使用的不同的概念，总有可以沟通的共同因素。我明白他说的"依赫梯亚尔"，在唯物主义者说来，应该是"人的选择"的意思。那么，我虽然出身在一个命定要灭亡的阶级，"特克底勒尔"要灭亡的阶级，可是这里面还有我的"依赫梯亚尔"，还有我个人选择的余地！与此同时，他的话，也启发了我应该怎样去理解最近以来一直令我困惑的问题：马克思主义指出了社会发展的自然法则，它的科学性和真理性质是我深信不疑的，但另一方面，我们现在怎么又会搞得挨饿呢？原来这里面还有个"依赫梯亚尔"，如果人犯了错误，不按社会的客观规律办事而受到挫折，是与马克思主义无关的！人的暂时的错误和暂时的挫折，绝对无损于马克思主义的正确性……

我沉浸在自己的思索里。他还在饶有兴味地说着。但下面的话全是他当满拉时学的宗教词语了。也许他是要排遣心中的苦闷，暂时摆脱尘世的烦恼，想到他想象的天国里去遨游一番吧。他越说越兴奋，然而也越说越荒诞了。

羊圈那边又传来咩咩的惨叫声。这不知是宰第几只羊了。马号离羊圈不远，咩咩的叫声更为凄厉。听到羊叫声，他不知想起了什么，陡然失去了说话的兴致，垂头不语了。

马灯的光焰跳了两下，骤然暗淡下去。"熊！快没油了。"他跳起来骂了一句，把灯芯拧长了点。擦得干干净净的玻璃罩里顿时冒出一股黑烟，即刻把灯罩熏出一道道污黑的花纹。他欠过身去想把它拧小点，但大概又想起很快就要走了，于是又缩回手去，仍在我对面坐下。

"哎，小章，你跟马缨花成家吧！"他忽然没头没脑地跟我这样说。

"哦，我……"我没想到他会提出这个建议，愣了一愣。

"我跟你说，马缨花是个好女子。"他说，"啥'美国饭店'，那都是人胡编哩！我知道，那鬼女子机灵得很，人家送的东西要哩，可不让人沾她身。真的，你跟她成家吧。你跟她过，是你尕娃的福气。"

"我……"我支支吾吾地说，"我还没想过这件事……"

"啥没想过！"他气恼地一拍膝盖，瞪起眼睛，"你尕娃别人模狗样的！你以为你是个念书人，人家配不上你是不是？我跟你说实话，有一次，我趴在她后窗户上看她洗澡，呵呵！她那个奶子，还有那个腰……嘿嘿……"

他总有叫我意想不到的言谈举止。我情不自禁地失声笑了起来。不过，我还是感到了他的真挚、诚恳和关心。从他的话里也证明了马缨花至少在这个队上是清白的。同时我也明白了，有一次马缨花说到他时，陡然停住了话题是什么意思，她肯定发现了他的这种荒唐行径。此后尽管他对马缨花很好，关怀备至，而她却总说他是个"没起色的货"，原因就在这里！

"咋样？"他最后问我，"你还想咋样？现时又不考秀才，你就是满肚子书，人不用你还是白搭！那女子可是针线锅灶都拿得起、放得下，田里的活儿也能干。跟了你，只怕还亏了她哩！……"

羊圈又响起咩咩的羊叫声时，他说他要走了。他一口气喝干了茶，把大铁壶从炉台上提开，让我帮他背起那一大摞行李。

"背得动吗？"我担心地问他。

"背得动！到山根下三十里路，抬脚就到。"他颠了颠沉甸甸的铺盖，没跟我道别，没跟我握手，只嘱咐我把灯吹灭，把房门锁上，再去槽头添一抱草。然后他转过身，左一蹭，右一蹭，挤出了狭窄的房门，投进外面风雪茫茫的黑夜之中。

我从马号出来，只看见整个世界是浓密的、飞舞着的雪花……

马缨花还在羊圈。我回"家"去睡觉了。

三十三

……我钻进破棉花网套，还没睡着，谢队长就在窗户外面叫我："章永璘，章永璘，小章，小章……"

他急促的叫声使我心头一沉，立刻想到是海喜喜出事了！我没有应声，装着已经熟睡了，脑子里却在思忖应该怎样回答领导的盘问。谢队长还一个劲儿地叫："小章，章永璘……"

老会计用肘子捅捅我："小章，叫你哩！"

我慢吞吞地爬起来，用带着睡意的腔调问："什么事啊？"

"快，快，到队部办公室开会去。"

我想，不会这么快就发现海喜喜跑了吧！"开会"，大概是商量分羊肉的事，可能我们这几个单身农工也有一份。我赶紧穿上衣裳，跑到队部办公室。

各组的组长都在办公室里。每个人手上都有一支自卷的烟卷，满屋子烟雾腾腾。原来，办公桌上有一笸箩烟叶子，这是队部免费供给组长们开会时吸的自种烟叶。"劳驾，给我一张纸。"我也挤进去卷了一根，和别人一样，话也顾不上说就呼呼抽了起来。

一会儿，谢队长提着一个面口袋回来了，气咻咻地一屁股坐在办公桌前。办公桌上有盏马灯，照着他满手血迹。我吃了一惊，烟卷差点从嘴上掉下来。这种场景使我联想到福尔摩斯探案里的描写，我想到海喜喜，想到马缨花……身子几乎僵直了。

幸好，谢队长只是说，海喜喜那"驴日的"跑了。是喂牲口的老汉——就是那"死狗派儿"车把式——发现的。老汉去马号添草，看见他的门锁着——我真不该锁门！——拿马灯隔着玻璃窗一照，"炕上啥也没有，比水洗的还干净"，就去羊圈报告了谢队长。谢队长说，一定要把那"驴日的"追回来，眼看要春播了，没人摆耧哪行?！"那驴日的哪怕是过了春播再跑哩!"他叫我们几个组长分头去追。他像运筹帷幄的将军似的调兵遣将：谁谁谁去北边那条路，谁谁谁去南边那条路，谁谁谁去镇南堡，谁谁谁朝东北方向追。他说我穿得单薄，叫我沿着东边的大路走，到三十里外的小火车站去挡海喜喜。他特地跟我讲："那站上有个炉子，你烤着火，我去羊圈安顿一下，随后就来。"

我才想起来谢队长手上的血是羊血，并且，他单单没有注意到去山根的那条羊群踏出来的小路。我浑身轻松下来。尤其是，他解开面口袋，又发给每人两个冻得瓷瓷实实的稗子面馍馍。"大家都辛苦点，这算是加班粮。"他这样说，我更高兴了。

会散了，组长们出了办公室。"熊！这大雪天的，哪达儿追去哩，回家睡去吧!"他们悄悄地议论着，也果真朝各自家门的方向散开了。

我不能到火车站去，谢队长一会儿还要来和我会合哩。

雪下得更大了。东边、西边、北边、南边，到处是白茫茫、灰乎乎的一片。雪花打得眼睛都难以睁开。这种鬼天气，不迷路才怪哩！我有点为海喜喜担心起来：他何必选在这样的夜晚跑呢？可是转念一想，这也正是他的聪明所在，那几个组长不是回家睡觉去了吗？

我只能朝着那条大路走。幸亏大路两边栽着一株株柳树，走在两行柳树中间总不会迷路的。我把棉绒毯子缝的"罗宋帽"从头上拉下来，我的鼻子、脸颊都立即感到了马缨花的温暖。我又想起海喜喜临走时的建议，心里虽然还在矛盾着，但也感受到海喜喜的无私的友情。我觉悟到：善良、同情、怜悯……人的美好的感情，本不是像我原来认识的那样，被饥饿和艰辛的鞭子驱赶得一干二净了，而恰恰是越在这种条件下，越显现出光辉。命运啊命运，既然把我从象牙塔里拽出来，难道就对我没有一点好处吗？我所享受到的最深切的温情，人生遭遇中最难得到的东西，不正是在这种时刻、这种条件下吗？……

一时，我感到我是十分幸福的。现在不知是几点钟，总该是半夜了吧！我只听见雪花柔和的沙沙声和自己呼哧呼哧的鼻息。雪夜静谧得令人的魂魄似乎都会脱离自己的躯体。前面，在两行柳树中间，蓦地出现了一座小桥，弓着背，一副忍辱负重的驯顺的样子。我陡然想起来，两个多月前，仅仅六十多天前，海喜喜赶着大车和我们几个就业人员曾经经过这里。那时，我还满田里找黄萝卜吃，而他，却威风凛凛地坐在大车上，唱着那动听的、深情的民歌。脑子里，肯定萦绕着马缨花的影子，一心想早点赶回去跟她见面。可是，转眼之间，起了多么大的变化啊！现在他成了一个失恋者，一个逃亡者，而我，这个得胜的情敌却厚颜无耻地扮演着追捕者的角色。我想象海喜喜在这茫茫的雪夜中，背着沉甸甸的行李，一步一步艰难地向山根下跋涉的情景，幸福感顿时消失得无踪无影。因为这种情景使我非常清晰地看见，我的幸福是建立在他的痛苦之上的。我又不禁回忆起海喜喜对"月黑雁飞高，单于夜遁逃。欲将轻骑逐，大雪满弓刀"的评论，才悟到卢纶的妙处：他的这幅画面在描绘唐将浑瑊的英雄气概之下，透露出单于的悲壮色彩。怪不得海喜喜会从这首诗里得出与一般评论全然不同的看法。在一千多年以后，在我们已经组成了一个民族的大家庭以后，难道我们还不允许他这样地想吗？是的，他本人就是个外表看起来粗豪不羁、暴躁蛮横而心地却是纯朴的、多情的、具有悲壮性格的少数民族兄弟！

我得到了纯朴的劳动者的同情、友情和无私的关心，他们总把我想象得很好、很高尚，而我又奉献给他们些什么呢？什么也没有，除了痛苦之外！

我呆呆地在小桥上停了片刻，垂着头，俯视着片片雪花坠入桥下的黑暗里。深刻的忏悔，固然是由于自己造成了别人的不幸，而被害者不但宽容了自己，还尽其最后的可能，再次施与了他的恩惠，那自己就不仅是忏悔，而是一种锥心的痛苦了。啊！海喜喜，海喜喜，亲爱的朋友，我怎样才能报偿你呢？

绿化树

三十四

火车站的确非常小，我是看见铁路边的一盏红灯才摸索到的。车站没有站台，在两条铁轨旁边盖了一间比警察的岗亭大不了多少的土房子。房顶上积满厚厚的白雪，在寥廓的雪原上像一个孤独的大蘑菇。房子里没有灯，漆黑一团。我推开用板条钉成的门，走了进去。里面，果然如谢队长说的，有一个用大汽油桶改装的火炉，煤已经快燃尽了。我抖净身上的雪，借着炉箅下透出的一点微弱的红光，找到一根铁通条。我拿起铁通条在地上横扫着，终于在墙角碰到一小堆煤。我加足了煤，把炉子通好，在一张木条凳上坐下来。然后脱下破棉鞋，刮掉泥雪，用鞋面扫干净炉面，把两个稗子面馍馍和棉鞋一起放在炉子上烤着。

炉子很快就旺起来，火苗窜出了炉口，小屋里一闪一闪地亮着红光。我的脚底板像手掌一样抱着热烘烘的铁皮炉底，不一会儿，全身都暖和了。我一边翻动着稗子面馍馍，一边打量四周。四面墙上都涂抹着乱七八糟的壁画，全是候车旅客的即兴创作，我如同到了在非洲某处发现的一个原始狩猎部落居住过的洞穴。奇怪的是这里没有卖票的窗口，啊，我才想起报社编辑曾经告诉我们：这不是个车站，而是个乘降点，只有逢站必停的慢车才在这里停一分钟。慢车要在凌晨四点开来，那么，我至少要在这里等到四点钟。

等就等吧。我吃着稗子面馍馍，想着海喜喜，如果路上顺利，他现在也该到他姑妈家了。我真诚地祝他过好春节，真诚地祝他以后生活幸福！

我在暖烘烘的火炉前打起盹来了。不知迷糊了多长时间，板条门外响起了喳喳的踏雪声。随着，谢队长哐的一下推开门进来。

“驴日的，好大雪！”他跺着脚，拍打着衣裳帽子，龟缩的脖子伸了出来，连声地咳嗽着说，“咳！……你还在这达儿，咋样？这达儿到底好一点，咳……那些人在雪地里撵，一夜里可遭罪哩！咳……”

他还不知道“那些人”并没有在雪地上撵，早跑回家睡觉去了。我有点可怜他，同时也有点敬佩他。他对我毕竟是关怀照顾的，他自己也是负责的。

我让他坐在我旁边，把剩下的一个烤好的秤子面馍馍给他吃。他拿起来看了看，说我会烤，烤得好，但他没有吃，又放在炉子上。他说羊圈熬了一大锅羊骨头汤，撒上秤子面，做了顿"羊汤糊糊"，去羊圈加班的人都喝了两碗。我想，马缨花和尔舍也吃上了吧，身上更加感到暖和了。

　　"谢队长，"我问他，"能抓到海喜喜吗？"

　　"抓个熊！那驴日的可能哩，他要跑，谁能抓得住他！"他抹抹鼻子，眼睛瞅着炉火说。

　　"既然知道抓不住他，怎么还要叫我们追呢？"我诧异了。

　　"唉！"他叹了口气，"不追追他，场部知道了不行：'人跑了，你老谢也不管，是干啥吃的?!'又该挨头儿的剋了。我到车站来，就等着搭四点钟那趟车去场部报告哩。"

　　他告诉我，我们队朝东三十里是这个车站，朝南二十里是场部，铁路是条斜线，下一站离场部不远，下了车走两里路就到了，看来他的安排还挺巧妙，既装装样子追了海喜喜，又趁便搭上火车去场部。

　　"他是不是犯了什么错误，怎么场部非要抓他呢？"我不解地问。

　　"他犯个熊错误！那驴日的就是太能了，谁都不愿意放他。你不知道，你光看见他赶车，其实那熊耕耙犁锄，扬场赶碾，砌砖盖房，样样都能。现时哪达儿去找这样的劳力?!"

　　哦——海喜喜果真说得不错。我又问："那么，要是抓住他，会怎么处理呢？"

　　"啥'处理'，保证下次不跑了就行了呗！还咋'处理'？人家又没偷没抢！"

　　他两肘撑在火炉边上，脸映得通红。脸上的皮肤松弛下来，火光照着他满面的皱纹，这是常年在户外劳动的痕迹。他一定害着严重的沙眼，眼睛里不断淌出混浊的泪水。我估计他的实际年龄，要比他外表年轻得多，但这时，他整个面孔上，又像第一次和我单独谈话时一样，显出了老人那种特有的宽容的神情。我很受感动，并且也因为想和海喜喜在一起劳动，差点要告诉他海喜喜就在山根下他姑妈家里，去把他找回来吧。但又一想，还是不要自作聪明，失信于海喜喜的好。我问："你想他能跑到哪儿去呢？"

"哪达儿去？准跑内蒙古了。山根下，他还有个姑妈在那达儿，保准他跑去过年了。"

我暗暗一惊。他不派人往那山根下的羊道上追，看来似乎是有意的。

"唉！"他抹了抹眼泪，虽然他并不是伤心，可是好像一副伤心的表情，"就是把他抓回来，拴得住他的身子，拴不住他的心。那驴日的，我知道，没个好女子，没个家，他哪达儿都待不长。今天把他抓回来，明天他还得跑。腿长在他身上，谁能看得住他?! ……原先，他在咱们队上待着，是有想头的哩。"

我不敢多嘴了，我怀疑他洞察所有的事情。我低下头，局促地翻动着烤得焦黄的秤子面馍馍。

雪大概停了，听不到外面的沙沙声。世界一下子陷入了一种紧张的沉默，炉膛里劣质煤的哔剥声更增添了不安的气氛。

"哎，"他忽然侧过脸跟我说，"小章，说真的，你跟马缨花结婚吧。"

这是我今晚上听到的第二次建议，而且出自两个人的嘴里。我明白他是怎样从海喜喜身上联想到这件事的，我惶惶然地不置可否。

"马缨花是个能干的女子。"他说，"有时候和男人胡调哩，可那有啥？一个女子领着个娃娃，一个月十八块钱，又碰上这个饥荒的年景，你叫她咋整？你们结了婚，她就收心了。"

我想朝他喊：马缨花并没有跟"男人胡调"！可是，四年的劳改生活和至今仍被专政的身份，使我鼓不起勇气跟谢队长争辩。我仍然低着头沉默不语。

"你别嫌弃她。"停了一会儿，他又说，"好些女子在年轻的时候都上过当哩，后来正正经经嫁了人，都是好样的。你也别听啥'美国饭店'的话，我知道，那几个月她就跟海喜喜一个人好，可不知为啥，她不稀待海喜喜……我看你们俩倒是挺合适，你劳动好，年龄也相当。她还能给你生娃娃。以后，就在农场里拉扯着过吧。两个人过日子总比一个人过日子轻省。这饥荒眼看就快过去了，日子总会一天天地好起来。听说，就在这个月，中央在北京要开啥大会哩①，前几年的政策看来要变一变。

---

① 指一九六二年一月召开的有七千人参加的扩大的中央工作会议。

日子好了，在哪达儿过不一样呀？非得像你们组那几个一样，跑回城里去？……说实话，干啥都是一辈子，过去的事，就拉倒吧！"

他没有跟我说大道理，同时谨慎地避开我特别敏感的出身、错误、身份这些问题，还把在我这时看来是非常机密的党内消息告诉给我。他的语气非常温和，我很久没有听过一个党员干部用这种语气跟我说话了。他的年龄比我大得多，通红的炉火照着他疲乏的、早衰的脸，使他的面部显现出一种父辈般的慈祥。一个人不论如何粗俗、没有文化，只要他有真挚的感情，能洞达事理，他自然而然就会显得高大和庄严。在这静悄悄的夜里，在热烘烘的火炉旁，在洞穴一般的小屋中，我与他之间的隔膜，被他的抚慰和关切之情融化了，我的泪水止不住地流出眼眶，在通红通红的火光映照下，像一滴一滴鲜红的血滴在炉台上。

他看了看我，再没有说什么，袖着手，稍往后仰了一点，侧身靠在炉台上打开了瞌睡。

三十五

这是一列客货混装的列车，暗绿色的客车车厢里没有一盏灯，黑黝黝的。平板货车上不知装的什么，巨大的篷布上覆盖着污秽的积雪。老式的机车头好像害了哮喘病，吭哧吭哧地停下来。谢队长乘上了客车车厢，火车又吭哧吭哧地走了，慢慢地隐没在一团白雾当中。白雾散尽，四周又归于沉寂，雪停了，连雪花飞舞的喧闹声也消失了，整个世界仿佛凝固了一般：上面是青蓝色的天，下面是白茫茫的地。我离开蘑菇似的小土屋，跨过铁轨，向那条两边有柳树的大路走去。

咔嚓、咔嚓、咔嚓……我踽踽而行，心里怀着一种宁静的温情。这一夜，人，"筋肉劳动者"和世界，一下子在我眼前展现出那么美好、那么富有诗意的一面。现实，竟会超过幻想；人心里，竟有那么绚丽的光彩！他们鲁莽的举止，粗鄙的谈吐，破烂的衣衫，都毫不能使他们内心的异彩减色。

我一路走，一路沉思。我又发现，在我们的文学中，在哺育我的中国文学和欧洲文学中，这样鄙俗的、粗犷的、似乎遵循着一种特殊的道

绿化树　　　　　　　　　　　　　　　　　　　　　　265

德规范，但却是机智的、智慧的、怀着最美好的感情的体力劳动者，好像还没有占上一席之地。命运给了我这样的机缘发现了他们，我要把他们如金刚钻一般，一颗一颗地记在心里。

天蒙蒙亮了，天地间呈现出一片凝重的银色的光辉。路边一根柳树枝咔嚓一声被雪压断了，空中飞舞着水晶似的粉末，又如一树梨花落英缤纷，四周，还仿佛响起了银铃敲击的乐声，我像是穿行在一个童话的境界里。我被这种美的想象噎得透不过气来，同时感应到一种自然的冲击力。这种冲击力激发起我大脑的功能，在一瞬间产生了难得的灵感。我突然领悟到：即使一个人把马克思的书读得滚瓜烂熟，能倒背如流，但他并不爱劳动人民，总以为自己比那些粗俗的、没有文化素养的体力劳动者高明，那这个人连马克思主义者的一根指头也不是！资本家不是也学《资本论》吗？肯尼迪不是也研究"毛泽东的游击战术"吗？是的，"劳动人民"绝不是抽象的，他们就是马缨花、谢队长、海喜喜这样的人！尽管他们和那些文学艺术作品中的劳动者的庄严高大形象相差甚远。

我怀着顿然窥见了人生的底蕴的那种狂喜，向隐没在雪原那边的、小得叫人心疼的村庄大步赶去。我并不冷，我感到热乎乎的。那里，有一个我所亲、所爱，可以与之相依为命的人在等着我。我还这样想，我和她结婚，还能改变资产者的血统，让体力劳动者的新鲜血液输在我的下一代身上。

赶到村子，天已经大亮了。但雪地上还没有一个足迹，农工们都没有起床。我径直向马缨花家走去。

她大概也是从羊圈回来不久，刚收拾完羊头羊下水。地上放着瓦盆瓦罐，锅里冒着腾腾的水蒸气，房子里郁积着一股浓烈的羊膻味。尔舍沉沉地睡在炕上。她蓬着头发，一脸倦容，还在瓦盆瓦罐之间忙碌着。但见我进来，顿时精神一振，两眼闪着喜悦的光芒，却用埋怨的口气说："你咋傻乎乎地真跑去追？那几个熊都回家睡觉去了哩。"

她已经知道了这件事，但对海喜喜又去漂泊却无动于衷，这使我有点恼火：我不喜欢我的妻子没有同情心。我说："我怎么能不去追？是谢队长派去的。"

"'怎——么'，'怎——么'！"她用嘲讽的声调学我，"要是真追上了，你还把他拽回来？"

"当然要把他拽回来。"我生气地说，"你知不知道，海喜喜是个好人哩！"

"我也没说他坏呀！"停了停，她脸上泛起不悦的表情，"你呀，你眼里就没有我……"

"哎呀，这说得上吗？"我焦躁起来，"你知道海喜喜临走的时候跟我说了些什么？"

"跟你说了些啥我咋知道？"她收拾着地上的盆盆罐罐，带着几分警惕的神情反问我，但一瞬间，又嘻嘻地笑起来，"我'怎——么'知道？"

我怎么求婚？在她眼里好像从来就没有庄严的事情、神圣的事情。我可能不懂得女人的复杂的微妙的心理。我总感到，她，比海喜喜和谢队长难理解得多。

"他，他劝我……跟你结婚。"

我只好嗫嚅地说出来。但一经说出口，我才发觉，这句话完全不像我在路上想象的那样充满激情，那样富于诗意，那样罗曼蒂克，而是和一团豆腐渣一样，嚼在嘴里干巴无味，不但打动不了她，连我自己也没有被感动。

"他操的心还怪多的！"她虽不再像小猫似的警惕了，却换上了一副装模作样的冷淡。这使我惊愕不已：难道我想错了，难道她并不爱我？

既然话已经出口，只能继续说下去。我又说："在火车站上，谢队长也是这样说的。他说，两个人过日子总比一个人好……"

"他也是咸吃萝卜淡操心！"她倏地从地上站起来，腰肢挺得直直的，把洗干净的盆子往土台上一蹾，决断地说，"咱们的事，不要人多嘴！我有我的主意。"

这场可笑的求婚是彻底地失败了。生活刚刚展示出另外一面，但倏忽即逝，一下子又翻转过来，仍然是严酷的、没有诗意的现实。我怎么也搞不清楚：她对我无微不至的关怀和热情是出自爱情，还是风尘女子的那种轻狂的逢场作戏？我愣愣地站在门旁边：究竟是拂袖而去好，还是留在这里把她的"主意"搞明白？

这时，门外又响起瘸子走路的那种一轻一重的脚步声。她急忙把我

绿化树

拨开，从我身后拿起顶门棍顶上门，随即偎在我的胸前，缩了缩脖子，伸了伸舌头，一脸调皮的微笑，和孩子捉迷藏一般静等着保管员来叫门。

"马缨花，马缨花，"保管员推了推门，接着压低嗓子又叫，"马缨花，马缨花……"

她没有立即回答，停了一会儿，才用懒洋洋的腔调问："谁呀?"问完了，昂起脸朝我皱起鼻子笑了笑。

"我呀，马缨花，是我。"

"睡下啦!"她拖长声音说，她的声调和她的表情恰恰相反，"我困得很，要是还有营生，等我睡起来再干。"

"哎，不是叫你干活儿。你起来，羊圈靠西第三根柱子上头，我还给你藏着一副羊下水哩，你起去拿。"他给她东西，可那语气，倒仿佛是求她施舍给他一些东西似的。

"那好呀，"她又朝我做了个鬼脸，"等会儿我起去拿。"

保管员仍舍不得走，左右地捯着脚，在门外磨蹭着。在他们隔着门对话的那一刻，我比上一次更加紧张。上次我和她之间还有一截距离，现在，她紧紧地贴在我的怀里，一面调侃保管员，一面用手指头玩我棉袄上的扣子。虽然我为了要弄点吃的，曾经冒过许多次险，被人发现的可能性要比这次大得多，但这种充满暧昧意味的尴尬我还是第一次碰到。我不安得有点发冷。她朝我笑，朝我做鬼脸，我却笑不起来，一点也不觉得好玩。恍恍惚惚地不知有多长时间，保管员才拖着一轻一重的步子快快地走了，门外再没有一点声息。

"嘻嘻!"她在我怀里扭了一下，把正面向着我，"那个傻熊还想打我主意哩! 待会儿我去拿，不吃白不吃。"

"唉!"我说不出什么话，吸了一口气。生活的美丽的色彩又渐渐褪色，而褪了颜色的生活是十分难看的。

"你看你，冷成这熊样子。"她摸摸我的手，把我的一双手分开，围在她的腰间，撩起棉袄下襟，将我的手插在里面，"来，让我给你焐一焐。"

隔着薄薄的布衫，我能感到她肉体的温暖，甚至是灼热。那柔软的富有弹性的腰肢，就在我两手之间，然而这却激不起我的一点情欲。我怀疑我把人、把生活又整个地看错了。她刚才的冷淡和现在的爱抚，到底哪个更为可信？

"傻狗狗，你咋这么傻呦！"她仰着脸跟我说，"啥'两个人过日子总比一个人好'！你不想想，咱们成了家，你就得砍柴火，你就得挑水，家里啥活儿你不得干？有了娃娃，你还得洗尿褯子，一天烟熏火燎的，苦得你头上都长草咧！你十八块钱，连自己都顾不住哩，还能再添半个人的吃穿？你还能像现时这样，来了就吃，吃完嘴一抹就念书？你呀，你这狗狗真傻！"

我这才恍然大悟。她说她自有主意，原来就是这种为了爱情、为了我的献身精神。而我在她面前究竟有什么价值，值得她作这样的牺牲呢？世界和人、和没有文化素养的体力劳动者，又在我眼前恢复了绚丽的色彩。我想，我之所以难于理解她，恐怕就是因为在我身上，从来没有过为了别人、为了所爱的人而献身的精神，从来没有！

我的心里只有我自己，即使想"超越自己"也是为了自己。这就是我和她之间最大的差距！

我把她搂进怀里，我现在才觉得我是真正地爱她，不是感恩，不是感激之情。我热情地喃喃地说："马缨花，我们还是结婚吧！别人怎么过，我们也怎么过，让我来分担你的负担不好吗？"

"'怎——么'，'怎——么'！"她略略推开我，深情地凝视着我的眼睛，用嗔怒的口气说，"我不能让你跟别人家男人一样'老婆孩子热炕头'，那最是个没起色的货！你是念书人，就得念书。只要你念书，哪怕我苦得头上长草也心甘情愿。我要你'分担'啥？你能'分担'啥？咱们一结了婚，那些傻熊还会给我送东西来吗？你看，我不出手，羊下水就给我搁在那儿了。你呀，傻狗狗，你就等着吃吧，这还不好吗？……"

她还是要我念书，而为什么要我念书，她始终也没有说出个所以然来。在她脑子里，似乎认为念书就是我的本分，我的天职，像养着猫一定要它捉老鼠一样。我心里蓦然有种幽默感，同时，也不得不承认她的这种想法倒很现实。"女人的心计啊，女人的心计啊……"我默默地念叨着。

可是，这无疑又是我的耻辱。难道我能靠一个女人的姿色来过比较温饱的生活？来"念书"？这样做，我就更降低了我自己。"不！"我重复地说，"不！我们还是结婚吧，我不能让你那样做！我们还是结婚吧……"

"唉，傻狗狗。"她说，"我又没有说不跟你结婚，我早就想着哩，要不，我这是干啥呢？等这'低标准'一过，日子过好了点，咱们就去登记，让那些傻熊看了干瞪眼……"

"不，不……"我执拗地说，"我不能让你那样做，那你不等于骗了人家？"

"谁骗谁呀？傻狗狗。"她安抚我，"你不想想，他们给我的吃食，哪些是他们自己腰包里掏出来的？我不要，他们拿回去自己吃了，还不如咱们吃掉哩。告诉你，这个队上，管事的就谢胡子一个人是好人，连那个烧饭的伙夫都不是好熊！"

我被她独具匠心的、现实的、冷静的盘算弄得晕晕乎乎的：我究竟应该遵循哪种道德规范来生活？她并没有考虑到这一点：我们要照她那样的安排来度过困难，我就失去了一个男人的尊严。在她认为，这是非常时期可以采取的一种权宜之计，而我，身体恢复了健康——正是在她权宜之计的安排下恢复的健康，并且重新"念书"之后，我的羞耻心和道德观都强烈地阻止我这样做。

"不！"我仍然固执地说，"不！你别那样做。我们还是结婚吧，谢队长也同意了，我们马上就登记去。"

"你是不是不相信我，怕我跟了别人？"她说，口气和神色都带着少有的严肃。显然，她把我今天迫不及待地要求结婚领会错了。于是她又钻进我怀里，踮起脚尖，用脸颊摩擦着我的脸，柔声地说："要不，你现时就把它拿去吧，嗯，你要的话，现时就把它拿去吧。"

她忙碌了一夜，现在脸色还是疲倦的。美丽的大眼睛下那一圈淡青色更深重了，她这种行动，纯粹是女人为了爱情的一种献身的热忱，一点也没有个人的欲念。我感受到了一种令人心酸的、致命的幸福。是的，是致命的幸福！我胸中陡然涌出了这种情感，像一首弦乐合奏的无词歌从心里汩汩地流淌出来：不是情欲，甚至也不是一般的爱情，而是一种纯洁的、神圣的感情。有限的爱情要求占有对方，无限的爱情则只要求爱的本身。神是人创造的，在人创造神的过程中，一定曾经怀有过这种感情因素吧。我谦恭地吻了她一下，然后轻轻推开她。

"不，"我说，"我们还是等结婚以后吧。"

"那好。"她即刻从我的怀中离开，仰起脸，用清醒的、决断的语气说，"你放心吧！就是钢刀把我头砍断，我血身子还陪着你哩！"

"就是钢刀把我头砍断，我血身子还陪着你。"有什么优雅的海誓山盟比这句带着荒原气息的、血淋淋的语言更能表达真挚的、永久的爱情呢？

啊，生活啊生活，艰辛得和美丽得都使我战栗！

三十六

睡到中午，我被一个组长叫醒了。这个组长就是头一天领我们出工的那个面目阴沉、总像是郁郁寡欢的农工。他简单地告诉我，谢队长叫他套上毛驴车送我到场部去，带上自己的铺盖，大概是春节期间场部忙，要我去干几天活儿。

我匆匆爬起来。铺盖没有什么难收拾的，一卷就行了。我去马缨花家拿她给我做好的鞋，推推门，她还睡着哩。没关系，回来再穿吧，我脚上这双棉鞋还能凑合穿几天。那个组长又给了我四个稗子面馍馍，说是谢队长叫他去伙房领的，让我带着路上吃。我和他坐上毛驴车，颠颠着向场部跑去。

我还是头一次到场部。场部不过比我们一队大一点，有几幢砖瓦房，还有一个粮食加工厂，一个比较大的商店。我还看到一个拖拉机站。车库外面有两个银色的油罐，横卧在雪地上。那个组长赶着车，把我送到一间办公室前面。"吁——"他吆喝毛驴停下来，回过头对我说，"就这达儿，你把铺盖拿进去吧。"

屋里已经有了五个人，看样子全是各个队抽调来的农工，有的坐在椅子上，有的蹲在地上，身旁都放着自己的行李。见我进来，也不跟我搭话，各自埋头想自己的心事。不知怎么，我突然感觉到室内有一种不祥的气氛，我不安地望望窗外，那个组长早把毛驴车赶走了。

一会儿，一个场部干部拿着一张纸走进屋来，后面还跟着一个驾驶员模样的小伙子。干部皱起眉头看着单子把名字点了一遍，对小伙子说："好，都齐了，你送他们去吧。"

我们夹着行李随小伙子走到车库前面，在一辆"德特-24"轮式拖拉机旁边站住。小伙子拍着沾满油污的无指手套，挨个儿打量着我们，最后朝我问道："喂，你们谁是在省干校教书的那个'右派'？"

我向前跨了一步："我，不过那是好多年以前的事了。"

"我知道。"小伙子会意地笑笑，头一摆，"你坐在驾驶室里边。其余的，喂！听着没有？统统上车，都给我坐在斗子里！"

那五个人纷乱地爬上车斗，骂骂咧咧地用芨芨草把子扫下盈尺厚的积雪。我坐进铁皮焊成的驾驶室里，把一卷棉花网套塞在座位后面。小伙子等他们安顿好，检查完挂钩，在车头用一根油腻腻的皮绳拉燃发动机，爬上车来，突突突地开着车走了。

拖拉机走上向西去的一条乡间土路。到处是皑皑的冰雪，路边的树枝垂下来，像一根根水晶制的流苏。太阳光冲破密集的云层，在银色的雪原上投下一块块金色的斑点。喜鹊和乌鸦哇哇地飞着，徒然地四处觅食。路很难走，车轮经常打滑。小伙子聚精会神地开着车。他年龄大约跟我相仿，嘴唇上已有了淡淡的胡髭，鼻梁稍嫌矮些，眼睛却炯炯有神。

车到了比较平坦的路面，他略向后靠了些，瞥了我一眼，说："我爸爸认识你。他在干校念过书，你教过他。"

"哦。"我应了一声，但没有问他爸爸是谁，现在问这些还有什么意义呢？过去的已经过去了。而今天，拖拉机载着我，在这一片茫茫的雪原上向隐没在云雾中的、仿佛神秘莫测的山根下开去，又会有什么样的命运呢？

"你知道咱们到哪达儿去不？"他转动着方向盘问我。

"不知道。"我说，"我刚想问问你。"

"唉！"小伙子叹息了一声，用同情的口吻说，"场里叫我把你们送到山根下那个队去。那个队，你大概听说过，是专门整治人的窝窝子……你们这几个，全是场里认为调皮捣蛋的。本来，没你的事儿的，今天一大早，你们队来了个办户口的——一个瘦老汉，迁到省城去的，你肯定认识，跟你住一个屋的——他跟人保科干部说，你们队昨夜黑跑了一个人，这个人跟你关系挺好，你每天夜黑都跑到这个人家去，他临跑以前，还来宿舍找过你，肯定你们俩在搞啥阴谋。人保科一查，你出身不好，帽子还没有摘，几个干部一商量，临时把你的名字给添上了。这我亲眼见的。你们那个胡子队长还跑到人保科吵了半天，他保证你没事，说你是好人，可让人家剋了一顿，说他没一点儿警惕性，把一个好劳力放跑了，这会儿又护着一个报纸上都批判过的有名的'右派'！还要叫他回去写检讨哩……咱们这个农场，过年过节都要整顿一次，好像坏人专拣着过年过节的日子捣乱一样。这不是，元旦前我送去四个人，今天，又送去你们六个……到了那达儿，你得多加小心，那可是个叫你掉几层皮的地方……"

奇怪，他这番话并没有使我感到意外。我并不惊愕，更不惶然失措，甚至我还认为，我跟马缨花还在一个农场，这就很好，不久以后总能见面的。我只是感到愤恨——"营业部主任"临走时还不放过我。人是非常美好的，但也有的人非常狞恶。如果不是这样，人便不会在创造神祇的同时创造出鬼怪来。这种愤恨压倒了我对马缨花的留恋，还鼓起了我一种抵抗压力的激情。我凝神望着前方，那是广袤的白茫茫的雪原，一道阳光终于冲破了山顶的浓云，宛如一把利剑插到山脚下，迸出一片耀眼的亮光。这种情景我好像很熟悉，仿佛在一个梦中见到过。现在，我健康了，我觉得能够理解马克思的书了，我相信我不论走到哪里，我都有一种新的力量来对付险恶的命运。

拖拉机颠簸着，小伙子一心又放在开车上了。我突然想起来，我还没有告诉马缨花，海喜喜留下了一张炕桌和一麻袋黄豆。炕桌不知会被谁抄走，那藏麻袋的地点只有我知道，这场雪一化，气温再一转暖，黄豆就会浸得发芽了吧。

果然如那小伙子说的，我到山根下这个队，连请假出来的权利和与外面的非直系亲属见面的权利也被剥夺了。两个月以后，一个留在队上的病号悄悄告诉我，这天有个"挺标致的小娘儿们"夹着一个小包来找我，让队上的干部盘问了半天，结果还是被训了回去，小包也不许留下。这天，我在渠口上抬了十小时石头，累得筋疲力尽，我只可怜她走了这么远的路，还没来得及思念她就沉沉入睡了。不久，提出了"阶级斗争要年年讲，月月讲，天天讲"，我以"书写反动笔记"的罪名被判三年管制。"社教运动"中，我又以"右派翻案"的罪名被判三年劳教。劳教期

绿化树

满，回到农场，正遇上"文化大革命"，我升级成为"反革命修正主义分子"，被群专起来。一九七〇年，我被投进农场私设的监狱。那种监狱，不属于公安机关管辖，没有一条现代监狱的规章，纯粹是中文版的罗马宗教裁判所。

一九六八年，我劳教期满回到农场，才得知在我前面那段被管制期间，马缨花一直没有结婚。我被送去劳教后，她就带着尔舍到县城找她哥哥去了，没有多长时间，她和她哥哥全家都回到了青海。据说她哥哥也犯了什么错误。

一九七一年，在那座农场私设的监狱里，连《毛泽东选集》也不让我们"犯人"看，说是我们的主要任务就是劳动改造，看了《毛泽东选集》会学到和农场当局斗争的策略。有一天，我被派到农场子弟学校的教研室砌炉子。教员们上课去了，我如饥似渴地到处翻找有什么可看的书，但办公桌上全是学生的作业簿，只有一本《辞海》放在案头上。我翻到"马缨花"这一条。这一条是这样解释的：

> 植物名。学名Albizzia julibrissin。一名"合欢"。豆科。落叶乔木。二回偶数羽状复叶，小叶甚多，呈镰状，夜间成对相合。夏季开花，头状花序，合瓣花冠，雄蕊多条，淡红色。荚果条形，扁平，不裂。主要产于我国中部。喜光，耐干旱瘠薄。木材红褐色，纹理直，结构细，干燥时易裂，可制家具、枕木等。树皮可提制栲胶。中医学上以干燥树皮入药，性平、味甘，功能安神、解郁、活血，主治气郁胸闷、失眠、跌打损伤、肺痈等症。花称"合欢花"，功用相似。又为绿化树。

啊！这条目下所有解释的文字，没有一点不和她相似的："喜光，耐干旱瘠薄"，不就是她的性格吗？

可是，这一晚上我却失眠了——她作为药物的功能没有起到作用。"绿化树！绿化树！……"我眼前总是一株株绿化树，最后变成了一片绿色的海洋……

三十七

整整二十年过去了。二十年，五分之一世纪！我们国家和我都摆脱了厄运，付清了历史必须要我们付的代价。还是在那种多雪的春天，我和省文化厅的负责人及制片厂的同志，分乘两辆"丰田"小轿车，带着一部根据我写的长篇小说拍摄的彩色宽银幕影片，到这个农场来举行答谢演出。电影放映完了，场长、书记们把我们送回招待所。我问场长，谢队长在哪里，他甚至不知道有谢队长这个干部，他是一九七八年调来的，大概谢队长早就离开这个农场了吧。

但是，在深夜，我还是从设施很好的招待所里悄悄走出来。月色朦胧，夜凉如冰。我没有惊动司机，独自一人踏上了通往一队的大路。

白皑皑的雪，还是那种白皑皑的雪，把我居住过的一队整个罩住，羊圈那边传来阵阵狗吠，除此之外，夜静得像梦幻一般。我伫立在桥头，往事如烟如雾，从小桥那边漫卷而来。我耳边分明响起了她的歌声，她的"花儿"，那么清晰，那么悠扬，那么婉转，那么情深：

> 金山银山八宝山，
> 檀香木刻下的地板；
> 若要咱俩的姻缘散，
> 十二道黄河的水干！

我清清楚楚地看见她向我笑盈盈地迎过来。她飘飞着，雪地上没有留下一点足迹。她仍然是那样美丽，那样健康，那样开朗，那样容光焕发。到我面前，她嘻嘻一笑——啊，那种笑我是多么熟悉！——说：

"就是钢刀把我头砍断，我血身子还陪着你哩！"

……可是，还是静悄悄的夜，还是白茫茫、灰乎乎的雪。除了我，四周没有一个人，没有一点声息……我发觉，一颗清凉的泪水，在我久已干涸的眼眶中流了出来。它是从记忆的深处渗出来的，冰得真如古井中渗出的水滴。是的，人不应该失去记忆，失去了记忆也就失去了自己。

我虽然在这里度过了那么艰辛的生活，但也就是在这里开始认识到生活的美丽。马缨花、谢队长、海喜喜……虽然都和我失去了联系，但这些普通的体力劳动者心灵中的闪光点，和那宝石般的中指纹，已经溶进了我的血液中，成了我变为一种新的人的因素。

一九八三年六月，我出席在首都北京召开的一次共和国重要会议。军乐队奏起庄严的国歌，我同党和国家的领导人，同来自全国各地各界有影响的人士一齐肃然起立，这时，我脑海里蓦然掠过了一个个我熟悉的形象。我想，这庄严的国歌不只是为近百年来为民族生存、国家兴盛而奋斗的仁人志士演奏的，不只是为缔造共和国而奋斗的革命先辈演奏的，不只是为保卫国家领土和尊严而牺牲的烈士演奏的……这庄严的乐曲，还为了在共和国成立以后，始终自觉和不自觉地紧紧地和我们共和国、我们党在一起，用自己的耐力和刻苦精神支持我们党，终于探索到这样一条正确道路的普通劳动者而演奏的吧！他们，正是在祖国遍地生长着的"绿化树"呀！那树皮虽然粗糙、枝叶却郁郁葱葱的"绿化树"，才把祖国点缀得更加美丽！

啊，我的遍布于大江南北的、美丽而圣洁的"绿化树"啊！

《十月》1984年2期

腊月·正月

贾平凹

一

这地方很小，却是商州的一大名镇。南面是秦岭，秦岭多逶迤，于此却平缓，孤零零地聚结了一座石峰。这石峰若在字形里，便是一个"商"字，若在人形里，便是一个坐翁。但"山不在高，有仙则灵"，秦时，商山四皓：东园公、角里先生、绮里季、夏黄公，避乱隐居在此，饥食紫芝，渴饮石泉，而名留青史。

于是，地以人传，这地方就狭小到了恰好，偏远到了恰好，商州哪个不知呢？镇前又有水，水中无龙，却生大娃娃鱼，水便也"则名"，竟将这黄河西岸的陕西的一片土地化拙为秀，硬是归于长江流域去了。

地灵人杰，这是必然的。六十一岁的韩玄子，常常就要为此激动。他家藏一本《商州方志》，闲时便戴了断腿儿花镜细细吟读；满肚有了经纶，便知前朝后代之典故和正史野史之趣闻，至于商州八景，此镇八景，更是没有不洞明的。镇上的八景之一就是"冬晨雾盖镇"，所以一到冬天，起来早的人就特别多。但起来早的大半是农民，农民起早为捡粪，雾对他们是妨碍；小半是干部，干部看了雾也就看了雾了，并不怎么知其趣；而能起早，又专为看雾，看了雾又能看出乐来的，何人也？只是他韩玄子！

他是民国年代国立县中毕业生。当时的县中是何等模样？他只说一班仅有十一个人，读"四书"，诵"五经"，之乎者也的倒比现在的大学生文墨深。这一点他极自信：现在的学生可以写对联，但没他的对仗工整；现在的学生可以写文章，但他却能写得一手好铭旌。他一生教了三十四年书，三年前退休，虽谈不上是衣锦还乡，却仍是踌躇满怀。因为他的学生"桃李满天下"，有当县委书记的，也有任地委部长的。最体面的是，他的长子，叫大贝的，竟是全镇第一个大学生，现又做了记者，在省城也算个了不得的人物！如今在村中，小一辈的还称他老师，老一代的仍叫他先生，他又被公社委任为文化站长，参与公社的一些活动，在外显山露水的并不寂寞。他家里，四间堂屋，三间厦房，墙砌一砖到顶，脊雕五禽六兽，俨然庙宇一般坚固。小儿二贝已结婚，大女叶子也已出嫁，他坐在院中吃吃茶，看看报，养花植草，颇为自得。他口里不说，心上迷信，自认为是家宅方位好：住在镇东高处，门正对商字山正中，屋近靠秦时四皓墓的左侧。

现在，又是一个冬天，商字山未老，镇前河不涸，但社会发生了变迁，生产形式由集体化改为个体责任承包。他欢呼过这种改革，也为这种改革担忧过，为此身子骨还闹过几场大病，却每每都得以康复，康复之后，依旧能走能动，饭量极好，能吃得一海碗羊肉泡馍；依旧天天早起，看晨雾来盖镇，日出消散，便慢慢纳闷起这天地自然变化的莫测。

今天早晨，门才打开一条缝，雾便扑进来，一团一团的，像是咕湧而来一群绒嘟嘟的羊羔，也像是闹腾而来一伙胖乎乎的顽童，他挡不住，也抓不住，一觉得鼻子呛，就张嘴，张嘴便要打喷嚏，这呼吸气管的突然关闭，又突然地打开，响声是极大的。但院子里没有任何反应，东厦房门严关着，那是新婚的二贝的卧室，他们不睡土炕，已经文明了，做了清漆刷染的有床头的床，吱吱响了几下，又复归静寂。西院墙下，是竹子搭就的鸡棚，一个红冠耷拉的雄鸡，统率着二十三只温顺的母鸡，全歇在那斜棍儿上，黎明的雾朦胧，它们的眼蒙眬，但全然未动，保持睡眠后在高枝儿上的平衡，是它们聪明过人的本领。只有门楼旁葡萄架下的包谷秆儿，被风吹了一夜，叶子散的散去，聚的聚起，又被霜杀蔫了，软软地静伏着。好事的猫儿悄没声息地踏上去，又跳上砖垒的花台上，拿爪子在霜上划道儿。霜是一铜钱的厚。

他沏茶，沏得好浓呢。这一百三十里外的商南茶，一定是那些个体户货摊上的物品了，炒得过焦，土气又大。二贝给他买来后，他是从不喝第一遍的，当下在院里泼了，又冲上第二遍水，就一边吹着茶面上的一层白气，一边端了，蹲在门外照壁前慢慢地品。

三十四年的教学生涯，使他养成了喝茶的嗜好，即便做了乡民，每天早晨还要喝一保温壶水，直喝得肠肚滋润起来，额上微微有了细汗，村里人才大都起来。

雾真如古书上讲的，如烟，如尘。商字山入了远空，虚得只是一个水中的倒影，一个静浮的抛物线，一个有与没有之间。不远的漫坡下，镇子只看见个轮廓，偶有灯亮，也是星星点点的橘黄色。院外右侧的四皓墓地，十五株参天古柏，雾里似断了几截，却愈显得高耸，柏枝在风里作响，嘎嘎如鸦噪声从天而降。而照壁前的一丛慈竹，却枝叶清楚，这是他亲手植的，在整个镇子上，唯有他这一片竹子。夏天的早晨，他在这里喝茶，残月未退，那竹影就映上照壁，斑斑驳驳，蛐蛐的争鸣也似乎一起反映在了照壁上，他就老记得一副对联：

> 生活顿顿宁无肉，
> 居家时时必有竹。

当然这一切都"俱往矣"！因为去年春天以来，村里、社里许许多多的人和事，使他不能称心如意，情绪很不安静；而秋后，风雨又比任何年里都多，这照壁就全部剥脱了墙皮，还垮掉了一个角，竹影爬上来，再也没有那番可人的景致了。

在这一带，人们很讲究照壁，那是房子的衣服，是主人的脸面，以韩玄子的话讲，这照壁若在一个县，是百货商场的橱窗；若在一个省，是吞吐运载的车站；若在我们国家，就是天安门城楼了。他因此给二贝说过多次，找时间修补起来。二贝竟越来越不听从，总是今天拖到明天，明天拖到后天，已经到腊月里了，还没有修理！他给大贝发了三封信，要他回来整顿整顿家庭。大贝却总是来信说工作忙，走不脱；还说，这个家只能团结，不能分裂。可怎么个团结呢？他韩玄子在外谁个不把他放在眼里？二贝如此别扭，会给外界造成怎样的影响呢？一气之下，便擅自决定把二贝两口分出去，让他们单吃、单喝，住到东厦屋里去了。

"我太丢人！"他曾经当着二贝两口的面，自己打自己耳光，"我活到这么大，还没有人敢翻了我的手梢！好好一个家，全叫你们弄散了！"

他一生气，手就发抖，吃水烟的纸媒儿老是按不到烟哨子上，结果就丢了纸媒儿，大骂一通。说什么要破这个家，就都破吧，我六十多岁的人了，风里的一盏残灯，要是扑忽灭了，看你们以后怎么活人啊！末了，又挖苦老伴：

"瞧着吧，你要死在我前头，算你有福，你要死在我后头，有你受的罪。现在的世事是各管各了，咱二贝也给咱实行责任制了。我一死，国家会出八百元的，你怕连个席也卷不上呢！"

老伴老实，在家里起着和事佬的作用，一会儿向着他，一会儿向着小儿子，常气得在屋里哭。

二贝当然是不敢言语的。打他骂他，他只能委屈地待在他的小房里抹眼泪，抹过了，就又没皮没脸地叫爹，给爹笑，是打不跑的狗。媳妇白银却不行了，骂了她，她会故意去问婆婆：

"娘呀，二贝是不是你抱别人的？"

"抱的？"婆婆解不开话，"我一个奶头吊下来大贝、二贝，我抱谁家的？"

"那怎么我爹这样生分他？！"

婆婆气得直瞪眼，夜里枕头边叙说给了韩玄子，韩玄子翻下床，把二贝叫来质问：

"生分了你，怎么生分？在这个县上，谁不知道四皓墓？又谁不知道四皓墓旁的韩玄子把饭碗让给了儿子？儿子，儿子就这样报应我吗？"

说着气冲牛斗，打了二贝一个耳光。二贝又去捶打了一顿白银，拉着来给爹娘回话。

提起让饭碗的事，韩玄子就显得十分伤心。二贝高中毕业后，几次高考都未考中，便一直闲在家里。按照国家规定，职工退休，子女可以顶替。三年前，他五十八岁，还未达到年龄，就托熟人在医院开了病历，提前让二贝"子袭父职"，在本公社的学校里任教了。

"哈，我现在也是在商字山下隐居了！"他回到村里，见人就这么说。

于是，便有人又叫起他是商字山第五皓了。

二贝有了工作，婚姻自然解冻。年轻人善于幻想，知道进省城已没有可能，但找一个自带饭票的女子，却不算想入非非。可韩玄子不同意：种谷防饥，养儿防老，大贝已经远走高飞，若二贝再找一个有工作的媳妇，自然男随女走，那将来谁来养老呢？二贝毕竟是孝子，作难了半年，依了爹，便和三十里外县城关的白银"速战速决"。没想，绳从细处断，本来就担心儿媳不伺候老人，偏偏这白银家在城关，见的人多，经的事广，地里活计不出力，家里杂事没眼色，晚上闲聊不早睡，早晨贪睡不早起，起来就头上一把、脚上一把地打扮不清。甚至买了一双塑料拖鞋，趿出趿进，三、六、九日集市，也趿着走动。

这使韩玄子简直不能忍受！

当他一天天在村里有了不顺心的事后，只说回到这个家来，使他心绪清净一点，但白银的所作所为，令他对这个家失去了信心。他再读《商州方志》上一文人传略，其中说："为人为文，作夫作妇，绝权欲，弃浮华，归其天籁，必怡然平和；家寰平和，则处烦嚣尘世而自立也。"此话字字刺目，似乎正是为他反意而作。他不止一次地叹息：大清王朝——他却又忌讳说这个家，偏就记得同治皇帝的话——要完了吗？

他开始没心思待在院子里养花植草。抬头悠悠见了商字山，嗜上了喝酒，在公社大院里找那些干部，一喝就是半天；有时还找到家中来喝，一喝便醉，一醉就怨天尤地，臧否人物。

愈是酗酒，愈是误村事、家事；愈是误事，愈使二贝、白银不满。这种烦躁的恶性循环，渐渐使韩玄子脱去了老文人的秉性，家庭越来越不和，他的脾气越来越不好了。整整一个冬天，雾盖镇的奇景出现过不少次，但他没一次再能享受这天地间的闲趣。早晨起来，只是站在四皓墓地的古柏下，久久地出神，直到天色大白，方肯回来。今早，当他又在古柏下待够了，重新回到院子的时候，老伴已经起来，头没有梳，抱了扫帚在扫院子。从堂屋台阶下到院门口，是一条有着流水花纹的石子路，她竭力要扫清花纹上的泥土，但总是扫不净。扫到东厦房的门口，摇着单扇门上的铁环，低声叫：

"白银，白银，你还不起来！你爹已经喝罢茶，出去转了！"

房子里先是窸窸窣窣的声音，接着是白银大声叫喊二贝，问她的袜子，然后说：

"腊月天，何苦起得这么早！我爹人老了，当然没瞌睡……"

"放你的屁！"老伴在骂了，"谁不知道热被窝里舒服？怪不得你爹骂你，大半早晨不起来，你还像不像个做媳妇的？起来，让二贝也起来，一块儿到白沟去，你妹子在家做立柜，你们当哥当嫂的，也该去帮帮忙呀！"

韩玄子大声咳嗽了一声，恨不得将五脏六腑都吐出来，吐出来的却是一口痰，说：

"你那么贱！扫什么院子？你扫了一辈子还没扫够吗？你叫人家干啥？人家有福，就让人家往死里睡。咱叶子结婚，与人家哥嫂什么相干?!"

老伴扬了一下扫帚，制止老头，说：

"你话咋那么多！白银，你再不起来，我就砸门啦！村里哪一个没起来？总看人家王才吃哩喝哩，王才担了几担麦面才回去，人家在水磨上整整熬了一夜哩！你们谁能下得那份苦?!"

韩玄子已经在堂屋里训斥老伴话太多，又要去喝茶，保温壶里却没有水了。就又嚷着正在梳头的小女去烧水，小女噘了嘴，不肯去，他便开了柜子，取出一瓶酒来揣在怀里，出门要走。

"你又要哪里去?"老伴挡在门口。

"我到公社大院去。"韩玄子说。

"又去喝酒?"老伴将瓶子夺了过来，说，"大清早又喝什么酒？整天酒来酒去，挣的钱不够酒钱！人家王才，不见和公社的人熟，人家这几年什么都发了。咱倒好，说是全家几个挣钱的，不起来的不起来，喝酒的去喝酒，这个家还要不要?"

韩玄子说："你要我怎样？你当是我心里畅快才喝酒呀！我为什么喝酒？我为什么一喝就醉？你倒拿我比王才，王才是什么东西？全公社里，谁看得起他！儿子、媳妇这么说，你也这么说，一家人就我不是人了？哼，我过的桥倒比你们走的路多呢，什么世事我看不透？当年退休顶替，你们劝我过几年再退，怎么着，现在还准顶替不？别看他王才现在闹腾了几个钱，你瞧着吧，他不会长久的！我不是共产党，可共产党的事我也经得多了，是不会让他成了大气候的。他就是成了富农、地主，家有万贯，我眼里也看他不起哩！大大小小整天在家里提王才，和我赌气，那就赌吧，赌得这个家败了，破了，就让王才那些人抿了嘴巴用尻子笑话吧！"

老伴见老汉动怒了，当下也不敢再言语。白银也赶忙开门出来了。

这是一个丰腴的女子，新婚半载，使她的头发迅速变黑，肩膀加厚，胸部高高地耸起来了。最是那一头卷发，使她与这个镇子上的姑娘、媳妇们有了区别。那是结婚时在省城烫的，曾经招惹过不少非议。她虽然五天就洗一次头，闲着无事就拿手去拉直那卷发的曲度，现在仍还显出一层一层的波纹。她给婆婆笑笑，就夺过扫帚要扫，婆婆正在气头，说："谁稀罕你扫！披头散发的难看成什么样子？现在你看看，烫发多好，梳都梳不开了，像个鸡窝，恐怕要吃鸡蛋，手一摸，就能摸出一个呢！"

白银受娘一顿奚落，返回小房，让刚起床的二贝去倒尿盆，自个儿对着镜子梳起头来，然后就洗脸，搽油，端了瓷缸站在门口台阶上刷牙。

皮肤很黑，就衬得牙齿白，一晚一早还是刷不够；腊月天自然是很冷的，而她刷牙的时候依旧趿着那双拖鞋。韩玄子将堂屋窗子打开了，呼地又关上，他觉得扎眼，婆婆站在堂屋门口叫道：

"白银，嘴里是吃了屎吗？那么个打扫不清？什么时候了，还不收拾着快往白沟去！"

二

白沟是商字山后的一个坳，离镇子七里，离商字山顶上的商芝庙三里，是全公社最偏僻的地方。这镇子既然是名镇，坐落的风水也是极妙的。以镇子辐射开去的，是七个大队，七个自然村。东是林家河，马门湾；西是箭沟垭，西坡岭；北是夜村，堡子坪；南是白沟。东西北三面几乎全在河的北岸，村村有公路通达，唯这白沟地处山坳，交通很不方便。从镇子走去，穿河滩地，过了老堤，过新堤，河面上有一座木板桥。桥是五道支架，全用原木为桩，三十六斤重的石柱打砸下去，冬冬夏夏，水涨潮落，木桩也没有能冲去。这条河一直流归汉江，据《商州方志》记载，嘉庆年间，汉江的船可以到达这里，镇子便是沿河最后一站码头。

那时候，湖北、四川、河南的商船运上来食盐、棉花、火纸、瓷器、染料、煤油；秦岭的木耳、黄花、桐油、木炭、生漆往镇上集中，再运下去。镇街上便有八家客栈。韩玄子的祖先经营着唯一的挂面坊，有"韧、薄、光、煎、稀、汪、酸、辣、香"九大特点，名传远近。至今，韩玄子还记得，他小时候，仍见过家里有上挂面架的高条凳，一人多高，后来闹土匪，一把火烧了韩家的宅院，那凳子也没能保留下来。

或许由于日月运转，桑田变迁吧，这条河虽然还是"地间犹是一"者，但毕竟渐渐水变小了，而且越来越小，田地便蚕食般侵占了河滩。如今的老堤，谁也说不清筑于何年何代，即使那个新堤，也是韩玄子的父亲经手，方圆十几个村的人联名修的。当然喽，汉江的船就再不会上来。以致到了这些年，河水更小，天旱的时候，那木板桥并不用架，只支了一溜石头，人便跳着过去了，猫儿狗儿也能跳着过去。

过了河，就顺着商字山脚下一个沟道往里走，走五里，进入一个深坳，这就是白沟村。坳中有一个潭，常年往外流着水，沿潭的四边，东边低，西边高，于是住家多集中在西边，正应了"靠山吃山，靠水吃水"的俗语。这些人家就用石板铺了村道，一台一台抬阶而上，那屋舍也便前墙石头，后墙石头，除了石头还是石头。地是没有半亩平的，又满是料浆石，五谷杂粮都长，可又都长不多。唯有那黑豆，随便在睑睑畔畔挖窝下种，都必有收获，然而产量也是低得可怜。白沟人就年年用豆油来镇上粜换麦子、包谷。总而言之，是全公社最苦焦的大队。

二贝常常记得他们小时候的事。那时大贝领着他和叶子，三天两头到商字山上割草，拾柴，采商芝，挖野蒜，满山跑得累了，就到白沟村来讨水喝，或者钻到人家的黑豆地里，扯几把还嫩的豆稞子，在地头点火来烤，烟冒上来，呛得就要打喷嚏。于是被主人发觉。一阵呼喊叫骂，主人可以撵出沟来，甚至追至河边，他们就飞速跑过木板桥，拉掉一块板，放大胆地隔河向怒不可消却又无可奈何的主人扮鬼脸。

他们也认识了一个叫巩德胜的，是个没妻没子的驼背。这驼背是追不上他们的，他们便常常向他的黑豆地进攻。时间长了，这驼背再看见他们到商字山来，竟殷勤地招呼他们去家喝水，还拿了一碗炒豆儿让他们大吃大嚼。他们从此就不好意思去骚扰了。还时常将采得的商芝送给他一捆二捆。直到五年前，这驼背看中镇上一位大他三岁的寡妇，就男进女门，做了人家的老女婿，还是和韩家有来有往。

土地承包的前二年，公社在这里办了个油坊，四乡八村的黑豆都集中到白沟，白沟人差不多家家都有卖油的，卖油饼的。手是油的，脸是油的，衣着鞋袜油串串，大凡一见面听打招呼：

"哎，油锤子！"就知道是白沟人来了！

土地承包以后，油坊也承包给了私人。王才的媳妇是白沟人，他便入了承包队，油腻得人不人、鬼不鬼的，很是让镇上人耻笑了许久。二贝就去找过他一次。

油坊是在村后一条小土沟里，沟里流一条水道子，沿沟畔凿七八孔土窑。二贝一进小土沟，就听见"咚！咚！咚！"的响声，闷得像打雷，雷却像是在高高的云层之上，也像是在深深的地心之中。他钻进一孔大窑，里边蒙沉沉的，一股热腾腾的、油腻腻的气味便往外喷，看得见深处是几盏灯，恍恍惚惚，犹如进了魔窟，那"咚！咚！"的响声就从里边传出来。他摸摸索索往里走，脚下尽是软软的草，眼睛不能适应，蓦地看见了人影，竟是七八个汉子，一律光头、光身、光脚、光腿，只穿一条短裤，全抱着一个大夯——是一个屋的大梁，在空中吊了——声呐喊，退后去，极快地瞄准油槽上的大木桩，一个震耳欲聋的"咚"声便砸出来了！

他从未见过这样的场面，感到了野蛮和雄壮，感到了原始和力量，他喊一声"王才哥"，呛人的油的烟的汗的气味，就灌进了他的口鼻，他简直要窒息了。

王才却从旁边的一个拐窑里钻出来，他五短身材，更是剥得精光。他将二贝拉到拐窑去。原来他的分工是将磨碎的黑豆蒸成半熟，再用稻草包裹成一个一个的"豆包"。他满身满脸的油垢，只有眼睛小小的，聚光而黑明。

"你怎么干这个？"二贝说。

"我没力气嘛，包豆包你以为轻省吗？"王才说，"一天包四十个豆包，我就只挣得一元五角哩。"

二贝把王才拉出窑，告诉这小个子："你没力气，干这活儿吃不消，我是专门来告诉你要重寻门路的。"王才一脸哭相，说地分了，粮够吃了，可一家六口人，没有一个挣钱的，只出不入，他又没本事，只有这么干了。

二贝说："你是没力气，可你一肚子精明，这事只能你干，谁也干不了。咱商字山上产商芝，天下独一无二，每年春上，镇街上卖商芝的一篓挨一篓，你何不全收买了，蒸熟晒干，向城市销售？我已经对县上商业局干部谈了，他们直拍大腿叫好，建议用塑料袋包装，每包不要多，只装一把，你五角钱收一篓，一小包可以赚七角八角，不出一年，你就是先富起来的农民了！"

王才说："我的兄弟，这商芝是咱山里人的野菜，谁要这玩意儿？"

二贝说："你哪里知道，现在的城里人大鱼大肉吃腻了，就想吃一口山货土产的鲜，又都讲究营养，这商芝营养价值最高，听说能活血、健胃，滋精益神，要不秦时四皓隐居这里，长年不吃五谷，吃这东西倒活得很久。要经营，每袋附两份说明，一份讲清它的营养价值，一份说明食用方法。袋子上的名字我已经想好了，就叫'商字山四皓商芝'！"

王才当下也就热了，辞退了油坊工作，四处筹款，一等春季到来，大量收购商芝，二贝也忙着为他到县塑料厂订购袋子，又着手起草说明书内容。但是，韩玄子竟将二贝臭骂了一顿：

"你小子逞什么能？那王才是什么角色？他能办成了什么？现在政策变了，是龙的要上天，是虫的也要上天；看老牛屙屎，把小牛尻子撑破也不行！你一天尽跟了什么人闹腾？"

二贝说："爹不了解王才，那是不显山露水的人哩，只是没力气，他要干这些事，保准成功。现在土地承包了，各人管了各人，能人多得很。你要看重这些人，别一天到黑只和公社大院的来往。"

韩玄子倒不高兴，甚至是火了：

"亏你倒来教训我了？现在是不比了以前，可天还是天，地还是地，公社的领导还是领导！人家能看得起你爹，你爹能给个冷脸，不理睬，活独人，死人吗？你知道什么叫社会？！"

二贝的行动受到了限制，王才自然搞不来塑料袋，也写不了说明书。人却是有志气的，一股气憋着，春天收了几麻袋商芝拿到省城去卖。结果，大折其本，可怜得坐在城墙根呜呜地哭。亏得他人勤眼活，在城里一家街道食品加工厂干了两个月临时工，回来就又闹腾着也办食品加工厂。当然，一张嘴对人只是叙说当临时工的"过五关斩六将"，至于折本之事，则绝口不提。

二贝没能为王才办成事，心里极愧，和爹也就闹起意见来。王才办起了食品加工厂，他在家里只字不说，一切顺爹的话儿转，暗地里却总在王才那里出主意，帮手脚。韩玄子也看得出来，对他和白银就烦了，终于为修补照壁的事，矛盾激化，导致一家分了两家。

事情过去也就过去了罢，可二贝万万没有想到，爹和他的认识越来越不统一。为了叶子的婚事，他又要经常到这白沟村来了。

叶子是他的大妹，二十出头，出脱得万般儿人才，高挑个，细腰身，长长的两条腿，眼睛极大，双层皮儿包着，一忽闪看人，两包清水似的。人长得俏，性情却全是娘的，说话细声慢气，走路轻手轻脚，三、六、九日集市，很少抛头露面，偶尔去一趟，别人一看她，她就不吭不哈，也不笑，小猫似的往回走。人都说，现在的女子疯张了，难得叶子这样温顺！因此，提亲说媒的特别多，又大多是这几年发了财的、富了家的专业户。叶子性子软，拿不准主意，要听爹的，韩玄子却是一概反对。

"爹是怎么啦？"二贝疑惑起来，"这家反对，那家反对，你要给叶子找什么样的人家呀？"

韩玄子只是一句话："什么人家都行，就是不能嫁那些专业户！"

这当儿，有人就提起白沟三娃。三娃家住潭水的东头，家里人口不兴，父辈弟兄仨，三家却只有他同一个哥哥。哥哥是地质工人，没想三年前一次施工事故中，不幸丧命。地质队将他照顾招了工。家里三间上屋、两间厦房的小院，从此门就锁了。韩玄子看中了这门亲，说这家好处有四：一是三娃吃商品粮。工作虽然艰苦，工资却高，其哥死于事故，当然可见其施工之危险，但天下地质人员百万，别人不死，偏偏死他，也是他阳寿到了的缘故。二是家有房有院，其父兄弟仨守这一个后根，可谓三海碗合成了一小碗，家底必是丰厚的。当然，好儿不在家当，好女不在陪妆，但家资丰裕毕竟有益无害。三是其父母过世，上无老的要孝敬，下无小的要扶携，过门便是掌柜。这样，叶子虽不免身单力薄，屋内屋外之活无人指拨，却落得不生是作非，安然清净。四是离爹娘不远，叶子有甚作难事，他们可以照顾，他们往后年岁大了，叶子也能常来伺候。

二贝不同意爹的看法。先嫌三娃个头不高，又嫌家里太是孤单，再嫌白沟不是个地方，说来道去，样样都不如专业户的子弟好。韩玄子不听他的，让叶子自己定主意，叶子还是依了爹，二贝一肚子不悦意。

婚事定后，说要结婚，好日子订在腊月初八。因为三娃家没人料理，若在家办事，亲朋至友、街坊邻居必是要招待的。粗粗计算，就是三十多席，不说花销多少，谁来受这份劳累呢？于是就决定出外旅行结婚，这是极文明的事。出外回来，叶子就是白沟的人了，开始在家里请木匠，做家具，修屋顶，泥院墙，忙活起她的小家庭了。本来一场大事已经过去，但韩玄子却一定要在家再待一次客。二贝和爹又吵开了：

"事过又待客，那何必旅行结婚？花那钱给别人吃了喝了干啥？"

韩玄子说：

"咱就说是给叶子送路，只待本家本族的，外人除了相好的，不叫不行的，任何人也不请。不待怎么成呢？你爹是爱热闹的，不说有多少能耐，总还在人面前走动，别人会笑话咱待不起！人情世故就是这样嘛，待一次客，也是咱的体面。咱对好多人家也有过好处，他们也想趁机会谢呈咱呢。"

二贝说："爹说了这话，倒引起我一肚子意见！你是退休了的人，公社的事，他们要你参与，你本是不该去的，你按你的看法处理事，保不准会有差错，对一些人好了，这些人要来谢呈，可势必又要得罪一些人，对爹有了忌恨。咱若这么待客，肯定要来一些谢呈的，那影响不好呢。"

韩玄子说："谁忌恨了？我就是想待客，请谁不请谁，让那些人看哩！你和白银愿意也行，不愿意也行，这客我是要待的，给你妹子办事，你们都是这个样子？"

二贝就岔了爹的话，说爹说这话，会破坏他们兄妹的关系，爹既然决心下定，就依爹的来，花多少钱，他可以和大贝分着出，只是家里的事他以后什么也不管了。今早娘又让去白沟，爹又发了火，他和白银便只能听从，不敢多言多语，也不想多一言多一语。

三

韩玄子看着二贝和白银从门道里走出去，就长长出了一口气，说：

"唉，这镇子里多少家庭不和，都是我去调解的，到了咱自己，我倒束手无策了！"

老伴说："罢了，罢了，现在分房另住了，你睁一只眼，闭一只眼吧！咱还能活几天？眼一闭，这一切还不都是人家的。"

韩玄子说："分是分了，外人倒有说我太过分了。我也是不愿意分的，我是让他们分出去后试试艰难，若回心转意，顺听顺说，咱就再合起来。可你瞧瞧，人家倒越发信马由缰了！"

韩玄子愁云上了脸，闷坐了一会儿，就翻出那本《商州方志》来。书已经发黄，破烂不堪，他是用布夹儿重换了封面，平日压在炕席底下，常常要拿出来看的。今天又看了一段商字山四皓的传说，寻思：在那秦乱之期，这四个老汉在此又是怎么个愁法呢！呆呆作了一阵痴，就站在院子里看花台上的花。冬天的花全冻死了，唯有水流纹的石子踏道两边，是两株夹竹桃，还长得翠绿绿的。就又往鸡棚前蹲了一会儿，便又坐回屋里去生炭火。

老伴知道这是老汉最百无聊赖的时候，就不再插言插语。自己从柜子里往外舀稻子，舀一升，倒在筶箩里，舀一升，倒在筶箩里。她是过日子细法惯了的人，一升就是一升，不及亦不过，末了问道：

"舀了四斗，你看够吗？"

"你看着办吧。"

"我看着办？"老伴说，"我知道你准备待几席客？"

韩玄子说："我也说不清，还没计算呢，多舀一斗吧。"

老伴就又舀出十升来，却见老汉披了那件羊皮大袄顺门出去了。

"你又要到哪儿去？"

韩玄子并没有回答，脚步声从院门口响到照壁后，听不见了。老伴叹了一口气，停下手中的升子，过来将刚刚生起的炭火拨开来，唾几口唾沫，让它灭了，嘟囔道：

"没了魂似的，又往哪里去了呢？"

韩玄子是去找巩德胜的。这驼背从白沟进了镇街寡妇的门，夜夜有暖脚的，得了许多人生好处，也吃了好多光棍不吃的苦头：那寡妇是泼人，一张嘴骂街，舌头如刀子一般，凡事大小，只能我亏人，不能人亏我，好强要盛，偏偏争不了一口气——不会生儿。三个女子三个客娃，四十岁上抱养了一个男的，长到五岁，还不会说话，只以为说话迟点，到了十六七岁，还不开口说话，才相信果然是个哑巴。如今两个女儿都出嫁了，哑巴儿子又百事不中，日子过得紧紧巴巴。就来给韩玄子说好听的，央求能帮他办个营业执照，他要办杂货店。韩玄子去公社说了一回，从此驼背就成了杂货店主，仅仅两年工夫，手头也慢慢滋润起来，人模狗样的再不是当年的"油锤子"相了。韩玄子半年以来，酒量增大，少不得心中有事，就在那里喝开了。

今早的雾不比往常，太阳已经冒花了，还没有散尽。韩玄子站在塬头上，镇子街口依然还是看不分明。这镇子真是好风水，河水从秦岭的深处七拐八弯地下来，到了西梢岭，突然就闪出一大片地面来，真可谓"柳暗花明"！河水沿南山根弓弓地往下流，流过五里，马鞍岭迎头一拦，又向北流，流出一里地，绕马鞍岭山嘴再折东南而去，这里便是一个偌大的盆地了，西边高，东边低，中间的盆底就是整个镇街。韩玄子对镇街的二千三百口人家，了如指掌：知道谁家的狗咬人，谁家的狗见人不咬。

他披着羊皮大袄从竹丛边小路往下走，下了漫坡，到了大片河滩地，再往西走，就是镇街了。他家的二亩六分地全在河滩，初冬播下麦后，他和二贝来灌过一次水，好长时间没来了。现在顺脚拐到自家地边，见麦子长得还高，只是黄瘦瘦的。有几家人开始担着锅灰、炕土，在地里施浮肥，老远看见他了，就都笑笑的，说：

"韩先生，起得早啊！"

他吭了一声，看着那些人乌烟瘴气地撒灰，说：

"施得那么厚，不怕麦子将来倒伏吗？"

这是一个光头汉子，冬冬夏夏，胸口的衣扣不系，其实并没有衣扣，那么一抿，用一根牛皮裤带紧了。老年人腰里紧一条粗布腰带，青年人绝对觉得难看；他却离不开腰带，腰带又必是牛皮裤带，是个老小之间的过渡人，说：

"我不能和你老比呀，你老能买下化肥。别看你家的麦子黄黄的，开春撒了化肥，就手提一般地疯长！我家没有牛，踏不出粪，种时甜甜种的，再不上些炕土，真要长出蝇子头大的穗穗了！"

光头的话，多少使韩玄子心中有了些安慰。土地承包后，村子里的牛全卖给了私人。但现在的人，脑袋都是空的，做农民，也做生意，是卖主，也是买主，有买有卖，翻手为云，覆手为雨，这牛几经倒手，就全卖给了山外平原上的人，抓了现钱了。这样，地里没有可施的肥，化肥就成了稀罕物。韩玄子为此也发过牢骚，认定这几年，粮食丰产，那是人出了最大的力，地也出最大的力，若长期以往，土地都板结起来，还会再丰收吗？

退一步又想：罢了，罢了，咱不是政府，又不能制定政策，天下如此，我也如此了！可幸的是，每年公社拨化肥指标，别人买不到，他能买到，至今炕角还堆有两袋化肥，当他提着化肥在田里撒的时候，让那些人眼红去吧！

"唉，"他却偏要叹息，"能收多少麦呀，化肥钱一年就得几十元呢！"

光头撇撇厚嘴，低声说：

"你愁什么呀，又有钱，又能买到化肥！"说着，丢下担笼，过来搓着手，从棉袄怀里掏出一包烟来，递给韩玄子一支，"等过了年，你老能不能替我买几袋呢？"

韩玄子望着那一颗青光脑袋，心里说：要我办事，就拿出这一支烟来，买几袋化肥，就值这一支烟吗？

"那费了我什么了，我不是也常托你帮忙吗？我说狗剩，你就这几亩地，炕土上得这么厚厚一层，还用得着化肥呀！"

光头狗剩却说：

"你还不知道呢，我现在是六亩地哩。王才家忙着搞他的加工厂，他家的三亩多地转让我种了。"

王才，又是王才，韩玄子一听到这个名字，心里就蹿上一股气来。他问道：

"你说什么？他转让地了？这事经谁允许的？他这么大本事，敢随便出租土地，他这是剥削你，雇你的长工！"

狗剩见韩玄子变脸失色起来，当下心里怦怦作响，忙四周斜眼看看，没有外人，便将火柴擦着，为老汉点着烟，说：

"你老快不要声张，这是我两家协商的。王才家先是要卖商芝，不成了，还买了压面机要压面，现在只是一心张罗他的食品加工，买了好多机器，院里搭了作坊，能做点心、酥饼，还有豆角沙糖，吃起来倒比县食品加工厂的油重，又酥得直掉渣渣。小商小贩都来买他的货哩。他现在一家大小八口，还有两个女婿，正招收人入股，开春想大干哩！这地当然腾不出手脚来种，咱是粗脚笨手的人，做生意没有脚蟹，只会刨扒这土疙瘩。我们商定三亩多地一年两季给他家二担粮，这也是周瑜打黄盖，他愿意打，我愿意挨。"

韩玄子叫道：

"胡来，胡来！谁给他的政策？他要转你，你就敢接？"

狗剩说：

"当初我也不敢，王才说，河南早就这么干了，恐怕很快上边也要有条文下来。我也想，现在的政策也是边行边改，真说不定会这样。再说，现在是能人干事的社会，谁能干，国家都支持，咱只会种庄稼，仅仅那三亩地，咱就能发了？韩先生，韩伯，这事你千万不要对公社的人讲啊！"

韩玄子支吾了一句，从麦地边走过去了。

地的中间，本来是有一条宽宽的路，可以过马车，一头通到镇街上，一头通到马鞍岭下，可以直下河南、湖北。早年路畔有一庙，是汉代建造，庙里的四个泥胎就是四皓，"文化革命"中倒坍了。随之不久，公路在塬上修通，这条路就荒芜起来。韩玄子每每走到这里，就要对着四皓庙倒坍后的一堆石条大发感慨。好久未到这里来了，今见种地人都在扩大自己土地的面积，将路蚕食得弯弯扭扭。韩玄子一面走，一面骂着"造孽"！

"唉唉，人心都瞎了，瞎了，没人修路了！"

对于土地承包耕种的政策，韩玄子是直道英明的，他不是那种大锅饭的既得利益者。那些年里，他在外教书，老伴常年有病，四个孩子正是能吃而不能干，家里总是闹粮荒，每月的工资几乎全贴在嘴上了。而今分地到家，虽然耕种不好，但够吃够喝，还有剩余，挣得的钱就有一个落一个，全可用在家庭文明建设上了。他是信服一句老话的：天下最劳力者，是农民；农民对于国家，是水，国家对于农民，是船；水可以浮船，水亦可以覆船。如果那种大锅饭再继续下去，国穷民贫，天下将会大乱，恐怕是不可避免的。

　　但是，新政策的颁发，却使他愈来愈看不惯许多人、许多事。当土地承包的时候，生产队曾经开了五个通宵会，会会都炸锅。因为无论怎样，土地的质量难以平等，谁分到好地，谁分到坏地，各人只看见自己碗里的肉少。结果，平均主义一时兴起，抓纸蛋儿十分盛行，于是平平整整的大块面积，硬是划为一条一溜，界石就像西瓜一样出现了一地。地畔的柳树、白杨、苦楝木，也都标了价，一律将钱数用红漆写在树上，凭纸蛋儿抓定，原则上这些树不长成材，不能砍伐，可偏偏有人就砍了，伐了，大的作梁作柱，小的搭棚苦圈。水渠无人管理，石堰被人扒去作了房基。这些乱七八糟的现象，韩玄子看不上眼，心里便估摸不清农村的前途将会如何发展。他毕竟是有文墨的人，每一天的报纸都仔细研究。政府的政策似乎并没有改变，他便想：承包土地一定是国家的权宜之计。可这想法时不时又被自己否定了。最又是那些轻狂的人，碗里饭稠了，腰里有了几个钱，就得意忘形，他不止一次警告着那些人："大凡人事、国事、天下事，都是合久必分，分久必合啊！"后边的话，他不说出口，其实他也不知道该怎么说了对，只是自己想想，自己给自己想的，何必说出来呢。

　　如今，王才竟又转让起了土地，使他本来就被家事、村事搅得乱乱的心绪越发混乱了。

　　王才，那算是个什么角色呢？韩玄子一向是不把他放在眼里。但是，王才的影响越来越大，几乎成了这个镇上的头号新闻人物！人人都在提说他，又几乎时在威胁着、抗争着他韩家的影响，他就心里愤愤不平。

　　他还在县中教书的时候，王才是他的学生，又瘦又小，家里守一个瞎眼老娘，日子凄惶得是什么模样？冬天里，穿不上袜子——麻秆子细腿，垢甲多厚，又尿床，一条被子总是晒在学校的后墙头上。什么时候能体面地走到人前来呢？

初中二年级，王才的姐姐要出嫁，家里要的财物很重，甚至向男方要求为瞎眼娘买一口寿棺。这事传到学校，好不让人耻笑，结果王才就抬不起头，秋天里偷偷卷了被子回家，再也不来上学了。

当了农民，王才个子还是不长。犁地，他不会，撒种，他不会，工分就一直是六分。直到瞎眼娘下世、新媳妇过门，他依旧是什么都没有。

就这么个不如人的人，土地承包以后，竟然暴发了！

"哼，什么人也要富起来了！"韩玄子一边往镇街上走，一边心里不服气。远远看见河边的水磨坊里，一人半高的大水轮在那里转着，他知道王才一家还在那里磨麦子，就恨恨地唾了一口：我不如你吗？就算你有钱，有粮，可你活的什么人呢；我姓韩的，一家八口，两个在省城挣钱，两个在本地挣钱，我虽不在公社大院，这镇子上谁不晓得我呢，我倒怵火了你?!

走进镇街，一街两行的人家都在忙碌。街道是很低的，两边人家的房基却高，砖砌的台阶儿，一律墨染的开面板门。街面上的人得天独厚，全是兼农兼商，两栖手脚。房间十分拥挤，满是门和窗子，他们虽不及上海人的善于拥挤，但一切都习惯于向高空发展：家家有大立柜，木房改作二层砖楼，下开饭店、旅店、豆腐坊、粉条坊，上住小居老，一道铁丝在窗沿拴了，被子毯子也晾，裤衩尿布也挂。正是腊月天里，腊八已过，家家开张营业，或是筹备年货。有的将一切家什搬上街道，登高趴低地扫尘刷墙；有的在烟腾雾罩地做豆腐、酿米酒；更多的是一群一伙地在逛街。那些专业户、个体户的子弟已经戴上了手表，穿上了筒裤，三个人、四个人，一排儿横着在街上走，一见韩玄子，哗地就散开，钻进什么人家的店里去了。几家正在修理房子，木工一群，泥瓦工一群，乱糟糟的不可开交。他们见了韩玄子，却全停下手中的活儿，笑着打招呼。韩玄子走过去，站在修理房子的一家门前，对着山墙头脚手架上的一个人说：

"哈，真要过年了，收拾房子呀！"

"啊，是韩先生呀！给先生散烟呀！"脚手架上的人喜欢地叫着，就跳下来，"房子也旧了，不收拾不行了，我想再盖出一间，办代销店呀！"

"让巩德胜的生意惹红眼了？"韩玄子笑着说。

"能寻几个钱是几个钱吧，地里活儿一完，就没事干了嘛。韩先生，我啥时要去找你呢，眼看房子修好了，营业证还没办哩。"

韩玄子知道他要说什么事了，便叫道：

"都在办店了，天神，有多少人来买呢？真不得了，公社王书记给我说，现在要办营业证的人家多得排队哩……"

"是难办。"那人说，"咱不认识人，怕还办不成哩，这全要靠你老了。"

"好说。我可以给王书记说说，看行不行。"

韩玄子想立即走掉，那人却还死死拉住他，说：

"只要你一句话，还能不行吗？先生是什么人，谁不知道呢！哎，听说咱女子出嫁了，你怎么不声不吭的，把我也当了外人了？"

韩玄子说：

"现在讲究旅行结婚嘛，娃的事腊月初八就办了。"

那人说：

"旅行是旅行，可咱这里有这里的风俗嘛，总要给娃送个'路'吧！日子定在几时？"

"算了，不惊动镇上人了。"

那人说：

"那怎么行？你不说，我会打听出来的。"

韩玄子只是笑着不言语，要走，又走不脱，就听见有人锐声叫道：

"他韩伯，怎么不来屋里坐呀！"

众人扭过头去，见是巩德胜的老婆。这是个枣核女人，头小脚小，腰却粗得如桶。想必是清早掏了一篮红萝卜去河里洗了，才回到街上。一只手提着篮子，一只手伸在衣襟下取暖，看见了韩玄子，就大声吆喝。这吆喝声小半是叫韩玄子听，多半是让一街两行的人家听的。

"这枣核精！"那人低声骂一句，对韩玄子说，"进屋歇会儿吧，屋里有炭火哩。"

韩玄子说：

"不啦，我去买些酒去。"

说罢就走，还听见那人在后边说：

"先生，那事就托付你老了！"

巩德胜的杂货店台阶最高。三间房里，一间盘了柜台，里边安了三个大货架，摆着各式各样百货杂物，两间打通，依立柱垒了界墙，里面是住处，外边安放方桌。桌是两张漆染的旧桌，凳是八条宽板儿条凳，是供吃酒人坐的。巩德胜背是驼的，衣服只能做得前边短，后边长。鼻子很大，又总是红的。一辈子的风火眼，去年手中有了积蓄，才去县医院就诊，良药没有，便配了一副眼镜戴上。

一见韩玄子上了台阶，巩德胜就从柜台里走出来，说：

"四天了，不见你来，我估摸你那酒也该喝完了，不是晌午就是晚上该来了，没想大清早的……"

招呼坐了，取了纸烟递过，就对老婆说：

"切一盘猪耳朵，我和他韩伯喝几盅！"

枣核女人就刀随案响，三下两下切了一盘酱好的猪耳朵，又拿了酒壶到瓮子上，用酒勺子一下一下慢慢地舀。

韩玄子说：

"甭喝了吧，要喝我来买，你们做生意的，哪能招得住这样。"

枣核女人把勺子慢慢端上来，却并不端平，手那么一动，让酒洒出了几滴，说：

"计较别人，还计较你呀！"

韩玄子笑了笑，心里说：人真不敢做了生意，把钱看得金贵了！瞧，让我来喝，还一勺子一勺子计算，又端不平，使奸哩，哼，那瓮里的酒能不掺了水吗？酒端上来，拿缸子里的热水烫了，韩玄子喝了一口，就尝出里边果然是掺了大量的水。问道：

"这几天生意还好？"

"凑合。"巩德胜说，"小打小闹，总算手头不紧张了，这还不是全托了你的福吗？"

酒喝过了两壶，两人都晕晕乎乎起来，巩德胜问起韩玄子家里的事来，韩玄子一肚子的闷气就随酒扩散到全身毛细血管，脸色顿时紫红，一宗一宗数说起白银的不是——从她的发型，到她的一件西式春秋衫以及脚上的拖鞋——越说越气。巩德胜每一句话都是投韩玄子之所好，韩玄子便认作知己，脱了羊皮大袄，说：

"兄弟，这话哥窝在肚里，对别人说不起啊，咱是什么人家，怎么就出了这种东西！世道变得快呀，变得不中眼啊！现在你看看，谁能管了谁？老子管不了儿女，队长管不了社员；地一到户，经济独立，各自为政，公社那么一个大院里，书记干部六七人，也只是能抓个计划生育呀！"

巩德胜说：

"现在自由是自由，可该受尊敬的，还是受尊敬，公社大院里的干部，说到底还是咱的领导。你老哥英武一辈子，现在哪家有红白喜事，还不是请了你坐上席？正人毕竟是正人，什么社会，什么世道，是龙的还是在天上，是虫的还得在地上！"

这话又投在韩玄子的心上，他就说道：

"这倒是名言正理！就说王才那小个子吧，别瞧他现在武武张张，他把他前几年的辛酸忘记了，那活得像个人？"

巩德胜压低了声音说：

"老哥，你知道吗？听说小个子手里有这么些票子哩！"

他伸出手来，一正一反晃了晃，继续说道：

"他怎么就能弄到这么多，他不日鬼能成？不偷税漏税能成？政府的政策是让一部分人先富起来，可能让他富得毛眼里都流油吗？"

韩玄子耳脸已经发烫，可还去摸酒壶，酒却洒在桌子上，巩德胜忙俯下身子，凑了嘴在桌上吮干了。韩玄子正要接他的话，见此状便噗地笑了：

"你这人真会过日子，这酒里掺了水，滴几点还心疼呀！"

一句酒后的笑话，却使巩德胜脸色赤红，说：

"这酒哪里会掺了水，咱是什么人，干那缺德的事?!"

忙借故取烟来抽。韩玄子倒嘎地又笑了，说：

"我怕是醉了。再喝一壶吧，这壶我掏钱。"

巩德胜竟充起大方来，又唤枣核女人倒酒，说：

"老哥，这个店说是我办的，也可以说是你办的，你来了我心里高兴！常言说：酒席好摆客难请。打个比方，那个小个子听说家里有汾酒，菜或许比我的丰盛，可七碟子八盘子摆三桌五桌，怕还请不到你呢。来，咱俩划几拳热闹热闹！"

吆三喝五划过几拳，韩玄子却拳拳皆赢，巩德胜眼睛都直起来了。枣核女人一直在旁观战，心里不是疼着老汉，只是可惜那酒，就喊后院的哑巴儿子进来替爹喝。那哑巴趔趔趄趄进来，歪眉斜眼立在一旁，夺了巩德胜手中的酒盅就喝，巩德胜一把推开，吼道：

"滚！我哪儿就能醉了？我和你韩伯正喝到兴头，再喝十壶八壶也喝不醉。老哥，我现在能喝了这几两酒，也全是承蒙你提携。你看，就咱这点小利，这街坊四邻倒都眼红了，街那边姓刘的，人家也要办杂货店了，也要卖酒啦！那是一辈子不走正路的人，随着那小个子王才跑，这号人，能领到营业证？"

韩玄子说：

"这说不来，你能领，人家恐怕也能领。"

"那就把咱这老实人整治了！"巩德胜说，"兄弟这店能不能办下去，还得你老哥照顾哩！"

韩玄子喝得头有些沉，心里却极清楚，偏是口里不说："只要我去公社谈谈，他姓刘的就甭想领营业证了。"而只是笑着。

"我是那号人吗？要是看不上你，我也不会喝你的酒。我现在只给你说，正月十五，我给叶子'送路'，谁我也不招呼，到时候你来吧。"

巩德胜说：

"我怎么能不去呢？你的女子就是我的女子嘛。东西备得怎么样了？"

韩玄子说：

"什么都好了，你给我留上十几瓶好酒，我今日先带五瓶。"

钱从口袋掏出来，硬铮铮的，放在桌子上。巩德胜却放着大话说不急，韩玄子就又说：

"不是向你兄弟夸口，一家四个人挣钱哩，你要少收一分，这酒我也就不提了。"

这当儿，韩玄子的小女儿跑进店来，一见爹喝得眼睛红红的，就说：

"你又是喝，喝，那马尿有什么可喝的！"

韩玄子对儿女要求极严，唯独十分疼爱这小女儿，小女儿在任何场合说他，他也不怪，当下笑着说：

"瞧我这小女子！家里有啥事吗？"

小女儿说：

"王才哥在家等你半天了。"

杂货店里一切都安静了。巩德胜紧张地看着韩玄子的脸，以为他要发怒了。韩玄子没有言语，只是喝酒，喝得又急又猛，捏起了空盅子举起来，却轻轻放下了，说：

"他找我，找我干啥？"

四

王才已经到韩玄子家很长时间了。

他是在水磨坊里，磨完第二担麦子后就赶来的。自从扩大食品加工生产以来，他几乎没有一天安闲过，饭不能按时吃，觉不能踏实睡，人本来又瘦又小，就越发地瘦小了。出奇的是那一双眼睛，漆点一般，三天三夜不沾枕头，竟无一丝一缕发红的颜色。而且逢人就眯，一眯就笑纹丛生，似乎那眼睛不是长着看人的，专是供人来看的。有人看过他的相，说：此乃吉人天相也。

当然，他的自我感觉还是良好的。他很感激这么些年，七倒腾，八折腾，终算认识了自己，发现了自己。自己要走一条适合于这秦岭山地，适合于这"冬晨雾盖"的镇子，适合于自己的路子。他在省城当临时工那会儿，见过那一人多高的烘烤机，可以直接烤出点心、面包，但价钱太贵了，五万多元，他一时还拿不出来，只有能力先做些酥糖之类。一切东西准备好后，便将四间上屋腾出两间。又在西院墙下搭了一个三间面积的草棚，这就是全部的作坊了。生产的豆角沙糖、饺子酥、棒棒酥糖，其实是很简单的，先和面，后捏包，下油锅，蘸沙糖，这些操作，乡下的任何女子都做得来，关键只是配料了：多少面料，配多少大油和多少白糖。这技术王才掌握，而且越来越精通，甚至连秤也不用，拿手摸摸软硬，拿眼看看颜色，那火候就八九不离十了。一家人这么干起来，从夏季到秋里，月月可盈利二百多元。人心是无底的，吃了五谷想六味，上了一台阶，想上两台阶。王才日夜谋算的是买到一台烘烤机，他便要扩大作坊，补充兵马，增加品种，放开手脚要大干了。

他计算过，如果招收四十人，按一般的情况，平均每人每月可拿到工资四十一元。这个数字虽然并不大，但对于农民来说，尤其在麦秋二茬庄稼种收碾打之后，闲着无事，这四十元仍是一个馋人的数字。王才估摸，只要一放出这个风去，要来的人定会拥破门框。那时候，要谁，不要谁，他就是厂长，是经理，是人事科长，说不定也会像国家招收工人一样，有人要来走后门了。他当然心中有数，谁个可以要，谁个不可以要，他不想招收那些脑袋机灵、问题又多的人。这些人，他们有的是粮，有的是钱。他要招收那些老实巴交的人，这些人除了做庄稼，别无他长。而这些人在农村是大量的。招收他们，一来可以使其手头不再紧巴，二来他们会拼着命干活儿的。

可是，出乎王才意料的是，招收的消息一传开，人人都在议论，来找他入股做工的却寥寥无几！他百思不解这是什么缘故。让儿女出外打听了，原来，有的人担心这加工厂能不能搞长，更多的人则是怀疑起他的做法了：

"王才这不是要当资本家了吗？"

"国家允许他这样发财吗？"

"韩玄子家的人肯去吗？"

听到这些疑问，王才的心里也着实捏了一把汗，他是没根没基的一个人，县上没有靠山，公社没有熟人，凭的只是自己的一颗脑袋和自己的一双手。是不是会发生什么危险呢？他开始留神起报纸上的文章，每一篇报道翻来覆去地读。他心里踏实了。

村里人没几个入股，他就找他的亲戚。当各种酥糖生产出来，远近十多里的小贩都来购买，村里的人没有一个不在说：吓，吃死胆大的，饿死胆小的。

到了腊月，正是冬闲时期，能跑动做生意的人都黑白不沾家了，无事可做的却老觉得天长日久。王才就动手扩大了作坊，还想多招人手，因为年关将近，正是酥糖大量销售时机，人若误时，时不再来啊！

今天早上，他在水磨上磨麦，磨坊里挤满了人，都在议论着公房的事。原来，紧挨王才家，早先是生产队的四间公房，土地承包之后，这房子就一直空闲。现在传闻说，队干部研究决定，要将这房子卖掉，然后把钱分给社员。公房前面就是大场，大场外便是直通镇街的大道。队干部初步商定，谁若买了房子，又不想在原地居住，可以允许拆迁，然后在后塬上公路边为其重丈量四间房基，而将原房基作为耕地对换。四间房估价一千三百元。这是宗很便宜的事，好多人家都跃跃欲试，但是钱必须一手交清，谁家又能一下子拿得出呢？

王才得了这消息，心下便想：这公房正挨着我家，买过来扩大作坊，明年买置烘烤机不就有地方安装了吗？但他担心的事情很多：别人要买怎么办？一家买不起几家联合买怎么办？数来数去，能一下子掏出这么多钱的，怕只有韩玄子家了。韩玄子家房子多，也许不会买，但必须先探探他的口气，何况他是镇上的头面人物，生产队长还是他的侄儿呢。

王才没等第二担麦子磨完，就顶着一头面粉，匆匆到了韩玄子家。一进门，见二贝娘正在照壁前拾掇跌落下来的碎瓦片，便眼睛又眯眯地笑起来了，说：

"婶子真是勤快，这么大年纪了，儿女媳妇都挣钱，还用得着你这般忙活呀！"

二贝娘见是王才，先是一愣，接着就哧地笑了，说：

"你是从面瓮里才出来的？人不人，鬼不鬼的！"边说边解下腰中的围裙，噼里啪啦地帮他拍打了，接着说：

"我有什么福可享！我们家里挣钱，月月国家给了定数的，四个人哪能顶住你一个人！真要有钱，也不至于让照壁破成这样，没有白灰嘛！"

王才说：

"那你怎么不吭一声，我那儿有白灰。韩伯不在吗？"

"一早出去了。"

"那我现在给你背白灰去！"

二贝娘忙拉住了，说：

"急啥，急啥，真要有灰，让二贝回来去取就是了，还能再让你跑！找你韩伯有什么事吗？你可是无事不登门哟！"

"没什么事，和我伯来坐坐。"

王才被让座在上屋，二贝娘又架起了炭火，要去拿烟，王才说带着，自个儿先抽起来。他是没有特别的嗜好的，酒不喝，茶不喝，认定那是有闲的人享受的，他陪不起工夫。烟也并不上瘾，只是出门跑外，人情应酬，男子汉不抽一支两支，一双手便不好安排。二贝娘问起食品加工厂一天能赚多少钱，信用社里已经存了多少？王才自然全打哈哈，二贝娘就说一通：越有越吝，越吝越有，我又不向你借，何必恐慌。两个人就都笑了。

王才说：

"婶子说的！世上什么都好办，就是钱难挣。你也想想，你们家四个人挣钱，能落几个呢？"

二贝娘说：

"能落几个？空空，我家比不得你家呀，你韩伯好客，三朋四友多，哪一天家里不来人，来人哪一个不喝不吃，好东好西的全是让外人吃了！"

这一点，正是王才可望而不可即的。他是多么盼望天天有人到他家去，尤其是那些出人头地的角色。当下心里酸酸的，口上说：

"韩伯威望高啊，咱这镇上，像韩伯这号人能有几个呢！我常对外人说，古有四皓，今有韩伯。你们这一家是了不得的人物，出了记者，出了教师，大女子嫁的又是工人，小女又上学，将来少不得又是国家的人，书香门第啊！哪像我们家，大小识不了几个字，就是能挣得吃喝，也吃喝得不香不甜呢。"

正说得热闹，韩玄子回来了。王才从椅子上跳起来问候，双双坐在火盆旁边了。韩玄子喊老伴："怎么没把烟拿出来！"王才忙掏出怀中的烟给韩玄子递上，韩玄子看时，竟是省内最好的"金丝猴"牌，心里叫道：这小个子果然有钱，能抽五角三分的烟了。老伴从柜子里取出烟来，却是二角九分的"大雁塔"牌，韩玄子便说：

"那烟怎么拿得出手，咱那'牡丹'烟呢？"

"什么'牡丹'烟？"老伴不识字，其实家里并没有这种高级香烟。

"没有了？"韩玄子说，就喊小女儿，"去，合作社买几包去，你王才哥轻易也不到咱家来的。"顺手掏出一张"大团结"，让小女飞也似的跑合作社去了。

王才明白韩玄子这是在给自己拿排场，但心里倒滋生一种受宠的味道：韩玄子对谁会如此大方呢？韩玄子却劈头问道：

"你找我有什么事吗?"

"没甚大事。"王才说,"你老年纪大,见识广,虽说退休在家,不是社长队长的,可你老德高望重,我们这些猴子,办些事还少不得要请教你呢。不知是不是实,我逮到风声,说是队上的那四间公房要处理?"

韩玄子心里一惊:这消息他怎么知道?处理公房一事,是前三天他和队长商量的,也征得大队、公社同意,但如何处理,方案还没有最后确定,这王才却一切都知道了!

"你听谁说的?"韩玄子作出刚刚知道这事的样子,倒问起了王才。

"水磨坊里的人都在说了。"

"都怎么说的?"韩玄子并不接王才的话,他已经明白王才到他家来的目的了。

王才说:

"说什么话的都有。有的说这房早该处理,要是再不住人,过几年就要塌了。有的说就是价钱太高,谁一下子能拿一千三百元?依我看,最有能力来买这房的,怕还是你老了。"

没想王才竟又来了这一下,韩玄子看着那个小鼻小眼的小脑袋,心里骂道:好个厉害角角,自己想买,偏不露头,来探我的口气哩!便说:

"要说买吗,我确实也想买。可这怕不是我想买就能买的事。房子是集体的,全队人人有份。我想,想买的人一定不少,该谁买,不该谁买,这话谁也不敢说死,到时候得开社员会,像咱分地分树那样,要抓纸蛋儿了,你说呢?"

王才说:

"你老这话是对的。可我思想,咱这村上,还没有无房的人家,若买了,一家人就得分两处住。要买了拆了重新盖,这房是半新旧的,新盖时木料已定,扩大也不行,想小也不能,一颠一倒,还得贴二千元吧,这就是说,一千三百元买了个房基,这样一来,怕又使好多人不敢上手了。抓纸蛋儿,是最公平的。我来讨讨你老的主意,纸蛋儿要是被我抓了,我就把我原来的院墙搬倒,两处合一个院子,你看使得使不得?"

韩玄子在巩德胜店中喝的酒,这阵完全清醒了。听了王才的话,他哈哈笑起来,直笑得王才丈二和尚摸不着头脑,末了,戛然而止,叫道:

"如果你能抓上，那当然好呀！你不是要扩大你的工厂吗，这是再好不过的事，这就看你的手气了！"

说到这里，韩玄子压低了声音，似乎是极关心的样子问道：

"王才，伯有一件事要问你，我怎么在公社听到风声，说你把土地转租给别人了，可有这事？"

王才正在心里琢磨韩玄子关于房子的话，冷不丁听到转地的事，当下脸唰地红了，说道：

"公社里有风声？韩伯，公社里是怎么说的？"

"喝茶，喝茶。"韩玄子却殷勤地执壶倒茶。他喝茶一贯是半缸茶叶半缸水的，黑红的水汁儿，王才喝一口就涩苦得难咽，韩玄子却喝得有滋有味："要是别人，我才懒得管这些事哩，现在是农村自由了，可国家有政策，法院有刑法，犯哪一条关咱什么屁事！可活该咱是一个村的，你又是我眼看着长大的，我能不管吗？你给伯实说，到底是怎么一回事？"

王才就把转让三亩地给光头狗剩的前前后后说了一遍。他现在，并没有了刚才来时的得意和讨问公房时的精明，口口声声央求韩玄子，问这是不是犯了律条。

"你真是胆大呀！"韩玄子说，"你想想，地这么一让，这成了什么性质了？国家把土地分给个人，这政策多好，你王才不是全托了这政策的福吗？你怎么就敢把地转租给他人？王才呀，人心要有底，不能蛇有口，就要吞了象啊！"

王才说："好韩伯，我也是年轻人经的事少，我听说河南那边有这样的先例，一想到自己人手不够，狗剩又不会干别的，就转让给他了。你说，我现在该怎么办？"

"那就看你了。"韩玄子说。

"我听你的，韩伯。"王才说，"那地我不转让狗剩了，公社那里，还要你老说说话，让一场事就了了。"

韩玄子说：

"我算什么人物，人家公社的人会听我的？"

王才说：

"你老伸个指头也比我腰粗的，这事你一定在心，替我消了这场灾祸。"

小女儿去买"牡丹"烟，一去竟再没回来。二贝和白银却进了门，在院子里听见上屋有说话声，便钻进厨房来，问娘说：

"公社大院的那些食客又来了吗？"

娘说：

"胡说些什么？人家谁稀罕吃一口饭！怎么这般快就回来了？"

白银说：

"叶子请了许多帮工的，哪儿用得着我们呀！"

娘已经在锅里烙好一张大饼，二贝伸手就拧下一大片，塞在口里吃，白银不是亲生的，又分房另住，没有勇气去吃。娘嗔怒地说：

"你那老虎嘴，一个饼经得起两下拧吗？把你分出去了，顿顿都在我这儿打主意，剩下你们的，两口子吃顿好的，门倒关得严严的在炕上吃！"

白银已经进了她的厦子房，说是脚疼，又换了那双拖鞋。二贝一边吃着，一边冲着娘笑，说：

"谁叫我是你的儿呢？天下老，爱的小，你就疼你小儿子嘛！"

说罢拿了饼走进厦房，再出来，手里却是空的，在上屋窗下听了一会儿，又走进厨房来。娘就说：

"看看，我说拧那么大一片，原来又牵挂媳妇了，真不要脸！"

二贝说：

"屋里不是公社人，是王才？"

"嗯，"娘说，"来了老半天了。"

"找我爹说什么了？"

"谁知道，我逮了几句，是你爹训斥王才不该转让土地，说这事儿是犯法的。"

二贝就说：

"爹也真是多管事，咱不是社长，不是队长，咱退休在家多清闲，偏管这管那，好了不好，不好了得罪人，街坊四邻的，以后怎么相处呀！"

娘说："你闭了你那臭嘴！你爹在这个镇上，谁个看不起，只有你两口弹嫌，好像你们倒比你爹有能耐了！"

二贝说：

"别看我爹，他对农村的事还不如我哩，他是凭他的一把子年纪，说这说那，又都是过时话，哪能适应现在形势？我们不好说他，一说就拿老人身份压人，你也不劝说劝说他。"

娘说：

"我劝说什么？这个家里，我什么时候当过掌柜的，什么时候说话大的小的听过？你爹人老了，有他的不是，可你两口子也太不听话，越发使你爹上酒发脾气！你给白银说，她要再穿那拖鞋，我就塞到灶火里烧了！"

二贝倒噎得没话可说，在院子里站了一会儿，对娘说：

"好吧，今早你给我们再烙个饼，我和白银到咱莲菜地去挖莲菜，别人家都开始挖了，十五要'送路'，莲菜用的多，你们那些莲菜也不够，我那地里的也就不卖了，一并挖回来交你，看我和白银是不是孝顺的儿子、媳妇?!"

小两口扛了锄，挑了笼担出门走了。

这个镇子，土特产里，莲菜是和商芝一样出名。走遍天下，商芝独一无二。形如儿拳，一律内卷，味同熟肉，却比肉爽口清鲜。莲菜虽不是独家产品，但整个秦岭山地，莲菜尽是七个眼儿，八个眼儿，唯这里的莲菜是十一个眼儿，包饺子做馅、做凉菜生脆，又从不变黑变红，白生生如漂过白粉一般。腊月初八以后，镇上逢集，一街两行都是干商芝，鲜莲菜，远远近近的人来争抢。分地的时候，韩玄子家并不曾分有莲菜地，但他讲究"居家不可无竹无荷"，便在几分地里栽了莲菜。后来一家分两家，莲菜地也二一分作五。今年莲菜长得好，集市上的价格又日日上涨，白银早就谋划腊月集上卖上一担两担，添置一台缝纫机。可要给叶子"送路"，二贝便主张一个不要卖，全上交父母。白银怄了许多气，却拗不过二贝。这阵到了莲菜地，只是站在地边不肯下泥下水。二贝满头大汗挖了许多，一时三刻倒惹得四周的人来看热闹，没有一个不夸奖这莲菜长得肥嫩。

"咱那莲菜怎么能和韩老先生家的比呀，人家有化肥呀，咱施什么呢？"有人在说。

"上了化肥可不好吃了。二贝，这是要卖的吧，什么价呀？"另一个说。

"不卖。"二贝说。

立即有人问道:"是不是给你妹子'送路'呀?你们准备多少席?要不要咱这些人去呢?"

二贝说:

"这你听谁说的?"

那人说:"王才刚才在村里嚷的,说你爹说的。"

二贝不再言语,心下埋怨爹:不是说待客不要声张嘛,怎么就告诉了王才?王才在村里一嚷,人都来了,三十席,四十席能挡得住吗?到时候,东西没有预备,岂不是难堪吗?就不再挖了,回去要给爹说说,让爹早早把村里人挡挡,别搞得天翻地覆的劲头。

小两口一进院子,爹和娘却正在吵架。原来二贝娘等王才走后,告诉他王才家有白灰的事,韩玄子大发雷霆,说是丢人了,宁可这照壁塌了,倒了,也不去求乞他王才!直骂得老伴一肚子委屈,伏在门框上嘤嘤地哭。二贝和白银忙一个挡爹,一个劝娘,韩玄子倒一把推开二贝,骂起来:

"二贝,苍蝇不叮无缝的蛋,你们这么和我生气,外边什么人都来看笑话,都来趁机拆台了。你听着,这照壁你要修,你就修,你不修就推倒,要成心败这个家,我也就一把火把这一院子全烧了!"

二贝吓得不敢吱声,关于"送路"挡客的事也就没机会给爹提说了。

五

整整四天里,韩玄子家忙得不亦乐乎。二贝修整了照壁,给屋舍扫灰尘,给墙壁刷白灰;垒花台的碎砖乱石,补鸡棚的窟窿裂缝,里里外外,真像个过年的样子。娘又把一切过年的、"送路"待客的东西一一该过秤的过秤了,该斗量的斗量了。韩玄子就拿了算盘,一宗一宗拨珠儿合计:米三斗四升;面六斗二升;黄豆一斗交给了后街樊癞子去做豆腐,一斤做斤半,一斗四十斤,是六十斤豆腐;大肉五十斤、一个猪头、四个肘子;肠子、肚子、心肺、肝子各五件;菜油十斤;豆油六斤;荤油要炼,割了花板油块十斤;稠酒一坛;醪糟一罐;红白萝卜二百六十斤;白菜八十斤；洋葱一百二十斤。韩玄子拨完算盘，皱着眉头说："怕不宽裕哩！还没计算小零碎，花生米、虾皮、粉丝、糖果、瓜子，全还没有买下，还有烟酒，买劣等的吧，不行，买好一点的，又是百十来元。罢罢罢，头磕了也不在乎一拜，要办咱就办个漂亮！现在唯一操心的是柴火，集市上我去问了，劈柴是三元二一百斤，湿梢子也是二元三四一担，要买，就得买十四五担。还要买炭，一元钱十二斤，还不需二百斤炭吗？"

韩玄子一愁，二贝娘就愁得几乎要上吊，当天中午牙就疼起来，韩玄子骂了几句"没出息"，就下令谁也不许在外唉声叹气，主意将东坡祖坟里的两棵老柿树砍些枝杈当柴火。二贝不同意，说砍了枝，来年必然影响柿子成果，不说旋柿饼、窝软柿，单以柿子焙醋，这一项开支就可以全年节约七八十元。二贝就去找他的同学水正。水正毕业后，在家里待业，后来买了一辆手扶拖拉机跑运输，辰出不知早，酉归不晓黑，日月过得还不错。二贝和他在校时便是好友，毕业后，水正为了家里盖房批房基地，也请韩玄子帮过忙。这回，二贝将买柴火之事告诉水正，他就满口应承。第二天鸡叫头遍，两人就起了身，前往八十里外的寺坪坝去买柴火了。

就在这天中午，队里召开了社员会，讨论关于公房处理事宜。当然喽，办法是韩玄子出的：抓纸蛋儿。侄儿队长当场讲明，谁若抓到纸蛋儿，三天之内必须交款。抓纸蛋儿的结果，韩玄子没有抓到，王才也没有抓到。本来那些无心思要买房的不参加抓纸蛋儿，偏偏一个姓李的气管炎患者，却嘻嘻哈哈地硬要参加。世上的事常常是闹剧，没想他竟抓到了。

会议一散，韩玄子就把"气管炎"叫到家里，说：

"你真的要买了这公房？"

"我没钱有手气。""气管炎"说，"我是特意为你老抓的！"

韩玄子喜欢得一把拉住"气管炎"，说这孩子越长越出息，可惜就是让病害了，他和二贝娘常常念及，叹息老一辈人里，差不多都是儿孙满堂，活得乐乐哉哉，唯独"气管炎"的爹过世早，留下这一条根，又病得手无缚鸡之力，莫非天也要使李家的脉断了？

几句话说得"气管炎"伤心起来，将自己前前后后的婚姻挫折对韩玄子诉说了，直说得涕水泪水不止。二贝娘心软，别人流泪她便流泪，末了答应一定要帮"气管炎"找个媳妇。那"气管炎"活该的下贱坯子，当即趴下给二老磕了响头，说：

"我今生今世都不敢忘两位老人的恩德！我是猴急了的人，若找媳妇，姑娘也行，寡妇也行，年纪小些也行，年纪大些也行，你们对她说，过了门，我不打她！"

"气管炎"一走，韩玄子大发感慨：

"世上的人真是得罪不起！再瞎的人，说不定还真有用上的时候，正是应了古语，烂套子也能塞窟窿啊！"

二贝娘说：

"这'气管炎'可怜是可怜，但也是个刁奸东西。这抓纸蛋儿的事，本来也是没他抓的，他偏要抓了，就是为着讨好人呢。咱现在房子够住，要那公房干啥？"

韩玄子说：

"这便看出你这妇道人家的眼窝浅了！为什么咱不要呢，咱要不要，那王才必是一口吞了！"

二贝娘说：

"你也真是！整天和二贝闹不到一起，现在倒何苦下力气再为他们盖房置院，你是有精力呢，还是有千儿八百的钱花不出去？王才他要买，让他买去罢了！"

韩玄子说：

"这你不要管，二贝回来了，我有话同他说。"

天擦黑，二贝和水正开着拖拉机回来了，二千五百斤劈柴，二百斤木炭。韩玄子乐得直对水正说：

"这下给伯办了大事！为这烧的烤的，我几天几夜都在熬煎哩！"

一家人捧水正为座上宾，水正倒不大自在了，口口声声这是应该的，以后有用着他的时候，只管吩咐就是。韩玄子就说一番二贝：所交的三朋四友，就水正交得，什么时候可以忘了别人，万不敢忘了水正。

柴火运回来，堆在院里，白银便去抱了许多，垒在自己厦房门口，这便是宣告这柴是属于她的了！小女儿看见后，在厨房悄悄对娘说了，娘小声骂道：

"这不贵气的人！柴是二贝拉的，我能不给你分点吗？这小蹄子，真是有粉搽不到脸上来，装人也不会装！"

末了又对小女儿说：

"这话你不要对你爹说！"

饭当然是好饭，细粉吊面，一盘炒鸡蛋，一盘花生米。韩玄子硬要水正喝几盅酒解乏，又一定要划几拳，三喝两喝，竟喝而不止。面下到锅里已经多时，就是不能端上来。二贝起身到厨房，对娘说：

"我爹酒劲又上来了，人家水正半天没吃饭，晚上还有事，别喝醉了，你去挡一下吧！"

"你爹也难得今日高兴。"做娘的走上堂屋，说，"面已经泡了多时了，是不是先吃点，吃过再喝吧！"

大家才放下酒盅。

偏巧，院门环叮叮哨哨摇得生响，小女儿出去看了，见是"气管炎"，让进来。"气管炎"才走到堂屋门口，听见里边似有外人，便躲在黑影里，颤颤地叫"韩伯！"韩玄子出来，"气管炎"偷声换气地说：

"韩伯，事不好了！"

"你好好说。"韩玄子不知何事，当下问，"什么事不好了？"

"气管炎"一时气堵在喉咙，咳嗽了一阵，才断断续续说：

"我从你这儿一回去，王才就在我家门口坐着哩，他要我将公房转让给他。我说，我买呀，他不信。我说转给你啦，他说你是不会买的，他可以多给我十元钱。我缠不过他，骗说我去上茅坑，就跑来听你的话了。你说，转让他不？"

韩玄子一听气倒上来了，心里骂道：真是小人，既然已经答应了我，却又反悔要给王才，若是王才最后得手，知道是我未能得到，他该怎么耻笑我了！他竟多出十元，是显摆他有的是钱吗？

"这怎能使得？"韩玄子黑了脸，"他王才是什么人？你能靠得住他吗？他是什么人缘？你的婚事他若一插手，只有坏事，不能成事。再说，你也是吃了豹子胆，这房是公房，谁抓到谁出钱谁得，你怎么能转让多得十元，你是寻着犯错误吗？你就对他说，这房已经转让了，他若要，叫他来给我说!"

三句大话,使"气管炎"软下来;十元钱的利吃不得了,又立即再落人情,说:

"我也这么想的,我怎么会转让他呢?我再瞎,也知道谁亲谁近,我只是来给你通个气儿。"

韩玄子要拉他进屋吃饭,"气管炎"说:"你们家尽是有眉有脸的人来,我可走不到人前去。"硬是不进。韩玄子叫小女儿取了酒出来,倒一盅让他喝,他喝得极响,一迭声叫着"好酒,好酒",然后出院门走了。

韩玄子回堂屋继续吃饭,热情地往水正碗里拨菜,水正问谁找,他应着"李家那小子,说句闲话",便搪塞过去。

一顿饭吃了好长时间。送走了水正,二贝就用热水烫了脚,直喊着腰疼腿酸,回厦屋歇了。白银帮娘下了面,说肚子不饥,没有端碗,自个儿歪在床上听收音机。

这收音机是大贝捎回来的。当爹将二贝分出家后,大贝心里总觉得不美,先是生兄弟两口的气,认为他长年在外,虽月月寄钱回来,但伺候老人仍是远水解不了近渴,每次来信总是万般为二贝他们说好话,只企图他们在家替自己也尽一份孝心。可万没想到家里却生出许多矛盾,大贝就怨怪二贝两口。要不,怎么能惹老人生这么大气,将他们另分出去呢?

但是,叶子结婚前来省城一次,说了家里的事,知道了家庭的矛盾也不是一只手可以拍响的。大贝详细打问了分家后二贝的情况,倒产生了一种怜悯之情,又担心二贝他们一时思想不通,给老人记仇,越发坏了这个家庭,就将自己的一台收音机捎给了他们。大贝还叮嘱叶子,让她在家一定要谨言,同时又分别给爹和二贝写了信,从各个方面讲道理,说无论如何,这个家往后只能好,不能再闹分裂。

二贝终究是爹娘的亲儿,心里也懂得长兄的好意,免不了以这台收音机为题,夜里开导白银。白银比二贝小四岁,一阵清楚,一阵糊涂,忍不住就我行我素。

今晚收音机里正播放秦腔。她当年在娘家业余演过戏,一时戏瘾逗起,随声哼哼。二贝说:

"去，帮娘收拾锅去！"

她嘴里应着，身子却是不动。

二贝将收音机夺过来关了，白银生了气，偏要再听，两人就叽叽喳喳争抢起来。

院门外有人大声喊："老韩！"并且手电光一晃一晃在房顶上乱照。二贝静下来，听了一阵，说道：

"真讨厌，又是公社那些人来了！"

对于公社大院的干部，二贝是最有意见的。这些干部都是从基层提拔上来的，农村工作熟是熟，但长年的基层工作，使他们差不多都养成了能跑能说能喝酒的毛病。常常是走到哪里，说到哪里，喝到哪里。这秦岭山地，也是山高皇帝远。若按中国官谱来论，县委书记若是七品，公社干部只是八品九品，但县官不如现管，一个小小公社领导，方圆五十里的社区，除了山大，就算他大。所到之处，有人请吃，有人请喝，以致形成规律，倘是真有清明廉洁之人上任，反会被讥为不像个干部。

韩玄子退休回来，以他多半生的教育生涯的名望，以大贝在外边有头有脸的声誉，再以他喜欢热闹、不甘寂寞的性格，便很快同公社大院的人熟悉起来。熟悉了就有酒喝，喝开酒便你来我往。偏偏这些人喝酒极野，总以醉倒一个两个为得意，为此韩玄子总是吃亏，常常喝得醉如烂泥。

起先，二贝很器重这些干部，少不得在酒席上为各位敬酒，后见爹醉得多，虚了身子，就弹嫌爹的钱全为这些人喝了，更埋怨爹不爱惜身子。劝过几次，韩玄子倒骂：

"我是浪子吗？我不知道一瓶酒三元多，这钱是天上掉下的吗？可该节约的节约，该大方的大方！吃一顿，喝一顿，就把咱吃喝穷了？社会就是这样，你懂得什么？好多人家巴不得这些干部去吃喝，可还巴不上呢！"

二贝去信给大贝，让大贝在信上劝说爹，但韩玄子还是经不住这些酒朋友的引诱。渐渐地，待公社干部再来时，二贝索性就钻进屋里去，懒得出来招待，特意冷落他们。

当下小两口停止了争闹，默不作声，灯也熄掉了。

晚上来家的是公社王书记和人民武装部干部老张（这里的乡民尊称他为"张武干"）。韩玄子迎进门，架了旺旺的炭火，揭柜就摸酒瓶子，同时喊老伴炒一盘鸡蛋来。

王书记说：

"今天已经喝过两场了，晚上要谈正事，不喝了！"

韩玄子已将瓶盖启了，每人倒满一盅，说：

"少喝一点，腊月天嘛，夜长得很，边喝边谈。"

张武干喝过三巡，大衣便脱了，说：

"老韩，春节快到了，县上来了文，今年粮食丰收了，农民富裕了，文化生活一定要赶上去。农村平日没什么可娱乐的，县上要求春节好好热闹一场，队队出社火，全社评比，然后上县。县上要开五六万人的社火比赛大会，进行颁奖。你是文化站长，咱们不能落人后呀。咱镇上的社火自古以来压倒外地的，这一次，一定要夺它个锦旗回来！"

韩玄子一听，击掌叫道：

"没问题！每队出一台，大年三十就闹，闹到正月十六。公社是如何安排的？"

王书记说：

"我们想开个会，布置一下，你在喇叭上作个动员吧。"

韩玄子说：

"这使不得，还是你讲，我做具体工作吧。"

王书记便说：

"你在这里威信高，比我倒强哩。今冬搞农村治安综合治理，打击坏人坏事，解决民事纠纷，咱公社受到县表彰，我在县上就说了，这里边老韩的功劳大哩！"

韩玄子说：

"唉，那场治理，不干吧，你们信任我，干吧，可得罪了不少人呢，西街头荆家兄弟为地畔和老董家打架，处理了，荆家兄弟至今见了我还不说话呢。"

张武干说：

"公社给你撑腰，怕他怎的，该管的还要管！农村这工作，要硬的时候就得硬，那些人，你让他进一个指头，他就会伸进一条腿来了！"

说到这儿，韩玄子记起王才来。就将转让土地之事端了出来，气呼呼地说：

"这还了得！这样下去，那不是穷的穷，富的富，资本主义那一套都来了吗？这事你们公社要出头治他，你们知道吗？他钱越挣越红眼，地不要了，说要招四十个工人扩大他的工厂哩！"

王书记说：

"这事不好出面干涉哟，老韩！人家办什么厂咱让他办，现在上边政策没有这方面的限制呀！昨天我在县上，听县领导讲，县南孝义公社就出现转让土地的事，下边汇报上去，县委讨论了三个晚上，谁也不敢说对还是不对。后来专区来了人，透露说，中央很快要有文件了，土地可以转让的。你瞧瞧，现在情况多复杂，什么事出来，咱先看看，不要早下结论。"

韩玄子一时蒙了，张口说不出话来，忙又倒酒，三人无言地喝了一会儿，他说：

"现在的事真说不清，界限我拿不准了呢。"

王书记说：

"别说你，我们何不是这样呢？来，别的先不谈，今年的社火办好就是了。"

三个人说说喝喝，一直到了夜深。王书记、张武干告辞要走，韩玄子起身相送，头晕得厉害，在院子里一脚踏偏，身子倒下压碎了一个花盆。二贝娘早已习惯了这种守夜，一直坐着听他们说，这时过来扶起老汉，韩玄子却笑着说："没事，没事。"送客到院外竹丛前，突然拉住他们说：

"我差点忘了，正月十五，哪儿也不要去，都到我家来。"

张武干说：

"有什么好事吗？"

韩玄子说：

"我给大女子'送路'，没有别人，你们都来啊，到时候我就不去叫了！"

两人说了几句祝贺话，摇摇晃晃走了。

韩玄子回到屋里，却大声喊二贝。老伴说：

"这么晚了，有什么事？"

他说：

"买公房的事，我要给他说。"

老伴说：

"算了，你喝得多了，话说不连贯；二贝跑了一天，累得早睡了。"

韩玄子才说句"那就算了"。睡在炕上，还记着土地转让一事，恨恨地骂着王才：

"又让这小个子捡了便宜！"

六

常言，农民到了晚年，必有三大特点：爱钱，怕死，没瞌睡。韩玄子亦如此，亦不如此。他也爱钱，但也将钱看得淡。铁打的营盘流水的兵，钱在世上是有定数的，去了来，来了去，来者不拒，去者不惜，他放得特别超脱。关于死的信息，自他过了五十个生日后，这种阴影就时不时袭上心来，他并不惧怕，月有阴晴圆缺，人有生死离别，这是自然规律，一代君王都可以长眠，何况山野之人？死了权当瞌睡了！只是没瞌睡，他完完全全有了这个特点。昨天晚上睡得那么迟，今早窗子刚一泛白，就穿衣下炕了。照例是站在堂屋台阶上大声吐痰，照例是沏了浓茶蹲在照壁下，照例到四皓墓地中呼吸空气，活动四肢。古柏上新居住了一对扑鸽夫妻，灰得十分可爱，他看了很久。

一等二贝起了床，他就将二贝叫上堂屋，提说起关于买公房的事。

出乎韩玄子意料，二贝对于买房，兴趣并不大，甚至脸上皮肉动也没有动一下。这孩子平日是嬉皮笑脸，一旦和父亲坐在一起，商谈正事，便严肃得像是一块石头或一截木头。

"买房也是给你们兄弟俩买的。"韩玄子说，"你是怎么想的，你说说。"

二贝便说：

"爹，要说便宜，这倒也是一桩便宜事，可咱家现在的问题不是房子的问题。"

韩玄子说:

"眼下住是能住下,但从长远来看,就不行了。这四间上屋,我也住不了几年,将来要归你们。你哥你嫂在外,也不可能回来住。可事情要从两方面来看,即便人家不回来住,这家财也有人家一份。到了我和你娘不行的时候,你们兄弟二人正式分家,你能不给你哥分一半吗?这样一来,每人也只是两间,地方就小多了。"

二贝说:

"这我知道,可那都是很远的事,再说一千三百元,咱能拿出来吗?"

韩玄子说:

"是拿不出来。我每月四十七元,一月赶不及一月。要你拿也拿不出一百二百。咱可以去借。房子买回来,咱就一拆,队上从公路边给划房基地。年轻时受些苦,将来独门独院,也是难得的好事。你也知道,现在房基地越来越控制得严,有这个机会不抓住,以后就后悔了。王才恨不得立即就买过去呢。"

二贝低了头,只是说:

"我借不来,我到哪儿去借呢?别人家没有挣钱的人,可人家一件一件大事都办了。人家是早早计划,早早积攒;咱呢,有一个花一个,对外的架子很大,里边都是空的。"

这话自然又是针对爹说的,韩玄子心里有些不悦意,不再言语了,一个中午,坐在院子里发闷。不买吧,心里总是不忍;买吧,又确实没钱。外边一片风声,都说韩家的钱来得容易,如弯腰拾石头一般,其实那全是一种假象。他便又生起二贝两口的气,嫌他们不一心维持这个家,使人心松了劲;又怨恨大贝没有把全部力量用在这个家上。他思谋来,思谋去,父子三人之中,钱财上最打埋伏的,还是大贝,让他出一千三百元吧。大贝出钱买,二贝拆了盖,到时候兄弟两人各守一院,也是合情合理的。如此这般一经盘算,韩玄子决定上一次省城。

二贝和娘却把韩玄子阻拦了。说是年关已近,家里又要为"送路"待客做准备,事情这么多,一家之主怎能走得!再说大贝也快回来了,何必去跑一趟呢?韩玄子觉得也是,便书写了长长的一封信,竭力评说买房之好处，一定要他出钱。二贝在一旁说：

"我哥肯定是不会回来住咱这山地了。城里的洋楼洋房，哪一点不比这里好？还回来住个什么劲？"

韩玄子说：

"国家饭碗能端一辈子吗？谁长着千里眼，能看到自己的前途？你哥虽过得不错，可干他们这行，没有一个好下场的。历史上，秦朝坑了几百文人，屈原，李白，司马迁，你知道吗，谁到晚年好了？山地有什么不好？自古以来，哪一个隐居了不是在山野林中！要是早早有个窝，不怕一万，单怕万一，要是到了那一步，叶落归根，他就有个后路了！"

信发走以后，第五天里，大贝就回了信，一是说他春节不能回来，寄上一百元钱给家；二是坚决不主张买房，说既然房能住下，何必再买？就是他掏一千三百元，可要拆、要盖，没有两千元，一院子新屋是盖不成的。爹年纪大了，不能受累，二贝有工作，哪里有时间？若说备个后路，那完全没必要。如果说犯了大错误，到时候再说，即使以后退休，一个女儿在城里工作，难道让他们夫妇俩独独住在乡下，那生活方便吗？又退一步说，现在把房子盖好，闲着干什么呢？如将一千多元存入银行，三十年后，本、利就是六七千元，就是回去，也可以买一座崭新的大四合院了。

大贝的道理滴水不漏，韩玄子看过信后，也觉得言之有理，但一想这房子买不成，必是让王才得去，一颗盛盛的心又如何落下？不觉也气呼呼了，说：

"罢了，罢了，我还能活几年？一心为儿女们着想，儿女们却不领情。以后你们怎样，随你们的便吧，我一闭上眼，也就看不见了。"

接着又对二贝说：

"你要是你爹的儿子，你听着，这公房咱不买了，但咱转让也要转让给别人，万不能让王才得去！"

二贝便四处打问，看谁家想买公房，结果就将这买房的权利转让给了秃子。

秃子是韩家族里的人。按韩家家谱推算，他爷爷的太爷爷和二贝爷爷的太爷爷是兄弟，已经出了五服。名叫秃子，其实头上并没有癞痢。

此人一身好膘，担柴可担百八十斤，上梁可扛一头；饭量也大，二两一个的白蒸馍，二三月里送粪时节，曾吃过十五个，以"大肚汉"而闻名。娶一媳妇，偏不会安排生活，他家收打的粮食多，可粮食还老不够吃。他说他想买房，二贝就转交权利，一场事情就算这样结束了。

韩玄子在腊月天里没有办成一件可心的事，情绪自然沮丧，就一心一意想要将"送路"搞得红红火火，来挣回脸面。大贝寄回的一百元，他立即去木匠铺定做了一个大立柜，要作为叶子的嫁妆。这事，二贝和白银一肚子意见，却又说不出来。眼看着年关逼近，一切日用花销都预备齐当，韩玄子又往各村各队跑了几次，安排起春节闹社火的事。但是各村各队似乎对闹社火并不怎么热心，都在问：

"那给多少钱呢？"

"现在的人真是都钻了钱眼了，自己玩了，还给什么钱？"韩玄子就生气了。

"韩先生，"那些队长便叫苦了，"现在比不得前几年了，前几年可以记工分，现在地分了，各人经营各人的，谁出东西？谁出劳力？你不给钱，他肯干吗？"

韩玄子说：

"不肯干，就不干了？！那还要你们当队长的做什么？无论如何，每一个队要出一台社火，将来公社评比，评比上了，一台可以获好多奖，到县上，县上还会有奖。"

"有奖？奖多少？"那些队长说，"一个劳力闹一次，没有一元五角打发不下来，好吧，那只有各家分摊，再补贴吧。"

韩玄子的侄儿、本队的队长，就开始各家各户按人头收纳钱了：一个人五角。有的高高兴兴给了，有的一肚子牢骚。要到光头狗剩和"气管炎"，两个人坚决不给，说他们一没工作，二没做生意，光腿打得炕沿响，哪里有钱？头脑简单、火气又旺的队长就吼道："你们还过年不过？！"回答的竟是："我们不过，你把我挡在年这边吗！"两厢吵起来，最后，韩玄子替"气管炎"代交了，那狗剩却寻到王才，借着钱交了。等队长收钱收到王才家，王才正和秃子在屋里喝酒，"哥俩好呀——！""三桃园呀——！"酒令猜得疯了一般，王才说：

"队长，让大伙出钱有困难，我倒有一个想法，不知说得说不得？"

"什么想法？"队长说。

王才说：

"我也不给你交五角钱了，过年时我一家负责扮出一台社火芯子，热闹是自发的，盛世丰年，让大家硬摊钱就不美气了。"

队长听了这话，心里又吃惊，又高兴，又拿不定主意，来对韩玄子说了，韩玄子却说：

"这不行！这不是晾全村的人吗？这不是拿他有几个钱烧燎别人吗？只收他的五角钱！钱收齐了，我出面让狗剩去筹办，把筹办费交给他。"

黄昏的时候，韩玄子去找光头狗剩，在巷头明明看见他走了过来，可不知为什么突然拧身从旁边小巷里走了。韩玄子紧喊了三声，他方才停下来，回过头说：

"啊，是韩老先生呀，你是在叫我吗？"

韩玄子说：

"寻你有好事呢！"

狗剩脸却黄了：

"寻我？我把王才的地退还他了，我不耕他的地了。"

韩玄子说：

"不耕了好，这事我管不着你，你愿意怎么着都行。我是找你给咱村筹办社火，筹办费现在就交给你，你瞧，对你怎么样？别人要干，我还看不上哩！"

狗剩却为难了半天，支支吾吾说：

"这事怕不行呢，我入了王才的股了。我们这几日黑白忙着，已经有十五个人来入了股，过两天还要收拾作坊哩。"

韩玄子万没有想到狗剩竟加入了王才的工厂，而且口气这么大：已经有十五人入了股！

"你怎么入的股？"

"这是王才定的。"狗剩说，"每月的收入三分之一归他，作坊是他的，机器是他的，技术、采购、推销也是他的；剩下的三分之二按所有入股做工的人分。他家的老婆、儿子、媳妇、女婿也同我们一样各为一股，每人按劳取酬。韩老先生，这符合政策吧？"

"十五人都是咱村的人？"韩玄子又问。

"咱村五人。"狗剩掰了指头说，"其余都是外村的。王才，我是服了，一肚子的本事呢！他当了厂长，说要科学管理，定了制度，有操作的制度，有卫生的制度，谁要不按他的要求，做的不合质量，他就解雇了！现在是一班，等作坊扩大收拾好，就实行两班倒。上下班都有时间，升子大的大钟表都挂在墙上了！"

"扩大作坊？怎么个扩大？"韩玄子再问。

"他不是买了那公房？扳倒界墙，两院打通。"狗剩说。

"公房？"韩玄子急了，"他哪儿买的公房？人家秃子早买了！"

狗剩说：

"你还不知道呀？秃子把那房子又让给王才了！王才家的那台压面机就减价处理给了秃子，又让小女儿认了秃子作干爹，人家成了亲戚！"

韩玄子脑子"嗡"的一下大起来，只觉得眼前的房呀、树呀、狗剩呀，都在旋转，便跟跟跄跄走回家去。一推门，西院墙下的鸡棚门被风刮开，鸡飞跑了一院子，他抬脚就踢，鸡嘎嘎惊飞，一只母鸡竟将一颗蛋早产，掉在台阶下摔得一摊稀黄。

二贝和白银正在厦屋里说话儿，听见响声走出来，韩玄子一见，一股黑血直冒上心头，破口大骂：

"你给我办的好事！你怎么不把锅灰抹在你爹的脸上？不拿刀子砍了你爹的头呢？！"

二贝以为爹又去哪里喝得多了，就对白银喊道：

"给爹舀碗浆水来，爹又喝了酒……"

这话如火上泼油，韩玄子上来就扇了二贝一个嘴巴：

"放你娘的屁！我在哪里喝醉了？你爹是酒鬼吗？你就这么作践你爹？！"

"爹！"二贝眼泪都要流出来了。

"谁是你爹？我还有你这么好一个儿子？！"

二贝委屈得伏在屋墙上呜呜地哭。

二贝娘在炕上照着镜子，把白粉敷在前额，用线绳儿绞着汗毛。快过年了，男人们都理发剃头，妇道人家也要按老规程：绞净脸上的汗毛。她先听见父子俩在院子里拌嘴，并不以为意，后来越听越觉得事情不妙了，才起身出来。只见韩玄子脸色灰白，上台阶的时候，竟没了丝毫力气，瘫坐在了那里，忙扶起问什么事儿，何必进门打这个，骂那个。

韩玄子说：

"他做的好事。我明明白白叮咛他不要把那公房让王才那小子得了去，可现在，人家已经买下了，改成作坊了！"

二贝才知爹发火的原因，说：

"我是转给秃子的。"

"秃子？"韩玄子说，"秃子是什么人？他枉姓了一个韩字！他为了得到王才的那台烂压面机，把房子早让给了王才；那见钱眼开的狗剩，也入了股。唉唉，几个臭钱，丁点便宜，使这些人都跟着跑了，跑了！"

韩玄子气得睡在炕上，一睡就两天没起来。消息传到白沟，叶子和三娃带了四色礼来探望。问及了病况，都劝爹别理村中那些是是非非，好生在家过省心日子。韩玄子抱着头说：

"不是你爹要强，爹咽不下这口恶气啊！你二哥没出息，眼里认不清人，本来体体面面的事，全让他弄坏了！"

叶子说：

"爹，你要起来转转，多吃些饭。他王才那种人，值得你伤了这身子？你要一口气窝在肚里，让那王才知道了，人家不是越发笑话吗？"

韩玄子说了句"还是我叶子好"，就披衣下了炕。趁着日头暖和，偏又往村口、镇街上走了一遭。在集市上买了些干商芝，回来杀了一只不下蛋的母鸡，炖商芝鸡汤喝了。他这次吃得特多，因为他刚才出去走这一遭，又使他有些得意：瞧！我韩玄子走到哪儿，那里的人不是依样热情地招呼我吗？心里还说：王才，你要是有能耐，你也出来走走试一试，看有几个人招呼你？

但是，毕竟是一口恶气窝在肚里伤了身子。以后，他再往村口、镇街上走几趟就累得厉害，额上直冒虚汗。这次，走到巩德胜的杂货店里，破天荒第一次没有喝酒。回来路过莲菜地，挖莲菜的人很多，都在打问给叶子"送路"的事。他有问必答，答后就邀请，口大气粗。

二贝和白银也在那里挖莲菜，看见爹邀请村人，直喊"爹"！韩玄子只是不理会，末了，又将二贝叫回来，说：

"你也听着了，村里人要来吃席，咱就让他们来吧！"

二贝说：

"原先不是说得好好的，街坊四邻的一个不请，只待本家本族的，你这么一来，人都来了，那准备的东西够吗？"

韩玄子说：

"不够再准备嘛！原先我不想待那么多席客，现在我改变主意了。人家只要看得起咱，咱就来者不拒，好让他王才也看看，人缘是靠德性，还是仅仅能用钱买的！"

二贝就掰指头计算起来，老亲老故的有多少，三朋四友的有多少，村里镇上的人又有多少，七上八下地加在一起，三十五席朝上不朝下，直吓得二贝舌头都吐了出来。

韩玄子说：

"哪能有这么多？村里人都算上了吗？"

"都算上了。"

"还有王才？要他家干啥？他家大大小小都不要计算，还有秃子家，狗剩家，我一见这些人气就不打一处来！"

二贝便说：

"那么，公社大院的也一个不要。这些人一来，倒不好待哩，光酒钱就是几十元。"

韩玄子说：

"你胡说些啥？我已经叫过人家了，那时候还得再去请一次呢。还有西街头老董家，后塬村的王小六家，这些人在综合治理时咱都对他有好处，早就要找机会谢呈咱，那是挡也挡不住。"

七

所谓"送路"，就是女子出嫁时娘家举办的酒席。这风俗在这镇上始于何年？沿袭了几代？从来无人考究，甚至连韩玄子也不得而知。但是，大凡山地之人，却没有不知道这是一个大事：待客的人体面，被待的人荣耀。慢慢地，这件事得以衍化，变成人与人交际的机会。老亲老故的自不必说，三朋四友，街坊邻居，谁个来，谁个不来，人的贵贱、高低、轻重、近疏便得以区别了。韩家这次待客，不打算给王才、秃子、狗剩留席位，这风声很快遍及全镇。支持者，大声为韩玄子的做法叫好；反对者，则不停声地叹息韩玄子做事太损。秃子、狗剩知道后，心里慌极了。分别遭到自己老婆的一顿臭骂，埋怨自己的男人被人看不起，自己更走不到人前面去。两个人心烦意乱，自然威风还是在家里要，使老婆少不得受了皮肉之苦。老婆打是打过了，恐慌还是未消，有心上韩家说明情况，取得谅解，又害怕韩玄子给个当场下不来台，更惹村人耻笑。两人凑在一起，头碰头诉说凄惶，诉着诉着，就恼羞成怒，咬着牙齿说：

"好，他家待客叫这个，请那个，他不把咱当人看，咱也用不着巴结他！咱就这样，他还能把咱杀了剐了不成?!"

这以后，两人就越发向王才投靠。结果，秃子也要求入股，王才虽认了他作干亲，但心里却明白此人的性情，思谋他若进股，必是捣刁之人，又会以让公房之事，仗有功有恩之势，行要挟威胁之举，便支支吾吾不想要他。后来狗剩跑来说情，王才说：

"狗剩哥，你是不是想让秃子来了，好给你多个伴儿?"

狗剩说：

"也有这种意思吧。话说丑些，你兄弟能干，这村子里，甚至这全镇的人没有不晓得的。可话说回来，咱弟兄们都不是威威乎乎的人物，上不了人家正经席面，谁肯偏向咱们？现在加工厂办起来，你这里入股的入股，招人的招人，可咱本村本镇的才有几个人呢？没有百年的亲戚，却有千年的邻居，既然他秃子要来，为何拒在门外？秃子和我一样，还不都是为了你，才得罪了韩家老汉，要不，以后谁还敢心向着你呢?"

王才说：

"我也不怕说丑话，有些人就是这样，见不得旁的人富。我王才人经几辈都不是英武人，原先穷是穷，倒也落个不偷不摸、正南正北的人的名声。这几年亏得国家政策好，我有了几个钱，便惹得一些人忌恨了。这些我能不知道吗？至于韩家老汉，他是长辈，又给我当过老师，我一向是尊敬的，他对我有些成见，我也不上怪，井水不犯河水，我想他也不能太将我怎的。"

狗剩说：

"这你倒差了，我问你，二贝的妹子正月十五'送路'，待客，人家就提名叫响地不要你去！"

王才说：

"不至于吧。不管韩家老汉待我如何，那二贝和白银，我们还是能说到一块的。我办加工厂的时候，还亏了他二贝出了许多主意呢。"

说到最后，王才坚信韩玄子待客，是不会拒绝他的，自古"有理不打上门客"，何况同村邻居，无冤无仇！至于秃子入股的事，王才也总算勉强答应了。

加工厂接连又在镇上招收了四名男女。王才就将原来的院墙推倒，重新筑墙，将四间新买的公房也圈在内，在里边支了油锅，安了铁皮案板，摆满了面箱、糖箱、油桶，和一排一排放食品的架子，大张旗鼓地进行食品加工生产。村里、镇上所发生的一切事，他几乎一概无暇过问了，满脑子里只是技术问题，管理问题，采购和推销问题。结果生意十分不错！为了刺激大家的积极性，第十五天里，就结账发钱，最多的一人拿到了二十八元五角，最少的也领了十六元。

十五天，这是一眨眼就过去的天数。大多数人只是在家办年货，或者游门串户聊闲话儿；而在加工厂的人，则十几元、几十元进了腰包。消息传开，简直像炸弹爆炸了一样，街头巷尾，人人议论。

狗剩和秃子就得意起来。他们的嘴比两张报纸的宣传还有力量，走到哪儿，说到哪儿，极力将这个加工厂说得神乎其神。若是在村里、镇街上有人碰着，问："干啥去？"回答必是："上班呀！"或者："才下了班！"口大气粗地撞人。他们俩甚至一起披着袄儿走进了巩德胜的杂货店里买酒喝。巩德胜也吃了一惊，估不出这些从不花钱喝酒的人身上装了多少钱。酒打上来，他慢慢试探地问：

"二位今天倒有空了？"

狗剩说：

"来喝喝你的酒。你开了两年店了，还没给你贡献过一分钱呢！"

秃子说：

"你生意好啊，祝你财源茂盛，日进斗金！"

两个人两句话，堵得巩德胜倒不知说什么好了。喝到一个晨辰，秃子又问：

"德胜叔，几时关门下班？"

巩德胜说：

"咱这是什么体统，还讲究上班下班？！"

又问：

"照你这等买卖，一日能挣得多少？"

回答：

"能落几个钱？十块八块，刨过本，没几个。"

狗剩和秃子就嘻嘻哈哈地笑，说一两年后，他们也要办这么一个店。秃子还说：

"哈，你开一个月，赶不上王才那工厂一天的盈利。韩家老汉常来喝酒，你怎么不让他也帮你办一个加工厂呢？"

巩德胜受了一场奚落，心里很是不愉快，暗暗骂道："这些没见过世面的狗东西！"就不再言语了。但是，瞧着狗剩、秃子进了店喝酒，在街上游转的"气管炎"却也挪脚进来。他是没钱喝酒的，只是坐在一边听他们三人说话，末了说：

"秃子哥，王才那个厂还要人不要？"

秃子说：

"你是不是想去？当然要人喽！"

巩德胜一听"气管炎"的话，心里又骂道："这小子也见钱眼开了，要投靠王才了！"便插嘴道：

"人家要你？要你去传染气管炎呀！"

一句话倒惹得"气管炎"翻了脸，骂了一句："老东西满口喷粪！"两厢就吵嚷起来，巩德胜借机指桑骂槐：

"你这狗一样的东西，你跑到我店里干什么？你也不尿泡尿照照你的嘴脸！你有几个钱？你烧什么包？你等着吧，会有收拾你的人呢！"

狗剩和秃子也听出巩德胜话里有话，就站起来挡架。等一老一少动起手脚，那巩德胜的哑巴儿子就凶神恶煞一般出来乱打，也打了狗剩和秃子。这两人就趁酒劲发疯，将桌子推翻，酒坛、酒壶、酒碗、酒盅、菜碟、肉盘，全稀里哗啦打个粉碎。枣核女人脚无力气，手有功夫，将"气管炎"、秃子、狗剩的脸抓出血道，自己的上衣也被撕破，敞着怀坐在地上，天一声、地一声，破口大骂，直骂得天昏地暗，蚊子也睁不开眼，末了，就没完没了地哭嚎不止。巩德胜则脚高步低地来找韩玄子告状了。

这是腊月二十七黄昏的事。韩玄子正买来一个十三斤二两的大猪头，在火盆上用烙铁烧毛，听了巩德胜哭诉，当即丢下猪头，一双油手在抹布上揩了，就去了公社大院。

连夜，公社的张武干到了杂货店，枣核女人摆出一件一件破损的家什让他看。当然，这女人还将以往自家破损的几个碗罐也拿了出来，鼻涕一把、眼泪一把地求张武干这个"青天大老爷""为民做主"。

张武干让人去叫狗剩、秃子、"气管炎"。狗剩和秃子打完架后，便去加工厂干活儿了。一听说张武干叫，知道没好事，便将所发生的事告知了王才，王才不听则已，一听又惊又怒，只说了一句"不争气"，甩手而去。两人到了杂货店，张武干问一声答一句，不敢有半点撒野，最后就断判：巩德胜的一切损失，由狗剩等三人照价赔偿，还要他们分别作出保证：痛改前非。赔偿费三人平分，每人十五元，限第二天上午交清。

一场事故，使狗剩、秃子十五天的工资丢掉了百分之八十，两人好不气恼！回到家里，都又打了老婆一顿。那秃子饭量好，生了气饭量更好，竟一气吃了斤半面条。饭后，两人又聚在一起，诉说这全是吃了王才的亏，试想：若韩玄子和王才一心，他能这么帮巩德胜？便叫苦不迭不该到王才的加工厂去。可想再讨好韩玄子，那已经是不可能的事，何况这十五元，又从哪儿去挣得呢？思来想去，还只有再到王才的加工厂去。所以接连又在加工厂干了三个白天，三个晚上，直到大年三十下午，才停歇下来。

"气管炎"没有挣钱的地方，只得哭哭啼啼又找到韩玄子，千句万句说自己的不是，韩玄子却故意说：

"你不是想到王才那里挣钱吗？你去那里挣十五元，赔给人家吧。"

"气管炎"说：

"韩伯，人家会要我吗？我上次将公房转让了你，王才早把我恨死了，我还能去吗？他是什么人？我就是要饭，我也不会要到他家门上去的！"

韩玄子对这种人也是没有办法，末了说：

"你回去吧，我给巩德胜说说，看你怪可怜的，就不让你出那份钱了，他也是见天十多元的利，权当他一天没开门营业。"

"气管炎"巴不得他说出这话，当下千谢万谢，说"送路"那天，他一定来帮着分劈柴，劈柴分不了，他就帮着找桌子、凳子，还要买一串鞭炮，炸炸地在院门口放！

韩玄子对这件事的处理，十分惬意。他虽然并未公开出面，却重重整治了狗剩、秃子这类人。整治这些人，目的在于王才，他是要这小个子知道他的厉害。事情发生后的第二天，他就披着羊皮大袄，在镇街上走动了，还特意路过王才的家门口。他很想在这个时候见到王才，但王才没有出门。

王才也明白这个事的处理，是冲着他来的，十分苦恼。他百思不解的是，自办了加工厂，收入一天天多起来，他的人缘似乎却在成反比例地下降，村里的人都不那么亲近他了。夜里，他常常睡在炕上检点自己：是自己不注意群众关系，有什么地方亏待过众乡亲吗？没有。是自己办这加工厂违反了国家政策吗？报纸上明明写着要鼓励这样干呀！他苦恼极了，深感在百分之八十的人还没有富起来的时候，一个人先富，阻力是多么大啊！

"我为什么要办这种加工厂？仅仅是为了我一个人吗？"他问他的妻子，问他的儿女，"光为了咱家，我钱早就够吃够喝了。村里这么多人除了种地，再不会干别的；他们有了粮吃，也总得有钱花呀！办这么一个加工厂，可以使好多人手头不紧张，可偏偏有人这样忌恨我？！"

他开始思谋有了钱，就要多为村人、镇上人办点好事。他甚至设想过，有朝一日，他可以资助一笔钱，交给公社学校，或者把镇街的路面用水泥铺设一层。但这个设想，他一时还没能力办到，他还得添置工厂设备，还得有资金周转。他仅仅能办到的，就是在春节时，自己一家办一台社火芯子。但这种要求却被拒绝了。他便准备在大年三十的晚上，自家包一场电影，在镇街的西场子上放映，向众乡亲祝贺春节。这，他可以不通过任何人，直接向公社电影放映队交涉就能办妥，他韩玄子还能说什么呢？

一提到韩玄子，他就有些想不通：这么一个有威望的老人，为什么偏偏就不能容他王才！？但是，在这个镇上，韩玄子就是韩玄子，他王才是没有权势同他抗衡的；他还得极力靠近他，争取他的同情、谅解和支持。所以，无论如何，他也不会当面锣对面鼓地与韩玄子争辩是非曲直的。

他还是坚信，人心都是肉长的，韩玄子终有一天会知道他王才不是个坏心眼的人。

但是，就在腊月二十九日，二贝娘在本村挨家挨户给大伙说请"送路"的日子，他在家已经备了酒菜，专等二贝娘一来，就热情款待。可一直到天黑半夜，二贝娘没有来，他才明白人家真的待客不请他。

他从来不喝酒，这天后半夜睡不着，起来喝了二两，醉得吐了一地。天明起来，就自个儿拿了三十元，到公社电影放映队去，要求包一场电影，并亲眼看着放映员写好了海报，张张上面注明：王才包场，欢迎观看。

海报一贴出，白银首先看到了，跑回家在院子里大声给娘说：

"娘，晚上有电影哩，晚饭咱都早些吃，我擦黑给咱拿凳子占场去！"

娘是不识字的，看电影却有兴趣，当然也喜欢地对小女儿说：

"你去白沟，叫你姐和你姐夫吧，让他们也来看看，那地方难得看一场电影的。"

韩玄子在堂屋听说了，问道：

"什么电影？"

白银说：

"《瞧这一家子》！"

韩玄子说：

"老得没牙的电影！再看有什么意思？"

白银说：

"看便宜的嘛，是王才家包的。"

"他包的？他家有什么红白喜事，要包场电影？"韩玄子说，"晚上不要去，那么爱看便宜电影！没有钱，我给你钱，一角五分，你买一张票，坐到电影院里看去！"

白银不敢回嘴，却小声说：

"电影是电影，里边又不是王才当主角！再说，咱不去，人家这场电影就没人看了？"

这话亏得韩玄子没有听到。他在家坐了一会儿，就出去了。

他直直走到巩德胜的店里。巩德胜亏得他出了大力，才惩治了狗剩和秃子，见他来，殷勤得不知怎么好。韩玄子说：

"怎么样，这两天，那狗剩、秃子还来扰乱吗？"

"没有。"巩德胜说，"他只要有钱，就让他来吧，他要再摔坏我一个酒盅，我自个儿倒要打破一个酒瓮哩！"

韩玄子就笑了：

"你该庆贺庆贺了吧？"

巩德胜说：

"那自然，来半斤吧。"

韩玄子说：

"我不喝你的酒。你要有心，你就手放大些，包一场电影，让镇子上的人都看看，也好扬扬你的名声。"

巩德胜为难了：

"包电影？一场三十元呢！"

"你这人就是抠掐个钱！"韩玄子看不上眼了，"你要名声倒了，都来欺负你，别说三十元，你连店都办不成了。你知道吗？人家王才这次吃了亏，偏还包了一场电影，瞧瞧人家多毒！今晚人家电影一演，镇上人都说他的好话，反过来倒要外派你了！"

巩德胜沉吟了许久，依了韩玄子的主意，只是担心，王才包了一场，他再包一场，这对台电影，人总不会都来看他包的呀！

韩玄子说：

"只要你出面包，我保你的观众比他的多！"

韩玄子就亲自去了放映队，打问新近还有什么好片子。放映员见是韩玄子，就说有《少林寺》，武打得厉害，原计划正月初三晚上放映。韩玄子便掏出钱来，说巩德胜想感激党的政策使他家日子好过了，要今晚包一场，就请一定放映《少林寺》。

结果，对台电影，一个在镇街西头场子，一个在镇街东头场子。满镇的人先得知王才家包的电影，半下午就在西头场子坐了黑压压一片，但后又听说巩德胜家包了《少林寺》在东头场子放映，一传十，十传百，多半人就又扛了凳子到东头场子去了。

二贝和白银知道这一切尽是爹在幕后干的，大为不满。天黑下来，自然先去看了一会儿《少林寺》，趁着人乱，小两口就又去看《瞧这一家子》。一到那边场上，就碰见了王才，王才好不激动，一把拉住二贝的手，说：

"好兄弟，你来了真好！你来了真好！"

就掏出好烟递上。

二贝十分同情王才，两个人便离开电影场，蹲在场边的黑影地里说起话来。二贝说：

"王才哥，我爹人老了，旧观念多，一些地方做得太过分，你不会介意吧？"

王才说：

"兄弟说到哪里去了！我王才哪里就敢和韩伯闹气？我想得开，什么事都会想得开的。妹子'送路'的日子定到啥时候？"

二贝说：

"正月十五。原本我主张村里人一个不叫，可我爹爱热闹，爱面子，偏说能来的都让来。这不，花了一大堆，手头积攒的钱全花了，可那酒钱、烟钱还没影哩！"

王才说：

"也没见婶子给我说，我好为难，去还是不去？不去吧，对不起人；去吧，又怕韩伯不高兴，反倒没了意思。这话当着你说，我什么也就说了。"

二贝说：

"人上了年纪，思想和咱们不一样了，你不去也好。近来加工厂的事怎么样？"

王才说：

"每天的产量还可以，销路也好，有些供不应求了。现在犯愁的就是油、糖、面粉的采买艰难。这几天可苦了我，没黑没明地骑上车子到处跑。"

二贝说：

"你应该打个报告给公社，让他们呈报县上。像你这样搞个体加工厂，县上也没有几个，能不能纳入国家供应指标？那样一来，就省了许多麻烦，又能保障生产啦。"

王才一拍大腿，叫道：

"好兄弟，你真是教师！你怎么不早说，这主意多好！以后我得好好请教你了！只是公社肯呈我的报告吗？"

二贝说：

"你找我爹吧，他说什么你也别计较，咱只求把事办成。我在家再敲敲边鼓。万一不成，咱再想办法。"

王才郁郁道：

"好吧，我找一次韩伯。"

临分手时，王才塞给了二贝四十元，说是他知道二贝家要待客，钱是没多没少地花。二贝坚决不收，王才说：

"兄弟，我这不是巴结你，权当是我借给你的。你要不收，我王才在你眼里也不是一个正经人了！你拿上，不要让韩伯知道就是。"

远处的电影场里，稀稀拉拉坐着一些观众。已经到子时了，天上闪着几颗星星。星星的出现，似乎是来指示黑暗的，夜色越来越浓重了。但是，差不多就在这时，远远近近的人家，响起了除旧迎新的鞭炮声，噼里啪啦！噼里啪啦！竟有一声震耳欲聋的爆炸声，那是谁家放了一个自制的土炸药包。

二贝把钱收下了。

八

正月，是一个富于诗意的字眼。辛辛苦苦在田地里挖扒了一年的农民，从初一到十五，也要一反常态了：平日俭省，现在挥霍；平日勤苦，现在懒散；平日肮脏，现在卫生；平日粗野，现在文明。人与人的关系，一下子变得那样客气：你提着篮篮到我家来，我提着篮篮到你家去，见面必打招呼，招呼声声吉祥。小的见老的磕头如鸡啄米，老的给小的解囊掏钱言称压岁。随便到谁家去，屋干净，院干净，墙角旮旯都干净；门有门联，窗有窗花，柜上点土香，檐前挂彩灯，让吃让喝让玩让耍让水烟让炭火，没黑没明没迟没早没吵闹没哭声。这是民间的乐，人伦的乐，是天地之间最广大的最纯净的大喜大乐！韩玄子，在这爆竹声中又增了一寿，现在是六十四了，正月的感受尤为深刻！自腊月三十日的中午始，他所到之处，处处都是甜甜的笑脸，都是火辣辣的言辞，都是肥嘟嘟的肉块和热腾腾的烧酒。他穿着里外三新的棉衣棉裤，披着那件羊皮大袄，进这家，出那家，这都是邀请他去坐的，他毫不拒绝，一是有吃有喝，二是联络感情。那些主人总是率着老婆、儿女，一杯又一杯为他敬酒。他是有敬必喝，偏是不醉，问这样，问那样，末了总是从口袋里掏出一角二角钱来，送给为他磕头的孩子。村里的孩子们都知道给他磕头必是有钱，结伙成队专来找他，一见面就双膝跪下，他乐得哈哈大笑，便将身上的零钱全打发出去了。再有要磕的，他就说：

"爷没钱了，明日给爷磕吧！"

几天之内，他就散出去了十多元钱。回家来打开他的钱匣，已经什么也没有了，就向二贝娘要，二贝娘说：

"我挣钱吗？"

他说：

"腊月里我给你的十元钱呢？"

腊月里，二贝娘曾嘟囔她一辈子命苦，自己挣不来钱，便没当过一天的掌柜。说这话的时候，是当着儿女的面说的，韩玄子就笑着，掏出十元钱，说：

"好吧，明年给你自主，十元钱够了吧，你又不买这买那，要钱干什么呀？"

现在，二贝娘只好将这十元钱又交还给他，埋怨过年给孩子们压岁钱，本是一件玩的事，却偏偏这么认真，一下子就散出去十六七元。

"热闹嘛！"韩玄子说，"又有什么办法，一连声地叫爷，跪在地上不起来嘛！"

到吃饭的时候，最快活的是韩玄子，最苦的却是二贝娘他们。七碟子八碗儿的正要开饭，有人来请老汉了，不去不行，只好去了。二贝娘就叮咛少吃点，少喝点，回来再吃。一家大小就只有等着。可韩玄子在这家还未吃清，另一家就在桌边相等，一家，两家，三家，五家，吃喝得没完没了，家里人就还得等。中午饭等到太阳都斜了，人还不回来，饭也冷了，菜也凉了，生了气才要来吃，一家之主回来了。一进院门，就嘿嘿地笑，这一笑，二贝娘就笑了，用筷子指着说：

"瞧，瞧，又醉了，又醉了！"

"没醉，哪里醉了！"韩玄子一边笑，一边说，一边摇摇晃晃往里走，东斜西歪，西歪东斜，白银说："快倒啦，快倒啦！"

忙放下碗去扶，还未走到公公身边，韩玄子蓦地就倒下去，压坏了一株夹竹桃。一家人又气又笑，一起动手把他抬到炕上。他又笑了一阵，就睡去了。

老汉刚睡下一会儿，王才就提着四色礼给拜年来了。王才来拜年，二贝当然知道缘由，二贝娘却有些吃惊，不知所措，当下取烟取酒；要烧火做饭时，王才拦住了，说是过年肚子不饥，一口也咽不下去了。

"我是来和我伯坐坐的，平日没时间。"王才笑着说。

二贝娘说：

"真不巧，你韩伯又喝醉了，刚刚睡下。"

王才就到二贝的厢房去说了一阵话，偏偏二贝娘也过来了，他要说的话也没说成，只是寒暄。走到院里，看看鸡棚，问问下蛋的情况；看看花台，说说花的品种；后又要看门上的对联，一边是"衣丰食足读诗书"，一边是"天时地利人事和"，口里叫道：

"亏得是老先生，韩伯的对联写得好啊！"

走到堂屋卧室门口，听韩玄子吹气似的鼾声，一阵紧过一阵，心想：醉得这般沉，不是一两个小时可以醒的，就说"我改日再来吧"，告辞走了。

第二天一早，王才又拿了一条香烟来到韩家，韩玄子却是不在家。老汉还未起床，公社大院的几个干部就来喊他，脸未洗就走了。王才笑了笑，见二贝和白银还没有起床，便和二贝娘说话，二贝娘说：

"你韩伯这人，越活越不像个上年纪的人了。三十日到现在，一刻也不落屋，要回来就是醉了。这一去，必是让大院的干部又缠住喝酒，说不准个回来的时辰。"

王才又是苦笑一下，放下香烟要走。二贝娘说：

"你这孩子，怎么来一次都要带东西？过年来坐坐嘛，街坊邻居的，规矩这么多！"

王才说：

"过年就是这样，到哪里手不空甩，一条烟有个啥？我晚上再来吧。"

晚上，韩玄子是在家里。他是中午被人背回来的，睡了一下午，酒劲是过去了，但头脑还是昏昏的。坐在炕上，吃罢了二贝娘做的胡辣汤，便又躺下睡了。待到彩灯点亮，村里的孩子们打着各种各样的灯笼，满村巷喊着"呜号号，呜号号，彩灯过来了"！王才在袖筒里塞了一瓶"西凤"酒，第三次来到了韩玄子的家。

二贝和白银正在院子里放花炮，芯子点着，一树银花，乐得一家人大呼小叫。二贝娘刚到照壁前的灯窝里为神明灯添油，就碰着了王才，说：

"是王才呀，快到屋里坐，你韩伯在家。我真拿他没办法，今早去公社大院果然就醉了！我去看看醒了没有。"

二贝和白银便让着王才先到厢房去。二贝娘到了卧室，推醒了韩玄子，低声说：

"王才又来了。"

韩玄子已经清醒了，说：

"他来干啥？就说我醉了，不得醒来。"

老伴说：

"你哪里没醒？有理都不打上门客，人家孩子来了三次，是神都请到了。再不见，咱就没理了!

韩玄子只好起来，让王才到堂屋来坐。王才上来叫一声"伯"，韩玄子让了座，就去打水洗脸，然后喝茶，取了水烟袋呼呼噜噜抽了一气，方说:

"王才，叫你跑了几次了! 真没办法，一过年这个叫，那个叫，不去不行，去了不喝不行，这过年我真有些怯了!"

王才说:

"谁能活得像你老一样呢!"

韩玄子说:

"我有什么呀? 只是本本分分就是了。要说有钱吗，真还不如你王才，有钱能使鬼推磨，你年里家里热闹吧?"

王才脸红了红，说:

"我哪儿敢比得韩伯! 韩伯若不嫌弃，明日中午你和我婶到我们家去坐吧。"

韩玄子说:

"哎呀! 明日又排满了。明日叶子和女婿要来拜年，公社王书记和张武干他们也要来，实在走不脱身呢。王才，加工厂还开着工吗?"

"三十下午就停了。"王才说，"我想初八开工哩。"

韩玄子说:

"哟，那么早开工，你也真是钱挣上心了!"

王才说:

"大家都要求早些开工，说六天年一过，就没事了，农民嘛，就热火这几天，闲在家里没事，开了工，倒可以捏几个钱了。"

韩玄子心里说:"哼，说得多好，全是为了大伙!"当下嘴里噢了一声，便不再说话。过了一会儿，他突然又问:

"你找我，有什么要办的事吗?"

王才没想到韩玄子这么挑明问他，当下倒噎住了，憋了半天，说:

"我来给伯说件事，不知行不行。加工厂开业以后，人手越来越多了，需用的面粉、油、糖，数量增大了几倍，先是我三、六、九日去集市上购买，现在就这样也供不及了。我思想，写一份报告给上边，看是否能将这三宗供应列入粮站的指标。别的咱不企图，这一供应，就可以保障加工厂的生产了。"

说着，从怀里掏出一份报告来，同时将袖筒里的酒瓶取出来，放在了桌上。

"你看看，这样写行不行？若行，你在公社里人熟，给他们说说，盖个章，填个意见，呈报到县里去。"

韩玄子还未看报告，心里就叫道：好个王才，你真是心比天高，还想让国家供应你的原料?! 就拿起西凤酒说：

"王才，你怎么也来起这一套？这酒我不能收，这成什么体统了！我韩玄子是爱喝酒，可不明不白的酒点滴不沾，该办的，符合政策的，咱为乡里乡亲热身子扑着办；不该办的，违法乱纪的，你就是搬了金山银山来，我也没那么个胆！"

王才一时十分难堪，千般说明过年期间，到哪里空手也是去不得的，何况仅仅一瓶酒，一定要收下。但韩玄子硬是不收。王才只好又收起来。

韩玄子取了眼镜戴上，细细看了报告，说：

"王才，这恐怕不行呢。你这加工厂，虽然工人多，收入大，可所得盈利你不是纳入国库的，肥了你自己的腰包，国家能这么供应你吗？"

王才说：

"我是按市价来买，只要这么办了，给我省点力气。再说，报纸上也讲了，国家是大力支持专业户的。我只想试试，或许能行呢。"

韩玄子就笑了：

"你们这些人呀，想得太简单了！你想想，好事怎么能都让你们占了呢？我实在没办法，你可以直接递到公社去，可我说，公社也不会批准你这报告的。王才，你要清楚咱现在仍是社会主义社会！你听说了吗，县城里的一些专业户、个体户现在钱一挣得多起来，就都有些害怕了，开始买'爱国钱'，几百几千地认购国库券呢。"

这话如同炸弹，使王才大为震撼。有些专业户、个体户买"爱国钱"，为自己找政治保护色、寻后路，这风声他多多少少也听到一点，韩玄子却这么一板一眼地说给他听，是什么意思呢？瞧那口气，那眼神，分明在说："人家都在寻退步了，你还这么大干呀？你等着吧，吃不了有你兜着的!"他真有些害怕了。

"韩伯!"他说,"你说的也对,我现在虽然有了些钱,但又全用在了扩大再生产上,我也想以后捐钱给公社的。这么说,这报告就算了。我还年轻,世面经得少,文化又浅,以后有不是的地方,还望韩伯多指点呢。"

两人人又说了一些甜不甜、咸不咸的话,王才就起身走了。

韩玄子送到门口,二贝和白银又在那里点二甩炮,唰的一声蹿上半空,又叭的一声在空中炸开,响声极脆,样子也好看得出奇。韩玄子觉得有滋有味,硬要二贝将家里那一串一千三百响的连珠炮拿来放了。立时,照壁下一片轰响,无数的孩子闻声赶来,在那里抢着拾落芯的炮。

韩玄子突然记起明日闹社火的事,到侄儿队长家去了。

第二天,便是正月初三,依照风俗,社火从这一天开始,一直要闹过十六。经过全公社动员、安排,这天上午,川道地的各村就响起锣鼓,十点左右,各路社火芯子抬出来,往镇街上集中。芯子是千奇百怪的造型,观看的人群拥前挤后地包围,镇子上、镇子附近的村子,几乎是老少倾出,家家锁门。远处的山民们,也有半夜打着灯笼火把,走几十里路赶来的。小小的镇街上,人头攒动,熙熙攘攘,几乎要将镇街两旁的房舍挤倒似的。各家铺店,更是门里门外都是人。烟、酒、鞭炮、蜡烛、红纸、糖果、点心,一瓶一包地货物卖出去,一把一堆的钱票收回来。巩德胜已经从早到午未能吃一口饭,喝一滴水了。枣核女人则站在门口的凳子上,眼观六路,耳听八方,唯恐混乱之中,有人行窃偷盗。到了十二点,三声筒子大炮点响,社火芯子队开始招摇过镇街。路线是从街西大场出发,经过镇街,到街东大场,再上塬,穿过公路,再到街西,再到镇街,最后在街东大场评比,才算结束。

韩玄子一大早起床,就往公社去,和公社干部一起到各队查看。有的队扮的是"三英战吕布",饰刘备的站在下边,双手各执一剑,左剑刃上站关公,右剑刃上站张飞,张飞长矛之端悬一尼龙绳,下吊吕布。有的队扮"李清照荡秋千",竟真是一个秋千,上有一幼女站着荡板,不断晃动。有的队扮的是"游龟山",一张彩船,船头坐着田玉川,船尾站着胡凤莲,船旋转不已,人却纹丝不动。更有那"三打白骨精""劈山救母""水漫金山",造型一台比一台玄妙,人数一台比一台增多。围观的大呼小叫，那北山、南山远道而来的山民，时不时挤到每一台芯子的桌面下看是不是拴有石头、磨扇。因为这芯子全是固定在八仙桌上的，然后由八人抬起，平衡极难掌握；外地人常有芯子翻倒的事故，因此必须拴有石块或磨扇在下面增加重量，起稳定作用。而这些山民看后，惊叹不已：到底四皓埋在这镇上，尽出能人了。竟不拴石块、磨扇?!

社火芯子开始过街。沿街的国营单位、集体单位、人家住户，凡是经过之处，就彩绸悬挂，鞭炮齐鸣。芯子队过后，街面上一层炮屑，满空硫黄气味。巩德胜的枣核女人早弯腰在那炮屑灰尘中寻东觅西，竟也捡回了五角钱、三个发夹、一只小孩的绣花猫头棉鞋。社火芯子到了街东大场，王才家正在大场畔。他站在高高的门楼顶上，背了一挎包鞭炮，放了一串又一串，噼噼啪啪足足响了三十分钟。响声吸引了所有闹社火的人，都扭着头往这边看。那些敲鼓敲锣的乐队，也停了手中的家伙，看着一堆孩子在门楼下捡炮，竟将有的孩子的棉衣也烧着了，喊声，叫声，笑声，也有骂声，乱糟糟一团。

韩玄子对此极不乐意，却又说不出个什么。社火最后评比，选出了五台最佳社火，当场由王书记发奖，每台三元钱、一张奖状。有人就当着韩玄子的面发牢骚：

"怎么拿得出手？三元钱！一个公社倒不如一个王才！人家今天放的鞭炮，最少也是十几元钱了!"

韩玄子听见了，只装着没听见，找着西街的狮子队负责人，问：

"晚上要喝彩的有人来联系了吗?"

西街的狮子队是传统的拿手的夜社火。每年春节的夜晚，几十人的狮子队，要到一些人家去热闹，这种热闹名叫喝彩。凡是被喝彩的人家，是很体面的，主人则是要放鞭炮，送两瓶好酒、两条好烟，还要在狮子头上系一条三尺长的红绸。因此，这种喝彩，并不是一般人家所能受得的，都是主人家事先来联系，晚上才有目标地去的。

狮子队的头儿说：

"已经来联系的有十二家了，西街的二顺、七羊，中街的德林、茂仁，东街头的有王才……"

韩玄子说：

"别到他家去了。他仗着他家有钱，今天放那么多鞭炮，很多人都有看法。喝彩本来是高兴事，他要再一摆阔，就会压了别的人家，倒引起不团结呢！咱们不能光向钱看，掏不起烟、酒、红绸的，咱们也应该去。"

到了晚上，果然狮子队就出动了。狮子队的头儿听了韩玄子的话，又为了避免王才上怪，先在西街、中街各家喝了彩，末了才到东街头来，又端端直奔了韩玄子家。一进院子，韩玄子就在门口安上了三百瓦的电灯泡，拿烟拿菜出来。狮子队每人耳朵上别了一支烟，就摆开阵势，鼓儿咚咚，锣儿锵锵，大小三个麻丝做成的狮子，翻，掀，扑，剪，相搏相斗，然后一起面向堂屋，摇头晃脑，领头儿的就在几十个彩灯彩旗下大声说一段吉祥快板。完毕，韩玄子请客入内，送上两瓶好酒、两条好烟，二贝娘便将三尺红绸系在狮子头上，接着有人点响了鞭炮，很是热闹了一番。

村里来的人也多，韩玄子招呼这个，招呼那个，烟散了一遍又一遍，凡抽烟喝茶的，没有不说这家体面的：

"呀，喝一次彩，光这烟茶咱就掏不起呀！"

但是，韩玄子也确实掏不起烟了。家里所备的一条烟已经散完，就大声叫二贝，要二贝把他买的烟也拿出来。喊了两声，二贝没有回应，二贝娘满院察看，不见二贝影子，连白银也没有见，不免纳闷：村里人都来看热闹了，这两口都跑到哪里去了！

二贝和白银是到王才家去了。

当喝彩的狮子队进了院子，二贝就对白银说：

"这会儿人多。爹不注意，咱到王才哥那儿去吧。"

两人到了王才家，王才很纳闷狮子队怎么没到他家来，让媳妇在门口大场上张望了几次，渐渐听得锣鼓声慢慢向后塬村远去了，知道再不会来。王才媳妇一回到家，就伤心地趴在炕上呜呜哭。王才当着二贝和白银的面，也不好发作，倒笑着对媳妇说：

"你真是小孩脾气，人家一定是耍累了，今晚不来，明晚定会来的。"

二贝猜摸这其中必定有原因，却故意避开这事，只是问：

"王才哥，那报告的事，你给我爹说了吗？"

王才说：

"好兄弟，韩伯不同意，还给我讲了许多话，我看也就算了。"

王才如此这般叙述了经过，二贝一听，倒火了：

"这怎么就算了?! 你这是犯法的事吗？光光明明的事情，你怕什么？难道你不相信党的政策?!"

王才说：

"你是教师，读的报多，离政策近，你说该怎么办!"

二贝说：

"我爹不同意，可能公社也不会给你盖章填意见往上呈报，依我看，咱直接把报告送到县上去，交县委马书记!"

王才说：

"我是何等嘴脸，能与马书记交往？我还不知道县委大门是怎么个进法哩!"

二贝说：

"你是何等嘴脸？要叫别人看得起，首先自己就要看得起自己；别人要弄倒你，那是弄不倒的，世上只有自己弄倒自己的! 你把报告让我看看，咱重写一份，详细写清你这个加工厂的规模、状况，提出困难，我负责给你送!"

王才一家人好不感激，连夜在灯下，几个人重新起草报告，一直干到夜里下一点，二贝两口才返回家来。

第二天，初四的早晨，二贝对爹和娘说，他们要到县城关镇给岳父拜年去，就提了礼物，小两口合骑一辆自行车，丁丁零零出门走了。

九

狮子队没有来家喝彩，王才的媳妇哭哭啼啼大半夜。王才送走了二贝和白银，他心里也苦得难受。夫妇俩坐在火盆旁，红红的火光照着他们，谁也不说话，也没有什么话要说。于是，最不能安宁的是一双火筷，你拿起来撬撬火，我又拿起来撬撬火，末了都说：睡吧。就上了炕去睡。睡下又都睡不着，两个人又都披衣坐起，叽叽咕咕说话。

一个说：

"咱没亏人吧?"

一个说:

"咱没亏人。"

一个再说:

"咱怎么会亏人呢?"

一个再说:

"咱哪里就亏人了!"

想来想去,就想到韩玄子,估计必是这老先生从中作了梗。

一个又说:

"咱和他没有仇呀?"

一个又说:

"咱和他有什么仇?"

一个再说:

"没仇。"

一个又再说:

"没仇。"

便又说起二贝和白银,口气是一致的:这小两口不错。但是,这小两口送报告的事能不能成功,夫妇俩却谁也说不准。

一直唠叨到鸡叫,王才咬咬牙说:

"咱是没错,真的,咱没错!我王才以前是什么模样,难道我永远是那个模样吗?只要现在的党中央不是换了另一班人马,不是变了这一套政策,我王才该怎么办,还得怎么办!我明日再去请狮子队,人家不来,我到白沟你娘家去,让那里的狮子队来,这口气我还是要争的,要不,真的我王才办了加工厂,倒成了什么黑人、罪人了!"

初四的早上,他去找了狮子队,头儿支支吾吾,没有说不去,也没有说去。王才第一次在别人面前动了肝火,二话未说,扭头就走了。他走了七里路,到了白沟岳父家,邀请那里的狮子队。狮子队的人知道王才当年曾张罗过办商芝加工生意,他们也正在酝酿这事,见了王才,如见了活佛,问他当年有过什么设想?又是如何经销?经验是什么?教训是什么?王才就将自己和二贝曾设想的那一套和盘托出,预祝他们事业成功。这些人满口答应当晚来他家喝彩。

天未黑，白沟村的狮子队就进了镇。他们故意张灯结彩，锣鼓喧天地从镇街东走到镇街西，又从镇街西走到镇街东，惹得镇上的人都来观看，不知今晚这队人马要给谁家去喝彩。末了就奔王才院里去了。

王才的院子扩大以后，十分宽阔，狮子队耍了一场，又耍一场，整整一个小时不肯停歇，齐声高喊：

> 新年好，新年好，
> 狮子头上三点宝。
> 呜号号，呜号号，
> 吹呼党的好领导，
> 劳动致富发家了。
> 新年好，新年好，
> 狮子头上三点宝。
> 呜号号，呜号号，
> 齐心协力挖穷根，
> 今年更比去年好。

这喊声村里人差不多全听见了。又是十多分钟的鞭炮声，又是来人就散烟，又是来人就上桌子喝盅酒，看热闹的人越来越多，私下里都在议论：这小个子王才还是厉害，热闹得倒比韩玄子家更盛呢。

韩玄子毕竟只是镇街上的韩玄子，他管不着白沟村。白沟村的狮子队来过一趟之后，第二天夜里又来了竹马队，第三天又来了魔女队。来了就独独往王才家喝彩，喝彩完再在大场上耍闹一场。这些热闹的人马每晚都挣得王才家许多烟酒，使得西街狮子队就眼红起来。有人埋怨他们的报酬太少，越耍越没劲，到了初六晚上，竟不再出动，一散了了。

韩玄子去催了几次，都借口没有经费，不愿干了。甚至每天中午的社火芯子，也渐渐疲沓起来，这个队出，那个队就不出。韩玄子发急了，他和公社大院的干部商量，是不是由公社再拨一些钱来给社火队补贴，公社当然没有这项开支，只好又让各队队长再按人头摊款。但重新摊款，就难上难了：农民过一个年，花销是不小的，谁手里也没几个钱了。眼看到了正月十二，县上要进行社火比赛，镇子的社火却组织不起来，韩玄子四处奔波，以公社文化站名义，召集各队队长，说了许多严厉的话，队长们就有了意见，当场顶撞起来：

"向社员要钱，社员哪有多少钱？谁家像你们家，大大小小都挣国家钱的！扮社火本是大家快乐的事，你们这么干，哪还会有什么兴头干呢？"

韩玄子也觉得这话实在，可怎么应付县上的比赛呢？他们这个镇的文化站一直受县文化局表扬，难道这次露脸的时候，就放一个哑炮吗？回家来愁得饭也不吃。

二贝看见爹为难，说：

"我说不要管这些事，你偏要管，怎么着，是非全落到你的身上了！任它还闹社火不闹，天塌下来高个子顶，有他公社的干部哩！"

韩玄子说：

"胡说八道！真要塌火，我还有什么脸面到公社大院去？人家还敢再委托咱办事吗？"

他狠了心，说要自己先拿出三十元垫上，是好是歹闹起来十二上县，在县上中了奖，拿奖钱再还自己。二贝哭笑不得，问爹是怎么啦，腰里有多少钱。正月十五就要"送路"待客，正到了花钱的时候，客来一院子，你往桌上摆什么、端什么？！已经没几天了，烟还没有买，酒还没有买，莫非家里还有个银窖未挖？二贝娘在这件事上，立场鲜明地站在了二贝的一边，咕咕囔囔起来，说去年夏天她到王书记家去，那个大屁股女人正在院里晒点心。天神，点心还晒！一晒一四六大席！人家吃不完，陈的已经要生虫，新的又有人送来了！瞧瞧这种当干部的！可咱的人当了站长，清水衙门！不但不进，反要往外掏！三说两说，韩玄子倒生了气，叫道：

"都不要说了！烦死人了！常言说，家有贤妻，丈夫在外不遭祸事。你们尽在我的下巴下支砖，还让我出去怎么指拨别人？！"

也就在这天晚上，王才到公社大院去了。

他的加工厂是初八就开了工的。开工的第一天，附近的一些代销店就来订货，数量要得很多，那作坊里就整天整夜机器响、案板响、油锅响。狗剩和秃子一边干活儿，一边说着村里的新闻。论到韩玄子的困苦处，热一句，冷一句，百般嘲笑。王才听见了，训斥他们不要在这里说东道西，自个儿却揣着一颗心去找张武干。张武干也在为社火上县比赛的事犯愁，见了王才，没好气地说：

"有什么事。过罢十五来谈吧！"

王才说：

"我不是来求你解决什么纠纷的。我问你，咱镇上的社火真的要上县去吗？"

张武干说：

"当然要去！到时候，你那里可不能强留人，队上需要谁去，谁一定得去！"

王才说：

"那是当然。听说社火的费用钱收不齐，有这事吗？如果真是这样，我想，能不能给我一个机会，好给大家出点力，我以加工厂名义，拿出四十元。"

张武干当时愣了，脸面上一时又缓和不下来。王才说：

"我这是完全自愿的，没有别的企图，因为我到底手头活泛些。如果怕引起别人议论，你不要对外人讲是我掏的，我保证也不说，只是为咱镇上不要丢人。"

张武干拿不定主意，把这事汇报给了王书记，王书记倒高兴，收了这笔钱后，便连夜来对韩玄子谈了。韩玄子纳闷了半天，疑惑地说：

"这王才到底不是平地卧的人呀！能保住他不对外人说吗？他要一说，倒使他落得一个好名。再说，收了他一人的钱，会不会丢了广大群众的脸？就是他真心真意，咱公社是否能将上次没收的那几根木料折价给他，权当是公社拨给闹社火的补贴？"

木料是半年前公社没收一个贩子的，一直堆放在大院，无法处理，又被雨淋得生了一层木耳。王书记和张武干听了，都说这主意妙极！便让张武干又去了王才家，讲明：闹社火是集体的事，哪能让一个人掏钱？这种精神是可嘉的，但做法不妥，公社决定将木料折价给他。

王才也同意。

有了钱，社火又闹了起来。正月十二，十六台社火芯子抬到县城，韩玄子又是满面的光彩，专门派人做了牌楼，上面用金粉写了"四皓镇社火"五个大字。一到城关，就十六支一尺七寸的长杆铜号吹天吹地，八面笸箩大的牛皮大鼓，八张二人抬的熟铜黄锣，一齐敲打，满指望这次要全县夺魁了。

可是，社火一进县城十字街口，各路社火一抬出，韩玄子就傻眼了：茶坊公社的社火队是一排二十五辆汽车阵，领头的一辆是一面大鼓，敲鼓的头扎红布，腰系红带，左一槌，右一槌，上下跳跃，动作有力而优美，像是受过专门训练。后边汽车上的社火更是内容新鲜，什么"鲤鱼跳龙门"，什么"哪吒出世"；那偌大的荷花惟妙惟肖，花瓣竟能张能合，合着是白，张开是红，中间还有一粉团似的孩子现出。西河公社的社火则内容多得出奇，先是芯子十台，后是五十人两丈高的高跷，再是龙，再是狮子，再是旱船，再是社火须子："范进中举""失子惊疯""公公背儿媳"……长蛇阵似的，前不见头，后不见尾。还有东山公社和柳林公社的花杆队、腰鼓队、秧歌队、竹马队，名目繁多，花样翻新，色彩夺目，造型绝奇。只显得四皓镇的人马寒酸可怜了。

韩玄子拉住一个公社的领队，问：

"你们这么大的气派，哪儿来的钱呀？"

回答说：

"要什么钱？这都是自发干起来的呀！你瞧，那一辆一辆汽车、拖拉机，都是私人的。往年一个队扮一台，今年是队上要扮队上的，私人要扮私人的，农民有了钱，就要夸富呢！"

韩玄子说：

"私人这么办，不影响旁人的情绪？"

回答得更响了：

"有什么情绪？政策让一部分人先富起来，一户富了，就能带动十户八户都富起来。大家都在争着富，是龙就成龙，是虎就成虎，八仙过海，各人会有各人的神通呢！"

韩玄子没有再敢问下去。

很自然，全县的社火评比，四皓镇没有中奖。

韩玄子一回到家，就感觉头很疼，便睡下了。

一家人都以为爹是太累了，也就没有当回事。可是，韩玄子睡过一夜。十三日的早上第一次没有早起，直到二贝娘做好了早饭，他还没有起来。二贝娘进了卧室来喊，见老汉大睁双眼，连喊几声却不吭不响，当下就吓坏了。到厦房对二贝、白银说：

"你爹是怎么啦，从来没有这么睡懒觉的！你们快去看看，是不是病了？我的天神，后天就要待客，明日帮忙的人便来，他怎么就在这褂节儿上病了呢？"

二贝和白银吓了一跳，上来站在爹的炕头，一声声叫爹，问爹怎么啦，哪里不舒服。韩玄子说：

"你去公社叫王书记、张武干，就说我请他们来哩。"

二贝飞也似的赶到公社大院，王书记他们正在家里摸麻将，谁输了就钻桌子。恰好是王书记在钻，炊事员刘老头说书记太胖，可以免了，张武干不同意，坚持麻将面前，人人平等。二贝一脚踏进去，说明了情况，王书记便和张武干赶来，韩玄子说：

"王书记，张武干，我没有给咱把事办好，丢了公社的人了！我没有病，我只是想，我是老了，干不了这文化站的事，今年你们研究一下，就把这站长的帽子给我摘了。"

王书记却哈哈笑了，说：

"老韩，你这是怎么啦？有人说你的闲话？你不干这个站长，咱社里谁还能干呢？谁要说不三不四的风凉话，我们自会处理的！只要你还能跑得动，这站长就不要想卸掉，老同志嘛，许许多多的事还得你出马解决呢！"

书记的口气很坚决，使韩玄子大受感动。他从炕上爬下来，又摆了几盘菜，三个人一边说话，一边喝起来。书记一走，韩玄子就让小女儿去白沟叫来叶子和三娃，中午特意让二贝娘做了一点荤菜，把二贝和白银也叫上来，一家大小一起吃。饭桌上，三娃不断站起来为岳父敬酒，韩玄子有些兴奋了，就让二贝和三娃划几拳。二贝先觉得爹今天反常，后见又恢复了往日的情绪，也就划了几拳，还给爹敬了几杯。韩玄子脸色有些红了，话也开始多起来。白银说：

"爹怕又喝得多了吧!"

韩玄子说：

"多是多了些，要醉还早呢。我高兴嘛，我只说这次社火办得不好，可公社领导还看得起我! 今日个，咱一家人都在这里，和和气气的也像一个家的样子，我心里还很盛哩!"

二贝见爹难得说出这话，心里也高兴，就越发讨好地说：

"爹，下午没事，我去把咱的芋头地整理整理，我的那三分地去冬浇了，我娘和我小妹的那五分地去冬水没浇上，满地土疙瘩，要敲碎了，再过半个月，我就开始点种了!"

韩玄子说：

"那么一点地，来得及的。下午，我有事要给你们说。本来一年到头，咱一家人该坐下来好好说说，总结过去的一年，规划新的一年，可这社火缠得我没有空。现在事情过了，后天又要办事，只有今日空闲，咱好好开个家庭会。"

二贝便说：

"好吧，我们也有话要给爹说说呢!"

碗筷收拾了，韩玄子就燃起炭火，二贝和三娃坐在一边拿烟来吸，叶子坐着织毛衣，白银捏不住女工，和小妹坐在一条长凳子上，一会把小妹的头发辫成小辫儿，一会又解开。

这种家庭会议，几乎成了一种制度，每年春节召开一次。那几年，二贝还没有结婚，大贝回家过年，最怕的就是这种会。说是家庭会，不如说是训斥会。韩玄子每次主持，要求"大家都说"，结果没有一次不是"一言堂"。这会几乎从没有开成功过，常以炸会而结束。但这一次炸了，下一次还得开。白银在娘家是无拘无束惯了，先听说家庭开会，觉得怪是稀罕，过门参加第一次会，很认真地洗耳恭听，但听来听去，全是些老话、旧话、套话、废话，没一点儿新鲜的东西，听得她直打瞌睡。但她不能不来，来了又不能不坚持到底，一回到自己房里就要说爹的不是，她没有读过《红楼梦》小说，却看过越剧《红楼梦》，便认定爹就是那个贾政。

这会儿，大家都不说话，韩玄子也只是吸水烟。吸这种烟在农村是极少的。烟是大贝从兰州特意捎回的"百条儿"，烟袋是二贝接爹的班后，用第一个月的全部工资，讨买了一个中华人民共和国成立前任过伪县长的孙子的传家之物。一次装一小丸儿烟丝，一小丸儿烟丝一喷一口香儿。这镇上当然只有他韩玄子才能如此享受。二贝娘已经刷了锅碗，却还在厨房里摸摸盆子，挪挪罐子，迟迟不见上堂屋来。韩玄子说：

"他娘，你怎么啦？都在等着你了！那些盆盆罐罐，是什么稀世珍宝收拾不清？"

"你们开你们的，叫我干啥呀？我又不会说话，说话又不算话的！"

韩玄子说：

"你真是扶不起的天子！你说不了，是叫你作报告演说吗？你不会坐在这里吗？"

二贝娘拍打着衣服上的土，上来坐了，脸上笑笑地说：

"好好，现在你开始吧！"

韩玄子便一本正经地进行开场白了。这开场白已经形成了多年来经久不变的言辞，说：

"现在，一家人就缺大贝两口，他们工作忙，不回来也就罢了。今日也没外人，咱一家人，好好坐一坐。一个家庭也就如一个国家，国家一年要开党代会、人代会，一个家庭也要开。外边的人听说咱还开家庭会，就感到奇怪，这是他们少见多怪。他们打哩闹哩，什么事打打骂骂就解决了；咱不，咱都是多少有文化的人，咱要开会解决思想问题。一年已经过去了，新的一年又过了十多天，过去的一年里这个家怎么样？咱们都要总结。

"下一步如何安排计划？咱们也都要有个想法。人常说，吃不穷，穿不穷，算计不到一世穷。去年一年，依我看，咱这个家过得不好。怎么个不好？首先是人心不齐，这主要的责任是在二贝和白银身上。白银是新到咱家的，就我思想，亲生的儿女和进门的媳妇都一样是儿女，手心手背都是肉。白银自小没娘，我只说过了门来，让你娘好好拉扯，白银也算有了温暖，有了母爱，你娘也算有了搭手。咱这家是多好的日子，拢共就分了那么点地，麦秋二茬收了，种了，就没事了，你就在家帮你娘做三顿饭，收拾收拾家务。可我这想法错了，白银是野惯了性子，在外干活儿肯出力，家里的活儿，眼里没水。为早晨扫院子，为烧水，为挑水，我不知说了多少回，就是不听。二贝身也沉，学校在家门口，三顿饭在家吃，吃罢饭，嘴一抹走了，天不黑不回来。一回来就钻到小房里，你两口嘻嘻嘻、哈哈哈个不停，可你娘呢，那么大的年纪了，还要刷锅、洗碗、挑水。你们良心上能过去吗？再一点，咱这个家真成了空架子。为什么呢？外边都在说咱家有钱，可一个子儿也存不住。当然，去年一年办了几件事：二贝结婚，叶子出嫁。咱虽在乡下，可除了水以外，什么不要钱呢？我一月四五十元，要管吃、穿，还要迎来送往。一个萝卜几头来切，一月撵不及一月。二贝的钱，我也不知道都干了些什么。除了买三十斤粮，说好每月交给我十元，可总是这月交了，下月就不交。结果，外边招得风声大，什么事旁人都把咱推到首头，咱有苦对谁说谁也不信。可话说回来，我也不是要儿女把钱都给我，也不是让咱一家人在外都是铁公鸡一毛不拔，那样子，即便是万贯家财，又能怎样？三一点，就是要注意影响，顾及大场面。在这镇上，咱是正南正北人家，交往必然就广，凡是来咱家能吃能喝的，那都是些有头有脸的人，万万不能怠慢。出门在外，又要学得本分。俗话说，一件衣服要穿烂，不要让人指烂。说到这儿我就有气，二贝你们结婚，也是到省城你哥那儿举行的，买几件衣服是应该的，可白银买一身西服，上衣只有两个扣子，在咱这地方怎么穿出去？你学你嫂子的样，也烫头发。人家在城里工作，环境不一样啊！还有那高跟鞋，拖鞋，手插在裤兜里走出走进……所以，我生了气，我把你们分出去了，分出去你们怎么过随你们吧。可一分出去，看着你们日子过得凄惶，我心里也不好受，想：这何苦呀，毕竟是咱的儿女呀。可再一想你们惹我生气，我就说：分了好，让他们也知道知道滋味。半年过去了，各自也都习惯了，咱就这样先过着吧。"

韩玄子只管一边吸烟，一边说下去。屋子里再没有一点声响。三娃是第一次参加这样的会议，实在没有耐力了，吸一根烟，又喝一杯水，又无聊地去撬火，一眼一眼看着火炭由红变白，由硬变软，由粗变细，只说岳父的话要结束了，没想那停顿是为了装换水烟。于是他不得不又去摸第五根香烟了。二贝已经习惯，他最好的办法是低着头想别的事情。虽然这一席话句句都是在诉说白银的不是，白银却不急不躁。在这个家庭里，她的性格已被磨去了大半锋芒，她也聪明起来，学着二贝那种消极对抗办法。再说，这些话，老公公不知说过多少遍了，只要他一开头，她也能估准下一句的内容了。于是，两眼盯着天花板上的一个蜘蛛网。冬天，这房子里炭火不断，蜘蛛活得很精神，密密地织着一个大网，后来就卧到墙角的一根电线上一动不动了。白银看着看着，将头垂下来，似乎做着一种静听的样子，实际却开始了迷迷糊糊的梦境。

"白银，你说说，我上边说的，是不是真的？若有一点委屈了，你可以说，我可以改。"韩玄子扭头看着白银。白银却毫无反应。二贝忙用脚踢了白银一下，白银忽地抬起头来。

"睡了！"韩玄子说，"我口干舌燥说了这一通，你倒是睡着了?!"

白银赶忙说：

"哪里睡了？爹说的，我句句都在听哩。"

"听着就好，我没委屈你吧？"韩玄子又说，"当然，过去的事已经过去，咱也不要多提。新的一年里怎么办？这是最关键的。一年一年过得好快，如今，叶子也出嫁了，虽说离镇上不远，可她还要过她的光景；小女子过了十五就去县中上学，家里是没有了劳力，我也好犯愁。这地谁种呀？这水谁挑呀？我还得靠你二贝、白银！你们要是好的，新的一年里就不要惹老人生气。白银在家多帮你娘干活儿，二贝在校，好好教书。学校在家门口，一定要学得活套。人家公社干部，官位就是再小，可在地方上还是为大，学校又在人家眼皮下，事事你要把人家放在位上。这样，于你好，于这个家也好。我吗，我也有缺点，爱喝口酒，你们嫌我醉了伤身子，也是一片好心，我注意着就是。我脾气不好，这设法改。这一两年里，公社信任我，让干个站长，什么事又都抽我参与，不去不行，去了，村里一些人看不惯就要说，可能也惹了些人。我先前脾气也不是这样，就是退休后，家事、村事搅得我脾气坏了。我再叮咛一句：以后咱家出什么事，说什么话，谁也不能对外讲，外人有和咱心近的，也有成心拆这个家的。你说出去，这些人不是笑话，就是要从中挑拨。白银，听说你往王才家跑了几次，和那媳妇一说就是一下午？"

二贝听了，心里一紧，忙接住话说：

"这事我知道。年前我们到地里去，碰着王才，硬拉我们去家，也便去了，说些闲话。爹又听谁在加盐加醋了？"

韩玄子说：

"这号人家，少去为好。他家钱是有了，粮是有了，一家大小手腕子上戴上表了，可谁理呢？人活名，树活皮，以我这年纪，我也早该不干什么站长了，可担子又卸不了，还得干。这虽是小事，就从这小事上，可以看出不论什么时候，人缘是最重要的。总之，一句话，往后，你们要想使老人身体好、多享几年福，就先把咱家搞好，家里搞好了，你们在外也事事顺心。我就这些，你们都可以说说。"

二贝娘就对三娃说：

"你说说。"

三娃说：

"我没什么要说，让我二贝哥说吧。"

二贝说：

"爹都说了，去年家里不好，这怪我和白银的多。是我们的错，我们都要改，不对的地方，老人还要多指教。要叫我说，我只说一句，就是爹上了年纪，一辈子又都从事教育，退休后本来是度晚年的，也不该去文化站。我也知道爹不是为了那每月十五元的补贴才去的，也知道爹在外跑了一辈子，退休了寂寞，可也得看身体状况，能不干就不要干了。总的来说，你对农村的事还摸不清，现在形势又不比以前，什么都在变了，而且还在继续变。咱拿老眼光、老观点去看一些人、一些事，当然看不惯；一管，就可能会失误，这样下去，反倒不好了。既然已经干上，公社又信任，你就只管管文化站，别的事，他们拉你，你一定要推掉。对于王才，乡里乡亲的，这人爹也知道根基，不是什么邪门鬼道的人。这几年发了，这是政策让人家发的，也不是他王才一家一户。爹正确认识他、理解他，能给他帮忙的就帮忙。如果事情做得过分，不光要得罪王才，我想以后可能得罪的人更多。农民要富裕起来，这是社会潮流，顺这个社会潮流而走，一不会犯错误，二也不会倒了人缘。"

韩玄子静静地听着二贝的话，他没有言语。他知道二贝现在已经长大成人，有妻有室，又在学校为人师表，若要再反驳，二贝必然还要再说些什么，吵起来，就又不好，大女婿三娃还在座呀！何况对于王才，他心里虽仍不服气，但也觉得过去有些事情做得过分了点。

他又抽了一会儿水烟，说：

"你说，有什么想法，你都可以说，我也是在外干了一辈子，还不是农村瞎老汉，只听好的不听坏的。"

二贝说：

"就这些。过去家里不和，当然有我们身沉不勤快的原因，但对待村里的一些人、事问题上，和爹意见不一致，给爹说，爹也不听，我们才故意置了气呢。"

二贝娘说：

"我也是这个意见。你管人家王才怎么样哩。他没有，他也不向咱要；他有了，咱也不向他借。国有主席，社有书记，咱管人家的事干啥！"

韩玄子说：

"从心底来说，王才这人我是看不上眼的。他发了，那是他该发的，可没想到他一下子倒成了人物了！我也不是说他有钱咱眼红他，可这些人成了气候，像咱这样的人家倒不如他了？！"

二贝说：

"爹这就不对了。国家之所以实行新的经济政策，就是以前的政策使农村越来越穷。谁行，谁不行，也不是一成不变的。现在就是人尽其才的时候，咱能挡住社会吗？咱不让王才发家，人家难道就不发了？甭说咱，就是一个社，一个县，一个省，总也不能把潮流挡住啊！"

韩玄子说：

"好，他的事我以后少管。可我在这要把话说明，他王才能发了家，咱韩家更要争气把家搞好！后天给叶子'送路'，这也是耍人的机会，咱要鼓足劲儿，只能办好，不能办坏，要在外面把咱的脸面撑起来。明日一早，二贝你去把厨子请来，咱就在院子里支大锅，准备菜。白银给你娘当帮手，叼空将四邻八舍的桌子、凳子都借来。"

说罢，就让老伴去拿了算盘，一宗一宗计算来多少客，切多少肉，炸多少豆腐，熬多少萝卜，炒多少白菜，下多少米，喝多少酒，吸多少烟。一直又忙乱了一个小时，家庭会议才得以闭幕。历年来的家庭会议，这一次算是圆满的。二贝和白银一进厦房，白银就说：

"哈，爹这次总算听了你的话了！"

二贝说：

"爹心里还想不大通呢。爹是有知识的人，有些事能想得通，有些事就钻了牛角。后天待客，爹是押了大注的呢！"

十

正月十四的晚上，月亮是出奇地明亮。公社的露天电影院在放映电影，后塬村的自乐队在呜呜哇哇地吹唢呐，而关山公社的社火队来了上百人的队伍，在镇街的丁字街口拉开场子，闹得十分红火，锣鼓一声高过一声，声声入耳。韩玄子家的院子里，安装了六个大灯泡，人忙得不亦乐乎。肉是大清早就煮了的，三指厚的肥膘，砖面一样的块头，红糖熬就的酱，涂得紫里透红，红里泛紫。七只母鸡，十二只公鸡，在一阵小锤儿的击打下，一命呜呼，滚烫的一盆开水浇了，绒毛脱尽，硬翎也掉了，剖腹挖肚，油锅里就炸得噼噼啪啪响。鱿鱼、海参是没有的，但却有娃娃鱼，是特意托人从县上弄来的。厨师们是远近的名厨，他们三十年四十年的做菜经验，都是蒸碗肉：方块、长条、排骨、酥片、肘子，至于别的烹调技术，他们是束手的。而鱼虽产于镇前河中，但山地人没有吃鱼的习惯，只是，娃娃鱼被城里人吹捧得神乎其神之后，方有偶尔动口的，所以这些厨师并不精于操作，只好鸡上油锅，鱼也上油锅。这鱼也怪，死而不肯瞑目。堂屋里，八条丈三长凳，支着四张大案，切萝卜的切萝卜，剁红薯的剁红薯，刀响，案响，凳子也响。二贝领着人在院子里挖灶坑，灶坑是七个连环，垒起灶洞，越来越高，越高越小，前是大环锅，后是二环锅，再是大锅，凸锅，铝锅，甑锅，薄锅。大环锅灶口搭上火，火顺坑道入内，一锅水开了，七锅水都开。白银在堂屋，寸步不离娘，娘切菜，她切菜，娘烧火，她烧火。耳朵里却总是声声锣鼓响，偷空出来解手，趴在厕所后墙往镇街方向看，那里半天映红，声响喧天，好一阵心急火燎。走回来，切菜切得又大又粗，烧火烧得毛毛草草，洗盆洗碗也湿水淋淋擦不干。娘就发急道：

"白银，白银，你这是干的什么活儿？"

白银说：

"娘，镇街好热闹哩！"

二贝听见了，恶狠狠地瞪了她一眼。

家里不时有人进来。韩家族里的一些长者，当队长的侄儿，巩德胜的枣核女人，水正的独眼老爹，都来了。他们说是来看看筹办得如何，有没有可以帮忙的。然而，不仅未能帮上忙，反倒忙上加乱，又耗费了许多炭火、茶水、烟卷，韩玄子却已经心满意足，感激地说：

"啊，真亏你们这般关心！有什么要帮忙的呢？你们这一来，帮忙不帮忙，就够我高兴的了！"

一切该准备的都准备了，只等明日搭笼上锅了，大家都坐下来洗手歇气，等着二贝娘做饭来吃。那当侄儿的队长却早出去请了那自乐队来，说是贺一贺喜。那六个吹唢呐的老汉就努着腮帮吹花鼓调"十爱姐儿"。调儿吹过三遍，有一老汉，双目俱盲，清朝末年人氏，当一辈子光棍，唱一辈子花鼓，却老不死，便从一爱唱起。咿咿呀呀唱到七爱，爱的正是姐儿的好裙子，二贝就一拉白银，如鱼脱网，双双向镇街丁字街口跑去。

丁字街口，火把灯笼一片通明，人围得城墙一般。小两口谁也顾不及谁了，只是往人窝里钻。白银个头小，身小瘦瘦的，终于挤进去，里边正耍"活龙"。两条龙，一是红龙，一是白龙，各是七人组成。红龙的人一身红绒衣，或是女人的红毛衣，头扎红绸。白龙的人一身漂白布衣，或是将白里子棉袄翻过来，头包白布。在紧锣密鼓声中，两厢忽上忽下，互绞互缠，翻、旋、腾、套。最是那摇龙尾的后生，技艺高超，无论龙头如何摆动，终是不能将他甩掉。"活龙"耍过，便是"走魔女"。七个妙龄女子，头上脚上穿绸着缎，还镶着金丝银线，在灯光下如繁星缀身。那粉红的裙子一层一层拖下来，下沿是以竹圈儿垂着，然后忸怩作态，一手执纱，一手提莲花小灯，作碎步状，酷似腾云驾雾，更如水面漂浮。观看者一声儿叫好，评价谁个走势好，"魔女"们越发得意，愈走愈欢。接着，一声长号，清悦惊人，便有十三个男扮女装的踩高跷的人跑出来，再一细看，那领头的却是戴有胡须的男子。霎时间锵锵铿铿，喊杀声连天，白银看不懂，不知道这是什么内容，旁边有人说：

"这是'十二寡妇征西'！"

"哪是佘太君？哪是杨排风？"白银知道这个典故，扭过脸儿直问。

"这不是白银吗？"旁边的人却叫道，"你爹没来吗？"

白银看清了，是公社王书记。

"王书记也来了！"白银说，"我爹在家忙哩，明日你早早来呀！"

王书记说：

"你爹忙，我就不去了。你回去告诉你爹，县上傍晚来了电话，县委马书记明日要到公社来，给一些人家拜年。让你爹明日中午一定到公社来迎接迎接。"

白银说：

"我爹哪能走得开呀？！"

王书记说：

"说不定马书记还要到你们家拜年哩！你给你爹说了，他必会来的。"

一直到月儿偏西，热闹的场面才慢慢散了。白银在街口碰上了二贝，两人走回来，厨师们、帮忙的人都回去了，院子里灯光已熄，堂屋里还亮堂堂的。韩玄子坐在火盆边吸烟，说：

"你们也真会快活，叼空就跑了！"

白银把见到王书记，王书记说的要迎接马书记的事给爹叙述了一遍，说：

"明日正忙，哪有空去迎接他呀！"

韩玄子说：

"还得抽空迎接呢！公社能看上叫我去迎接，咱便要知趣，要么，就失礼了。不知马书记来给哪几家拜年？"

二贝说：

"说不定还要到咱家来呢。"

他的话，不是认为马书记来了就会使韩家光荣；相反，他担心马书记来了，会不会反感这么大的席面。

"能来就好了！"韩玄子说，"正赶上咱办事，那这次待客就更有意义了！哎呀，那得再去备些好酒呀！"

二贝说：

"爹，你现在买了多少酒？"

韩玄子说：

"瓶子酒十五瓶：四瓶'杜康'，三瓶'西凤'，六瓶'城固大曲'，两瓶'汾酒'。散'太白'二十斤。散'龙窝'十二斤。葡萄甜酒六斤。怕不够哩，明日再看，若不行，就随时到你巩伯那儿去拿。不要他瓮里的，那掺了水，我已经给他说好了。"

二贝说：

"钱全付给人家了吗？"

韩玄子说：

"我哪有钱？先欠他的，以后慢慢还吧。"

二贝没有说什么，闷了一会儿，说：

"夜深了，都睡吧，明日得起早。"

韩玄子却说：

"你们都睡，我守着。灯一拉都睡了，肉菜全堆在地上，老鼠还不翻了天。"

他就守着一地的熟食，坐了一夜。

天一明，是正月十五了。韩玄子沏好了一杯浓茶，清醒了一阵头脑，兀自拿一串鞭炮在照壁前放了。十五的鞭炮，这是第一声。有了这一声，家家的鞭炮都响起来了。二贝娘、二贝、白银、小女儿就都起来，各就各位，依前天晚上的分工，各负其责。吃罢早饭，厨师和帮工的全都到齐，院子里开始动了烟火。肉香，饭香，菜香，从院子里冲出，弥漫了整个村子，不久，亲朋好友们陆陆续续就来了。本族本家的多半带来一身衣料当礼物，有粗花呢的，有条绒的，有的确良的，有咔叽的，有棉布的，一件一件摆在柜盖上。村里的人，也陆陆续续来了，有三个娃娃的带三个娃娃，有四个娃娃的带四个娃娃，皆全家起营。他们不用拿布拿料，怀里都装了钱，互相碰头，商议上多少礼，礼要一致，不能谁多谁少；单等着记礼的人一坐在礼桌上，各人方亮各人的宝。那些三姑六舅，七妗八姨的，却必是一条毯子，或是一条单子，也同时互咬耳朵：上五元钱的礼呢，还是上十元钱的礼？五元少不少？十元多不多？既要不吃亏，又要不失体面。韩玄子就让二贝把陪给叶子的立柜、桌子、箱子，全搬出来放在院里上，架被子、单子、水壶、马灯、盆子、镜子。二贝娘最注意这种摆设，最忘不了在盆子里放两个细瓷小碗，一碗盛面，一碗盛米，旁边放一把新筷子。这是什么意思，她搞不清，但世世代代的规矩如此，她只能神圣地执行。

人越来越多，屋里、院里挤得满满当当。能喝茶的喝茶，能吸烟的吸烟，不喝不吸的人，就在屋里角角落落观看，指点墙上的照片，说那是大贝，那是大贝的媳妇，然后海阔天空地议论一番大贝如何有本事，大贝的媳妇是城里人，又如何好看。

韩玄子是不干具体活儿的。他是一家之主，此时却显示了一国之君的威风。对于干活儿的人，是招之即来，挥之即去；而客人一到，笑脸相迎，烟茶相递，大声寒暄。在吆三喝四、指挥一切中，又忘不了招呼小女儿，让注意一些孩子，万不能撕了门上对联，万不能折了院中花草。

"气管炎"最为积极，马前马后，寻桌子、找凳子。一忙就咳嗽，一咳嗽就憋死憋活，腰弯得像一张弓。间或就溜到厨房，偷空抓一片肉在嘴里吃了，别人看见，就忙说：是烂了、烂了！

十一点钟，韩玄子把侄儿队长叫到一边，说：

"县委马书记要来，公社要我也去迎接。我去看一下，说不定马书记也要来给咱拜年！你在这里指挥，我不回来，不要开饭。"

韩玄子一走，侄儿队长竟将马书记要来的话向来客宣布了。这消息使众人瞠目结舌，议论鼎沸，没有一个不激动、不羡慕的。当下有一群女人进屋围住了叶子，说：

"你好福命，马书记也来为你'送路'了！"

消息很快又传到村里，一些不准备来的人也都来了。狗剩、秃子吃罢饭又要去加工厂，听到这消息，好不为难：去韩家吧，人家未叫；不去吧，又怕从此更使自己孤立，王才就是例子。想来想去，就打发老婆娃娃也拿了礼钱来了。

到了十二点，礼单上密密麻麻写满了人名，小女儿一直在旁看着所收到的礼钱，最后跑去对娘说：

"娘，一百八十元呢！"

娘说：

"这就好了，可以还账了。我直担心你爹这儿那儿借，客待完后怎么给人家还呀！"

十二点半，饭菜全部做好，韩玄子没有回来，不能入席。有人就不停地问：还不吃饭吗？肚子已经饥了！又过了一个小时，饭菜开始凉了，韩玄子还没有回来，客人有些乱了，喊肚子饥的人更多了。侄儿队长也急了，对二贝说：

"咱伯怎么还不回来？你去公社看看。"

二贝到公社大院，大院里并没有人。门卫老头说：马书记一来就到后塬一家专业户那里拜年去了，公社干部也全去了，韩玄子也跟去了。二贝回来说：还得再等等。

家里人着急，韩玄子更着急。他赶到公社后，王书记他们已陪马书记去了后塬，他便马不停蹄撵了去。马书记在那家专业户里，问这问那，只是不立即走开。他拉过王书记说：

"马书记下来还到哪里去？你没说我今天待客吗？能不能到我家去？"

王书记说：

"马书记说了，从这里回去，再去王才家拜年。"

"王才家？"韩玄子大吃一惊，"王才是什么东西，马书记去，给他拜年？"

王书记挤了挤眼，悄声说：

"我也捉摸不透，他怎么就想起去王才家？他哪儿就知道个王才？！而且说王才的加工厂是个好典型，他要实际看看，准备将加工厂所需的面粉、油、糖纳入供应指标。"

韩玄子霎时间耳鸣得厉害，视力也模糊起来，好久才清醒过来，问：

"马书记怎么会知道王才的加工厂？"

王书记说：

"马书记说他收到王才的一份申请报告。这王才！这申请怎么不让咱公社知道知道？！"

韩玄子叫苦不迭：

"他通天了！他竟能通天了！"

两人默默地站在那里，互相对火点烟。暖洋洋的太阳照着他们，身下的影子拉得长长的，韩玄子第一次突然发现，那烟影在地上，不是黑的，也不是黄的，竟是一种暗红的颜色。

"那，"韩玄子抬起头说，"这么说，就不到我家去了？家里来了一院子客呀！"

王书记说：

"这样吧，到王才家，我和张武干陪同就行了，你把公社别的干部叫到你家去，改日咱再喝酒吧。"

"这，这……"韩玄子难堪极了。

"没办法，偏偏马书记今日来，我不能不陪呀！"

从后塬返回公社大院，马书记歇了一会儿，就要动身去王才家。当下王书记就派人小跑先去通知王才，自个儿倒劝马书记先喝喝茶。

王才今日一露明就开始生产，半早晨，小女告诉说韩家去的客很多，他心里就乱糟糟的，小女再要说时，他打了她一个耳光，骂道：

"你喊什么？你不喊怕人当你是哑巴？淘米去！"

小女不知其故，呜呜哭着淘米去了。他又觉得把孩子委屈了，只是闷着头搅拌面粉，搅拌完，又去油锅上忙活，炸了十几斤豆角糖，然后，又去案上包饺子酥糖。媳妇说：

"你去吃点饭吧。"

"不饥。"他只是不去。

这时候，公社报信人飞马赶到，说县委马书记要来拜年。王才痴痴地听着，如做梦一样。听完，倒冷冷一笑，又坐下忙他的了。那公社报信人气得大叫：

"王才，你好大架子！马书记要来拜年，你竟带理不理?！你知道不，人家批准你的面粉、油、糖列入供应指标的报告来了！"

王才这才一惊，说：

"这是真的?"

"真的。"那人说。

"不日弄我?"

"谁日弄你?"

王才大叫一声：

"啊，马书记支持我了！马书记来给我拜年了！"

边叫边往出跑，跑到大场上，场上没人，自觉失态，又走回来，张罗家里的人放下手里的活儿，扫门院，烧茶水，自个儿又进屋戴了一顶新帽子。

最高兴的，还有狗剩和秃子。他们也停止了生产，急忙赶回家来找老婆、娃娃，让他们不要去韩玄子家吃席了。但家门上锁，人已经去了。秃子就跑到韩玄子家外的竹林边上，粗声叫喊自己的老婆，说：

"回吧，马书记要给王才拜年了，要支持我们工厂了！"

韩家院里正是人人饥肠辘辘，对迟迟不开饭极为不满，有人发现厨房后檐的荆笆上窝有软柿，便偷偷地上去拿了来吃。听到秃子叫喊，就炸开了，说：

"什么？马书记不到这里来，去王才家了？"

有人立即跑出来看热闹。更多的人则疑惑不解，以为是谣言。出来的人看见了秃子。秃子的老婆正对秃子说：

"饭还没吃呢，我已上了二元钱的礼了！"

秃子说：

"不要了，只当是咱丢了，失了，喂了猪了！"

二贝娘正随着一些客人出来看究竟，听了这话，气着说：

"秃子，你嘴里放干净些！我稀罕你家来吗？去叫你请你了吗？你这么没德性的，你骂谁呢？"

秃子说：

"我就骂了，你把我怎么样？你们还想再压我吗？你们厉害，有钱有势，可马书记怎么不到你家来?！"

"你这条狗！"二贝娘气得手脚直抖，眼泪哗哗的。二贝跑出来，拉住了娘，秃子一见二贝，低头就逃走了。

这一下，院子里的人都知道马书记是真的不到这里来了，有一些人就向王才家跑去。一人走开，民心浮动，十人，二十人，也跟着去了，院子里顿时少了许多。二贝娘胆儿小，心事大，挡这个，拉那个，急得眼泪又流下来，对二贝说：

"你爹呢，你爹死到哪儿去了？他不回来，这怎么收拾！不等他了，咱开饭，开饭！"

就让侄儿队长安排客人入席，队长喊"气管炎"，让把桌子往堂屋搬，把所有门扇卸下往院子摆。堂屋是上席，院子里是下席，各就各位。但队长喊了几声，却没了"气管炎"的人影：他早到王才家去了。

好容易人入了席，韩玄子和四个公社大院的干部回来了。人们一看，韩玄子脸色铁青，虽还在笑，笑得苦涩，笑得勉强。所领的四个公社干部，一个是管生产的小伙，一个是抓计划生育的妇联主任，一个是会计，一个是管多种经营的老头。韩玄子让四个干部堂屋坐了，叫二贝放一串鞭炮，然后将酒取出，凉菜端上，给各位敬酒。

韩玄子说：

"坐了几席？"

二贝说：

"十五席。"

二贝娘说：

"村里好多人都走了，去王才家了，还等不等？"

韩玄子说：

"不等了！走了的就走了吧！"

便自个儿端了酒杯，站在堂屋门口，高声说：

"一杯水酒，都喝啊！"

众人抿了一点就放下，他却一仰脖子将满满的一杯灌下肚了。

十一

马书记在王才的加工厂里，一边细细观看操作，一边问王才筹建的过程、生产的状况和销路问题。听着听着，他高兴得直拍自个儿脑袋。他的脑袋光亮，肉肉的，无一根毛发。这是一位善眉善眼的领导，不但无发，亦无胡须，人称"和尚书记"。这"和尚书记"开的会多，管的事多，抓的点多，寻的人多，唯独睡觉时间不多。虽是"和尚书记"，但由于他有胆有识，有勇有谋，全县基层干部又无不惧怕他三分。他当下就对王书记说：

"你们公社有这么个大能人，你们怎么不声不吭?!"

那眉眼儿还是善善的，质问却使王书记张口结舌了。

王才说：

"这也全亏公社支持哩！只是我才干起来，咱是农民，没干过工，也没经过商，试着扑腾哩。"

马书记说：

"就是要试着扑腾。现在的农民，仅仅靠那几亩地，吃饱可以吃饱，但日子也不会过得太好，这就要向农工商三位一体发展！南方一些地方，人家就是这么成起事的。我还以为咱山地没这个基础，你倒先闯出路子了！王才，我得谢谢你哩！"

"谢谢我？"王才失声叫了起来。

"是要谢谢你！全县有条件的都来学你。不要说几千户、几百户，就是十几户，那也会了不起的！现在厂里是多少人？"

"十八人。"王才说。

马书记说：

"还可以多。"

狗剩在旁插嘴说：

"我们还要买烤烘机，做面包、点心哩！我们正在搞上下班作息时间、岗位责任制这些规章制度，要逐步走上正轨哩！别看我们经理貌不惊人，那肚子里，是下水吗？不，是气派，是技术，是才干啊！"

马书记问：

"谁是经理？"

狗剩说：

"就是王才呀！"

王才忙用脚踢狗剩，马书记就笑了：

"是才干，是才干！不显山不露水的，还真看不出哩。我一收到那份报告，就高兴得连夜找了副书记和县长都看了，报告写得不错，你是什么文化水平？"

"中学没毕业。"王才不好意思了。

"哈，那报告有理有据，又蛮有文采哩！"

王才不敢说这报告是二贝写的，偷眼儿看王书记的脸色，王书记正对他笑，拍拍他的肩，说：

"王才，马书记都在支持了，好好干，以后有什么困难，你就直接到公社找我啊！你怎么总是不来呢？"

王才嘿嘿地也笑了：

"这都怪我没出息呢，我走不到人前去呢。"

王才的媳妇已经在院里安放了八仙桌，桌上一盘一盘堆满了各种酥糖，悦声地招呼客人品尝。院门口，一伙人拥在那里，或趴在墙头上，指指点点议论谁是马书记，终于看清一个和尚脑袋，和小个子王才坐在一条凳子上。就有人说：

"嚯！王才和书记平起平坐了！"

王才看见门外乱哄哄的，就喊着让都进来。那些人却不敢进，后边的一推，前边的人不自觉地前倾，前脚就进来了。进来一条腿，身子就进来；进来一个、八个、十个、二十、三十，就全进来了。这些乡亲，王才个个认识，但很久以来，这里门槛虽不高，又无恶狗，却是不肯到这家院内来的。这阵进来，便四处观看，一边看，一边大惊小怪。那狗剩和秃子就轻狂忘形，介绍这样，又介绍那样。还拿了酥糖让外人尝。秃子说：

"我就说了，王才不是等闲之辈，能翻江倒海成气候哩！怎么样？来不来？要来，我给你走后门！"

"这能成？"那些人问。

"怎么不成？马书记是共产党的书记，是社会主义的书记，他来给王才拜年，就是代表党，代表社会主义来的！你算算，眼下在这镇子上，最有钱的是谁？王才。最有势的是谁？还不是王才?!"这是狗剩在回答。

"气管炎"就挤过来，说：

"狗剩哥，要我不要?"

"你?"狗剩说，"这要研究研究，我们厂也不是什么人都要，这要看身体行不行？卫生不卫生？是不是要奸取巧？是不是小偷小摸？你不是跟韩先生跑吗?"

"气管炎"说：

"人往高处走，水往低处流哩，你揭什么短?"

说着就从怀里取出一串鞭炮，站在大门口放起来。这鞭炮是他特意为韩家买的，却在王才家门口大放一通。

随同马书记一块来拜年的，是县委宣传部的通讯干事。末了，他要为马书记和王才照个相。王才人不景气，一辈子也没有进过照相馆，当下倒不好意思了。马书记说：

"王才，照一张，从初三起我就全县跑着拜年，又都愿意和主人留个影。你们好好干，今年夏季，县上要召开个体户和专业户的代表会，全县人民还要给你们披红戴花呢。"

王才就正正经经和马书记站在一起，王才的媳妇却把王才拉过去，说：

"你就这一身油脂麻花的衣服呀？快去换身新棉袄！"

"这身就好！"王才边说边去作坊拿了一件生产时系的围裙，说，"这就更好了，干啥的穿啥嘛，明年，做一套工作服。"

直到下午三时，马书记才离开了镇子。但是镇子里的议论竟一直延续了三天。人们在家里谈说这件事，在街巷碰头时还是谈说这件事。三天后，要求加入加工厂的又有了四人，当然都是王才精心挑选的。同时，县上寄来了王才与马书记的合影照片，放得很大。王才的形象并不好看，衣服上的油垢是看不见的，但他并没有笑，嘴抿得紧紧的，一双手不自然地勾在前襟，猛地一看，倒像一个害羞的孩子。

王才却珍贵这帧照片，花了三元钱，买了玻璃镜框装了。中堂上原是小女儿布置的，满是美人头的年历画，王才全取下来，只挂两个镜框：一个是专业户核准证，一个就是这合影。媳妇说：

"那画多好看呀，红红绿绿的。"

王才说：

"你懂得什么？这就是保证，咱的靠山呢！"

于是，王才家里的人开始抬头挺胸，在镇街上走来走去了。逢人问起加工厂的事，他们那嘴就是喇叭，讲他们的产品，讲他们的收入，讲他们的规划。讲者如疯，听者似傻。王才知道了，在家里大发雷霆：

"你们张狂什么呀！口大气粗占地方，像个什么样子？咱有什么得意的？有什么显摆的？有多大本事？有多大能耐？咱能到了今天，多亏的是这形势，是这社会。要是没有这些，你爹还不是一天只挣六分工？就是加工厂办起来，还不是又得垮下来！记住，谁也不能出去说东道西，咱要踏踏实实干事，本本分分做人！谁也不能在韩家老汉面前有什么不尊重的地方！"

王才说着，自己倒心酸得想流眼泪，他也说不清自己心中复杂的感情。家里人从此就冷静下来，再不在外报复性地夸口了。当然，王才这话是对家里人说的，家里人没有对外提起，外人是不知道的，韩玄子更是不知道。那天，公社干部送走马书记后，王书记和张武干就又赶来参加韩玄子家的"送路"。来时，客人已吃罢饭散了席。二贝和白银不在，还送借来的桌椅板凳、锅盆碗盏去了。二贝娘在院子里支了木板，铺了四六大席，将大环锅里的剩米饭晾起来：米下得太多了，人走得太多了，剩了近一半。二贝娘见王书记他们进了院，挓挲着双手叫道：

"王书记，张武干！"

声音颤颤地说不下去了。王书记问：

"老韩呢？"

"睡了。"二贝娘说，"人还没走清，他就喝醉了，睡了。"

两人进了卧室，韩玄子听见响动要翻身起来，两人劝睡下，老汉却还是起来了，昏昏沉沉的，却要给他们重新备饭备菜备酒。两人推辞不过，吃喝起来，韩玄子说：

"我特意留下来一瓶汾酒，来，咱喝吧，我知道你们是要来的。你们信得过我，我也信得过你们啊！"

两人不让老汉再喝，韩玄子却坚持自己没醉。喝过三盅，韩玄子却没了话，王书记和张武干也没了话，三人只是闷闷地喝。间或只是：

"喝呀！"

应声道：

"喝。"

就喝了。

二贝和白银送还了东西回来，又在院里拾掇了好长时间，竟才知道爹在堂屋里陪王书记他们喝酒，觉得奇怪：多少年来，他们喝酒总是吆三喝四，猜令划拳的，今日怎么却喝哑酒？

二贝娘说：

"你去给王书记他们敬酒，不敢让你爹再喝了。喝多了，晚上非发脾气不可，家里又不得安生了，明日还要到白沟去呀！"

二贝走进堂屋，给王书记他们敬了酒，见爹眼光发直，就说：

"爹，你不敢喝了，我来陪王书记、张武干吧。"

韩玄子说：

"我没事。你去把叶子叫来，我有话给她说。"

叶子去泉里挑水，回来了，韩玄子说：

"叶子，明日你们那边招待几席客?"

叶子说：

"不是给爹说了吗? 那边没人手，不招待村里人，本家是一席，咱这儿本家去两席，再没人了。"

韩玄子说：

"你听爹说，今天咱饭菜剩得多，今夜晚，你们把这饭菜拿过去，明日就多待几席，要么剩下也吃不完。二贝，你去村里，多叫些人，明日能去的就都到白沟去!"

按风俗，"送路"后，第二天就在男方家举办婚礼——天一明，新女婿领了帮工的人，到女方家放鞭炮，提礼物，抬箱抬柜。然后新嫁娘披红戴花，到男家一拜天地，二拜列祖，三夫妻对拜，就入洞房，坐一新席，一天一夜竟不吃不喝不屙不尿了。然后是唢呐锣鼓的吹打，然后是杯盘狼藉的吃席——当然，叶子和三娃是属于先结婚后仪式，一切程序就有了理由取消和减少，他家的待客纯属象征性的了。但韩玄子酒后却撕毁了先前的协议，又要再大闹一次。叶子是听爹的；三娃有意见却不敢发作；二贝也是不满，但立即又体谅了爹，一肚子的无限同情，出来对娘说了，心里还是酸酸的。娘说：

"就全依你爹吧，要不真会伤透他的心哩。"

"这全是爹自己作弄了自己呀!"一出门，不知怎的，二贝眼泪倒要流下来。他在村里请人，自然也有答应去的，但也有一些婉言推辞的，那"气管炎"，竟叫道：

"我明日要上班呀!"

"上班?"二贝也糊涂了。

"到加工厂上班呀!"

二贝死死地盯着他，两个锄头似的拳头提在了腰间，但他没有打，也没有骂，那么一笑，就走了。

"气管炎"在第二天上班的时候，王才却突然宣布拒绝了他。

十二

正月十七，一年一次的春节终于过去了。辛辛苦苦的农民，劳作了一年，筹备了一个腊月，在正月的上旬、中旬里吃饱了，喝足了，玩美了。他们度过了他们最豪华、挥霍的生活之后，面瓮里的面光了，米柜里的米尽了，梁上的吊肉完了，酒坛里的酒没了。当然，肚子里才萌生的油水也一天一天耗去，恢复了先前的一切。白日最长、青黄不接的春播季节来到了。

二三月里是最困人的季节。韩玄子的感觉似乎比任何人都更严重。他明显地衰老了，饭量也不比年前。他突然体验到了人到了晚年的悲哀，一种怕死的阴影时不时地袭上了心头。这使他十分吃惊。他曾经讥笑过一些人的这种惶恐，没想现在自己竟也如此！

二贝娘是最了解老汉的。夜里当她一觉醒来，总是发现韩玄子还没有睡着；第二天一早睁开眼，炕上又没了韩玄子的影子。他越来越没了瞌睡，长久地坐在照壁后的门槛上，或者是在四皓墓地的古柏下，喝茶，吸烟。但绝不再做那些健身的活动。白天也很少出门。他的兴趣似乎转移到饲养那一群无思无想的鸡，务植那一片不言不语的花。

他不肯多说话，偶尔笑笑，还是无声的。

"你怎么不去文化站呢？报刊阅览室今天还不开门吗？"二贝娘总是提醒他，盼望他出去走走。

"我已经给王书记说了，"他说，"他们觉得我不行了，就会换了我的。"

二贝学校里，每天早晨要上操。他一起床，白银便也起来，把缸里水挑得满满的，院里尘土扫得净净的。但拖鞋还是依旧穿着。天暖和了，还换上了那件西服，露出里面那件好看的毛衣。韩玄子看着当然不中眼，却不说。

白银对二贝说：

"爹的脾气好多了，现在喜欢在家里待了。"

韩玄子是越来越看重了这个家，也越来越要守住这个家。家里的财政大权，比任何时候都抓得紧：给大贝去信，要求他月月寄钱，最少十元，只要良心上不忍，十五元、二十元也是不多的；正经八百告诉二贝，每月五元钱必须十号前上交清楚；钱一文不给小女儿，钱的数目甚至也不告诉老伴。

对于爹的要求，二贝是不敢违抗的，交够了五元，竟第一次买了酒给爹提来，说：

"爹，你也该喝喝酒了，少喝一点，对身子会有一定好处哩！"

"是要喝喝了。"韩玄子说着，似乎才记起已经很久没有喝酒了。就在傍晚的时候，来到巩德胜的杂货店。

巩德胜照例舀了酒，那枣核女人竟还拿出一盘酥糖。他吃了一颗，觉得好吃，又吃一颗，再吃一颗，说：

"这是西安进的货吧，这么酥的！"

巩德胜说：

"哪里能到西安进货？这是王才加工厂的。"

韩玄子不吃了，他并没有说出什么，但只喝酒，不再用牙。

巩德胜知道了韩玄子的心病，却又忍不住地说：

"韩哥，你听说了吗？村里人都在说马书记为什么知道王才，就是因为王才寄了一份报告，可这报告不是他写的呢。"

"唔。"韩玄子酒到口边，停住了。

"是二贝写的。"巩德胜说，"我就不信，二贝是咱的孩子，他怎么能写呢？"

"唔。"韩玄子又平静地慢慢喝起酒来。

他回到家里，并没有将这件事说给老伴，也没有将二贝叫来质问，他装着不知道，或者他已经忘了。

他只是月月按时接受大贝、二贝的孝敬钱。

钱，钱，钱对于韩玄子来说，似乎老是不够。农村的行门人户太多了，礼太重了，要买粮，要买菜，要给鸡买饲料，要吃得好些，穿得新些。他偷偷在信用社有了存款，却对二贝说：

"常言说，父借子还。咱这房子，虽说还好，但左边的两间有些漏，夏天眨眼就到了，要翻修。要翻修就要添砖、添瓦、备水泥、石灰，请木工、土工，没有一百五十元下不来，这笔钱我来借，就让大贝去还了。过年待客，花了那么一堆，家里越发虚空，我也无法还清：欠巩德胜六十元，欠张武干五十元，你二姨二十元，我思谋了，这笔钱你得去还了。"

二贝默默认了。

三天后，韩玄子每每起来，就不见了白银，中午回来吃了饭，人又不见了，直到天黑才回来。他觉得奇怪，问老伴，老伴说：

"二贝和白银要给你说，我把他们劝了，特意不给你说的。白银到加工厂干活儿去了。你千万不要生气，也不要骂他们，要骂你就骂我，要打你就打我。二贝就那么一点工资，手头紧，外欠的账拿什么去还？现在地里没活儿，不让白银去挣些钱，家里就是有金山银山，能招住坐着白吃吗？"

韩玄子看着老伴，眼睛瞪得直直的，末了，就坐下去，坐在灶火口的木墩上。屋外，起了大风，呜呜地吹。老两口一个站在锅台后，一个坐在灶火口，木雕了一般，泥塑了一般，任着风冲开了厨房门，墙上挂的筛笼儿哐哐地动起来。韩玄子去了堂屋，咕咕嘟嘟喝起酒来，酒流了一下巴，流湿了心口的衣服，他一步一步走出去了。

风还在刮，院子里一切都改变了形状和方位。鸡棚里母鸡的毛全翻起来；猫儿顺风势跳上院墙，轻得像一片树叶；一片瓦落下来，眼看着碎了。只有那仅活着的一株夹竹桃，顶端开了一朵红花，千百次倒伏下去，又千百次挺起来，花不肯落，开得艳艳的。二贝娘听见老汉从院门出去了，好久没有回来，跑出来找时，照壁前没有，竹丛边也没有，而在那四皓墓地中，一株古柏下，一个坟丘顶上，韩玄子痴呆呆地坐着，看见了她，憋了好大的劲，终于说：

"他娘，我不服啊，我到死不服啊！等着瞧吧，他王才不会有好落脚的！"

《十月》1984年4期

棋王

阿 城

第一章

车站是乱得不能再乱，成千上万的人都在说话。谁也不去注意那条临时挂起来的大红布标语。这标语大约挂了不少次，字纸都折得有些坏。喇叭里放着一首又一首的语录歌儿，唱得大家心更慌。

我的几个朋友，都已被我送走插队，现在轮到我了，竟没有人来送。父母生前颇有些污点，运动一开始即被打翻死去。家具上都有机关的铝牌编号，于是被统统收走，倒也名正言顺。我虽孤身一人，却算不得独子，不在留城政策之内。我野狼似的转悠一年多，终于还是决定要走。此去的地方按月有二十几元工资，我便很向往，争了要去，居然就被批准了。因为所去之地与别国相邻，斗争之中除了阶级，尚有国际，出身孬一些，组织上不太放心。我争得这个信任和权利，欢喜是不用说的，更重要的是，每月二十几元，一个人如何用得完？只是没人来送，就有些不耐烦，于是先钻进车厢，想找个地方坐下，任凭站台上千万人话别。

车厢里靠站台一面的窗子已经挤满各校的知青，都探出身去说笑哭泣。另一面的窗子朝南，冬日的阳光斜射进来，冷清清地照在北边儿众多的屁股上。两边儿行李架上塞满了东西。我走动着找我的座位号，却发现还有一个精瘦的学生孤坐着，手拢在袖管儿里，隔窗望着车站南边儿的空车皮。

我的座位恰与他在一个格儿里，是斜对面儿，于是就坐下了，也把手拢在袖里。那个学生瞄了我一下，眼里突然放出光来，问：下棋吗？倒吓了我一跳，急忙摆手说：不会！他不相信地看着我说：这么细长的手指头，就是个捏棋子儿的，你肯定会。来一盘吧，我带来家伙呢。说着就抬身从窗钩上取下书包，往里掏着。我说：我只会马走日、象走田。你没人送吗？他已把棋盒拿出来，放在茶几上。塑料棋盘却搁不下，他想了想，就横摆了，说：不碍事，一样下。来来来，你先走。我笑起来，说：你没人送吗？这么乱，下什么棋？他一边码好最后一个棋子，一边说：我他妈要谁送？去的是有饭吃的地方，闹得这么哭哭啼啼的。来，你先走。我奇怪了，可还是拈起炮，往当头上一移。我的棋还没移到，他的马却啪的一声跳好，比我还快。我就故意将炮移过当头的地方停下。他很快地看了一眼我的下巴，说：你还说不会？这炮二平六的开局，我在郑州遇见一个高人，就是这么走，险些输给他。炮二平五当头炮，是老开局，可有气势，而且是最稳的。嗯？你走。我倒不知怎么走了，手在棋盘上游移着。他不动声色地看着整个棋盘，又把手袖起来。

就在这时，车厢乱了起来。好多人拥进来，隔着玻璃往外招手。我就站起身，也隔着玻璃往北月台上看。站上的人都拥到车厢前，都在叫，乱成一片。车身忽地一动，人群嗡的一下，哭声四起。我的背被谁捅了一下，回头一看，他一手护着棋盘，说：没你这么下棋的，走哇！我实在没心思下棋，而且心里有些酸，就硬硬地说：我不下了。这是什么时候！他很惊愕地看着我，忽然像明白了，身子软下去，不再说话。

车开了一会儿，车厢开始平静下来。有水送过来，大家就掏出缸子要水。我旁边的人打了水，说：谁的棋？收了放缸子。他很可怜的样子，问：下棋吗？要放缸子的人说：反正没意思，来一盘吧。他就很高兴，连忙码好棋子。对手说：这横着算怎么回事儿？没法儿看。他搓着手说：凑合了，平常看棋的时候，棋盘不等于是横着的？你先走。对手很老练地拿起棋子儿，嘴里叫着：当头炮。他跟着跳马。对手马上把他的卒吃了，他也立刻用马吃了对方的炮。我看这种简单的开局没有大意思，又实在对象棋不感兴趣，就转了头。

这时一个同学走过来，像在找什么人，一眼望到我，就说：来来来，四缺一，就差你了。我知道他们是在打牌，就摇摇头。同学走到我们这一格儿，正待伸手拉我，忽然大叫：棋呆子，你怎么在这儿？你妹妹刚才把你找苦了，我说没见啊。没想到你在我们学校这节车厢里，气儿都不吭一声。你瞧你瞧，又下上了。

棋呆子红了脸，没好气儿地说：你管天管地，还管我下棋？走，该你走了。就又催促我身边的对手。我这时听出点音儿来，就问同学：他就是王一生？同学睁了眼，说：你不认识他？哎呀，你白活了。你不知道棋呆子？我说：我知道棋呆子就是王一生，可不知道王一生就是他。说着，就仔细看着这个精瘦的学生。王一生勉强笑一笑，只看着棋盘。

王一生简直大名鼎鼎。我们学校与旁边几个中学常常有学生之间的象棋厮杀，后来拼出几个高手。几个高手之间常摆擂台，渐渐地，几乎每次冠军就都是王一生了。我因为不喜欢象棋，也就不去关心什么象棋冠军，但王一生的大名，常被班上几个棋篓子挂在嘴上，我也就对其事迹略闻一二，知道王一生外号棋呆子，棋下得神不用说，而且在他们学校那一年级里数理成绩总是前数名。我想棋下得好而且有个数学脑子，这很合情理，可我又不信人们说的那些王一生的呆事，觉得不过是大家寻逸闻鄙事，以快言论罢了。后来运动起来，忽然有一天大家传说棋呆子在串联时犯了事儿，被人押回学校了。我对棋呆子能出去串联表示怀疑，因为以前大家对他的描述说明他不可能解决串联时的吃喝问题。

可大家说呆子确实去串联了，因为老下棋，被人瞄中，就同他各处走，常常送他一点儿钱，他也不问，只是收下。后来才知道，每到一处，呆子必要挤地头看下棋。看上一盘，必要把输家挤开，与赢家杀一盘。初时大家见他其貌不扬，不与他下。他执意要杀，于是就杀。几步下来，对方出了小汗，嘴却不软。呆子也不说话，只是出手极快，像连想都不想。待到对方终于闭了嘴，连一圈儿观棋的人也要慢慢思索棋路而不再支招儿的时候，与呆子同行的人就开始摸包儿。大家正看得紧张，哪里想到钱包已经易主？待三盘下来，众人都摸头。这时呆子倒成了棋主，连问可有谁还要杀？有那不服的，就坐下来杀，最后仍是无一盘得利。

后来常常是众人齐做一方，七嘴八舌与呆子对手。呆子也不忙，反倒促众人快走，因为师傅多了，常为一步棋如何走自家争吵起来。就这样，在一处呆子可以连杀上一天。后来有那观棋的人发觉钱包丢了，闹嚷起来。慢慢有几个有心计的人暗中观察，看见有人掏包，也不响，之后见那人晚上来邀呆子走，就发一声喊，将扒手与呆子一齐绑了，由造反队审。呆子糊糊涂涂，只说别人常给他钱，大约是可怜他，也不知钱如何来，自己只是喜欢下棋。审主看他呆相，就命人押了回来，一时各校传为逸事。后来听说呆子认为外省马路棋手高手不多，不能长进，就托人找城里名手邀战。有个同学就带他去见自己的父亲，据说是国内名手。名手见了呆子，也不多说，只摆一副据说是宋时留下的残局，要呆子走。呆子看了半晌，一五一十道来，替古人赢了。名手很惊讶，要收呆子为徒。不料呆子却问：这残局你可走通了？名手没反应过来，就说：还未通。呆子说：那我为什么要做你的徒弟？

名手只好请呆子开路，事后对自己的儿子说：你这同学倨傲不逊，棋品连着人品，照这样下去，棋品必劣。又举了一些最新指示，说若能好好学习，棋锋必健。后来呆子认识了一个捡烂纸的老头儿，被老头儿连杀三天而仅赢一盘。呆子就执意要替老头儿去撕大字报纸，不要老头儿劳动。不料有一天撕了某造反团刚贴的檄文，被人拿获，又被这造反团栽诬于对立派，说对方施阴谋、弄诡计，必讨之，而且是可忍，孰不可忍！对立派又阴使人偷出呆子，用了呆子的名义，对先前的造反团反戈一击。一时呆子的大名王一生贴得满街都是，许多外省来取经的革命战士许久才明白王一生原来是个棋呆子，就有人请了去外省会一些江湖名手。交手之后，各有胜负，不过呆子的棋据说越下越精了。只可惜全国忙于革命，否则呆子不知会有什么造就。

这时我旁边的人也明白对手是王一生，连说不下了。王一生便很沮丧。我说：你妹妹来送你，你也不知道和家里人说说话儿，倒拉着我下棋！王一生看着我说：你哪儿知道我们这些人是怎么回事儿？你们这些人好日子过惯了，世上不明白的事儿多着呢！你家父母大约是舍不得你走了？我怔了怔，看着手说：哪儿来父母，都死了。我的同学就添油加醋地叙了我一番，我有些不耐烦，说：我家死人，你倒有了故事了。王一生想了想，对我说：那你这两年靠什么活着？我说：混一天算一天。王一生就看定了我问：怎么混？我不答。

待了一会儿，王一生叹一声，说：混可不易。一天不吃饭，棋路都乱。不管怎么说，你父母在时，你家日子还好过。我不服气，说：你父母在，当然要说风凉话。我的同学见话不投机，就岔开说：呆子，这里没有你的对手，走，和我们打牌去吧。呆子笑一笑，说：牌算什么，瞌睡着也能赢你们。我旁边儿的人说：据说你下棋可以不吃饭？我说：人一迷上什么，吃饭倒是不重要的事。大约能干出什么事儿的人，总免不了有这种傻事。王一生想一想，又摇摇头，说：我可不是这样。说完就去看窗外。

　　一路下去，慢慢我发觉我和王一生之间，既有互相的信任和基于经验的同情，又有各自的疑问。他总是问我与他认识之前是怎么生活的，尤其是父母死后的两年是怎么混的。我大略地告诉他，可他又特别在一些细节上详细地打听，主要是关于吃。例如讲到有一次我一天没有吃到东西，他就问：一点儿都没吃到吗？我说：一点儿也没有。他又问：那你后来吃到东西是在什么时候？我说：后来碰到一个同学，他要用书包装很多东西，就把书包翻倒过来腾干净，里面有一个干馒头，掉在地上就碎了。我一边儿和他说话，一边儿就把这些碎馒头吃下去。不过，说老实话，干烧饼比干馒头解饱得多，而且顶时候儿。他同意我关于干烧饼的见解，可马上又问：我是说，你吃到这个干馒头的时候是几点？过了当天夜里十二点吗？我说：噢，不。是晚上十点吧。他又问：那第二天你吃了什么？我有点儿不耐烦。讲老实话，我不太愿意复述这些事情，尤其是细节。我觉得这些事情总在腐蚀我，它们与我以前对生活的认识太不合辙，总好像是在嘲笑我的理想。我说：当天晚上我睡在那个同学家。第二天早上，同学买了两个油饼，我吃了一个。上午我随他去跑一些事，中午他请我在街上吃。晚上嘛，我不好意思再在他那儿吃，可另一个同学来了，知道我没什么着落，硬拉了我去他家，当然吃得还可以。怎么样？还有什么不清楚？他笑了，说：你才不是你刚才说的什么一天没吃东西。你十二点以前吃了一个馒头，没有超过二十四小时。更何况第二天你的伙食水平不低，平均下来，你两天的热量还是可以的。我说：你恐怕还是有些呆！要知道，人吃饭，不但是肚子的需要，而且是一种精神需要。不知道下一顿在什么地方，人就特别想到吃，而且，饿得快。他说：你家道尚好的时候，有这种精神压力吗？恐怕没有什么精神需求吧？有，也只不过是想好上再好，那是馋。馋是你们这些人的特点。我承认他说得有些道理，禁不住问他：你总在说你们、你们，可你是什么人？他迅速看着其他地方，只是不看我，说：我当然不同了。我主要是对吃要求得比较实在。唉，不说这些了，你真的不喜欢下棋？何以解忧？唯有象棋。我瞧着他说：你有什么忧？他仍然不看我，没有什么忧，没有。"忧"这玩意儿，是他妈文人的作料儿。我们这种人，没有什么忧，顶多有些不痛快。何以解不痛快？唯有象棋。

　　我看他对吃很感兴趣，就注意他吃的时候。列车上给我们这几节知青车厢送饭时，他若心思不在下棋上，就稍稍有些不安。听见前面大家拿饭时铝盒的碰撞声，他常常闭上眼，嘴巴紧紧收着，倒好像有些恶心。拿到饭后，马上就开始吃，吃得很快，喉结一缩一缩的，脸上绷满了筋。常常突然停下来，很小心地将嘴边或下巴上的饭粒儿和汤水油花儿用整个儿食指抹进嘴里。若饭粒儿落在衣服上，就马上一按，拈进嘴里。若一个没按住，饭粒儿由衣服上掉下地，他也立刻双脚不再移动，转了上身找。这时候他若碰上我的目光，就放慢速度。吃完以后，他把两只筷子吮净，拿水把饭盒冲满，先将上面一层油花吸净，然后就带着安全到达彼岸的神色小口小口地呷。有一次，他在下棋，左手轻轻地叩茶几。一粒干缩了的饭粒儿也轻轻地小声跳着。他一下子注意到了，就迅速将那个饭粒儿放进嘴里，腮上立刻显出筋络。我知道这种干饭粒儿很容易嵌到槽牙里，巴在那儿，舌头是赶它不出的。果然，待了一会儿，他就伸手到嘴里去抠。终于嚼完，和着一大股口水，咕的一声儿咽下去，喉结慢慢地移下来，眼睛里有了泪花。他对吃是虔诚的，而且很精细。有时你会可怜那些饭被他吃得一个渣儿都不剩，真有点儿惨无人道。我在火车上一直看他下棋，发现他同样是精细的，但就有气度得多。他常常在我们还根本看不出已是败局时就开始重码棋子，说：再来一盘吧。有的人不服输，非要下完，总觉得被他那样暗示死刑存些侥幸。他也奉陪，用四五步棋逼死对方，说：非要听"将"，有瘾？

　　我每看到他吃饭，就回想起杰克·伦敦的《热爱生命》，终于在一次饭后他小口呷汤时讲了这个故事。我因为有过饥饿的经验，所以特别渲染了故事中的饥饿感觉。他不再喝汤，只是把饭盒端在嘴边儿，一动不动地听我讲。我讲完了，他呆了许久，凝视着饭盒里的水，轻轻吸了一口，才很严肃地看着我说：这个人是对的。他当然要把饼干藏在褥子底下。照你讲，他是对失去食物发生精神上的恐惧，是精神病？不，他有道理，太有道理了。写书的人怎么可以这么理解这个人呢？杰……杰什么？嗯，杰克·伦敦，这个小子他妈真是饱汉子不知饿汉饥。我马上指出杰克·伦敦是一个如何如何的人。他说：是呀，不管怎么样，像你说的，杰克·伦敦后来出了名，肯定不愁吃的，他当然会叼着根烟，写些嘲笑饥饿的故事。我说：杰克·伦敦丝毫没有嘲笑饥饿，他是……他不耐烦地打断我说：怎么不是嘲笑？把一个特别清楚饥饿是怎么回事儿的人写成发了神经，我不喜欢。我只好苦笑，不再说什么。可是一没人和他下棋了，他就又问我：嗯？再讲个吃的故事？其实杰克·伦敦那个故事挺好。我有些不高兴地说：那根本不是个吃的故事，那是一个讲生命的故事。你不愧为棋呆子。大约是我脸上有种表情，他于是不知怎么办才好。我心里有一种东西升上来，我还是喜欢他的，就说：好吧，巴尔扎克的《邦斯舅舅》听过吗？他摇摇头。我就又好好儿描述一下邦斯舅舅这个老饕。不料他听完，马上就说：这个故事不好，这是一个馋的故事，不是吃的故事。邦斯这个老头儿若只是吃而不馋，不会死。我不喜欢这个故事。他马上意识到这最后一句话，就急忙说：倒也不是不喜欢。不过洋人总和咱们不一样，隔着一层。我给你讲个故事吧。我马上感兴趣：棋呆子居然也有故事！他把身体靠得舒服一些，说：从前哪，笑了笑，又说：老是他妈从前，可这个故事是我们院儿的五奶奶讲的。嗯——老辈子的时候，有这么一家子，吃喝不愁。粮食一囤一囤的，顿顿想吃多少吃多少，嘿，可美气了。后来呢，娶了个儿媳妇。那真能干，就没说把饭做煳过，不干不稀，特解饱。可这媳妇，每做一顿饭，必抓出一把米来藏好……听到这儿，我忍不住插嘴：老掉牙的故事了，还不是后来遇了荒年，大家没饭吃，媳妇把每日攒下的米拿出来，不但自家有了，还分给穷人？他很惊奇地坐直了，看着我说：你知道这个故事？可那米没有分给别人，五奶奶没有说分给别人。我笑了，说：这是教育小孩儿要节约的故事，你还拿来有滋有味儿地讲，你真是呆子。这不是一个吃的故事。他摇摇头，说：这太是吃的故事了。首先得有饭，才能吃，这家子有一囤一囤的粮食。可光穷吃不行，得记着断顿儿的时候，每顿都要欠一点儿。老话儿说"半饥半饱日子长"嘛。我想笑但没笑出来，似乎明白了一些什么。为了打消这种异样的感触，就说：呆子，我跟你下棋吧。他一下高兴起来，紧一紧手脸，啪啪啪就把棋码好，说：对，说什么吃的故事，还是下棋。下棋最好，何以解不痛快？唯有下象棋。啊？哈哈哈！你先走。我又是当头炮，他随后把马跳好。我随便动了一个子儿，他很快地把兵移前一格儿。我并不真心下棋，心想他念到中学，大约是读过不少书的，就问：你读过曹操的《短歌行》？他说：什么《短歌行》？我说：那你怎么知道"何以解忧，唯有杜康"？他愣了，问：杜康是什么？我说：杜康是一个造酒的人，后来也就代表酒，你把杜康换成象棋，倒也风趣。他摆了一下头，说：啊，不是。这句话是一个老头儿说的，我每回和他下棋，他总说这句。我想起了传闻中的捡烂纸老头儿，就问：是捡烂纸的老头儿吗？他看了我一眼，说：不是。不过，捡烂纸的老头儿棋下得好，我在他那儿学到不少东西。我很感兴趣地问：这老头儿是个什么人？怎么下得一手好棋还捡烂纸？他很轻地笑了一下，说：下棋不当饭。老头儿要吃饭，还得捡烂纸。可不知他以前什么人。有一回，我抄的几张棋谱不知怎么找不到了，以为当垃圾倒出去了，就到垃圾站去翻。正翻着，这老头儿推着筐过来了，指着我说：你个大小伙子，怎么抢我的买卖？我说不是，是找丢了的东西，他问什么东西，我没搭理他。可他问个不停，钱，存折儿？结婚帖子？我只好说是棋谱，正说着，就找到了。他说叫他看看。他在路灯底下挺快就看完了，说，这棋没根哪。我说这是以前市里的象棋比赛。可他说，哪儿的比赛也没用，你瞧这，这叫棋路？狗脑子，我心想怕是遇上异人了，就问他当怎么走。老头儿哗哗说了一通棋谱儿，我一听，真的不凡，就提出要跟他下一盘。老头让我先说。我们俩就在垃圾站下盲棋，我是连输五盘。老头儿棋路猛听头几步，没什么，可着子真阴真狠，打闪一般，网得开，收得又紧又快。后来我们见天儿在垃圾站下盲棋，每天回去我就琢磨他的棋路，以后居然跟他平过一盘，还赢过一盘。其实赢的那盘我们一共才走了十几步。老头儿用铅丝箢子敲了半天地面，叹一声，你赢了。我高兴了，直说要到他那儿去看看。老头儿白了我一眼，说，撑的?！告诉我明天晚上再在这儿等他。第二天我去了，见他推着筐远远来了。到了跟前，从筐里取出一个小布包，递到我手上，说这也是谱儿，让我拿回去，看瞧得懂不。又说哪天有走不动的棋，让我到这儿来说给他听听，兴许他就走动了。我赶紧回到家里，打开一看，还真他妈不懂。这是本异书，也不知是哪朝哪代的，手抄，边边角角儿，补了又补。上面写的东西，不像是说象棋，好像是说另外的什么事儿。我第二天又去找老头儿，说我看不懂，他哈哈一笑，说他先给我说一段儿，提个醒儿。他一开说，把我吓了一跳。原来开宗明义，是讲男女的事儿，我说这是四旧。老头儿叹了，说什么是旧？我这每天捡烂纸是不是在捡旧？可我回去把它们分门别类，卖了钱，养活自己，不是新？又说咱们中国道家讲阴阳，这开篇是借男女讲阴阳之气。阴阳之气相游相交，初不可太盛，太盛则折，折就是"折断"的"折"。我点点头。"太盛则折，太弱则泻。"老头儿说我的毛病是太盛。又说，若对手盛，则以柔化之。可要在化的同时，造成克势。柔不是弱，是容，是收，是含。含而化之，让对手入你的势。这势要你造，需无为而无不为。无为即是道，也就是棋运之大不可变，你想变，就不是象棋，输不用说了，连棋边儿都沾不上。棋运不可悖，但每局的势要自己造。棋运和势既有，那可就无所不为了。玄是真玄，可细琢磨，是那么个理儿。我说，这么讲是真提气，可这下棋，千变万化，怎么才能准赢呢？老头儿说这就是造势的学问了。造势妙在契机。谁也不走子儿，这棋没法儿下。可只要对方一动，势就可入，就可导。高手你入他很难，这就要损。损他一个子儿，损自己一个子儿，先导开，或找眼钉下，止住他的入势，铺排下自己的入势。这时你万不可死损，势式要相机而变。势势有相因之气，势套势，小势开导，大势含而化之，根连根，别人就奈何不得。老头儿说我只有套，势不太明。套可以算出百步之远，但无势，不成气候。又说我脑子好，有琢磨劲儿，后来输我的那一盘，就是大势已破，再下就是玩了。老头儿说他日子不多了，无儿无女，遇见我，就传给我吧。我说你老人家棋道这么好，怎么干这种营生呢？老头儿叹了一口气，说这棋是祖上传下来的，但有训——"为棋不为生"，为棋是养性，生会坏性，所以生不可太盛。又说他从小没学过什么谋生本事，现在想来，倒是训坏了他。我似乎听明白了一些棋道，可很奇怪，就问：棋道与生道难道有什么不同吗？王一生说：我也是这么说，而且魔怔起来，问他天下大势。老头儿说，棋就是这么几个子儿，棋盘就是这么大，无非是道同势不同，可这子儿你全能看在眼底。天下的事，不知道的太多。这每天的大字报，张张都新鲜，虽看出点道儿，可不能究底。子儿不全摆上，这棋就没法儿下。

我就又问那本棋谱。王一生很沮丧地说：我每天带在身上，反复地看。后来你知道，我撕大字报被造反团捉住，书就被他们搜了去，说是四旧，给毁了，而且是当着我的面儿毁的。好在书已在我脑子里，不怕他们。我就又和王一生感叹了许久。

火车终于到站了，所有的知识青年都又被用卡车运到农场。在总场，各分场的人上来领我们。我找到王一生，说：呆子，要分手了，别忘了交情，有事儿没事儿，互相走动。他说当然。

第二章

这个农场在大山林里，活计就是砍树，烧山，挖坑，再栽树。不栽树的时候，就种点儿粮食。交通不便，运输不够，常常就买不到煤油点灯。晚上黑灯瞎火，大家凑在一起臭聊，天南地北。又因为常割资本主义尾巴，生活就清苦得很，常常一个月每人只有五钱油，吃饭钟一敲，大家就疾跑如飞。大锅菜是先煮后搁油，油又少，只在汤上浮几个大花儿。落在后边，常常就只能吃清水南瓜或清水茄子。米倒是不缺，国家供应商品粮，每人每月四十二斤。可没油水，挖山又不是轻活儿，肚子就越吃越大。我倒是没有什么，毕竟强似讨吃。每月又有二十几元工薪，家里没有人惦记着，又没有找女朋友，就买了烟学抽，不料越抽越凶。

山上活儿紧时，常常累翻，就想：呆子不知怎么干？那么精瘦的一个人。晚上大家闲聊，多是精神会餐。我又想，呆子的吃相可能更恶了。我父亲在时，炒得一手好菜，母亲都比不上他，星期天常邀了同事，专事品尝，我自然精于此道。因此聊起来，常常是主角，说得大家个个儿腮胀，常常发一声喊，将我按倒在地上，说像我这样儿的人实在是祸害，不如宰了炒着吃。下雨时节，大家都慌忙上山去挖笋，又到沟里捉田鸡，无奈没有油，常常吃得胃酸。山上总要放火，野兽们都惊走了，极难打到。即使打到，野物们走惯了，没膘，熬不得油。尺把长的老鼠也捉来吃，因鼠是吃粮的，大家说鼠肉就是人肉，也算吃人吧。我又常想，呆子难道不馋？好上加好，固然是馋，其实饿时更馋。不馋，吃的本能不能发挥，也不得寄托。又想，呆子不知还下棋不下棋。我们分场与他们分场隔着近百里，来去一趟不容易，也就见不着。

转眼到了夏季。有一天，我正在山上干活儿，远远望见山下小路上有一个人。大家觉得影儿生，就议论是什么人。有人说是小毛的男的吧。小毛是队里一个女知青，新近在外场找了一个朋友，可谁也没见过。大家就议论可能是这个人来找小毛，于是满山喊小毛，说她的汉子来了。小毛丢了锄，跌跌撞撞跑过来，伸了脖子看。还没等小毛看好，我却认出来人是王一生——棋呆子。于是大叫，别人倒吓了一跳，都问：找你的？我很得意。我们这个队有四个省市的知青，与我同来的不多，自然他们不认识王一生。我这时正代理一个管三四个人的小组长，于是对大家说：散了，不干了。大家也别回去，帮我看看山上可有什么吃的弄点儿。到钟点儿再下山，拿到我那儿去烧。你们打了饭，都过来一起吃。大家于是就钻进乱草里去寻了。

我跳着跑下山，王一生已经站住，一脸高兴的样子，远远地问：你怎么知道是我？我到了他跟前说：远远就看你呆头呆脑，还真是你。你怎么老也不来看我？他跟我并排走着，说：你也老不来看我呀！我见他背上的汗浸出衣衫，头发已是一绺一绺的，一脸的灰土，只有眼睛和牙齿放光，嘴上也是一层土，干得起皱，就说：你怎么摸来的？他说：搭一段儿车，走一段儿路，出来半个月了。我吓了一跳，问：不到百里，怎么走这么多天？他说：回去细说。

说话间已经到了沟底队里。场上几只猪跑来跑去，个个儿瘦得赛狗。还不到下班时间，冷冷清清的，只有队上伙房隐隐传来叮叮当当的声音。

到了我的宿舍，就直进去。这里并不锁门，都没有多余的东西可拿，不必防谁。我放了盆，叫他等着，就提桶打热水来给他洗。到了伙房，与炊事员讲，我这个月的五钱油全数领出来，以后就领生菜，不再打熟菜。炊事员问：来客了？我说：可不！炊事员就打开锁了的柜子，舀一小匙油找了个碗盛给我，又拿了三只长茄子，说：明天还来打菜吧，从后天算起，方便。我从锅里舀了热水，提回宿舍。

王一生把衣裳脱了，只剩一条裤衩，呼噜呼噜地洗。洗完后，将脏衣服按在水里泡着，然后一件一件搓，洗好涮好，拧干晾在门口绳上。我说：你还挺麻利的。他说：从小自己干，惯了。几件衣服，也不费事。说着就在床上坐下，弯过手臂，去挠背后，肋骨一根根动着。我拿出烟来请他抽。他很老练地敲出一支，舔了一头儿，倒过来叼着。我先给他点了，自己也点上。他支起肩深吸进去，慢慢地吐出来，浑身荡一下，笑了，说：真不错。我说：怎么样？也抽上了？日子过得不错呀。他看看草顶，又看看在门口转来转去的猪，低下头，轻轻拍着净是绿筋的瘦腿，半晌才说：不错，真的不错。还说什么呢？粮？钱？还要什么呢？不错，真不错。你怎么样？他透过烟雾问我。我也感叹了，说：钱是不少，粮也多，没错儿，可没油哇。大锅菜吃得胃酸。主要是没什么玩儿的，没书，没电影儿。去哪儿也不容易，老在这个沟儿里转，闷得无聊。他看看我，摇一下头，说：你们这些人哪！没法儿说，想的净是锦上添花。我挺知足，还要什么呢？你呀，你就叫书害了。你在车上给我讲的两个故事，我琢磨了，后来挺喜欢的。你不错，读了不少书。可是，归根到底，解决什么呢？是呀，一个人拼命想活着，最后都神经了，后来好了，活下来了，可接着怎么生活呢？像邦斯那样？有吃，有喝，好收藏个什么，可有个馋的毛病，人家不请吃就活得不痛快。人要知足，顿顿饱就是福。他不说了，看着自己的脚趾动来动去，又用后脚跟去擦另一只脚的背，吐出一口烟，用手在腿上掸了掸。

我很后悔用油来表示我对生活的不满意，还用书和电影儿这种可有可无的东西表示我对生活的不满足，因为这些在他看来，实在是超出基准线上的东西，他不会为这些烦闷。我突然觉得很泄气，有些同意他的说法。是呀，还要什么呢？我不是也感到挺好了吗？不用吃了上顿惦记着下顿，床不管怎么烂，也还是自己的，不用窜来窜去找刷夜的地方。可是我常常烦闷的是什么呢？为什么就那么想看看随便什么一本书呢？电影儿这种东西，灯一亮就全醒过来了，图个什么呢？可我隐隐有一种欲望在心里，说不清楚，但我大致觉出是关于活着的什么东西。

我问他：你还下棋吗？他就像走棋那么快地说：当然，还用说？我说：是呀，你觉得一切都好，干吗还要下棋呢？下棋不多余吗？他把烟卷儿停在半空，摸了一下脸说：我迷象棋，一下棋，就什么都忘了。待在棋里舒服。就是没有棋盘、棋子儿，我在心里就能下，碍谁的事儿啦？我说：假如有一天不让你下棋，也不许你想走棋的事儿，你觉得怎么样？他挺奇怪地看着我说：不可能，那怎么可能？我能在心里下呀！还能把我脑子挖了？你净说些不可能的事儿。我叹了一口气，说：下棋这事儿看来是不错。看了一本儿书，你不能老在脑子里过篇儿，老想看看新的。下棋可不一样了，自己能变着花样儿玩。他笑着对我说：怎么样，学棋吧？咱们现在吃喝不愁了，顶多是照你说的，不够好，又活不出个大意思来。书你哪儿找去？下棋吧，有忧下棋解。

　　我想了想，说：我实在对棋不感兴趣。我们队倒有个人，据说下得不错。他把烟屁股使劲儿扔出门外，眼睛又放出光来：真的？有下棋的？嘿，我真还来对了。他在哪儿？我说：还没下班呢。看你急的，你不是来看我的吗？他双手抱着脖子仰在我的被子上，看着自己松松的肚皮，说：我这半年，就找不到下棋的。后来想，天下异人多得很，这野林子里我就不信找不到个下棋下得好的。现在我请了事假，一路找人下棋，就找到你这儿来了。我说：你不挣钱了？怎么活着呢？他说：你不知道，我妹妹在城里分了工矿，挣钱了，我也就不用给家寄那么多钱了。我就想，趁这工夫儿，会会棋手。怎么样？你一会儿把你说的那人找来下一盘？我说当然，心里一动，就又问他：你家里到底是怎么个情况呢？

　　他叹了一口气，望着屋顶，很久才说：穷。困难啊！我们家三口儿人，母亲死了，只有父亲、妹妹和我。我父亲嘛，挣得少，按平均生活费的说法儿，我们一人才不到十块。我母亲死后，父亲就喝酒，而且越喝越多，手里有俩钱儿就喝，喝完就骂人。邻居劝，他不是不听，就是一把鼻涕一把泪，弄得人家也挺难过。我有一回跟我父亲说：你不喝就不行？有什么好处呢？他说：你不知道酒是什么玩意儿，它是老爷们儿的觉啊！咱们这日子挺不易，你妈去了，你们又小。我烦哪，我没文化，这把年纪，一辈子这点子钱算是到头儿了。你妈死的时候，嘱咐了，怎么着也要供你念完初中再挣钱。你们让我喝口酒，啊？对老人有什么过不去的，下辈子算吧。他看了看我，又说：不瞒你说，我母亲解放前是窑子里的。后来大概是有人看上了，做了人家的小，也算从良。有烟吗？我扔过一支烟给他，他点上了，把烟头儿吹得红红的，两眼不错眼珠儿地盯着，许久才说：后来，我妈又跟人跑了，据说买她的那家欺负她，当老妈子不说，还打。后来跟的这个是什么人，我不知道，我只知道我是我妈跟这个人生的。刚一解放，我妈跟的那个人就不见了。当时我妈怀着我，吃穿无着，就跟了我现在这个父亲。我这个后爹是卖力气的，可临到解放的时候儿，身子骨儿不行，又没文化，钱就挣得少。和我妈过了以后，原指着相帮着好一点儿，可没想到添了我妹妹后，我妈一天不如一天。那时候我才上小学，脑筋好，老师都喜欢我。可学校春游、看电影儿我都不参加，给家里省一点儿是一点儿。我妈怕委屈了我，拖累着个身子，到处找活儿。有一回，我和我母亲给印刷厂叠书页子，是一本讲象棋的书。叠好了，我妈还没送去，我就一篇一篇对着看。不承想，就看出点儿意思来。于是有空儿就到街上看人家下棋。看了有些日子，就手痒痒，没敢跟家里要钱，自己用硬纸剪了一副棋，拿到学校去下。下着下着就熟了。于是又到街上和别人下。原先我看人家下得挺好，可我这一跟他们真下，还就赢了。一家伙就下了一晚上，饭也没吃。我妈找来了，把我打回去。唉，我妈身子弱，都打不痛我。到了家，她竟给我跪下了，说：小祖宗，我就指望你了！你若不好好儿念书，妈就死在这儿。我一听这话吓坏了，忙说：妈，我没不好好儿念书。您起来，我不下棋了。我把我妈扶起来坐着。那天晚上，我跟我妈叠页子，叠着叠着，就走了神儿，想着一路棋。我妈叹一口气说，你也是，看不上电影儿，也不去公园，就玩儿这么个棋。唉，下吧。可妈的话你得记着，不许玩儿疯了。功课要是落下了，我不饶你。我和你爹都不识字儿，可我们会问老师。老师若说你功课跟不上，你再说什么也不行。我答应了。我怎么会把功课落下呢？学校的算术，我跟玩儿似的。这以后，我放了学，先做功课，完了就下棋，吃完饭，就帮我妈干活儿，一直到睡觉。因为叠页子不用动脑筋，所以就在脑子里走棋，有的时候，魔怔了，会突然一拍书页，喊棋步，把家里人都吓一跳。我说：怨不得你棋下得这么好，小时候棋就都在你脑子里呢！他苦笑笑说：是呀，后来老师就让我去少年宫象棋组，说好好儿学，将来能拿大冠军呢！可我妈说，咱们不去什么象棋组，要学，就学有用的本事。下棋下得好，还当饭吃了？有那点儿工夫，在学校多学点儿东西比什么不好？你跟你们老师说，不去象棋组，要是你们老师还有没教你的本事，你就跟老师说，你教了我，将来有大用呢。啊？专学下棋？这以前都是有钱人干的！妈以前见过这种人，那都是身份，他们不指着下棋吃饭。妈以前待过的地方，也有女的会下棋，可要的钱也多。唉，你不知道，你不懂。下下玩儿可以，别专学，啊？我跟老师说了，老师想了想，没说什么。后来老师买了一副棋送我，我拿给妈看，妈说，唉，这是善心人哪！可你记住，先说吃，再说下棋。等你挣了钱，养活家了，爱怎么下就怎么下，随你。我感叹了，说：这下儿好了，你挣了钱，你就能撒着欢儿地下了，你妈也就放心。王一生把脚搬上床，盘了坐，两只手互相捏着腕子，看着地下说：我妈看不见我挣钱了。家里供我念到初一，我妈就死了。死之前，特别跟我说，这一条街都说你棋下得好，妈信。可妈在棋上疼不了你。你在棋上怎么出息，到底不是饭碗。妈不能看你念完初中，跟你爹多说了，怎么着困难，也要念完。高中，妈打听了，那是为上大学，咱们家用不着上大学，你爹也不行了，你妹妹还小，等你初中念完了就挣钱，家里就靠你了。妈要走了，一辈子也没给你留下什么，只捡人家的牙刷把，给你磨了一副棋。说着，就叫我从枕头底下拿出一个小布包来，打开一看，都是一小点儿大的子儿，磨得是光了又光，赛象牙，可上头没字儿。妈说，我不识字，怕刻不对。你拿了去，自己刻吧，也算妈疼你好下棋。我们家多困难，我没哭过，哭管什么呢？可看着这副没字儿的棋，我绷不住了。

我鼻子有些酸，就低了眼，叹道：唉，当母亲的。王一生不再说话，只是抽烟。

山上的人下来了，打到两条蛇。大家见了王一生，都很客气，问是几分场的，那边儿伙食怎么样。王一生答了，就过去摸一摸晾着的衣裤，还没有干。我让他先穿我的，他说吃饭要出汗，先光着吧。大家见他很随和，也就随便聊起来。我自然将王一生的棋道吹了一番，以示来者不凡。大家都说让队里的高手脚卵来与王一生下。一个人跑了去喊，不一刻，脚卵来了。脚卵是南方大城市的知识青年，个子非常高，又非常瘦。

动作起来颇有些文气，衣服总要穿得整整齐齐，有时候走在山间小路上，看到这样一个高个儿纤尘不染，衣冠楚楚，真令人生疑。脚卵弯腰进来，很远就伸出手来要握，王一生糊涂了一下，马上明白了，也伸出手去，脸却红了。握过手，脚卵把双手捏在一起端在肚子前面，说：我叫倪斌，人儿倪，文武斌。因为腿长，大家叫我脚卵。卵是很粗俗的话，请不要介意，这里的人文化水平是很低的。贵姓？王一生比倪斌矮下去两个头，就仰着头说：我姓王，叫王一生。倪斌说：王一生？蛮好，蛮好，名字蛮好的。一生是哪两个字？王一生直仰着脖子，说：一二三的一，生活的生。倪斌说：蛮好，蛮好。就把长臂曲着往外一摆，说：请坐。听说你钻研象棋？蛮好，蛮好，象棋是很高级的文化。我父亲是下得很好的，有些名气，喏，他们都知道的。我会走一点点，很爱好，不过在这里没有对手。你请坐。王一生坐回床上，很尴尬地笑着，不知说什么好。倪斌并不坐下，只把手虚放在胸前，微微向前侧了一下身子，说：对不起，我刚刚下班，还没有梳洗，你候一下好了，我马上就来。噢，问一下，乃父也是棋道里的人吗？王一生很快地摇头，刚要说什么，但只是喘了一口气。倪斌说：蛮好，蛮好。好，一会儿我再来。我说：脚卵洗了澡，来吃蛇肉。倪斌一边退出去，一边说：不必了，不必了。好的，好的。大家笑起来，向外嚷：你到底来是不来？什么？不必了，好的！倪斌在门外说：蛇肉当然是要吃的，一会儿下棋是要动脑筋的。

　　大家笑着脚卵，关了门，三四个人精着屁股，上上下下地洗，互相开着身体的玩笑。王一生不知在想什么，坐在床里边，让开擦身的人。我一边将蛇头撕下来，一边对王一生说：别理脚卵，他就是这么神神道道的一个人。有一个人对我说：你的这个朋友要真是有两下子，今天有一场好杀。脚卵的父亲在我们市里，真是很有名气哩。另外的人说：爹是爹，儿是儿，棋还遗传了？王一生说：家传的棋，有厉害的。几代沉下的棋路，不可小看。一会儿下起来看吧。说着就紧一紧手脸。我把蛇挂起来，将皮剥下，不洗，放在案板上，用竹刀把肉划开，并不切断，盘在一个大碗内，放进一个大锅里，锅底蓄上水，叫：洗完了没有？我可开门了！大家慌忙穿上短裤。我到外边地上摆三块土坯，中间架起柴引着，就将锅放在土坯上，把猪吆喝远了，说：谁来看着？别叫猪拱了。

开锅后十分钟端下来。就进屋收拾茄子。

有人把脸盆洗干净，到伙房打了四五斤饭和一小盆清水茄子，捎回来一棵葱和两瓣野蒜、一小块姜，我说还缺盐，就又有人跑去拿来一块，捣碎在纸上放着。

脚卵远远地来了，手里抓着一个黑木盒子。我问：脚卵，可有酱油膏？脚卵迟疑了一下，返身回去。我又大叫：有醋精拿点儿来！

蛇肉到了时间，端进屋里，掀开锅，一大团蒸气冒出来，大家并不缩头，慢慢看清了，都叫一声好。两大条蛇肉亮晶晶地盘在碗里，粉粉地冒蒸气。我嗖的一下将碗端出来，吹吹手指，说：开始准备胃液吧！王一生也挤过来看，问：整着怎么吃？我说：蛇肉碰不得铁，碰铁就腥，所以不切，用筷子撕着蘸料吃。我又将切好的茄块儿放进锅里蒸。

脚卵来了，用纸包了一小块儿酱油膏，又用一张小纸包了几颗白色的小粒儿，我问是什么，脚卵说：这是草酸，去污用的，不过可以代替醋。我没有醋精，酱油膏也没有了，就这一点点。我说：凑合了。脚卵把盒子放在床上，打开，原来是一副棋，乌木做的棋子，暗暗地发亮。字用刀刻出来，笔画很细，却是篆字，用金丝银丝嵌了，古色古香。棋盘是一幅绢，中间亦是篆字：楚河汉界。大家凑过去看，脚卵就很得意，说：这是古董，明朝的，很值钱。我来的时候，我父亲给我的。以前和你们下棋，用不到这么好的棋。今天王一生来嘛，我们好好下。王一生大约从来没有见过这么精美的棋具，很小心地摸，又紧一紧手脸。

我将酱油膏和草酸冲好水，把葱末、姜末和蒜末投进去，叫声：吃起来！大家就乒乒乓乓地盛饭，伸筷撕那蛇肉蘸料，刚入嘴嚼，纷纷嚷鲜。

我问王一生是不是有些像蟹肉，王一生一边儿嚼着，一边儿说：我没吃过螃蟹，不知道。脚卵伸过头去问：你没有吃过螃蟹？怎么会呢？王一生也不答话，只顾吃。脚卵就放下碗筷，说：年年中秋节，我父亲就约一些名人到家里来，吃螃蟹，下棋，品酒，作诗。都是些很高雅的人，诗作得很好的，还要互相写在扇子上。这些扇子过多少年也是很值钱的。大家并不理会他，只顾吃。脚卵眼看蛇肉渐少，也急忙捏起筷子来，不再说什么。

不一刻，蛇肉吃完，只剩两副蛇骨在碗里。我又把蒸熟的茄块儿端上来，放少许蒜和盐拌了。再将锅里热水倒掉，续上新水，把蛇骨放进去熬汤。大家喘一口气，接着伸筷，不一刻，茄子也吃净。我便把汤端上来，蛇骨已经煮散，在锅底唰拉唰拉地响。这里屋外常有一两处小丛的野茴香，我就拔来几棵，揪在汤里，立刻屋里异香扑鼻。大家这时饭已吃净，纷纷舀了汤在碗里，热热地小口呷，不似刚才紧张，话也多起来了。

　　脚卵抹一抹头发，说：蛮好，蛮好的。就拿出一支烟，先让了王一生，又自己叼了一支，烟包正待放回衣袋里，想了想，便放在小饭桌上，摆一摆手说：今天吃的，都是山珍，海味是吃不到了。我家里常吃海味的，非常讲究，据我父亲讲，我爷爷在时，专雇一个老太婆，整天就是从燕窝里拔脏东西。燕窝这种东西，是海鸟叼来小鱼小虾，用口水粘起来的，所以里面各种脏东西多得很，要很细心地一点一点清理，一天也就能搞清一个，再用小火慢慢地蒸。每天吃一点，对身体非常好。王一生听呆了，问：一个人每天就专门是管做燕窝的？好家伙！自己买来鱼虾，熬在一起，不等于燕窝吗？脚卵微微一笑，说：要不怎么燕窝贵呢？第一，这燕窝长在海中峭壁上，要拼命去挖。第二，这海鸟的口水是很珍贵的东西，是温补的。因此，舍命，费工时，又是补品，能吃燕窝，也是说明家里有钱和有身份。大家就说这燕窝一定非常好吃。脚卵又微微一笑，说：我吃过的，很腥。大家就感叹了，说费这么多钱，吃一口腥，太划不来。

　　天黑下来，早升在半空的月亮渐渐亮了。我点起油灯，立刻四壁都是人影子。脚卵就说：王一生，我们来下一盘？王一生大概还没有从燕窝里醒过来，听见脚卵问，只微微点一点头。脚卵出去了。王一生奇怪了，问：嗯？大家笑而不答。一会儿，脚卵又来了，穿得笔挺，身后随来许多人，进屋都看看王一生。脚卵慢慢摆好棋，问：你先走？王一生说：你吧。大家就上上下下围了看。

　　走出十多步，王一生有些不安，但也只是暗暗捻一下手指。走过三十几步，王一生很快地说：重摆吧。大家奇怪，看看王一生，又看看脚卵，不知是谁赢了。脚卵微微一笑，说：一赢不算胜。就伸手抽一棵烟点上。王一生没有表情，默默地把棋重新码好。两人又走。又走到十多步，脚卵半天不动，直到把一根烟吸完，又走了几步，脚卵慢慢地说：再来一盘。大家又奇怪是谁赢了，纷纷问。王一生很快地将棋码成一个方堆，看看脚卵问：走盲棋？脚卵沉吟了一下，点点头。两人就口述棋步。好几个人摸摸头，摸摸脖子，说下得好没意思，不知谁是赢家。就有几个人离开走出去，把油灯带得一明一暗。

我觉出有点儿冷，就问王一生：你不穿点儿衣裳？王一生没有理我。我感到没有意思，就坐在床里，看大家也是一会儿看看脚卵，一会儿看看王一生，像是瞧从来没有见过的两个怪物。油灯下，王一生抱了双膝，锁骨后陷下两个深窝，盯着油灯，时不时拍一下身上的蚊虫。脚卵两条长腿抵在胸口，一只大手将整个儿脸遮了，另一只大手飞快地将指头捏来弄去。说了许久，脚卵放下手，很快地笑一笑，说：我乱了，记不得。就又摆了棋再下。不久，脚卵抬起头，看着王一生说：天下是你的。抽出一支烟给王一生，又说：你的棋是跟谁学的？王一生也看着脚卵，说：跟天下人。脚卵说：蛮好，蛮好，你的棋蛮好。大家看出是谁赢了，都高兴松动起来，盯着王一生看。

脚卵把手搓来搓去，说：我们这里没有会下棋的人，我的棋路生了。今天碰到你，蛮高兴的，我们做个朋友。王一生说：将来有机会，一定见见你父亲。脚卵很高兴，说：那好，好极了，有机会一定去见见他。我不过是玩玩棋。停了一会儿，又说：你参加地区的比赛，没有问题。王一生问：什么比赛？脚卵说：咱们地区，要组织一个运动会，其中有棋类。地区管文教的书记我认得，他早年在我们市里，与我父亲认识。我到农场来，我父亲给他带过信，请他照顾。我找过他，他说我不如打篮球。我怎么会打篮球呢？那是很野蛮的运动，要伤身体的。这次运动会，他来信告诉我，让我争取参加农场的棋类队到地区比赛，赢了，调动自然好说。你棋下到这个地步，参加农场队，不成问题。你回你们场，去报名就可以了。将来总场选拔，肯定会有你。王一生很高兴，起来把衣裳穿上，显得更瘦。大家又聊了很久。

将近午夜，大家都散去，只剩下宿舍里同住的四个人与王一生、脚卵。脚卵站起来，说：我去拿些东西来吃。大家都很兴奋，等着他。一会儿，脚卵弯腰进来，把东西放在床上，摆出六颗巧克力，半袋麦乳精，纸包的一斤精白挂面。巧克力大家都一口咽了，来回舔着嘴唇。麦乳精冲成稀稀的六碗，喝得满屋喉咙响。王一生笑嘻嘻地说：世界上还有这种东西？苦甜苦甜的。我又把火生起来，开了锅，把面下了，说：可惜没有调料。脚卵说：我还有酱油膏。我说：你不是只有一小块儿了吗？脚卵不好意思地说：咳，今天不容易，王一生来了，我再贡献一些。就又拿了来。

大家吃了，纷纷点起烟，打着哈欠，说没想到脚卵还有如许存货，藏得倒严实，脚卵急忙申辩这是剩下的全部了。大家吵着要去翻，王一生说：不要闹，人家的是人家的，从来农场存到现在，说明人家会过日子。倪斌，你说，这比赛什么时候开始呢？脚卵说：起码还有半年。王一生不再说话。我说：好了，休息吧。王一生，你和我睡在我的床上。脚卵，明天再聊。大家就起身收拾床铺，放蚊帐。我和王一生送脚卵到门口，看他高高的个子在青白的月光下远远去了。王一生叹一口气，说：倪斌是个好人。

王一生又待了一天，第三天早上，执意要走。脚卵穿了破衣服，掮了锄来送。两人握了手，倪斌说：后会有期。大家远远在山坡上招手。我送王一生出了山沟，王一生拦住，说：回去吧。我嘱咐他，到了别的分场，有什么困难，托人来告诉我，若回来路过，再来玩儿。王一生整了整书包带儿，就急急地顺公路走了，脚下扬起细土，衣裳晃来晃去，裤管儿前后荡着，像是没有屁股。

第三章

这以后，大家没事儿，常提起王一生，津津有味地回忆王一生光膀子大战脚卵。我说了王一生如何如何不容易，脚卵说：我父亲说过的，"寒门出高士"。据我父亲讲，我们祖上是元朝的倪云林。倪祖很爱干净，开始的时候，家里有钱，当然是讲究的。后来兵荒马乱，家道败了，倪祖就卖了家产，到处走，常在荒村野店投宿，很遇到一些高士。后来与一个会下棋的村野之人相识，学得一手好棋。现在大家只晓得倪云林是元四家里的一个，诗书画绝佳，却不晓得倪云林还会下棋。倪祖后来信佛参禅，将棋炼进禅宗，自成一路。这棋只我们这一宗传下来。王一生赢了我，不晓得他是什么路，总归是高手了。大家都不知道倪云林是什么人，只听脚卵神吹，将信将疑，可也认定脚卵的棋有些来路，王一生既然赢了脚卵，当然更了不起。这里的知青在城里都是平民出身，多是寒苦的，自然更看重王一生。

将近半年，王一生不再露面。只是这里那里传来消息，说有个叫王一生的，外号棋呆子，在某处与某某下棋，赢了某某。大家也很高兴，即使有输的消息，都一致否认，说王一生怎会输棋呢？我给王一生所在的分场队里写了信，也不见回音，大家就催我去一趟。我因为这样那样的事，加上农场知青常常斗殴，又输进火药枪互相射击，路途险恶，终于没有去。

一天脚卵在山上对我说，他已经报名参加棋类比赛了，过两天就去总场，问王一生可有消息，我说没有。大家就说王一生肯定会到总场比赛，相约一起请假去总场看看。

过了两天，队里的活儿稀松，大家就纷纷找了各种借口请假到总场，盼着能见着王一生。我也请了假出来。

总场就在地区所在地，大家走了两天才到。这个地区虽是省以下的行政单位，却只有交叉的两条街。沿街有一些商店，货架上不是空的，即是展品概不出售。可是大家仍然很兴奋，觉得到了繁华地界，就沿街一个馆子一个馆子地吃，都先只叫净肉，一盘一盘地吞下去，拍拍肚子出来，觉得日光晃眼，竟有些肉醉，就找了一处草地，躺下来抽烟，又纷纷昏睡过去。

醒来后，大家又回到街上细细吃了一些面食，然后到总场去。

一行人高高兴兴到了总场，找到文体干事，问可有一个叫王一生的来报到。干事翻了半天花名册，说没有。大家不信，拿过花名册来七手八脚地找，真的没有，就问干事是不是搞漏掉了。干事说花名册是按各分场报上来的名字编的，都已分好号码，编好组，只等明天开赛。大家你望望我，我望望你，搞不清是怎么回事儿。我说：找脚卵去。脚卵在运动员们住下的草棚里，见了他，大家就问。脚卵说：我也奇怪呢。这里乱糟糟的，我的号是棋类，可把我分到球类组来，让我今晚就参加总场联队训练，说了半天也不行，还说主要靠我进球得分。大家笑起来，说：管他赛什么，你们的伙食差不了。可王一生没来太可惜了。

直到比赛开始，也没有见王一生的影子。问了他们分场来的人，都说很久没见王一生了。大家有些慌，又没办法，只好去看脚卵赛篮球。脚卵痛苦不堪，规矩一点儿不懂，球也抓不住，投出去总是三不沾，抢得猛一些，他就抽身出来，瞪着大眼看别人争。文体干事急得抓耳挠腮，大家又笑得前仰后合。每场下来，脚卵总是嚷野蛮，埋怨脏。

赛了两天，决出总场各类运动代表队，到地区参加地区决赛。大家看看王一生还没有影子，就都相约要回去了。脚卵要留在地区文教书记家再待一两天，就送我们走一段。快到街口，忽然有人一指：那不是王一生？大家顺着方向一看，真是他。王一生在街口另一面急急地走来，没有看见我们。我们一齐大叫，他猛地站住，看见我们，就横街向我们跑来。到了跟前，大家纷纷问他怎么不来参加比赛，王一生很着急的样子，说：这半年我总请事假出来下棋，等我知道报名赶回去，分场说我表现不好，不准我出来参加比赛，连名都没报上。我刚找了由头儿，跑上来看看赛得怎么样。怎么样？赛得怎么样？大家一迭声儿地说早赛完了，现在是参加与各县代表队的比赛，夺地区冠军。王一生愣了半晌，说：也好，夺地区冠军必是各县高手，看看也不赖。我说：你还没吃东西吧？走，街上随便吃点儿什么去。脚卵与王一生握过手，也惋惜不已。大家就又拥到一家小馆儿，买了一些饭菜，边吃边叹息。王一生说：我是要看看地区的象棋大赛。你们怎么样？要回去吗？大家都说出来的时间太长了，要回去。我说：我再陪你一两天吧。脚卵也在这里。于是又有两三个人也说留下来再耍一耍。

脚卵就领留下的人去文教书记家，说是看看王一生还有没有参加比赛的可能。走不多久，就到了。只见一扇小铁门紧闭着，进去就有人问找谁，见了脚卵，不再说什么，只让等一下。一会儿叫进了，大家一起走进一幢大房子，只见窗台上摆了一溜儿花草，伺候得很滋润。大大的一面墙上只一幅主席诗词的挂轴儿，绫子黄黄的很浅。屋内只摆几把藤椅，茶几上放着几张大报与油印的简报。不一会儿，书记出来，胖胖的，很快地与每个人握手，又叫人把简报收走，就请大家坐下来。大家没见过管着几个县的人的家，头都转来转去地看。书记呆了一下，就问：都是倪斌的同学吗？大家纷纷回过头看书记，不知该谁回答。脚卵欠一下身，说：都是我们队上的。这一位就是王一生。说着用手掌向王一生一倾。书记看着王一生说：噢，你就是王一生？好。这两天，倪斌常提到你。怎么样，选到地区来赛了吗？王一生正想答话，倪斌马上就说：王一生这次有些事耽误了，没有报上名。现在事情办完了，看看还能不能参加地区比赛。您看呢？书记用胖手在扶手上轻轻拍了两下又轻轻用中指很慢地擦着鼻沟儿，说：啊，是这样。不好办。你没有取得县一级的资格，不好办。听说你很有天才，可是没有取得资格去参加比赛，下面要说话的，啊？王一生低了头，说：我也不是要参加比赛，只是来看。书记说：那是可以的，那欢迎。倪斌，你去桌上，左边的那个桌子，上面有一份打印的比赛日程。你拿来看看，象棋类是怎么安排的。倪斌早一步跨进里屋，马上把材料拿出来，看了一下，说：要赛三天呢！就递给书记。书记也不看，把它放在茶几上，掸一掸手，说：是啊，几个县嘛。啊？还有什么问题吗？大家都站起来，说走了。书记与离他近的人很快地握了手，说：倪斌，你晚上来，嗯？倪斌欠欠身说好的，就和大家一起出来。大家到了街上，舒了一口气，说笑起来。

大家漫无目的地在街上走，讲起还要在这里待三天，恐怕身上的钱支持不住。王一生说他可以找到睡觉的地方，人多一点恐怕还是有办法，这样就能不去住店，省下不少钱。倪斌不好意思地说他可以住在书记家。于是大家一起随王一生去找住的地方。

原来王一生已经来过几次地区，认识了一个文化馆画画儿的，于是便带了我们投奔这位画家。到了文化馆，一进去，就听见远远有唱的，有拉的，有吹的，便猜是宣传队在演练。只见三四个女的，穿着蓝线衣裤，胸撅得不能再高，一扭一扭地走过来，近了，并不让路，直脖直脸地过去。我们赶紧闪在一边儿，都有点儿脸红。倪斌低低地说：这几位是地区的名角。在小地方，有她们这样的功夫，蛮不容易。大家就又回过头去看名角。

画家住在一个小角落里，门口鸡鸭转来转去，沿墙摆了一溜儿各类杂物，草就在杂物中间长出来。门又被许多晒着的衣裤布单遮住。王一生领我们从衣裤中弯腰过去，叫那画家。马上就乒乒乓乓出来一个人，见了王一生，说：来了？都进来吧。画家只是一间小屋，里面一张小木床，到处是书、杂志、颜色和纸笔。墙上钉满了画的画儿。大家顺序进去，画家就把东西挪来挪去腾地方，大家挤着坐下，不敢再动。画家又迈过大家出去，一会儿提来一个暖瓶，给大家倒水。大家传着各式的缸子、碗，都有了，捧着喝。画家也坐下来，问王一生：参加运动会了吗？王一生叹着将事情讲了一遍。画家说：只好这样了。要待几天呢？王一生就说：正是为这事来找你。这些都是我的朋友。你看能不能找个地方，大家挤一挤睡？画家沉吟半晌，说：你每次来，在我这里挤还凑合。这么多人，嗯——让我看看。他忽然眼里放出光彩来，说：文化馆里有个礼堂，舞台倒是很大。今天晚上为运动会的人演出，演出之后，你们就在舞台上睡，怎么样？今天我还可以带你们进去看演出。电工与我很熟的，跟他说一声，进去睡没问题。只不过脏一些。大家都纷纷说再好不过了。脚卵放下心的样子，小心地站起来，说：那好，诸位，我先走一步。大家要站起来送，却谁也站不起来。脚卵按住大家，连说不必了，一脚就迈出屋外。画家说：好大的个子！是打球的吧？大家笑起来，讲了脚卵的笑话。画家听了，说：是啊，你们也都够脏的。走，去洗洗澡，我也去。大家就一个一个顺序出去，还是碰得叮当乱响。

原来这地区所在地，有一条江远远流过。大家走了许久，方才到了。江面不甚宽阔，水却很急，近岸的地方，有一些小洼儿。四处无人，大家脱了衣裤，都很认真地洗，将画家带来的一块肥皂用完。又把衣裤泡了，在石头上抽打，拧干后铺在石头上晒，除了游水的，其余便纷纷趴在岸上晒。画家早洗完，坐在一边儿，掏出个本子在画。我发觉了，过去站在他身后看。原来他在画我们几个人的裸体速写。经他这一画，我倒发觉我们这些每日在山上苦的人，却矫健异常，不禁赞叹起来。大家又围过来看，屁股白白的晃来晃去。画家说：干活儿的人，肌肉线条极有特点，又很分明。虽然各部分发展可能不太平衡，可真的人体，常常是这样，变化万端。我以前在学院画人体，女人体居多，太往标准处靠，男人体也常静在那里，感觉不出肌肉滚动，越画越死。今天真是个难得的机会。有人说羞处不好看，画家就在纸上用笔把说的人的羞处涂成一个疙瘩，大家就都笑起来。衣裤干了，纷纷穿上。

这时已近傍晚，太阳垂在两山之间，江面上便金子一般滚动，岸边石头也如热铁般红起来。有鸟儿在水面上掠来掠去，叫声传得很远。对岸有人在拖长声音吼山歌，却不见影子，只觉声音慢慢小了。大家都凝了神看。许久，王一生长叹一声，却不说什么。

大家又都往回走，在街上拉了画家一起吃些东西，画家倒好酒量。天黑了，画家领我们到礼堂后台入口，与一个人点头说了，招呼大家悄悄进去，缩在边幕上看。时间到了，幕并不开，说是书记还未来。演员们化了装，在后台走来走去，伸一伸手脚，互相取笑着。忽然外面响动起来，我拨了幕布一看，只见书记缓缓进来，在前排坐下，周围空着，后面黑压压一礼堂人。于是开演，演出甚为激烈，尘土四起。演员们在台上泪光闪闪，退下来一过边幕，就喜笑颜开，连说怎么怎么错了。王一生倒很入戏，脸上时阴时晴，嘴一直张着，全没有在棋盘前的镇静。戏一结束，王一生一个人在边幕拍起手来，我连忙止住他，向台下望去，书记不知什么时候已经走了，前两排仍然空着。

大家出来，摸黑拐到画家家里，脚卵已在屋里，见我们来了，就与画家出来和大家在外面站着，画家说：王一生，你可以参加比赛了。王一生问：怎么回事儿？脚卵说，晚上他在书记家里，书记跟他叙起家常，说十几年前常去他家，见过不少字画儿，不知运动起来，损失了没有？脚卵说还有一些，书记就不说话了。过了一会儿书记又说，脚卵的调动大约不成问题，到地区文教部门找个位置，跟下面打个招呼，办起来也快，让脚卵写信回家讲一讲。于是又谈起字画古董，说大家现在都不知道这些东西的价值，书记自己倒是常在心里想着。脚卵就说，他写信给家里，看能不能送书记一两幅，既然书记帮了这么大忙，感谢是应该的。又说，自己在队里有一副明朝的乌木棋，极是考究，书记若是还看得上，下次带上来。书记很高兴，连说带上来看看。又说你的朋友王一生，他倒可以和下面的人说一说，一个地区的比赛，不必那么严格，举贤不避私嘛。就挂了电话，电话里回答说，没有问题，请书记放心，叫王一生明天就参加比赛。

大家听了，都很高兴，称赞脚卵路道粗，王一生却没说话。脚卵走后，画家带了大家找到电工，开了礼堂后门，悄悄进去。电工说天凉了，问要不要把幕布放下来垫盖着，大家都说好，就七手八脚爬上去摘下幕布铺在台上。一个人走到台边，对着空空的座位一敬礼，尖着嗓子学报幕员，说：下一个节目——睡觉。现在开始。大家悄悄地笑，纷纷钻进幕布躺下了。

躺下许久，我发觉王一生还没有睡着，就说：睡吧，明天要参加比赛呢！王一生在黑暗里说：我不赛了，没意思。倪斌是好心，可我不想赛了。我说：咳，管它！你能赛棋，脚卵能调上来，一副棋算什么？王一生说：那是他父亲的棋呀！东西好坏不说，是个信物。我妈妈留给我的那副无字棋，我一直性命一样存着，现在生活好了，妈的话，我也忘不了。倪斌怎么就可以送人呢？我说：脚卵家里有钱，一副棋算什么呢？他家里知道儿子活得好一些了，棋是舍得的。王一生说：我反正是不赛了，被人作了交易，倒像是我占了便宜。我下得赢下不赢是我自己的事，这样赛，被人戳脊梁骨。不知是谁也没睡着，大约都听见了，咕噜一声：呆子。

第四章

第二天一早儿，大家满身是土地起来，找水擦了擦，又约画家到街上去吃。画家执意不肯，正说着，脚卵来了，很高兴的样子。王一生对他说：我不参加这个比赛。大家呆了。脚卵问：蛮好的，怎么不赛了呢？省里还下来人视察呢！王一生说：不赛就不赛了。我说了说，脚卵叹道：书记是个文化人，蛮喜欢这些的。棋虽然是家里传下的，可我实在受不了农场这个罪，我只想有个干净的地方住一住，不要每天脏兮兮的。棋不能当饭吃的，用它通一些关节，还是值的。家里也不很景气，不会怪我。画家把双臂抱在胸前，抬起一只手摸了摸脸，看着天说：倪斌，不能怪你。你没有什么了不得的要求。我这两年，也常常糊涂，生活太具体了。幸亏我还会画画儿。何以解忧？唯有——唉。王一生很惊奇地看着画家，慢慢转了脸对脚卵说：倪斌，谢谢你。这次比赛决出高手，我登门去与他们下。我不参加这次比赛了。脚卵忽然很兴奋，攥起大手一顿，说：这样，这样！我呢，去跟书记说一下，组织一个友谊赛。你要是赢了这次的冠军，无疑是真正的冠军。输了呢，也不太失身份。王一生呆了呆：千万不要跟什么书记说，我自己找他们下。要下，就与前三名都下。

大家也不好再说什么，就去看各种比赛，倒也热闹。王一生只钻在棋类场地外面，看各局的明棋。第三天，决出前三名。之后是发奖，又是演出，会场乱哄哄的，也听不清谁得的是什么奖。

脚卵让我们在会场等着，过了不久，就领来两个人，都是制服打扮。脚卵做了介绍，原来是象棋比赛的第二、三名。脚卵说：这位是王一生，棋蛮厉害的，想与你们两位高手下一下，大家也是一个互相学习的机会。两个人看了看王一生，问：那怎么不参加比赛呢？我们在这里待了许多天，要回去了。王一生说：我不耽误你们，与你们两人同时下。两人互相看了看，忽然悟到，说：盲棋？王一生点一点头。两人立刻变了态度，笑着说：我们没下过盲棋。王一生说：不要紧，你们看着明棋下。来，咱们找个地方儿。话不知怎么就传了出去，立刻嚷动了，会场上各县的人都说有一个农场的小子没有赛着，不服气，要同时与亚、季军比试。百十个人把我们围了起来，挤来挤去地看，大家觉得有了责任，便站在王一生身边儿。王一生倒低了头，对两个人说：走吧，走吧，太扎眼。有一个人挤了进来，说：哪个要下棋？就是你吗？我们大爷这次是冠军，听说你不服气，叫我来请你。王一生慢慢地说：不必。你大爷要是肯下，我和你们三人同下。众人都轰动了，拥着往棋场走去。到了街上，百十人走成一片。行人见了，纷纷问怎么回事，可是知青打架？待明白了，就都跟着走。走过半条街，竟有上千人跟着跑来跑去。商店里的店员和顾客也都站出来张望。长途车路过这里开不过，乘客们纷纷探出头来，只见一街人头攒动，尘土飞起多高，轰轰的，乱纸踏得嚓嚓响。一个傻子呆呆地在街中心，咿咿呀呀地唱，有人发了善心，把他拖开，傻子就依了墙根儿唱。四五条狗蹿来蹿去，觉得是它们在引路打狼，汪汪叫着。

到了棋场，竟有数千人围住，土扬在半空，许久落不下来。棋场的标语标志早已摘除，出来一个人，见这么多人，脸都白了。脚卵上去与他交涉，他很快地看着众人，连连点头儿，半天才明白是借场子用，急忙打开门，连说可以可以，见众人都要进去，就急了。我们几个，马上到门口守住，放进脚卵、王一生和两个得了名誉的人。这时有一个人走出来，对我们说：高手既然和三个人下，多我一个不怕，我也算一个。众人又嚷动了，又有人报名。我不知怎么办好，只得进去告诉王一生。王一生咬一咬嘴说：你们两个怎么样？那两个人赶紧站起来，连说可以。我出去统计了，连冠军在内，对手共是十人，脚卵说：十不吉利的，九个人好了。于是就九个人。冠军总不见来，有人来报，既是下盲棋，冠军只在家里，命人传棋。王一生想了想，说好吧。九个人就关在场里。墙外一副明棋不够用，于是有人拿来八张整开白纸，很快地画了格儿。又有人用硬纸剪了百十个方棋子儿，用红黑颜色写了，背后粘上细绳，挂在棋格儿的钉子上，风一吹，轻轻地晃成一片，街上人也嚷成一片。

　　人是越来越多。后来的人拼命往前挤，挤不进去，就抓住人打听，以为是杀人的告示。妇女们也抱着孩子，远远围成一片。又有许多人支了自行车，站在后架上伸脖子看，人群一挤，连着倒，喊成一团。半大的孩子们钻来钻去，被大人们用腿拱出去。数千人闹闹嚷嚷，街上像半空响着闷雷。

　　王一生坐在场当中一个靠背椅上，把手放在两条腿上，眼睛虚望着，一头一脸都是土，像是被传讯的歹人。我不禁笑起来，过去给他拍一拍土。他按住我的手，我觉出他有些抖。王一生低低地说：事情闹大了。你们几个朋友看好，一有动静，一起跑。我说：不会。只要你赢了，什么都好办。争口气。怎么样？有把握吗？九个人哪！头三名都在这里！王一生沉吟了一下，说：怕江湖的不怕朝廷的，参加过比赛的人的棋路我都看了，就不知道其他六个人会不会冒出冤家。书包你拿着，不管怎么样，书包不能丢。书包里有……王一生看了看我，我妈的无字棋。他的瘦脸上又干又脏，鼻沟也黑了，头发立着，喉咙一动一动的，两眼黑得吓人。我知道他拼了，心里有些酸，只说：保重！就离了他。他一个人空空地在场中央，谁也不看，静静的像一块铁。

　　棋开始了。上千人不再出声儿。只有自愿服务的人一会儿紧一会儿慢地用话传出棋步，外边儿自愿服务的人就变动着棋子儿。风吹得八张大纸哗哗地响，棋子儿荡来荡去。太阳斜斜地照在一切上，烧得耀眼。

前几十排的人都坐下了，仰起头看，后面的人也挤得紧紧的，一个个土眉土眼，头发长长短短吹得飘，再没人动一下，似乎都把命放在棋里搏。

我心里忽然有一种很古的东西涌上来，喉咙紧紧地往上走。读过的书，有的近了，有的远了，模糊了。平时十分佩服的项羽、刘邦都目瞪口呆，倒是尸横遍野的那些黑脸士兵，从地下爬起来，哑了喉咙，慢慢移动。一个樵夫，提了斧在野唱。忽然又仿佛见了呆子的母亲，用一双弱手一张一张地折书页。

我不由得伸手到王一生书包里去掏摸，捏到一个小布包儿，拽出来一看，是个旧蓝斜纹布的小口袋，上面绣了一只蝙蝠，布的四边儿都用线做了圈口，针脚很是细密。取出一个棋子，确实很小，在太阳底下竟是半透明的，像一只眼睛，正柔和地瞧着。我把它攥在手里。

太阳终于落下去，立即爽快了。人们仍在看着，但议论起来。里边儿传出一句王一生的棋步，外面的人就嚷动一下。专有几个人骑车为在家的冠军传送着棋步，大家就不太客气，笑话起来。

我又进去，看见脚卵很高兴的样子，心里就松开一些，问：怎么样？我不懂棋。脚卵抹一抹头发，说：蛮好，蛮好。这种阵势，我从来也没有见过，你想想看，九个人与他一个人，九局连环！车轮大战！我要写信给我的父亲，把这次的棋谱都寄给他。这时有两个人从各自的棋盘前站起来，朝着王一生鞠躬，说：甘拜下风。就捏着手出去了。王一生点点头儿，看了他们的位置一眼。

王一生的姿势没有变，仍旧是双手扶膝，眼平视着，像是望着极远极远的远处，又像是盯着极近的近处，瘦瘦的肩挑着宽大的衣服，土没拍干净，东一块儿，西一块儿。喉结许久才动一下。我第一次承认象棋也是运动，而且是马拉松，是多一倍的马拉松！我在学校时，参加过长跑，开始后的五百米，确实极累，但过了一个限度，就像不是在用脑子跑，而像一架无人驾驶飞机，又像是一架到了高度的滑翔机只管滑翔下去。可这象棋，始终是处在一种机敏的运动之中，兜捕对手，逼向死角，不能疏忽。我忽然担心起王一生的身体来。这几天，大家因为钱紧，不敢怎么吃，晚上睡得又晚，谁也没想到会有这么一个场面。看着王一生稳稳地坐在那里，我又替他赌一口气：死顶吧！我们在山上扛木料，两个人一根，不管路不是路、沟不是沟，也得咬牙，死活不能放手。谁若是顶不住软了，自己伤了不说，另一个也得被木头震得吐血。可这回是王一生一个人过沟坎儿，我们帮不上忙。我找了点儿凉水来，悄悄走近他，在他跟前一挡，他抖了一下，眼睛刀子似的看了我一下，一会儿才认出是我，就干干地笑了一下。我指指水碗，他接过去，正要喝，一个局号报了棋步。他把碗高高地平端着，水纹丝儿不动。他看着碗边儿，回报了棋步，就把碗缓缓凑到嘴边儿。这时下一个局号又报了棋步，他把嘴定在碗边儿，半晌，回报了棋步，才咽一口水下去，咕的一声儿，声音大得可怕，眼里有了泪花。他把碗递过来，眼睛望望我，有一种说不出的东西在里面游动，嘴角儿缓缓流下一滴水，把下巴和脖子上的土冲开一道沟儿。我又把碗递过去，他竖起手掌止住我，回到他的世界里去了。

我出来，天已黑了。有山民打着松枝火把，有人用手电筒照着，黄乎乎的，一团明亮。大约是地区的各种单位下班了，人更多了。狗也在人前蹲着，看人挂动棋子，眼神凄凄的，像是在担忧。几个同来的队上知青，各被人围了打听。不一会儿，王一生、棋呆子、是个知青、棋是道家的棋，就在人们嘴上传。我有些发噱，本想到人群里说说，但又止住了，随人们传吧，我开始高兴起来。这时墙上只有三局在下了。

忽然人群发一声喊。我回头一看，原来只剩了一盘，恰是与冠军的那一盘。盘上只有不多几个子儿。王一生的黑子儿远远近近地峙在对方棋营格里，后方老帅稳稳地待着，尚有一士伴着，好像帝王与近侍在聊天儿，等着前方将士得胜回朝；又似乎隐隐看见有人在伺候酒宴，点起尺把长的红蜡烛；有人在悄悄地调整管弦，单等有人跪奏捷报，鼓乐齐鸣。我的肚子拖长了音儿在响，脚下觉得软了，就拣个地方坐下，仰头看最后的围猎，生怕有什么差池。

红子儿半天不动，大家不耐烦了，纷纷看骑车的人来没有，嗡嗡地响成一片。忽然人群乱起来，纷纷闪开。只见一老者，精光头皮，由旁人搀着，慢慢走出来，嘴嚼动着，上上下下看着八张定局残子。众人纷纷传着，这就是本届地区冠军，是这个山区的一个世家后人，这次"出山"玩玩儿棋，不想就夺了头把交椅，得了这次比赛的大奖，直叹棋道不兴。老者看完了棋，轻轻抻一抻衣衫，跺一跺土，昂了头，由人搀进棋场。众人都一拥而起。我急忙抢进了大门，跟在后面。只见老者进了大门，立定，往前看去。

王一生孤身一人坐在大屋子中央，瞪眼看着我们，双手支在膝上，铁铸一个细树桩，似无所见，似无所闻。高高的一盏电灯，暗暗地照在他脸上，眼睛深陷进去，黑黑的似俯视大千世界、茫茫宇宙。那生命像聚在一头乱发中，久久不散，又慢慢弥漫开来，灼得人脸热。众人都呆了，都不说话。外面传了半天，眼前却是一个瘦小黑魂，静静地坐着，众人都不禁吸了一口凉气。

半晌，老者咳嗽一下，底气很足，十分洪亮，在屋里荡来荡去。王一生忽然目光短了，发觉了众人，轻轻地挣了一下，却动不了。老者推开搀的人，向前迈了几步，立定，双手合在腹前摩挲了一下，朗声叫道：后生，老朽身有不便，不能亲赴沙场。命人传棋，实出无奈。你小小年纪，就有这般棋道，我看了，汇道禅于一炉，神机妙算，先声有势，后发制人，遣龙治水，气贯阴阳，古今儒将，不过如此。老朽有幸与你接手，感触不少，中华棋道，毕竟不颓，愿与你做个忘年之交。老朽这盘棋下到这里，权作赏玩，不知你可愿意平手言和，给老朽一点面子？

王一生再挣了一下，仍起不来。我和脚卵急忙过去，托住他的腋下，提他起来。他的腿仍是坐着的样子，直不了，半空悬着。我感到手里好像只有几斤的分量，就暗示脚卵把王一生放下，用手去揉他的双腿。大家都拥过来，老者摇头叹息着。脚卵用大手在王一生身上、脸上、脖子上缓缓地用力揉。半晌，王一生的身子软下来，靠在我们手上，喉咙嘶嘶地响着，慢慢把嘴张开，又合上，再张开，"啊啊"着。很久，才呜呜地说：和了吧。

老者很感动的样子，说：今晚你是不是就在我那儿歇了？养息两天，我们谈谈棋？王一生摇摇头，轻轻地说：不了，我还有朋友。大家一起来的，还是大家在一起吧。我们到、到文化馆去，那里有个朋友。画家就在人丛里喊：走吧，到我那里去，我已经买好了吃的，你们几个一起去。真不容易啊。大家慢慢拥了我们出来，火把一团儿照着。山民和地区的人层层团了，争睹棋王风采，又都点头儿叹息。

我搀了王一生慢慢走，光亮一直随着。进了文化馆，到了画家的屋子，虽然有人帮着劝散，窗上还是挤满了人，慌得画家急忙把一些画儿藏了。

人渐渐散了，王一生还有一些木。我忽然觉出左手还攥着那个棋子，就张了手给王一生看。王一生呆呆地盯着，似乎不认得，可喉咙里就有了响声，猛然哇的一声儿吐出一些黏液，呜呜地说：妈，儿今天……妈——大家都有些酸，扫了地下，打来水，劝了。王一生哭过，滞气调理过来，有了精神，就一起吃饭。画家竟喝得大醉，也不管大家，一个人倒在木床上睡去。电工领了我们，脚卵也跟着，一齐到礼堂台上去睡。

夜黑黑的，伸手不见五指。王一生已经睡死。我却还似乎耳边人声嚷动，眼前火把通明，山民们铁了脸，肩着柴火林中走，咿咿呀呀地唱。我笑起来，想：不做俗人，哪儿会知道这般乐趣？家破人亡，平了头每日荷锄，却自有真人生在里面，识到了，即是幸，即是福。衣食是本，自有人类，就是每日在忙这个。可囿在其中，终于还不太像人。倦意渐渐上来，就拥了幕布，沉沉睡去。

《上海文学》1984年7期

敬告作者

　　为了保护有关作者的合法权益，我社曾多方联系本套书所涉及作者以便洽谈版权事宜。但遗憾的是，由于种种原因，截至本书付梓，仍未能与少数作者取得联系。现谨对尚未取得联系的作者表示歉意，并请有关作者或著作权人见书后，尽快致函作家出版社，以便及时奉寄样书和稿酬。

通信单位：作家出版社有限公司

通信地址：北京市朝阳区农展馆南里10号

邮政编码：100125

联系电话（传真）：010-65925260

图书在版编目（CIP）数据

新中国文学经典丛书·精选本　中篇小说（卷三）/
孟繁华主编.—— 北京：作家出版社，2023.3
　　ISBN 978-7-5212-2186-2

　　Ⅰ.①新… Ⅱ.①孟… Ⅲ.①中国文学–当代文学–
作品综合集②中篇小说–小说集–中国–当代 Ⅳ.①I217.1
②I247.5

中国国家版本馆CIP数据核字（2023）第020040号

新中国文学经典丛书·精选本　中篇小说（卷三）

总 策 划：吴义勤　路英勇
主　　编：孟繁华
出版统筹：汉　睿
责任编辑：翟婧婧
装帧设计：天行云翼·宋晓亮
出版发行：作家出版社有限公司
社　　址：北京农展馆南里10号　　　邮　　编：100125
电话传真：86-10-65067186（发行中心及邮购部）
　　　　　86-10-65004079（总编室）
E-mail:zuojia@zuojia.net.cn
http://www.zuojiachubanshe.com
印　　刷：唐山嘉德印刷有限公司
成品尺寸：152×230
字　　数：383千
印　　张：25.75
版　　次：2023年3月第1版
印　　次：2023年3月第1次印刷
ISBN 978-7-5212-2186-2
定　　价：60.00元